LA HORDE DU CONTREVENT

::
Conception graphique: Sandrine Granon
Illustration de couverture : Stéphanie Aparicio
::

Dépôt légal : octobre 2004
ISBN : 9782370490001
Numéro 12-1
::

::
www.lavolte.net

LA HORDE DU CONTREVENT

Alain Damasio

LA VOLTE

À la mémoire de Mamu, ma grand-mère,
Qui m'a laissé au cœur et aux poumons,
cette braise ronde de pur amour,
Que j'essaie de rallumer,
Avec mes pauvres moyens,
à chaque respiration.

Ce livre t'est dédié de plein droit, Olivier,
Il est dédié au porte-avion d'écoute et d'amitié impeccable
qui tient dans l'armature de tes épaules,
à ta générosité inexorable,
à l'intelligence de tes apports multiples
fussent-ils humains ou littéraires,
à la pertinence de tes mots quand j'ai ramé là-bas
et de tes silences quand je ne sais plus me taire,
à ta noblesse enfin, que beaucoup prennent
pour une simple probité d'âme,
mais que je sais être, moi,
le nom secret d'une forme raréfiée de courage.

« Seulement on n'est jamais sûr d'être assez fort,
puisqu'on n'a pas de système,
on n'a que des lignes et des mouvements. »

GILLES DELEUZE ET FÉLIX GUATTARI, *Mille Plateaux*

’
, , « - ».
, ,
, , .
, , , .

’ fu it , pur , « fou ».
os stance , jus ’
bi le , jus ’ vivant, ’ .
, le mme lié, poussi e r e .

l’or gi e fut vitesse, ve nt furtif, « vent-fou ».
le cosmos , prit s a forme, ’
lente table , ’ vivant jus ’ vous.
Bien à toi, homme lié, pouss e vite .

l’origine fu s e, le pur ouve rt , « en foudre ».
Puis le cosmos , consista , jusqu’aux
s table , ’au viva t, jusqu’à vous.
Bienvenue , lent homme , ou tres de vi es .

À l’origine fut la vitesse, le pur mouvement furtif, le « vent-foudre ».
Puis le cosmos décéléra, prit consistance et forme, jusqu’aux lenteurs habitables, jusqu’au vivant, jusqu’à vous.
Bienvenue à toi, lent homme lié, poussif tresseur des vitesses.

¿ʹ ’ .

Nous sommes ’ don .

de l’étoffe

faits de son tissé .

de ’ vents

¿ʹ Nous sommes faits de l’étoffe dont sont tissés les vents.

I.
Pharéole

) À la cinquième salve, l'onde de choc fractura le fémur d'enceinte et le vent sabla cru le village à travers les jointures béantes du granit. Sous mon casque, le son atroce du roc poncé perce, mes dents vibrent — je plie contre Pietro, des aiguilles de quartz crissent sur son masque de contre. À terre, dans la ruelle qui nous couvre, deux vieillards tardifs qui clouaient un volet ont été criblés ; plus loin au carrefour, je cherche en vain la poignée de mômes qui crânaient front nu en braillant des défis que personne, pas même nous, ne peut à cette puissance, et sous cette viscosité d'air, relever. Toute la Horde est à présent plaquée contre la face ouest d'une bâtisse qui nous a paru un peu moins pitoyablement jointoyée que les autres, à attendre le ressac, la courte pause dans l'accélération, qui nous permettra de contrer dans le dédale des rues jusqu'aux fortifications, puis au-delà, si l'on sort. Si l'on se décide — finalement — à sortir. Des dômes les plus hauts, du métal tordu crie dans les accalmies, une éolienne grince, hoquette — elle repart… Se bloque. Les pales crépitent sous la grenaille. Une rafale encore — et le bruit se fond dans le rugissement saturé. À ma gauche, un chat oblong se cale, ébouriffé, dans une encoignure trop étroite pour lui, et volent les jouets cassés, des calebasses, des bancs qui raclent et des tuiles de terre cuite arrachées et jetées comme à la main à trois mètres de nous. Il n'y a plus de doute maintenant, pour personne : le furvent arrive. Il sera là dans l'heure. Il s'annonce, comme toujours, en quintet. Et il ne laissera rien debout ici, dans ce bled qui ne figurait sur aucun carnet de contre, tant son plan carré, ses ruelles axiales et son architecture en pisé auraient fait hurler une Oroshi de huit ans.

— Où est Arval ?
— Lancé en éclaireur ! Il cherche l'ouverture du rempart.
— Et Caracole ?
— Ils sont ensemble.
— Il n'a rien à foutre hors du Pack. Merde ! Rappelez-le !
— Le rappeler ? Je n'entends pas Sov à quatre mètres !
— Quoi ? Qu'est-ce qu'il y a ?
— Carac est sorti comme un lutin du diamant. Derrière, Coriolis a été raclée au sol par son traîneau.
— Il la couvrait ?
— Censément.
— Putain…
— Pietro ! Qu'est-ce qu'on fait ?
— Horst remplace Coriolis. On l'abrite en cœur du Pack. Alme va la soigner.
— Qui remplace Horst ?
— Léarch. C'est lui qui s'est proposé.
— Et après ? On joue à chat-volant ?
— On attend le ressac, Firost.

¿' Amis du large, encore et encore : bonjour ! Jeunes glyphes des sables, chrones et antéchrones qui s'annonceront sans politesse, je vous attends de pied souple : accueillons-nous ! Ah, ce furvent, ce vieux père siffleur, j'adore en pressentir la venue ailée, brouillonne certes, mais quoique ! ?

Je ne me suis pas présenté ? Excusez l'instant qui porte au lyrisme, nous sommes, bonjour, vous êtes ? Caracole, où suis-je ? oui, lui-même, troubadour donc — et conteur. Pour le compte ? De la 34e Horde du Contrevent, messaigneurs, menée de haute main par son Traceur, l'haingeux et percute-souffle Golgoth, neuvième du nom. Épaulé, il faut le préciser, par notre combattant-protecteur, un trancheur à l'hélice, j'ai nommé Erg Machaon ; et à sa droite, par le pilier des piliers, une poutre à deux pattes, Firost de Toroge, mesdames, que vous serez heureuses d'avoir devant vous quand mes pères et mères vous cracheront de la farine par les bronches, dans moins d'une heure. Bien ! Et qui suit ces trois animaux ? Qui égaie et élève ? Pietro le Prince, un Della Rocca de la plus noble des extractions, et son pendant, fils de gueux, une lame debout, toujours à sa gauche : mon pote Sov le Profond, scribe dit-on, mais pour moi « philosov ». Entre eux gît et s'agite notre géomaître Talweg, amoureux des pierres, et derrière eux — est-ce trop rapide, dois-je ralentir ? — derrière ces six merveilles sus-citées,

qu'on nomme le Fer, se trouve le Pack pour sûr, en trois rangs compacts, aérés d'oiseliers inconciliables, d'une fine cueilleuse et d'une feuleuse, d'un éclaireur obscur et de deux artisans, de branleurs — salut Larco ! — Et puis… Quiconque ? Les trois crocs dans la traîne, daignez suivre, tirant les charges ! Combien en tout ? Vingt-trois. Sans les autours ni les faucons, notez bien. Tous d'équerre, debout, d'aplomb ? Ma foi oui mais vifs encore ? Je ne sais…

— Caracole !

— *Derbidil* ?

— J'ai repéré le portique. On peut avaler prévenir les autres !

π J'attends la réaction de Golgoth. Il n'a pas encore ouvert la bouche. Tout en lui témoigne de son dégoût pour le village. Il secoue la tête en kickant le pisé à coups de talon. Au bout de cette ruelle trop droite, on aperçoit le mur d'enceinte. L'effet Lascini est féroce entre les maisons. Au sol, la terre battue, grise de poussière, s'est recouverte en quelques minutes d'une nappe de latérite. Le ciel a pris la couleur de mon disque de jet. N'est plus qu'un long tapis de métal qui défile, de plus en plus vite. Les rues du village se sont enfin vidées. Quelques familles ont eu la décence de récupérer leurs vieillards. On a vu portes et volets se clore, les uns après les autres. Sans un regard, sans un mot pour nous. Les plus avisés sont descendus dans leur puits dont ils ont soigneusement verrouillé la trappe. Les abrités se claquemurent. Et ils prient déjà sans doute, un ou plusieurs dieux.

— À mon signal, on reforme ! Diamant de contre ! Les crocs, vous collez au Pack avec vos traîneaux dans le cul, main sur la poignée, goinfrez les espaces ! On décramponne d'ici au double pas, on contre droit sur l'enceinte et on abat jusqu'au portique. Là-bas, on se pose et on tranche !

— Pourquoi on n'essaie pas de frapper aux trappes ? On pourrait s'abriter dans un puits et attendre que la tempête passe !

‹› Tu as doucement raison, jolie Coriolis, mais aucun homme du Fer ne t'écoutera, puisque tu n'es qu'une croc, tu contres à l'arrière dans la traîne et ne connais rien du vent facial, tu fais partie de la horde depuis bien trop peu de temps, combien, huit mois à peine. Même moi, s'ils me respectent comme cueilleuse et comme sourcière, ils me diraient en souriant : « Ma petite Aoi, passe devant si tu veux, et couvre-nous… » Et j'en serais évidemment incapable…

Quitte à mourir le ventre troué par un morceau de bois, ils préféreront toujours que ce soit en plein vent, dans la plaine, qu'ici-bas ensevelis dans

un puits, les vertèbres rompues sous le poids d'une poutre. Il n'y a rien de rationnel à ces choses-là. La menace, dehors, sera extrême. Ici, elle reste apprivoisable, il suffirait de choisir un bon mur, j'en ai aperçu un ou deux, et de s'attacher. Mais voilà. Ce n'est pas ce que nous allons faire. Nous allons nous engueuler, oh pas beaucoup, rapidement : quelques voix contre, sans doute Silamphre ou Larco, Alme bien sûr et Sveziest qui est déjà terrorisé à la vue des plaies de Coriolis. Puis Golgoth dira : « On y va ! » Et on ira, parce qu'il est le Traceur, puisqu'il ne s'est pas trompé une seule fois, en trente ans, sur un furvent. Sauf qu'aujourd'hui, j'ai vraiment peur.

Ω Dès que j'ai reniflé le blaast, à l'odeur de froid, j'ai su que ça allait charcler. J'ai enfoncé mon casque de cuir, plein front, sanglé le pourpoint, sec. Jusqu'au groin. Puis j'ai plongé la tête et je lui suis rentré dedans. Au schnee. Dans la ruelle, ça picorait au bec dans les joues. À y foutre les mains. J'ai culbuté le flux, j'y ai mis des coups d'épaules, droite, gauche, cadré, en appui. Une chaise m'a enflé le genou, les tuiles valdinguaient par-dessus nos têtes. J'ai évité de trop longer les burons, à cause des chars à voile chaînés au crochet, qui tossaient brutaux, à entailler les murs. Je pige pour Coriolis. Elle caque, c'est son premier furvent. Une pucelle encore, qui serre les cuisses. Mais putain, on va la couvrir ! Au mieux. On lui a déjà pris le chariot des pognes. Quoi ? On tient à elle. Eux surtout. Une gamine encore, mais qui doit apprendre le cri. Elle a la gniaque. J'ai dit : « Stop ! » et on s'est tassés dos au mur d'enceinte. Derrière nous, des bicoques s'effondrent. Le hameau se prend le déluge rouge, ventral. Des tas de sable, qu'on dirait versés du ciel par des laveuses, à grands seaux. Pas vraiment chichement !

‹› Pour trouver le calme, je me suis assise de champ et j'ai posé ma tête sur l'épaule d'Oroshi, afin de pouvoir regarder s'avancer et ressortir les silhouettes dans l'ouverture du rempart. Un auvent de pierre, placé deux mètres en amont du portique, coupe le flot principal. Ajouré par le vent, il laisse ruisseler des filets de poussière. Les turbulences s'écoulent au travers de nos jambes, avec des ondulations de fouine. Il est inutile de parler ou de débattre, il suffit de regarder comment entre et ressort chacun de nos corps, avec quels mouvements craintifs ou volontaires, quelle moue crispée ou confiante, quels espoirs aussi. Talweg est resté un long moment découpé dans l'embrasure, avec sa chapka surmontée du manche à air et son marteau en travers des reins. Puis il a disparu pour revenir, le visage

dur, la barbe orangée, vidant entre ses pieds un tas de sable si fin qu'il fumait en coulant.

— J'ai fait mes prélèvements. Sable sur latérite pure ! Pas de quartz ni de mica, les grains qu'on a essuyés tout à l'heure venaient des remparts. Ça veut dire qu'il n'y a rien sur des lieues en amont. Le désert, les gars ! Et certainement aucun village.

— Notre botaniste confirme ? Steppe ? lance Oroshi en soufflant sur mon visage.

— Ouais. Du bush sans miracle : de l'eucalyptus, quelques chênes nains. Et des boules de spinifex partout, à en brouter. C'est le même bouquet depuis deux semaines. On finit par le connaître.

— Donc sans danger, si l'on reste loin des eucalyptus ?

— Sans danger si l'on trouve chacun un trou avec une butte de spinifex devant où crocheter sa mâchoire et suffisamment de chance pour ne pas bouffer son poids en sable d'ici la fin des réjouissances !? Non, Oroshi, c'est plus que risqué. Le spinifex est bas : il ne vaut pas le buis, il est moins couvrant.

— Qu'est-ce que vous recommandez tous les deux, dans ce cas ?

— On se couche ici devant ce mur, ventre à terre. On sort la corde et on s'attache.

— Et si ça lâche aux jointures ? Vous avez vu ce mur, on dirait une grille ! On peut aussi être pris dans un rotor, avec les déchets lourds…

— On connaît ces risques. Ils restent moins forts que de se balader tout nu au beau milieu de la plaine en espérant dénicher LE bosquet. Le bosquet qui coupera le flot sans l'arrêter, bien laminaire, sans tourbillon ni rotor vicieux, le miracle fait buisson quoi !

— En plaine, loin des habitations, les impacts d'objets sont plus rares, Steppe. Il suffit de trouver un site adéquat et de savoir placer ses apnées dans les vagues.

— Oroshi, personne ici ne remet en cause ton expertise sous furvent. Tu es de nous tous la plus apte à survivre dans ce merdier hurlant. Le problème, ce sont les crocs. Tu as vu Coriolis ? Si Larco n'avait pas plongé, elle était en charpie !

π Avec ces bourrasques, j'entends à peine Steppe répondre à Oroshi. Tout ce que je sais, c'est que le furvent est imminent. Que si nous continuons amont, Sveziest et son traîneau risquent d'être balayés. Je pense aussi aux filles, aux filles surtout. Au plus fort, on sait pertinemment comment ça tourne : le Pack se disjoint. Il est percé par les rafales. C'est ce qui

s'est passé la dernière fois. En criant symétriquement le long du mur, pour que l'ensemble de la horde puisse m'entendre, j'interviens :

— La sagesse voudrait qu'on en reste là ! Sveziest risque d'y passer ! Callirhoé et Aoi aussi, elles sont trop légères. Nous allons affronter l'un des furvents les plus chargés que nous ayons jamais connus. Latérite alourdie de pluie ! De la boue au sol pour les appuis et un torrent de sable en pleine face !

— Pietro a foutrement raison !

— Pietro n'est pas aéromaître, que je sache !

— Et alors ?

— Oroshi seule peut évaluer les risques profonds !

— Pas la peine d'être aéromaître pour savoir qu'on va se faire déchiqueter si on sort dans ce désert !

¿' Eh oh, Golgoth, on laisse la hordaille confabuler à l'encan, chacun avec sa chacune — débat, dispute et querelle ? Pourquoi tu ne leur claques pas le soufflet ? Ah, il se lève, le Goth, il sort sa trombine longue et massive, avec son renifleur aux narines dilatées, un modèle d'origine, très utile pour chasser la morve. Il passe devant nous, trapu, front à bosse, s'agite et turbule, ainsi que toujours, et si délicatement crache et recrache, vas-y, Taïaut, superbe d'élégance ! Un filet de salive est pris dans sa barbe roussie, qu'il essuie. Il va jusqu'à Steppe, revient vers Talweg, dit trois mots à Oroshi, regarde Pietro, un ballet de fée, tout en souplesse et labour. Il nous fait signe de décoller du mur et de former un arc de cercle. Tout le monde s'exécute, pour ma part en tête et prestement. Il va s'exprimer !

— Vous vous souvenez du dernier furvent qu'on a morflé ? Ça remonte à quoi, deux ans ? Je pourrais vous le vider par terre, d'une traite. Comment on a perdu Verval, arraché par son traîneau. Comment on a perdu Di Nebbé, un solide ailier pourtant. Il avait bouffé tellement de sable sur une seule rafale qu'il a plus pu se relever et quand il s'est foutu à genoux pour vomir, il a été fauché par une barrière qui dérivait, avec Karst et Firost. Eux sont encore là, Vent merci. Mais lui a été égorgé par la putain de clôture. On n'a même pas pu retrouver son corps le lendemain. Le furvent qui pointe son pif, ça ressemble comme deux bourrasques à ce qu'on a vécu. Même semi-désert merdique, même sol foireux qui va nous glisser sous les crampons si on ne trace pas dans les bancs de sable. Je voulais vous le dire ce matin. Mais j'ai pas pu. Alors je vais vous le tasser maintenant.

‹› Le ressac vient de commencer. Un silence suspendu, très apaisant, laisse les mots de Golgoth se détacher sur le granit du mur :

— Vous êtes le meilleur Bloc que j'ai jamais remorqué. Peut-être pas le plus physique, ça non, mais le plus percutant en contre. Le plus compact. On est liés les gars, je sais pas dire mieux…

— Noués…

— Noués, ouais Sov, noués dans un nœud de boyaux à nous. Avec vous autres, je sais que je peux tracer plus loin que mon père n'ira jamais. Je sais que je peux aller *au bout.* J'ai pas envie de perdre une seule pavasse du Bloc qu'on forme. Même pas Sveziest qu'est encore un peu léger, même pas Alme ou Callirhoé, les deux emmerdeuses. Même pas ce troufion de Caracole qui capte rien à ce qu'est un Pack, mais qui a l'intuition, allez savoir comment, du rafalant. Je vais vous dire ce que je pense : tant qu'à finir raclé, j'aimerais autant que ce soit de l'autre côté de ce mur, et tous ensemble, qu'ici dans ce village d'abricots qu'a même pas une tour où fixer un drapeau ! Sortir maintenant, pas la peine de caqueter une heure là-dessus, ça craint… Aucun traceur carré dans son plot ne prendrait ce risque. Moi je le prends. Même si je dois m'enquiller le schnee en solo, avec mon casque et mon plastron ! Je ne force personne à suivre. Si vous, le Pack, vous voulez assurer le coup, assurez-le !

Il se moucha une narine puis renifla :

— Alors qui veut rester planqué ici ? Levez haut la pogne !

π Golgoth, nous demander notre avis ! Ça avait quelque chose de presque déroutant… Il s'était livré, pour une fois. Il nous avait parlé *à nous* — pas à son frère mort. Pas à son père haï… Il était hors de question que je le laisse partir seul. Il le savait pertinemment. Mais la simple ouverture, toute théorique, qu'il nous avait laissée me suffisait. De sa part, elle disait tout : l'estime qu'il nous portait, avare de mots certes, d'autant plus touchante. Autour de moi, je me mis à compter les mains levées : Alme, Aoi et Callirhoé, Coriolis, Sveziest, Silamphre, l'autoursier, Larco, Talweg et Steppe… Il y eut un flottement. Ça faisait dix hordiers pour s'abriter. Sûrement insuffisant.

— Qui est pour sortir, à présent ? Levez le poing !

Dix poings jaillirent ! Le mien en dernier parce que je n'avais pas souhaité influencer quiconque. Restaient Caracole et les frères Dubka, qui ne voulaient vraisemblablement peiner personne. Sov interpella Caracole, qui avait profité du ressac pour lancer son boo. Dangereusement.

— Caracole, peut-on avoir ton sentiment ?
— Certes, oui !
— Alors ?
— Je ne sais pas ce qui se passera si l'on reste ici. Mais je sais qu'il y a plus haut un port de plein vent, à portée de marche.

) Était-ce encore une de ses visions, telles qu'il en avait eues parfois, si nettes ? D'habitude, il ne les confiait qu'à moi, par crainte de susciter l'inquiétude...
— Comment le sais-tu ?
— Je m'en souviens. Dans le futur.
Personne ne sut au juste s'il fallait rire ou l'insulter. Le temps pressait. Talweg choisit de le prendre au sérieux :
— À quelle longitude, ton port, Carac ?
— Dix degrés sud.
— Il faudra contrer un peu en biais.
— Tu es sérieux, troubadour ? C'est très important, insista Pietro.

‹› Le corps si fluide de Caracole se raidit légèrement, perdant de sa grâce naturelle. Ses cheveux bouclés lui étaient rabattus sur le visage par les bourrasques. Sur les épaules, son pull d'arlequin (cousu d'une myriade de bouts d'étoffe qu'il avait prélevés sur les habits des hommes, des femmes et des bouts de chou avec lesquels il avait passé, disait-il, plus qu'un « rigolo moment ») s'était quelque peu empourpré, et il ondoyait.
— Je suis sérieux. Il y a un port à une demi-heure amont, dix degrés sud, avec deux crochets à drakkair, rouillés mais fiables.
— Pas de bateau arrimé dessus ?
— Pas de bateau, les gars. Juste pour nous.
— Comment tu sais ça ? répéta Coriolis, qui grimaçait sous les bandages que lui serrait Alme sur le bras.
— Je ne peux pas vous le dire. J'ai vécu la scène. On y sera, tous, à attendre la vague.

) Golgoth releva lui-même Coriolis et toutes les filles, une par une. Il ajusta son casque de cuir profilé, cette merveille, puis il se retourna vers nous :
— On sort immédiatement, la pluie va arriver très vite. Écoutez-moi : on contre en goutte ! Horst et Karst, vous prenez les traîneaux avec Barbak. En bout d'aile, je veux Léarch à gauche et Steppe à droite. Si l'on s'écroule

devant, Erg, Talweg et Firost, vous étayez ! Si le Fer cale, le Pack se rapproche et bloque la reculade. Illico ! Jusqu'à ce qu'on ait le jus pour relancer. Si le Pack gicle, couchez-vous et refoutez-vous en formation en rampant, jusqu'à ce que je gueule « Debout ! » Les crocs, juste un conseil : quand la première vague va débouler, le réflexe — on l'a tous fait, vous ferez la connerie comme nous — c'est d'ouvrir la bouche. Si vous voulez crever, ça reste la meilleure idée. Sinon, vous la bouclez, ça prolongera votre espérance de vie jusqu'à la deuxième vague. Pigé ?

— Oui.

— Cherchez plus à respirer. Apnée, apnée, apnée ! À partir de la seconde où on passe ce portique, y a plus que deux personnes que vous pouvez écouter : Oroshi et moi !

‹› Oroshi, elle s'avance, fine et belle, si juste dans ses gestes. Elle dénoue totalement son haïk, le déploie au vent puis le renoue aux jambes et aux bras, sur son ventre et sa poitrine, jusqu'à la tête. Elle ajuste ensuite ses lanières de soie ponceau aux points de flottement du tissu beige. La voilà prête. Sur son chignon complexe, au milieu de ses cheveux couleur de châtaigne sombre, elle a laissé une babéole : une sorte de minuscule éolienne en papier, qui tournoie sans se froisser. Elle semble sereine lorsqu'elle s'adresse à nous, si ce n'est son timbre, qui a une dureté inaccoutumée :

— Serrez au sang vos ceintures et vos lanières : chevilles, poignets, aisselles, le long des cuisses et des bras, partout où ça va claquer. Bonnets et casques enfoncés jusqu'à l'arcade. Ajustez vos protections aux cuisses et aux tibias, après, il est trop tard pour les régler. Laissez du jeu pour le plastron, ne vous étouffez pas ! Sanglez vos sacs aux épaules. Rien ne doit bouger ou flotter. Le furvent est un serval dont la griffe aime votre peau. Tout ce qui reste à nu criera ! Gants pour ceux qui en ont, les autres filent vers Alme pour se faire bander les mains. N'essayez jamais de respirer directement, mais toujours à travers l'étoffe ou dos au vent, si vous le pouvez. La vague s'entendra huit secondes avant de déferler sur nous. Je ne vous la décris pas, vous saurez. À ce moment-là, si l'on a eu le temps de s'attacher, vous protégez votre tête, et si vous êtes encore conscients, vous priez l'esprit qui vous est proche, si vous êtes encore conscients.

Nous avons devant nous une demi-heure de slamino, puis les rafales vont revenir, par paliers très courts, crescendo. Ce sera insoutenable très vite mais faites face, toujours ! La vague du furvent surgit d'ordinaire après une légère décélération. Il y en aura, d'après mes observations et déductions, trois. La pire sera la deuxième.

— Qu'est-ce qu'on fait si on se retrouve seul ? osa Sveziest.

— Tu te couches.

— Pied en amont ou pied en aval ?

— Ça dépend de la rugosité du sol, de l'inclinaison de la pente, de ton poids, de la vague… Il existe quatorze types de vagues catégorisées avec certitude. Des laminaires, des cisaillées, des roulantes et des écumantes, des cycloniques, des aspirantes, avec ou sans vortex, giratoires ou linéaires, avec effets de spin ou effet de succion…

— Qu'est-ce qu'on… risque de rencontrer ?

— A priori, le pire : une écumante. Avec une signature turbulente cyclonique, une ribambelle de vortex et sans doute des chrones.

— Qu'est-ce que ça fait… pour nous ?

— Ça ne fait rien, Zé. Ça te tordra le tronc comme un linge qu'on essore. Je plaisante ! Ce n'est pas certain.

) Alme achevait de bander le bras de Coriolis, dont le visage vira au blanc lorsqu'elle entendit les derniers mots d'Oroshi. J'avais envie de la réconforter mais rien de véritablement rassurant ne me venait. Ce furvent-là, je ne le sentais pas — ni le sol pas bon du tout, à voir la tronche de notre géomaître Talweg, ni le son qui froissait mes oreilles et faisait grimacer Silamphre, notre mélomane, lequel s'était résolu à sortir sa minerve de cuir et à en passer une à Sveziest. Le retard que l'on prenait… J'avais l'impression qu'on partirait trop tard… On traînait… Coriolis se releva enfin, elle avait repris un brin de couleurs et elle osa un baroud :

— Est-ce que tout le monde ici a pour but de mourir ? Vous avez entendu ce qu'a dit Oroshi ? Le pire nous attend ! Pourquoi on ne reste pas là ? Pourquoi ? Vous voulez vous prouver quoi ? Hein ? À qui ? Vous avez vu mon épaule ? On va tous y passer !

Ω Toi ouais : tu vas te faire dépuceler ma jolie…

X Je m'approchai de Coriolis et la pris dans mes bras. Larco me regarda avec envie — l'envie palpable d'être à ma place.

— Pourquoi on ne reste pas derrière ce mur, Oroshi ? me répéta-t-elle.

— Parce que ce mur va s'écrouler sous l'onde de choc, avant même que la vague ne le touche.

— Et le village qui est derrière ?

— Le village qui *était* derrière. Il n'y a plus de village.

— Il va être détruit ? Tous ces gens vont…

— La signature cyclonique. Les toits vont être projetés, les maisons

centrifugées par la traîne turbulente. Prépare-toi à présent. Je te banderai moi-même la tête quand il sera temps. Tu vas contrer juste derrière moi dans le Pack. N'anticipe pas la peur. Fais simplement ce que je te dirai, à l'exact moment où je le dirai.

) Dehors, le bush nous attendait, splendide et désolé dans sa robe de latérite rouge. Quelques chênes du désert, parcimonieusement, fixaient un vague cap de contre. Pour le reste, le chaos dominait, un plateau rond, engorgé de buttes à moitié solides, de dunes précaires que le furvent allait dynamiter, rayées de sillons aussi, qu'il aurait été facile d'emprunter par temps de clémence — aujourd'hui potentiellement mortels, puisqu'ils serviraient de lits aux rivières de sable. Golgoth avait attaqué bille en tête, à la limite du pas de course, choisi une ligne de crête axiale et il avait tracé. Le sol, plutôt ferme aux appuis, était trop vallonné et les crocs souffraient sur les bosses. Pietro et Erg décrochaient par moments vers l'arrière pour les soulager, mais très bientôt, ça deviendrait impossible. Il fallait faire vite maintenant, gagner le maximum de terrain pendant la phase de slamino. En contrebas, les eucalyptus pliaient déjà à faire peur, certaines houppes se déchiraient sous les rafales. Sur un signe d'Arval, notre éclaireur, qui évoluait à une centaine de mètres devant nous, Golgoth piqua subitement dans la pente, vers une ravine, et il nous y enfonça… Cinquante mètres plus tard, il hurlait :

— Cap serré à droite ! Cadavre !

— Cap à droite !

— Ne vous arrêtez pas, il est mort !

Un type, dont les plaies fraîches étaient plâtrées de sable, gisait sur le flanc. Un coup d'œil me suffit pour comprendre qu'il était toujours conscient : il avait encore un regard. Plus pour longtemps : il se vidait à mi-cuisses et il était épiauté aux épaules et aux hanches. Erg, qui n'était pas combattant-protecteur pour rien, décrocha derrière moi pour le retourner, tâter les os et racler les plaies au couteau :

— Alors ? gueula Golgoth par-dessus son épaule, sans marquer le pas une seconde, ni douter qu'une réponse lui parviendrait.

— C'est un Oblique, un pirate sans doute ! L'a dû être viré de son char à voile ! Puis projeté par le blaast. Tiennent pas debout dès que s'agit d'avancer sans leurs roues. Il a un tatouage de bande, on risque d'en voir d'autres ! Je l'abrège ?

C'était une question de pure forme. Je fis quelques pas rapides vers l'amont pour tenter de mettre une distance toute mentale entre le son que

j'anticipais et mes oreilles. Je ne fus pas assez véloce. Le fracas mat du marteau dans la fente de l'occiput cloua l'évidence : Erg l'avait abrégé.

— Faudra faire gaffe au char lui-même, il a dû se planter dans la ravine…

— S'il n'est pas déjà passé…

— Couché !

π En une fraction de seconde, la horde tout entière se jette au sol. Une coque de vélichar roulant bord sur bord a surgi d'un coude du ravin. Elle heurte, droite-gauche, la pente de terre, propulsant en aval des éclats de pierre sifflant. Elle percute un rocher qui dépasse, à dix pas devant nous. Sous l'impact, l'engin décolle d'un mètre pour retomber derrière les traîneaux… Sacrée chance… Nous attendons quelques secondes. Puis nous nous relevons.

— Arval, en avant-trace ! Arval !

— Oui ?

— Tu te places à portée de vue amont ! En cas de danger, tu lâches le chiffon blanc !

<> Sitôt qu'Arval sortait du Pack, je me retrouvais insuffisamment abritée, par intervalles soumise au plein vent. J'avais froid, cette impression, que je dispersais mal, d'être progressivement percée à nu et faufilée dans mes fibres. Mon pantalon faseyait aux mollets, le tissu tirait aux manches et au cou, jamais assez épais à cette vitesse, assez opaque. J'enviais les buissons, l'espace qu'ils s'aménageaient entre les branches pour laisser passer les gros flocons d'air… Depuis que j'étais petite, souvent le même rêve idiot : j'aurais voulu devenir, à ces moments, une haie de buis, pas cette voile de peau en travers du flux, ce tronc à plat sans même de racines aux pieds, pour s'associer à la terre…

Dans la ravine, la pluie si redoutée arriva d'un coup. Des billes d'eau éclatantes sur mon front, qui faisaient des ronds sombres dans mon maillot bleu… Et aussitôt l'averse vira au déluge, les gouttes devinrent si denses, et si puissant le vent, que je restai plusieurs secondes sur place comme un caillou ripant au fond d'une rivière en crue. Je reculais, la peur de décrocher au ventre…

— *Rivek Dar,* Arval !

Sur un appel de Golgoth, Arval rejoignit le Pack, je baissai la tête, tout le monde s'était resserré d'un seul coup, sans cris ni concertation, un réflexe animal de harde instinctive. On ne s'en sortirait pas seul, personne,

pas même le Goth, on n'était qu'un petit tas de chair frêle en mouvement, soudés un bloc, désunis presque rien, à peine un billot de bois craquelé prêt à fendre sous la rafale, de la sciure à souffler à la bouche. Et tout le monde le savait, Pietro et Sov plus que tous les autres qui contraient une belle moitié du temps carrément dos à la pluie, tournés face à nous, pour mieux chaîner du geste et de la voix le Fer — le Fer au Pack, le Bloc aux crocs —, rien qu'avec des regards parfois, quelques mots de placement, de cadence ou d'amour.

π Très vite, c'est la gadoue. L'argile latéritique n'absorbe rien. Golgoth nous a sortis de la ravine, il balaie large, relance Arval en éclaireur, tire des bords. Mais il n'évite pas la mélasse qui s'accumule sous nos crampons. La pluie s'intensifie. Le vent accélère, comme prévu. On s'englue dans la glaise. Nos vêtements, complètement détrempés, collent aux articulations. Lorsque j'arrive encore à ouvrir les yeux, je discerne avec peine le relief. Les boules vertes des spinifex, seules, matérialisent l'espace. On bute dedans, on serpente à travers en s'y piquant. Leurs touffes blondes luisent, couchées sous les rafales. Bien distinctes de la terre, qui a viré rouille. La lumière est grisâtre, brumeuse. Golgoth trace approximativement est-sud-est. Il nous mène en lisière de crête, à mi-dune, à la recherche des contre-vents…

— Vagabond à neuf heures !

— Erg, en position !

— Laisse-le s'approcher Erg, il est blessé !

) Une silhouette rayée de pluie, presque pliée, émergea incomplètement dans notre champ de vision, elle titubait. Le grain la bousculait, longues claques et bourrades… L'homme chuta, il se releva avec peine, sur un genou — rechuta lourdement, tête en avant, comme un poivrot à la rupture, sonné. Il essaya de continuer à quatre pattes, mais vent arrière, il ne pouvait évidemment anticiper les rafales, cette espèce d'abrité… Fais face ! Golgoth ne corrigea pas d'un iota son cap mais il me fit signe de sortir du Fer pour aller voir. Le gars, plutôt grand, s'était aventuré dans une langue de boue, le bonheur… Il me vit arriver et porta la main au boomerang de sa ceinture mais je le rassurai en écartant mes mains. L'épaisseur du déluge m'obligeait à beugler :

— Vous n'irez pas loin comme ça, faites face !

— J'ai cassé le mât de mon char… Toute l'escadre a cassé…

— Vous êtes des Obliques ?

— Ouais… Mais pas des pillards… Des orpailleurs nomades… On partait poser des filets sur l'axe Bellini… On a été pris dans la tempête…

Le gars me répondait à genoux. Ses cheveux dégoulinaient de boue grasse, la pluie lui rinçait le sang aux avant-bras, en filets rouge clair.

— Vous cherchez à rejoindre le village ?

Il hocha de la nuque, et :

— Vous savez où il est ? demanda-t-il avec un sursaut dans la gorge.

— À une demi-heure aval.

Le gars écarquilla ses yeux frangés de boue. Pendant de longues secondes, il regarda l'aval, la horde qui progressait *amont*, en triangle, avec les traîneaux remorqués sur la glaise, qui se dissipaient dans le volume de pluie, à mesure… Par deux fois, il me fit répéter « aval ». Il n'y comprenait clairement rien. Qui aurait pu ?

— Mais vous allez où, vous, comme ça ?

— Plus haut.

Il marqua une nouvelle pause, sans être plus apte à se relever.

— Mais bordel de dieu, vous êtes *qui* ?

— La Horde.

— *La* Horde du Contrevent ? La Horde du neuvième Golgoth ?

— Oui.

Il parut réfléchir, autant qu'il le pouvait encore. Il secoua la tête, paumé, se signa brièvement, voulut reposer sa question, c'était trop pour lui, il n'intégrait pas, puis si :

— Je peux remonter avec vous ?

— Cale-toi derrière moi, le plus près possible. Lorsqu'on recollera, je vais me repositionner devant, à ma place dans le Fer, juste derrière le Golgoth. Tu n'auras qu'à te placer entre deux crocs, à l'arrière. Mais fais bien gaffe : quand tu entends « Couché ! », tu ne cherches pas à comprendre : tu plonges au sol. Compris ?

— Merci.

On recolla avec difficulté : je dus le tirer à plusieurs moments, en montant une butte, en la redescendant, il avait de mauvais appuis, une mauvaise intuition des salves et il était vraisemblablement déjà à bout de forces. Lorsque je repris ma place dans le Fer, je regrettai mon geste. Il allait gêner les crocs, qui subissaient déjà une pression énorme. Ni les frères Dubka, ni Barbak n'avaient émis le moindre son lorsqu'il s'était positionné… Nous longions maintenant une forêt linéaire, soumis à un vent déroutant, avec de nombreuses rafales tournantes et latérales qui nous déséquilibraient. L'intensité du flux était maintenant telle que Golgoth hurlait des

« Chaîné ! » toutes les minutes. « Chaîné ! », et immédiatement on serrait — en s'empoignant par bras et ceinture. « Chaîné ! », et le socle collectif opérait : la rafale nous passait dessus sans trouver fente par où nous dissocier. On faisait bloc. On était bloc. Inexpugnable. Indélogé. Le rescapé, derrière, n'y comprenait sans doute rien mais il suivait le mouvement, il tenait le coup, il tendait son bras, il braillait « Bloc ! » avec nous quand il entendait « Chaîné ! ». Il…

— Couché !

… y eut une explosion : la butte devant nous fut pulvérisée dans l'espace par un coup de blaast. Un mélange sable-latérite nous rinça les épaules et le dos. Lorsque je me relevai, couvert de terre, je constatai deux choses : les crocs avaient été remorqués sur plusieurs mètres par leurs traîneaux mais ils étaient entiers. L'Oblique, lui, ne s'était pas couché — en tout cas pas à temps…

— Sov, laisse tomber !

Je ne pouvais, pas ou plus, laisser tomber. J'avalais quelques arpents vent arrière, le dos subitement trempé, jusqu'au maillot de corps, jusqu'à la peau, par cette saloperie de pluie horizontale. La butte, il suffisait de redescendre, s'était en partie reformée au loin, mais très allongée et aplatie sur une dizaine de mètres. Rapidement, je m'approchai, cherchant quelque chose qui eût dépassé de la motte. Je le trouvai. Le type était un morceau de terre maintenant, ni plus ni moins. Il avait la gorge, la bouche, obstruée par des bouts de…

— Laisse tomber ! entendis-je vaguement. Tu as fait ce que tu as pu…

La voix bruissait à quelques pas de moi : Pietro évidemment.

— Viens te replacer dans le Fer. Il faut tracer.

… la gorge obstruée par des bouts de menton.

Ce ne fut pas le dernier de sa bande que nous rencontrâmes, autant l'avouer. Au jugé, ils avaient dû être une quinzaine, en quête d'un village ou d'un abri, pris de court et jetés bas, leur char renversé, à devoir affronter à sec ce qu'il aurait fallu une existence à cela toute entière dédiée. Nous n'étions pas forcément plus athlétiques qu'eux, mais nous étions un bloc, avec à chaque poste les meilleurs ou peu s'en fallait, en tout cas mentalement les plus solides, sans parler d'expérience ou d'une quotidienneté si intégralement dévouée au vent et à la hargne du contre, qu'être claqué sur rafale ne pointait plus à l'horizon de nos possibles. Je les vis, oui, ces Obliques, passer — mais sans grande émotion malgré la macule de sang, tant ils ne s'appartenaient plus. Désarticulés, ils avançaient à la vent-comme-je-te-pousse, dans l'indifférence de nos yeux mi-clos, se vidant

comme des poupées de peau crevée qui auraient perdu leur son. On en appela certains, on en négligea beaucoup d'autres. Aucun d'eux de toute façon n'aurait tenu dix minutes dans nos rangs et à notre cadence, ni pu intégrer notre discipline devenue instinct, cette force... Cette force ? Elle ne suffirait pourtant pas face à ce qui nous attendait... Elle donnait le change devant les néophytes et à ces vitesses encore soutenables où un bon chaînage et des « Couché ! » prompts conjuraient l'essentiel du danger. Mais après ?

— À portée de marche, tu as dit, Caracole ?
— Yak ! Encore deux milles peut-être.
— On va les faire à la nage si ça continue !
— D'après ma boussole, le cap est correct.
— Ça va, les filles ?
— Oui, Larco !
— Et Coriolis ? Ton bras ?
— Il prend l'eau. J'ai mal.
— Moi aussi j'ai mal : mais c'est quand je te regarde sourire !
— Idiot, va !
— Attention !

π Le fauconnier a dérapé, faisant chuter derrière lui Steppe et Aoi. Il se relève sans un mot. Ses vêtements finement coupés sont couverts de glaise. Il reprend sa place sur l'aile. D'autres chutes surviennent avant que Golgoth, rageusement concentré, tendu comme câble, flaire enfin un affleurement de roche qui soulage tout le monde. Les crocs particulièrement tant ils souffrent, et sans broncher. Jamais Coriolis ni Sveziest n'auraient pu assurer la traction des traîneaux détrempés, à cette cadence-là et dans ces conditions de terrain, comme les jumeaux Dubka, impressionnants de puissance. Ni comme Barbak, dont on mesure mieux maintenant à quel point son expérience de remorqueur est irremplaçable.

) « Liés » a dit Golgoth. « Noués aux boyaux. » Non, c'est moi qui lui ai glissé ça le mois dernier. Étonnant comme certains mots percent sa carapace et s'enchâssent, pour ressortir longtemps après, assimilés. « Noués. » Nous ne saurons jamais à quoi ça tient. Sans cesse, je me retourne et je cherche Aoi, ma petite goutte, tellement légère, chancelante de pluie, pardessus les épaules je cherche Callirhoé, tache fauve, fragile tout autant, avec son allure de flamme que la moindre bourrasque pourrait moucher, je demande pour Sveziest, trop loin derrière pour que je l'aperçoive, s'il

résiste, de bien le protéger. Je parle, je relaie Pietro qui encourage le groupe, impeccable, ne s'énervant jamais, qui reste notre prince en acte sans forfanterie grâce à qui la horde tient et se tient, en dépit de Golgoth et de ses coups de sang.

π La pluie a complètement cessé maintenant. Le sable sèche à une vitesse peu imaginable. Nulle trace de port où que je porte le regard. Je ne sais plus. Je ne sais plus si nous aurions dû faire confiance à Caracole. Je crains la catastrophe. Les premières méduses sont tombées du ciel. On en a trouvé des énormes éventrées au sol, signe que le vent s'épaissit aussi en altitude. Bref, que ça arrive… Golgoth n'a pas marqué la moindre hésitation. Il nous a demandé de nous attacher ligne par ligne. Il s'en tient à la vision de Caracole. Il garde le cap en boussole. Il ne cherche plus à tracer dans la subtilité puisqu'on n'y voit de toute façon plus rien. L'air file, orange. Un flot grenelé qui crépite sur le torse, qui martèle la tête. On a mis les cagoules de cuir et on ouvre à peine les yeux quand ça fléchit un tout petit peu. Il faut se préparer à plonger si la vague s'annonce. Je repère le moindre bout de roche, le moindre creux jouable. Être prêt, prêt si ça explose… à se plaquer ventre à terre.

— On peut se planquer là !

— Où ça ?

— Là, à droite, derrière le rocher !

— On tient pas à trois !

— Faut continuer !

— On va y arriver les Roseaux, le port est tout prêt !

— Mon cul, on n'y sera jamais à temps ! Faut se coucher !

— Personne se couche ! Goinfrez les trous dans la traîne !

— Aoi est à la rupture… Tenez-la bien…

— Là encore, y a un creux ! Un bon creux ! Golgoth !

— Il t'entend pas Léarch ! Il t'a jamais entendu !

— Vos gueules dans le Pack !

) Ma voix a fini par les calmer. Un peu. Dans les carnets de contre que j'ai pu lire, durant ma formation de scribe, le furvent a toujours occupé une place à part. Il reste la figure active et imprévisible de la mort. Chaque horde en a rencontré — parfois jusqu'à sept ou huit, et chaque scribe a tenté, dans la mesure de son savoir et de ses moyens, d'en extraire des leçons qui puissent sauver les hordes futures. Ces leçons sont étranges, folles parfois, plus souvent profondes et saines. Elles sont toutes émouvantes par ce fil,

par ce don qu'elles tendent, du bout des doigts, vers l'avenir. Comme si, même détruite, même disloquée, une horde gardait encore au fond d'elle-même, enkysté dans sa foi, l'espoir qu'une seule d'entre elles, plus tard et plus loin, peut-être des siècles et des siècles en amont dans le futur, atteindra enfin, grâce aux exploits cumulés des autres, l'Extrême-Amont — et qu'ainsi elles seront justifiées, toutes quoi qu'elles fissent, et pour toujours. Ce lien, nul abrité, nul Fréole n'en comprendra jamais la force. Il est ce qui nous lève chaque jour que Vent fait. Il est ce qui nous tient debout sous la grêle, dans la pluie racleuse, face aux stries de la stèche, sans tituber, sans rompre. Il est ce qui ne nous fera jamais renoncer, à aucun prix, puisque derrière nous se tiennent confiants, ces morts altiers, que nous honorerons jusqu'au bout, non parce qu'ils sont morts, fut-ce en héros, mais parce que vivait en eux ce don, cette *confiance* furieuse qu'ils nous ont faite sans même imaginer quels seraient nos visages ou nos corps, notre propre quête. Ce qu'ils savaient est ce que nous savons : que les hordiers meurent, pas l'esprit du combat. Qu'il nous suffirait de voir un gorceau pointer le groin au vent, un buis résister à la rafale, pour comprendre, d'instinct, dans quel sens souffle le courage. « Vif est celui qui se dresse et fait face. Ne te retourne jamais que pour pisser » — disait l'exergue du carnet de contre de la 19e Horde. Nous sommes partis d'Aberlaas, Extrême-Aval, il y a vingt-sept ans maintenant. Nous avions onze ans. Et nous ne nous sommes jamais retournés.

‹› Une véritable rivière de sable déferle en continu sur nous. On ne va plus s'en sortir ! Ce n'est plus possible maintenant. Même si le port est à cent mètres, on ne le verra pas, même à dix mètres. On l'a peut-être déjà dépassé… Il était peut-être derrière nous en aval. À droite, il m'a semblé qu'il… Ou à gauche, comment savoir ? Comment savoir, par le Saint Souffle ? La panique commence à monter, irrépressible. Je serre les filles, j'ai des spasmes au ventre, je m'appuie sur Alme…

— Étayez le Fer !

— Quoi ?

— En appui ! En appui !

— Sec ! Bloc ! Blooooc !

X Le Fer a fait une abattée sous l'intensité de la rafale. L'accélération est tellement énorme que les ailiers sont rabattus mécaniquement vers l'intérieur du Pack. Ils s'efforcent de rester en ligne pour protéger l'arrière. Sov se recale d'un coup de reins et s'arc-boute. Tout le Pack a verrouillé ses

appuis et tient. Pour l'instant. L'air est passé d'une épaisseur liquide à une consistance quasi-solide. Chaque fluctuation frappe le bloc, comme à la masse. Et le disloque. Le fauconnier s'est fait à nouveau fauché. Il rampe pour se replacer, se relève et rechute.

— Accroche-toi, Darbon !

Derrière, les traîneaux décollent et partent en vrille. Ils tapent, tournoient, tapent…

— Décrochez les traîneaux ! Lâchez tout !

— Non !

— Lâchez-les !

— Non ! Les casques et les oiseaux sont dedans !

Les Dubka ont mousquetonné directement la poignée du traîneau sur leur harnais. Les trente kilos de matériel voltigent dans leur dos.

— Soutenez Léarch ! Étayez-le derrière !

— Il tient debout !

— Tenez-le, il gîte ! Il est à la limite !

) Ce fut le passage où la terre elle-même commença à se soulever par plaques. Ce qui fonçait sur nous n'avait plus de forme, mais une couleur, rouge brique — et un son — un son de torrent froid en crue. Par quatre fois, Golgoth nous fit coucher. Par quatre fois, il nous fit relever et il nous tira, par sa seule voix, par sa seule hargne, vers l'amont alors que plus un seul hordier du Pack n'aurait eu le courage de contrer. Golgoth, insultez-le si vous voulez, mais ne le faites jamais devant moi. Il demanda et il redemanda encore, inlassablement, si le cap était bon. Et il l'était. Arriva le seuil où il n'était plus possible d'être debout et nous avançâmes accroupis, assommés de sable et d'éclats de pierre, aveugles sous les casques de cuir et les bonnets, sous les bandes de tissu cerclées, sous les chapkas et les cagoules de jute, qui amortissaient l'abrasion, pas le choc du blaast.

Une longue dévastation flottée envahissait l'espace et nous étions perdus, hagards de fatigue, grêlés, complètement ahuris au milieu du bush, en pleine furie laminaire, en pleine montée à l'acmé, des branches fléchaient à travers le rideau de brique, des objets inconcevables trouaient la masse de poussière, surgissaient, et des hélices de nulle part et des seaux, des filets éventrés, des sacs, tout ce qui avait cru pouvoir s'accrocher encore, et comprenait maintenant, tout ce qui s'était cru suffisamment lourd sans l'être jamais assez — jusqu'à la coque d'un aéroglisseur, poussée mètre par mètre, et jusqu'au vélichar fantôme qui passa à quatre pas de Léarch, la voile bloquée, sans pilote, et qui filait indéfiniment vers l'aval.

— Là-bas !
— Quoi ?
— Là-bas, à droite !
— Qui a parlé ?
— Silamphre ! Tribord, il dit !
— Tribord quoi ? On n'y voit absolument rien !
— Écoutez ! Écoutez attentivement !

Un instant, je crus que Silamphre délirait, tant la vocifération du schnee occupa à nouveau tout le champ de l'audible. Puis rien, une brève plainte, une mince fibre mélodique, à peine discernable à la frange du sensible, comme sinuant d'un rêve, se dégagea au sein du tronc hurlant. Pas une musique, ni un bruit, encore moins une voix, non, ça montait et descendait en fréquence, mêlé au froissement horrible, l'entrecoupant, y surnageant par instants puis y replongeant.

— Qu'est-ce que c'est, Silamphre ?
— Vous l'entendez ?
— À peine. Qu'est-ce que c'est ?

Mon cœur faillit bondir hors de moi lorsque je compris. Hululant, oui ! Le pharéole ! Le pharéole du port ! La sirène éolienne qui guide les vaisseaux par gros temps !

— C'est ça, ouais, merde !
— Bordel de dieu !
— Contre en crabe ! On vire à tribord ! En position au sol ! Sov, Pietro, Steppe, Talweg et Erg sur le bord d'attaque avec moi, le Pack derrière ! On se sert de la poussée frontale et on glisse !

Sous la précipitation, on s'écroula, on se releva. On glissa — un peu, très brièvement. On vola en éclats. On rampa et rampa, au plus vite, à moitié noyés dans le sable, ribambelle errante, encore unis pourtant.

Péniblement, avec Golgoth et Pietro, on devina une sorte de canal, balisé tous les cinquante mètres de rocs percés… Des cairns sonores ! Qui sifflaient au vent lorsqu'ils n'étaient pas encore bouchés de terre. De proche en proche, tel un vaisseau avarié cherchant la voie du port, nous avançâmes plein sud, bâbord amures, suspendus au ululement de ces cairns comme à un guide nocturne qui aurait porté une chétive bougie, progressant sur les coudes dans les parties à découvert, courant dès que la zone était un peu abritée.

Lorsque le canal s'interrompit, ne resta que la trompe, à présent dominante, du pharéole. Seule, jouant pour elle-même dans l'immensité vide du bush, l'inespérée corne de brume nous appelait à elle, mécanique pourtant,

mais à cet instant plus humaine qu'une mère, plus précieuse que tout. Nous ne savions pas à quel type de port il fallait s'attendre, nous foncions vers son cri, vers cette mélopée nostalgique et urgente, quand le grain nous projeta dans la pente.

X À tâtons, j'ai cherché le mur de la digue, je me suis assise le dos contre et j'ai écarté le tissu de mes yeux pour analyser le site le plus précisément possible. Au faiblissement relatif du flux, je sais qu'il nous reste deux minutes avant l'arrivée de la vague. La digue, qui mesure quatre mètres de haut sur dix de large, est faite de cubes de granit empilés au milieu desquels ont été fixés — Caracole a vu juste — deux crochets d'amarrage. La cuvette où le port s'inscrit est une doline naturelle dont la crête vive est à six mètres environ. Le sol, qui est dallé, est recouvert d'une couche de sable assez épaisse pour confirmer l'évidence : il s'agit d'un port de plein vent, à peine aménagé et guère protégé du flot.

— Sortez casques et cordes ! Puis verrouillez les traîneaux et capelez-les aux crochets.

La doline est de forme ovale, avec une pente douce en amont et abrupte en aval. J'observe le flot. Il plonge par moments en catabatique, rebondit sur la dalle, vient toucher la butte arrière puis ressort. Sous la vague, ce sera très différent. Avec l'onde de choc, la réverbération va nous projeter contre la digue puis nous aspirer au ciel, en torsion.

— Formation en goutte à sept rangs ! Laissez quinze mètres de corde entre la digue et Golgoth, puis attachez-le.

— Quinze mètres ?! Mon cul ! On va sortir de la zone abritée ! Je veux pas prendre la vague en pleine gueule ! Il faut coller à la digue pour s'en sortir !

π Oroshi n'a même pas un geste d'énervement. Erg lui tourne le dos et ajuste son casque en acier. Lorsqu'il se retourne, il est encore plus impressionnant qu'à l'ordinaire. La voix d'Oroshi monte à nouveau. Elle est restée précise et belle :

— Quinze mètres, Erg. Sinon tu finiras fracassé contre la digue.

— Impossible !

— La contrevague, Erg.

X Les cordes sont déroulées. Je m'assure des distances : quinze mètres, c'est bon. J'enchaîne :

— Huit cordes, quatre sur chaque anneau. Points d'attache en direct :

Golgoth, avec deux cordes, puis Sov et Pietro, Erg et Firost, Horst et Karst. Tout le monde se mousquetonne avec son voisin, rang par rang. Puis devant et derrière. Prenez deux points d'attache devant vous. Mais laissez l'espace d'un bras autour de vous. Pourquoi pas soudés ? Pour l'écoulement. Il doit rester granulaire.

Le vent vient de fléchir : la vague s'annonce. Je cours prendre ma place au cœur du Pack. Les mousquetons sont prêts. Karst à ma gauche et Alme à ma droite m'encliquent à la ceinture. J'attrape les bouts de sangle de l'autoursier et de Steppe devant moi et je visse mon anneau. Puis je sens Larco s'arrimer dans mon dos. Mais pas Caracole…

— Caracole ? Attache-toi !

— Caracole, reviens !

— Il est dingue !

— Ramenez-le !

) Alors que la horde calait enfin ses rangs, à petits pas nerveux, géométriquement, que les casques lourds intégraux, d'acier ou de bois, avaient été fixés sur les têtes de ceux qui avaient la charpente pour les supporter sans fléchir, Caracole eut un geste inouï : il sortit du Pack. Muet sous l'aberration, je le vis courir, escalader à toute volée le mur de la digue, bondir au sommet de la crête et s'agenouiller, les bras levés dans le contre-jour, le tronc laminé par l'intensité du torrent de terre qui déferlait sur lui. Un instant, il parut transparent sous la percée. Je voulus lui hurler quelque chose, mais j'avais trop peur, trop d'effroi aux poumons pour… Il s'était déjà retourné de toute façon… Il se laissa alors glisser dans la pente, un genou en avant, pour ébaucher une révérence… Sur quoi il ouvrit la bouche, pompant du ventre un volume d'air suffisant pour déclamer et il eut cette phrase, dont le sens, avec le recul, m'apparaît infiniment plus beau que ce que j'en retirai alors :

— Furvent, ceux qui vont mûrir te saluent !

Et il sauta dans le sable, tel un chat, pour retrouver sa place et s'arrimer…

X Subitement, les cordes grincèrent et la horde recula d'un bloc. On l'entendit. Huit secondes.

) C'était le moment, repérable, où le vent cessait de siffler pour passer à une vitesse proprement inhumaine, insupportable même aux pierres, même aux buis. Le son perdit son ciselage aigu, sortit de la cinquième

forme et devint ce qu'aucun hordier ne pouvait effacer de sa mémoire physique, une fois entendue, cette effroyable torche de terre raclée qui s'appelait le furvent. L'onde de choc fut audible à une centaine de kilomètres en amont, au tonnerre projeté et à ce moment-là, même habitué, même en face du cinquième furvent comme je l'étais, une terreur froide me monta à travers l'axe de la colonne vertébrale et le réflexe immédiat, impossible à contrer, inutile à acquérir…

— Protégez-vous !

— Putain de merde…

Ω

Δ >

) ¬ π

∧ ´,)- ˇ:

∞ X (·) ‹› ∞

¿′ ∫ ◊ ~ ∂

≈]] √

II.
Chrones

¬ Ceux qui vous disent « pendant la vague, j'ai pensé à ceci et à cela » mentent. Quand elle passe, tu ne penses plus. Tu oublies ce que tu voulais faire, rêvais d'être, croyais pouvoir. Le corps seul répond. Et il répond ce qu'il peut. Il défèque, il se pisse dessus. Il se mange la bouche avec les dents, comme une viande. Il brûle ses tendons à crisper la sangle devant. Il bave. Après ? Après chacun dit ce qu'il veut, il raconte, elle étire, il introduit des mots, il fend ce qui n'est qu'un roc de peur brute... Ce que je pourrais moi vous dire — à vous, tas d'abrités blottis dans vos cages de pierre quand vous nous interrogerez du beau milieu de vos villages, là demain ou dans six jours — je vous vois déjà, les rescapés des puits confortables, des burons lissés à l'enduit, avec vos joues mûries de fin de soirée, oui, au soleil rougeaud qui brille dans vos verres transparents, à attendre qu'on vous dise, qu'on vernisse la blocaille de l'exploit, c'est que sous furvent... Mais n'en parlons plus. Sous furvent, il n'y a rien à dire. Juste survivre quand ça vient cogner à la porte du front — parce que ça n'enveloppe plus ni ne « submerge » ou autres mièvreries : ça frappe, à coups de Merlin, dans les fissures des os. Juste tenir — la nuque arquée — qui casse vers l'arrière — sous le choc. Tenir, voilà. C'est ce que je viens de faire. J'ai le bassin scié par la sangle.

— Ça va ?

— Morrff...

— Ça va, les gars ? Qui est blessé ? Répondez !

X Des borborygmes fusent, des grognements de bêtes tordues qui ébrouent leur fourrure après un déluge. Quelques rafales lavent encore la cuvette, dispersant un peu de sable, quelques trombes rouges sifflent sur le rebord, plongent et s'effilochent, mais le gros des vortex est passé. S'annonce un répit, peut-être d'une demi-heure, bien que je redoute les

chrones qui vont se former dans la turbulence de sillage. Dans les grandes largeurs, ça s'est déroulé comme je l'espérais. Le pire n'est jamais sûr, dit-on, quoiqu'il s'en soit fallu de très peu. Le pire, il arrive avec la seconde lame.

— Oroshi… Oroshi ! Qu'est-ce qui s'est passé ?

C'est Aoi qui me secoue doucement par la manche. Son visage est vert clair. Elle a dénoué son turban pour aspirer un peu d'air mais aucune couleur n'a encore eu le courage de revenir irriguer cette peau qu'on lui envie, la plus souple et la mieux préservée de la horde. Même hébétée, elle conserve sa grâce et sa légèreté enfantine.

— Tu veux vraiment le détail ?

— Oui, je veux comprendre.

— Tu vois l'arête vive, là-haut, sur la crête ?

— Oui.

— Le flux a décollé au niveau de ce bord d'attaque pour recoller à peu près au milieu du Pack, à notre hauteur. Devant, ils étaient en relative dépression, aspirés vers la digue tandis que l'arrière de la horde subissait une pression maximale. La vague a rebondi au sol pour remonter sur la paroi aval de la cuvette, qu'elle a percutée de plein fouet.

— J'ai entendu une explosion…

— L'onde de choc s'est réverbérée dans notre dos, avec un effet de rotation dû à la forme arrondie de la doline. Nous n'avions déjà plus les pieds au sol, à cause du différentiel de pression, si bien que la contre-vague nous a catapultés en l'air. Sans les cordes, nous filions dans les nuages !

— Et là, qu'est-ce qui s'est passé ? Nous avons tourné et tourné dans les airs, j'ai failli perdre conscience !

— Nous avons été ballottés entre deux flux : le furvent et le rouleau turbulent de la contre-vague. Tout le triangle de la horde a pivoté sur lui-même, apparemment deux fois, si l'on s'en tient aux cordes, pour finalement retomber sur ses pieds.

<> Elle avait tout prévu. Je l'admire tellement.

— Tu savais que ça allait se passer comme ça. C'est grâce à toi si nous sommes encore vivantes.

X Elle m'embrasse sur la joue. Je ne savais rien, Aoi. Empiriquement, j'ai tâché d'équilibrer vague et contrevague, sans anticiper assez le différentiel de pression, et surtout sans imaginer que notre grappe humaine de deux tonnes allait flotter au vent à la manière d'une écoufle au bout d'une

corde. Qu'aurait dit de ça mon maître ? Aéroshi, le hasard fait-il partie du talent ? Et puis juste après, avec son sourire fermant : « Mais le hasard est un allié aussi fugitif que mortel. Il te tue avec la même facilité qu'il te sauve. Apprends à réduire ce fauve à la dimension d'un chat. Circonscris la turbulence. Les meilleurs aéromaîtres caressent un chaton et jouent à la pelote avec lui. Un chaton, Aéroshi, pas un tigre. »

— Y a des blessés ? maugrée Golgoth.

— Coriolis a la cheville cassée !

— Entorse ou cassée ?

— Cassée.

— La putain…

— Il faudra l'attacher directement à l'anneau, avec les traîneaux. Qui d'autre ?

— Les Dubka pissent le sang !

— Ça va, pas de problème, c'est juste du sable. On va bien !

π Ils rigolent, comme toujours. Ces frères-là rigoleraient les jambes brisées. Ils comparent leurs blessures et s'amusent à jeter du sable dessus. Rien ne les décourage, rien ne les effraie. Horst et Karst. Karst et Horst. Ka-Ho. Deux grands gamins joufflus. Indissociables, indémontables, les meilleurs ailiers qu'on puisse imaginer.

— Qui d'autre ?

— Sveziest s'est luxé l'épaule. Larco a la cuisse à vif. Salement !

— Et Silamphre !

— Quoi Silamphre ?

— Il a l'avant-bras fracturé !

— Léarch a pris des éclats de bois dans la poitrine.

— Poumons touchés ?

— Non, mais il jouit.

— Aoi, va t'en occuper ! Alme est surchargée. C'est tout les gars ?

) C'est tout. Comme presque tout le monde, je suis en état de choc, pâteux, sonné, j'ai la clavicule striée de silice à travers l'épaisseur de l'étoffe, jusqu'à la peau, et les cervicales qui ripent les unes sur les autres avec des craquements de galet. Mais je n'oserais jamais lever la main pour autant. Étrange à quel point la douleur des autres bute au rebord du partage, si proche que je sois de Silamphre (je me sens presque au chaud dans mes petites plaies, préservé, privilégié d'être à peu près intact). Voilà. Personne ne vivra vieux ici, croyez-moi, les vertèbres moins que les autres, tant l'arc

de la colonne a plié avant de subir une torsion atroce. À un moment, j'ai cru que mon tronc allait pivoter totalement sur son axe. Il va falloir atteler Silamphre, lui faire un bras de bois — ce qui ne sera pas plus mal. Par contre, pour Coriolis…

(·) Il va y avoir des morts ! Des morts ou des blessés tellement graves qu'ils devront abandonner la horde, s'ils survivent à leurs fractures, aux hémorragies internes, celles que je ne pourrai pas stopper… Coriolis s'est brisé la malléole en retombant sur une pierre. Les tendons n'ont pas été touchés, mais l'os est fendu. Tout le monde n'a pas l'agilité d'un Arval ou d'un Caracole. Ces deux-là, on pourrait les jeter du ciel et les retourner dans tous les sens, ils retomberont toujours sur leurs pattes ! Certains savent se protéger d'instinct — d'autres ne comprennent rien à leur propre corps. Mais rien !

Finir ici, mourir alors qu'on pouvait quémander une place dans un puits, sans honte, et attendre ! Je soigne pour soulager, plus pour guérir. Tu vas crever, Alme. Une petite noix aplatie sur les dalles par le rouleau, nettement, crac, la boite crânienne, ouverte. Ce sera bien, rapide. Je ne panique plus depuis dix minutes, je n'ai plus de spasmes, je suis au-delà. Dans la certitude d'y passer.

Ω Une solide merde, ce furvent, de la soupe à grumeaux. À trente ans, ça m'aurait presque fait rigoler d'encaisser ça. Sur une quille. Deux doigts crochetés dans l'anneau. Pour dire l'honnête, ça a pas claqué si féroce devant : une grosse mornifle, un pet de gonzesse, rien. Un rot. Mais derrière, suffit de les regarder : ça s'est fait à la cognée. Ça a soulevé rageur dans la traîne, à poncer de la hanche et de l'épaule, à corroyer du plastron… Faut dire qu'ils ont tellement l'habitude d'être sous la couveuse dans le Pack qu'au moindre blaast, ça saigne du nez ! Mouchez-vous la truffe, les chiots : le costaud arrive ! Oroshi, on en dira ce qu'on veut, elle la ramène, elle pinaille… Mais sans sa tête chercheuse avec une éolienne dedans, on finissait tous à croquer du paveton dans la digue. Moi en tête. Casque ou pas. La contrevague, elle a vibré comme une cloche dans le sotch — et Erg qui voulait se caler tout près, à deux mètres des anneaux ! Vas-y, le combattant, montre-nous. Shlaaa ! Toute la horde crabouillée sur le granit. Ça aurait eu de la gueule pour notre légende : « 34e Horde, menée par le neuvième Golgoth. Avenir prometteur — excellente trace. Meurt connement écrasée contre un mur sur une erreur de lecture d'une *cuvette.* Enterrée avec les morceaux. » Salutations à la 35, à vous l'aval !

) Tout en replaçant une girouette sur son épaule, Oroshi s'est approchée de moi. Sa babéole n'en finissait pas de changer de cap : « Ils arrivent, m'a-t-elle dit, qu'est-ce qu'on fait ? » Elle sait bien que Golgoth ne bougera pas, que Pietro refuse d'en affronter la réalité et que les autres, soit les redoutent sans les connaître, soit les recherchent sans en comprendre les risques.

— Il y en a beaucoup ? Tu as eu le temps de monter au sommet du pharéole ?

— Disons des dizaines.

— Quelles tailles ?

— Les chrones les plus petits ont le volume d'un gorce. Les plus gros pourraient tenir dans la doline…

— Forme d'œuf ?

— Oui. Certains sont plus ronds, mais ils s'allongent en dérivant.

— Quelle vitesse ?

— Suffisamment lente pour les éviter, s'ils traversent le port. Mais je ne voudrais pas paniquer Alme qui est déjà sous le choc des blessés. Ni Aoi.

— Il faut en parler à Caracole…

— C'est déjà fait. Il dit qu'il peut en déchiffrer certains, par leurs couleurs. Parfois au son ou à l'odeur.

— Et toi ?

— Mon maître m'avait appris à lire certains glyphes récurrents, sur leur enveloppe, mais rien ne remplace l'expérience… Et… toi ?

— Moi je ne suis qu'un scribe.

— Sov…

— Tout ce que je sais vient des carnets de contre. Pas une horde qui n'en ait parlé, tu t'en doutes. Chacune avait sa théorie, ses certitudes, ses conseils… Sauf qu'on n'a jamais récupéré les carnets des hordes qui en sont mortes ! Ça limite l'intérêt de mon savoir. Je peux repérer les chrones purement physiques, les plus simples, et encore…

— Voilà les premiers…

Laissant les autres à leurs soins, nous grimpons sur le pourtour de la doline. Sur la plaine, dans un halo de poudre rouge, parmi les dunes et les creux, ils émergent de tous les points de la ligne d'horizon, sans ordre intelligible, épars et progressivement, à la façon de cumulus lissés et mats, qui seraient sortis d'une boucle dérobée du vent. Des points argentés, pas plus gros qu'un ballon, se forment également et se délient…

— On dirait une armée…

— Une horde, mais sans un Golgoth pour l'unifier…

— Plutôt sans Pietro et toi… C'est vous qui assurez l'unité du groupe.

Si le vent a recommencé à forcir, son influence paraît nulle sur l'allure du chrone qui s'approche de nous à la vitesse d'un pas humain, guère plus. Il est à moins d'une centaine de mètres maintenant. Une angoisse s'instaure, elle monte à le regarder silencieusement glisser dans notre direction, avec sa forme de bulbe, de cocon oblong aux parois flottantes qui étanchent la lumière… Alentour du chrone, le vent comme se tait, le son se dissout et s'éteint. C'est une forme de silence épais qui dérive, une présence sans visage ni morphe appropriable, mais dont on pressent physiquement la puissance.

— Laisse-le s'approcher…

Il est à présent à dix mètres de nous, je m'écarte ; Oroshi est plus courageuse, elle attend encore. Des rafales de sable filent à travers sa carapace et ressortent de l'autre côté en petites billes luisantes, mouillées, qui adhèrent à la terre. Oroshi a le même réflexe que moi, sans doute idiot, de jeter des poignées sur l'enveloppe du chrone. Les grains se cristallisent puis fondent à l'intérieur. De près, la surface n'a rien de très organique, elle ressemble plutôt à cette nappe de métal liquide, fluente, que Léarch obtient parfois à haute température dans son creuset. Rien qui donne envie, en tout cas, d'y risquer la main.

— Je jette une pierre ? demande Oroshi, bien que ce ne soit pas une question.

La pierre traverse le chrone comme de l'air et elle réapparaît intacte. Intacte ? Pour être précis, on dirait qu'elle sort d'un ruisseau.

— Remets-la à l'intérieur et attendons qu'il l'assimile…

Oroshi replace la pierre dans l'axe de dérive du chrone. Avec son allure de fantôme lourd, de cylindre fluide, le chrone passe devant nous… Il doit faire dans les cinq mètres de haut sur cinq de large et une trentaine de long. Et pour qui scrute attentivement, pour qui sait où porter le regard, il est couvert de glyphes, à moitié fondus dans le gris plomb des parois, des glyphes mouvants, comme tracés à l'instant, que je n'arrive décidément à rattacher à aucune écriture connue. Des bouts de courbe, des segments de traits, virevoltants et conjoints, suffisamment pour évoquer une volonté, à moins… À moins que j'y injecte, en humain, un sens qui n'y est pas, un dessin qui ne soit qu'un hasard de mouchetures et d'incisions… Sitôt la pierre à découvert, nous nous précipitons. Le résultat est dérangeant.

— Un convertisseur de règne ?

— Minéral-végétal ?

— Minéral-animal plutôt.

— Pourquoi ?
— Pour rien. Regarde la traînée derrière lui…

X Je me baisse. Bruissant est le sable, d'une manière qui me met mal à l'aise. Si Alme voyait ça…
— Il faut retourner en bas, Sov. Si un chrone plonge, il faut être là.

¿' Hé, les frérots ! La longue ribambelle bouclée des nouveau-nés pondus par papa Vortex, viendez-y, dispersez votre magie sur la plaine, fascinez-nous ! Des cychrones, des psychrones, des chrotales à la louche, en vrac, par paquets de cinq, par flopées de douze, gris métallisé, rouge garance ou bleu courge, pour toutes les courses et les dégoûts, ne fuyez pas nous autres, pas encore ! Pas avant d'avoir tenté votre chance ! Du possible, sinon j'esbroufe ! Que Sov, mon pote, et Aérochichi, l'élégante à girouette, analysent et mesurent — reste qu'il va falloir se les coltiner au corps à cuir, plonger dedans, passer la tête et voir où et qui, et en quoi ça se transforme, puisque le chrone, oui-da, précipite les devenirs ou accélère l'errance, tirez une carte… De science, point qui rassure sur leur nature, l'intuition seule, le toucher-la-couleur, parfois l'odeur, guidez-vous sur mon don, troubadour suis et plutôt jeune lanceur, de quoi donc ? De sorts et de sorties, j'ouvre la voix et je crie :
— Un chrone arrive ! Plein port ! Détachez le troupeau ! Les brebis sur les pentes ! Bêêêêêê !

) Dans le flot, ni Oroshi ni moi ne l'avions repéré, mais Caracole, si. Un œuf presque parfait de dix mètres de long, avec une gangue d'aspect rocailleux. Un indice ? Les hordiers qui s'étaient attachés se détachent, les mousquetons s'ouvrent et claquent, une partie du groupe s'approche précautionneusement de la masse — quoique personne aussi près que Caracole qui flatte le flanc du chrone avec la paume, sans toutefois oser plus. Inconsciemment, Pietro et Golgoth se sont tournés vers nous, Alme a reculé au fond de la cuvette, avec Aoi et quelques autres : l'autoursier, les Dubka, Sveziest… Sans hésiter, Carac a lancé son boo à travers le chrone. Le boo entre et ressort, trace un n court puis revient en retraversant la masse dans toute sa largeur, pour mourir dans les mains du troubadour. Caracole examine le bois poli avec une avidité de chercheur. L'attention tout entière se porte sur son visage de faune, que brouillent ses mèches volantes et ses mimiques. Il paraît d'abord surpris, puis dépassé, puis la clarté de sa joie explose :

— Je sais ! Enfin je crois.
— Dis voir !
— Devinez !

Ω Quel trou-du-cul ! Je te pousse dans le chrone et après je devine !

π Est-ce qu'il peut comprendre, je ne dis pas accepter, juste comprendre qu'il existe des moments propices à la plaisanterie et d'autres… non ?

X Les glyphes sont quasiment figés. On les dirait gravés dans la gangue.

≈ Je l'adore. Il me fascine. Il est tellement tête brûlée, foutraque ! Si je dois y passer, je garderais au moins cette image en moi, sa vie libre, son rire. Il ne ressemble à personne.
— Trois… Deux… Un… Perdu ! C'est un pétrificateur !

X Il a raison. Bien vu.

) C'est la seconde fois que j'en vois un. La première, c'était un dessin dans un carnet de contre. Une horde qui avait perdu deux hommes, de nuit, statufiés dans leur sac de couchage. Même texture de l'enveloppe, même type de glyphes, hiératiques et brutaux.
— Coriolis ! Silamphre ! Yahou ! Vous êtes sauvés ! Venez vite !

≈ Je voudrais bien lui obéir mais je ne peux plus poser le pied au sol.
— Écartez-vous, laissez venir les pattes cassées ! Réparation immédiate et sans douleur ! Satisfait ou pétrifié !
— Qu'est-ce que tu racontes ?
— Que Silamphre place son bras à l'intérieur du crochrone : l'os sera ressoudé !

) Comme souvent avec Carac, nul ne sait où commence la farce, si seulement elle a commencé, et quand elle s'achèvera. Le sérieux reste chez lui indémêlable du jeu, cousu dans la même étoffe gestuelle et verbale, la même malice filante. Du troubadour, il offre l'incarnation la plus éclatée, le pur brio quotidien, infatigable… et fatigant. La scène où il se produit a la dimension de la Terre et son rideau de ciel ne ferme depuis longtemps plus. Plus grave est l'événement, plus fantasques ses écarts — et plus frivole l'attitude.

— Tu blagues encore ou…

— Faites-moi confiance ! Regardez donc le boo ! Les fibres se sont minéralisées !

— Et si c'était autre chose ? Tu jettes ton boo et hop, tu conclus !

X Alme a surmonté sa panique, elle fonce vers nous. Elle hurle :

— Il est hors de question d'enfourner les blessés dans cette… chose ! C'est du suicide !

— Alme, les os vont se reformer…

— Crois-y ! Le bras entier va se pétrifier ! La peau, les tendons, la chair, les nerfs, tout ! De la pierre ! À jamais !

≈ Caracole sourit de plus en plus largement, s'assombrit par vagues, sourit à nouveau. Je suis prête à essayer, s'il me le demande. Au point où j'en suis, à la prochaine vague, j'y reste de toute façon.

— Je ne pense pas. Le chrone est d'ordinaire sélectif. Il produit d'abord ses effets sur ce qui lui est structurellement proche, puis sur le reste, par cercles décroissants d'affinité. C'est une loi qui a presque toujours été vérifiée…

— « Presque toujours… » Oroshi ?! Comme on a « presque toujours » eu de la chance sous furvent ! Mais aujourd'hui ? Vous voulez vous débarrasser de Silamphre et de Coriolis ? En faire un tas de cailloux ?

— Le chrone agira sur les os en premier…

— On n'en sait rien, Alme a raison, intervient Pietro.

— C'est de la folie, Coriolis, n'y va pas !

— Caracole dit n'importe quoi, il fait son cirque, laissez tomber !

— N'importe quoi ? N'importe quoi ? Je dis n'importe quoi ?

π Le troubadour passa derrière Talweg et lui chipa son marteau. Il avisa une pierre plate, s'accroupit et posa sa main dessus. De l'autre, il tendit le marteau à Erg.

— Vas-y, frappe.

Erg le regarde, interloqué. Il a pris le marteau par réflexe.

— Vas-y ! Puisque je dis n'importe quoi.

— Arrête de déconner. Je vais t'éclater la main.

— Éclate ! Si je le fais moi-même, on croira que je triche.

— Je peux pas faire ça, Carac !

— Passe le marteau à quelqu'un d'autre. Dépêchez-vous, le chrone dérive et la seconde vague se prépare.

Tout le monde se regarde, effaré. Talweg, puis Sov essaient de le raisonner. En vain. On perd du temps, dangereusement. Nous devrions déjà être arrimés aux anneaux. La lumière s'obombre. Le chrone longe le bord de la doline…

— Vous commencez à me péter les burnes. Filez-moi ce marteau !

— Golgoth, n'entre pas dans son jeu !

— Je n'entre pas dans son jeu, j'en sors.

Golgoth arrache presque le marteau des mains d'Erg, il écarte tout le monde du bras et s'accroupit à côté de Caracole qui tient sa main bien à plat sur la pierre.

— Quel os ?

— Les phalanges du majeur et de l'index, Golgothine.

— Déconnez pas !

∂ Le son est mat et très pur. Golgoth n'a pas hésité une demi-mesure. Il a fracassé les doigts de Caracole. Le troubadour se roule de douleur dans le sable.

— Débiles, vous êtes débiles !

Il se relève et titube jusqu'au chrone. Avec un visible effort, il replie ses trois doigts valides et trempe index et majeur dans la paroi du chrone. Trente secondes plus tard, il retire sa main. Il a repris le sourire. Il articule un « Regardez ! » et ouvre ses deux doigts, en signe de victoire. Il n'y a plus à hésiter, je m'avance et j'enfonce mon avant-bras.

— Silamphre, attends !

— Vos gueules, ce n'est pas votre bras, alors bouclez-la !

Ma première sensation nette est d'avoir mis le bras dans un trou de glace. J'ai les pires difficultés à le maintenir à l'équerre. Sov m'aide. Il transpire autant que moi. Les parois ondulent, coulissent devant mes yeux. Quel silence ! Même les mots de Sov s'étouffent, m'arrivent d'à travers un rideau de velours. « Attention… pas mettre… coude » insiste-t-il. À l'intérieur, mon membre est hors de vision, ma chair me donne l'impression d'être transpercée par un flux de givre, j'ai envie de retirer le bras « pas encore » répète Sov, je n'arrive plus à bouger le coude, ma fracture cesse de me lancer, d'agiter ses aiguilles, ça durcit dans l'aubier du bras, comme si l'on y glissait une barre de fer…

— Sors-le, sors ton bras maintenant !

Je le retire. Ma peau est pailletée. Sans même m'en rendre compte, je secoue le bras, pour le réchauffer, je le tâte, le sang revient doucement l'irriguer.

— Alors ?
— Alors je crois que… c'est ressoudé !

X Puis ce fut le tour de Coriolis, portée par quatre mâles diligents, dont la malléole ressortit recalcifiée. Très bien : elle tenait à nouveau sur ses jambes, suffisamment pour prendre la seconde vague debout. À l'évidence, nous n'étions pas prêts mentalement à la subir. J'avais beau examiner la doline, recalculer ses dimensions, interpoler l'inclinaison et les ruptures de pente, simuler l'écoulement local, je butais sur l'ampleur du vortex qui allait nous aspirer. Sur quel axe giratoire ? À quelle vélocité ? Jusqu'où ? Les autres attendaient mes instructions avec confiance, Golgoth m'avait entièrement délégué le contre mais, au fond, je savais à quel point mes choix n'étaient qu'une passerelle, avec trois câbles théoriques, jetée sur le chaos. Avoir trouvé ce port était un miracle, certes. Un solide piège aussi.

— Toute la horde en place. Préparez-vous ! Nous allons complètement changer de formation. Léarch, peux-tu nous sortir deux piquets de fer ? Erg, tu l'aides à les enfoncer le plus profond possible, en ces deux points, ici et là. Les autres, dix cordes cette fois-ci, remplacez celles qui ont souffert. Vous vous placez en lance-pierres.
— En quoi ?!
— En lance-pierres ! Vous avez été formés où ? À Aberlaas ou dans la brousse ? Nous allons essayer de limiter le pendule et les vrilles !

) Les chrones ont assuré une bonne diversion finalement, ils ont trompé la peur et dispersé l'anxiété. Mais maintenant que nous sommes à nouveau attachés, elle revient, viscérale. La stratégie d'Oroshi est sans doute la meilleure pour le groupe, elle est la pire pour nous, le Fer. Je crois comprendre ce qu'elle espère : le V du lance-pierres va canaliser l'écoulement dans l'axe de Golgoth, mettre en tension le Pack et ainsi limiter l'errance latérale. Soit… Mais à trente mètres de la digue, debout, sans être abrités par quiconque, nous allons être massacrés par la vague. Je ne m'imagine pas la suite. On ne peut pas imaginer sa mort, je me projette déjà, après le furvent, demain, vers le prochain village où l'on s'arrêtera un peu, je pense à Aoi et à Coriolis, pas à la souffrance. À elles. La petite goutte, la petite larme vivante, brillante ; et la torche bleue, boudeuse parfois, mais dont chaque mouvement brûle, doucement.

Alme a été chercher des bonnets de cuir matelassés. Elle m'en enfonce deux superposés et me bande le tronc avec un haïk, en y intercalant des lattes

de bois. Pietro en demande quatre pour ses avant-bras, jette les lattes brisées et verrouille d'une main sa minerve sur son cou entaillé. Je me retourne : au fond du lance-pierres, en bout de corde, Golgoth a sanglé son casque aux aisselles et à son armure en peau de gorce, Alme s'approche, il la repousse d'un grognement. Il sait ce qui l'attend : il a déjà creusé ses trous d'appui pour les pieds, étiré sa nuque dans toutes les directions, pivoté ses épaules et ses hanches. Je n'ose imaginer ce que ce serait de perdre Golgoth. Si énorme est sa volonté, il est si terriblement concentré, si totalement la Trace… L'esprit de la Horde, qui l'a, à cette densité, dans son sang ? Qui y croit avec cette fureur, avec cette foi crue comme le Goth, neuvième de sa lignée — et de l'avis de tous (les hordonnateurs qui l'ont formé aussi bien que les sages qui ont vu contrer son père et son grand-père), le meilleur ? Personne, il le sait. Et en même temps ronge en lui ce doute carnassier : son frère, son frère mort à six ans, l'aîné, le surdoué. Je fais partie de la horde, moi Sov, fils de croc, Pietro, Erg ou Firost, Sveziest, nous tous. Mais lui, Golgoth, n'en fait pas partie. Non. Il *est* la Horde.

— Elle arrive !

— Je vous aime, crie Coriolis.

≈]]   √ ∂

¿′ ∫   ◊ ~

(·) X   ¬ ‹›

ˇ• ∧   ′,)-

∞)   π ∞

Δ >

Ω

Ω À quoi bon raconter ? Vous autres, les abricots, vous n'y comprendrez jamais rien. Vous vous branlez sur nos vies dans vos burons, avec l'éolienne qui ronronne au-dessus de vos têtes chevelues, et vous nous enviez. Oubliez-moi. Oubliez-nous. Le blaast a explosé. Au son, j'ai su que ça serait hors norme. Un torrent de pierre, en plein tronc. Pas du sable, pas du gravillonnant qui rainure le plastron : de la boulasse. Du cogne-dur. Alme chiale en me regardant. Moi je ne me regarde pas. Je pisse le sang par les oreilles, à genoux, tabassé, j'essaie de respirer, une brique d'air après l'autre… Sans l'armure de cuir, sans mon casque, le meilleur de toute l'histoire des Hordes, ancrez-le, le casque des casques, un monstre de résistance

et d'amorti, sans les protège-cuisses, les coques, les coudières en bois, complètement fracassées, j'étais mort. Les piquets de fer ont sauté, ils ont voltigé dans le paquet, deux cordes ont lâché devant, on a été balourdés contre le rebord du sotch, labourés axial, retournés, blindés... Y avait plus personne, je vous le dis, moi pas plus qu'un autre ! J'ai senti la grande faucheuse qui me bastonnait à coups de manche dans le thorax et qui me disait : là, Golgo, c'est fini, ouvre ton casque, allonge, je suis venue te chercher... Viens rejoindre ton frangin, il a pas fait mieux. Il t'attend, le morveux, depuis trente-quatre ans maintenant...

X « Un chaton, Oroshi, pas un tigre. » La cuvette est mouchetée de sang. Sans le matelas de sable, les rabattants nous auraient brisés en morceaux. La disposition en lance-pierres nous a évité le pire. Le flux laminaire, Vent soit loué, est bel et bien resté dominant sur les turbulences. Ça nous a sauvés. Mais à quel prix pour Golgoth... À quel prix pour Firost, Sov et Pietro... Ils ont décliqué leurs mousquetons et ils gisent à terre. Sov est entaillé sur tout le flanc droit. Ses plaies sont injectées de sable et d'éclats. Aoi s'en occupe. Pietro a l'épaule droite luxée. Il a dû percuter une souche lors d'un pendule. Alme va la lui remettre, ainsi qu'elle l'a fait pour Sveziest tout à l'heure. Seuls les trois premiers rangs ont été relativement épargnés : prévisible. Ce sont eux que je mettrai en première ligne pour la troisième vague.

∫ Il y eut à nouveau des chrones qui saluèrent et se retirèrent (en douce), mais je ne reconnus aucun pote. Des arbres furent refleuris ou recrachés secs, d'autres engrossés de chats, des cactées surgirent du sable pêle-mêle, des chars à voile firent coucou, des animaux du genre furtif laissèrent quelques traces impossibles. Pour épatant que ça vous paraisse, ce n'est rien en comparaison de ce qu'ils font (les meilleurs) là-haut. Parole de Larco ! Eux, les muages, ils créent à partir de rien, de vent pur, d'un peu d'air et d'eau (de lumière), ils façonnent des étoiles, des lunes planquées dans la voûte, ils t'inventent le temps qu'il fera, ils font pousser des forêts sur des couches de brume, et de vaisseaux (sans voiles, tout confort) qui nous larguent discrètement du gibier quand ils nous savent bredouilles à la chasse.

Il y eut aussi la troisième vague (moins féroce) que nous avons contrée en arc, avec Sov, Golgoth et Pietro attachés aux anneaux (comme de la viande fraîche). Les pauvres, ils avaient foutrement dérouillé, une galerie de plaies. Oroshi, inutile de vous faire un dessin (Si ? Insistez alors !), aura

prouvé (une bonne fois) ce que nous savions : qu'aéromaître est un art qui se bricole autant qu'il s'apprend et qu'elle est infiniment digne de son rang (enfin, pour ce que j'en sais… Je dis ça pour frimer). Vous vous en foutez là-haut, les muages, vous baillez du brouillard ? Vous voulez décidément un dessin ? Le voilà :

) π Ω

ˇ• ∧ ʻ,)-

(·) ∫ X ◊ ¿']] √ ∂

≈ ¬ ∞ Δ > ∞ ‹› ~

III.
Le cosmos est mon campement

) J'adorais, qu'y puis-je ? J'adorais cette vaste étendue de ruines d'après la vague — ces villages ouverts à vau vent désormais, ces forteresses en vrac, dérisoires, comme vieillies dans la nuit, avec leurs pierres bradées sur un tapis de sable, autant de bijoux, épars à ramasser. J'adorais cette sensation d'homme debout, de lame de chair, encore droite sur ce monde horizontalisé, devant ce champ de bataille sans riposte ni ennemi, où rien n'avait été vaincu mais tout lavé à grande eau de bourrasques, tout renouvelé et redonné à nos pas, à notre simple trace. Ce rêve têtu, de la plus haute crétinerie, cette chimère d'atteindre un beau jour le bout de la Terre, tout là-haut, l'Extrême-Amont, à boire le vent à sa source — la fin de notre quête, le début de quoi ? J'adorais. Peut-être ressentions-nous le miracle de vivre sous une lueur moins diffuse soudain, plus précise et liquide, un matin comme celui-ci ? Le ciel était d'une transparence à crier et la plaine, fumante encore, scintillait de vapeurs dissipées, de poudre fraîche où enfoncer ses pas était comme inventer le sol à mesure de son contre. Golgoth n'avait donné aucune consigne : libre trace, à chacun son rythme et son trajet, au plaisir des trouvailles d'après furie, à qui buterait sur une bouteille pleine, une hélice intacte, un lièvre variable ou un serval à faire cuire à la broche pour le camp de ce soir.

Le vent s'était réveillé sous sa première forme — une zéfirine —, la plus propice et la plus douce des gifles de prime aurore et nous n'avions pas cherché à traîner nos estafilades au milieu du port par un temps pareil. Mes cicatrices tiraient à chaque mouvement de hanches, mais je n'y pensais même pas, je humais l'espace rouge, je signais de la plante du pied, heureux comme un prince nomade foulant un pays de promesses, respirant chaque bouffée d'air avec une frissonnante ampleur, pleinement, puisque j'en avais encore la chance, la chance prolongée — et poignante.

— Arval, tu y vas ? Il y a peut-être de l'eau, ou des gens à aider ?

— Toi y aller ! Dernier village m'a pris pour un pillard fréole !

— Tu n'es même pas armé ! Et tu n'as pas d'aéroglisseur ni de char, rien, tu es à pied, ils sont demeurés !

¬ Le village, enfin le tas de dunes, est à trois cents mètres sur la droite. Les puisards sont les seuls survivants que nous ayons croisés depuis ce matin et ils étaient à ce point hébétés qu'ils n'ont compris ni qui nous étions, ni ce que nous demandions : un peu d'eau non souillée, une chaise où s'asseoir, un pan de mur encore droit où adosser nos plaies. Il faut les comprendre. Les dégâts sont immenses : maisons détruites jusqu'aux meubles, vélichars, éoliennes... Parfois, tout a été embarqué. Quelques enfants aussi, les rares bêtes. Les récoltes noyées de sable. Des mois à pelleter, à dégager, à reconstruire sous les rafales en espérant finir avant le prochain massacre, dans deux ou trois ans, et finir mieux, moins ébranlable ! À attendre qu'un banc de méduses veuille bien s'empiéger dans les hauts filets ou se faire percer le bulbe à coups de cerf-volant. Car sans la glu des méduses, pas d'enduit mural qui tienne ; et sans enduit, pas de miracle : le calcaire s'érode en trois mois, les fissures se creusent sous les joints... Il est marrant, Arval :

— Qui c'est l'éclaireur ? Toi ou moi ? Si tu veux, je te passe mon marteau et je te bombarde géomaître ! Je n'ai aucune envie de finir avec un boo sous la gorge.

— Moi non plus !

— Alors on laisse voler. De toute façon, regarde-moi ce merdier : y a plus une verticale ! Encore une saloperie de hameau en pisé ! À croire qu'ils n'y comprennent rien ces branleurs d'abrités ! Tempête après tempête, ils remontent péniblement les mêmes crottes de terre. Pas foutu d'aller équarrir quelques blocs de calcaire et de te caler ça...

— Sont menés par le bout du vent !

— Il y a une forme de logique là-dedans, tu sais. Ce qui ne méritait pas de rester droit s'est fait coucher. On ne sait pas au juste à quoi ça tient. Parfois, à même niveau et même hauteur, pour deux maisons en goutte d'eau, bien profilées, l'une survit, l'autre s'éparpille. Comme s'il y avait un secret, une complicité avec la terre que l'une avait quand l'autre...

— L'autre, on sait après que terre la tolérait, simplement.

π Sous ce soleil, les hameaux se lisaient de loin sur l'horizon. Des buttes sombres sur une plage de cuivre. La tempête avait bouché nombre de dolines et aplati les dunes. Nous ne pouvions être devant choix plus clair :

y aller dans chaque hameau, pour prêter main forte, dégager des corps, sauver peut-être une vie. Ou bien passer son chemin. Ceux de la horde qui me précédaient en bande dispersée avaient fait leur choix : ils passaient leur chemin. Qu'est-ce qui s'imposait ? Passer son chemin, oui. Mais aux autres.

‹› La vieille femme chiffonnée pleurait les yeux ouverts. D'autres enfants sortaient du puits, ils étaient couverts d'une cendre volatile, une poussière de fissure. Ils se tapaient les manches et les cuisses, se secouaient les cheveux. Lentement, ils prenaient conscience des choses, ils se demandaient… C'était moi qui avais entendu les coups tapés contre le couvercle de la trappe. Et Alme qui avait trouvé le puits, recouvert d'une langue de sable grossie de pierres, bloqué. Sous la place, n'est-ce pas, comme souvent dans les hameaux esseulés : tous les minots du village, une vingtaine, et leur mère et leur grand-mère. À huit mètres sous terre, dans un trou simple. Par manque d'espace, les hommes étaient restés blottis dans leurs burons, à la surface. Aucun d'eux ne pouvait témoigner de ce qui s'était passé. Le village était disséminé sur trois kilomètres en aval, une comète de débris. Sans notre passage, qui aurait dégagé la trappe ? Il valait mieux ne pas y songer, la trappe s'était ouverte et ils étaient vivants, au moins ceux-là.

La vieille femme refusait de fermer les yeux. Sur ses joues plâtrées, les larmes s'étaient ménagé un sillon, elles creusaient maintenant toute le même, inexorablement. Elle nous avait remerciés, en nous tenant les mains, si longtemps, si longtemps, puis elle s'était assise sur la margelle d'une fontaine emplie à ras bord de sable. Alme parlait aux femmes qui émergeaient veuves, parlait aux mômes qui ne couraient pas vers leur maison la gorge fendue — « Papa ! », invariablement, cri, cri, cri… Papa !

Elle consolait, elle prononçait je ne sais quels mots imaginables, avancés à la façon de marches, d'un escalier abrupt qu'elle procurait entre maintenant et l'atroce, tout en bas. Cet à-pic. Elle ne parlait pas pour dire, elle hurlait juste doucement face au silence ; face à cette manière qu'avait la mort de vouloir prendre, une fois pour toutes, la parole. J'étais incapable de cela, je n'avais pas été formée à soigner depuis l'âge de sept ans, je n'étais qu'une petite cueilleuse, et une sourcière, quand je trouvais l'eau, parfois. Je ne possédais rien de son expérience de la détresse, encore moins le courage et l'à-propos. Je n'avais que mes petits bras pour accueillir. Et pour serrer.

— Bon, troubadour, je récapitule : il y a trois signes pour noter le ralentissement du vent. La virgule pour la décélération simple, le point-virgule pour la décélération avec turbulence et le point pour l'arrêt, vent nul. D'accord ?

— Dis ça à Coriolis, je connais mes bases !
— D'accord. Coriolis, comment tu notes la salve et les rafales ?
— Ce que vous appelez la salve, c'est une rafale douce, une petite accélération, c'est ça ?
— Évidemment.
— Et bien, la salve se note avec une apostrophe et la rafale avec un guillemet, c'est-à-dire deux apostrophes, en fait.
— Si tu veux. Et la rafale lourde, la rafale chargée de sable ou de terre ?
— Accent circonflexe.
— Elle retient bien la petite !
— Mieux que toi, troubadour, ça fait dix fois que je te montre comment dessiner un furvent et tu te trompes encore entre le tourbillon, la trombe et le vortex !
— Nullement, maître ! Le tourbillon, c'est °, la trombe o et le vortex O !
— Et la contrevague ?
— Point d'interrogation !
— Tu vois, elle répond plus vite que toi ! Bon, je termine les explications et après je vous propose une transposition, d'accord ?

) Coriolis est manifestement ravie. Avant que la horde ne traverse son village, il y a huit mois maintenant, elle menait une existence lavasse entre ses rêves de jeune fille et son travail routinier d'orpailleuse. Elle était poseuse de filets sur les plaines, dans un pays où le filtrage d'un jour de vent ne suffit pas à remplir deux bols de graines. Hier, elle a survécu à son premier furvent et connu son premier chrone ; aujourd'hui elle découvre le statut de scribe, la notation du flux et peut-être aussi son premier amour avec ce chenapan de Caracole, dont chaque blague la décale, la soulève et la transporte. Trop facilement. Nous ne savons plus où sont les autres — devant ou derrière ? — juste que faire halte ici en pleine journée, sur ce bout de prairie, cet îlot subit, sans doute jailli hier d'un chrone, est un luxe de vagabond.

Hors du groupe, Coriolis se lâche : elle ose poser ces questions, élémentaires pour nous, qu'elle aurait honte de soulever devant Golgoth et les autres. Alors j'étale mon savoir — sans déplaisir...

π Le toit en coupole s'est écroulé, mais les murs sont intacts. C'est une maison bourgeoise d'honnête facture : l'architecte a dessiné une belle goutte d'eau, avec des courbes fluides et sans cassures. Les deux petits dômes en amont de la coupole centrale y ajoutaient un air de petit palais. L'impression est plus nostalgique aujourd'hui.

— Il était dans le dôme sud quand la vague a frappé… S'il est vivant, c'est là que…

— Pourquoi n'y êtes-vous pas allée ?

Ce qui pourrait être sa femme ou sa maîtresse me dévisage. Elle ne répond point d'abord. Elle contemple la rue autour d'elle. Des racleurs armés de pelles se lancent des ordres en fouillant des gravats, du bout du manche. Ils vont chez les voisins, d'autres notables. Sur quoi prospérait ce village ? Il semble riche.

— Je ne veux pas le voir mort.

— Accompagnez-moi jusqu'à l'entrée du salon. Après, je me débrouillerai.

Il n'y a plus de portail à hélice à pousser, ni de double-porte à ouvrir. Le furvent a allégé l'étiquette. Sans manières, nous pénétrons dans le salon. L'irruption du désastre, dans cette pièce magnifique en forme de bulbe, construite sans un angle, serre le cœur. Le haut plafond bée sur le ciel. La coupole s'est écrasée sur les meubles marquetés, les fauteuils en cuir profilés, le tapis ovale. Des lauzes ont tordu l'orgue éolien dont les tubes devaient saillir à travers le dôme. Avec tact, la femme anticipe mes questions :

— C'est tout le système de distribution éolien qui a été détruit. La cuisinière à friction, la cheminée à air pulsé, le moulin à vapeur de la salle de bains. Jusqu'à la table à coussin d'air, où l'on joue au palet.

— Où se trouve la pièce ?

— Au fond de ce couloir. Je vous attends ici. La gouvernante a laissé une pelle devant la porte.

Subitement, j'éprouve un sentiment de malaise. La gouvernante ? Je me sens totalement déplacé ici, voyeur peut-être. Piégé ? Qu'est-ce que je suis venu faire dans ce village, dès le début ? Qu'est-ce que j'ai voulu me prouver ? La noblesse, n'est-ce pas, toujours elle. Être noble, aider. Le Prince, mais charmant. Au sein de la horde, qui pourrait comprendre ce que je fais là ? Sov ? Sov comprendrait. Un Della Rocca qui prend la pelle, qui ne se contente plus, comme ses ancêtres, des lettres de sa noblesse. Qui veut mériter le prestige qu'on lui accorde de fait.

Les facilités de mon statut, je les ai toujours tenues à distance. Pour me fondre, devenir un hordier comme un autre ? Plutôt pour en revenir à l'esprit de la noblesse que ma lignée indique et qu'elle avait fini par négliger, au bénéfice de l'apparat et du jeu des signes. L'atteindre et l'incarner. Sans éclat, au quotidien. Sobrement. J'empoigne la pelle et j'ouvre la porte. Le dôme sud devait ressembler au salon, en plus cossu et en plus intime. Il est maintenant éventré et enseveli sous le sable. Je crie. J'appelle. Je crie à nouveau. Avec précaution, j'insinue ma pelle, au hasard, dans les mottes et les

tas. Mes chaussures se remplissent de sable. Je me cale, afin de commencer à creuser.

Je ne sais plus ce que je fais là en réalité.

) Je récapitule :

— Fondamentalement, le vent c'est : 1, une vitesse ; 2, un coefficient de variation — accélération ou décélération ; et 3, une variable de fluctuation, ou turbulence. La notation peut aussi comporter des indications de matière, vent chargé, grain ou pluie, de forme pour les tourbillons ou les contre-vagues, et enfin d'effet — par exemple l'effet Lascini qu'on note avec des tirets. Il existe en tout vingt et un signes de ponctuation, tous empruntés à l'écriture courante et qui suffisent à décrire exhaustivement le vent.

— Qui a inventé ce système ?

— Le scribe de la 8e Horde, Focc Noniag. Il n'a quasiment pas bougé depuis.

— On utilise ce système pourri depuis cinq siècles ?!

— Oui. Mais admirez l'économie de moyens : la vitesse n'est jamais notée en tant que telle ; on ne marque que les variations autour de cette vitesse, à partir du vent dominant qui est indiqué en début de ligne, à la façon d'une clef musicale. La zéfirine se note a, le slamino ã, la stèche à, le choon â, le blizzard ä et le furvent å…

— Ça, ce sont les six premières formes du vent. Et les trois dernières ?

— On ne les connaît pas, trompuchon !

— Je sais bien, Maestro, mais on aurait déjà pu prévoir les symboles !

— Bon, à propos des fluctuations, je fais un petit rappel pour Coriolis. Le mot « bourrasque » a un sens très précis chez les scribes. Il désigne le caractère saccadé, intermittent, erratique du vent en rafale. Lorsque la fluctuation est plus discrète, moins hachée, que le flux oscille doucement, on parle alors de « turbule ». La turbule se note avec un petit point élevé, comme sur le i et le j, comme ça : « ˙ ». Ou par un tréma : « ¨ » quand elle est très animée. La bourrasque se note avec un accent grave : « ` ». Compris ?

— Oui !

— Enfin, un mot sur le blaast qui est cette rafale sauvage, proche de l'explosion, qu'on a subi plusieurs fois hier…

— Dans la plaine, quand Golgoth nous a fait relever ?

— Oui… Il se note : « ! ».

— Le grain, c'est bien deux points : « : » ?

— Fais ta fayote, princesse !

— Je mémorise, c'est tout.

Elle sourit à nouveau. Sa beauté est contagieuse, elle coule comme une liqueur, me rend légèrement ivre. Coriolis… Je comprends Larco, qui brûle. Cette fille fait, par moments, furieusement envie. Quoiqu'il y ait pire que ses yeux, Larco, qui varient, comme tu dis, « du bleu nuit au bleu pluie », selon la lumière : il y a sa bouche. Caracole l'enlace par la taille, l'embrasse dans le cou en lui chapardant sa plume, elle se laisse faire, elle proteste, elle frémit. L'enfoiré.

π Ça dura un quart d'heure. Moins ? J'avais fini par trouver une planche carrée sur laquelle mes appuis étaient bons et j'avais creusé circulairement, vite, autour de moi. En vain.

Du sable dégoulinait régulièrement par l'embrasure du toit. Il tombait en fin rideau, jaune et rouge. Je m'accroupis sur ma planche, fis un pas de côté et… Je crus entendre un filet de gorge. Un souffle, très près. Je dégageai la planche du sable et je la calai un mètre plus loin pour m'assurer une nouvelle plate-forme. À l'endroit exact où je venais de la retirer, je vis alors dépasser du bleu, profond, mêlé de sable. Un tissu. Une chemise. Je grattai avec les mains… Un torse. Il était froid, tiède. Tiède. Ma main plongea, sans réfléchir, sous la chemise, pour tâter. Soubresaut. Je me mis à creuser à doigts nus, tout autour de ce torse, frénétiquement, dégager la tête, le sortir. Je le sortis. Il avait les yeux grands ouverts, j'aurais juré qu'il allait parler. Quelqu'un le secoua, le secoua sous mes yeux, encore, encore. C'était moi. Je glapissais sans même m'en rendre compte. Il était froid. Mon regard se reporta sur la planche. Elle était carrée. Plaquée par moi sur sa poitrine. J'avais marché dessus. Je lui avais marché dessus. Je l'avais étouffé.

— Vous l'avez…

Une femme se tenait sur le seuil de la pièce et elle me regardait. La panique. Elle regardait la planche, elle regardait le corps de son mari, de son amant, elle me regardait.

— Vous l'avez…

— Oui…

— Trouvé.

— Oui.

— Partez maintenant.

) Quitte à commencer par la base, j'avais choisi de leur faire transposer la zéfirine. Souvenirs. À l'âge de huit ans, l'hordonnateur qui formait les

apprentis scribes nous avait demandé, exceptionnellement, de sortir de la Salle Trouée pour monter jusqu'au toit de la tour. Là-haut, à quarante mètres au-dessus d'Aberlaas, il nous avait disposés, un à un, sur le rebord, les jambes dans le vide, avec une plaque d'argile en main et un stylet. « Fermez les yeux et transposez le vent qui souffle sur vous. Celui qui ne marquera pas les turbules, je le pousse. » Il n'ajouta pas une syllabe de plus. Les hordonnateurs n'ajoutaient rien, de façon générale. C'étaient de sombres, de crayeux pantins. Je me souviendrai toute ma vie de cette dictée directe. La première phrase du vent était :

‘ ’ . ‘ . ’
‘ .

Salve, décéléré, stase. Salve & turbule, décéléré, salve, stase.

L'enfant qui se trouvait à ma droite était mon meilleur ami, il s'appelait Antón Berkamp. Il était le fils du scribe de la 33e, Fitz Berkamp, et aux yeux de tous, à l'aune de son talent, son successeur évident. Lorsque j'ouvris les yeux, je grelottais face au vide et je me détournai vite pour jeter un regard sur la tablette d'Antón. Il venait de corriger la turbule, en milieu de phrase, pour un accent grave : bourrasque. Bourrasque ?!

La notation du vent, qui est en son essence *différentielle*, n'a rien d'une science exacte, tout le monde le sait. La perception du temps entre les salves, l'ampleur accordée à une turbulence, la distinction entre un décéléré bref avec reprise de salve et une simple turbule, est fine, parfois indécidable. On n'enseigne pas l'exactitude aux scribes comme on le fait aux géomaîtres. On nous apprend une précision éminemment plus dérangeante : l'architecture des écarts — ce sens, si poussé chez les meilleurs, de la syntaxe, qui est pur art rythmique des inflexions et des ruptures. Écrire ensuite, avec des mots, en découle benoîtement, si bien que les cours de récit, l'apprentissage à proprement parler de la narration d'un événement, ne sont dispensés qu'un an plus tard et seulement à ceux qui ont su capter, en son tissage cadencé, le phrasé du vent.

Antón Berkamp rendit, comme nous sept, son rectangle d'argile à l'hordonnateur. La figure de craie du maître se brisa en même temps, dans ses mains, que la tablette. L'erreur d'Antón, manifeste, ne lui fut pas excusée par l'effet du stress ou la peur de tomber, qui lui avait fait hypertrophier une turbule en bourrasque. Non, pour l'hordonnateur, c'était l'architecture même de la phrase zéfirine, sa tonalité mineure et alentie, ses modulations sans ampleur et sans force, qui rendaient inimaginables une bourrasque en

cœur de phrase. Un tel barouf. Il ne s'agissait pas d'une erreur quantitative, c'était infiniment pire : une méconnaissance qualitative des rapports, une faute de *goût.*

Il y eut une deuxième dictée, juste après, dans les mêmes conditions. Antón Berkamp n'y participa pas. Il avait glissé accidentellement de la tour.

Je n'ai jamais pu oublier ma lâcheté. Le bras que je n'ai pas tendu vers lui lorsque j'ai senti « l'accident » approcher. Le bras, le lien qui l'aurait retenu. Je ne suis pas devenu scribe parce que j'étais le meilleur, loin de là. Je n'étais pas brillant : j'étais obstiné. Je le suis devenu pour comprendre pourquoi je n'avais pas eu le courage d'être solidaire. Afin qu'un petit bout de lui, au moins, soit sauvé à travers moi et accède à la charge qu'il méritait. Aujourd'hui encore, je ne peux pas noter une bourrasque, tracer l'accent grave, sans un pincement, une légère ombre portée. Antón Berkamp. Sache que si Vent me prête vie et que j'atteins un jour l'Extrême-Amont, j'ai réservé pour toi l'un de mes trois vœux. Ce sera ma façon à moi de payer. Enfin. Aucun Fréole n'a été foutu de me dire si ton père, qui marche des années en amont devant nous, est encore vivant — et surtout s'il sait pour son fils.

Cet individualiste qu'ils ont voulu faire, très tôt, de moi… Je le tuerai, à la longue. La machine à écrire la légende. Celle qui leur servira à faire rêver la plèbe, encore et encore, à travers nos « exploits ». S'ils savaient, à Aberlaas, Extrême-Aval, dans cet amas de tours et de beffrois, de burons grisâtres où toute la poussière crasseuse du monde échoue, les millions d'habitants, s'ils comprenaient vraiment nos vies ! Des années de routine, de contre monotone, pour quelques éclats, deux prouesses, un furvent et finir où ? À crever de soif en plein rien parce qu'Aoi, trois soirs de suite, n'aura pas su trouver une source ?

— Tu rêvasses, poète ? J'ai terminé ma transposition.

— Moi aussi ! Mais c'est trop dur ! Je n'arrive pas à tout noter !

La transposition de Coriolis est celle d'une débutante. Elle confond intensité et turbulence, note un décéléré pour un accéléré, qualifie de rafale une salve, se laisse embarquer par le jeu court des modulations au lieu de transcrire la période du mouvement. Et évidemment, elle sature ses lignes de signes sans distinguer le thème principal des ornementations. Il faudrait d'abord qu'elle apprenne les grands thèmes, justement. Je prends la tablette de Caracole…

— Tu te fous de ma gueule ?

— C'est ma transposition.

— « L'eau coule, en boucle calme. Plus ronde que l'air, une larme s'enroule. » T'appelles ça une transposition ?

— Certes !
— Où sont les virgules, les apostrophes, les salves ?
— Dans la phrase. Lis.

≈ Le sérieux subit de Caracole, boum ! Et Sov qui reste là, à ne pas savoir si… Sa tête rase se balade, un sourire fleurit. Ses yeux clairs passent de la tablette à Caracole. Ils pétillent.

— Il faut retirer les lettres, c'est ça ? Ne lire que la ponctuation et les accents, et les points sur les i, hein ? Comme ça : « L'eau coule, en boucle calme. Plus ronde que l'air, une larme s'enroule. »

Caracole le laisse vérifier. Sov hoche la tête, admiratif. Je n'ai pas tout compris mais ils ont l'air de s'amuser !

— En plus, et c'est juste. C'est parfait. À part les durées qui sont loufoques, mais tu n'as jamais su les mesurer…

— Tu ne trouves pas que c'est plus mignon ? Avec un peu de recherche, on pourrait tout à la fois décrire le souffle, par les signes, et l'ambiance, grâce aux mots. Ou raconter une histoire…

— Carac ! Tu sais pourquoi a été inventé ce système ? Pour simplifier la notation, pas pour la compliquer ! Décrire le vent avec des phrases, l'« ambiance », c'est ce qu'on faisait avant ! Jusqu'à la 8e Horde et même après, avant que la transposition ne se généralise, pour l'efficacité. Ce n'est pas un jeu !

— Pourquoi pas ?

) Coriolis est encore aux anges. Elle ne boit pas : elle avale ses paroles, la bouche entrouverte et rouge à croquer.

— Pourquoi pas, Sov ? Plutôt que de noter, gnagnagna, avec tes bouts de traits, tes petites virgules, pourquoi tu n'en profites pas, par-dessus, en même temps, pour faire des phrases qui contiennent la ponctuation dont tu as besoin. Ce serait prodigieux ! Comme un cryptage !

— Tu me crois plus vif que le vent, c'est touchant… Trouver ces mots qui conviennent, avec les bonnes lettres, il faudrait un temps fou ! Rien que les i et les j, ça rajoute des turbules partout…

— Ça n'en rajoute pas : elles sont partout. Sauf qu'aucun d'entre vous ne les sent…

— Je les sens mais à quoi bon les noter ? Ce sont des broutilles…

— Ces broutilles, mignon, sont la vie discrète du vent, son âme leste… *Kar*, qu'importe ami, souris-moi et me porte !

Ω Quoi foutent derrière ? J'avance à l'allure d'un tas de pus, le vrai traîne-plaie et personne n'a été foutu de me prendre le sillage ! Entre ceux qui se croient à la foire, à ramasser chaque merde qui traîne pour la fourrer dans leur sac, les branleurs qui profitent du soleil, ceux qui croient qu'on les demande dans chaque trou du cul en pisé et ceux qui veulent sauver le monde avec leurs deux mains gauches et une banane en travers du visage, y a de quoi ouvrir un zoo ! Une horde, ce troupeau de lopes ? Que fout Pietro ? Il donne dans le social, à serrer des pognes aux vieilles, à faire dans le princier ? Et Sov ? Il gribouille son grimoire pour le jour où on y passera vraiment, qu'en aval ils aient de quoi égayer la marmaille, la 35e qu'ils nous préparent… Une horde encore plus râblée, hein ? Plus rapide que nous ? Je me marre. Hé, les mômes ! La blondinerie de l'aval ! Écoutez-moi, oyez, ouvrez vos cubes de cervelle ! Vous irez jamais loin. Parce que vous n'aurez pas un vrai traceur devant. Puisque j'ai pas voulu leur donner de gosse, aux bourreaux. Pas voulu d'un dixième Golgoth balancé à cinq ans dans un navire fréole et expédié (un paquet de chair, pareil) en Extrême-Aval jusqu'à Aberlaas. J'ai pas voulu d'un môme qu'ils vont tabasser, cogner au-delà des larmes, là où tu peux plus appeler, où tu plantes tes crocs dans la pierre des murs. Le sang haineux. Dressé à tenir debout dans la Salle Trouée, avec les hélices devant toi, quatre fois ta taille, le quartz, qu'ils te versent exprès du plafond, pour que ça te lacère la peau des joues, que « t'apprennes ». Les suicides, tout autour de toi, par séries, et les meurtres, ceux que tu devines. Ceux que tu vois. Ceux que t'assumes. Ça vous calme, les aspirants, ça, hein ? Vous le savez déjà ? C'est bonnard ! Reste un détail, une bouse collante sous vos semelles, un truc pénible : il n'y aura pas de horde après nous. Ouais ! Rasseyez-vous ! Ouais ! On est les derniers ! La horde du Jusqu'au-Bout. Les finisseurs. Celle que toute cette putain de terre, tous les planqués qui nous obstruent la bande de Contre avec leurs villages parce que ça souffle plus supportable dedans que sur les bords glacés, attendaient en priant depuis l'origine. La 34, tatouez-le. Ça tombe comme ça, pas très rond. Faudra vous habituer. Moi chuis qui ? Répétez ? Un Golgoth, ouais, le neuvième ouaaaiis, voilà… Ça rentre mieux quand on insiste…

— Maintenant, essayez de mémoire. Notez-moi le furvent d'hier, première vague ! Vous avez trente secondes !

) Ils ne m'écoutent guère. Ils se regardent, se poussent du coude comme des gosses heureux, se copient. Coriolis roule dans le sable. Ses mèches brunes, bouclées, cachent ses lèvres et les révèlent. Elle rit encore, magnifiquement. Elle essaie de se donner une contenance :

— Moi qui croyais que scribe était une charge austère !

— C'est austère si tu n'as pas un foldingue de troubadour avec toi ! Prends une échelle de temps, Carac ! Tu laisses des blancs n'importe où !

— Me trouble pas, je calcule ! Et les chrones, comment tu les représentes ?

— Je ne les représente pas.

— Ce sont des formes du vent !

— Non.

— Si !

— Rien ne le prouve !

— Ils sortent des vortex, c'est évident Sov ! Tout le monde sait ça !

— Toi peut-être, pas moi ! Les chrones sont *concomitants* à l'apparition des vortex, je te l'accorde, mais scientifiquement, rien ne prouve qu'ils en proviennent.

— Je peux pas transposer un furvent sans dessiner les chrones !

Il rigole encore, couvre sa feuille de taches d'encre qu'il étale et en macule le visage de Coriolis qui se fâche. Pour la forme.

— Applique-toi un peu, Carac, bordel ! Si tu veux devenir scribe en second ! Et toi, Coriolis, scribe en tierce. C'est très sérieux. Si je meurs, Caracole deviendra responsable du carnet de contre à ma place, vous mesurez ?

— Tu ne mourras pas !

— Pourquoi ?

— Parce que tu es le héros du carnet !

≈ Sov tintinnabule sur ses pieds à la manière d'un piquet qu'on bouscule. Le pauvre ! Il est touchant, tellement gentil. Toujours à l'écoute, à tout nous passer. À nous défendre quand Golgoth gueule, à aider Sveziest, à encourager tout le monde. Hier, avec Pietro, ils ont été extraordinaires. J'ai un grand respect pour eux. Il n'est pas très beau, Sov, trop sec et maigre, mais il a quelque chose d'émouvant, de sincère en lui. L'intelligence aussi, mais qui fait plutôt peur.

— Le héros, c'est la Horde, apprenti ! Le carnet de contre raconte notre histoire.

— Il raconte l'histoire de celui qui l'écrit — au futur. Ton devenir. C'est son seul intérêt, scribouillard !

— Je croyais que le héros, c'était Caracole…

— C'est le vent, princesse, c'est pour ça qu'il nous faut apprendre à écrire. Uniquement pour lui.

— Mais à quoi ça sert ? Chaque vent a ses propres turluttes, c'est impossible à codifier ! On peut noircir des pages rien que sur une journée, avec des points, des virgules, des apostrophes à qui mieux mieux, et après ? On vivra plus heureux ?

— Là, tu vas l'énerver, le gratte-peau !

) Elle ne m'énerve pas, mais que lui répondre ? Qu'il a fallu huit siècles et trente-trois Hordes pour que, scribe après scribe et grâce (surtout !) aux érudits abrités, l'espèce humaine commence à comprendre que le vent a une structure profonde ? Qu'il n'était pas un pur chaos mouvant, un brouhaha sifflé au hasard, un non-sens ? Qu'il existait une *aérorythmique*, extrêmement complexe, peut-être infinie, qui s'articulait autour de neuf formes, dont seulement six avaient finalement, après des myriades de débats, été validées comme architecturales et distinctes ? Et qu'on cherchait les trois autres, dont beaucoup pensaient que la Horde seule pourrait les rencontrer ? Lui expliquer qu'autour de ces formes canoniques, elles-mêmes subdivisées en thèmes majeurs et mineurs, se déployaient des centaines d'ornementations soufflées, de variations subtiles, de cadences et de coupes, allures et tempos, les déclinant *ad libitum* ? Qu'il ne se passait pas une nuit, quelque part sur cette Terre, sans qu'un chercheur ne mette à jour de nouveaux motifs, ne questionne des liens salves-turbules bien établis ou ne découvre des cadencements systolaires de rafales sur dix-sept, vingt-neuf, quarante et un temps qui avaient jusqu'ici échappé à tout le monde ? Que le vent, en un mot, était, en terme de potentialités, aussi riche que la littérature ou la musique, à cette différence qu'on n'en connaissait pas à ce jour le compositeur — ce génie brut et diaphane, qui inventait ses symphonies à la frontière de l'assimilable et nous laissait chancelants, sous le déluge de sa dictée, avec nos vingt et un pauvres signes standard, le blanc pour toute mesure du temps et nos cerveaux à la remorque, dans un traîneau d'os, aptes au mieux à quelques liens douteux, quelque algèbre local des rapports et une intuition végétale d'une poignée de structures relationnelles que nous dérivions, pour les meilleurs d'entre nous, de la mathématique ou de la théorie des arbres ?

— Quel âge as-tu, Coriolis ?

— Vingt-cinq ans.

— Tu fais moins.

— Physiquement ?

— Physiquement, tu feras trente ans dans six mois. Le vent aime les femmes. Il les aide à mûrir. À part orpailler, tu sais quoi ?

— Là, il t'en veut !

— Je sais quoi, quoi ?

— Qu'est-ce qu'on t'a appris dans ton village, sur le vent par exemple ?

— Plein de trucs... Comment mettre les filets les uns derrière les autres, pour bien filtrer. Comment reconnaître un vent fécond... Euh, des choses comme ça.

— Tu savais qu'il y avait neuf formes du vent ?

— Oui, quand même...

— Tu sais où nous allons ?

— Oui, en Extrême-Amont.

— Est-ce que tu sais pourquoi ?

— Pour trouver l'origine du vent.

Caracole s'esclaffe brièvement puis écoute à nouveau. Ses yeux vivants ne lâchent pas Coriolis, qui se recroqueville imperceptiblement. La zéfirine me caresse le visage, l'herbe sous mes pieds est fraîche, joyeuse. Je ne sais pourquoi je suis maintenant si cassant et si grave.

— Qu'est-ce qui est le plus important de ton point de vue : trouver l'origine du vent ou connaître les neuf formes ?

— Je sais pas.

— Pour toi, réponds pour toi.

— Trouver l'origine. Si on la trouve, tous nos vœux seront exaucés. On sera au paradis, avec plein de fruits partout sur les arbres, des animaux tout ronds et doux, et puis on pourra libérer le monde, arrêter le vent peut-être, le mettre dans des sacs et des outres, l'apprivoiser !

Coriolis le fait exprès. En même temps, au fond d'elle, elle y croit. Moi aussi, un peu. Certains soirs plus du tout.

— C'est Caracole qui t'a raconté ces niaiseries ?

— Je ne lui ai rien dit de tel, Monseigneur ! Cette ribaude ricane et échafaude ! Nulle faribole, cher maître, ne peut jaillir de... Caracole !

— Moi, je voudrais connaître la neuvième forme du vent, l'ultime. Et mourir après, en sachant. L'origine, c'est comme pour les sources des fleuves : quand tu la découvres, tu es toujours déçu ! Le vent vient de la terre, il en sort comme la lave des volcans. Une fois que nous aurons bouché l'ouverture, si tant est que ce soit possible, quel monde aurons-nous ? Un monde sans vent ? Le calme mortel, étouffant.

— On laissera un peu de zéfirine passer ! Les abrités seront heureux, ils cultiveront sans muret ni cuvette, à champ libre, à plat ! Les maisons pourront prendre toutes les formes qu'elles voudront, avec des fenêtres de tous les côtés et plus de forteresse, pffuiit !

— Tu es vraiment une gamine...

Elle était redevenue belle, ingénue. Elle faisait l'enfant bien sûr, mais ça lui allait bien. L'innocence. Je me rendais compte que je n'avais pas envie qu'elle parte, je veux dire, de la horde. Quelque chose en elle nous était vital, sans que je sache quoi, mais vital oui, je le sentais. Un liant, une fraîcheur, de l'amour, quelque chose qui s'ajoutait à la peu comparable douceur d'Aoi, à la chaleur de Callirhoé, au soutien d'Alme, à l'élégance d'Oroshi. Une puissance féminine qui lui échappait à chaque geste, de tous ses mots lâchés, qui n'était pas seulement ce désir, qu'elle levait, plus que ça, alors de l'amour, oui, non ? Sa fougue ?

Ω Y a eu un connard pour venir m'alpaguer au milieu de la plaine. « Sivou plaie, qui disait, sivou plaie ! » Voulait de l'aide. L'avait douze ans, dix, moins ou plus, la gueule lisse des abricots nourris, typique, imbouffable. « Mon père sous la poutre, j'arrive pas à soulever, besoin vous », qu'il ânonnait, en me tirant par la manche. J'ai pas cherché à discuter le bout de gras. J'ai enlevé le plastron, puis le maillot dessous et je lui ai collé le nez sur mon épaule, dans le gorce tatoué, avec le mot « Golgoth » marqué dessous et le chiffre 9. Il était impressionné. Pas par le blason : par mes plaies. Les quartiers de bidoche, le cou qui purule, dégueulasse. Il a refait son numéro. Il chialait maintenant. Une gamine, une petite fiotte d'abricot. À mettre le cul au vent pour pas salir son veston. Je lui ai fauché la jambe d'appui. « Dégage glaviot ! Gicle ! » Il m'en a rechougné de son père, « question de minutes », « qu'il est encore vivant ». J'aurais aimé y aller, finalement. Vrai. Juré. Juste pour le regarder crever, lentement. Comme j'aimerais voir mon père. Crever.

— Je vous propose de finir par une lecture, avant de repartir. Je vais vous faire lire quelques transpositions et pour chacune vous me direz de quelle forme de vent il s'agit.

) Du sac, je sors le carnet de contre et le pose sur mes genoux. Je plisse les feuilles fines jusqu'à la page d'hier et j'ouvre. Je sens la peau de Coriolis contre mon épaule nue.

“ ^ : “^ “^ “^… ! °… ; (…) ‘^ “^ ! ! ! ° ! ! ! o!!!!.… ! -!? O O O

— C'est le furvent !
— Oui, avec tous ces points d'exclamation, difficile de le rater…

Retenez au passage comment on note la vague : « ! - ! », suivi de la contre-vague « ? » et des vortex « O ». Bon, plus subtil maintenant :

( ) ‘ , “ , “ ` ; ‘ “ ( )
‘. “
,

— Fastoche pour moi ! Mais je laisse chercher la muse…
— Coriolis, nous t’écoutons… Qu’est-ce que tu lis, globalement ?
— Euh… C’est assez doux, régulier. Ça doit pas être un vent très puissant…
— À quoi tu le vois ?
— Il n’y a pas d’accents circonflexes, donc pas de poussière charriée ; pas de traîne en fin de rafale non plus…
— Quoi d’autre de frappant ? Sur le rythme général ?
— Peu de turbulences. Ça marche par trois, avec apparemment une salve d’abord, un redoux, puis la rafale. Et ça se répète trois fois.
— Très bien analysé. Alors ?
— Je dirais un slamino.
— Braaaavviissssimmmmo ! !
— Pas si crétine, la croc… Allez, un dernier. Un petit piège :

“… “… — ° — ,

— Sale truc… Rafale avec traîne, deux fois… puis effet Lascini, tourbillon, effet Lascini… et averse ? Qu’est-ce que c’est ? Une fin de furvent ?
— Non. Concentrez-vous sur l’averse…
— Un choon ?
— Exact. Un choon en passage de col. C’était il y a deux semaines, vous vous souvenez ?
— Non. J’aime pas le choon, ça moisit les vêtements.
— Je crois que vous avez votre dose. On y va. Les autres doivent nous attendre quelque part en amont.

∫ Lorsque le ciel se délava, ils restaient toujours invisibles à l’horizon, aucun des trois. Ils ne pouvaient qu’être ensemble, je le devinais, Coriolis avec Caracole, Sov avec eux. (Ils t’ont mis sur la touche, hein Larco ?) Aussi bien, je préférais ne pas les voir ensemble, l’entendre rire à fleur de phrase dès que Caracole lançait un bobard ou esquissait ses tours et ses jeux (ses joutes de peu). Je ne lui en voulais pas franchement au troubadour, ni à elle

de minauder et de le frôler des seins sitôt qu'il apparaissait. Ce type-là, avec son maillot d'arlequin, son visage jamais fixe, jamais vide, était la vie même. Comment ne pas être raide dingue de la vie ? Comme tout le monde, je l'admirais à en crever. Son agilité, mais plus encore, puisque j'avais moi-même été conteur et amuseur, écouté avant qu'il n'arrive dans la horde (il y a cinq ans maintenant) et m'efface si vite, sa faculté à ne jamais ressasser la même sauce. À inventer sans cesse. Caracole (je peux l'avouer) était pour moi un modèle, ce muage à forme humaine que j'aurais tellement voulu être, juste un peu. Pas fier, je grappillais ses boutades, les miettes de son pain spontané. Chaque jour, je prenais ma leçon et je prenais ma trempe. Toujours, si je lui demandais, il me montrait, m'expliquait à la volée, décomposait la trame d'un conte, me révélait sans chichis ses montages, sa cuisine mineure ou princière, ses trucs quoi. Ça m'aidait beaucoup (et ça ne m'aidait pas).

J'aperçus enfin une silhouette, petiote et filiforme, qui galopait vers moi. C'était Arval qui posait de proche en proche des pharéoles à sirène. (Elles ululaient mollement dans ce crépuscule longuet.) J'aurais aimé être éclaireur (parfois), partir en solo, chercher la trace, dénicher le site pour le camp du soir, comme il le faisait. J'étais devenu pêcheur à la cage un peu par hasard (pour rendre service) afin de me faire accepter surtout. Arval était un bout de gars adorable, d'une humeur impossiblement joyeuse. Il avait dû baliser la trace pour le trio, avec des cerfs-volants arrimés, des feux fumants, des cairns et des portiques bricolés, ce qu'il avait pu. À son poste, tellement exposé à la bourde et au plantage, il écopait si rarement les gueulantes de Golgoth que Pietro disait de lui qu'il était le meilleur éclaireur de l'histoire des Hordes. Un môme sauvage, Arval, qui avait poussé dans le veld, en amont d'Aberlaas, avant d'être repéré par un hordonnateur lors d'une battue au gorce. Du pif, un sens inné de l'orientation, l'instinct des contrevents, la vitesse et l'endurance, il avait tout. Plus sa lecture unique des paysages, qu'il retenait en y associant (c'était barjo) des histoires de bagarres entre fauves et chrones, méduses et rapaces, toute une légende qu'il se racontait en courant et qui facilitait d'autant, pour nous, la mémorisation du trajet.

— Les pharéoles manquent de force, avec ce vent…

— Elles miaulent mal, Coco Cage, trop vieilles !

— Va manger un bout, je les attends…

— J'ai pas balisé là-bas, j'y vais. On sait jamais, si sont désaxés !

— Repose-toi, la Lueur. Passe-moi tes écoufles, j'irai…

— Laisse voler, j'ai besoin de courir sinon je perds faim !

π Depuis dix ans, Golgoth a renoncé à organiser le quotidien. Il discute avec Oroshi de la trace du lendemain, va voir Talweg pour le relief, Steppe pour la végétation. Il ne décroche jamais. En l'absence de Sov, j'ai choisi seul l'emplacement du camp. Une sorte de petit cirque, auquel on n'a pu accéder que par un défilé. Quelques arbres y ont bien survécu, une nappe de sable orange couvre le sol. Au fond, trois cônes de roche poncée surplombent le calme. J'aimerais me laver. Faire partir ma crasse. Interne. Oublier cet homme que j'aurais pu ramener… J'ai réparti les tâches : Aoi et Steppe au bois, Léarch à la broche. J'ai laissé à Callirhoé le soin de placer les éoliennes et de lancer les jets de position, d'où se déduit le point-feu. Talweg aménage quelques buttes de terre et quelques pierres, avec cet art qui lui est propre, pour l'entrave et l'écoulement des masses d'air à travers le camp. Silamphre taille des pales de bois et achève de nouveaux couverts. Les Dubka jouent au boo. Leurs jets immenses longent les parois du cirque. À qui fera le tour complet du site… Ils sont tellement légers… Quand je marche, j'ai l'impression d'écraser des corps sous le sable.

— Vous entendez le pharéole ?

— On a un peu traîné quand même. On ne doit plus être très loin. Sov ?

— Oui ?

— Avant qu'on arrive, je voudrais te poser une question. C'est à propos de Golgoth. On m'a raconté des choses que je voudrais… Enfin, j'aimerais avoir ta version.

— Sur la mort de son frère ?

— Non, sur ce qu'il a fait à Aberlaas. On m'a dit qu'à la fin de la formation des traceurs, quand il n'est resté que trois enfants… On m'a parlé d'une dernière épreuve pour les départager…

— La Strace ?

— Oui, qu'est-ce que c'est ? Explique-moi.

— L'épreuve est célèbre, même les abrités la connaissent. Il s'agit de rattraper une traceuse mécanique de quatre mètres de haut qui remonte un slamino à la vitesse de seize kilomètres par heure environ. L'engin, qui n'est en gros qu'une éolienne posée sur quatre roues, est orienté face au vent. Il est lesté de fonte, bref redoutablement stable en contre ! Le but est d'abord de rattraper la traceuse. Ensuite, si tu y parviens, tu dois la stopper.

— Par n'importe quel moyen ?

— Il n'y a pas de règles là-dessus, aucun interdit. Tu dois la stopper avant qu'elle ait parcouru cinq kilomètres, c'est tout. Les candidats partent avec un handicap de cinq cents mètres — ce qui est énorme. Chacun d'eux a son couloir, large de vingt mètres, une corde et sa traceuse en ligne de mire…

— On m'a dit que Golgoth a éliminé…

— Golgoth n'avait jamais été rapide et il le savait. Il était déjà à l'époque extrêmement trapu, avec les désavantages que tu imagines. Lorsqu'on alla chercher les trois enfants le matin de l'épreuve, un seul se présenta : c'était lui. Le deuxième a été retrouvé dans sa chambre, défiguré à coups de pierre, la cage thoracique méthodiquement défoncée. Le troisième, officiellement, s'est pendu. L'épreuve fut maintenue. L'ambiance, je peux te le dire, j'ai suivi la course dans l'aéroglisseur des scribes, était polaire. Un silence… ! Personne ne pensait Golgoth capable de remonter sa traceuse et personne n'espérait plus qu'il le fasse. À l'entraînement, il avait toujours échoué, huit fois sur huit ! Le signal fut donné. Golgoth partit plutôt lourdement. Il combla pourtant son décalage, *au train*, après trois kilomètres et demi de course. Dès qu'il fut à hauteur, il se jeta sur le véhicule. Il essaya, à coups de pied, de briser le mécanisme qui couple la rotation de l'éolienne aux roues, puis s'attaqua aux moyeux et aux essieux, avec des pierres. Rien n'y fit, la traceuse continuait. Il lui restait moins d'un kilomètre avant la ligne de disqualification. Il prit alors sa corde, l'attacha par un bout sur le poteau de l'éolienne, le plus haut qu'il put, par l'autre bout à sa taille. Et il sauta du véhicule…

— Complètement con !

— Ceux qui l'ont suivi en char à voile racontent qu'il est tombé à plat ventre et qu'il a été raclé comme ça sur trois cents mètres avant de parvenir à se retourner. Il hurlait à la mort. Quand il a pu toucher la terre avec ses talons, il s'est arc-bouté n'importe comment crispant, par à-coups, la corde de toutes ses forces de gamin, mais rien ne freinait la traceuse, elle filait à bloc, elle l'arrachait du sol, le remorquait comme une pièce de viande, la pure machine, inexorable ! Il allait être disqualifié, la formation serait annulée et reprise à zéro avec d'autres, sans lui, il le savait, il tirait et tirait, par saccades, impuissant, à quatre cents mètres de la ligne maintenant — quand subitement il eut une idée… Les hordonnateurs, je ne fais que répéter ce qu'on m'a dit, je ne l'ai pas vu personnellement, ça me paraît incroyable mais c'est comme ça, les hordonnateurs *pleuraient*. Ils le suppliaient de lâcher, le gosse était en sang, des pieds à la tête, mais il ne lâchait pas, des cris de souffrance, atroces, d'animal dépiauté, lui échappait, mais il avait eu une *idée*.

— Écoute bien Sov, Princesse. C'est un conte comme je ne pourrais jamais t'en inventer. Tellement c'est nu.

— Plutôt que de s'opposer à la traction surpuissante de la traceuse, Golgoth décida de profiter de la vitesse qu'elle lui procurait… Il se remit à

courir — puis sprinta, petite boule de rien, pleine droite en utilisant l'effet de pendule… Les vélichars qui le suivaient firent un écart, sous la surprise. En pleine course, Golgoth passa la corde sur son épaule, fit deux tours morts au ventre et il fonça, d'un coup de rein désespéré, de tout son poids et de toute sa vitesse, dans la direction perpendiculaire à la ligne de progression du véhicule. Tu me suis ? Pas vers l'arrière, pour freiner : de côté ! Pour faire basculer la traceuse ! La corde claqua sous la violence de l'à-coup. Golgoth fut brisé net par le choc, comme coupé en deux. Il ne se relevait pas. À l'autre bout, l'éolienne avait décollé des deux roues de gauche du sol. Elle resta plusieurs secondes en équilibre, dans son dos, je m'en souviens encore, on était suspendu à elle, on gueulait tous maintenant, mais pour qu'elle tombe, c'était une clameur du fond des tripes, « Tombe ! », quelque chose d'incompréhensible pour qui n'a pas connu Aberlaas, tous les gamins beuglant, un chœur soudé, énorme : « Tooombe ! »…

— Et elle tomba ! ?

— Elle tomba. Trente-sept mètres mesurés avant la ligne de disqualification.

— Est-ce que… les autres candidats… est-ce qu'on a su si…

— Voilà comment Golgoth est devenu notre traceur. On peut penser ce qu'on veut de lui après ça. Que c'est un assassin, qu'il est fou, ce qu'on veut. Moi, je le respecte. Je n'ai pas été formé à Ker Derban, je n'ai pas été arraché à mes parents à l'âge de cinq ans, on ne m'a pas musclé les cuisses en les frappant à la barre de fer. Je n'ai pas vu mon frère mourir devant moi, tué par la rigueur inepte de mon père. Je ne sais pas qui je serais à sa place. Si même je serais là. Je ne lui demande pas qu'il me tape sur l'épaule quand je rame derrière lui. Je ne lui demanderai jamais rien. Qu'il soit vivant me suffit.

∫ Ils déboulèrent enfin, avec un air grave, ce qui me regonfla la voile. Le repas était bien avancé. Serval à la broche, fruits et graines, un peu de pain chaud que Callirhoé avait fait cuire. Et surtout du vin en bouteille, en carafe, en fiasque, un paquet de litres qu'on avait chapardé dans les hameaux, du vin lourd, un régal. Une belle soirée, claire et étoilée, qui ne pouvait finir sans un conte du troubadour. Il se fit prier (point trop, comme d'hab) puis alla chercher dans les traîneaux deux instruments. Il traça au sol une surface, remua des bûches, disposa deux feux latéraux pour un meilleur éclairage et s'assit. Nous nous tenions, comme toujours en fer à cheval autour du feu central, face à lui. Discrète, Coriolis écarta Steppe pour se placer à ma gauche ; puis elle se glissa entre mes cuisses, son dos contre ma poitrine, ses mains refermées sur les miennes, sans rien dire,

juste lovée. (Les boucles de ses cheveux sentaient le feu de bois.) Alors je me mis à flotter au-dessus du cirque, empli d'elle, à faire des figures connes de gonfalon, à rire tout dedans, heureux à pas croire.

— Tout ce qui est de ce monde n'est fait que de vent… Le solide est un liquide lent… Eh oui ! Le liquide est fait d'air dense, ralenti, rendu plus épais… Le sang se fabrique avec du feu coagulé — et le feu avec un fœhn enroulé sur lui-même, mis en trombe, enspiralé parmi les bûches… Notre univers, croyez-moi, n'existe qu'à force de lenteur, par la bonne grâce du *lentevent*… Mais pour que vous me puissiez comprendre, il va falloir que je revienne à l'aube du temps…

) Caracole saisit son bâton de vent et le fit tourner, telle une hélice, au-dessus de sa tête. Le bois se mit à siffler dangereusement. En deux phrases, il fut dedans :

— Au commencement fut la vitesse — une nappe de foudre fine sans couleur ni matière — qui se dilatait par le ventre — fuyant de toute part dans un espace étalé à mesure — et qui s'appelait… le *purvent*! Le *purvent* n'avait strictement aucune forme : il n'était que vitesse — vitesse et fuite, ne permettant à rien d'être ni de tenir. À force de s'étirer pourtant, cette flaque de foudre finit par se déchirer, ouvrant l'ère du vide et du plein, et celle des vents disjoints, qui ne s'est jamais refermée. Immanquablement, ces vents isolés se rencontrèrent, contrecarrant leurs puissances, les cumulant parfois, s'entredéviant et s'entrecalmant… Ainsi naquirent les premiers tourbillons, ainsi commença la lenteur. De ce chaos de matière alentie, brassée par l'hélice des vortex, émergea les volutes relatives du lentevent, ce cosmos des vitesses vivables, d'où nous provenons. Et du lentevent, multiple par sa genèse, des myriades de lentevents combinés et densifiés par couches, sont nées les formes, ces formes qui nous rassurent tant : notre bon sol, nos roches dures, le bon ovale de nos œufs de poule !

Caracole s'arrêta quelques instants, comme il le faisait toujours. Il jaugea d'un regard la horde bercée de mots, écouta la qualité du silence et jeta une poignée d'herbes au feu. Tout autour, nos visages s'éclaircirent un instant, puis le conte reprit :

— Mais cela ne nous suffit pas, bien sûr, d'avoir en nous le miracle de vivre ! Qu'il y ait pour protéger nos os un bon sac de peau qui respire, un cœur dedans qui bat sans éclater à chaque battement ! Nous nous plaignons de qui ? Eh bien que tout virevolte, que tout bouge encore trop entre les buttes qui nous abritent ! Et nous nous plaignions de qui ? Du vent, ben tiens, du lentevent pourtant poussif et affaibli qui balaie la

plaine en y levant un peu de sable… Sans comprendre que ce même vent, à l'origine, était plus vif que la lumière ! Une pure foudre ! Insoutenable. Soyez indulgents envers les rafales. Elles sont vos père et mère. N'oubliez jamais que cette terre solide qui semble si sûre à vos pieds n'était pas là d'abord, et que le vent insolent qui agite vos sommeils n'est venu qu'après, en trublion. Souvenez-vous au contraire et apprenez à le sentir par instants, que le vent était premier ! Et que la terre — et avec elle toute chose qui aujourd'hui s'y considère native — est tissée de rafales ! Le mouvement *crée* la matière ! Le torrent *fabrique* sa berge. Il fait les rochers parmi lesquels il coule ! Le poisson, croyez-moi, n'est qu'un peu d'eau enturbannée…

Autour du feu, un sommeil alourdi de vin faisait des trous sombres dans le cylindre d'écoute. De l'amas de corps couchés émergeaient toutefois des troncs droits, l'iris étincelant, que dressait la fraîcheur. Presque en même temps que moi, Golgoth et Pietro s'étaient levés, pressentant de Caracole l'incompréhensible pause. Moins que tout autre, Golgoth ne supportait ce rythme cassé et il n'était pas rare qu'il quitte le conte au milieu pour aller se dégourdir. Mais ce soir, il n'était pas d'humeur à laisser Caracole raconter n'importe quoi, si bien qu'à chaque audace il pestait en secouant la tête, mais sans aller jusqu'à l'interrompre, étant sans doute aussi intrigué que nous tous de la suite qu'allait donner notre troubadour à sa cosmogonie de carnaval… Une colère rentrée, rehaussée d'eau-de-vie, semblait toutefois prédominer. Golgoth mit quelques coups de pied dans une motte de sable et, sans attendre que Caracole reprenne, il l'interpella :

— Tu brames que tout vient du vent. Mais d'où il vient ce vent ? Où il va ?

— Il ne vient de rien et nulle part ne va, il passe… Il enfle par le centre du cosmos, il souffle à travers les étoiles et embarque la Voie lactée !

— Y a quoi alors, en Extrême-Amont ? Une pute à poil qui fait tourner un ventilo ? Un gros tas de néant avec une pelle dedans et un panneau qui te dit « Creuse ! » ?

— Rien. Il n'y a rien. Il n'y a pas d'Extrême-Amont. Il n'y a pas d'origine du vent. La terre ne finit pas. Le vent n'a jamais commencé. Tout s'écoule, tout continue…

— T'es vraiment une tête de con ! hurla Golgoth dans un accès suprême d'agacement et il lui jeta de rage une poignée de sable dans la figure.

Mais Caracole se contenta de fermer les yeux en souriant. Et il continua son boniment, sous le silence amusé des crocs. La moitié d'entre nous étaient ivres de douceur et d'alcool, de sorte que le conteur né qu'était Caracole n'avait aucun mal à nous retenir près de lui :

— Vous voyez ce feu ? Ces éclats de roche qui le protègent ? Eh bien, ils sont traversés d'un même fluide, de la même eau invisible et mobile qui gonfle les navires tandis qu'elle use notre patience et nos rêves. La roche n'est que du feu recourbé, pris dans des croûtes d'ombre. Et le feu à son tour a l'étoffe du vent, dans le miracle de ses vitesses, de ce qu'il prend et s'associe, de ce qu'il meut et laisse au calme, parce qu'aucune vie — écoutez ce secret — aucune vie ne tient qui n'a pour elle la paix des formes et un sol assez constant. Steppe le sait : le buis même flambe secrètement. Les pierres — pour peu qu'on ait ce cran : les regarder — vibrent. Talweg ?

— Surtout sous le marteau !

— Elles tiennent court la bride de leurs vents pour qu'ils circulent, s'encerclent serrés et laissent intacte la forme fixe qu'elles se sont choisies. Quel combat en chaque pierre ! Quelle tension terrible pour ne pas fluer, devenir eau, prendre feu ! Qui vivra encore, dites-le moi ? Quel homme pourra respirer sur cette terre quand les pierres, n'importe où, par malice, sans règle ni tenue, prendront feu ? Ça et là, dans ce cirque, sous les arbres, sous nos pieds ! Ffffffeeeeee ! Ce jour arrivera pourtant. Peut-être demain. Du gorce, tenez, jusqu'aux palais en goutte d'eau, nous sommes tous si fiers de nos formes ! Tellement imbus de nos contours, de nos limites, de nos carrures ou de nos peaux ! Tout ça est fait de la même chair pourtant, même vie dedans, même vent ! Il n'est que les vitesses qui changent et une certaine densité des grains, quelque part dans l'arc-en-ciel des compacités. Mais plus que tout, bien sûr, compte la direction, le sens des forces qui s'affrontent au-dedans, vent-contre-vent, au corps à corps, alliés-déliés. C'est tout ! Hissez les drapeaux ! C'est beaucoup. Tout l'univers, dans sa diversité, s'y génère. Tout le Divers, dans sa triversité… Mais je m'égare, déjà je pars, et deviens follet-feu, amour du tour !

∫ Ça y est, il allait se dérouter… C'était là qu'il était le meilleur.

— Écoutez bien : la crainte est partout, de par chez vous. La peur règne et rôde : « Rester soi, rester soi » murmure-t-elle dans son abri de peau. Car l'oiseau fou, le *Morphnus*, passe dans les corps en sifflant « Métamorphose » ! Puis son chant, qui vient de la bleue terre, du violon-sable et du sirop des cuivres, se fait souple et sinueux… « Forme se déforme, se transforme l'orme, le fluide flue, le feu est froid, ciel devient miel, écoule-toi… » siffle l'oiseau. N'écoutez pas la peur, n'écoutez pas l'oiseau ! Car la peur fait contour, dessine et trace, sépare et signe, elle met la mort de l'autre côté de la ligne. Mais l'oiseau va trop vite, fait fuir par tous les trous, mêle l'or qui sort à de la boue, vous précipite de femme en fou, de loup en flamme, vous passe toute vie en en retirant l'âme…

) Caracole s'est levé pour jouer du cromorne. Il entame une mélodie agitée puis l'allège et l'harmonise, se rassoit, semble entrer en lui-même et pose tranquillement son instrument, en nous dévisageant gravement. Lorsqu'il reprend la parole, son ton est simple et direct :

— N'acceptez pas que l'on fixe, ni qui vous êtes, ni où rester. Ma couche est à l'air libre. Je choisis mon vin, mes lèvres sont ma vigne. Soyez complice du crime de vivre et fuyez ! Sans rien fuir, avec vos armes de jet et la main large, prête à s'unir, sobre à punir. Mêlez-vous à qui ne vous regarde, car lointaine est parfois la couleur qui fera votre blason.

Il marque une ultime pause, ses yeux rivés dans les nôtres, comme s'il y cherchait un écho impossible, une fraternité de résonance qu'aucun de nous ne peut lui offrir, là où il la rêve — ou l'attend. Il se lève, en faisant claquer rythmiquement ses syllabes, et il achève :

— Le cosmos est mon campement.

IV.
Une certaine qualité d'os

— Sov ! Debout Sov !

) Au son de la harpe éolienne, j'ai gigoté dans mon sac de couchage, sans chercher à ouvrir les yeux. Une première salve, un long froissement d'étoffe, soutenu, cinglant, puis le redoux des caresses pleines, lorsque le souffle se fait enveloppant et rond, jusqu'à l'empâtement. Ça se hausse, seconde salve, dans la véhémence et presque claquée. Un calme suit, qui aspire le corps vers l'avant. Puis troisième salve, forte puis decrescendo, jusqu'à ne plus onduler qu'avec les nuances d'une brise.

‘ ’ . ‘ . ’ “

‘ . ’ .

C'est le slamino, deuxième forme du vent, dans une variante banale dite de Malvini, fréquente dans les dunes, en lande dodue et en pays de collines. Il faut le contrer entre les crêtes, dans le creux des salves, en tiers temps et sans à-coup. J'ai ouvert les yeux, la journée sera belle. Tout le monde a déjà replié son auvent et fermé son sac. Un reste de feu réchauffe un reste de thé, que j'avale, parce que les crocs sont déjà harnachés, que Golgoth étire la quille de son ventre, que Caracole a déjà filé et que la horde, tout simplement, attend que son scribe prenne place dans le Fer pour avancer.

— Rangs libres ! Contre en ficelle !

Le vent n'est guère véloce, il faut le reconnaître, et le Goth a complètement raison : inutile de progresser en bloc et de barrer aux autres le paysage. Déployés en ligne, nous remondons rapidement le vallon qui nous abritait en serpentant entre les buttes chevelues, afin de tirer un profit optimal des contrevents. Nous passons un col, puis un deuxième vallon, moins

profond et moins ensablé, encore un collet, suivi d'un troisième vallon… Cinq semaines se sont écoulées depuis le furvent. Nous sommes progressivement sortis des sables, des plaines de sel et des barkhanes, tuantes à escalader, pour retrouver une lande plus clémente. D'immenses prairies s'écoulent, détalent à notre rencontre, comme des marmottes à longue fourrure qui se glisseraient sous nos cuisses en riant…

ʃ Une journée de spleen sous slamino. Coriolis s'est éloignée d'emblée ce matin (ma belle chienne de Trace) pour suivre qui ? Caracole. Je contrais devant dans la prairie et, à un moment, je me suis retourné sur notre petite bande de fous. Étrange. Nous prenons chaque saison davantage la couleur de ce qui nous traverse. Nous récoltons les criblures des moissons mal broyées, la poussière des murs délités, des chemins qui s'effacent. Nous essuyons les pluies qui ne tombent plus, mais coulent, comme si l'horizon se vidait de ses larmes sur nos joues. Le vent nous réveille, nous excite, nous calme, nous berce et nous lave. Il se pose sur nos fronts comme une main leste, il nous gifle et nous saigne, il nous cajole et il nous soigne. Personne ne vous dira dans la horde qu'il adore le vent. Personne ne vous dira le contraire non plus. Il est des mondes (jetait hier Caracole) où le vent naît et meurt. Vient, disparaît. Selon les jours, selon les heures. Si un pareil monde existe, aimer (ou ne pas aimer) le vent y a un sens : on peut comparer. Mais ici ? Qui se plaindra qu'il y a des nuages au ciel et de la terre pour nos pieds ? Puisqu'ils ont été là, toujours, qu'ils y sont et y seront éternellement. Le vent est, il est là. Alors je la ferme et j'en bouffe.

∂ Au loin, j'entendis un sifflement : pas celui d'un boomerang ou d'un disque jeté — le sifflement d'une masse lourde, filant à vive allure… Un coup de trompe soudain à travers… Puis la terre en amont de la plaine se mit à trembler, elle se déchira sourdement.

π Lorsque l'événement arriva, je n'avais personne devant moi. Pas même Golgoth, qui s'était arrêté pour regarder un gorce. Je cherchais la meilleure trace. Une plaine montante s'étalait à perte de vue, vert tendre avec des reflets métalliques. À gauche, une forêt linéaire épaisse de trois arbres donnait le cap. À droite lui répondait une haie de buis, trouée par endroits. Contrer proche de la haie paraissait le meilleur choix. Elle était plus apte à casser le vent de sol que la forêt, où les turbulences sont parfois sévères. Je commençais donc à obliquer.

¿' Ils freinèrent comme eux seuls savent le faire, *schi-rek-ram*, laissant aux mâts la voilure, à l'audace, quitte à casser, mais inversant les hélices en proue, qu'elles contresoufflent — et plaquant sec la coque au sol, pour la racle et le bon frottement.

) Un splendide navire fréole, un cinq-mâts toutes voiles dehors, avait surgi du fond de l'horizon. En huit secondes, il fut sur nous. Avec de part et d'autre de la coque en suspension, giflant l'herbe, une nuée de vélichars et d'ailes de parapentes qui se croisaient haut par-dessus la mâture. Je ne sais ni comment il nous vit, ni comment il freina. Je sais simplement qu'il passa à dix pas de moi et qu'il laboura parmi la horde, sans toucher personne. Lorsque la terre a cessé de se tordre, ils ont relevé les ailerons latéraux, rétracté les socs et laissé la coque s'immobiliser en douceur. Le bois a mugi sur le tapis d'herbes couchées. J'ai entendu les roues des chars tractés, le claquement des ailes à l'arrêt et la toile faseyante des cerfs-volants de freinage. Après, une forme de silence tanguant. Trois coups de trompe esseulés. Pour mieux que nous réalisions *qui* ils étaient.

¿' *L'Escadre frêle*, comme ils aiment à s'appeler, la plus pointue, la plus terriblement fluide de toute la confrérie fréole ! Celle qui aime surprendre, toujours, qui ne stationne pas ! Qui ne s'amarre plus à l'arrière des villages, dans ces pauvres ports à gros murs porteurs puisqu'ils tiennent au vent n'importe où, les bougres, en plein désert, grâce aux hélices ! Youhou ! Les Vélivoles ! Avec Sharav, le contre-amiral et son alter ego Elkin, commodore de l'aval, qui prend les commandes dès qu'il s'agit de filer liquide, cap ouest, vent en poupe ! Je connais ces gars-là, en ma qualité de Caracole ! Les meilleurs tireurs de bord de toute la flotte ! Des parcoureurs, qui veulent tout voir, tout connaître, tout comprendre ! Des avaleurs d'espace, sans carte, qui azimutent au quadravent et aux étoiles, parce qu'ils naviguent aussi de nuit, à la fraîche !

) Depuis trois ans, nous n'avions plus rencontré le moindre vaisseau dévalant de l'amont. Des chars à voile oui, souvent ; des aéroglisseurs de petit calibre ; de solides *contras*, capables de remonter une stèche à l'hélice, en pédalant un peu ; mais pas de drakkairs, aucun de cette envergure. Au point qu'entre nous s'était faite jour cette conviction que hormis quelques cités en pointe, isolées, qui étaient tatouées en capitale sur la colonne vertébrale de Talweg, nous ne croiserions plus grand monde — et certainement pas des Fréoles. Nous en tirions une certaine inquiétude mais aussi

un orgueil du cœur duquel l'usure et la solitude (intestine en chacun) se relativisaient. Dès que le navire stoppa, la stupeur passée, je sus au fond de moi trois choses : les Fréoles avaient progressé, en matière de technologie éolienne, bien plus, en trois ans, que nous n'aurions pu le soupçonner, que pour venir d'aussi haut, ils maîtrisaient désormais pleinement la remontée à contrevent que nous étions certainement loin, très loin encore de l'Extrême-Amont et sans doute incapables de l'atteindre avant eux. Je suis resté debout, hébété un long moment, avec le reste de la horde éparpillée dans les hautes herbes. J'ai cherché Golgoth. Sa carcasse voûtait sous les turbulences de sillage. Il me tournait le dos, obnubilé par le navire fréole. Je l'ai appelé. Il s'est retourné lentement, a lu sur mon visage et s'est ressaisi un peu :

— Sortez les étendards ! Formez le diamant de contre ! En position de parade pour les Fréoles.

Ω

) π

Δ ¬ >

∧)- •̌

∞ x ‹› ∞

¿′ (·) ′, ◊

∫ ~ ∂

≈]] √

Il l'a jeté dans le vent, sans regarder personne, comme s'il se parlait à lui-même. La horde s'est rassemblée mécaniquement. La charpente d'ordinaire si droite et noble de Pietro s'est approchée, je l'ai regardé, il m'a regardé. La poutre de ses épaules fléchissait : « Nous ne sommes plus rien désormais, Sov. Qu'une caste déchue, ridicule et dépassée. Notre temps est révolu. » Voilà ce qu'elle disait. Puis il est entré dans le Fer. Et nous avons commencé à avaler vers le navire fréole.

— Ne vous fatiguez pas, les pousse-cailloux ! Écoutez Papacole ! Leurs ailiers vont faire pivolter le vaisseau… Et ils vont remonder tout doucettement jusqu'à nous, sortir la passerelle d'apparat et vous faire descendre, pour vous accueillir, les femmes les plus luisantes qu'ils auront su séduire sur dix mois carrés alentour !

π Ils sont une centaine, pour moitié des femmes, d'une beauté peu commune. Les matelots sont habillés de fauve, du violet sombre jusqu'au jaune, selon un vague grade fréole. Les femmes portent le bleu sous une infinité de nuances. De si près, le cinq-mâts est encore plus impressionnant. Tout de bois de la coque jusqu'au bout des mâtures. Une passerelle a été dépliée jusqu'au sol. Des cuivres s'ajustent sur le pont.

) La fanfare fréole enfle, à peine discernable, à l'entame, des salves du slamino sur la coque. Un cromorne module son souffle, épaulé par quelques cors, que percent maintenant des coups de trompe. Un homme au pourpoint violet, assez âgé, suivi d'un autre, vêtu de parme sombre, descendent de la passerelle sans cérémonie… à notre rencontre. Golgoth et Pietro se sont avancés. Quoiqu'un peu raides, ils ont retrouvé leur stature.

— Le premier est le contre-amiral Sharav. Et derrière, tu as Elkin qui est commodore. Ils sont tous deux capitaines. Sharav dirige le contre et Elkin la navigation par vent arrière.

— Tu les connais tous, Carac ?

— J'en connais une bonne cinquantaine dans ce vaisseau. J'y ai navigué deux ans. Vous avez devant vous l'avant-garde technologique des Fréoles. Ils savent tout faire avec un bout de rafale. Ils peuvent remonder par furvent.

Caracole m'a glissé ça tranquillement… Par furvent ! *Remonder* par furvent. Je n'arrive pas à le croire. Il délire encore !

— Si mes yeux sont dignes de confiance, j'ai devant moi la 34e Horde, surprise en plein contre au beau milieu des steppes. Mes amis, bienvenue à bord du *Physalis* ! C'est un immense honneur pour nous de vous rencontrer et de partager avec vous notre modeste équipée. Votre réputation est éblouissante en amont comme en aval. Vous possédez, d'après nos sources, plus de trois ans d'avance sur la précédente horde, celle de vos pères, que nous avons par ailleurs rencontrés au pied de Norska. Ils vous attendent et ils vous saluent.

Pietro, ému comme rarement je l'avais vu, rompant tout protocole, ose un timide :

— Comment… Comment va mon père ?

— Au mieux. Il jouit d'une vieillesse heureuse et n'espère de la vie qu'une seule chose désormais : vous revoir vivant ! Nous portons en cale quelques cadeaux pour vous et les dénommés Talweg Arcippé, Sov Sevcenko Strochnis et Oroshi Melicerte, je cite de mémoire, pardonnez-moi si j'écorche vos noms. Ils nous ont été confiés par vos parents, au cas où nous vous croiserions. C'est chose faite et je m'en réjouis !

Des larmes de joie me montent aux yeux. Pietro est incapable de dire un mot. Talweg a la gorge nouée. Quinze mois que nous n'avions plus la moindre nouvelle fiable ! Et l'on tombe sur l'Escadre frêle qui descend en droite ligne de l'amont !

— Mais ne restez pas au vent et montez donc à bord !

— À combien de temps se trouve le village… la région dont vous parlez ?

— Norska ?

— Oui.

— En vaisseau ou à pied ? En vaisseau, par slamino, peut-être quatre mois.

— À pied.

Le contre-amiral se retourne vers le commodore, manifestement gêné, qui prend sur lui de répondre :

— Ma foi, nous ne vous avons jamais vu contrer. Mais à pied… Quatre ans, peut-être moins, je ne sais pas.

Nous sommes montés sur le pont du vaisseau, sans même penser à nous présenter, accueillis magnifiquement par des vivats et des cadeaux, rapidement happés par des hommes et des femmes trop heureux de rencontrer le mythe vivant que nous sommes, alors que je me sens si ridicule aujourd'hui : un randonneur de prairie, un piéton de l'existence…

— Trouboo ! Céleste jongleur, lanceur de phrases et conteur comme personne ! Je te croyais au bout du vent, à avaler la poussière d'Aberlaas pour l'heur de quelque femme à peau fine !

— Appelle-moi Caracole désormais, mon bon Balèvre ! C'est ainsi que je suis né à nouveau dans la horde têtue ! J'ai laissé fille, femme et fol, oublié les seigneurs abrités ! Aujourd'hui je file en Extrême-Amont, à mon rythme de tortue, pouvoir de là-haut vous cracher dans le dos !

— J'ai bien peur que tu n'aies plus guère de calcaire sur les os quand tu passeras Norska ! Mais je te souhaite grande vie et vent doux ! Viens goûter dans ma cabine le vin du pays rond !

π Je n'ai pas pu m'empêcher d'aller voir le timonier. Pour qu'il me montre la trace à parcourir jusqu'à Norska. Pour qu'il m'indique quels vents soufflent dans chaque région où nous allons contrer. Pour évaluer les distances aussi. Il m'a montré ses éoliennes tripales, les transmissions à courroie et la complexité des engrenages. Il m'a présenté son triple jeu d'hélices : les hélices de poussée en poupe, les grandes planes dans la quille qui assurent le coussin d'air et les petites en proue pour la pénétration. Le navire est en permanence gangué d'une couche d'air qui fluidifie

sa pénétration à haute vélocité. Sur cent de vent capté, le *Physalis* en récupère soixante-dix. L'efficacité aérodynamique de l'Escadre frêle n'a pas d'équivalent dans la nébuleuse fréole.

— Il nous a fallu une vingtaine d'années pour éliminer les turbulences de sillage. En particulier pour les écoulements instationnaires, détachés ou recirculants.

Je hoche la tête sans rien y comprendre.

— Nous avons augmenté la portance par une série d'ailerons latéraux, le long de la coque. Derrière, les turbines font le reste, par retransmission de l'énergie éolienne captée sur tous les mâts du vaisseau. Nous remontons à douze nœuds vent debout, sans même avoir à tirer des bords !

‹› Comment te sens-tu ? m'a demandé Oroshi, toute à sa joie, celle de savoir sa mère vivante, leur horde à quelques années seulement et de sentir à quel point on nous admire, même si, dans certains regards coupés, les prunelles scintillaient, je ne saurais dire… d'ironie ? Comment te sens-tu ? Comme une bougie qu'on allume et qu'on mouche, juste en déplaçant de l'air, qui ne sait plus sa chaleur, qui ne sent plus ce qu'elle éclaire ou qui. L'usure qu'on se cache, elle nous est retournée aujourd'hui comme une peau. Ce sentiment qui me serre la poitrine, dès que nous rencontrons des gens, celui de passer à côté de la vie, pendant que les Fréoles déambulent : si lestes, des lueurs… Avec leur voix bien timbrée et leur toison de joie que l'on chercherait dans la horde, où ? Caracole excepté, qui semble la porter sur lui, toute, pour nous tous à la fois. Il y a Arval aussi. La musique qu'ils ont jouée, nous ne savons plus ce que c'est. Les rires chez nous sont provoqués. Rien ne nous éveille vraiment, rien qui nous sorte de nos contres mécaniques. Et nous attendons le soir la voix de Caracole, ses histoires qui sont comme des appels d'air dans un buron, ses contes qui seuls nous trompettent qu'un autre monde est possible, où la fête existe, où l'amour soulève le quotidien. Ils sont heureux de nous voir, les vélivoles. Mais ils ne savent pas à quel point chaque moment avec eux, jusqu'au départ, nous laissera des traces, des traces longues, des éraflures et des rêves. Eux se nourrissent de rencontres, presque tous les jours, par dizaines de dizaines. Ils oublient, j'imagine. Ils peuvent vivre au présent, ouvrir les volets des paupières, laisser passer. Nous, comment dire ? Nous finissons les fonds de verre, la lichée d'eau-de-vie, pas même pour l'ivresse, juste pour remplir un flacon. Jamais été douée pour les culs secs et la repartie, le tac au tac. Les dialogues, je les finirai toute seule et plus tard, dans la litanie des collines, puisque je n'aurais pas su répondre ou quoi dire qui vaille, au milieu des

landes les finirai, tranquille. Écoute « Aoui », opine du bonnet, écoute et te remplis. Écoute aux buffets, dans les dos tournés, promène ta fiole, goûte du doigt la crème battue des rires, écoute puisque tu n'es bonne qu'à cela. Écoute, pour le goutte-à-goutte du souvenir, petite source.

— Il paraît que vous êtes sorcière.

— *Sourcière*... Je cherche les sources pour les autres, je...

— Formidable ! Comment faites-vous ? Boirono, viens par ici, je tiens une sorcière de la Horde !

— Qu'elle est petite !

) Happé par l'euphorie des Fréoles, j'ai passé l'après-midi à parler de moi, de nous, d'un quotidien pour nous tellement banal, pour eux si magique, à imaginer que leur visage vibrait quand j'évoquais les camps du soir, les pêches en plein ciel de Larco, la rosée bue, les tempêtes, ce que nous mangeons parfois. Ils se sont agglutinés lorsque j'ai raconté la Strace et notre premier furvent catastrophique à quinze ans ; et nos sept mois d'autarcie complète dans le désert d'Alyvansky, avec cette nuit où Aoi s'est levée et a marché droit sur un puits enterré à quatre mètres sous la croûte de sel et dont personne n'a jamais compris comment elle avait pu le situer ! Je ne me suis pas rendu compte, noyé par les questions, de l'éparpillement de la horde sur ce navire trop vaste, de sorte qu'après trois heures intenses, au moment d'aller aux toilettes, cet acte si étrange pour moi, j'ai éprouvé un vide. J'ai eu brutalement besoin du groupe, de voir nos visages, j'ai cherché Oroshi des yeux, où était Pietro, qui discutait avec les filles — je n'ai retrouvé personne. Je me suis dit qu'à l'évidence, s'aérer de rencontres fraîches et fuir un peu le carcan du Pack devait être vital pour beaucoup d'entre nous, pour Caracole plus qu'aucun autre, alors que pour mon compte, je conservais cette envie de tout partager, ou plutôt de faire ces découvertes ensemble. « Tu n'as jamais envie d'être seul ? » m'a dit Oroshi hier tandis que j'éternisais, c'est vrai, mes « Bonne nuit ». Pas souvent, non : j'ai besoin de cette énergie fluante du groupe, de sentir les tensions et les fusions qui nous traversent, chacun et tous. J'ai besoin de me sentir noué dans la pelote de nos fils.

J'ai fini par tomber sur Pietro, lequel discutait avec le commodore de l'organisation de la soirée. Afin de rendre à notre façon l'accueil qui nous est fait, Pietro a proposé que notre troubadour fasse une présentation complète de la Horde et de ses fonctions avant le dîner. Il m'a envoyé le quérir pour que je le prévienne. Caracole a aussitôt souri puisqu'il adore ça, cette mise en spectacle de notre sobre Bloc qui y répugne, cette mise à nu, en scène et

en son, de ce que nous sommes. À l'heure dite, il était toujours à plaisanter avec un petit groupe d'Obliques invités.

— Caracole, les Fréoles s'impatientent ! Ils veulent que tu présentes la horde pendant que les torches sont encore hautes. Tu te sens prêt ?

— Près oui. Mais de qui, Sov ?

— Pietro a décidé qu'on le ferait sur leur terrain de plate, au pont supérieur, puisqu'il y a des gradins. Ne multiplie pas les conneries, Golgoth tient à ce que ce soit un peu solennel. Tu es très attendu, tu sais ?

— Décevoir est un plaisir…

π Nous avions mis nos vêtements de rechange et taillé un peu nos barbes. Les filles s'étaient lavées le visage et les bras dans des vasques mises à leur disposition. Nous n'étions pas soignés, loin de là, mais suffisamment nets pour la parade. Au centre du pont supérieur, les Fréoles avaient creusé un terrain de plate d'une quarantaine de mètres de long sur une vingtaine de large. Ovale comme il se doit, il était flanqué de gradins en bois poli qui épousaient la courbe de la touche. Le parquet, impeccablement ciré, donnait une furieuse envie d'y faire ricocher le disque. Les cages utilisaient pour poteau un mât et pour barre transversale la vergue. Les filets de chanvre y étaient suspendus. Le lieu m'avait séduit parce qu'il permettait de placer chacun des sept rangs de la horde sur un degré du gradin. En faisant asseoir les Fréoles dans la tribune opposée, on leur offrait une vue complète. Caracole officierait sur le parquet.

‹› J'aimais les voir, mes petits bonshommes, sérieux comme des papes pour la revue. Talweg s'était coupé à la joue. Arval avait un pli en croix sur son maillot tout propre et Larco avait remis sa boucle d'oreille en buis, celle que je préférais. Aucun n'avait l'assurance qu'on enviait à Caracole, sa décontraction et sa féminité, qui lui permettait, comme là, de porter si joliment ce chapeau de feutre chipé à je ne sais qui. Coriolis le couvait de désir, elle ne l'avait pas lâché depuis l'arrivée des Fréoles, mais lui n'y prêtait guère attention, jouait parfois le jeu, plus souvent la fuyait… Et ça l'excitait, elle, encore plus, ça la portait à s'offrir, à faire pousser ses seins, parce qu'elle n'y comprenait couic, s'il la voulait ou non, mais moi je savais. Je savais qu'il ne s'attachait pas, notre troubadour, notre petit chat furtif à toutes, il ne vivait qu'ici, pas dans l'attente, il ne faisait que passer dans nos nids pour chaparder une plume à s'accrocher aux cheveux, cherchait pas à nous griffer, nous demandait rien sinon le plus dur, le plus haut : être en vie, chatonne et bougeante, sans cesse à bondir, vagabonde, à

être autre alors que j'étais très bêtement moi, Aoi, « ruisseau souple », « petite eau », comme il m'appelait, quand il venait encore, au milieu de la nuit, moins souvent depuis qu'il avait su pour Sov et ne voulait le blesser. Il oublierait. Il oubliait magnifiquement, tout.

π J'attachais une grande importance aux présentations. C'était souvent la seule image claire que nous laisserions aux gens : le Fer et le Pack, le Bloc ; nos différentes formations de contre, selon le vent ; la description des fonctions de chacun, où le troubadour en rajoutait des kilos. Même ainsi, à vide, les gens étaient fascinés. Notre réputation nous précédait. Elle s'alimentait de notre reconnue vitesse. Jamais peut-être, depuis la 26e Horde, celle du premier Golgoth, qui avait sidéré par sa trace directe à travers le massif Hobbart, l'espoir de voir une horde atteindre l'Extrême-Amont n'avait été aussi fort. À trente-huit ans, posséder trois ans d'avance sur la trace précédente ne s'était jamais vu. Nous l'avions payé cher. Une ascèse extrême. Si peu de séjours en village. Des marches du lever au coucher. Et cette généralisation de la trace directe dont Golgoth avait fait un principe.

) Les Fréoles applaudirent l'arrivée de notre troubadour. Le pied à peine posé sur le terrain, il se jeta à plat ventre sur le parquet, glissa un peu puis se propulsa en l'air, retomba, reglissa, bondit à nouveau… Je compris, moins vite que les Fréoles déjà hilares, qu'il imitait le ricochet au sol de la plate ! C'était bien parti :

— Messeigneurs de la Frime, bonsoir ! Puisque nous nous connaissons, pour beaucoup, laissez-moi écourter la chamarre et assourdir les violons ! Sur ce gradin en face de vous, rasés de frais, la mèche en vrille et la chemise en vrac, est placée tout à trac — en guenille pour les meilleurs, pour les autres en haillons — la poussière du désert, ou pour mieux dire : sa coagulation… Ils sont l'orage marcheur ! Ils sont la foudre lente ! Ils sont de l'horizon les vingt-trois éclats de verre, les copeaux bleus et les tessons — j'annonce et vous présente, hirondelles et damoiseaux, nobles éologues et porte-drapeaux, la légende de cette terre : *la Horde du Contrevent* !

> Ça me fait toujours du frisson dans le dos. Il parle bien ce con… Et les autres en face qui applaudissent à tout casser !

π Doit-on saluer maintenant ?

— Un petit rappel d'abord… Pour ceux qu'on vient d'extraire de la cale, sachez qu'une Horde se compose d'un Fer, à six membres — ce sont

les barbares que vous voyez au pied du gradin ! D'un Pack de seize piétons — le troupeau que vous apercevez là, sur ces quatre rangs ! Et d'une traîne — les trois silhouettes à moitié alphabétisées que vous devinez là-haut. À tout geigneur tout honneur, nous commencerons par l'arrière pour revenir, progressivement — concentrez-vous c'est difficile — vers l'avant !

) Les Fréoles, bon public, sont déjà passés du sourire au rire. Massés sur leur gradin, ils retrouvent des réflexes de match et font circuler fiasques et gourdes en pointant leur doigt vers l'un ou l'autre d'entre nous.

— On ne les présente jamais qu'à moitié… On les prend dans les villages et on les jette ! On les cache à l'arrière pour leur confier les charges… Ils sont nos chiens de traînées, nos molosses à harnais — nos laboureurs. Ceux sans qui nous n'aurions ni habits ni vaisselle, ni outils ni couchage, ni outres de gnole, ni barriques d'eau. J'ai nommé la misère, j'ai nommé la poussière, j'ai nommé : *les crocs* !

π Barbak avance son immense carcasse de remorqueur en premier. Il masque à moitié Sveziest, rougissant d'honneur, et Coriolis, dont la présence sur le parquet a déchaîné les sifflements admiratifs.

— Eux au moins savent tirer quelque chose de leurs femmes ! lance un Fréole entre deux goulées de houblon.

— Et tu n'as pas encore vu l'aéromaîtresse !

— Devant eux, mesdames et messieurs, au sixième de nos rangs mais au premier pour le talent, se trouvent abrités nos quatre artisans. Le premier travaille le bois, le second le fer, la troisième le feu. Leur nom ? Silamphre, Léarch et Callirhoé. Et le quatrième, diront ceux qui suivent ? Le quatrième hameçonne l'espoir. C'est un homme magnifique, un pêcheur dont la ligne pend au-dessus de vos têtes, dont les poissons sont nuages, dont la mer est au ciel. Il nous a sauvés bien des jours d'une chasse impossible ou avare. On lui doit nos meilleurs petits déjeuners lorsqu'il laisse flotter, sous la voûte des étoiles, ses cerfs-volants à trappe pour les retirer matin. On l'appelle selon l'humeur le braconnier des nues, le mendieur d'azur ou l'airpailleur. Accueillez-le comme il se doit : *Larco Éolo Scarsa* !

¬ Larco s'avance, ému, avec sa cage volante flottant au bout de sa corde, entre les mâts. Les Fréoles sont épatés de découvrir cette fonction qui n'existait pas dans les hordes précédentes. Et pour cause : Larco n'a pas été formé comme nous à Aberlaas. C'est un Oblique qui nous a rejoints et qui a su s'inventer une utilité. Derrière lui a avancé ma petite Callirhoé.

— Notre feuleuse : cuisson, cuisine et poterie, jette Caracole.

« Notre forgeron, le cogne-tout » suit le salut de Léarch. « Notre homme des bois » celui de Silamphre qui agite, jovial, sa main en sortant des bols et des boos de son sac, des pales sculptées, de petites traceuses, des girouettes…

— Mais passons au cinquième rang, qui comporte, comme il se doit…

— Cinq membres !

— Oui. Et le quatrième rang ?

— Quatre !

— Le troisième ?

— Trois !

— Je vois que vous savez *compter*. Moi aussi, mais surtout des histoires… Alors ce cinquième… Ils sont frères, et plus encore : ils sont jumeaux ! Ils viennent des franges glacées de la bande de Contre. Ils ont poussé tout seusl et beaucoup mieux que d'autres, en large, en long et en travers ! Dans la Horde, ils sont là : un ! pour porter ; deux ! pour supporter ceux qui portent, trois, pour prendre en pleine gueule le rafalant du bord de fuite et couvrir de leur carrure la traîne… Ils sont inamovibles, sachez-le — Horst à gauche et Karst à droite —, nos deux fameux ailiers : *les Dubka* !

Bonne pâte, les frangins sortent du rang, bras sur l'épaule l'un de l'autre, et ils se balancent devant les Fréoles. Braves bouilles de mioches éternels, pas chipoteurs, gentils au tréfonds. Comme je les apprécie ces deux-là ! Si on leur avait donné une pierre à chaque service qu'ils ont rendu, ils auraient une tour qui toucherait le ciel aujourd'hui.

— Blotties entre les Dubka en cœur de Pack, blotties et couvées, lovées, fragiles, notre bien le plus précieux, trois, oui… trois femmes ! La première est d'ailleurs plus qu'une femme : c'est un pur ruisseau. Elle est notre cueilleuse et sourcière, la seule dont on ne puisse jamais se passer, la seule que j'aime : *Aoi Nan* !

‹› Je suis tellement surprise que je trébuche en ébauchant ma révérence. Les Fréoles redoublent d'applaudissements, sifflent des notes aiguës, ils me déshabillent du regard… Pour eux, j'existe depuis seulement quatre secondes…

— À sa gauche, amis au nez qui coule, à la gorge cracheuse d'autre chose que poèmes, celle-ci est pour vous, nous vous l'offrons, et à bon prix…

— On vous la donne, elle vaut rien ! rauque Golgoth.

— Notre soigneuse des plaies de l'âme et du corps, psychologue et médecin, vétérinaire de la harde, cajoleuse au besoin, je vous présente, orphelin que nous sommes, notre maman : *Alme Capys* !

Ω Le poids mort du troupeau, ouais, pire qu'un traîneau, la Capys : une vache à lait, au mieux. Sans lait. Et laide. À quoi elle sert, ce tas ? J'ai jamais compris les hordonnateurs là-bas dessus. Soigner quoi ? Soigner qui ? Si t'es malade, tu te bats, tu vas pas chougner dans les jupes d'une femelle qui va te donner un bol de soupe, caffi de feuilles de saule, à dégueuler du vert par les naseaux toute la nuit ! Et ça virevolte devant les matelots, avec son sac à patates, ça se croit regardable… Virez-moi ce boulis…

‹› Qu'elle est jolie ce soir, à la lueur des lanternes à huile… Elle a pris le temps de se laver entièrement et ses cheveux châtain clair, encore humides, frisent. La longue robe vert jade qu'elle a revêtue fait ressortir ses yeux et ses formes. Elle sourit aux galéjades des Fréoles : « Maman, j'ai mal ! », « Je me suis tordu le pouce, viens voir ! » Steppe la regarde (c'est drôle) comme s'il la découvrait gironde pour la première fois.

— La cinquième et dernière femme que je vais avoir l'honneur et l'avantage de faire scintiller sur ce parquet, vous la connaissez tous — au moins de nom. Sa mère est célèbre jusqu'au fond des puits de la bande de Contre ; sa grand-mère est tout simplement une légende. À elles trois, elles ont ouvert la lignée Melicerte, dans une charge intellectuellement aussi prestigieuse, sinon plus, que celle de Scribe. Elle a survécu à l'âge de dix ans au furvent qui l'a consacrée. Elle nous a évité plusieurs fois la mort — en toute amitié ! Elle fait partie de l'élite des vingt aéromaîtres qui sont gravés sur le marbre de l'Hordre. Elle a en outre l'élégance, elle a la noblesse, elle a cette intuition du souffle qui sidère et qui ravit, j'amène devant vous la petite-fille de Matzukaze : *Oroshi Melicerte* !

) Les applaudissements qui suivent ne sonnent pas sur le même timbre, un peu négligé, des précédents. Il y a d'abord une forme de solennité, qui tarit le tohu-bohu, et une tenue des poignets et des mains qui signale le respect. L'intense respect. Oroshi a descendu les marches avec ce port indéfectiblement altier qui la caractérise, et ce regard que je ne me souviens pas d'avoir surpris éteint, en trente ans de vie partagée. Cette fille cherche, elle cherchera inlassablement, jusqu'à la faux, le sens de tout cela. Comme moi. Notre lien n'est pas de titre ni d'intellect : il est à la pliure de cette quête — comprendre. Plus qu'aucun des autres, nous nous demandons. D'où vient le vent, où naît-il ? Non, ça c'est ce que les hordonnateurs veulent que l'on se demande, c'est la réponse qu'ils escomptent nous voir rapporter, à la manière de braves chiots. (Ou bien enterrer avec nous afin de laisser

intact l'espoir ? À moins bien entendu qu'ils ne sachent. Qu'ils sachent depuis longtemps ce qu'il y a au Bout, mais ils envoient depuis des siècles des Hordes…) Plutôt cette question rêche : pourquoi contrer ? Pourquoi acceptons-nous de consacrer notre vie à aller quérir une origine que personne n'a jamais pu atteindre ? Parce que nous pensons *justement* y parvenir n'est pas la bonne réponse. Décidément pas. Il y a pire : ce n'est pas encore la bonne question, elle non plus. Cherche encore, petit scribe, cherche jeune chiot, cherche…

≈ Elle ne s'est jamais prise pour une crotte, l'Oroshi, regardez-moi ça. Elle nous toise de haut, avec ses babéoles dans les cheveux et son sourire frisquet. L'élite des aéromaîtres peut-être mais ça n'empêche pas de rester simple. Je voudrais la voir à l'arrière, tirer mon traîneau ! Caracole en fait trop pour sa pomme. Tout le monde est indispensable ici, Aoi ou Sveziest autant qu'elle ! Elle fait son boulot, c'est tout !

π Trois girouettes en or et cuivre surnagent de sa coiffe recherchée. Son haïk est d'un blanc crème qui prend agréablement la lumière chaude des lanternes. J'aime ce qui se dégage d'elle, ce qu'elle inspire : estime. Avant toute séduction.

— Puisque nous abordons le quatrième rang de la Horde et que je vous sens — attentifs, toujours certes, mais avides aussi d'éclats et d'action — je vais subtilement me retirer pour laisser cet espace à ceux qui sauront mieux l'occuper ! L'un affaite les faucons, l'autre les autours ; l'un privilégie la dureté du dressage, le respect strict des règles et des codes du métier ; l'autre fait confiance à l'oiseau, guide plus qu'il n'impose, s'appuie sur la connivence plutôt que sur l'obéissance. Tous deux sont d'excellents dresseurs et ils vont vous le démontrer. Voici le fauconnier, voilà son alter ego l'autoursier ! Place à la parade des *oiseliers* !

L'idée, naturellement, venait du troubadour. Nous l'avions testée avec succès dans plusieurs villages. Elle aérait sans conteste la présentation qui confinait auparavant au défilé répétitif. Notre fauconnier s'approcha en premier. Il demanda à Caracole de hisser un cerf-volant sur l'extrados duquel il avait ligoté une perdrix.

— L'un de vous aurait-il plaisir à piloter la perdrix ? demanda Darbon aux Fréoles amassés.

— Cerviccio va piloter ! C'est notre meilleur élément, annonça le commodore.

) Un jeune matelot aux allures nonchalantes, vaguement éméché, se leva à contrecœur sous les exhortations : « Cerviccio ! Cerviccio ! Cerviccio ! » Avec une moue, il prit des mains de Caracole les deux poignées d'étain, et rejeta d'un coup de tête ses cheveux noirs en arrière. Aussitôt, il se passa quelque chose. Dans ses mains, la bobine lâcha d'une coulée une bonne toise de fil et le cerf-volant, brusquement, s'éleva. Déjà des mousses avaient pris sur eux de grimper au mât de hune y affixer torches et lanternes afin d'éclairer au mieux l'évolution de l'écoufle. Capricieux, le vent faisait teinter les câbles, remuait les voiles ferlées, il actionnait par à-coups les éoliennes de stabilisation mais rien de tout cela ne semblait gêner le jeune pilote en penailles, qui se déplaçait maintenant sur toute la surface du terrain de plate sur d'improbables chaussons, en pas chassés et en glissades… Caracole me fit un clin d'œil qui en disait long et il se retourna, soudain sérieux, vers le fauconnier pour l'encourager à agir. Darbon déchaperonna son gerfaut préféré, au plumage d'un blanc très pur et le maintint quelques instants par les lanières qui entravaient ses pattes, en le présentant aux Fréoles. La beauté de l'oiseau déclencha des murmures d'admiration. Au-dessus de lui, le cerf-volant décrivait des vrilles ronflantes, plongeait et remontait, prêt manifestement à en découdre. Il n'y avait cependant rien de précis à gagner, sinon le plus précieux : l'estime de l'Escadre frêle, élite des Fréoles — ou la nôtre envers eux.

^ Darbon jeta son tiercelet sans même lui offrir une beccade et le gerfaut monta d'essor, entamant une carrière de droit fil dans le vent. Qu'il eût avué le leurre ficelé sur l'écoufle n'avait rien de très-évident tant il prit l'air, volant d'assurance, et promptement se guinda par-dessus mâts et nuées… Le jeune Fréole, à l'aise dans ses escafignons, dansait quelque farandole sur la boiserie, sans pour autant perdre de vue la querelle, essentiellement d'adresse, que nous lui proposions. Un tantinet nerveux, Darbon allait d'emblée tapoter le taquet afin d'affriander l'oiseau quand il avisa toutefois une tache claire — ledit faucon — et, au public assemblé, la désigna. Le gerfaut, entamant un degré, naviguait maintenant vent en queue, à quelques dizaines de toises au-dessus de l'écoufle blanche du Fréole, taillée en trapèze et supportant la perdrix. Sans tournoyer plus avant, le faucon ferma brusquement ses ailes et dagua en direction de sa proie. Si le Fréole avait, par défi, maintenu en une certaine fixité son cerf-volant, il n'eut, pour réagir adéquatement, qu'une infime portion de temps, laquelle il mit pourtant à profit, esquivant avec brio l'attaque en virant sur l'aile et amorçant force vrilles tombantes qu'il redressa céans.

L'espace compris entre les deux mâts centraux et leurs vergues offrait, à cette joute, une scène très-circonscrite qui ajoutait à l'intérêt du moment. Bel oiseau de travail, le tiercelet n'allait certes pas se décourager pour une esquivade et il entama une nouvelle carrière, vent debout, se haussant sans grande difficulté bien au-dessus du navire et commandant, ainsi qu'il le devait, à la sphère de tous les possibles. Sa deuxième, sa troisième puis sa quatrième attaque n'eurent guère plus de succès que la première, mais il usa à plein de cette faculté qu'ont les falconidés de s'arrêter au plus fort de leur vitesse en ouvrant subitement leurs ailes pour se porter à un niveau équivalent à celui dont ils sont partis. Cette technique, dite *ressource*, lui donna, sans effort supplémentaire, l'occasion de fondre sur l'écoufle une bonne dizaine de fois, sans autre résultat que d'accrocher par une fois la toile et par deux fois de buffeter très-spectaculairement, au point que Darbon crut que son gerfaut avait pris coup. Les passades s'accumulèrent. Le Fréole montrait une dextérité étonnante, suscitant icelle l'engouement de ses pairs — et la rancœur d'un Darbon que je supputais fulminant de voir ainsi sa merveille humilier — croyait-il exagérément — son maître. L'intelligence toutefois du matelot était supérieure à son orgueil si bien qu'il mit fin à sa domination en ralentissant (très-discrètement) ses esquives de sorte que le faucon, lui infatigable, parvienne finalement à dérompre l'écoufle et à lier sa proie au sol, sous la ferveur acclamante des Fréoles, beaux joueurs davantage que nous-mêmes. Maladroitement, Darbon refusa à son oiseau de faire courtoisie, sentant peut-être ce que sa victoire devait à la complaisance de son adversaire, et il se retira sur le gradin en lui donnant quart de gorge.

Mon tour d'entrer en scène était donc arrivé…

— Notre grand maître l'Autoursier et ses lièvres !

) Combien je préférais, de nos deux oiseliers, l'autoursier ! Il fit une démonstration toute simple, à base de lièvres lâchés sur le pont qui couraient se cacher dans les amas de cordes, galopaient éperdus, sauvaient leur peau ou finissaient empiétés par l'autour et dévorés crus, à glaçants coups de bec, sous les cris des femmes. Plus que sa jovialité, plus que son humour sans prétention, plus que la façon si agréable qu'il avait de faire partager son enthousiasme et son amour des oiseaux, je l'appréciais pour sa vision du monde, si proche, par bien des angles, de la mienne. La fauconnerie, comme tout art, trahissait, dans le choix même des oiseaux à dresser et avant même tout dressage, un profond rapport aux choses. Les oiseaux de haut vol, comme les faucons, fascinent, pour faire vite, ceux qui privilégient

la verticalité des rapports, la hiérarchie et la transcendance. Leur façon de s'élever, par carrières successives et degré, leur façon de ramer, fondée sur la force, leur façon de fondre tel un dieu vengeur sur leur proie, en font un symbole évident du pouvoir. L'autour, autant le dire, c'est tout autre chose. Oiseau de bas vol, ce voilier saillant n'a pas son pareil pour poursuivre ses proies à travers les taillis et les branches, au ras du sol, voire à les saisir au ventre des buissons. L'autour est l'oiseau de l'immanence, une foudre horizontale, capable de sauts ascendants, de quasi-voltes en l'air, d'une promptitude magnifique. Il chasse sur un plan transperçant, il troue et il parcourt, il est transversal, à même la terre, il atteint en trois battements sa vitesse optimale, il peut s'élever facilement vent arrière quand le faucon en est foutrement incapable. Il a la *puissance* mais ne cherche aucun pouvoir — puisque justement, il *peut.*

— Nous entrons maintenant au cœur du mystère… L'homme que je vais à peine vous montrer a survécu à un chrone. Depuis lors, son crâne est une courte prairie, ses cheveux des herbes folles. On ne le coiffe plus, on le jardine ! Il est de la Horde la mauvaise graine… et le Fleuron. Tout de go botaniste, cueilleur et druide, planteur éphémère, paysan nomade, cultivateur à la volée, capteur de semailles… Il est celui qui sent ce qui pousse amont. Qui sait ce qui se mange, ce qui se cuit, ce qui soigne et ce qui tue. Sa mère, qu'il me suffise de dire qu'elle s'appelait Siphaé Phorehys et qu'elle lui a tout appris — sauf la patience. J'amène devant vous la pampa, j'amène devant vous le veld et la toundra : *Yol Steppe Phorehys* !

‹› Je ne l'ai pas tondu depuis deux semaines, il refuse. Il « sent mieux les choses » lorsque c'est plus long, dit-il. Il est plus beau que Caracole, plus homme, tout aussi sensuel. Caracole… Il est insatiable, jamais ne fatigue, un feu follet, son visage de faune pétille, se plisse, rit, il glisse sur le parquet, volte et danse, tellement vite il enchaîne, ne laisse ni pause ni blanc, allez hop, la suite maintenant…

— On croit volontiers qu'une horde, c'est avant tout un grand Traceur et un bon Fer. Sans doute… Mais on oublie toujours qu'avant toute trace, il y a une avant-trace. Un petit gars, pas épais, qui court devant, tout seul, qui cherche la piste, qui traque les passes, qui semble fuir mais toujours nous revient. Pour lui, les paysages sont des mythes dont il faut défiler la trame. Il n'y a pas de buttes accumulées par le vent mais des gorces anciens qui dorment, pas de canyons creusés par la pluie, seulement le passage d'un serpent et la marque, sur les parois, de ses combats. Il n'y a même pas pour lui de vent, mais des *fauvents* qui remorquent la terre à leur allure et

nous obligent à les poursuivre pour les stopper, si l'on peut, si l'on y tient. C'est un enfant sauvage, qui a survécu grâce à son intuition hors du commun et grâce à un imaginaire dont on soupçonne à peine l'étendue et la cohérente folie. Dans nos âmes, il a été baptisé, une fois pour toutes, « la Lueur » ; dans nos cœurs, il est *Arval Redhamaj, notre éclaireur*!

π Il bondit de son gradin et se prête au jeu des ovations. Son capital de sympathie est immédiat. Il sort de son sac des morceaux de bois, quelques pierres, des manches à air et des gonfalons. En un rien de temps, il balise un chemin qui part du terrain de plate et aboutit à un tas de cordes. Une dizaine de Fréoles aux chemises ambre (des matelots) l'ont suivi. Il s'agenouille et, d'un coup de patte, en sort un lapineau apeuré. Il le ramène sous les cris des Fréoles et l'offre à une fille. Il n'a pas prononcé un mot. Que des gestes. Arval.

— Le voici venu... Qui ? Le moment. Le moment qui aurait pu ne jamais se produire pour vous. Quelques centaines de mètres à droite ou à gauche de l'axe de contre et vous le ratiez. Ils sont six. Vous le savez maintenant. Disposés en triangle de percussion, toujours à la proue, à fendre — comme à la hache — le flux. Sans eux, je ne serais pas ici devant vous à multiplier mes arlequinades. Sans eux, il n'y aurait tout simplement pas de Horde. Ceux qui les ont vus contrer ne les tutoient plus. Le courage pour eux a cessé d'être un mot, il est devenu une certaine consistance du sang, un acte quotidien, une certaine qualité d'os : *le Fer*!

) Il n'y a désormais plus le moindre Fréole en l'air ou accroché aux vergues. Au dernier rang des gradins, les cuisiniers et leurs aides ont accouru, les mains huileuses, la cuillère à la main. Les machinistes ont laissé leurs machines. Une femme allaite son enfant debout sans lui jeter le moindre regard. Subitement, la voix de Caracole a changé, elle a quitté l'emphase pour s'inscrire dans la sincérité — une technique, rien qu'une technique de plus, la plus redoutable dans ses effets, nonobstant.

— À sa tête, regardez-le tranquillement, prenez votre temps, imprégnez-vous... À sa tête, il y a quelqu'un dont vous avez tellement entendu parler que vous avez peut-être fini par croire qu'il n'existait pas comme vous et moi nous existons. Qu'il n'était pas, ou plus, tout à fait humain, construit avec d'autres muscles que les vôtres, je ne sais pas... avec d'autres fibres. Ce quelqu'un, il est à présent devant vous. Ne lui demandez pas de sourire, et ne lui demandez pas comment il fait. Vous le verrez tenir debout quand même les chênes baissent la tête et se couchent. Je l'ai vu

encaisser deux furvents. Il ne se plaint jamais. Il a pas appris. C'est un type qu'on finit par aimer malgré lui, malgré soi, pas parce qu'il serait le meilleur de sa lignée — il est le meilleur — mais parce qu'il ne sait pas ce que veut dire *tricher*. Souvenez-vous-en comme le neuvième, souvenez-vous-en comme le dernier parce qu'il n'aura pas de fils. Je veux vous voir debout, je veux vous entendre enfin : *notre Traceur, Golgoth*!

Ω Lâchez vos putains de mains l'une contre l'autre, cognez dedans, ouais, plus fort que vous ne l'avez jamais fait ! Vous savez pas qui je suis, personne sait ! Gueulez ouais, gueulez jusqu'à plus gorge ! Nous, on n'a pas de machines, on pue la merde, on a que nos boyaux et nos os à racler, vous savez rien, mais rien, RIEN !

) Caracole nous annonça dans la foulée « Sov le Scribe », « Pietro Della Rocca, notre prince », « le géomaître Talweg », « Firost de Toroge, pilier et chasseur », mais l'intensité avait chuté d'un sérieux cran et nous ne pouvions que passer en saluant dignement sans prétendre rivaliser en quoi que ce fût avec le tonnerre et l'émotion, la furie qu'avait déclenchée la présentation de Golgoth, lequel s'était avancé, poing levé, avec cette mimique indéchiffrable que les plus optimistes appelaient sourire, les autres une grimace. Sans aucune raison, notre troubadour avait interverti l'ordre habituel de présentation, ruiné la montée en puissance de l'attention et décidé qu'Erg achèverait. Pourquoi Erg ? « Parce qu'il *assoure* le spectacle, petit ! » me toisa-t-il, en magnat du cirque. La suite, autant le concéder, ne lui donna pas tort…

— *Ja sis* vivant, *Ter es* vivant, il est vivant, nous sommes *vivaks, farfal*! Mais grâce à qui ? Qui nous sauve des attaques mortelles, qui nous défend ? Ah, parce que vous croyez qu'avec nos magnifiques haillons, nos tatouages célèbres sur l'épaule et dans le dos que personne ne voit, notre réputation que tout un chacun, naturellement, peut lire en lettres lumineuses sur nos fronts, vous croyez que personne n'aurait l'outrecuidance de venir nous agresser — pire encore, de chercher à nous tuer ? Restez-en alors, jeunes gens, à vos contes de fées… Ce type à ma gauche, vous avez raison, n'est qu'un pantin. D'ailleurs, pour s'en assurer, je vous propose un petit jeu. Vous êtes d'accord ?

— D'accord ! exulte la tribune fréole.

— Que douze des plus courageux d'entre vous, avec armes, disques, couteaux, harpons, ce que vous voulez, descendent sur le terrain de plate… Voilà, venez, ne vous dégonflez point tels des baudruches, j'ai dit douze,

yak… encore trois… voilà… Le jeu est très simple. Les Fréoles, placez-vous au niveau de la cage… Bien. Que la Horde se lève à présent, oui, vous tous les gars, et aille se placer debout devant l'autre cage. Vous restez là, les hordiers ! Interdiction absolue de faire le moindre mouvement ! Durant toute la durée du jeu, vous êtes des statues. Erg va vous protéger. Erg, tu te places au centre du terrain…

— D'ak.

— Le but du jeu, pour vous Fréoles, est enfantin. Il s'agit de *toucher* un membre de la Horde, n'importe lequel, avec n'importe quoi : votre main, votre disque, un baton lancé, une balle… c'est libre !

— Trop facile !

— Erg est là pour vous en empêcher, en tant que combattant-protecteur. Erg, tu es prêt ?

— Yak.

— C'est parti !

Presque simultanément jaillirent un disque de plate et un boomerang — impeccablement lancés dans notre direction. Le boo n'eut pas le temps de franchir la ligne médiane — il fut capté et rétrolancé droit sur l'envoyeur. Plexus. Le Fréole s'effondra. Le disque ricocha sur le parquet, s'éleva, mais Erg le dévia d'une manchette.

π Une balle part, très haute, un tir en cloche… Imparable. Erg tire sur les poignées de son sac. Une seconde. Le cerf-volant de traction, pas plus large qu'une serviette, surgit, prend le vent, arrache Erg du sol. Deux secondes. À la troisième, Erg est à quatre mètres de haut, en extension et il smashe la balle dans les tribunes…

) Il y eut un mince flottement fréole, le temps de réaliser ce qui venait de se passer ou d'imaginer une tactique, un geste gagnant. Ce fut un flottement de trop. Erg se plaça en vol-balancier à deux mètres au-dessus du parquet et il actionna, d'un retrait de coude, son arbalète mécanique. Il régla la mollette (j'imagine) sur vomiquier et appuya. Dix fois. Devant la cage fréole, il n'y eut plus, un « flottement » plus tard, qu'un seul type debout. Il avait, à la ceinture, une petite hélice, qu'il aurait eu le temps de songer à lancer. Peut-être. Mais Erg était déjà dans la cage, d'un seul bond air-sol, réalisé par vent contraire, grâce à un tir de harpon dans le parquet, suivi d'une traction sur le câble. Je ne vis rien de précis, juste la tête du Fréole frappant, mat, le montant du poteau et s'écroulant. À ses pieds, gisaient d'autres Fréoles les bras crispés sur leur ventre, vomissant.

π Il en reste un douzième, logiquement. Erg a toujours su compter. Il est à terre avec les autres. Mais il n'a pas pris, dans sa cuisse, de carreau infecté au vomiquier. Alors il retire sa chaussure, idée louable, et la jette à ras de terre vers nous. La chaussure fuse sur le bois ciré…

— Attention !

Sans doute parce qu'il est difficile de tirer une cible aussi petite sans angle. Plus vraisemblablement par habitude. Erg se retourne, déclique dans le mouvement le câble du harpon, décolle vent arrière — et tire. Le premier carreau s'enfonce dans le parquet. Le second cloue la chaussure sur place. C'est fini. Rideau.

— Erg Machaon, Messaignés ! Combattant-protecteur de son état, ailier du Fer et bricoleur, à ses heures, de babéoles !

(·) Moi, Machaon, il me terrorise. Je ne peux que me ranger à la réaction courroucée des Fréoles. La poudre de noix vomique, il faut à l'estomac trois bons jours pour s'en débarrasser. Je ne parle pas des incisions à la cuisse, j'ai honte pour nous. Je me suis évidemment proposée pour soigner les plaies, mais le médecin-chef des Fréoles m'a fait comprendre, avec tact, qu'il ne me faisait pas confiance. L'ambiance entre nos deux clans avait quelque peu fraîchi.

π Oui… Oui cela reste excessif dans le cadre d'un jeu amical. Erg aurait pu s'approcher, en étourdir quelques-uns au lieu de cribler les matelots à l'arbalète mécanique. Comme si notre vie en dépendait ! Le commodore et le contre-amiral m'ont exprimé leur compréhension. Ils admettent qu'Erg ne pouvait guère agir autrement. Ils en veulent plus volontiers à Caracole d'avoir proposé ce combat déséquilibré en connaissance de cause. La fête est maintenue sur le navire. Elle adoucira les tensions. Des lanternes ont été accrochées sur toute la mature avec un goût sûr de l'éclairage intimiste. De place en place, les flaques de lumière alternent avec des poches sombres qui facilitent les discussions plus personnelles. La musique de chambre se marie agréablement aux boiseries du pont. Dans mon dos, sans le montrer, j'écoute Firost discuter avec un homme dont je ne suis pas sûr qu'il appartienne à l'équipage. Sa tête m'est connue, sans que je puisse me remémorer… Il a des yeux jaunes très enfoncés. Un triangle en manière de visage.

— Il est impressionnant, dites donc, votre gars, votre guerrier-protecteur…

— Combattant-protecteur.

— Il est toujours comme ça ? Il sait pas s'amuser ?

— C'est pas ça. Erg, on ne lui a jamais appris à se battre. On lui a appris à tuer. C'est très différent.

— J'imagine…

— Tu sais, gars, en tant que pilier-chasseur, j'ai fait une centaine de bastons à ses côtés. Contre des bandes de crache-misère, la flibuste des plaines, des hordes d'Obliques à pied qui nous filait le train des semaines avant de nous attaquer en pleine nuit. Contre des manieurs d'écoufle, des lanceurs d'hélices capables de te trancher la tronche d'un jet, des jeteurs de boos genre aiguisés, tu vois ? Des mecs qui te lâchent à bout portant leurs disques crantés… On a affronté des dingues, des vrais barges. Une fois, y a quatre ans, on s'est trouvé devant un escadron de huit vélichars d'assaut, des pas franchement rigolards, équipés de lance-harpons.

— Eh bien ?

— Eh bien je ne me souviens pas d'un combat qui ait duré plus de cinq minutes.

— Sérieusement ?!

— Ce mec-là, il ne fait pas un geste qui sert à rien. Tu captes ? C'est même pas qu'il va vite. Un Caracole est plus rapide, par exemple. Il va juste plus vite que toi. Quand il jette son boo, le gars tombe. C'est tout. Tu te dis, *caber* il va se relever, attention… Mais il se relève jamais. S'il sort un disque, une hélice, elle part — et en face. Et en face, le mec peut courir, sauter, se planquer. Il a le droit. Mais à l'arrivée, il est clouté. Il connaît tous les points mortels, tous les défauts de la carcasse humaine, là où tu peux taper, là où ça se brise définitif : plexus, vertèbres. Il te tranche l'artère du cou d'une manchette, avec l'ongle, sans arme. Schlla ! Il se bat jamais. Il élimine. Il a été formé comme ça. Alors faut pas lui demander de s'amuser : il sait pas.

— Pourquoi vous l'appelez « combattant-protecteur » alors ? Appelez-le « assassin » !

— Écoute-moi… À Ker Derban, les protecteurs sont d'abord formés aux techniques d'autodéfense : comment parer une attaque ; comment surtout protéger un Pack qui sait pas se battre, à part deux-trois mecs comme moi, Golgoth ou notre forgeron Léarch… Cette formation est bateau, n'importe quel pirate un peu d'équerre peut en connaître autant qu'eux.

— Et il y a les techniques d'attaque…

— Voilà, t'as tout compris. Et là… Là, comment te dire ? C'est un autre cosmos ! Personne n'y a jamais mis les pieds. Les hordonnateurs travaillent

sur les qualités propres du futur combattant, ce qu'il a d'unique. Ils l'encouragent à développer ses tactiques à lui, ses bottes perso, ses coups, à améliorer ses armes, sa logique de meurtre. Pendant son enfance, puis ensuite de village en village, grâce aux relais de l'Hordre, jusqu'à l'âge de dix-neuf ans, il se construit un système d'attaque intégralement secret, une pure création, un truc qui sort du néant, sans aucune parade connue ! Il le teste grandeur nature. Il abat tous les témoins et tous les partenaires — sauf les mouchards de l'Hordre évidemment. À la fin, il y a une machine de guerre, qui n'appartient qu'à un homme sur terre. Qui *est* un homme : le système-Erg !

— Et d'après toi qui l'as vu combattre, qu'est-ce qu'il a de spécial, son système ? Qu'est-ce qu'il a inventé ? Enfin, si tu peux en parler…

— Il utilise la troisième dimension. Mieux que personne.

— Le combat aérien ?

— Il démultiplie ses angles de tir grâce au cerf-volant de traction, il peut frapper de n'importe quel point de l'espace. Sa couverture est sphérique. C'est une boule de feu. Il est monstrueux dès qu'il est en suspension…

— On a pu voir ça ! Et quoi d'autre ?

— Il est très discret aussi et il ne se vante jamais, coupé-je avec un brin d'agacement.

Mais Firost était parti sur sa lancée. Il fit mine de ne pas m'entendre.

— J'ai cru une fois qu'il allait mourir, et toute la horde avec. Une meute de pillards, des écumeurs, ils étaient une cinquantaine, organisés, avec les lanceurs en second rideau, bien abrités derrière les glisseurs. Erg a décollé, c'est moi qui tenais la longe, il a commencé à tirer à l'arbaméca, une pluie, des carreaux empoisonnés, ça faisait des trous francs dans les lignes ! Derrière, les gars ont répliqué à l'hélice : des modèles à quatre pales, très effilés, larges comme une assiette, pas plus. Erg a esquivé, mais la salve a déchiqueté sa voile, et il s'est écrasé au sol. Il est resté couché, raide. Il bougeait plus. On n'en menait pas large, je peux te le jurer. Devant nous arrivaient une trentaine de balafrés… Au pas. Le Fer était en position, Léarch et le Goth ne reculaient pas, mais sans Erg, autant te dire — on essorait du cul ! Il avait simplement adopté la tactique du putois, qu'il nous a expliquée ! Après coup. Il est resté carpette, intouchable, le buste juste un peu arqué, et il a roulé allongé en pilonnant en continu. Du bras gauche dans l'axe de l'avant-bras, toujours à l'arbaméca ; du droit à l'hélice imbibée de strychnine, en jets courbes. Cinq minutes, je te mens pas ! Ceux qui pouvaient ont calté en glisseur ! Les autres jouent au cerf-volant tout là-haut…

Cet homme en sait bien plus long qu'il ne le laisse supposer. Et Firost en dit trop. Décrire un combat d'Erg, quel qu'il soit, est déjà éventer une tactique. Il a bu au buffet. Il a l'ivresse bavarde, un rien bravache. Je le prendrais à part tout à l'heure. Quant à son interlocuteur, je vais mettre Oroshi dessus. Il a la gueule d'un Poursuiveur.

V.
L'Escadre frêle

¿′ Fusées ! Fracas fréole ! Fanfare poussée à fond, cuivres suraigus, comme si ma petite présentation de la Horde n'était qu'un pur préalable, le signal loufoque que le barouf peut maintenant battre son plein ! Les vélivoles ! Rien n'a changé depuis le temps ! La même soif, le même goût échevelé des ascendances, à sortir les ailes et les écoufles, à gonfler les gonfalons, à jeter des boos à tous crins, n'importe où, dans la nue ! Pas un pour rester calmement sur le pont où circule l'élégance bleue des femmes, lesquelles sont trop heureuses de trouver enfin, grâce à nous (ravis de l'aubaine), des hommes qui les écoutent et partagent leurs rires ! Un vrai foutoir d'ailes qui planent autour du perroquet de fougue — bouteilles lancées en vol ou gourdes passées de main en main comme on se jette un ballon ! Youp ! Ça s'accroche aux vergues, ça grimpe au mât de misaine, ça se jette ! ça vomit dans le ciel ! À qui montera le plus haut, à qui coupera la corde de l'autre pour le virer aval ! Vas-y ! Et que je ramène des touffes d'asphodèle arrachées à la steppe pour une femme qui rougit ! Que je renverse de l'eau ou du vin sur les têtes, en braillant ! Rien n'a changé. La séduction est dévolue au pont ; elle le sera au feu central, dans la prairie, tout à l'heure. Ceux qui jouent sont les plus timides, de jeunes boutefeux que leur chibre soulève mais qui n'osent, sur le pont, affronter cette joute autrement délicate de l'amour possible. Alors ils s'envolent et fanfaronnent, restent entre eux, prompts à mater, à déstabiliser les séducteurs aguerris qui demeurent, eux, les pieds stratégiquement rivés au plancher du navire… En bien des sens, la fête fréole a toujours été verticale et céleste, n'ayant pas, comme chez les abrités, cette structure plate, centrée sur un pôle autour duquel spiralent les désirs.

Quel subit sérieux, mon petit Caca !? Serais-tu en train de coaguler de la glotte ? Tu commentes le comment ? Tu tudies et tu nalyses ? Et meilleureux : tu terprètes la féfête ? Va donc t'amuser tantôt !!

) J'ai assisté au spectacle cannéole que nous ont offert trois danseuses-musiciennes plutôt splendides. La cannéole, telle que je la connaissais jusqu'alors, se jouait avec un long bambou troué de deux mètres que les musiciennes présentaient face au vent, sous une série variable de figures, afin que le souffle traverse le bâton et y produise ainsi un son agréable. Au mieux était-ce, bien mené, une sorte de concert de flûte un peu haché, avec quelques gesticulations plus ou moins bien intégrées qui y répondaient. Mais ce que j'ai vu m'a fasciné. C'est un art automoteur où la musique, qui naît du mouvement du bâton, donc du geste, donc de la danse qui l'apporte, suscite la danse qui suivra, laquelle relance naturellement la mélopée du vent et s'entretient d'elle-même, dans une volte entre sons et gestes qui n'a ni début ni fin, et s'enspirale. Outre que la vélocité du ballet m'a surpris, ne s'autorisant que les silences nécessaires au tempo et jouant continûment un air mélancolique enroulé par les danseuses avec une désarmante sensualité. Le bambou, entrave des chorégraphies ordinaires, prend ici une force visuelle de porte-étendard, de fer de lance, c'est un arbre, un sexe, une hélice lente, selon les inflexions musicales. Après le spectacle, je n'ai pu m'empêcher d'aller féliciter la danseuse qui m'avait le plus touché.

Elle tourne vers moi le bleu dense de ses yeux, elle est ravie, un peu impressionnée, elle a reconnu le scribe, mes compliments incendient ses joues, sa bouche brille, très rouge sur une peau blanche. Des airs de Coriolis, mais en tellement plus vive ! Elle vient d'un village de l'aval, Ravenne, que nous avons traversé il y a plus de cinq ans. Elle a rejoint l'Escadre frêle pour y vivre la vraie vie. Elle est donc danseuse et joueuse de cannéole, avec un accent attachant qui lui fait dire « Soff » en chuchotant le f. Elle me plaît terriblement. J'ai envie d'embrasser sa nuque fraîche. Ses cheveux glissent sur sa joue avec une enfantine grâce. Ils se délient sous le vent par salves joueuses, mobiles, avec des reflets d'écorce et de châtaigne, et viennent parfois se poser sur sa bouche, la voiler... Elle me parle d'une voix pleine qui désarçonne ma pudeur et m'encourage à lui répondre en vrac, à la volée, sans rien contenir. Là où nous sommes, accoudés au garde-fou, nous regardons la première lune, la rousse, se lever. La brise bouscule au loin quelques nuages, et les buis, jetés sur la plaine en touffes, prennent doucement feu sous la lueur sélène. En contrebas, des membres de la Horde et de l'équipage, pêle-mêle, empilent le bois fraîchement coupé en prévision d'une nuit qui s'annonce longue. La conversation roule, roule nos rires sur le commodore et sur Golgoth, sur Caracole et ses frasques, avec une euphorie croissante qui me prend délicatement à revers. J'ai bien tenté, nonchalant, de regarder devant moi, la tête droite, au loin, de fixer

mon âme floribonde sur la cavalcade leste des herbes qui frissonnent sur les crêtes. Mais je n'y peux plus grand-chose maintenant. Un sang d'une douceur insolente me coule dans les fibres, me rend ivre de joie, à moitié saoul d'elle et de sa peau de drap frais. Irrépressiblement, je tourne mon visage vers le sien et je la regarde à nouveau, et à nouveau je me noie, pars à la disperse, bu, buée. Elle ne dit ni ne fait rien d'extraordinaire pourtant, elle — c'est si bête, si simple — incline son buste ou délace une mèche sans y penser, elle change de voix pour imiter un marcassin grognon, mais c'est comme si le monde s'allumait sous le boisseau de ses gestes, comme si les cuivres qui nous parviennent, déréglés, au bon vouloir des bourrasques, ne jouaient plus qu'en sourdine, pour faire écho à son souffle.

— Mesdames et messieurs, je vous demande maintenant de bien vouloir quitter le navire pour vous rassembler dans le champ autour du feu. La fête de ce soir est placée sous le signe de la joute ! Combat de cerf-violent, jet de boomerang à l'aveugle et écriture éphémère à l'écoufle vous sont proposés ! Les tournois seront suivis d'un second ballet cannéole !

∫ La plupart des nanas ont choisi d'écrire au cerf-volant enflammé, sur le ciel noir, ces fameuses tirades de plus en plus longues que dictent les trouvères. J'y suis donc allé (confiant le Larco...) Jeu pour mioches, j'entends souvent ! Hé ben, c'est plutôt redoutable (croyez-moi) pour maîtriser la trajectoire de l'écoufle dans l'air sans éteindre la flamme ! Je n'ai tracé que la première phrase — « Bienvenue à la Horde » — en ratant lamentablement le H. Ces Fréoles sont extraordinairement habiles (ou entraînés ?). Certains vont si vite que le mot semble écrit à main levée (le feu est leur encre !). J'aimerais tellement apprendre, ne serait-ce que pour frimer devant Coriolis, lui écrire à la cage (tiens, c'est une idée ça...) sans que les autres puissent comprendre ce que je fais. Ce serait notre secret !

π J'ai choisi le cerf-violent. Pour me défouler. Pour me vider de cette journée décidément trop riche pour moi. Faire plonger les engins au sol et couper les fils d'attache pour rester seul dans le ciel... Quel accueil nous ont réservé ces Fréoles ! Pas même « réservé » puisqu'ils ne s'y attendaient pas plus que nous, à nous croiser en pleine steppe ! Accueil spontané, naturel pour eux. Il faudra que nous nous concertions avec Sov et Golgoth pour réfléchir à la meilleure façon de les remercier. Question de principe et d'honneur. Sov est méconnaissable depuis tout à l'heure. Je l'ai rarement vu comme ça. Il est ébloui par sa rencontre avec une danseuse, une certaine Nouchka. Une fille un peu légère mais sans travers. D'après le contre-amiral.

Que j'ai questionné. Alme et Aoi se moquent gentiment de lui. Sans toutefois aller jusqu'à le déranger. Pointe de jalousie ? Elles sont également très courtisées ce soir. Oroshi de même, qui attire plutôt les hauts grades. Cette fête nous fait un bien immense.

) Après les tournois, nous reprîmes la conversation. C'était encore plus difficile. Je faseyais comme une voile mal remplie, j'avais besoin d'elle, sa présence me brassait le sang dans les veines. Elle avait des yeux d'un bleu d'orage, d'un bleu si dense que je l'imaginais, pleurant, faire des trous de ciel dans son mouchoir. Mais sa bouche, plus encore, me décramponnait, une bouche de vin hors d'âge, hors de portée, à boire fou, et debout. Cette bouche, j'avais envie d'y approcher ma main, d'en caresser du pouce la courbe humide et le velours, de la voir frémir, trembler d'attente et de soif, envie d'elle, l'ouvrir au souffle, lentement l'écarter, qu'elle s'ourle, haletée, pour cueillir le fruit rapide de sa langue que je voyais rosir sous la syllabe et sucer le caillou des sons. J'avais une envie tanguante de croquer dans ses lèvres, d'en crever le rouge bai, d'en avaler le jus jusqu'à la gorge et de laisser ma main faire, qu'elle cueille au creux ses seins, les enveloppe… Les tétons faire saillir, durcir en quête… La coucher sur les planches du pont, dures, elle souple par contraste, prendre sa bouche, tenir dans ma main sa nuque, que la tête ne bute, dans l'autre son sein glissant. Et laisser le chat fou sous sa robe marine sinuer jusqu'au fondant, jusqu'à la succulence… La sentir alors, tout entière — lâcher — se distendre comme un cordage qui trempe, tandis que flottent ses couleurs au-dessus d'une terre de planches. Sentir son odeur de femme, la lécher, écarlate, l'ouvrir, la laper farouche comme un vin de banquet, mordre dans l'abricot de ses seins, dans son omoplate nue. Puis entrer en elle, à un signe bleu, sur un sourire qui consent. La pénétrer, elle, à cru. Éprouver à quel point elle m'accepte, lent balancement, pluie du sang, fusion.

¿' Trouboo par ci, Trouboo par là : tous les souvenirs qui tintent dans la cloche de ce nom… « Trouboo le Troubadour ! », ils m'alpaguent comme ils le faisaient alors. Ma réputation est restée intacte, zénithale, renforcée même par l'absence et les légendes alimentées. Tant de gens me parlent qui m'ont trop bien connu, il y a six ans. Hier soir. Qui me semblent encore si intimes. Waouf ! Pourtant, cependant, nonobstant, toutefois… Néanmoins, je sais que je ne suis plus, ne serai jamais plus, des leurs. Un verre, que je peux situer, nous sépare sans qu'ils le sachent. Je deviens un vrai nomade. Eux sont demeurés des parcoureurs.

C'est tout, Caca ? Tu t'en tiens là et tu passes la plate ? Ricochet au sol, reprise de volée, poteau rentrant ? Tu « deviens un vrai nomade » alors que t'es né neuf du mouvement même ? Tu t'épaissis du dedans, tu grumelles plutôt, tu te sens même proche de Sov, tu comprends presque Larco quand il te dit qu'il aime Coriolis ! Tu commences à sentir le lien, cette espèce de corde souple qui te tire aux fibres quand tu penses encore quitter la horde, retrouver ta liberté-chérie, ta petite maîtresse perdue. Perdue ? Euh, trouvée ? Le libre, tu commences à te demander s'il ne serait pas plutôt avec eux, dedans le Pack et parmi le Bloc — même Golgoth, tu… Hola, *Caracolle* ! Hola, troubadour ! On glue dans l'humain ?! T'agglupines ou t'agglomerdes ? Tu me fais peur Cacatoès, avec tes calembredaines de lien ! Reste toi-même — vitesse — vitesse et fuite !

— Donc, si je vous comprends bien, nous avons près de quatre ans de contre jusqu'à l'entrée du défilé de Norska ?

— D'après les calculs du timonier et de votre Prince Della Rocca, oui.

π Golgoth remue la tête. Je souris qu'ils m'appellent « Prince ». Personne ne dit plus ça dans la horde. Nous sommes tous rassemblés sur le pont arrière avec les deux capitaines, les barreurs et les cartographes. L'attention est maximale, même si certains ont mal à la tête et n'ont pas assez dormi… Le vaisseau tangue un peu. Nous n'avons pas l'habitude. Le plancher de bois où nous sommes assis est réellement superbe. Le soleil est déjà haut. Il avive l'orange des voiles ferlées aux mâts.

— Comment se présente le défilé ? Vous dites qu'il est trop étroit par endroits pour le *Physalis*, que vous avez dû renoncer. Mais vous pouviez utiliser une chaloupe, non ?

— Nous l'avons fait, naturellement. Nous sommes remontés jusqu'à la moitié du défilé, pour ce que nous avons pu estimer. La coque était couverte de neige et de glace. Les hélices tournaient difficilement, avec le froid. Le défilé fait à cet endroit une sorte de coude, et dès que vous le passez, le blizzard devient d'une férocité inouïe. Il souffle presque verticalement et la pente s'accentue dangereusement…

— Elle est surtout complètement lisse et verglacée ! La neige y est poncée comme ce parquet !

— Nous avons fait l'erreur de vouloir continuer à tout prix. Une rafale a plaqué la chaloupe au sol et les crampons de retenue sous la coque ont craqué avec le gel. L'équipage n'a rien pu faire. La chaloupe a décroché aval, glissant comme un verre sur une table de marbre. Elle s'est écrasée au coude, sur les parois du défilé. Aucun matelot n'a survécu.

L'angoisse est perceptible sur nos visages, mêlée à une forme assez peu glorieuse de satisfaction : celle de se dire que la technologie fréole, aussi brillante soit-elle, peut aussi échouer…

— Est-ce que vous pensez qu'à pied, le contre est… possible ?

Le commodore sourit.

— Nous nous le sommes demandé. Une horde, bien compacte, peut vraisemblablement atteindre le coude. Ensuite, très franchement, je ne vois aucun être humain, même entraîné comme vous l'êtes, pouvoir escalader cette pente de glace sous un vent aussi véloce…

Golgoth a frémi, touché au ventre, comme si *personnellement* on venait de le mettre en question.

— Comment vous pouvez dire ça ? Vous nous avez jamais vus contrer ! Nous tenons debout sous blaast ! On doit pouvoir passer !

Le commodore baisse les yeux. Il hésite quelque peu à enchaîner, puis s'y résout :

— Je vous rappelle que votre père lui-même, le huitième Golgoth, dont vous connaissez mieux que moi la réputation, n'a jamais pu dépasser le coude. Il y a perdu la moitié de sa horde sur une *seule* rafale.

X Je ne saurais dire pourquoi, mais j'eus la certitude, à ce moment précis, qu'il nous mentait. La torsion étrange de son vif, peut-être.

π Golgoth s'est levé d'un bond. Il est hors de ses gonds. Il accuse presque le commodore :

— Mon père est mon père. Je suis le neuvième Golgoth ! Chaque génération est plus forte que la précédente ! Je dispose d'une meilleure horde. Avec un Fer qui ne sait pas ce que dépaler veut dire ! Nous passerons ! Quoi que vous dites ! Vous n'êtes que des éologues ! Vous savez que dalle du vrai contre qui se fait à la *vertèbre* !

La courtoisie du commodore l'empêche de répondre sur le même ton. Il encaisse l'attaque avec sagesse, sans chercher à contredire notre traceur :

— Je ne doute pas de vos capacités, qui sont fameuses. J'essaie simplement de vous mettre en garde, comme le feront certainement vos propres parents. Avec nos anémomètres, nous avons mesuré la vitesse du blizzard au coude. Il nous est même techniquement possible, en activant nos éoliennes de captage, de *reproduire* sur nos hélices la même vitesse. Vous aurez ainsi, si ça vous intéresse, une sorte de simulation de ce qui vous attend dans le défilé… Si ça vous amuse, je demande à mon équipage de placer les éoliennes. Ils hisseront en même temps les voiles pour équilibrer

la propulsion et maintenir le vaisseau en place pendant que les hélices tourneront à l'arrière. Vous vous placez au niveau du sol, derrière la poupe et nous verrons bien si vous tenez sous pareil vent…

Il a soumis l'idée sans malice, moins pour nous tester que pour mettre fin à une discorde — par l'épreuve des faits. Golgoth nous toise rapidement. Sans l'avouer, nous craignons l'humiliation mais sommes trop avides, en même temps, d'en avoir le cœur net. Et de pouvoir leur rabattre le caquet. Après tout, seul un furvent nous décolle du sol.

— Faites donc placer vos éoliennes. Nous allons vous montrer ce qu'est la Horde !

— Avec plaisir !

) Aussitôt gueulé, aussitôt fait. Nous descendons par la passerelle et allons nous placer derrière le navire, dans la steppe, face à la quille de bois. Trois énormes hélices, de trois mètres de diamètre, sont enfoncées dans trois trous circulaires découpés à même la coque, à un mètre au-dessus du niveau du sol. Une hauteur idéale pour la simulation. Nous enfilons nos casques et nos protections, nous fixons les crampons de 25 sous les regards intrigués des Fréoles, dont la plupart nous observent du pont arrière, penchés à la rambarde, dix mètres au-dessus de nos têtes. À l'ombre du navire, la fraîcheur commence à tomber sur les épaules et l'herbe s'humidifie… C'est Pietro qui commence à nous mobiliser :

— Bon, il s'agit plus de faire les fanfarons maintenant ! Nous allons contrer comme pour un début de furvent : en corps cassé, latéral. Calés sur la jambe aval. Très ramassés. Tête, coude et genoux alignés…

— Vous avez percuté la règle ? le coupe Golgoth. Ils balancent d'abord leur première hélice, elle correspond en gros au débouché du défilé. Normalement, pas de casse chez nous. Ça nous sert à blinder les appuis. Ensuite, au coup de trompe, ils balancent la seconde hélice : là, va falloir boîter le Fer au taquet et s'abriter franc. Losange en pique. Épaule contre épaule, dans la mélasse ! Derrière, le Pack, vous étayez le mec qui vous abrite. Comme si vous étiez une putain de poutre ! On risque de gicler à tout moment. Vous, vous brinquebalez moins, mais vous allez encaisser le massif. Vous êtes le socle, les branleurs, oubliez jamais ! Si vous chiez, le Fer chie — y a pas de miracle ! Je veux pas sentir dans mon cul le moindre trou de pet. Clar ?

— Clar !!

— Au deuxième coup de trompe, la troisième hélice décolle. C'est là qu'ils nous attendent, les Frelons ! Nous, dans le Fer, on va plier en deux,

nuque cassée, le groin dans les godasses, à se goinfrer de la force de plaquage. Ça va nous clouter les appuis. Faudra que derrière, vous nous foutiez la tronche dans le cul ! Illicco ! Qu'on soit plus qu'un parpaing de chair. Un roc d'os. On a trois minutes à tenir. C'est longuet. Ça suppose que vous ayez pas envie de pisser. Vous êtes plus de la bestiasse : vous êtes de la pierre. Vous respirez plus. Vous souffrez plus. Vous tenez jusqu'à ce que la trompe gueule que la Horde a des couilles ! En place !

— En place !

De proche en proche, j'ai entendu les cris des matelots et le bruit des éoliennes qui se mettent à tourner. Le navire ronronne puissamment. Le commodore s'est placé sur le côté de la coque, en amont des hélices, avec le joueur de trompe. Bien à l'abri, mais parfaitement visible pour nous.

— Mes chers amis, voici l'heure de vérité ! Je vous souhaite bonne chance et, quoiqu'il arrive, vous aurez droit à notre meilleur vin pour les réjouissances apéritives ! Attention… Trompetier ! Première hélice !

Un long coup de trompe, piqueté de cris d'encouragement et de sifflets rieurs… Le Goth a pris place devant, sans frémir. Il casse son corps rond, cale son pied d'un kick rageur dans la terre et hurle : « Serrez ! » La première hélice a commencé par hacher l'air, puis très vite, elle se met à ronronner, à vrombir, à ronfler furieusement. La masse d'air qui nous arrive en plein corps est comparable à une bonne stèche : les vêtements claquent en drapeau, ils tirent sèchement au cou, aux manches et aux tibias. Sous la propulsion, le navire avance un peu, s'éloigne de deux mètres puis se recale. Mon épaule droite touche le dos de Golgoth, mon genou droit est presque emboîté derrière le sien. Ma jambe gauche sort de l'alignement, légèrement, pour protéger Erg et amorcer le triangle. Pietro s'est placé rigoureusement comme moi, en siamois symétrique. Nos appuis sont bons. Le souffle généré par l'hélice est irrégulier de sorte que nous bougeons un peu, sous les salves. Mais ça va.

— Solides les gars ! Continuez ! Les crocs, restez compacts !

π Deuxième coup de trompe. L'adrénaline est montée d'un cran. Des femmes rient au-dessus de nous. L'hélice centrale s'ébranle, les pales accélèrent. Le vent s'intensifie si vite que je crois tomber comme une quille. Derrière, ça gicle dans la traîne. Sidérante est la vitesse des pales et le son presque aussi féroce que le flot à encaisser. J'ai serré derrière Golgoth et contre Sov. Aussi près que possible. Erg, Talweg et Firost ont vissé l'étau. Leur masse verrouille notre Bloc. Le Fer est en place. Sensation portante. Mes cuisses pourtant tremblent comme des mâts. La déferlante est si

puissante, si palpable qu'elle me plaque les joues dans la bouche. Mon avant-bras, ancré sur le genou, vibre sous la poussée. J'ai mal au mollet, mal à pleurer. Jamais tenir, je vais lâcher — il faut tenir, Della Rocca, tu es Prince ! Prince ! Je tiens. Mes crampons dérapent dans cette terre trop meuble. Le vent s'est stabilisé. Roc. Roc. Derrière, sans voir ni entendre, juste par la traînée rebours, je sais que la moitié du bas losange a été arrachée. Il reste le Fer, en entier, et un rang derrière. Rek. Ça gicle de mon côté, à droite. Arval et le fauconnier. Décrochés.

Troisième coup de trompe. Je ne vois pas comment je vais tenir. Golgoth a juste le temps, et le courage, de gueuler : « Bloc ! Bloc ! » Je mets mon front dans ses fesses. Le quatrième rang saute. Ne reste que le Fer : Erg-Talweg-Firost, avec les trois piliers en étai, derrière nous. Presque accroupi au sol, nuque posée sur genou d'attaque, Golgoth est écrasé par furvent. Ses genoux craquent sous l'énormité de la poussée frontale. Norska. Ce sera comme ça. Norska. Le vent brûle. Les rafales sont presque solides. Je corrige ma position de tête au degré près, sans cesse. Ma nuque durcit. À chaque saute de flux, ma cuisse gauche prend un coup de cognée. Ça me hache.

) Je ne sais pas comment ça s'est passé à ce moment-là. J'ai juste senti le vent faiblir, parce que Golgoth, le neuvième du nom, fils teigneux de sa royale lignée, dans un terrible sursaut d'orgueil, avait décidé de se relever — et d'avancer ! Je ne sais pas comment il a pu. Je me souviens juste qu'il a propulsé ses bras vers l'avant, en appui sur le flux, exactement comme s'il cherchait à faire rouler un énorme rocher. Il a changé d'appui en attaquant du genou, en percussion, pour casser le ventre du vent, lui remonter les tripes à la gorge. J'ai essayé de le suivre, de garder l'aspiration. De faire le pas qui m'aurait ressoudé à lui.

— Pousse ! hurle Erg.

Je me suis désaccroupi trop tard, et un rien désuni, l'air racle mes clavicules, mon tronc est déjà trop droit, mauvais angle, ma tête part en arrière, rincée, l'arc de ma colonne plie, je résiste… Derrière moi, Erg tente de me redresser d'un coup de casque dans les dorsaux. Je m'appuie quatre secondes sur son mur de muscle dur, « Gicle ! », « Peux plus, gicle ! ». J'obéis, pour sauver Erg, ne pas l'emmener dans ma chute, pour lui laisser la chance de continuer. Je m'expulse hors du Fer, le flot me fauche de plein fouet et me projette cinq mètres derrière, je pars en roulé-boulé dans l'herbe avant d'être bloqué par les crocs regroupés. Et tous ceux qui ont lâché.

— *Fastik*! *Fastik*!

— *Chrim*, Golgoth, *chriiim*!

J'avais honte mais personne ne s'en soucia. Erg était toujours en ligne, dans la position parfaite de la goutte, avec des appuis monstrueux sur toute la surface cramponnée — il avait rejoint le Goth. La horde amassée n'avait d'yeux que pour ceux qui défendaient encore notre honneur, ce trio Golgoth-Pietro-Erg, ressoudé, encore debout, à moins de deux mètres maintenant de la furie ahurissante des pales du navire fréole ! Les trois hélices vrombissaient désormais au plus haut de leur régime. Ils n'avançaient plus maintenant, c'était humainement impossible. Pietro flottait tel un drapeau de peau. Il allait rompre. Il rompit. Il essaya de se coucher au sol, mais le vent le releva comme une plaque et l'envoya valser, touchant au passage Erg et le déséquilibrant de façon fatale.

Ne restait que Golgoth, avec au-dessus de lui cette foule impressionnante de Fréoles qui hurlaient sans qu'on les entende et levaient les poings pour l'encourager dans sa folie.

Résonna — enfin — le coup de trompe qui annonçait que c'était fini, que les trois minutes étaient écoulées et que Golgoth, Golgoth seul, avait gagné ! Mais fut-ce que si près des hélices, il ne l'entendit pas, qu'il *ne voulut pas* l'entendre, qu'il était déjà dans le défilé, au cœur de la furie de Norska, cramponné à la vie, à la glace, les tibias vissés dans deux trous de froid, mais Golgoth, dans un ultime geste de pure rage, décocha un coup de genou, un coup de poing, genou encore, poing, comme si le vent avait été vivant, humain, membré, debout, face à lui, et il atteignit l'encadrement de bois de la coque, la cavité où était enfoncée l'hélice centrale, à un mètre au-dessus du sol ! Et il s'y accrocha, au rebord de bois, à deux mains. Toute l'herbe derrière lui avait été arrachée par les rafales. Il restait un champ de terre. La peau des joues lui recouvrait les oreilles. Il hurlait.

Puis les hélices ralentirent, les pales roucoulèrent sur leur lancée et doucement s'arrêtèrent. Il y eut une longue plainte de trompe, suivi d'un assourdissant silence. Golgoth chancela, le ventre butant contre la coque, prêt de s'effondrer, mais il se releva en s'aidant du rebord et leva la visière de son casque vers le pont où étaient amassés les Fréoles. Quelques applaudissements, timides d'abord, puis ce fut un authentique torrent, une ovation époustouflante de fraîcheur et d'admiration.

π Le déjeuner se passa sur un nuage. La fierté d'avoir tenu jusqu'à la troisième hélice ? Oui. Mais plus encore la sensation intérieure que nous étions de trempe pour Norska. L'après-midi se déroula dans la sérénité.

Notre première vraie journée de repos depuis des lustres. Je pris quelques nouvelles d'Aberlaas et de l'Hordre. Rien de très neuf n'en ressortait : toujours les mêmes tensions entre les trois phalanges : les Chroniens, les Amontistes et la Pragma. La Pragma considérait qu'une horde n'avait qu'un but : atteindre l'Extrême-Amont par tous les moyens, véhicules compris. Elle avait naturellement le soutien inconditionnel des Fréoles qui proposaient de transporter la trente-cinquième directement au pied de Norska ! Une aberration pour moi. Aucun sens. Une horde n'avait que la valeur de son contre, que son corps à corps au vent et à la terre. Lui retirer la Trace, c'était l'empêcher de mûrir, d'apprendre et de savoir. C'était amener en Extrême-Amont, s'il existait, une horde profane, inachevée et crétine. Qui ne saurait donc être à la hauteur de l'enjeu. Les Amontistes restaient jusqu'ici majoritaires. Ils croyaient en nous. Ils nous soutenaient et favorisaient notre progression grâce à leurs relais sur la bande de Contre. Quant aux Chroniens, ils n'avaient guère changé d'axe. Ils cherchaient le noyau du vent dans les chrones, menaient des expérimentations multiples et discrètes… D'après le commodore, leur influence grandissait. Elle ne nous était pas défavorable pourtant puisque Oroshi gardait l'appui des aéromaîtres, prépondérants dans la phalange.

Le soir était prévue une grande fête, encore une, dans la prairie. Erg paraissait soucieux. Il se méfiait de ces ambiances légères, propices aux attaques. Une bonne partie du Pack avait passé l'après-midi à faire du char à voile et à piloter des aéroglisseurs. Sov était amoureux, Alme proche de l'être et Coriolis tentée. Golgoth avait passé deux heures en soufflerie dans la cale, avec Firost. Il me fatiguait parfois.

) Nouchka, je ne faisais au fond que la chercher et la craindre, excité et fébrile, à travers les préparatifs de la fête, ne sachant comment prolonger ce qui s'était passé entre nous, où trouver la ressource d'aller plus loin, me hurlant tout au long de moi-même d'être naturel et simple, et sentant bien qu'il ne l'était absolument plus, celui qui guettait son reflet sur les cuivres, dans l'espoir de rectifier, avec ses doigts, de mes cheveux, la broussaille. Lorsqu'elle n'était pas devant moi, je retrouvais sans mal la sensation de mon unité, la continuité de mes muscles et de mes membres, qui me donnait cette certitude d'être un bloc distinct du monde. Mais dès qu'elle surgissait, je me mettais à vibrer de l'intérieur, je me démâtais par la colonne, disloqué, comme si toutes les planches et voliges du navire fréole se déclouaient lentement sans bruit, pour s'élever en tournant dans les airs aussi gentiment qu'une brassée de brindilles. Passé les premiers échanges, je

parvenais généralement à me rassembler un peu — mais parce qu'elle était si joyeuse à me voir, me donnait tant de gages —, puis commençait le long vertige de sa présence, ce sentiment absolument net, délavant tout alentour, si rare, qu'à aucun autre endroit je n'aurais voulu être, à aucun autre moment et avec nulle autre personne qu'ici et maintenant avec elle.

La fête fréole nous aspira, Nouchka et moi, dès notre entrée dans le disque d'herbe fauchée à l'aérotondeuse. Nous fûmes happés bien vite au milieu des corps rigolards, aux bras prolongés de gobelets qu'on nous présentait à la cantonade, tirés directement de fûts que des girouettes à coupole maintenaient, si j'avais bien compris, sous une mousseuse pression. En deux verres tassés, quelques sourires francs, je me retrouvai dans la fête. Non plus observateur craintif, mais acteur, centre d'attention et de rire, de questions sincères ou polies, de séductions multiples auxquelles je ne savais ni réellement répondre, ni complètement repousser, pris à part que j'étais par de vieux matelots avides de humer mon prestige et par des femmes, certaines plutôt mûres, qui interprétaient mes timidités pour des acquiescements à discuter.

Je ne sus rapidement plus où étaient Nouchka ni les autres, nous étions dispersés, j'apercevais, plus loin dans le veld, des poches éclairées d'où suintaient, salvatiquement, de la musique ou des cris — arènes alors, ou cercles de jeux ?

π Après avoir interrogé le commodore, mon impression sur l'homme qui a questionné Firost, au visage en triangle et aux yeux jaunes, se confirme. Il n'appartient pas à l'équipage de l'Escadre frêle. Il s'est présenté au contre-amiral lors d'une escale dans un village anodin, sous le nom de Silène. Oroshi l'a suivi dans la fête ; elle lui a même parlé. Sur un signe, nous sortons discrètement du cercle des torches. Partis en sens opposés, nous décrivons une boucle pour nous retrouver en aval. Un creux de la prairie nous abrite. Oroshi s'assoit en tailleur, très droite, le visage fermé. Une lune à moitié pleine métallise les tiges d'herbe. D'un mouvement de tête, elle m'interroge :

— Le commodore t'a affranchi ?

— Oui. Ce Silène a demandé à faire partie de l'escorte externe du *Physalis.*

— Il m'a dit. Qu'est-ce que c'est exactement ?

— C'est cette nuée de chars à cerfs-volants, d'aéroglisseurs et de contras qui devancent ou qui suivent le navire, selon. Elle sert, si tu veux, de premier rideau défensif contre les attaques mercenaires.

— Qui les attaque ?

— Des écumeurs, la piraterie habituelle. Le *Physalis* serait déjà en soi un navire de grande valeur. Il a en plus une cargaison. Ils font du convoyage d'urgence, grâce à leur vitesse…

— Ils convoient quoi ? Du lingot ?

— Oui, beaucoup d'acier en barre, de l'étain, du marbre, du roc dur pour les fortifications des villages, des véhicules légers…

— Des armes ?

— Beaucoup. Surtout des hélices brutes, des arbalètes méca… Ils fabriquent aussi en cale des balles à air comprimé : ils ont l'atelier pour — et la puissance de compression. Ça fait des envieux.

) Je dus rapidement accepter plusieurs danses puisqu'un orchestre, qui était comme sorti de la nuit, y invitait. Pas très à l'aise avec les pas compliqués, pris en main par mes cavalières pourtant, j'attisais les moqueries, celle surtout d'un Caracole qui traversait les grappes de valseurs en mari jaloux et divisait les couples afin d'accoster quelque belle Fréole en robe longue, dont les boucles d'oreilles et les bracelets sonores avivaient, à mes yeux inaccoutumés, le feu. Ce qui me frappait aussi, le paravent de nonchalance tombé, c'était l'élégance acquise des Fréoles. J'admirais la facilité avec laquelle ils se déplaçaient pour élargir un cercle à un nouvel arrivant, rendre hommage à une beauté ou esquisser une approche. Par rapport aux abrités d'un même niveau d'éducation, ils possédaient une *présence* physique que leur brusquerie parfois, leur manie de simuler des combats ou de lancer (à la manière de Caracole) des disques de couleur ou des hiboos à vau vent, quitte à les perdre ou à casser des verres, ne parvenaient pas à rendre grossière. Ils avaient, pour unir d'un mot une impression que des myriades de gestes épars confortaient, la classe — mais une *classe* un peu expressive par instants, et qui frôlait, pour tout dire, la frime.

— Sov qui peut ! me lança Caracole, en passant. Autour de qui orbite ta Vénus ? a-t-il ajouté en repassant, voltant, une danseuse au bras…

Et c'était elle, Nouchka… Elle que je cherchais du regard depuis ce début de soirée. Elle riait entre ses bras, rougissante, presque désolée de me narguer de si près, ou alors pas du tout, juste heureuse ? Je me sentis dissous à hauteur d'épaule tout à coup, voûté au tréfonds, amoureux-jaloux et je les suivis bizarrement des yeux jusqu'à la fin du morceau — non, je mens. Je ne pus aller au bout et je sortis du cercle, pour me donner une contenance, et pour aller boire un peu de nuit.

— Comment ce type a intégré l'escorte ?

— Sharav m'a dit qu'ils manquaient de pilote depuis le défilé de Norska. Ils ont perdu quatre vélichars là-bas… Ils l'ont testé, bien sûr, avant de l'engager. Ils n'ont pas été déçus. À les entendre, il est brillant. Il possède un char à voile unique, un prototype. Quatre roues, très compact, assise carrée, avec une voilice entièrement orientable, un siège qui pivote à 360°, des lance-harpons tendus dans l'axe des quatre roues, grâce à une petite éolienne…

— Une voilice, tu es sûr ? Une voile-hélice ? Avec des pales comme des lames, très serrées, qui forment un triangle à l'arrêt et qui se comportent alors comme une toile ?

— Une voilice, oui. Je n'en ai vu qu'une seule fois, mais je sais ce que c'est !

— Est-ce que tu sais qu'il existe un seul atelier capable de fabriquer des voilices sur cette terre ? Un seul et…

— …il est à Aberlaas.

— À Ker Derban exactement.

— Ça veut dire que ce type-là, ce Silène, vient de l'Extrême-Aval… Quel âge tu lui donnes ?

— Notre âge : trente-cinq, quarante ans. Il est moins gravelé que nous.

— Tu l'as senti comment ? Prudent, dangereux ?

— Intelligent. Il m'a raconté exactement ce qu'il a senti capable de me rassurer : content d'avoir intégré l'escadre, nouveau but dans la vie, rencontres, amis… De belles conneries crédibles. Dites avec conviction, sobrement. Impeccable.

— Peut-être qu'on sombre dans la paranoïa, Oroshi. Il n'y a jamais eu de preuve formelle que les Poursuiveurs existent. Dans aucun carnet de contre, Sov me l'a dit des centaines de fois, on ne parle de hordes qui se seraient faites poursuivre et détruire, ni de risques à ce titre.

— Juste de gros soupçons quand même, Pietro ! Par exemple pour la vingt-huitième : piégée dans un village, puis quatre attaques en une semaine, puis le combattant-protecteur qui s'empoisonne dans une source. Et une ultime attaque. On n'a jamais récupéré les carnets de contre des hordes qui ont été éliminées. On ne saura donc jamais, par définition.

— Qu'est-ce qui t'a alertée dans son comportement ?

— Pendant que nous parlions, Caracole nous a envoyé des hélicoons, des hiboos, tout un tas de jouets volants. De face, de dos, de côté. J'ai pu en éviter très peu. Lui a tout esquivé, verre à la main. Impossible de t'expliquer comment. Il a des gestes extrêmement rapides, d'infimes déplacements. Du buste, de la nuque, des rotations d'épaule. Des demi-pas. Je n'ai jamais vu ça.

— Est-ce qu'il a attrapé les jouets ?
— Certains. Et il les a rétrolancés.

π Oroshi marqua une pause. Elle tremblait perceptiblement. Sur sa coiffe, deux girouettes en argent lançaient des éclats.
— Alors ?
— Alors, j'ai rarement vu quelqu'un lancer avec cette sécheresse. Un coup de fouet. Même pas énervé, son geste, attention, juste… Juste *sec.* Très très sec.
— Il a visé qui ?
— Caracole. Il l'a touché…
— Vents du ciel… Ça, c'est très mauvais signe. Tu as prévenu Erg ?
— Il l'avait repéré dès notre montée à bord du navire. Il dit connaître son visage. Firost a ensuite invité Silène à boire quelques pots, en continuant à lui parler d'Erg. Mais cette fois-ci en inventant… Et Erg se prépare. Il pense : un, qu'il s'agit effectivement d'un Poursuiveur ; deux, qu'il a peut-être été formé à Ker Derban, comme lui. Mais par la Pragma.
— Ce serait la pire hypothèse.
— C'est la *pire* hypothèse, les amis.

X J'eus un coup au cœur qui dura quatre secondes. Le temps de reconnaître la voix avec certitude, car il ne se montra pas tout de suite : Erg évidemment. Il était parvenu jusqu'à un mètre de nous, camouflé dans l'herbe haute, épiant notre conversation. Il resta invisible et silencieux, puis sortit simplement sa ligne de cheveux rêches, taillés en aileron, ses yeux enfoncés et son nez busqué, histoire de nous rassurer tout à fait. Puis il replongea, indiscernable.
— Qu'est-ce que tu conseilles de faire, Erg ?
— Rien. On attend qu'il se manifeste.

∂ Besogneux à l'entame, l'orchestre était de la plus braillarde modernité fréole, une fanfare qui pétait la gouache, dira-t-on pour en excuser les errances. Le groupe avait surgi avec forces hélitrompes, des contrebassines tendues au cerf-volant, des accordéoles et des harpes, le tout épaulé par un orgue éolien qui jouait parfois faux, planté qu'il était au centre de la piste de danse, avec ses colonnes de tubes de cinq mètres dont les embouchures se voyaient régulièrement obstruées de chiffons par des ailiers fréoles. Lesquels trouvaient dans la discordance induite, manifestement, une forme d'écho à leur soif de rupture. On m'avait proposé, moitié par curiosité,

moitié par défi, d'ajouter les ressources de mon siffleur au brouhaha vaguement structuré de leurs morceaux, et à ma grande surprise j'avais accepté. On m'avait alors placé en suspension sous ballon arrimé, dans un siège en osier, quelques mètres à l'aplomb de l'orgue, là où le vent présentait une meilleure constance. J'y dominais agréablement la fête, le déchaînement des danseurs, les jets incessants de boos et le vin versé du ciel sur les têtes, bref une bonne partie de ce qui rendait un peu pénible ces agapes par ailleurs bon enfant. Ajoutez à cela qu'on me ravitaillait en houblon et qu'en certaines plages de calme relatif, on me laissait lâcher un long solo sifflant, que je modulais à la manivelle dans mon cône de buis, insinuant sur la piste une mélancolie pas faite pour me déplaire. Après cinq ou six morceaux, le commodore exigea le silence.

— Mesdames et messieurs, Messeigneurs de la Horde, je vous demande toute votre attention ! Je vous l'avais annoncé au début de la fête et les préparatifs sont maintenant achevés. Nous allons lancer le fameux *jeu du flambeau* !

Les hurlements de joie fréoles forment un beau volume anguleux, puis s'arrondissent.

— Je rappelle brièvement les règles pour nos amis de la Horde. Tout autour de la piste de danse sont disposées une quarantaine de torches auxquelles nous allons ajouter, discrètement, trois flambeaux. Ils sont reconnaissables à leur flamme bleue. Le signal sera donné au son du siffleur par notre musicien d'honneur, Boscavo Silamphre. À ce signal, les plus rapides d'entre vous pourront se saisir d'un flambeau et le passer à la personne de leur choix — celle à qui il ou elle veut témoigner sa flamme ! L'heureux élu a alors deux possibilités : soit il passe le flambeau à quelqu'un d'autre, soit il le redonne à celui qui l'a choisi et alors…

Un savoureux « aaaaahhhhh » fuse dans l'assistance.

— Alors le couple qui s'est ainsi trouvé est réuni ! Il est escorté tout là-haut, à vingt mètres au-dessus du vide, dans l'un de nos trois nids volants, équipé pour l'occasion d'un matelas duveteux, de draps neufs et frais et d'un baldaquin à rideaux de velours qui préservera leur douce intimité !

) Je levai la tête avec les autres et me rendis compte qu'une équipe de matelots avait mis en place, assez éloignées l'une de l'autre, trois petites montgolfières roses sous lesquelles pendait en effet un lit à baldaquin, lui même protégé d'un vaste berceau en osier. Un système d'ailes et de clapets stabilisait l'ensemble et facilitait en outre la sustentation, avec une économie de moyens qui en disait long sur la compétence des aéromaîtres fréoles. Oroshi, qui venait de me rejoindre, apprécia en experte.

— Le jeu se termine lorsque les trois couples ont été formés ! Ne vous révélez pas tout de suite ! Soyez patients et beaux joueurs, faites circuler le flambeau, amusez-vous nobles hordiers ! Vous comprendrez vite que ce badinage peut s'avérer beaucoup plus subtil qu'il n'en a l'air…

¿' Le jeu du flambeau, diantre ! Comment l'ai-je oublier pu ? Troubadoux, troubadur, ai-je donc laissé ma mémoire pendue à ma ceinture ? Le nec, croyez-moi, consiste à prendre le premier flambeau car alors, alors quoi ? alors c'est comme si le feu lui même vous le donnait, si bien qu'il, oui ? vous déclare derechef sa flamme — et ça — ça ça ça — c'est une histoire d'amour, que dis-je, une histoire d'âme qui ne s'éteint pas — car ensuite, à chaque feu allumé, vous vous sentez aimé, parce qu'ainsi, pas un hasard tout cela, le premier flambeau est donné par le feu même, rappelez-vous, d'ailleurs je vous montre…

∫ Je me serais, par exemple, placé tout près d'un flambeau (en bord de piste), avec la frénésie fréole des jeunes boutefeux… J'aurais donné du coude et de la bourrade (gentiment) en guettant de Silamphre le premier coup de manivelle… J'aurais sauté au bon moment, enlevant (d'un coup de patte) le flambeau à son support, sous les acclamations épatées. Et je me serais approché de Coriolis (sans honte, sans chercher à jouer au plus fin, à faire le distancié) pour le lui tendre. Le premier. Alors elle aurait rougi sous les sifflets, l'attente des frimeurs alentour, elle aurait regardé la flamme crépiter, se franger sous les salves, puis elle me l'aurait rendu (simplement) coupant court la longue chaîne escomptée par les autres, l'interminable circulation des espoirs. Et la foule aurait peut-être hué, ou applaudi (sous l'entorse). Mais on aurait levé les yeux vers les muages pour y voir les ailiers aux parapentes blancs descendre jusqu'à nous et nous emporter…

Bon. Ça ne s'est pas *exactement* passé comme ça. Caracole avait mis au point un code avec Silamphre. Il a sauté (une paille) avant le signal, au beau milieu d'une cohue de Fréoles. Il a pris le premier flambeau. Des matelots ont alpagué les deux autres.

) Caracole fut, sera — demeure Caracole, qu'on se le dise —, c'est-à-dire quelque chose de foncièrement inanticipable. Qu'il eût attrapé, en trichant bien sûr, le premier flambeau, au nez et à la barbe naissante des matelots, qu'il se baladât ensuite, théâtral, la torche telle une épée, fendant la houle, avalant des fioles d'alcool pour les recracher, pulvérisées, en nuages de

flammes, restait pour moi du domaine du probable — mais certainement pas ce qu'il fit ensuite, je veux dire du flambeau. À la longue, l'un de mes plaisirs secrets était devenu de deviner ce qu'il *allait* faire, sachant à quel point le prévisible le révulsait, la farce facile ou attendue, et à quel point aussi cette exigence, si rare, même parmi les plus féconds des troubadours, faisait de lui un authentique créateur, une œuvre d'art en mouvement qui n'aurait pas été *lui*, j'entends son corps et son âme, mais cet ensemble épars, proliférant, d'actes impromptus, de gestes ou d'écarts, qui le rendait à mon cœur si définitivement précieux et si complètement vivant.

Il traversa donc les rangs serrés de l'ivresse ambiante, s'ouvrant des passages à longs jets de flamme. Il multiplia les passes pour offrir — et aussitôt retirer — le flambeau à une pléiade des plus jolies Fréoles, dont certaines, à leur mine, auraient été toutes prêtes à *redoubler*, comme ils disent dans leur jargon, c'est-à-dire à accepter l'amour, fût-il d'un soir, que notre troubadour leur aurait proposé. Ce que j'anticipai, à ce moment, ce fut qu'il allait donner le flambeau à une des mômes émerveillées que leurs parents avaient été incapables d'envoyer au lit et qui suivaient, surexcitées, ce spectacle hautement enfantin — ou alors l'idée me vint qu'il pouvait le jeter dans la prairie : « Mon amour est le vent. » Ou encore le fourrer dans la gueule d'un des moutons du troupeau fréole, ou encore —

Mais voilà : ce n'est pas ce qu'il fit…

Ce qu'il fit ? Il me tendit le flambeau. Je le pris, redoutant la farce qui suivrait. Mais il n'y eut pas de farce ; ou plutôt, me le confier *était* la farce. Je ne sais pas la tête que je fis, mais les rires cascadèrent tandis que Caracole, tout autour de moi, faisait la folle et que je restais stupidement planté, mon flambeau droit dans la main, à ne savoir qu'en faire, la foule hurlant des « Rends-lui ! », « Redouble, chéri ! », qui accentuaient, si c'était encore possible, mon malaise. Je me mis donc à bouger, un peu au hasard d'abord, puis en quête, dans l'urgence, de la fille qui ne pouvait que me venir à l'esprit à ce moment-là, Nouchka. Mais partout où je me faufilais surgissait diaboliquement Caracole, plus folle que jamais, se mettant à genoux, tendant le bras pour recevoir le flambeau, me l'arrachant presque des mains, le tout sous les rires inextinguibles. Enfin, je la repérai au milieu d'un groupe, j'allais l'atteindre quand Caracole, insupportable, s'interposa encore. Un bouclier humain ! Sentant ma colère monter, il finit par se détourner, mimant la fierté blessée à cris aigus. Nouchka tendit une main pour recevoir le flambeau.

Et alors ? Alors rien. Elle le passa, avec négligence, à son voisin de droite. Un « merci » assez anodin miroita, ou même pas, dans ses yeux bleus. La fête continuait.

X Vent, que ça tourne vite ! Ça tourne et tourne, de main en main, des rires, personne n'ose redoubler, Coriolis donne à Caracole qui la ridiculise et passe à Aoi qui donne à un Fréole qui donne à Callirhoé qui lance là-haut à Silamphre qui passe à une ailière qui le lâche sur un matelot qui l'offre à une Coriolis blessée qui le rend… Non, elle n'ose pas, pas encore. Ou pas devant Larco ? Je n'ai pas pu parler à Sov de Silène, il est hors d'état. Il boit, il se saoule sciemment, reçoit le flambeau d'Aoi… Hagard, il la regarde. Elle lui sourit doucement, avec sa timidité si touchante, son visage s'empourpre. On ne sait pas si elle est sérieuse, mais c'est tout comme. Sov hésite, c'est palpable, à lui rendre le flambeau — rends-lui bon sang, fais ça pour elle, pour vous. Osez-le, même devant tant de gens. Mais il se détourne, il recherche pour la seconde fois sa brune aux yeux bleus, sa Nouchka qu'une cour de plus en plus dense entoure, nouvelle rebuffade, elle transmet au hasard, très princesse hautaine. La tension monte, les désirs s'accumulent, pèsent sur le jeu, on sent que le premier redoublement n'est pas loin, mais il tarde… Au centre, Erg s'est fondu dans la mêlée. Il a vidé quelques verres, histoire de donner le change à un Silène détendu, dont je commence à me demander si je n'ai pas disproportionné le danger qu'il incarne.

π Les torches placées sur le pourtour s'éteignaient les unes après les autres. L'ambiance s'en modifiait. Plus étrange, moins agitée. Le noir gagnait par taches. Il faisait d'autant ressortir les trois flambeaux dont le halo bleu circulait. Je ne quittais pas Erg et Silène des yeux. J'avais prévenu Golgoth, qui négociait avec le commodore une fille de joie pour la soirée. Il lui avait offert la plus belle du navire : une Orange. Mais il n'y toucherait pas. Pas avant que…

Là-bas, le flambeau avait échoué dans les mains d'Erg. Sa carrure s'illumina un instant. Et il passa aussitôt. Il y eut alors des hurlements. J'eus très peur. Je me précipitai vers la cohue. À nouveau, Erg avait le flambeau en main et il semblait ébahi. La fille à qui il l'avait transmis venait de redoubler ! Du ciel, j'aperçus des voiles blanches. Avec quelques précautions toutefois lorsqu'ils reconnurent Erg, les ailiers le prirent sous les épaules. Il se laissa faire. Il était impensable d'agir autrement. Une fille aux cheveux roux dont je ne vis pas le visage se blottit contre lui. Tous deux furent soulevés vers la première montgolfière rose, sous les cuivres d'une fanfare revigorée. Le commodore annonça :

— Le premier couple vient d'être formé ! Il s'agit, chers malchanceux, du fameux Erg Machaon, combattant-protecteur de la Horde, que vous

avez pu voir à l'œuvre hier et d'Iphaine Desche, éolière. Souhaitez-leur douce nuit !

Sitôt descendu de l'estrade, je pris le commodore à part :

— Excusez mon impolitesse, commodore, je vous importune en pleine fête.

— Je vous en prie. Vous êtes nos invités.

— Mon statut de Prince implique que je puisse veiller et garantir la sécurité de ma horde.

— Naturellement.

— Puis-je vous demander qui est cette Iphaine Desche, en dehors de sa fonction que vous avez évoquée ?

— Je comprends. Ne vous inquiétez pas : votre combattant ne risque rien en sa compagnie. Il s'agit d'une charmante célibataire, qui n'a certes pas la réputation d'être farouche, mais qui est tout à fait saine de corps et d'esprit.

— Depuis combien de temps appartient-elle à l'Escadre frêle ?

— Elle travaille avec nous depuis une quinzaine d'années. C'est une excellente éolière, qui nous a toujours donné entière satisfaction. Détendez-vous, Prince, elle ne présente vraiment aucun danger ! Nous la connaissons bien.

— Je vous remercie et vous renouvelle mes excuses.

— Elles sont superflues. Nous sommes à votre disposition.

— Je vous laisse.

— Prenez du plaisir !

Un peu contrarié, je fis à peine trente mètres qu'Oroshi fonça sur moi et m'enlaça comme une amoureuse. Elle me chuchota à l'oreille :

— Qu'as-tu appris ?

— Rien d'inquiétant. Et toi ?

— La fille qui est avec Erg est la petite amie de Silène.

) Quoique je fisse pour la voir ou la fuir, elle surgissait toujours d'un groupe, giboulée, amenant avec elle son climat et le ruisseau riant de son visage, avec la berge du ciel découpée dans ses yeux et ses lèvres comme deux anses, rouges de pluie, sa bouche d'appel comme un trou d'eau où je trempais mon espoir tout entier. Là-haut, le ballon qui me faisait rêver était éclairé par quatre lanternes accrochées au baldaquin. Quoique insuffisante, cette lumière laissait deviner une sorte de petit nid suspendu où ce veinard d'Erg allait avoir le bonheur de faire l'amour. Au sol, un gars, bizarrement, coupa la corde d'amarrage et le ballon se mit à dériver très

légèrement aval, tant les ailes équipées d'hélices, de part et d'autre de la cage en osier, avaient bien été conçues pour un vol stationnaire.

— Où est Silène ?

— Il est parti se coucher.

— Qui t'a dit ça, Firost ?

— Lui. Il m'a souhaité bonne nuit.

— Par les Vents Vieux !

— Croyez pas que vous en faites un peu trop ? Regardez vos gueules : on dirait que je vous annonce un furvent pour demain ! Erg est tranquille dans son ballon avec une gonzesse et vous continuez à flipper ! Calmos !

— Erg est en danger de mort.

∆ Cheveux roux. Teints. Châtain, sa vraie couleur. Je la palpe. Elle n'a ni arme. Ongles : propres, rien dessous. Rien dans l'épaisseur des cheveux, au toucher. Rien à l'odeur non plus. Je la déshabille, elle me parle, me dit des trucs faits pour m'exciter. Qui m'excitent. Je la renifle. Ce qu'il faut, ce sont les dents, contrôler. Les creuses. La vulve aussi. Un clapet. À Ker Derban, à l'épreuve pute, j'ai vu un gars se faire gniaquer le gland d'un coup de vagin. Une technique d'amazone. Elle ouvre ses cuisses, tu la pénètres, et clac, elle serre de tous ses muscles. Un anneau rétractable. Tu peux te vider. Quelqu'un a coupé la corde en bas. Je peux le sentir à la stabilité du vol. Plus de tension, ça flotte. Elle miaule encore. J'ai balancé ses habits loin. Elle est nue. Elle se colle pour me caresser. Je lui verrouille les deux mains, elle se débat. Elle tente une contre-prise. Pas maladroite. D'une clef, je la retourne lui bloque les deux bras et l'attache à la tête du baldaquin. Il y a eu un à-coup. Vers le bas. Je peux le jurer. Quelque chose ou quelqu'un qui a tiré sur la corde traînante. Qui grimpe. Non. Un changement de direction. J'entrouvre les rideaux et sors sur la plate-forme en osier. Quelqu'un a amplifié la dérive aval. Avec la hauteur, la piste de danse a la taille d'un disque de jet. On s'éloigne.

— Baise-moi !

— Ta gueule...

— Défonce-moi, j'en crève d'envie. Mets-la moi !

Je lui fouille le vagin et l'anus au goulot de bouteille. Elle est saine. Je la rattache dans l'axe du lit, une main sur chaque poteau, genoux fléchis, chevilles nouées. Je m'enfonce dans son trou. Pas si mouillé qu'elle le prétend. Elle a pas envie. Elle simule. Il y a quelque chose qui déconne salement.

π J'avais prévenu Talweg, Léarch, Steppe et Barbak. Et secoué Sov qui s'était dégrisé les deux doigts dans la gorge et avait englouti un litre d'eau. Golgoth m'avait écouté, goguenard. Puis il m'avait dit :

— Après vingt-cinq ans, tu captes toujours pas ton Machaon. T'as pourtant fait quatre mois à Ker Derban avec lui. Tu l'as vu. Y a personne, vivant ou mort, jeune ou vioque, qui soit de son calibre. Que ton gars remonte de l'aval, que ce soit un putain de Poursuiveur, l'as du char tracté, un tueur, ça fait pas de différence. Erg le couchera.

— Il faudra peut-être l'aider. Il a bu, il…

— Il a pas bu, Pietro. Et il faudra pas l'aider. Personne peut. Préviens-moi juste quand il a fini, cabine 9. L'Orange m'attend.

) Quelque étonnant que ce fut pour nous, la fête ne faisait que commencer. Les deux flambeaux en course continuaient à tourner et, à vrai dire, aux rires de plus en plus énormes qui saluaient les passages, une grande partie des finesses fréoles nous échappait. De ce que j'en comprenais, ils étaient entrés dans une sorte de période « moquerie » où le flambeau échouait dans les mains des plus laids, avec ce risque, apparemment calculé, d'être redoublé. La fanfare avait repris de plus belle et de petits groupes de danseuses multipliaient les figures avec leurs bâtons ajourés. La fraîcheur était sensible en amont de la piste et je m'y plaçais, face au vent, pour dessaouler à grandes gorgées d'air.

Là-bas, la montgolfière rose dérivait doucement. On n'en apercevait plus que trois petits points de lumière oscillant dans la nuit. On ne savait guère ce qui allait s'y passer, rien de la stratégie de Silène, rien du risque réel. Et moins encore du rôle qu'on pouvait jouer, s'il nous en restait un — autre que spectateur. Avec Pietro, nous avions décidé de laisser les Fréoles en dehors du coup ; que si un combat devait avoir lieu, ce serait à l'écart, un contre un ; que nous n'interviendrions qu'en cas d'attaque collective, ce que nous redoutions. Après avoir repris un peu d'eau, je croisai fugitivement le regard de Nouchka et j'en fus écœuré. Elle papillonnait au milieu de trois Fréoles, dont l'un lui touchait en riant la pointe des seins. Elle se laissait faire. Elle était éméchée et languide, très salope maintenant, très belle mais d'une façon qui m'éloignait du rêve que j'en avais formé, qui ne s'adressait plus qu'à mon sexe que je sentais durci entre mes cuisses, plus qu'à ma frustration. Je traversai la piste et sortis, m'enfonçant aval dans les herbes giflées, dans le noir de plus en plus dense du veld, décidé à faire la seule chose que mon instinct m'intima : suivre le ballon.

Au bout d'une centaine de mètres, j'entendis des froissements colportés

par le vent dans mon dos : Steppe et Léarch m'accompagnaient. Ils avaient en main leur boomerang de chasse. Barbak apparut aussi, une arbalète en bandoulière. Un kilomètre plus bas, alors que la fanfare n'était plus audible que par bribes, nous atteignîmes l'aplomb du ballon. Sa corde d'amarrage pendait. En relevant la tête, on se rendit compte que les quatre lanternes avaient été éteintes.

— Erg, c'est nous !

— Fuyez ! *Fastik* ! *Derbelen* !

Je fis un tour complet sur moi-même, paniqué. De l'aval remontait à une vitesse à peine concevable un bolide. Il y eut une grêle sifflante — tirée du ballon, tirée du sol ? —, puis des déchirements métalliques glacés, des hélices hypervéloces ou des serpes —

Je m'étais couché sur le dos. La lune, en forme de faux, apparut entre deux nuages effilochés et illumina brièvement la plate-forme en osier — enfin, ce qu'il en restait. Pas de trace d'Erg. Je n'osais pas me relever, aucun de nous quatre. Barbak était couché sur son arbalète, le front collé à la terre. Il y eut alors une seconde salve qui partit distinctement du sol, puis une riposte du ciel à base de boomerangs à double boucle car le son plongea, s'éleva, replongea… Une chaise en osier tomba dans l'herbe à quelques mètres de nous. À mes côtés, Léarch, qui s'était accroupi murmura « Putain » et je ne pus m'empêcher de m'accroupir à mon tour. À peut-être cinquante mètres en aval, il y avait un char qui, aux reflets de la lune sur ses armatures, devait être en total-métal. Sa forme m'était inconnue : une sorte de tétraèdre surmonté d'une éolienne à lames noires dont la rotation était si rapide qu'on aurait cru un disque. Au centre, il n'y avait pas de pilote et pourtant… Pourtant, le char tirait, mécaniquement, à partir d'un gyroscope, tirait quoi ? Impossible à dire, comme des billes ? Je levai la tête et là je le vis — le pilote. Il était en vol d'attaque, un peu au-dessus de la montgolfière, sous un parapente en trapèze très court, une aile noire, qui lui donnait une vivacité, en zigzag, impressionnante. Les tirs de barrage du char avaient cessé. Il y eut un silence assez épais. Erg était invisible, en tout cas d'où l'on était, la plate-forme pendait déchiquetée dans le vide avec le lit à baldaquin vertical qui ne tenait que par sa tête. Le système de stabilisation, hors d'état, n'empêchait plus le ballon de dériver, ce qui me rassura car nous sortions ainsi de la zone de danger immédiat. Silène, ce ne pouvait être que lui, cherchait des angles de tir. Il cribla le baldaquin de carreaux, par petites touches, sous des frappes variées, et tout à coup le rideau tomba. Le lit tourna sur son axe vertical et je sursautai en voyant un corps nu crucifié sur le matelas. La voix d'Erg :

— C'est elle que tu visais ?

Pour toute réponse, un déluge de tirs siffla du char. Le ballon, lacéré de toutes parts, chuta alors violemment. Il s'écrasa d'un bloc dans la prairie. Pendant de longues secondes, je scrutai le sol et le ciel, alternativement, pour y voir bouger quelque chose, mais ç'avait été tellement rapide, Erg n'avait pas eu le temps, il n'avait pas pu sortir son aile, s'extraire vif de ce guêpier ! Au-dessus de lui, Silène dessinait dans l'air des huit nerveux à une dizaine de mètres au zénith du ballon, prêt à tirer — et sa nervosité, sa vigilance extrême, en un sens, me rassurait, elle impliquait dans mon inconscient qu'Erg pût être encore vivant, qu'aux yeux du Poursuiveur, il était presque possible qu'un homme de sa trempe, de son expérience, pût réchapper d'un tel crash et même que d'une certaine façon, il pouvait encore s'agir d'une ruse de notre combattant, ou… Mais une minute passa… Puis deux. Puis cinq et rien ne bougea. Dix minutes.

— Il est mort.

— Impossible.

— Il est forcément mort !

Au bout d'un quart d'heure, Silène piqua vers son char, se posa et s'installa aux commandes. Il démarra brusquement, fit vingt mètres dans notre direction et stoppa sa machine. Lorsqu'il se mit à parler, je demeurai cloué :

— Sov Strochnis, Steppe Phorehys, Léarch Füngler et le remorqueur Barbak ! Vous êtes couchés dans l'herbe à trente mètres de mon char, axe de tir à midi. Répondez-moi ou je fais feu !

Steppe écarquilla ses yeux sous l'ébahissement :

— Comment il sait, bon dieu, on a pas bougé d'un pouce !

— Rampez, bande de cons, sortez de l'axe, murmura Barbak.

— Vous rampez à deux heures. Axe corrigé ! Répondez-moi ou j'enclenche le rototir sous dix secondes. J'attends ! Dix… Neuf… Huit… Sept…

— NOUS SOMMES LÀ ! Sov Strochnis à la négociation !

— Strochnis ! Jetez vos deux boomerangs et l'arbalète devant vous. Vous êtes hors de combat ! Ce combat est placé sous le Code de guerre Ker Derban. Il s'agit d'un duel. Homme à homme. Il doit se dérouler sans escadre et sans aide. Jetez vos armes ! Ça m'évitera d'avoir à vous abattre !

Je me retournai vers Steppe et Léarch pour jauger leur réaction mais ils ne m'avaient pas attendu : ils lancèrent presque en même temps, de toute leur puissance, en direction de Silène. Les deux boos incurvèrent leur trajectoire et foncèrent sur le Poursuiveur. Il ne bougea pas. Il y eut comme un jet de gaz sous haute pression et les boos rebondirent sur le char. Barbak

arma alors l'arbalète et vida un à un ses carreaux — mais le char avait déjà anticipé, pivoté sur lui-même et il fonçait sur nous. Silène s'arrêta, descendit du véhicule, s'approcha par bonds furtifs… En sept secondes, il fut sur Barbak, puis sur Steppe, puis sur Léarch. Je ne compris pas ce qu'il leur fit, mais ils s'effondrèrent. Quand il arriva sur moi, je ne cherchai même pas à fuir. J'attendis ma mort. Il me tendit la main.

— Vous êtes le scribe.

— Ouui.

— Silène. Comme je vous l'ai dit, c'est un combat sous le Code Ker Derban. N'essayez pas d'intervenir. Vous m'obligeriez à vous tuer.

— De quel combat vous parlez ? Erg est mort ! Vous l'avez écrasé au sol !

— Erg est vivant.

— Comment vous le savez ?

— Je le sais.

— Il est mort !

— Je l'ai assez étudié, scribe. En combat aérien, il peut chuter de trente mètres sans se blesser — et surtout sans le montrer.

— Où est-il ?

— Il est sous la toile du ballon. Il récupère. Alors vous me donnez votre parole de scribe : pas d'intervention ?

— Je vous donne ma parole.

Il me dévisagea étrangement de ses yeux jaunes. Je lui tendis la main et il la serra. Il allait partir et la phrase sortit toute seule de ma gorge :

— Alors les Poursuiveurs existent…

Il sourit d'un air de faune, me dévisagea à nouveau puis dit :

— Les Poursuiveurs n'existent pas, Strochnis. Seule existe la Poursuite.

— Qui l'a lancée ? Qui la commande ?

— La peur. Votre *propre* peur.

Peut-être parce qu'inconsciemment j'espérais le retenir encore un peu, plus vraisemblablement sous l'effet d'une curiosité incompressible, je jetai :

— À quelle arme appartenez-vous ?

— Le Mouvement.

— Quel grade ?

— La foudre.

— Vous êtes intouchable, alors…

— En théorie.

VI.
Si tu veux, je l'ai touché…

) Il avait déjà sauté dans son char, dont je ne peux sérieusement dire s'il était à voile ou à hélice, à cerf-volant, aéroporté ? Il régla en un tournemain un ensemble de petites voiles triangulaires, actionna des deux pieds des pédales, fit ronfler et bloqua des hélices… Son char bondit, volta sur lui-même, ébaucha quelques zigzags, quelques dribbles, puis il traça en direction du ballon en décrivant dans l'herbe une arabesque si imprévisible qu'elle pouvait passer pour une signature — ce que d'une certaine façon, elle était.

∫ (Subrepticement) j'aurais rejoint un petit feu, comme il y en avait (çà et là) trouant la prairie noire ? Ivre, j'étais en pleine *Larcose* nostalgique, la tête dans les muages. Ce qui m'aurait guidé (outre fuir le corps de Coriolis qu'un matelot avait fait chavirer sous mes yeux) ? La voix de Caracole. Elle m'avait cueilli sur une salve, je l'avais cherchée et trouvée (ce petit feu justement autour duquel lui et un homme intense, tanné et barbu, se tenaient en tailleur). Je sentis, à leur regard, que ma présence n'était pas spécialement la bienvenue. Ils m'acceptèrent nonobstant, sans pour autant couper une conversation dont le ton (inhabituellement sérieux, sinon grave, chez Caracole) m'intrigua sur le champ :

— Tu étais aimé et admiré comme peu de conteurs peuvent aujourd'hui s'en targuer. Tu passais de vaisseau en vaisseau, petit Caracole, de ville en palais, tu avalais et remontais, tu tirais des diagonales, tu te nourrissais de femmes et de fêtes, de paysages… Partout des seigneurs te demandaient et tu ne refusais rien. Et puis un beau jour, tu croises la Horde, tu sautes du navire et tu disparais. Et te voilà donc hordonné, depuis… combien de temps maintenant ?

— Cinq ans.

— Et tu comptes rester avec eux ?

— J'irais avec eux, si vent veut, jusqu'au bout de la terre.

— Pourquoi ?

Caracole ne répondit pas tout de suite. Il tourna son visage vers moi, me scruta en silence puis :

— Larco, puisque le vent t'a drossé dans cette crique où tu n'étais pas attendu, je t'y accepte. Sache que tu as en face de toi mon plus vieil ami fréole, Lerdoan, qui est philosophe. Cette conversation va toucher à des aspects de ma vie que toute la horde ignore — et doit ignorer. Es-tu prêt à les découvrir et te sens-tu capable de te taire ?

— Je crois, oui.

— Fais-tu le serment de garder les folies que tu vas entendre secrètes ?

— J'en fais le serment, sur les muages.

— Muer est de ton âge…

Le philosophe me jaugea longuement, à la suite de Caracole. Il hocha finalement la tête pour (je le vécus ainsi) signifier à notre troubadour qu'il pouvait effectivement parler. Caracole arracha quelques poignées d'herbe et les jeta dans le feu. (Elles grésillèrent.) Tout, dans son attitude d'ordinaire si volage, montrait qu'il accordait une importance cruciale à cette discussion :

— Longtemps je me suis fait de la vie, ainsi que toi Lerdoan, une exigence de parcours. Rien ne fut donc plus précieux pour moi que les voyages puisqu'ils avaient potentiellement cette force : celle de faire jaillir le neuf, le virginal des filles, l'inouï. M'offrir plus que l'univers humain : le Divers ! Pendant des années, je me suis abreuvé de différences. Puis progressivement, j'ai senti que ma fraîcheur déclinait. À mesure des rencontres bien sûr, dont rares devenaient celles qui me touchaient au vif. Mais en vertu aussi, et plus intimement, de ce sentiment que les bonds hors de moi qui avaient si longtemps fait mon charme, disons-le, s'atrophiaient. Et qu'au fond, à ceux que je croisais, je demandais de m'émerveiller tandis que moi, passif, en attente, tel un poussah de fate engeance, j'avais perdu jusqu'à la soif du divers. J'étais un nomade, certes et toujours. J'en exhibais, sur mon pull d'arlequin, les preuves. J'avais toujours au creux des lèvres quelque histoire torse rapinée en village. Mais dans mon esprit, je ne voyageais plus. Je me répétais. Je redondais, au lieu de vagabondir. J'étais devenu comme une outre qui attend d'être remplie et qui se vide devant le premier seigneur !

— Tu cherchais surtout à devenir vaste, si tu te souviens. Tu voulais t'agrandir comme une terre, te peupler, prendre ton poids d'expérience. Comprendre qui nous étions, nous les hommes.

— Je suis devenu vaste, Lerdoan. Vaste à la manière de mon maillot : un patchwork cousu à l'inspiration, tissé de vifs, qui s'effiloche sans cesse. Regarde !

— Moi j'aime ce maillot, il te résume si bien... Il t'humanise aussi...

— Ce qui va te paraître étrange, c'est que je n'ai commencé à comprendre le vent qu'en entrant dans la Horde. Pas qu'ils sachent mieux que vous, les Fréoles, ce qu'est le vent. Larco te le dirait : ils en ont une connaissance technique très bouffonne, empirique. Ils sont foutrement incapables de tirer un honnête parti d'une éolienne ! Ils n'ont pas la moindre idée de la vitesse que peut atteindre un char-volant. Pourtant, ils contrent au sol comme personne, au point de rivaliser avec des animaux comme le gorce. J'étais amusé au début, par leur approche rustaude. Puis j'ai commencé à contrer avec eux, des jours et des jours, vent dans la gueule, et j'ai appris ! J'ai appris ce que je *croyais* déjà savoir, Lerdoan ! Par la lenteur. La masse, la pâte épaisse du vent. Au début tu ne manges plus, tu n'as plus faim, tu te nourris de bourrasques. Ils n'ont pas d'instruments, tu sais. Pas le moindre anémo ! Ils plantent de petits pieux au sol et ils suspendent des bouts de chiffons ! Pour fixer un peu les choses, quand on se met en marche. Mais en fait, ils *savent*, rien qu'en se dressant et en fermant les yeux : le flux, sa vitesse, ses périodes, l'amplitude des salves, la nature des turbulences, tout ! Et même ce qu'on va trouver plus haut, selon la viscosité de l'air, de sa chair !

— La Horde a toujours eu un autre rapport au vent... C'est ce rapport qui rendra capable de repérer les neuf formes du vent là où les Fréoles pourraient explorer la terre entière, dans toutes ses largeurs, sans y rien découvrir !

— Un autre rapport à la vitesse aussi, et à l'espace. Quand j'étais Fréole, je vivais de cartes. On volait d'une ville à l'autre, je me souviens, en se guidant au sextant. Entre les deux, on jouissait du paysage certes, mais comme d'un vide entre deux pleins. Nomades, nous l'étions, mais des nomades organisés, situés dans l'espace, qui savaient à chaque instant où ils étaient et où ils allaient. On tirait des diagonales nettes sur un quadrillage préexistant. Dans la horde, nous n'avons pour toute carte qu'un tracé, tatoué sur la colonne vertébrale de Steppe, de Pietro, de Sov, du Golgoth... Chacun d'eux possède une portion du tracé.

— Mais au fond, ce tracé ne sert à rien. Ce qui compte, c'est l'espace entre les points, là où aucune carte ne peut plus vous guider...

— Le point n'est qu'un relais, un passage entre deux déserts, entre deux velds, entre deux mondes. Il n'est plus le but du voyage, comme chez les

Fréoles. Chaque jour, nous progressons par petites touches têtues, physiques, tactiles, de proche en proche, sans prédestination, selon la nature du sol, du relief et du vent. Il n'y a pas de perspective, la visibilité est restreinte. Nous évoluons au centre d'un volume sonore et aromatique, au flair, au groin…

— Comment as-tu pu supporter cette lenteur, cette monotonie du contre, toi qui as toujours eu besoin de bouger, de changer ?

π Sonnés, Léarch, Steppe et Barbak se relèvent avec peine. J'ai rejoint Sov qui m'a expliqué ce que je savais déjà : le duel a commencé. Il est sous Code Ker Derban. Le veld est balayé par un vent forcissant. Par moments, la lune pleine sort entre les nuages. On y voit alors suffisamment pour deviner creux et bosses de la haute prairie. Elle a une couleur argentée. Erg surgit brusquement du tas de tissu qui a été une montgolfière. Silène est resté dans son char. Il tire aussitôt au lance-harpons, en faisant valser son char. Un, deux, trois, quatre… Les harpons flèchent. Claquent. Puis se réenroulent dans un bruit de rotor. Erg n'a pas été touché. Il n'a pas cherché à riposter non plus. Pas du sol.

— Prends le ciel, file… chuchote Steppe pour lui-même.

ʃ Caracole s'arrêta à nouveau. Il tisonna le feu du bout de son boomerang. Il passa ensuite lentement ses deux mains sur son visage (comme s'il en découvrait les aspérités en aveugle ou voulait s'assurer qu'il ne disparaîtrait pas) :

— La monotonie n'existe pas. Elle n'est qu'un symptôme de la fatigue. Le divers, n'importe qui peut le rencontrer à chacun de ses pas, pour peu qu'il en ait la force et l'acuité. Ainsi parlait Lerdoan, non ? C'est ça que j'ai découvert. D'une certaine façon, l'effort physique, la tension des fibres face au vent, rend possible cette force, même si elle reste essentiellement mentale — sentie-mentale. Ce qui a changé en moi, Lerdoan, c'est que je suis devenu actif. Lorsque rien ne vient plus te nourrir passivement, puisque chaque pas coûte, exige de toi, il faut lever la tête, ouvrir grandes tes narines, capter chaque nuance de vert sur la prairie monochrome, sentir comment se faufiler entre les nappes ! Puisque les rencontres sont rares, il faut orpailler la richesse chez ceux qu'on côtoie tous les jours — même si ce ne sont que des traîne-cages comme Larco…

— Je prends ça pour un compliment, Carac…

— « Orpailler » oui, un de mes maîtres mots. Je vois qu'il te reste des bribes de nos discussions anciennes. Orpailler et retenir en soi. Se constituer un monde du dedans. Une mémoire.

— C'est ça qui reste pour moi le plus difficile. Je me sens parfois comme un perleur dans un village de montagne. J'essaie de mettre ma conscience en travers de la brume qui passe, comme eux leur grillage de fer. Je prie pour que des gouttes d'eau se forment sur le métal et après j'essaie de secouer la grille, doucement, afin que ça glisse dans le chéneau. Je voudrais condenser ces instants qui bruinent, conserver — tout en restant disponible à ce qui arrive — ne cesse d'arriver. J'ai du mal à faire circuler la vie en moi sans qu'elle s'échappe, par le trou de l'oreille ou par le trou du cul...

— Elle ne s'échappe pas, rien ne s'échappe en fait. Tu possèdes à chaque instant la totalité de ton passé, il s'accumule et se recompacte en permanence. Sinon tu serais déjà fou. Ta vision de la mémoire est contaminée par le sens commun, troubadour. La mémoire n'est pas une faculté qui pourrait ou non s'exercer. Nous retenons tous absolument tout. Ce qui fait la différence, c'est la capacité d'oubli...

— Justement, j'oublie tout !

— On ne se refait pas, troubadour...

— Non. Mais on se fait !

— Je dirais surtout qu'on se fuit. On ne se fait qu'en se fuyant. Et c'est l'oubli qui permet et opère cette fuite. L'oubli actif de cette mémoire inexorable qui nous fait. Il faut apprendre à *décamper*.

π Ça y est ! Erg a sorti son parapente de combat : une aile très courte. Celle conçue par Oroshi pour ne pas dériver, même sous stèche. Il a fixé sous ses pieds deux hélices horizontales. Il s'élève rapidement, dos au vent et plie ses genoux en vol. Le flux entraîne les hélices. Elles lui serviront à la fois de propulsion courte, pour les mouvements d'esquive, et de bouclier. Silène n'a cessé de bouger. Son char effleure l'herbe, saccade, se décale par sautes. Des tirs partent. Lance-harpons encore. Trop courts. Suivis de salves, grenailles ou cailloux, qui jaillissent d'une unité de tubes. Erg est manifestement pris de vitesse, il ne parvient pas à riposter. Tout juste à éviter les frappes qui sifflent. La cadence, impressionnante, cherche à le pousser à la faute.

— Je voulais te poser une question, Lerdoan, que je me pose depuis peu, mais de plus en plus souvent...

— Pose-la.

— Tu m'as vu présenter la Horde ce soir. Tu as dû m'observer attentivement...

— Bien sûr.

— Est-ce que tu me trouves aussi rapide, autant en mouvement qu'autrefois ?

∫ Le vieil homme ouvrit et referma sa main dans l'air vide, comme s'il empoignait une turbule (ou la filtrait ?). Sa voix, pour son âge, sonnait extrêmement claire :

— Ce sont deux questions différentes, si je puis me permettre. C'est un peu comme pour la notation des vents ou le nœud d'un combat : la vitesse peut être quantitativement très élevée, elle ne sera pas pour autant rapide. Inversement, le mouvement peut être remarquablement lent, voire quasi-immobile et pourtant s'avérer fulgurant.

— Je ne suis pas sûr de comprendre.

— Je t'ai vu jeter des boomerangs sur le dénommé Silène. Tes jets étaient extrêmement rapides, si l'on s'en tient à la vitesse de ton bras. Mais tu n'y as mis aucun mouvement, tu jouais. La preuve, Silène les a esquivés d'un décalage de nuque. Silène a été vif. Toi tu as été vite.

— Quelle différence ?

— C'est délicat à expliquer. Il y aurait comme trois dimensions de la vitesse, qui sont aussi celles de la vie. Ou du vent. La première est banale : elle consiste à considérer comme rapide ce qui se déplace vite. Cette vitesse-là est celle des véhicules, des jets d'hélice, d'un slamino. Elle est quantitative, relative à des coordonnées dans l'espace et le temps, elle opère dans un univers supposé continu. Appelons-la, cette vitesse relative, *rapidité.* La seconde dimension de la vitesse, c'est le mouvement, tel qu'il se déploie chez un maître foudre de la trempe d'un Silène justement. Le mouvement — ou le *Mû* comme ils disent eux — est cette aptitude immédiate, cette disposition foncière à la rupture : rupture d'état, de stratégie, rupture du geste, décalage. Elle est indissociable d'une mobilité intime extrême, de variations incessantes dans la conscience du combattant, du troubadour, du penseur. Exprimé sur le plan éolien, le mouvement, ce serait la bourrasque. À savoir : non plus la quantité d'air écoulée par unité de temps, la vitesse moyenne, mais ce qui distord le flux : aussi bien l'accélération que la turbulence — ce qui le fait *qualitativement* changer —, *l'inflexion.* Entre un slamino et une stèche par exemple, il n'y a pas de différence de vitesse, mais une vraie différence de mouvement. Sur le plan vital enfin, le mouvement, ce serait la capacité, toujours renouvelée, de *devenir autre* — cet autre nom de la liberté en acte, sans doute aussi du courage. Suis-je clair ?

— Autant qu'il est possible à cette heure de la nuit, Lerdoan…

) Ça se déroulait on ne pouvait plus mal pour Erg. Il vacillait dans le ciel depuis plus d'un quart d'heure, héron perdu qu'un chasseur se serait amusé à affoler de tirs. Au sol, le char de Silène n'offrait en revanche aucune cible tant sa vivacité, à peine croyable, le mettait à des dizaines de mètres des rares frappes qu'avaient pu intercaler Erg dans les salves ininterrompues que crachait le véhicule. Contrairement à Pietro, je n'avais jamais vu combattre un maître foudre, et ce que je découvrais était très au-delà des récits qu'on m'en avait rapportés. Pour la première fois, je pris conscience qu'Erg *pouvait* perdre. Et au fil des minutes monta en moi, cran après cran, une espèce de terreur face au déchaînement polymorphe de la machine de guerre du Poursuiveur. Je m'identifiais à Erg et j'étais débordé par Silène, noyé de coups, d'écarts, de ruées qui ne suivaient aucune figure connue, coupaient les angles, rendant impossible la moindre anticipation, le moindre espoir de le toucher. Jamais aussi peut-être je n'avais tant admiré Erg que dans cette situation-là, non pas pour sa stratégie, qui était suicidaire, mais pour son courage, son courage face aux stries glaciales des hélices, face à la stridence insupportable des serpes. Car le son — le son seul donnait une idée de la vitesse des jets. Scandait la férocité du combat. J'avais déjà lancé une hélice, nom de dieu, je savais le sifflement que ça faisait ! Mais là — là c'était inhumain, ça montait à l'extrême limite de l'aigu...

— Il faut qu'il se pose, il va se faire laminer !

— Surtout pas. S'il se pose maintenant, le char va le cribler.

— Parce qu'il ne le crible pas en ce moment, Pietro !

— Taisez-vous ! Erg suit la seule stratégie possible face à un guerrier du Mouvement ! Il faut vider le char de ses munitions ! S'il combat au sol, Silène va carreler les deux dimensions. Comme un damier. Erg ne pourra pas se porter sur une case sans être abattu !

— Comment tu sais ça ?

— J'ai fait quatre mois à Ker Derban. Je les ai vus s'entraîner.

— Vents du ciel, regardez ! Qu'est-ce que c'est que ça ?

— *Barnak*, des bombairs !

Je levai la tête et vis une douzaine de ballons noirs gonfler et s'élever du char. Ils avaient des allures de méduses nocturnes, surtout en raison du lest qui pendait sous leur bulbe à la manière d'un tentacule. Je ne réalisais pas ce que ça impliquait bien qu'au visage de Pietro, je sus que c'était grave. Erg réagit superbement, à l'arbalète méca. Il toucha à plus de cent mètres deux ballons en train en train de décoller du char et ! Sur le coup, je crus que c'était fini — le char fut projeté en l'air par le souffle de la double explosion et il partit en tonneaux... Au même moment éclataient

des feux d'artifice du navire, à un kilomètre de là.

— Il est mort, c'est plié, il l'a bousillé !

— Il est tellement mort, les gars, que son âme monte déjà au ciel, regardez-le bande de blaireaux ! lâcha Léarch.

π Silène s'est expulsé du char. Son aile noire se mêle aux bombairs qui flottent à dix ou quinze mètres au-dessus de la prairie. Il y en a une dizaine. Erg mène bien son combat. Il laisse Silène attaquer. Silène gâcher ses munitions. Silène bouger pour apprendre comment il bouge. Parce qu'il se déplace selon des techniques, selon des rythmes acquis, selon des règles. Pour les néophytes, un maître foudre reste totalement imprévisible. Le génie spontané. Peu de gens savent que le sens de la fuite, chez un être humain, est biologique. Donc anticipable. Donc que l'Arme du Mouvement a élaboré conceptuellement des trajectoires de fuite. Des circuits d'écarts. Des trajets complexes d'esquive. Qui s'apprennent. Il y a une grammaire. Il existe une syntaxe du mouvement, comme pour le vent. Bien sûr, au plus haut niveau, résiste une part inenseignable d'improvisation. Mais avec de l'expérience, on peut repérer certains circuits, certains parcours qui reviennent. Et les prévoir.

— La troisième dimension de la vitesse est la plus imperceptible. On la trouve rarement incarnée. Tu es à mes yeux, Caracole, l'un des seuls êtres vivants que j'ai rencontré qui la donne à voir — par instants, sur quelques éclats, quelques flèches. J'appelle cette vitesse le *vif*. Elle est adossée, secrètement, à la mort active en chacun, elle la conjure et la distance. Le *vif* n'est pas relatif à un espace ou à une durée. Il n'opère pas un pli ou une déchirure dans un tissu préexistant, comme l'opère le mouvement. Il est le surgissement absolu. Il amène, dans un vent, dans une vie, dans une pensée, *le plus petit écart*. Un minuscule apport, à peine un grain, et tout explose… Il faut comprendre que le Mû n'est rupture qu'en apparence, rupture pour une perception humaine, forcément limitée. En toute rigueur, il demeure une transformation continue.

— Le vif, c'est autre chose…

— Le vif, c'est ce qui t'a fait, c'est l'étoffe dont sont tissées tes chairs, Caracole. C'est la différence pure. L'irruption. La *frasque*. Quand le vif jaillit, quelque chose, enfin, *se passe* —

— Est-ce que le blaast, ce serait en quelque sorte le vif dans le domaine du vent ?

— Le blaast est une explosion soudaine du vent. Rien de plus qu'une bourrasque très intense.

— Plutôt ce que tu appelles un mouvement ?

— Oui. Le vif, je ne devrais pas te le dire, et encore moins devant ton ami Larco… Vous ne l'avez encore jamais rencontré.

∫ Le vieux marqua une pause d'hésitation. Encore somnolent, je déployais mes oreilles en fleur :

— Le vif est la *huitième forme du vent.*

— Quelle est la neuvième ? ne pus-je m'empêcher d'intervenir.

— Restez tranquille, monsieur Larco. Elle viendra bien assez tôt vous le chuchoter à l'oreille…

π Pendant quelques minutes, ni Silène ni Erg ne tentent le moindre tir. Ils volent autour des bombairs en se jaugeant. Erg a fixé deux hélices sur ses avant-bras, dans l'encoche de son armure. Juste en dessous du coude. Il est en repli défensif. Il vole bras croisés face au vent et bras en croix sous le vent, afin de maintenir ses hélices en rotation. La lune brille et s'éteint, selon les nuages. Les bombairs sont gonflés à l'air comprimé. Ils sont remplis de grenaille. Une seule frappe peut déclencher une explosion en chaîne. Peut-être pas. Soudain, Silène décroche et plonge au sol. Deux hélices crient. La première siffle sur une trajectoire circulaire… Elle vise la masse des ballons… La seconde est un tir à quadruple boucle sur Erg qui l'oblige à se décaler… vers les ballons…

— Noon !

Pied au sol, Silène vient de surlancer une troisième hélice. Un jet prodigieux qui tranche sur sa trajectoire la plupart des cordes de lest… Les ballons les plus hauts montent au niveau d'Erg qui a tenté une pointe désespérée vers la lune. Ils explosent coup sur coup, irradiant dans l'espace une grêle de métal. Erg pare instantanément des quatre hélices — pieds et bras — en se mettant en boule. Sa voile est criblée de trous. Il perd sérieusement de l'altitude. Sort son aile de secours, remonte un peu… Sous ses pieds, à cinq mètres à peine, une série de bombairs éclate à la volée. Il pare encore — comme il peut, sous une nuée sifflante de plomb qui déchiquette son aile et son armure.

) Je n'osais plus regarder Erg, savoir si, au bout de ce parapente en lambeaux, pendait encore un homme ou un sac de viande éventré. Les bombes avaient explosé comme des lunes noires.

— Il est vivant ! beugla finalement Steppe.

Effectivement, entre deux méduses, une aile, oscillant bord sur bord très dangereusement, se faufila. Erg effleura les ballons et les repoussa avec

précaution vers le bas… Ils allaient toucher le sol quand il les fit exploser d'un carreau d'arbalète… En vain : Silène jaillit d'un bond-porté à quinze mètres de haut et il vola effrontément sur Erg, se plaçant en vol tremblé à moins de vingt mètres de lui ! L'échange de tir toucha à ce moment-là à la fulgurance — on n'y comprit absolument rien. Sauf qu'au fracas métallique des parades succéda le silence, le pur bruit des ailes menées à leur limite. Lorsque la lune revint, nous comprîmes qu'aucun des deux n'avait plus de munitions. Ou alors une ultime, volontairement masquée ? Le combat se déroulait maintenant à une trentaine de mètres au-dessus du vide, aile contre aile, à main nue pour Silène, avec quatre hélices tordues pour Erg. Ce qui constituait un avantage. Un avantage s'il n'avait eu en face de lui le plus déroutant ailier qu'ait jamais enfanté la bande de Contre. De l'avis des spécialistes, Erg Machaon était unanimement considéré comme un as du parapente, membre redouté de l'*Ailite*, imprenable en vol. Toute la horde l'admirait à ce titre et personne n'aurait pu imaginer… Enfin, bref… Il avait trouvé un adversaire dont le moins qu'on puisse dire est qu'il était à sa hauteur. Dès la première passe d'Erg — une torche ultrarapide suivie d'un saut ascendant, tête en bas, pieds projetés, hélices à bloc — il fut clair, à la sobriété hallucinante de sa parade, que Silène anticipait en seigneur. Le fouetté d'Erg passa peut-être à vingt centimètres de la nuque du Poursuiveur et le souffle de l'hélice dut lui caresser le visage mais il ne jugea pas nécessaire de se décaler plus nettement. Face à chacun des trois assauts qui suivirent, Silène observa une immobilité glaçante. Il resta fixe dans le ciel. Attendit. Esquiva d'un écart. Se replaça. Fixe à nouveau. Après un « el rollo », deux « clapots », un « plié-droit » et ce que Pietro me commenta éberlué comme une sorte de triple « slaba grab à syncope », Erg s'arrêta à son tour. Tout débutant vous dira à quel point le vol stationnaire sous slamino est une impossibilité. Pas pour eux. Ils restèrent donc ainsi, immobiles dans le ciel, comme debout sur un plancher de nuit, à se regarder…

— J'aime pas ça…

— Erg n'est bon que quand il bouge.

— Il sait plus quoi faire… Il a usé toutes ses passes.

— Il est en train de se faire piéger !

— Vos gueules, il le domine !

— Il domine plus rien depuis le début, les gars… Cette fois-ci, ils nous ont envoyé le vent même… Ce type est pas humain.

Ça persista une sacrée épaisseur de temps — qu'aucun d'entre nous ne prit pour une trêve tant les nerfs, distinctement, vibraient. De l'inertie, j'avais

pu lire dans un carnet de contre qu'elle contenait l'énergie potentielle la plus haute, qu'elle était le tremblement porté à une limite telle qu'il en devenait imperceptible. Ce fut très exactement mon impression durant le répit.

Puis Silène se mit à bouger.

Et alors… Alors ce fut unique. La passe de Silène ne dura pas quinze secondes mais elle allait tracer en moi un glyphe éblouissant dont ma compréhension du Mû restera à jamais redevable. Tout partit d'un plané latéral presque nonchalant, puis ce fut littéralement dingue — Silène décrocha brutalement de trente mètres, toucha le sol, rebondit à quarante mètres et entama une torche longue, rythmée de déplis foudroyants — de zigzags secs, d'à-coups, *frasques*, et d'un jeu si chaotique de vrilles et de spasmes pendulaires qu'il était à peine concevable que l'aile ne se déchirât pas — puis tout entra en décalé-vif, écart-bref : l'altitude, la vitesse, virements de bord, la cadence — au mépris de toute continuité naturelle, ce fut fou, magnifique, alternant l'infime et l'immense, la lenteur et la foudre, l'obtus, l'aigu, le courbe — la hache et la serpe, ça ne ressemblait à rien ni à personne, c'était une syntaxe inouïe du mouvement, quelque chose qu'aucun oiseau, nul vent n'atteindrait jamais, parce qu'au, puisqu'il, plié-ouvert, flécha — et il toucha ! De la tranche du pied. La frappe de Silène fractura le nez d'Erg dont l'aile vacilla sous le choc frontal. Il n'avait eu — comment aurait-il pu ? — ni le — Silène attaqua une seconde passe, toute en angle, très hachée, que notre combattant éloigna d'un soleil arrière —

— Pour revenir à ta question initiale, Caracole : tu n'es plus aussi rapide. Ni dans tes gestes, ni dans ta pensée. Tu ne passes plus d'une idée à la suivante, d'une blague à une farce avec le même brio qu'autrefois.

— Pourquoi Lerdoan ?

— Tu le sais, pourquoi. Parce que tu deviens humain aux fibres. Parce que tu t'attaches aux êtres. Parce que tu découvres progressivement le lien et que le lien architecture et ralentit. Parce que tu es en train d'acquérir une mémoire derrière ta conscience pure, ton accueil absolu du présent. Ça crée une complexité en toi, des comparaisons inconscientes d'événements, des allers-retours infimes. Tu prends de la consistance sur ta dispersion naturelle, tu « coagules », comme tu le dis toi-même.

— Et sur le mouvement ?

— Tu n'as jamais été autant en mouvement. Intimement, j'entends. Tu *crées* réellement aujourd'hui. Tu ne te contentes plus d'enfiler les trouvailles comme des perles, de rebondir sur une phrase, une couleur, un cri du

public. Tu déploies du ventre ta propre matrice. Tes changements d'état, tes bifurcations affectives ou ludiques commencent à être véritablement *actives.* On le sent. Tu improvises du dedans.

— Avant je réagissais à des impulsions du dehors ?

— Oui, uniquement. Mais avec génie. Maintenant, tu es suffisamment peuplé pour inventer en différenciant ta propre matière. Tu me sembles moins mû que mouvant.

— Et le vif ?

— Le vif ne peut pas s'acquérir. Il ne peut pas davantage se perdre. L'énigme reste entière quant à comprendre pourquoi telle personne l'a — et telle autre, non. Tu l'as, hautement. Tu l'auras toujours. Ton mouvement même lui est infiniment redevable.

∫ Caracole sourit avec une profondeur rare et quelque chose en lui sembla se détendre, s'épanouir. Je ne percutais depuis dix bonnes minutes à peu près rien de ce qui se disait ici et j'allais me lever pour aller me coucher quand Caracole bifurqua (par le Saint-Mû ou le Vif-Argent, ne m'en demandez pas trop…) :

— Est-ce que ce Silène peut battre Erg ?

π Erg enchaîne trois loopings arrière. Il monte ensuite à la verticale. Il va se perdre parmi les nuages effilochés qui voilent la lune. Il n'a pas forcément le nez broyé. Même si le bruit a été cruel. Silène le suit, zig, lignes brisées, zag — insaisissable et lisse. Au loin, la fête fréole bat toujours son plein. Les cuivres nous parviennent encore. Nous rassurent presque. Il faut qu'Erg utilise une de ses hélices. Il est gravement débordé par Silène au corps à corps. Il doit le ramener sur son propre terrain — le jet. Et s'il n'y parvient pas, il faudra jouer la nullité du combat. Le pat. Tenir jusqu'à l'aube. J'ai peur. On l'a tellement vu supérieur, notre combattant, tellement vu gagner. Si facilement. Si vite. On le croyait imbattable…

Ils ne nous ont pas envoyé n'importe quel Poursuiveur. Pas formé n'importe où : à Ker Derban. Et pas au hasard : par quelqu'un qui connaît parfaitement Erg. L'Arme du Mouvement est de loin celle qui lui pose le plus de problèmes. Il n'aime pas les combats longs. Son système d'attaque est fondé sur des jets à moyenne distance et sur cette couverture volumique de zone que lui assure la suspension. Il opère dans un espace lisse au sein duquel son jet peut toucher subitement n'importe quel point. Silène a profité de l'altitude d'Erg pour piquer vers son char. Il en extrait un bâton de deux mètres prolongé aux deux bouts par trois flammes

profilées que le vent actionne. Des foreuses. Il y a des fuites dans l'Hordre même, Pietro. Au plus haut niveau. Des gens qui ont trahi les secrets du système-Erg. Qui veulent très sciemment éliminer notre protecteur. Qui ne veulent pas que notre horde aille au bout.

— S'il manie ça comme son aile, c'est la fin...

Erg s'est rapproché. Il a décranté ses deux hélices encochées dans l'armure. Il les tient à la main. Il jauge le vent. Les jette. Silène fixe son bâton en travers du dos. Il décolle. Les hélices frôlent de peu ses pieds, rasent l'herbe et remontent — seconde boucle, elles reviennent sur lui... Il les attend, prend son bâton et schling ! d'un geste habile en dévie une sur Erg qui l'évite de justesse. Anxieux, nous regardons l'hélice se perdre dans la prairie. Silène enchaîne illico. Il bondit sur Erg, bâton en main et tente l'estoc. Erg se tord, escamote et riposte d'un coup de pied hélicé. Ils sont à présent à un mètre l'un de l'autre au corps-à-corps et à vingt au-dessus de nous. La violence et la rapidité des coups nous rendent muets d'effroi. Silène multiplie les voltes et les frappes, son bâton foudroie, cogne. Erg pare des avant-bras, des cuisses, des pieds surtout. Métal contre métal. Tranchant contre tranchant. Du sang gicle en gouttelettes sur nous. Bon dieu...

— Tiens bon Erg !

— Vas-y ! Tue ! Tue-le !

La furie du combat est absolue. Tout l'enseignement de Ker Derban y passe — et au-delà. Botte et contre-botte, parade, écart, estoc, frappe — à coups de genou, de coude, à coups de tête. Soudain, Erg empoigne le bâton. Silène ne lâche pas — Erg tente des tranchés latéraux du pied, Silène danse et s'écarte — il lâche brusquement le bâton et jaillit sur la voile d'Erg. D'un geste, il tranche la totalité des suspentes ! Erg chute à pic. Il va s'écraser sur nous. Nous nous jetons sur le côté.

) Peut-être fus-je le seul, grâce à ma position excentrée, à être témoin du sang-froid de notre combattant. Dans un réflexe, il accrocha du bout du bâton sa toile et, se servant de sa vitesse de chute, fit monter en rotation les hélices de ses pieds. À cinq mètres du sol, d'un coup de reins, il bascula pieds en l'air, jambes écartées et tomba au ralenti, grâce aux hélices, sur le matelas de toile qu'il tendait à bout de bras. D'un roulé-boulé, il récupéra le bâton, se releva et attendit Silène. Il se trouvait à quelques pas de moi quand il me jeta :

— Écarte-toi, Sov ! Sortez de la zone de combat ! Il va miner le terrain !

— Quoi ?

— Écartez-vous ! *Derbelen* !

Je n'avais jamais adoré Erg Machaon, je l'avais toujours trouvé d'une compagnie sinistre et un peu trop sujet à la paranoïa. Mais à cet instant-là, je le vis comme j'aurais toujours dû le voir : un homme seul qui avait dédié sa vie à nous protéger. Son armure en peau de gorce était entaillée profondément aux cuisses, au ventre, au torse, violemment grenaillée, une penaille. Il était couvert de sang — le sien, de l'autre ? — au visage, le nez éclaté, le long du cou, sur les bras. Il avait un doigt tranché qui pendait dans sa main et je ne suis même pas sûr qu'il s'en rendait compte. Et nous, debout, hagards, spectateurs complètement débordés, complètement impuissants, nous ne pouvions ni l'encourager, ni l'aider, juste prier. Juste y croire. Je le vis respirer, vérifier ses appuis, suivre Silène des yeux, l'attendre. Le Poursuiveur avait plongé sur l'hélice perdue et d'un jet droit l'expédia sur Erg — il tendit les bras. L'hélice s'enficha au centre du bâton, qui cassa. Aussitôt, il se précipita vers le char pour couper les ressources du Poursuiveur — mais Silène, encore une fois, fut plus vif. Au passage, nous vîmes qu'il avait un carreau d'arbalète dans la hanche — qu'il brisa à ras, sans le retirer. À la façon d'une mauvaise malle de magie noire, un énième ballon, plutôt joufflu, enfla du char et monta au-dessus de nous…

— Reculez la Horde ! RECULEZ !

On recula. Le ballon creva mollement sur un tir de Silène et une flopée de galettes claires tombèrent en feuille morte dans la prairie. Barbak, qui était, avec Firost, le meilleur ami d'Erg, ne put s'empêcher d'approcher.

— N'y touche pas, Barbak, reviens ! lui hurla Firost.

Conscient du danger, Erg accourut pour faire dégager notre remorqueur et soudain il s'effondra dans l'herbe. Silène ne bougea pas. Silence de mort. Affolé, Barbak se précipita sans réfléchir vers notre combattant-protecteur et l'on entendit alors la voix d'Erg hurler : « Non, laisse ! ». Trop tard : Barbak venait de marcher par mégarde sur une des galettes remplies à l'air comprimé et bourrées de tessons. La mine explosa — lui déchirant les deux jambes.

∫ Je n'étais décidément pas dans le coup ce soir, ni dans la fête, ni ici ou ailleurs. Mon cerveau se liquéfiait dans ma boîte crânienne et chaque fois que le visage de Coriolis s'y immisçait, j'avais envie de chialer. Je relevais la tête pour la forme. J'avais en fait la flemme de bouger. Et puis ça redevenait suffisamment dingue pour m'accrocher :

— Je me demandais si tu sentais le combat…

— Il est très perceptible.

— La texture du vent est cisaillée jusqu'ici par les ruptures de Silène. Il est devenu un maître foudre remarquable. Tu as peur pour Erg, n'est-ce pas ?

— Je l'avoue.

— Je te comprends. Il va souffrir. Ce sera, comme tous les combats, un affrontement des vitesses, qui se déroulera dans les trois dimensions : rapidité, mouvement, puissance du vif. C'est à qui saura piéger l'autre dans sa dimension de prédilection.

— Erg est rapide, surtout dans ses jets. Il a, je crois, sous sa croûte brute, une souplesse, une mobilité d'âme. Il ne reste pas sur une stratégie, il module sans cesse, il bouge, il s'adapte…

— Je connais un peu Silène. Il accède parfois, sur un éclair, à ce point où son mouvement est si véloce qu'il paraît toucher au surgissement du vif. Il a notamment des techniques de relâchement musculaire, de mouvement inertiel qui sont supérieures à ce que peut un corps qui agit dynamiquement. Il utilise aussi la vitesse des éléments. Je l'aime beaucoup. Ce qui se passe est un très beau combat, parce qu'il extériorise celui qui se joue en nous…

— En quoi, Lerdoan ?

— À chaque dimension de la vitesse correspond une lenteur ou une fixité propre. À la rapidité s'oppose la pesanteur ; au mouvement s'oppose la répétition ; au vif s'oppose le continu. D'une certaine façon, être vivant ne s'atteint que par ce triple combat : contre les forces de gravité en nous — la paresse, la fatigue, la quête du repos ; contre l'instinct de répétition — le déjà-fait, le connu, le sécurisant ; et enfin contre les séductions du continu — tous les développements durables, le réformisme ou ce goût très fréole de la variation plaisante, du pianotement des écarts autour d'une mélodie amusante.

— Qu'est-ce qui se passera si Erg est battu ? osais-je (sur un hoquet).

— Silène est un fragment de la Poursuite. La Poursuite dit que quiconque tue le combattant-protecteur en combat loyal gagne aussi le droit d'abattre toute sa horde, sauf le Traceur.

— Ça veut dire quoi Lerdoan, concrètement ?

— Que si Erg perd, vous êtes morts. Seul votre Golgoth sera épargné.

— On se défendra !

— Bien sûr, vous vous défendrez. Mais au niveau où évolue un maître foudre, il vous sera parfaitement impossible de le toucher. Il vous éliminera en moins d'une journée. Ou d'une nuit. Un par un ou ensemble. Au choix.

π D'un bond d'aile, Silène est allé cueillir Barbak. Ses jambes sont en bouillie, j'ai très peur qu'il y passe. Silène l'a aéroporté et déposé à nos pieds. Hors de la zone minée. Il est encore conscient. Fidèle au Code Ker Derban, Erg n'en a profité ni pour se déplacer ni pour tirer. Lui n'a plus d'aile : il est condamné à arpenter les deux dimensions. Il lui reste trois hélices défoncées : celles qui lui ont servi à parer. Il les a fixées dans son dos. Plus l'arbaméca sanglée sur l'avant-bras gauche. Avec peut-être quelques carreaux de reste, quelques disques larges comme des coupelles et ces trois bouts de câble lestés qu'il peut expédier à haute vélocité et qu'il appelle des rotofils.

La stratégie de Silène est claire. En contrôlant les airs, il commande la surface. Il lit l'emplacement des mines qu'Erg devine mal à ras l'herbe. Il peut amener notre protecteur à marcher dessus. Il peut lui-même les faire exploser d'un tir. L'espace au sol a été strié ; l'espace aérien reste lisse. Premier principe du Mouvement. La prairie est devenue un échiquier mortel qui rend complexe chaque déplacement d'Erg quand Silène garde toute liberté de frappe-esquive. Erg le sait. Il repère activement les mines, en déplace certaines délicatement. Les repose. Silène ne lui laisse aucun répit. Il jette des disques de chute qui montent au zénith et s'abattent en pluie aux frontières de la zone minée, pour empêcher toute échappée. Erg est piégé dans un cercle de cent mètres de rayon. Lorsqu'il tente de sortir, Silène plonge en rase-mottes. Il pendule alors face à lui en l'arrosant de frappes — jets de pierres et boomerang mêlés, destinés à le faire reculer, à l'user, à le pousser à la faute. Erg riposte à l'hélice. Il est à court d'idées. Il n'est qu'à deux dizaines de mètres pourtant, pas plus. Distance où, d'ordinaire, un seul jet lui suffirait pour tuer net son adversaire. Mais Silène reste, écœurant de vivacité. La foudre, n'est-ce pas. Intouchable. Mais qui elle, touche.

△ Joue la fatigue, macaque. Laisse le venir, plus près. Encore plus près. J'ai les mines calées dans mon crâne, la surface entière. « Foudre se relâche quand domine. Laisse attaquer foudre, macaque, jusqu'à trop sûr de lui, trop concentré sur frappe fatale qui doit tuer toi qu'il oublie, juste une fois, de varier cinquantième trajectoire d'esquive. » J'entends la voix de Te Jerkka, j'entends son rire, je revois ce combat. J'avais treize ans. « Toujours un moment où toi savoir répéter. Répéter, répéter. Mêmes tirs, macaque, toi plus varier, faire entrer lui dans routine tienne… Encore, encore, lui appauvrir ! Trajectoires-esquives pas infinies. À force, toi vas reconnaître une. Une suffit. Une ! Et là, tu frappes Ergo et c'est fini… » Je le revois face à cet Oblique qui

m'impressionnait tant. Un quart de foudre. Il était comme ici, en l'air. Inchopable. Ce jeune crétin l'allumait à l'arbalète. Et Te Jerka, déjà vieux, sans armure et sans vitesse. Qui parait avec une planche ! Qui me parlait. Qui me montrait. À un moment anodin, l'hélice de mon maître partit. Un jet tranquille. Le quart de foudre s'affala dans la terre. Il était mort. Te Jerkka s'excusa devant moi. « Vieillesse, macaque, raté la hanche. Plexus jamais bon ! »

Vais d'abord le clouer au sol. Lui couper ses ailes. Bouge-toi, macaque ! Empêche-le de fuster latéral. Cadre-le droite-gauche d'un double jet carré. Puis force-le à plonger sur la troisième hélice. Il se protégera lui. Mais pas sa voile...

) Pas la peine d'avoir fait Ker Derban pour comprendre qu'Erg était à bout de forces. Il ne cherchait même plus à fuir à présent, il essuyait des pierres qui le touchaient aux épaules, il titubait... Il parait au pire, tirant par intermittence, à la manière d'un lion blessé qui rugit pour repousser quelques minutes encore l'assaut final, le croc meurtrier des hyènes. Sous une lune désormais crue, Silène tranchait par sa vitesse intacte, ahurissante, cette façon qu'il avait de se porter d'un point à un autre du ciel ou du sol sans qu'on devine son trajet — quand il allait bifurquer ou piquer, quand il tirerait et avec quoi — boo, hélice, pierre ?

— Il faut l'aider, les gars. On va pas le laisser crever sous nos yeux !

— On n'a qu'à l'attaquer tous ensemble ! Cet enculé finira bien par tomber !

— Un rempart !

— Laissez tomber !

— Erg est au bout du rouleau !

— Laissez-le, merde ! cria Firost. Erg a jamais perdu !

Firost le hurla si fort qu'il était évident qu'il se parlait à lui-même. Pietro n'avait pas ouvert la bouche et je me mis à le regarder. La luminosité portait des ombres sur son visage et l'espace d'un instant, il me sembla le voir sourire. Là-bas, dans ce coin de prairie balayé de rafales, la différence de vélocité entre notre protecteur et Silène se faisait tragique : on aurait dit la vieillesse face à l'adolescence. Sur un énième piqué à saccade, une pierre toucha Erg au front et il bascula dans l'herbe — aussitôt, Silène fit volte-face, se cala en suspension et arma son bras. L'hallali arrivait.

π Trois ! Trois hélices d'un seul jet ! Jaillies de la patte d'Erg, faussement aux abois. Une feinte magnifique ! La voile de Silène se déchire net. Le Poursuiveur se fracasse à terre. Férocement, en pleine vitesse !

— *Barnak*!
— Yahaa!
— C'est pas fini, pas fini…
— Attention!

) On vit Silène se relever. Lentement… Lentement pour la première fois! On se rapprocha tous pour mieux, malgré les mines, voir malgré l'interdiction formelle, voir s'il était, malgré Ker Derban et toutes leurs conneries de code… De toute sa masse musculaire, Erg se redressa, sa crête noire en aileron agressif sur son crâne. Il avait pris son boomerang de chasse, son arme préférée, et il avançait vers Silène le bras levé. Dix mètres entre eux, à peine. Pour la seule fois du combat, on les entendit s'adresser la parole:

— *Blast erk*?
— *Nemork blast.*
— *Pat akcerpt*?
— *Nek*!

Pietro m'empoigna le bras pour m'obliger à rester à ma place. Il était blême:

— Il lui demande le pat!
— Qui?
— Erg! Erg vient de demander le pat à Silène… La nullité du combat.
— Pourquoi? Il l'a à sa merci!
— C'est le Code Ker Derban. Ça veut dire que Silène est gravement blessé. On ne combat pas un blessé! jeta une voix derrière moi.

Pietro regarda Firost qui venait de s'exprimer. Le prince secoua la tête de dépit, de colère presque, et il nous demanda impérieusement de reculer.

— Écoutez-moi tous, et surtout toi Firost. Silène n'est pas blessé! Erg a demandé le pat parce qu'il a compris qu'il ne peut pas gagner!

— T'as vu la chute qu'a faite Silène, Vents du diable! C'est pas humain, il devrait être en miettes!

— Il est maître foudre, Léarch… Tu n'as toujours pas compris ce que ça implique?

Il y eut un silence incrédule. Erg était maintenant à moins de cinq pas de Silène, boo armé. Silène n'avait que ses mains nues et il se tenait droit, de profil, sur la pointe de ses pieds, vibrant comme une corde…

— Qu'a répondu Silène pour le pat? demanda finalement Steppe qui fut le seul à percuter.

— Il a refusé.

Croyez-moi si vous voulez. Sinon, restez-en à ce qu'on vous racontera. Erg aurait pu transpercer le Poursuiveur de part en part à la distance à laquelle il se trouvait. Mais au lieu de projeter son boomerang droit devant — à quoi ? quatre pas — il prolongea le geste de son bras jusqu'à sa hanche et il le lança en force *derrière lui* — Au même instant, il expulsa en mode hypervéloce — par-dessus son épaule gauche — deux rotofils. Je ne sais pas si l'on peut dire qu'il anticipa. Je ne sais pas si, comme il nous l'expliqua plus tard, il avait deviné la trajectoire de fuite du maître foudre parmi l'immensité des possibles qui s'offraient à quelqu'un capable de bondir à huit mètres en détente sèche, dans n'importe quelle direction. Toujours est-il qu'à la seconde d'après, Silène se trouvait à une quinzaine de mètres derrière Erg avec un boo encastré dans l'omoplate et un rotofil qui lui avait cisaillé l'aorte.

— Je ressens une perturbation dans la texture du Vent, Lerdoan... Très intense.

— C'est un vif qui se compacte. Je le sens aussi. C'est douloureux et beau à la fois. Quelqu'un vient de mourir. Quelqu'un de très puissant, qui se survit déjà.

ʃ Bon ben. Vous voyez le topo quoi... J'avais échoué dans le coin le plus crainteux de la fête, avec un Caracole aussi terne qu'un jour sans muage, ma gueule de bois et un petit vieux qui se prenait pour un chaman du vent et qui devait (à mon humble avis) tenir à peine debout sous zéfirine. J'écoutais quand même (au cas où). À les entendre, ils savaient tout, le cul dans l'herbe, et le pourquoi et le qui et le comment :

— Silène ?

— Oui, Silène. Votre combattant-protecteur a fini par l'emporter.

— On dirait que ça t'étonne ?

— Beaucoup, troubadour. Beaucoup. Il y a quelque chose d'anormal. Une autre présence peut-être. Même si je pense que Silène, dès l'amorce du combat, avait déjà atteint son but, ce qui a pu le rendre moins agressif... Erg jouait votre vie à tous. Il est tissé en vous. Silène ne jouait que l'honneur d'un être cher. Le simple fait que le combat ait enfin lieu rendait hommage à cet être et soldait la dette. Que Silène gagne ne lui aurait d'ailleurs servi à rien par rapport à la vengeance qu'il vise puisqu'elle est impossible...

— Tu vas trop vite pour moi...

— Dans l'absolu, Silène aurait dû tuer Golgoth. La vengeance porte sur Golgoth. Or, Ker Derban interdit d'abattre le Traceur. On ne peut donc

l'atteindre qu'en éliminant sa horde et en le laissant seul. Mais tout ça reste théorique.

— L'Arme du Mouvement va être accablée…

— Je ne crois pas que Silène ait vraiment perdu, pour tout te dire. Je crois même que ceux qui l'ont formé peuvent être fiers ce soir. Il a dominé votre protecteur. Le Mouvement a prouvé sa supériorité ontologique. Simplement…

— Simplement quoi ?

) Pietro envoya Steppe chercher Golgoth et les autres — ceux qu'il trouverait. Alme arriva la première, le visage chiffonné de sommeil, avec sa trousse de soin et son expérience. J'avais froid à présent. À nos pieds gisait le cadavre de Silène, avec son visage de faune et ses yeux jaunes qu'Erg avait souhaité laisser ouverts vers la lune. Barbak avait été garrotté sous les genoux. Personne n'osait toucher à ses jambes déchiquetées de tessons. Je ne ressentais aucune fierté, plutôt le sentiment d'un extraordinaire gâchis. À mes côtés, un Firost surexcité refaisait le combat avec un Erg taciturne, abasourdi de fatigue et criblé de plaies. Lorsque Alme arriva, elle soigna d'abord Barbak, longuement, en extrayant un à un chaque éclat de verre de ses tibias. Sous la douleur, il perdit rapidement connaissance. Puis elle força Erg à s'allonger et, sans attendre les brancards que les frères Dubka allaient apporter, elle lui retira son armure en peau de gorce et ausculta les blessures. Son torse et ses cuisses montraient un ciel étoilé de plaies. Il avait bien le nez cassé, un doigt en moins et il respirait mal…

Après s'être isolé quelques minutes avec Oroshi, Pietro s'approcha de notre combattant-protecteur. Il s'accroupit et lui demanda, d'une voix qui voilait mal ses angoisses :

— D'après toi Erg, y a-t-il d'autres Poursuiveurs de cette trempe à nos trousses ?

Erg inclina sa tête péniblement pour parler. Son timbre était salement rauque :

— Selon mes sources… personnelles… une vingtaine… Silène faisait partie des plus dangereux… Les autres sont moins forts… À part un…

— Qui ça ?

— Son nom ne te dira rien… Il vient des franges glacées de la bande de Contre… Il n'est jamais passé par Ker Derban… Il s'est fait lui-même… Dans l'univers des combattants, on l'appelle *le Corroyeur*…

— *Le Corroyeur ?!* Et quelle est son arme ?

— Il n'a pas d'Arme : il réfléchit... Ou plutôt, il a une Arme : c'est le temps... Ses combats durent huit, neuf heures... parfois une nuit entière... Personne n'a jamais réussi à le battre... Certains en ont réchappé, en fuyant... Mais il les rattrape toujours, parfois des années après, dans un bled en pisé, n'importe où. Il finit toujours ses combats... Il a horreur du pat. Même chez les autres... Ça s'est encore vu ce soir...

— Qu'est-ce qu'il a de si spécial ?

De sa bouche, Erg laissa échapper un peu de salive rougie et il répondit en soufflant :

— Son système de défense...

— En quoi ? Explique !

— Y a rien à expliquer... Ce mec a le meilleur système défensif jamais élaboré sur cette putain de terre... On sait pas pourquoi... On sait pas comment. Les rares témoins qui l'ont vu combattre parlent de techniques incroyables à base de cailloux ronds, de mottes de terre, de branches... Ce qu'il trouve... Il est même pas rapide... Il a des jets à la con... Mais il a une qualité plutôt utile par chez nous : il meurt pas.

— Tu vas pas me dire que t'as peur de ce mec ?! Un bouseux à moitié décongelé ! intervint Firost.

— Je n'ai peur de personne, Firost. Sache juste que quand ce mec surgira, ton Machaon commencera à compacter son vif...

— Qu'est-ce tu chies là ? T'es le meilleur combattant du monde, macaque ! Tu l'as encore prouvé ce soir !

— Ce soir, je n'ai prouvé qu'une chose : que je vieillis... Je chute mal... je ne bouge plus aussi bien... Je marque les coups... Le Corroyeur le sait déjà...

— Ça, certainement pas, coupa Pietro. Ce combat a été et restera secret ! Seule la horde est au courant. Nous avons veillé à ce qu'aucun Fréole ne soit prévenu.

Erg hoqueta un rire :

— En dehors de vous les gars, excusez-moi... mais y avait cinq témoins pas vraiment invités ce soir... Dont le Corroyeur...

Pietro, qui s'était relevé, lâcha en même temps que moi :

— Comment ça ?

Erg rauqua sous l'extraction à la pince d'une bille de plomb. Il était jaune sous l'éclat de la lune. Il ricana comme un gamin qui aurait trop longtemps caché un secret savoureux :

— Vous êtes vraiment des artistes... Aucun combat n'est jamais secret... Encore moins quand il concerne l'élite de Ker Derban ! Il y a toujours dans

les parages un rapporteur de l'Hordre, un cafard, d'autres combattants, des Poursuiveurs...

— Où ils étaient, bordel de Vent ?

— Un est resté tout le combat à deux cents mètres à l'aplomb de la zone... Il était en ballon noir... Un autre était perché sur un arbre dans la forêt linéaire... Je l'ai d'ailleurs touché sur un retour d'hélice... Les autres, en tenue de camouflage, dans l'herbe...

— Et le Corroyeur ?

— C'est lui qui a tranché la gorge de Silène...

— Le Corroyeur ?

Là très franchement, je crus qu'il avait grimpé en fièvre, ou alors qu'il se foutait aimablement de nos gueules. J'avais la mâchoire décrochée par l'ahurissement. Erg continua tranquillement :

— Il était recroquevillé... en motte de terre... recouvert d'herbe... en plein milieu de la zone de combat... Depuis le début apparemment... Quand j'ai lancé le rotofil, j'ai bien coupé l'axe de fuite de Silène, mais il a su esquiver... Il s'est jeté au sol... Et il ne s'est plus relevé...

Firost réagit le premier :

— On a vu ça ! On était à cinquante mètres. Silène a pas esquivé du tout, Erg ! Il a été cisaillé à la gorge par ton rotofil et il s'est écroulé ! Tu l'as touché en pleine course !

Erg toussa un peu de glaire et de sang et il sourit de plus belle. Il secoua la tête et il lâcha :

— Si tu veux : je l'ai touché...

Il y eut un silence, long, fragile, dont le sens implosa comme le bulbe d'une méduse noire. Erg se réallongea complètement sur les conseils d'Alme. Il ferma les yeux et sa main droite sur le métal bosselé de son boo. Ses lèvres bougèrent à peine quand il articula :

— *Troubinast...*

Je me tournai vers Pietro pour quêter du regard la signification du mot. Il n'avait pas spécialement le visage de quelqu'un qu'on vient de rassurer sur notre avenir. Il paraissait complètement ailleurs quand il me répondit :

— Ça veut dire « poète ».

∫ Caracole était (comme moi) un peu énervé par les insinuations de son pote Lerdoan. Simplement, quoi ? Erg avait gagné, oui ou merde ? En quoi les guignols du Mouvement pouvaient-ils se prétendre meilleurs ?

— Quelqu'un est intervenu dans le combat. Quelqu'un qui possède le vif. Qui peut-être s'en nourrit. La rapidité d'Erg, ses anticipations même, ne

pouvaient suffire face au Mouvement. Il lui aurait fallu cette aptitude *au plus petit écart*, et pas seulement des inflexions, fussent-elles hypervéloces. Face au foudre, la supériorité ne peut venir que du vif. Lui seul dépasse les vitesses relatives et les variations-éclairs. Lui seul peut aller plus vite parce qu'il actualise le discontinu. La rapidité et le mouvement restent des dimensions de l'espace-temps. Le vif est proprement *l'intempestif.* Il jaillit à travers la texture du vent-temps — ou temps qui s'écoule. Il apporte avec lui sa temporalité. Lorsqu'il surgit, l'action ne se produit plus en terme de vitesse ou de lenteur, elle n'est pas plus rapide ou plus lente que celle de son adversaire : elle est simplement *d'un autre temps.*

— On ne peut pas y répondre, c'est ça ? Elle est déjà accomplie avoir d'avoir pu être vécue ?

— Oh, on peut y répondre Caracole : par un autre vif. Ça s'appelle le combat *polychrone*, chacun des adversaires ripostant par des trouées de temps.

— Mais qui peut combattre à ces niveaux-là ?

— Personne dans l'humain, à ma connaissance. Mais les autochrones le peuvent, et sans doute certains animaux comme le lorsque, le donc, le puisque... Et puis les glyphes naturellement.

∫ Je me levai définitivement sur ces mots, saluai et partis me coucher. Le Lorsque, le Donc et le Puisque, des animaux ? Et quoi d'autres, nom d'une cage ? Les « glyphes » ? Je ne sais pas ce que ce bougre-là buvait ou fumait, sans doute pas la même chose que moi ou alors pas dans la même boucle d'espace-temps mais il avait des bouffées de déconnade qui m'échappaient profond (et qu'il n'y avait qu'un Caracole fatigué pour apprécier).

π Lorsque Golgoth arriva, notre cercle s'écarta pour le laisser approcher du cadavre. Il le regarda quelques instants sans broncher, puis :

— Un gars du Mouvement, ça.

— Ça se voit au visage ?

— Ça se voit aux blessures. Pour un combat qui a duré autant de temps, face au macaque, c'est plutôt rareau de voir un gugus qui pisse pas le sang par tous les trous ! Je connaissais ce mec...

— Qui c'était ?

— Son frangin.

— Le frère de qui ?

— Le frère du gamin qui devait m'affronter à l'épreuve de la traceuse, quand j'avais dix anneaux au compteur. Et qui s'est pas levé le matin... Ils

étaient jumeaux. Vrais jumeaux. Liés comme eau.

Golgoth s'accroupit. Il prit à deux mains les oreilles de ce qui avait été Silène. Et il ramena son visage jusqu'à hauteur de ses yeux en le regardant fixement. Il nous demanda d'un geste de nous éloigner, ce que nous fîmes. Et alors il lui parla, il lui parla. Il lui parla. Un long murmure avec des cris parfois et, à un moment, des gestes fous, saccadés. Ça dura, je ne sais pas… Ça dura. À la fin, il le reposa. Il revint vers nous. Il avait le visage dévasté. Il s'approcha d'Erg dont une plaie à l'épaule perlait à travers le bandage. Il hurla :

— *Ker Varak* !

— *Arlek* !

— *Ker Debarak* !

— *Parakerte* !

— *Ja lek der gast par sulpati. Silène qal filek dor. Ter erk nivarm der Corroyar.*

— Merci.

Puis il lui apposa la main, doigts écartés, en plein front sans qu'Erg bouge d'un iota. Le Goth nous dit ensuite d'aller nous coucher. Il avait les traits creusés. Son nez ressemblait plus que jamais à un groin, dilaté, reniflant l'humidité nocturne, inquiet. La dernière phrase qu'il lâcha ne s'adressait à personne.

Ainsi que parfois :

— Un vif de plus à nous brouter la bourrasque… Faudra bientôt se méfier du vent même…

VII.
La dernière Horde ?

) La journée qui suivit cette nuit de combat fut des plus disjointes. Entre les Fréoles, tout à leur désinvolture de lendemain de fête, actifs pourtant aux manœuvres et nous, creusés aux yeux par Silène, qui ne devions le simple fait de pouvoir encore nous lever ce matin-là qu'à une sorte de golem, un tas de mousse et d'immobilité qui avait bien voulu abréger l'agonie prévisible d'Erg en cisaillant la gorge du Poursuiveur, il y avait un palpable écart.

Des combats, encore une fois, en vingt-huit ans de contre, nous en avions essuyés. Sous la routine pourtant, la mécanique des victoires, l'effroi qui nous tenaillait à quinze ans, lorsque des écumeurs coupaient notre trace et revenaient sur nous de l'aval, s'était à la longue estompée. Erg avait très vite — toujours en fait, dès le début — été à la hauteur de son statut de protecteur. Il anticipait, il gagnait. Il était surpris, il gagnait. De jour, de nuit, fatigué, privé d'arme même, il gagnait. En village, dans la plaine humide, dans la steppe, au milieu d'un lac, seul ou épaulé par Firost, par Léarch, par Steppe : il gagnait. Contre des pillards, des abrités, des orpailleurs, des Obliques en bande, des animaux — quoiqu'il arrivât, il gagnait. Sauf qu'hier, pour la première fois, il n'avait pas *gagné.*

Peut-être que tout le monde dans la horde ne le mesurait pas avec la même profondeur qu'Oroshi, Pietro ou moi. Pour beaucoup, le résultat seul émergeait : Erg Machaon était sorti vivant du combat, son adversaire était mort. Ils ne croyaient pas au Corroyeur — pas vraiment, ou ils y croyaient avec une conviction lointaine, à la manière dont on croit aux fées ou aux muages de Larco. À vrai dire, j'avais d'abord réagi comme eux — jusqu'à ce midi où, sous l'impulsion d'Oroshi, nous étions allés voir Erg et lui avions parlé. Le bloc Erg. Moins frappé par sa chair mangée de hachures, avec cette estafilade transversale d'une hélice qu'il n'avait plus su éviter, que par son regard. Son regard avait perdu quelque chose qui lui était essentiel : sa morgue. Il eut beau nous réexpliquer le duel, décliner pour nous sa tactique et ses manquements, raconter à nouveau le surgissement du Corroyeur, sa furtivité, sa disparition, égayer l'ensemble avec son ironie à

sec, si particulière, il ne nous rassura pas. Erg n'avait jamais su mentir — aux autres d'abord, à lui-même ensuite et surtout. À ses yeux, il avait perdu ce combat et il l'avait perdu doublement : face à Silène qu'il avait été incapable de déborder ; face au Corroyeur, qui, en tuant son adversaire l'avait clairement humilié, lui imposant (Code Ker Derban) la dette d'un combat ultérieur dont Erg devrait accepter et le moment et l'arme et le lieu, ce qui sonnait à nos oreilles et bourdonnait aux siennes, comme la sentence d'un gong. Personne, en dehors du propre hordonnateur d'Erg, Te Jerkka, ne pouvait ne serait-ce qu'imaginer comment affronter le Corroyeur, avec quelle inconnue tactique et quelle syntaxe — et si même il existait un plan sécant à son univers où il eût été possible, au moins, de mener le combat. Après un quart d'heure foré de silences, Erg lâcha :

— Il faut que je revoie Te Jerkka. J'ai régressé, gravement… Je suis devenu lent. Trop de combats faciles, beaucoup trop… Je dois apprendre à nouveau.

— Te Jerkka est retourné à Ker Derban, Erg, vraisemblablement. Il est à trois années de navire d'ici. Au bas mot.

— Je ne crois pas, Sov (me coupa Oroshi). Un maître de combattant-protecteur ne s'éloigne jamais réellement de son disciple. Ce qu'il a appris à Erg, il ne peut l'apprendre à personne d'autre. Il n'a qu'un seul disciple — un seul *fils*, comme ils disent. On doit pouvoir le retrouver.

À son habitude, Oroshi se tenait, en tailleur et très droite, sur la table où Erg tendait de temps à autre la main pour agripper une fiasque d'eau. Par le hublot en trapèze, on vit un village bas aux dômes ronds défiler et s'effacer aussitôt. Des champs en forme de goutte d'eau, surbaissés et abrités de murets, se succédaient. Des grappes de burons trapus, bien campés, faisaient parfois masse dans le veld, derrière un triple bouclier végétal d'arbres compacts et de buis. L'Escadre frêle filait oblique, perpendiculaire à l'axe de contre et légèrement aval. « Livraison de lingots » nous avait affranchis le commodore. Manière aussi de nous montrer l'étendue des possibilités du *Physalis*, puisque nous allions tracer oblique, puis aval, puis amont en une unique journée pour retourner à notre point de départ. Malgré le guet de Firost, Erg n'avait pas réellement dormi, car il se savait attaquable dans son état et il se méfiait des chacals. Il s'accouda à nouveau et il lança :

— Te Jerkka va venir. Il sait déjà pour cette nuit. Il ne pouvait pas être loin. Peut-être même qu'il était…

— Là ?

— Non, je l'aurais entendu respirer. Plus il vieillit, plus il avale de vent. Il déforme l'écoulement là où il passe.

— Quel âge a-t-il maintenant ?

Erg tourna la tête vers Oroshi en souriant, goguenard :

— En écoulement laminaire ou en vortex ?

— En laminaire. Quatre-vingts ans ?

— Plus que ça, Oroshi. Mais en vortex, la dernière fois que je l'ai vu, il se tenait autour de la quarantaine.

— Vous pouvez m'expliquer ? finis-je par demander.

Oroshi retira une petite girouette de sa coiffe et se mit à souffleter dessus. Elle attendit qu'Erg réponde puis, voyant qu'il ne s'y résolvait pas, leva son visage vers moi :

— Tu as une formation trop rationnelle pour croire ce que je vais te raconter, Sov. Pour toi, il n'y a qu'un temps, une déclinaison des durées qui vaut pour tous les êtres. Pour toi, un chat a cinq ans, un gorce quinze, un arbre cinquante ans… Mais ces âges-là ne veulent rien dire.

— Pourquoi ?

— Parce que la durée est dépendante de ta vitesse interne. Chaque être vivant a sa propre vitesse. Elle est parfois nettement plus rapide que celle d'un humain. Parfois nettement moins. Plus la vitesse interne est élevée, plus l'espace se contracte dans le sens du mouvement et plus la durée s'étire, se dilate, entre deux battements de cœur par exemple.

— J'ai appris tout ça. Et alors ? Quel rapport avec l'âge de Te Jerkka ?

— La vitesse interne provient, pas exclusivement mais en partie, de la respiration — je veux dire de la façon dont tu inspires et expires l'air, dont le vent plonge et circule à l'intérieur de ton corps, y est accéléré et centrifugé, ou au contraire ralenti. Certaines créatures, certains humains parviennent à décupler la vitesse instantanée de l'air et à plier le flux laminaire, à le courber en eux. On appelle ça la puissance de courbure, ou *effet vortex.* Si un maître extrêmement doué comme Te Jerkka acquiert cette puissance suffisamment tôt dans son existence, son temps biologique coule plus lentement que la moyenne des hommes. Ses os, ses organes, ses muscles atteignent la quarantaine-vortex alors qu'il paraît avoir quatre-vingt-dix ans… Car la peau, elle, vieillit toujours en laminaire.

— Un gars qui courbe, Sov, il faut que tu piges qu'il est capable, en combat, de décaler ses mouvements de la durée habituelle. Il est non seulement plus vif, par son vent intérieur, mais il bouge dans une seconde qui est plus longue que la tienne. De l'extérieur, pour un observateur normal, qui respire normalement, il te semble très rapide. En fait, c'est surtout l'étirement de sa durée qui lui permet de placer plus de coups dans la même seconde.

— Il *se donne le temps* en quelque sorte ?

— Oui. Et il utilise la contraction corrélative de l'espace pour raccourcir ses distances de jet. C'est ce qu'a montré Silène hier, ni plus ni moins. D'où les difficultés d'Erg. N'est-ce pas, gros ?

— Et toi, tu n'as pas appris à utiliser cette capacité, Erg ?

Notre protecteur releva lentement son buste et regarda ses mains. Il eut un drôle de bougonnement avant de répondre :

— Te Jerkka a essayé de m'apprendre à respirer comme les combattants du Mouvement. Mais bon…

— Bon quoi ?

— J'étais pas doué pour ça. J'ai pas voulu suivre cette voie. Pas pu. J'ai choisi les jets. La couverture de l'espace.

— Pourquoi ?

— Le Mouvement, c'est parfait pour les duels à un contre un. Un foudre aujourd'hui, personne d'humain ne peut en venir à bout. Mais moi je suis protecteur. J'ai vous tous derrière. Une vingtaine d'aspirants, tous précieux, qu'il faut couvrir. Le but n'est pas de sauver ma peau, d'esquiver pour ma gueule. Neuf fois sur dix, le but est d'esquiver *pour vous.* Quand j'ai atteint treize ans, Te Jerkka m'a dit : si tu choisis le Mouvement, tu deviendras personnellement imbattable. Mais si tu choisis l'aile et les jets, la tactique du bouclier volumique que je peux t'enseigner, tu sauveras ta horde presque toujours. « C'est un choix tactique », je lui ai répondu. Et alors il m'a dit : « C'est choix éthique, macaque. Ta Horde la meilleure de l'histoire, sache-le déjà et toujours. »

— Déjà et toujours ?

— Oui, comme ça. « Déjà et toujours. » Il utilise sans arrêt ces deux mots. Il parle un jargon à lui, il avale des syllabes, il est comme ça. Et il a dit aussi : « Ta Horde est aussi la dernière. Protège au mieux. Donne à eux la chance d'aboutir … De comprendre enfin…

— Pourquoi la dernière ? D'où il sort ça ? La trente-cinquième est déjà en préparation. Elle doit partir d'Aberlaas cette année, justement !

— Je ne sais pas. Il voyait des choses. Comme Caracole. Il avait des trouées.

Erg s'arrêta de parler et il regarda dans le vide, ce qui était complètement inhabituel chez lui.

— Il y a autre chose dont tu voudrais parler ?

— Ouais. Mais il faut que vous juriez…

— De nous taire ?

— Même pas à Firost. Ni à Pietro, ni à Golgoth. À personne.

D'un même mouvement, sans se concerter, Oroshi et moi crachâmes. Lorsque Erg entama, il parut regretter aussitôt la confiance qu'il nous accordait. Il continua toutefois, comme on sarcle un kyste :

— Le jour où il m'a consacré, Te Jerkka m'a dit que je n'étais pas le meilleur combattant-protecteur. Que je ne le serais jamais. Mais que c'était aussi pour ça qu'il m'avait choisi : parce que j'avais le *strerf*, le combat intérieur de celui qui se sait en dessous. « Le meilleur tu deviendras à force de pas l'être, et de toi battre pour surmonter ce sentiment. » Bien sûr je l'ai revu, de site en site, tous les ans à peu près. J'ai toujours gardé ça en moi. Pas le meilleur. Deux ans qu'il n'est pas venu. Il me manque, Te Jerkka.

— Il allait bien la dernière fois ?

— Oui, de mieux en mieux. Même s'il vieillit. Il est en train de se plier. Il se courbe, il rapetisse sous l'effet de sa vitesse interne, de sa progression. Il a une respiration impressionnante. Il aspire les bourrasques…

— Je l'ai vu aussi il y a trois ans. Il tenait à rencontrer « l'aéromaîtresse du vent » comme il me l'a annoncé. C'est un homme remarquable de finesse et de ténacité, je l'admire beaucoup. Je crois que si notre chair n'était pas par essence si visqueuse, un homme comme Te Jerkka n'aurait déjà plus de corps : il serait une spirale, une roue faite d'air, en rotation invisible. On verrait à nu son vif, qui est magnifique, d'une grande pureté.

Ω La marmaille — c'est n'importe quoi, du fréole craché — est vautrée sur des coussins de soie salopés, labourés à coups de dents, d'ongles, de maillochage de récré. En arc de cercle, vaguement, ces chiards gobent le B.A.BA d'une pute autoproclamée institutrice qui les distrait comme au carnaval, avec des crobards, des contes à dormir couché et des jeux à la con… Pourquoi elle ne leur taille pas des pipes tant qu'elle y est ? À leur âge, je créchais aussi dans un navire, celui qui me ramenait de l'amont vers Aberlaas. À leur âge, j'apprenais debout, un ventilo dans la tronche. Y avait pas de jouets, de coussins, de dessins ni de pute. Et j'apprenais ! Plus vite et mieux que ces joues rondes, j'en foutrais ma pogne au chrone ! Le commodore, je pouvais pas lui refuser ça, a tenu à ce que moi et Pietro, plus un hordier — j'ai pris Callirhoé, notre feuleuse, qui traînassait avec du matelot — on aille dans la classe des petiots montrer nos gueules et expliquer pourquoi on racle la terrasse de ce bas merdier de monde pour aller chopper la bourrasque au colback, tout là-haut. « Nos cours profitent, autant qu'il est possible, des rencontres de nos voyages. Votre présence exceptionnelle est une opportunité extraordinaire d'enseigner aux enfants les principes et les valeurs d'une Horde. Je suis sûr que ça vous amusera de répondre à

leurs questions. » — qu'il avait salement insisté, le barbu. J'étais plutôt certain du contraire mais j'avais une dette orange sur le paletot. Donc, j'ai débarqué dans la classe. À mon entrée, y a eu une bourrasque de chuchotis. Les gosses étaient babas de nous voir. Ils avaient des étoiles dans les prunelles. Ils se sont levés d'un bond sur leurs pattes et zont commencé à miauler de la question à tire-larigot…

π De forme circulaire, la salle était éclairée par un puits de lumière qui tombait du pont supérieur. L'institutrice, une jeune femme ensoleillée, officiait au centre. Elle nous demanda de nous asseoir sur des poufs face aux enfants. Mais Golgoth resta debout, les mains croisées dans le dos. Maugréant. L'institutrice avait dessiné à même le parquet une longue bande de terre orientée est-ouest. À l'extrémité ouest, elle avait écrit « Extrême-Aval ». Elle avait épaissi le trait qui matérialisait la falaise des Confins : la barrière aval de notre monde. Puis, juste devant : « Aberlaas. » À l'autre bout, elle avait inscrit « Extrême-Amont », suivi d'un gros point d'interrogation. Entre les deux, la plupart des grandes cités de la bande de Contre étaient indiquées. Jusqu'à Norska. Après régnait évidemment l'inconnu. À droite et à gauche de la bande, elle avait hachuré à la craie une surface blanche qui portait la légende : « Glaces. » Puis elle avait disposé une série de figurines aux deux tiers environ du trajet… Ça faisait toujours bizarre. Pourquoi pas au tiers ? Pourquoi pas à la moitié ou aux trois quarts de la bande ? Qu'est-ce qu'on savait de la distance qui restait à parcourir pour atteindre l'Extrême-Amont ? Si même cette distance n'était pas infinie… Au tableau de bois, un schéma de la Horde en formation de contre était punaisé avec nos vingt-trois noms, fonctions et blasons. Les enfants écoutaient, adorables et surexcités. Manifestement, notre venue avait été préparée avec intelligence afin de porter à son comble leur curiosité naturelle déjà forte. La présentation de Caracole sur le terrain de plate nous avait élevés au rang de légendes vivantes. Pirates, pillards et écumeurs avaient reculé dans leur imaginaire. À leur place, il n'y avait désormais plus que la Horde. En m'asseyant, un détail me le confirma : l'oméga de Golgoth était tatoué sur l'épaule d'un petit cador !

Ici comme ailleurs, dans tous les villages d'abrités où nous étions reçus, j'attachais une rigide importance à ce que nous pouvions laisser dans l'esprit des enfants. Moins que d'autres, je ne savais si le but de notre vie avait un sens. Mais je savais, plus que quiconque, qu'elle avait une valeur. Par elle-même, directement, hors de toute réussite ou déroute. Cette valeur venait du combat. Elle venait du rapport profondément physique que

nous avions au vent. Un corps à corps. Elle venait de la qualité impressionnante de notre Fer et de notre Pack. De l'épaisseur à peine concevable de connaissances et d'expériences dont nos os avaient hérité. Elle venait d'une noblesse de cœur et de rage dont je me sentais, avec Golgoth, le premier porteur. La noblesse, chez les abrités, était une valeur délitée. Ils l'associaient aux signes : une élégance, une sorte de discrète richesse qu'étayaient un registre de gestes et de langage, des manières et des bannières... Toute une symbolique sans laquelle elle devenait à leurs yeux irrepérable. Pour ma part, j'avais longtemps pensé qu'être noble relevait du respect de trois principes cardinaux : la générosité, l'élévation et le courage. Qu'en m'en tenant par tous vents à ce cap, je ne pouvais dépaler. Soit... Je découvrais avec l'âge ce qu'être noble devait à la vigilance, au sens aigu des situations, à la recherche tâtonnante du comportement altier. De l'acte probe. Devait au rejet des paresses nombreuses. Je repensais souvent au lendemain du furvent. À ce village bourgeois. À cette maison écroulée. L'homme que j'avais étouffé sans m'en rendre compte.

Devant les enfants, j'essayais de m'en tenir au plus strict du sobre. Avec chaleur. Dans mes mots, dans mon allure, par ma voix. De ne pas vernir notre réputation de cette couche imperceptible de lustre qu'il était si facile d'y patiner. L'Escadre frêle, il me semble, n'avait pas cette exigence. Une aura d'esbroufe flottait autour des épaules des ailiers. Leur tempérance, lorsqu'elle éclatait, était encore un masque : un masque souriant, un masque nonchalant et racé. Mais un masque, pas un visage de peau. Moi je me battais contre moi pour gagner pas à pas un visage. Un visage qui soit mon âme faite nez et bouche, mon âme faite joue, mâchoire et menton, mon âme faite regard et front. Ni plus — ni moins. Mais ce visage-là était tout sauf donné par avance. Personne n'en héritait de ses parents. Il devait être conquis tout au bout du contre, à travers le contre et par lui. Lorsqu'on me demandait ce que j'espérais trouver en Extrême-Amont, cette question banale posée mille fois, je répondais maintenant : « J'espère trouver mon visage. Quelqu'un là-haut le sculpte à coup de salves dures. Chaque acte que je fais le modifie et l'affine. Mes fautes le balafrent. Mais peu importe : il se fait ; il m'attend, posé sur un socle. Et je le verrai, comme je vous vois devant moi, comme on se regarde dans un miroir enfin exact. Je verrai ce visage que je me suis fait tout au long de ma vie, juste avant de mourir. Ce sera ma récompense.

— Keça veut dire, Traceur ?

— Qui trace, marmot...

~ Le silence qui suit est proprement golgothien : brut, sans appel. Le gamin reçoit la réponse un peu comme on prend une claque, il se recule presque et rougit. Sous cape, de brefs ricanements bruissent, l'institutrice sourit, mal à son aise. Un instant, je veux intervenir mais je me dis, ma petite Callirhoé, les chefs sont là, reste à ta place, fais confiance au tact de Pietro…

— Le Traceur, comme l'a dit très simplement notre Golgoth, est celui qui trace, qui choisit la Trace. La Trace est le meilleur chemin pour remonter le vent. Donc, le Traceur, qui est devant tout le monde, c'est celui qui décide par où on va passer. Derrière quelle colline, par quelle forêt, en escaladant quelle montagne, etc. Il est aidé dans ce travail par l'éclaireur qui court devant pour chercher les meilleurs passages, nous éviter les endroits où le vent est trop fort. Et il est aidé aussi par l'aéromaître, qui est une spécialiste du vent.

— Comment qu'on devient Traceur ?

— En traçant…

— Devenir Traceur est ce qu'il y a de plus difficile au monde. L'éducation d'un Traceur commence à six ans, parfois avant. Une centaine d'enfants sont choisis pour suivre un programme très dur pendant cinq ans. Chaque année, vingt enfants sont éliminés. Et la cinquième année, a lieu l'épreuve dite de la Strace, pour départager les trois premiers.

— La quoi ?

— La Sévère-Trace. C'est une épreuve de vitesse, de résistance et d'intelligence. Il s'agit de…

— C'est une épreuve de couille ! Pourquoi tu leur embrumes la tronche, Pietro ?

Sitôt que Golgoth ouvre la bouche, tous les enfants se tournent vers lui et gobent. Son charisme, comme toujours, est énorme. Quelques mots suffisent, quelques borborygmes. Il pue, comme souvent, même à quatre mètres. Quand il est là, on ne peut pas l'oublier, même s'il se tait — surtout s'il se tait. Golgoth ne m'a jamais aimée, si tant est qu'il puisse aimer. Il respecte Pietro, il respecte Sov, les gars du Fer quoi, les Dubka, les crocs. Mais pas moi, pas les filles. Il va comme d'habitude faire sa grande gueule, toiser tout le monde, cracher au sol, se moucher sur son épaule. Il s'en fout. Il s'en foutra toujours : la Trace, la Trace, la Trace ! Pietro est fidèle à lui-même, bien habillé, il se tient assis avec sa prestance naturelle, il parle en articulant, il est sérieux et agréable, concerné. Il est beau. Notre jeu, de savoir qui lui plaît d'Alme ou d'Aoi, d'Oroshi ou de moi, si Coriolis le séduit, s'avérera peut-être indécidable : il reste d'une telle équanimité avec nous toutes, d'une si complète courtoisie, même après les lourdes journées.

Plus encore après les lourdes journées, comme s'il voulait les compenser, par générosité. On rêve toutes de Pietro, on en rêve comme père dans une cabane de l'Extrême-Amont, moins comme amant. Il est trop stable, trop prévisible à notre goût, mais quelle stature ! Il explique aux enfants, patiemment, les vingt fonctions de la Horde, qui fait quoi, pourquoi et comment. Puis il se met à parler de moi, il me met en valeur... Les mômes me regardent enfin...

— La feuleuse est la sorcière du feu. Elle peut en allumer sous la pluie, sous l'eau, dans la glace ! Elle sait tout faire cuire : le gorce, les méduses de vent, le trompuchon... la terre et le verre... Elle fait des vases, des bouteilles, des pointes d'arbalète très dures. Elle peut aussi arrêter un feu de prairie. Elle marche sur les braises.

— Elle est très forte alors ! Pourquoi elle est pas devant ?

— Est-ce qu'elle peut manger des braises tout cru ?

— Kesça veut dire, fleuse ?

— Feuleuse !

— Pourquoi vous prenez pas des machines pour remonter ?

— Est-ce qu'elle peut manger des braises tout cru, m'sieur ?

— Et l'autre sorcière, elle est forte l'autre sorcière parce que nous...

— La SOURCIÈRE, Fanetti, celle qui cherche les sources !

) D'elle-même était-elle revenue me voir, sans doute en raison du prestige qui s'attachait à mon statut de scribe, par curiosité ou par hasard, pour aucun en tout cas des motifs qui m'auraient rendu sa visite soulevante. Nouchka avait, au visage et au corps, par un certain chiffonné de sa joue, cette légère fatigue languide de qui a passé sa nuit à trouver le plaisir. Je n'imaginais pas grand-chose, je n'avais même pas l'expérience ou un tantième de la surface de vécu qui eut pu me suggérer ce qu'elle avait pu faire ou vivre, et avec qui, je sentais juste, par extrapolation pauvre, l'ampleur du bonheur qui la secouait encore, sous une sorte de résonance assourdie, presque prolongée sous mes yeux. Elle avait délaissé sa séduction construite, elle n'en avait plus besoin, à la fois parce qu'elle savait à quel point elle m'avait déjà séduit et combien son naturel seul suffisait, suffirait encore, pouvait me terrasser. Je ne lui en voulais pas, je n'avais vis-à-vis d'elle pas le moindre droit (de propriété ou même de passage) et je ne pouvais que prendre ce qu'elle m'offrait sans effort, cette explosion souple et flaquée de gestes, étanche, qui m'assoiffait.

Debout, accoudée au plat-bord, sa simple présence n'avait plus maintenant cette apparence de seuil, de porte ouverte sur un grand large qu'elle

suscitait hier encore. Je ne me projetais plus à travers elle, le drapeau de mon rêve pendait sur sa hampe. Elle n'ouvrait plus rien pour moi, sauf la certitude presque solide de son refus, physique. Elle se tenait là, aimable, tel un miroir sur la peau duquel je sentais mon image de lame fléchie, de lame grise et nue, se refléter. Peu importe ce qu'elle disait ou cherchait à relancer, je n'y étais plus. Je grelottais comme ces braises à l'aube que Calli sait encore faire rougir en soufflant continûment dessus, mais qui ne donneront plus jamais de chaleur.

Et pourtant, elle souffla...

— Il y a eu un combat hier soir...

— Peut-être...

— Oui, je sais, ça doit rester secret, je ne devrais pas en parler...

— Qui vous a mis au courant ?

— La rumeur. Tout circule ici.

— Tu connaissais Silène ?

— Il a été mon amant, tantôt. Un plutôt bon amant. Je suis triste qu'il soit...

— Tu as eu beaucoup d'amants ?

— Ah ? Oui, oui pas mal... Trop peut-être... Et toi, tu as eu beaucoup d'amantes ?

Je ne sus quoi répondre. Elle m'avait posé la question sans malignité, le regard un peu ailleurs, les cheveux brouillés sur son visage qui me paraissait tellement fragile maintenant, sous la nostalgie qui l'envahissait, la tristesse palpable. Au loin, le temps coulait, sombre et gris dans la steppe vide. Après notre conversation avec Erg, Oroshi était repartie se coucher. Des villages fantômes à moitié détruits s'effilochaient sous la vitesse du navire. Des gouttes tombaient en biseau, sans rythme, des larmes froides, et il n'y avait plus que nous sur le pont à prendre l'air, à se parler, à essayer encore. J'avais envie de la prendre dans mes bras, de la serrer au chaud à en crever et de partir là, tout de suite, avec elle, en piquant un char à voile, en fuyant à jamais. Devenir un Oblique. Je ne sais pas ce qui me faisait ça chez elle, ce qu'elle touillait en moi de si profondément enfoui, mais j'avais envie de quitter la horde. J'en avais marre. Marre. Marre à me l'avouer tout haut avec une lucidité qui me glaçait. Je perdais le goût. Je perdais le sens. Le goût de cette mascarade du contre, de cette pseudo-noblesse de piéton débile que nous affichions. La Horde, hein, la combientième ? 32, 33, 34 ? Pour quoi faire ? Pour trouver quoi ? Pour faire plaisir à qui ? À l'Hordre qui nous balançait en douce des Poursuiveurs surentraînés pour nous scier les genoux ? Je me sentais dérisoire devant cette fille qui n'avait jamais dû

faire trois pas de suite sous stèche 8, mais qui était déjà allée bien plus haut en amont, avec ce navire, que nous irions de notre vivant… À quoi bon ? À quoi bon cette vie d'insecte, de petit moine ascétique et fiérot, à titre et à blason ? On était « les meilleurs ! », qu'ils nous avaient dit, les mieux formés à obéir ouais, à contrer jusqu'à plus soif, jusqu'à plus savoir pourquoi… Antón Bergkamp était plus fort que moi. Erg avait été choisi parce qu'il n'était pas bon. Et même Golgoth, son frère était meilleur que lui… Ils nous avaient pris nous, pourquoi alors ? Parce qu'on n'y arriverait jamais, tiens… Contrer les gars, allez-y ! Contrer quoiqu'il arrive, CONTRER ! C'est sûr, on faisait notre petit effet dans les villages. Mais ici ? Politesse, politesse pure… Je regardais le navire remonter, sans effort et sans bruit, à combien ? Cinq ou dix fois plus vite que nous à pied…

Et cette fille au bastingage, qui frissonnait dans son pull bleu et qui attendait peut-être que je la prenne contre moi… « Et toi, tu as eu beaucoup d'amantes ? » J'avais eu Aoi, quelques dizaines de nuits ; j'avais eu Oroshi ivre, deux soirs, il y avait trois ans de cela. J'avais essayé de construire une histoire avec elle mais elle n'avait jamais voulu ; j'avais eu Callirhoé, quand on était adolescents, mais tout le monde avait eu Callirhoé ; et puis j'avais rêvé de Coriolis, comme Larco, comme beaucoup d'autres, faute de mieux, mais elle m'avait vite fait comprendre que je ne lui plaisais pas. Plus une poignée d'abritées oui, dont je ne me souvenais plus du visage et qui se couvraient de poussière dans un coin cadenassé de mon crâne…

— Je n'ai rien eu Nouchka, comme amante. Je n'ai rien vécu. Je ne sais rien de l'amour. Je ne sais pas ce que ça fait d'aimer quelqu'un qui t'aime, de se réveiller dans un lit avec quelqu'un comme toi. Je n'ai pas eu cette chance. Je n'ai pas su la prendre.

Je ne sais pas pourquoi elle fit ça. Mais elle prit mon visage entre ses mains et elle m'embrassa, elle m'embrassa longuement, à petits coups de langue légers et doux, à petites touches érotiques, et je ne sentis alors plus la pluie, plus trop le sol non plus. Sa bouche avait un goût de surprise et de fruit, et ses gestes pour m'enlacer glissaient sur mes épaules, si délicieusement simples.

— Oh, les amoureux, on va pivoter oblique ! Vous serez gentils de nous laisser le pont !

— On y va, Cerviccio, pas de problème ! répondit tranquillement Nouchka, avant d'achever son baiser.

Le matelot la dévisagea en plaisantant d'un air coquin :

— Dis donc, un scribe… Mademoiselle fait dans l'élite désormais !

Nouchka se contenta de sourire et en me prenant par la main, elle me chuchota :

— Viens Soff.

— Bien les enfants ! Allez, on se reconcentre s'il vous plaît ! Je récapitule : pourquoi la horde doit-elle remonter la Terre à pied, et non pas en navire comme nous ?

— Moi, moi !

— Oui, Ninaccia ?

— Parce que sinon, ils pourront pas rencontrer les neuf formes du vent, et alors leur horde sera pas… sera pas bonne quoi !

— Elle ne sera pas *valable*, oui. Et ce savoir leur manquera en Extrême-Amont où ils en auront absolument besoin pour achever leur quête. Ainsi l'ont écrit les sages. Quelqu'un peut-il maintenant me dire combien de formes de vent la horde a déjà rencontrées ?

— Cinq !

— Six ! !

— Oui, c'est six. Et pouvez-vous me donner ces six premières formes du vent, par ordre de difficulté ?

— La zéfirine, le slamino, le choon, la stèche… Euh… le crivetz et le furvent !

— Oui, très bien. Un bon point pour Ninaccia ! Maintenant, concours de vitesse ! Celui qui trouve le premier gagne un hiboo dédicacé par… Golgoth.

— Ouaaaaiiis ! ! !

π La question n'a pas encore été posée que tous les enfants sont déjà debout, sur leur pouf. Le Goth s'est détendu. Je crois qu'il a fini par se prendre au jeu. L'enthousiasme des gosses est tellement sincère ! Il nous fait un bien fou…

— Quel est le vent le plus… sec ?

— La stèche, répond en un éclair le petit cador que j'avais repéré au début.

— Un hiboo pour Antón !

— Quel est le vent le plus… humide ?

— Le choon !

— Oui, Pirlouti !

— Quel est — plus difficile attention — l'autre nom du crivetz ?

— La stikine !

— Le blizzard !

— Oui, deux bonnes réponses.

— Enfin, dernière question, celui qui me donne les trois formations gagne un boomerang de jet signé par Caracole !

Le silence devient impressionnant. Golgoth s'est rapproché des enfants. Il a fait un clin d'œil à un bonhomme un peu rond qui attend la question comme j'attendrais un furvent...

— Lorsque la Horde remonte un vent puissant, quels sont les trois principales formations de contre que le Traceur peut faire prendre à son Pack ?

Golgoth s'est placé avec discrétion derrière l'élève rondouillard. Le gamin crie d'abord : « La goutte », puis : « Le delta », et il marque une pause...

— Très bien, Romani. Et la dernière ?

— Le diamant !

— Oui, bravo Romani !! Il existe en effet trois formations majeures : le contre en goutte d'eau, le contre en delta et le diamant de contre ! Parfait !

— M'dame, c'est pas juste, monsieur Golgoth lui a soufflé ! gémit un enfant, mais déjà le brouhaha qui annonce la fin du cours a recouvert la plainte.

— Pour demain, vous avez devoir d'imagination ! Écoutez-moi ! S'il vous plaît ? Merci. Il s'agit d'imaginer quelles sont les *trois dernières formes du vent* que la Horde doit rencontrer. Vous n'avez rien à rédiger. C'est un devoir oral. Je choisirai cinq d'entre vous pour venir exposer leurs idées devant la classe. Passez une bonne après-midi et à demain !

~ Les bouts de chou applaudissent leur maîtresse, laissant Golgoth et Pietro médusés. Ce cours a été magnifique de pédagogie et de chaleur. Si j'avais pu être éduquée avec cet amour à Aberlaas ! Je ne me souviens pas avoir jamais été félicitée ou encouragée. « Callirhoé ! Mains dans la braise ! », ça oui, et les lâchés à midi dans des prairies sèches comme la paille, avec le mur du feu qui dévalait sur nous et un mauvais seau d'eau... « Ne vous laissez pas impressionner ! »... Sans Oroshi, sans ce petit cocon à nous, d'orphelins, qu'on parvint à se tisser dans le navire qui nous amenait à Aberlaas, sans sa force inflexible qui me protégeait, qui m'interdisait de pleurer devant les autres, sans son intelligence surtout, très tôt extraordinaire, je serais aujourd'hui un de ces morceaux de charbon humain qui erre dans Aberlaas, une de ces filles recalées, exclues de l'élite, qui ne s'en remettront, adultes, plus. La plupart de ce que j'appris avec mon maître du feu, je le savais déjà, d'une façon ou d'une autre, pour avoir vu bébé mon père travailler. Ménélas Déicoon. Tout le monde m'en parle, partout où je

vais. « Vous êtes la fille de Ménéla… » Oui, je suis la fille de… Mais je ne suis pas là *grâce* à lui. Je suis là grâce à ma mère, contre l'avis et dans le dos de mon père qui n'a jamais cru qu'une fille puisse lui succéder. « Les femmes comprennent rien au feu. Les femmes, c'est de l'eau ! » J'en ai compris suffisamment papa, crois-moi. Peut-être que j'en sais aujourd'hui plus que toi. Grâce à Oroshi qui m'a enseigné le vent avec une finesse que tu ne soupçonneras jamais ; grâce à Steppe qui m'a ouvert l'empire du végétal. Je n'ai pas de savoir fixe, pas de certitudes. À peine une gestuelle, pour la céramique et la cuisine. Je refuse le titre de maître du feu. Feuleuse, oui. Personne n'est maître du feu. Sauf les crétins à testicules, ceux qui finiront par se brûler la chair jusqu'à l'aubier. Les hordonnateurs, je le reconnais, m'ont laissé quelque chose : ils m'ont appris la discipline, la dureté au mal et à résister face au pire. Voilà. Ça sert. Ça sert une fois par an, mais ça sert. Ça permet surtout de rester vivant.

) « Il faut que tu viennes, Sov ! Nous allons parler de la Trace. De ce qui nous attend plus haut. Tout l'équipage navigant sera là » avait insisté Pietro. « Je m'en fous » avais-je répété, lui tournant le dos. Nouchka emplissait sans effort le volume de mon âme et rien d'autre ne pouvait y pénétrer à ce moment-là. Et puis, bon… J'avais flâné sur le pont supérieur et atteint, comme guidé par les voix, ce minuscule amphithéâtre enchâssé dans le plancher, destiné d'ordinaire à la musique, auquel on accédait en pente douce. Une quarantaine de personnes y occupaient des travées de bois poli. Le commodore exposait ce que nous allions rencontrer et, par petites touches, il réussit à me hameçonner, puis à m'accrocher, si bien qu'au bout d'une demi-heure, mon spleen s'était dissipé et j'étais en prise.

— Combien de temps prendra le contournement ? demandait Talweg.

— De quatorze à quinze mois par le sud, si l'on en croit les calculs de l'amiral en second.

— La flaque n'est jamais très profonde mais elle est prodigieusement étendue.

— Je ne suis pas très sûr de bien vous comprendre, intervint Pietro. Tantôt vous parlez d'un lac, tantôt d'une flaque… S'il s'agit d'une simple flaque, pourquoi ne pas…

— C'est un peu compliqué, reprit le commodore, en se résolvant enfin à dérouler cette foutue carte que, pour une raison peu claire, il tenait jusqu'alors à l'écart de la discussion. Voilà : vous voyez ce point en aval de la flaque ? C'est Port-Choon. En face, sur l'autre rive, c'est Chawondasee, à plus de quatre cents milles. C'est le trajet le plus court pour traverser la

flaque quand on possède un vaisseau autoportant. Tout droit, ouest-est, dans l'axe de contre. Pour les voiliers à coque, la Route Classique passe plus au nord : ils évitent les bancs de sable et restent toujours en bas-fond, dans le lac justement. La Route Droite traverse plutôt une immense flaque qui dépasse rarement quelques mètres.

— Il y a beaucoup de parties sèches, exondées. Des bancs de limon, des javeaux, des îlots, mais le tout baigne dans l'eau. Et dès qu'il pleut, toutes les zones affleurantes se recouvrent.

— Vous estimez les parties sèches à quelle proportion ? La moitié du trajet ?

— À peu près.

— C'est très difficile à dire. La flaque de Lapsane est quelque chose de vraiment unique. C'est le prototype même d'un espace « terraqué », comme disent nos géomaîtres. Il…

— C'est-à-dire ? cracha lourdement Golgoth. Terraqué ?

∫ Je fis un clin d'œil à Caracole. Il avait commencé à sourire. Talweg fronçait ses rides profondes.

— Terre et eau. L'eau est partout, elle enveloppe toutes les terres émergées, mais sans que l'une domine vraiment l'autre. C'est une zone inondée mais non recouverte, faiblement noyée si vous voulez. Trois jours de beau laissent apparaître de grandes îles, mais rien de continu, rien qui s'étende, des bouts d'archipel, ça et là, un peu partout. C'est d'une étrange beauté sous la lune pleine. Le contre-amiral marqua une brève pause. Sa barbe laissa filtrer un malicieux sourire.

— Vous n'aurez malheureusement pas l'occasion d'en goûter la solitude centrale. La rive sud que vous suivrez borde une sorte de grand lac, agréable mais plus commun…

¿' Toujours cette imperceptible morgue fréole, bombée comme un gonfalon, ce sentiment de supériorité, né du plaisir de jouer, né d'une liberté *sue* qui aujourd'hui me divertit plus qu'elle ne m'alimente : je l'ai pratiqué si longtemps… Les Frelons ? Finalement des mouflets — mobiles certes, subtils autant que vent peut ! Des fanfarons à l'élégance variable nonobstant, incapables de ne pas agiter, sitôt entrevue, un bâton d'ironie dans le seau d'ignorance de la horde.

— Je vais peut-être vous paraître braque, contre-amiral, enfla subitement la voix de Golgoth, qui s'était levé pour venir jeter un œil, par-dessus

bord, sur un impressionnant champ d'éoliennes, et qui tournait, sciemment ou non, le dos à tout le monde.

— Je vous écoute.

— Combien de milles, vous m'avez dit, entre Port-Choon et Chawondasee ?

— Quatre cents.

— Trois mois. En comptant les parties nagées…

) Il avait dit ça sans se retourner, mais avec une force manifeste.

— Dois-je comprendre que vous entendez…

— Nous n'allons pas contourner la flaque de Lapsane, contre-amiral Sigmar, car nous aimons comme vous la poésie des archipels. Nous allons la traverser, à pied, par la Route Droite.

π Ce n'était pas une provocation. En tout cas, ce ne fut pas sur ce ton-là prononcé. La voix de Golgoth n'avait pas tangué d'un pouce. J'étais pétrifié sous l'énormité. Mon regard rencontra celui de Talweg, qui regardait Steppe. La même fulguration ahurie.

Ce fut le commodore qui prit sur lui de répondre :

— Sauf votre respect, neuvième Golgoth, vous n'avez pas conscience de ce que vous dites. Traverser la flaque impliquerait de marcher dans l'eau pendant des mois à mi-cuisses, à mi-corps, dans les vagues, quand il ne faudrait pas tout simplement nager avec la houle en pleine face et des creux qui montent par vent fort à trois mètres ! Et en vous nourrissant comment ? En traînant comment vos traîneaux ?

— On peut pêcher.

— Vous avez déjà essayé de nager contre la houle ?

— On n'a pas essayé. On l'a fait.

— Rendez-vous compte, Golgoth, qu'il peut y avoir des lagons qui font vingt milles de large avec dix mètres de fond, et la houle, toujours la houle, qui vous repousse inlassablement vers l'aval ! Comment comptez-vous traverser ça ?

— En nageant.

— Sans vous reposer, sans manger, pendant des jours, nager ?

) Le contre-amiral s'avança vers Golgoth, comme s'il voulait l'empêcher de sauter par-dessus bord. Il prit le relais de son commodore :

— Je crois que vous ne mesurez pas, et c'est bien normal, ce qu'est la flaque de Lapsane. C'est un désert, un désert de terre et d'eau ! Quelques

plantes, parfois, quelques îles herbues, battues par le vent, la pluie, le vent, alternativement, sans arrêt. Nous avons essayé d'accoster, pour faire quelques pas, sur les îles : la plupart du temps, le sable est tellement détrempé qu'on s'y enfonce comme dans de la vase. On y laisse ses bottes ! Un de nos matelots, Thiasma, a dû être sorti à la corde des sables mouvants : il était aspiré jusqu'à la poitrine. Cinq minutes de plus et il y passait. C'est une zone maudite !

— À moins que vous n'envisagiez de la passer en radeau, ou en barque. Là, peut-être…

— Impossible, trancha Golgoth.

— Impossible de quoi ?

— Impossible d'utiliser un moyen de transport pour remonder, vous le savez bien. Code de la Horde. Le corps seul doit contrer. Sur les mains, sur les pieds, en rampant, en nageant, peu importe. Mais le corps seul.

— Naturellement.

Il y eut un silence équivoque. Le contre-amiral et le commodore ne savaient manifestement plus quoi ajouter. Ils nous dévisagèrent, cherchant une forme de soutien. Pietro se décida à parler :

— Je dois avouer que ton idée me paraît complètement… soudaine (silence). Mais si elle est praticable, elle nous ferait gagner près d'un an. Elle mérite au moins l'examen.

— Quel examen ? explosa le commodore. Vous voulez mourir noyés ?! Noyés d'épuisement et de faim, ou ensevelis vivants dans le sable, allez-y ! Sautez de ce bateau, posez un pied dans la première flaque d'eau que vous rencontrez et contrez ! Vous y passerez tous, un par un, avant même d'avoir parcouru un mille !

— Je croyais me remémorer qu'il y eût tantôt des îles, de longues îles sur la flaque, rebondit Caracole, souriant. Et puis les fonds font ! Ou sont-ils rocheux à moult endroits, si je me souviens-tu bien, n'est-il plus ? En suivant les archipels, ne peut-on pas, à petits petons j'entends, limiter la natation ?

L'intervention de Caracole mit fin à la patience de nos hôtes.

— Écoutez, je crois que nous avons une fête à préparer. Je suis désolé de ne pas pouvoir continuer cette discussion, mais j'espère qu'un repas savoureux vous remettra sur la voie du réalisme.

Le commodore et le contre-amiral se retirèrent sur un salut rapide et nous laissèrent entre nous dans l'amphithéâtre. Golgoth était resté debout à tourner en rond, il remonta la pente douce pour aller s'accouder au gaillard d'avant prendre le vent. Toute la horde l'imita, incités que nous

étions par cette lancinante impression de manque d'air qui nous prenait dès que nous restions trop longtemps en milieu abrité. Malheureusement, le rafalant était retombé presque aussi vite que la nuit, les herbes frissonnaient sur la coque du navire. Le fauconnier se dressa et, d'un cri, il rappela son gerfaut.

— C'est de la folie, finit par articuler Larco en nous rejoignant à son tour.

Le bateau gîtait doucement bord sur bord. Il délaça sa ceinture de corde, la capela sur un plot, y attacha sa cage volante et entreprit de la monter au ciel.

— C'est sûr qu'on peut gagner un an, enchaîna-t-il, tendu. Mais si c'est pour perdre la moitié de la horde…

— On aura besoin de tout le monde pour Norska, tout le Bloc, osa l'autoursier.

— Qu'est-ce que tu en penses, Carac ? Tu es le seul à connaître un peu la flaque.

Caracole n'hésita pas une seconde. Il prit un ton volontiers sérieux qui déconcerta tout le monde :

— Je pense que les Fréoles exagèrent, comme toujours. Avec un peu de chance, et de flair, messieurs, nous pouvons enquiller les îlots et éviter de trop patauger. Surtout en bordure de flaque. Maintenant, la zone centrale, autant vous le dire, camarades… C'est une autre histoire. Je pense qu'il y a plus de cent milles de hauts-fonds…

— D'une traite ?

— Non, coupés par des promontoires, des rochers émergents. Le problème viendra des vagues, *naturelek.* Il faut pouvoir grimper sur ces rochers sans se blesser, et puis s'abriter du clapot quand ça valse trop.

— Est-ce que tu as une idée de notre vitesse de progression à la nage ? demanda Pietro.

C'était la question que je voulais poser.

— La houle est moins gênante que vous crûtes pour avancer, sauf à partir de force 8, où les crêtes déferlassent — là ce ne sera plus la peine, il faudra se mettre au sec-se et attendre.

— Carac, s'il te plaît !

— D'accord ! Cela risque d'insinuer en nous une sorte de mal de mer, à force de monter et de descendre, mais nous devrions certes nous y habituer. Ça vous va ainsi ? Bref, je pense qu'en coupant bien les têtes de vagues, on doit pouvoir se faire un mille à l'heure — par vent normal. Mais on ne nagera pas plus de quatre-cinq heures par jour, maximum ! Clar ?

Golgoth, qui ne s'attendait pas, surtout de la part de Caracole, à un tel soutien, même ironique, ne put s'empêcher d'enfoncer le coin :

— En imaginant, au pire, deux cents milles à la nage, ça veut dire cinquante jours dans l'eau. Plus les parties à pied…

— Plus les journées bloquées, les blessures, les soins…

— Trois mois. C'est ce que j'ai dit.

π Trois mois ! Est-ce qu'ils se rendent compte ? Trois mois dans l'eau ! À regarder avec attention les visages du reste de la horde, je comprends ce que je dois faire. Au moins essayer :

— Qu'en pensent les crocs ? dévié-je donc rapidement en m'adressant à Sveziest, Barbak et Coriolis, qui se tiennent côte à côte, comme roulés en boule sur le cordage. Vous savez nager ?

— Un peu, comme tout le monde.

La peur est visible dans leur regard. Ils se recalent maladroitement l'un contre l'autre. Le vent balaye la mèche de Coriolis. Elle voile le bleu de ses yeux, puis le rouge de ses lèvres, qui s'entrouvrent. Le son qui en sort se voudrait neutre :

— On va devoir tirer les traîneaux à la nage ?

) Tout le monde se tourna vers Golgoth. Qui tournait le dos à tout le monde. Jetant nerveusement son boo de chasse, à ras l'herbe, et le rattrapant sec, courte courbe. Ce fut encore Caracole qui s'y colla :

— Alors Gogol ? Qui va tirer les traîneaux ?

— Y aura pas de traîneaux. On va tout abandonner ici.

— Et nos cadeaux, nos lettres, nos affaires personnelles ? protesta, un rien décalé, notre débonnaire Silamphre. C'était trop tard.

— Vous parlez comme des gonzesses, tubleu ! Foutez vos bibelots dans des caissons et virez-les amont sur Chawondasee par le premier rafiot qui passe ! On portera rien, c'est pigé ? Un boo chacun, son schlass, sa timbale, plus le duveteau. Point ! Le tout dans un bidon flottant, à remorquer. Vous croyez quoi ? Qu'on va gagner un an en se baladant ? En se baquant dans des lagunes ? On va en chier comme jamais ! On sera des sacs d'eau moisis, à crever de froid, à dormir sur des tas de cailloux boulottés à la vague. Rien qui sèche, tout qui pue, on attendra le soleil comme on prie ! Et ça pleuvra sur tout, ça vous coulera dans le calbut, ça vous trouera votre cul chaud ! Pendant trois mois ! Et vous n'oserez même plus chialer de peur de rajouter de la flotte à la flotte. Ça s'appelle la flaque de Lapsane, bande de traîne-chariots ! Et vous me parlez de *confort*? La flaque, mon père m'en parlait

quand j'avais trois putains d'années ! L'aqual, il me faisait ! Dans ma lignée, on connaît chaque putain d'arpent de cette putain de terre plate ! Personne ici n'a jamais nagé plus d'une heure d'affilée. On n'a pas de bras, on sait pas respirer dans l'eau et il faudrait encore traîner dans les vagues un radeau caffi de bijoux, de lettres à la con et de bouquins ?

π Je m'efforce de continuer le tour de table.

— On ne vous a pas entendu, les jumeaux ?

Horst et Karst lèvent la tête simultanément. Ils jouaient sur le parquet avec une poignée de minuscules galets, absorbés dans leur monde d'enfant, heureux comme toujours, et comme toujours d'accord.

— Pas de problème, Pietro. Nous, on aime l'eau, pas vrai Karst ?

— Sûr.

— Plus vite on atteindra le défilé de Norska, mieux ce sera.

— Les oiseliers ?

— Désolé d'évoluer en contre, les amis, mais pour moi, traverser la flaque de Lapsane, c'est non.

— À cause des oiseaux ?

— À cause de tout. À écouter notre troubadour, on croirait partir en excursion à la plage. On va nager un peu, puis se reposer, puis marcher un peu et hop, dans trois mois, on est à Chawondasee ! Je ne voudrais pas étaler ma pauvre culture historique, mais quelqu'un sait-il, ici, combien de hordes sont passées par la flaque ? Combien ont *osé* la traverser ? Golgoth ?

— Un petit tas… Les couillus…

— Et combien sont ressorties vivantes ?

Golgoth sembla flotter légèrement dans sa chemise d'apparat. Il rangea le boo dans son dos et s'accouda au bastingage, faussement à l'aise :

— Je ne sais pas. Pas tant que ça.

— Aucune, dit simplement l'autoursier.

Et il se mit à réciter, avec sa rigueur des mauvais jours :

— La première horde à avoir tenté la traversée directe, on la retrouva au fond d'un lagon asséché, presque complète, à dix milles à peine d'ici. Elle grouillait de vers. C'était il y a quatre siècles. La seconde, plus prudente, aurait été aperçue, si l'on en croit les conteurs, par un pêcheur à cinquante milles en aval de Chawondasee. Il essaya de les prévenir. Deux îloméduses dérivaient vers eux. Peut-être nageaient-ils depuis des heures, depuis des jours, ils ne les ont pas vues arriver. On ne sait rien de la troisième, qui a tout simplement disparu. Morte d'épuisement, morte de froid et de faim ? Attaquée ? Qui sait ? La quatrième n'a pas eu plus de chance — si on peut

en avoir sur Lapsane : elle est tombée sur un aqual dans la zone centrale. Enfin, c'est la version officielle... Personne n'a jamais été voir.

— Un aquoi ?

— La cinquième horde qui a tenté la traversée directe est assez célèbre, tout le monde la connaît : c'est la Horde du premier Golgoth. Ils avaient eu l'intelligence d'attendre la saison sèche. Ils ont traversé la flaque aux trois quarts, en perdant tout de même sept hommes, puis un furvent s'est levé. Il y avait près d'eux une île de sable, assez élevée, raconte-t-on. Ils l'ont atteinte. Ils ont essayé de s'abriter, mais les lames étaient si hautes qu'elles balayaient l'île de part en part. C'est là que Golgoth Ier a eu le courage de reprendre l'eau, avec cinq hommes attachés. Il paria que l'eau était encore le meilleur endroit pour survivre. Ceux qui sont restés abrités sur l'île sont morts. Probablement étouffés par le sable. Golgoth et ses hommes ont été portés par les lames sur plus de trois cents milles, jusqu'à la rive aval. Quand ils l'ont touchée, le gros du furvent était passé. Seuls Golgoth, Arrigo Della Rocca — l'ancêtre de Pietro — et Sprat Gensteic, un excellent nageur, étaient vivants. Ils ont recruté une vingtaine d'hommes à Port-Choon et ils sont repartis, en contournant la flaque par le sud...

— Pour aller mourir à Val Onstro...

— Exactement.

— Et la sixième horde ? Celle du quatrième Golgoth ?

Golgoth prit à regret la parole à l'autoursier :

— Elle a disparu dans un siphon.

— Un quoi ? crièrent en chœur les jumeaux.

) Était-ce l'effet du récit de l'autoursier, mais je m'étais levé, et presque toute la horde avec moi. Je ne pus m'empêcher de répéter la question des jumeaux :

— Un siphon ?

Ni Golgoth, ni l'autoursier, ni même Pietro qui ne pouvait pas ne pas connaître l'histoire de ses ancêtres, n'avaient manifestement envie de répondre. La parole sembla alors se transmettre à la hâte, de regard en regard, comme une braise brûlante que personne n'avait le courage d'empoigner. Caracole s'y résolut pourtant, mais il me parut aussi mal à l'aise que les autres :

— C'est une sorte de chrone, les garces, qui peut surgir n'importe eau — n'importe où, pourvu qu'il y ait assez de fond. Les Fréoles qui bourlinguent ici en voient assez souvent. Ça fait généralement une trentaine de mètres de diamètre et il vaut mieux ne pas se trouver au bord...

— Mais qu'est-ce que *c'est*, nom d'un choon ?

Caracole gratta le parquet de sa semelle, puis il releva la tête.

— Un immense trou, un gouffre. Comme une chute d'eau circulaire, si vous voulez. Avec des parois verticales, qui aspirent tout le lac. Vue de haut, on dirait un cylindre parfait creusé à même l'eau. Sauf qu'on n'en a jamais vu le fond…

— Comment ça ?

— D'après les rares témoignages qu'on ait, ceux des cerfs-voliers, le fond est infiniment plus loin que le lac le laisserait supposer. Il se perd à l'infini. Mais peut-être est-ce un effet du chrone. Un effet de temps.

— Qu'est-ce qui arrive si on se trouve à ce moment-là dans le lac ?

— Il ne faut pas se trouver à ce moment-là dans le lac, Larco…

Jeté par le récit de l'autoursier, le froid se fit encore plus concret.

— Puisqu'on en est aux bonnes surprises, lança Coriolis, et que vous avez tous l'air de savoir ce que c'est, quelqu'un pourrait nous dire ce qu'est un *aqual*?

Personne n'eut à répondre puisque le commodore venait de réapparaître, son sourire restauré :

— Noble Horde, le repas est servi dans le salon. Si vous voulez bien nous faire l'honneur de nous rejoindre…

π Golgoth acquiesça d'un signe de tête et nous descendîmes, à la suite du commodore, l'escalier intérieur qui menait au salon. Au moment d'y pénétrer, une bordée d'éclats de rire nous fouetta du fond de la salle.

— Et tu imagines le gros Golgoth en train de nager dans une flaque d'eau, brouf, braf, brouf !

— Chut ! Voilà nos futurs martyrs, hurla un jeune Fréole déjà ivre, mais pas suffisamment pour avoir, comme son camarade, manqué notre arrivée. Morts au champ de boue ! La flaque de Lapsane avec ses petits petons ! Pourquoi pas à cloche-pied ? Vous êtes complètement… *siphonnés* !

Les rires tonitruèrent de plus belle.

— Hé ! Faites pas cette gueule les gars, ça fait plus d'un siècle qu'on n'avait pas eu une horde de votre… *trempe* ! enchaîna le boutefeu.

Mais ce qui se passa à cet instant cloua nette l'hilarité.

Personne ne le vit dégainer. Personne ne le vit voler — en tout cas pas moi. J'étais juste derrière lui. Le Golgoth. Des deux boos croisés dans son dos, il n'en restait qu'un : celui de jeu. Le boo qui avait traversé la pièce d'un jet, c'était l'autre, l'arme de chasse. À l'endroit d'où a jailli le commentaire sarcastique sur lui, un cercle s'est ouvert. Et au centre de ce cercle, il y a un homme assis. La bouche ouverte. Et fermée à la fois. Par le boo.

Ç'aurait pu être drôle si le mousse avait mordu de bonne guerre dans le boomerang, un peu comme un chien qui joue. Mais l'arme est fichée en pleine bouche, l'équerre vers la gorge. La commissure des lèvres est entaillée, des deux côtés, sur plusieurs centimètres. Il lui est impossible de parler, et personne n'ose retirer la lame. Pour le connaître, je sais que Golgoth a dosé son jet. Sinon le matelot n'aurait plus de joues, et sans doute plus de visage. Je sais aussi qu'il a visé la bouche, et pas la gorge. Sinon, il n'y aurait plus de matelot du tout.

Golgoth traverse le salon dans un silence de jour sans vent et il retire le boo d'un geste. Le sang bave entre les dents du mousse et coule sur la nappe. Mais Golgoth ne fixe que ses yeux :

— Mon père m'a viré à cinq ans pour me lâcher sur Aberlaas. Mais il a quand même eu le temps de m'apprendre une chose : le respect de mon nom. Devant mon nom, y a qu'un seul adjectif que je tolère : c'est « neuvième ». J'aurais pu te saigner d'un jet, petite gueule, mais je vieillis. Et j'espère que toi aussi tu vieilliras assez pour te souvenir de mon nom. Et si dans deux mois, un aqual me suce et que tu retrouves mon sac de peau sur une plage, avec la carte de ma vie tatouée derrière, tu la prendras et tu la cloueras au mur de ta putain de cabine ! Peut-être que ça te donnera une idée, même vague, de ce qu'est le courage.

¿' Le repas fut d'un calme force 7, fraîchissant 8 au dessert quand l'équipage se leva d'un seul homme pour quitter la salle. Le contre-amiral vint présenter ses excuses à Golgoth au nom du commandement et annonça que le matelot blessé avait été soigné et mis aux fers. Diantre !

π La punition est peut-être excessive, mais sur le principe elle me satisfait. Je suis irrité par l'insolence des Fréoles, leur façon un rien systématique de nous tourner en dérision. J'accepte de bon cœur les farces. Pas le fait qu'ils rabaissent le contre à une vulgaire marche face au vent. Aucun de nos codes, pris isolément, n'a d'importance. Importe par contre suprêmement la logique qui a présidé à leur articulation et qui tout entière les imprègne. Cette logique est celle du dépassement de la fatigue et de l'abrasion. Elle tient à la nature même du vent, qui est corroi. De discipline, nous n'avons que celle qu'impose le contre. Face au flux, pas de relâchement possible. Pas de jeu dans les rangs qui ne pénalise tout le Bloc. En frontal, le Fer n'est pas un code hiérarchique : c'est une nécessité. Au près serré, nous élargissons le triangle pour couvrir les flancs. Code puéril ? Discipline rigide ? Respect du vent plutôt. Les Fréoles ne

respectent pas le vent : ils s'en servent, ils l'exploitent. Ils le canalisent et le recyclent. Pour eux, le vent est matière première, un ami docile et maniable. Pour nous, il est l'ennemi qui s'affronte. Ce qui nous tient debout. Nous redresse. Et nous fait.

Notre différence avec les Fréoles est immense et inconciliable. Notre empire, c'est le contrevent. Personne ne connaît mieux le flux en sa fibre. Personne ne lit mieux ses faiblesses que nous. Nous trouverons les neuf formes, oui, mais pas par hasard. Parce que nous serons forcément au milieu du courant lorsque la forme passera. On peut toujours théoriser les turbulences, stabiliser un sillage, prévoir le dessin d'une volute. Les Fréoles le font avec une minutie qui les honore. Mais les formes, aucun instrument ne suffit à les classifier. Il faut être immergé le corps entier à l'intérieur du rafalant. Pas au-dessus en navire ou en aéroglisseur. Ni abrité derrière : dedans ! Chair en prise ! Entre un slamino sec et une stèche molle par exemple, un Fréole n'enregistrera pas d'écart de vitesse. Anémomètre et hygromètre donneront des mesures équivalentes dans les deux cas. Nous, les yeux fermés, on les distingue : aux inflexions, à l'ampleur des relances propres à la stèche et à la façon dont sèche la sueur. Copeaux de sel, c'est la stèche. Le slamino pique un peu la peau, au pire. Voilà. Traitez-nous de piétons, de racleurs et de gorces à deux pattes. Riez de nos techniques rustiques. « Caste obsolète », j'ai entendu hier. Continuez surtout à penser que nous serons superflus demain face à vos technologies qui s'affinent…

Le contre-amiral cueillit Golgoth à la sortie du repas :

— Neuvième Golgoth, permettez-moi de revenir sur la discussion inachevée de tout à l'heure.

— Faites !

— Je n'ai aucunement l'intention, comprenez-le bien, d'intervenir dans vos choix. Traverser ou non la flaque relève de la Trace et vous êtes mieux placé que quiconque pour connaître les possibilités de votre horde — aussi bien que ses limites. Simplement, il relève de mon devoir de vous apporter tous les éléments dont je dispose pour vous aider à prendre votre décision en connaissance pleine et entière des dangers qui sont ceux de la flaque.

— Certes. Et alors ?

— Plutôt que d'étaler devant vous des cartes qui, à peine dessinées sont déjà dépassées, ou de vous assommer avec la litanie des noyés, je vous propose de vous y emmener.

— À la flaque ? Comment ? En vaisseau ?

— Naturellement. Vous savez, nous ne sommes qu'à une journée de contre de Port-Choon…

— Une journée ! Pour nous, c'est…

— Quinze jours…

— Oui, souffla Golgoth, qui réfléchissait. Contre-amiral, pour être franc, j'ai peur d'abuser de votre générosité. Notre sauvagerie s'apprivoise mal. Vous l'avez encore constaté tout à l'heure. Votre accueil est en tout point magistral, supérieur à bien des villes qui nous ont hébergés. Rudes nous sommes, mais juste assez éduqués pour éviter d'être grossiers. Votre proposition, bien sûr, m'intéresse. Elle nous permettrait de repérer la trace, de tester les bancs, de nager un peu en condition de contre… bref de nous préparer…

— Donc, vous acceptez.

— … Ouais.

— Nous appareillerons demain matin à l'aube. Que ceux qui souhaitent assister aux manœuvres demandent à être réveillés. Les autres peuvent se reposer jusqu'à midi. Nous serons à Port-Choon juste avant la nuit. Après-demain, vous pourrez commencer les repérages. Combien de temps pensez-vous explorer la flaque ?

— Combien de temps vous avez ?

— Un temps infini. Vous prendrez le temps qu'il vous faudra. Il est hors de question pour l'Escadre frêle de ne pas vous donner toutes les chances de réussir. Je ne me pardonnerais jamais d'être responsable de la disparition d'une horde. Surtout pas de la vôtre !

— Pourquoi ?

— Parce que j'ai rencontré vos parents. Parce que vous avez trois ans d'avance sur la meilleure de toutes les Hordes de l'histoire. Parce que je n'ai jamais vu personne tenir debout sous les trois hélices de propulsion. Même pas sous deux ! Parce que vous êtes fous, mais soudés, et que si une horde doit réussir à passer le défilé de Norska et toucher du doigt le bout de ce monde, j'aimerais pouvoir être de ceux qui y auront contribué.

— Merci, contre-amiral.

) Les yeux de Golgoth brillaient. Mais moins que les miens peut-être. « Soudés. » Oui, j'aimais ce mot, même si je ne savais plus si nous le méritions. Au moment de remonter sur le pont, le contre-amiral Sigmar demanda à Pietro de le suivre dans son bureau. Je me demandais où était Nouchka à présent. Est-ce qu'elle viendrait ce soir gratter à ma cabine ? J'en crevais d'envie.

— Je tenais à vous parler en tête-à-tête, Prince. Je respecte infiniment votre Golgoth, mais j'avais besoin de vous parler. Comme vous le savez, j'ai eu la chance et l'honneur de rencontrer vos parents.

— Oui.
— Ils ont essayé de traverser la flaque.

~ Lorsqu'ils m'avaient aperçue, en compagnie d'Aoi, me promener dans le veld, les mômes m'avaient d'abord hélée. Puis voyant que nous ne bougions pas, une grappe s'était détachée de leur groupe. Les bouts de chou avaient couru-volé jusqu'à nous, accrochés pour certains à un cerf-volant de guingois, bricolé à la hâte. Leur agilité était déjà impressionnante pour six ans.

— Madame la F'leuse, madame la F'leuse ! Faut nous aider !

— *Feuleuse* ! suggéra doucement Aoi, mais les enfants piaffaient déjà à ne plus pouvoir rien entendre, ils sautaient sur place et se bousculaient…

— Oui… Vous aider à quoi ?

— Pour le devoir de demain, l'exposé !

— Sur les trois dernières formes du vent ? Trouver celles qui sont inconnues ?

— Ouuuuuiii !

— Je crois bien que c'est à vous d'avoir des idées, non ? Qu'est-ce que ça peut être, à votre avis ? On connaît le vent chaud, le vent doux, le vent froid, le vent humide, le vent violent…

— Ben, on sait pas, c'est trop difficile, m'dame ! On vit dans des bateaux, nous !

— Nous non plus, on ne sait pas, rigola Aoi. Personne ne sait au monde ! Il faut essayer d'imaginer…

Les gosses n'allaient pas lâcher le morceau comme ça. Ils tenaient deux filles de la Horde, la « sorcière » et la « celle qui mange du feu », s'agissait pas de les laisser filer dans les hautes herbes comme ça…

— C'est vous qui savez ! Vous êtes très fortes ! Vous avez traversé la Terre entière pieds nus !

— Vous avez vu des choses que personne y voit !

— Ouais, des chrones et tout !

— Vous avez déjà vu des chrones, les enfants ? !

— Ouais, moi une fois j'en ai vu deux d'un coup ! Gros comme notre bateau, faits tout en pierre qui bougeaient, comme de l'eau ! Les oiseaux, y passaient à travers et zap ! Après, y sortaient derrière en squelette ! J'vous jure !

— Ça foutait trop les jetons !

— Bon, revenons à ces trois formes du vent. Vous réfléchissez ?

— C'est p'tête des chrones ?

— Pourquoi pas ? Admettons. Ça fait une idée ! Quoi d'autre ?
— Moi, j'ai pensé à un vent super-fort, un vent qui serait tout en acier !
— Et moi tout en feu !
— Un vent-flamme alors, une longue flamme qui s'écoulerait sur le monde ?
— Voilà, ouais !
— Et ben moi, je pense que la neuvième forme du vent, ça serait un vent qu'irait à l'envers !
— À l'envers, c'est-à-dire ? Qui soufflerait de l'aval vers l'amont ?
— Ben oui !
— C'est original, j'aime bien ton idée ! Un vent qui nous pousserait dans le dos, quoi, ce serait tellement agréable !
— Ben ouais, comme ça vous vous traînerez plus comme des tortues, vous irez super vite comme nous ! Et ça serait moins fatigant !

Aoi ne cessait de sourire. Elle regardait ces gosses incroyables, joufflus en diable, avec leurs cheveux en bagarre sur la tête, qui nous prenaient les mains sans même y penser, comme si on était leur sœur ou leur maman… Leur maman… Ils avaient l'âge qu'avait mon fils lorsque l'Hordre me l'avait pris. J'avais trente ans. Ça fait sept ans maintenant. Je sais qu'il a fait ses classes de terre, puis la classe de fer, puis qu'il est sorti premier de la classe de braise, puis premier encore de la classe de flamme. J'ai eu des nouvelles « fraîches » qui datent de deux ans et demi, par les Glissiers. Ce sont les navires les plus fiables et les plus rapides en contre aujourd'hui. C'est comme ça : ils mettent deux ans et demi pour remonter d'Aberlaas jusqu'à nous. On ne peut guère espérer mieux. Et ce sera de plus en plus long, par définition, plus nous progresserons amont. La formation de Soren s'achève cette année. S'il a tenu. S'il ne s'est pas brûlé au troisième degré dans le maniement des coulées. S'il a traversé entier l'épreuve criminelle et absurde de l'incendie de forêt qui clôt la classe de feu. Soren. J'y pense tous les jours, j'essaie de rester tout près de lui, de l'encourager chaque soir quand il se couche… Parfois je lui parle de moi, parfois je le conseille, je lui donne mes trucs pour les examens. Il m'embrasse, il se jette dans mes bras…

La vérité crue, c'est que je l'oublie. Son visage se troue. Aujourd'hui, ses traits ont dû tellement se durcir… Je ne suis même plus certaine que je le reconnaîtrais s'il venait… Aoi me sourit. Elle sait vers où je dérive. Elle regarde un garçon de cinq ans qui a un peu froid et se love dans ses jupes. Les siens sont quelque part, l'un chez l'airpailleur, au milieu du plateau de Briffo, et l'autre à Lovodine. Ils n'appartiendront jamais à la Horde, elle a choisi pour eux. Lorsqu'ils seront assez grands et assez courageux, ils

prendront peut-être un contras suffisamment puissant et ils remonteront la bande de Contre sur deux dizaines de milliers de kilomètres pour retrouver leur mère. Lui dire bonjour. L'embrasser. « Salut maman ! » Le mien, je ne le verrai plus jamais — sauf s'il échoue. J'espère à la folie qu'il a échoué. Et qu'il me pardonnera alors, qu'il se dira : « Maman l'a fait pour moi, elle m'attend là-haut, je vais la rejoindre pour lui dire qu'elle continue, vas-y maman, je t'aime, va au bout du monde avec ta horde, que je sois fier de toi ! »

‹› Callirhoé se détourna soudain du cercle des enfants, et elle jeta son visage au vent.

— Ça va pas, m'dame ? Vous pleurez ?

— C'est pas grave…

— Pourquoi vous êtes toute triste ?

Calli ne répondit pas. Elle s'éloigna seule dans le veld sans se retourner. Les gosses la regardèrent s'enfoncer dans les hautes herbes, sans rien pouvoir ou oser dire. Sa petite silhouette aux cheveux couleur de sable sembla frissonner quelques instants sous une rafale, puis elle s'évapora, comme une flamme de bougie qu'on mouche.

— Qu'est-ce qu'elle a la dame ? Elle est triste ?

— Venez, les enfants, je vous raccompagne au navire. On va essayer de trouver plein de formes du vent !

— Ouuuaaais ! !

π Le bureau du contre-amiral était éclairé en quatre points par des niches de verre encastrées dans les parois. Dans chaque niche brûlait un feu ventilé. Des copeaux et des brindilles tombaient avec régularité d'une trappe pour alimenter le foyer. Je compris assez vite que c'était le contre-amiral lui-même qui les actionnait.

— Qui vous a raconté tout cela ?

— Votre propre père, Arrigo Della Rocca.

— Vous a-t-il laissé un conseil à mon attention ?

— Il m'a laissé une lettre cachetée. La voici. Il m'a précisé que tout y était : la trace qu'ils ont suivie, l'emplacement des siphons et des îloméduses, les principales îles…

— Pourquoi avez-vous tenu à éloigner Golgoth de cette discussion ?

Le contre-amiral se leva pour actionner un levier. Toute la cendre d'une niche fut aspirée à l'extérieur. Des brindilles s'entassèrent dans le foyer vide. Et aussitôt, le feu reprit, jaunissant le visage du contre-amiral.

— Votre Golgoth n'a pas votre écoute ni votre sagesse. Il a déjà décidé qu'il tentera la trace directe, quels que soient les dangers et les risques sur lesquels nous mettrons le doigt lors des repérages. Je me trompe ?

— Non, vous avez raison.

— Il va faire les mêmes erreurs que son père, en pire. La Route Droite vaut pour les navires. Elle est suicidaire à la nage. Vous imaginez une longueur de cinquante milles en zone centrale sans le moindre îlot où s'arrêter, où dormir ? Vous êtes la seule personne qui peut l'influencer. C'est pour cette raison que j'ai tenu à vous parler.

— Merci pour votre bienveillance. Je voudrais maintenant aborder un autre sujet, contre-amiral…

— Je vous écoute.

— Comme je vous en ai informé ce matin, un membre de votre escadre, le dénommé Silène, a été abattu cette nuit en combat singulier par notre protecteur, Erg Machaon. Il se trouve que ce Silène appartenait, d'après nos sources, à la Poursuite. Vous connaissez la Poursuite, contre-amiral ?

— Je connais le *mythe* de la Poursuite, oui…

— Comment expliquez-vous qu'un Poursuiveur ait pu faire partie de votre escadre sans que vous soyez au courant ?

— Que voulez-vous insinuer ?

— Deux faits pour le moins exceptionnels m'ont donné matière à réflexion. Le premier, c'est notre rencontre en plein veld. Sur une largeur de bande qui dépasse, d'après vos cartes, les quarante milles de steppe, vous surgissez sur le demi-mille où précisément nous étions en train de contrer… Un rien miraculeux, n'est-ce pas ? Et non seulement vous nous repérez au milieu d'herbes hautes de plus d'un mètre, mais vous freinez bien en amont et vous stoppez le navire impeccablement à notre hauteur…

— Manœuvrer un navire est notre métier, je vous le rappelle !

— Le second, c'est la présence d'un Poursuiveur dans votre équipage et la façon dont son attaque a été échafaudée à partir du jeu du flambeau — dont vous étiez l'organisateur…

— J'ai peur que vous ne dépassiez les bornes, Prince…

— Je ne les dépasse pas : je les fixe pour vous, contre-amiral. Pour que vous sachiez où se situe votre périmètre et où se trouve le mien. Le « mythe » de la Poursuite, comme vous dites, a tué plus d'une horde sur deux depuis leur origine. Notre protecteur est actuellement blessé dans une cabine de *votre* navire, sans que nous sachions très bien s'il ne risque pas, d'un instant à l'autre, une nouvelle attaque de *votre* équipage. Suis-je clair ?

— Poursuivez…

— Vous nous proposez, avec élégance, de mettre votre vaisseau à disposition pour explorer la flaque. Bien. Vous nous conseillez un itinéraire. Fort bien. Un nageur isolé est une cible élémentaire à abattre pour qui dispose d'un vaisseau. Quelles garanties aurons-nous sur la confidentialité de la trace que nous allons finalement adopter ? Quelle assurance…

— Excusez-moi de vous interrompre, Prince. Je crois que vous sombrez dans une paranoïa compréhensible, mais qui est ici dénuée de pertinence. Je ne sais rien de fiable ni de sensé sur la Poursuite. J'ai — comme nombre de Fréoles — entendu beaucoup de choses assez contradictoires à ce sujet. Je n'ai pas les moyens d'enquêter en profondeur sur chaque matelot que j'engage. Vous me dites que Silène était un Poursuiveur. Je vous crois sur parole, faute d'informations divergentes à y opposer. Vous me dites que vous craignez pour la confidentialité de la trace. Je vous propose tout simplement de ne pas participer, ni mon équipage ni moi-même, à vos délibérations. Nous vous montrerons le maximum d'itinéraires possibles et de zones. Vous choisirez au secret. Ma proposition consiste à vous épauler dans la mesure de nos moyens. Si vous vous défiez de nous, descendez simplement de ce navire et disons-nous au revoir !

À côté du bureau, deux sculptures étaient posées sur un socle. Elles ne représentaient rien de particulier. Un étagement d'hélices minuscules et de rouages en bois y tournoyait sans bruit. Je changeai d'approche :

— Que savez-vous de la Poursuite ?

— Pffu… Qu'elle serait commanditée d'Aberlaas par une phalange de l'Hordre. Qu'elle s'appuierait sur l'élite des enfants exclus de la sélection finale. Qu'elle aurait des relais dans chaque village, des mouchards chez les Obliques et les airpailleurs, des correspondants chez nous… Qu'elle formerait des écumeurs, mais aussi des chrones, des autochrones qui auraient atteint une sorte de conscience réflexive — on croit rêver ! Qu'elle s'appuierait depuis le début sur deux traîtres dans la horde même… Enfin bref, vous voyez le style : du possible, de l'improbable et du n'importe quoi !

— Et qui seraient ces deux traîtres, d'après ces rumeurs ?

— J'ai entendu le nom de Caracole plusieurs fois. Mais le vôtre aussi, celui de Larco Scarsa, de votre soigneuse Alme Capys, d'Erg Machaon, votre protecteur… Tout le monde y passe : ça n'a aucun fondement, c'est complètement stupide !

— Est-ce que mon père croit à la Poursuite ?

— Je n'en sais rien. Nous n'en avons pas discuté ensemble.

— De quoi avez-vous discuté ?

— De vous presque uniquement, et de votre horde. Il est extrêmement fier de vous. Il pense que vous avez une chance de passer Norska. Le huitième Golgoth pense le contraire, soit dit en passant. Il pense que son fils est un gorceau, qu'il contre vite et mal. Il est gangrené par l'amertume, un homme détestable.

— Pire que son fils ?

— Ils ont le même orgueil démesuré. Pour le reste, ça n'a rien à voir. À titre personnel, j'aime beaucoup votre Golgoth. C'est un traceur qui s'est fait lui-même et il a sa noblesse. Il ne cherche pas à plaire. Mais il reste humain.

— Mon père et ma mère me manquent...

— Ce sera un bonheur à peine imaginable quand vous vous retrouverez tous les trois, vous savez. Sachez renoncer à la flaque lorsque vous comprendrez ce qu'elle est, ne serait-ce que pour eux !

— Nous allons y réfléchir. Avec votre aide.

J'allais me lever pour sortir lorsqu'il dégaina une bouteille de cuivre de son tiroir. L'atmosphère s'était à nouveau détendue. Nous nous apprivoisions mutuellement.

— Ne partez pas sans avoir goûté cette merveille ! Nous avons prévu une veillée sur le pont supérieur tout à l'heure. Votre troubadour s'est proposé pour l'animer.

— Je ne savais pas. Très bien ! Heureusement que nous avons Caracole ! J'ai sensiblement honte de notre manque de culture et d'éducation. Nous sommes incapables de répondre par un quelconque talent à la qualité de votre accueil.

— Vous nous avez offert une parade d'oiselier et une présentation admirable de votre horde !

— Grâce à Caracole, encore et toujours, oui ! Vous le connaissiez auparavant ?

— Naturellement. Sa réputation s'étend jusqu'à Aberlaas. Il est hors norme. À mes yeux, il est resté le meilleur...

— Le meilleur conteur ?

— Le meilleur troubadour au sens large. Il sait absolument tout faire. Son entrée dans la Horde a beaucoup surpris, vous savez. Elle a fait jaser. On l'a cru en mission commandée. Nous avons eu du mal à comprendre qu'il abandonne sa vie excitante de nomade. Il était demandé partout, salué partout, partout adoré !

— Avait-il des ennemis ?

— Pas à ma connaissance. Des envieux, oui ; des maris bafoués par dizaines, mais rien de menaçant. Quand nous avons appris qu'il avait rallié la Horde en tant que croc, ici nous nous sommes tous dit : « Quel comédien ! Encore un baroud ! Il va rester deux semaines avec eux, le temps de capter quelque détail véridique pour ses contes, puis il repartira ! » Trois mois après, il était encore avec vous. Nous étions intrigués. Puis six mois, et on n'en revenait pas ! Puis un an, deux ans, cinq ans maintenant, n'est-ce pas ?

— Oui. Je ne comprends pas moi-même quel intérêt il peut trouver à notre existence d'ascète. Mais il ne se plaint jamais. Il est d'une humeur inoxydablement joyeuse. Il éclaire notre quotidien. Je crois qu'on souffrirait tous beaucoup s'il lui prenait l'envie subite de nous quitter.

Nous arrivâmes ensemble, le contre-amiral et moi, sur le pont supérieur. J'étais quelque peu ivre. Des lanternes à huile avaient été accrochées aux mâts. Caracole chauffait l'assemblée qui était assise en tailleur sur le bois ciré.

— Pourquoi le vent souffle-t-il de l'amont jusqu'à l'aval, d'est en ouest, du lever au coucher, hier et demain, par n'importe quel temps, quoiqu'on dise ou fasse, prie ou supplie ? Pourquoi le ciel est bleu me direz-vous ? Mais ne vous défilez pas ! Pourquoi, je pète et répète, le vent sooooouuuffffflllllle ? Quiconque sait pourquoi — ou croit savoir — se lève ! Oui, poulaille, oui catins, je vois là-bas matelots, ici un noble, deux quartiers-maîtres et leur maîtresse, un écumeur de rêves, trois farceurs sans dindon, qui d'autres ? Qui ose ? Qui nous dira ? Qui s'expose ? Oui ?

— Il souffle pour pousser le char des fainéants comme nous !

— Le vent est là pour les airpailleurs, il a été inventé pour les nourrir !

— Il souffle pour vous compliquer la vie, les hordeux !

~ Pourquoi le vent souffle ? Qu'y a-t-il en Extrême-Amont ? Sur ce thème, ma foi, je ne voyais plus ce que Caracole pouvait encore inventer. Il nous en avait raconté des centaines, on les connaissait toutes, thèmes, intrigues et variantes, crédibles ou loufoques, poignantes ou pas. Des histoires d'éléphants en fuite, hauts comme pas imaginable, battant l'air de leurs oreilles, d'outres géantes en peau de ciel percées par des archers, des histoires de hordes de péteurs imbus d'eux-mêmes qui avançaient devant nous et nous lâchaient les gaz, des oiseaux par flopées, poursuivant à tire-d'aile le soleil et qui généraient les souffles… Des histoires de dieux agitant un éventail, de dieux baillant ou sifflant un air, secouant leurs draps, mettant des gifles à leurs enfants… De dieux dont la parole inarticulée se déversait indéfiniment vers l'aval sans

que nous en comprenions un traître souffle… Et par là-dessus, des théories… Des échafaudages à demi scientifiques, à demi doux-dingue, qu'il fallait toute l'agilité de Caracole pour faire tenir debout, toute sa conviction aussi, puisqu'il y croyait, y croyait le temps d'un conte, comme s'il… Comme s'il eut fallu qu'il en teste jusqu'au bout, à haute voix, la validité possible… Le conte de la Terre filant comme un navire vers les étoiles… Le conte du râle des morts… Le conte des nuages-gruyères… Le conte de la respiration des pierres…

Parmi ce farrago semé, celui que j'aimais le plus était le conte de la nuée d'anges. « Tu me l'as inspiré » m'avait-il glissé. Un ange pour chaque être, qu'il racontait Caracole, un pour chaque animal aussi… Et ces anges, gentiment, sans penser à mal, nous soufflaient dessus avec leurs petites joues puissantes parce que nous étions pour eux des braises, un feu clos en train de s'éteindre et qu'en l'attisant un peu, à la régulière, ils pensaient nous mettre à nouveau en flammes, pour se réchauffer un peu sans doute, ou peut-être, je me souviens qu'il disait ça, peut-être parce que nous étions plus jolis à regarder avant, lorsque nous étions des torches, des torches vives aujourd'hui couvantes, demain simples cendres.

∫ Il osait ! Il osait devant les Fréoles ! Un conte sur l'Extrême-Amont ! « Encore ! pesta Talweg. Change un peu Carac ! » Mais il avait tort le géomaître, parce que celui-là, il sonnait tout neuf. Sans préparatif, le cercle se forma de lui-même, par le seul magnétisme de notre troubadour. Enchâssé à même le parquet du pont (dans une sorte de vasque de pierre), un feu peu ordinaire brillait à flammes bleues, alimenté du dessous par des jets de gaz. Ma foi, encore de l'esbroufe fréole ! Coriolis était vautrée dans les bras de son matelot, mais ses seins étincelaient en silence pour Caracole (il me sembla). Pour ma part, j'avais alpagué ma Fréole de voyage et je l'avais mise en bouclier devant moi. (Ça alla vite mieux.) Là-bas en face, rire béat, l'ami Sov était foutrement bien accompagné (le salaud), il sentait bon le bonheur frais.

) « Il était *une* fois… » entama Caracole, et imperceptiblement, les visages éparpillés s'allumèrent sur le pourtour du cercle. Parce qu'à travers son conte, dont nous ne savions rien, c'était l'honneur de la Horde qui pouvait être compromis ou sauvé. Parce qu'il avait entamé avec une solennité inhabituelle, parce qu'il paraissait plus concentré qu'à l'ordinaire, parce que, surtout, il avait insisté sur « une » et que personne n'ignorait chez nous que cette insistance signalait un récit inédit.

— Il était une fois un pays de vaste étendue où rien ne tenait plus en place. Un vent féroce y soufflait tout le jour et la nuit, entêtant et unique, de l'est vers l'ouest, faiblissant certains soirs, mais ne cessant jamais. Les collines y étaient poussées dans le dos, les rochers dérivaient lentement, même le soleil avait du mal à s'arrimer au ciel. Une terre où le linge séchait vite, croyez-moi, avec des villages pourtant, dans tous les creux épargnés et des hélices qui tournaient à l'arrière des maisons. Sur cette terre vivaient trois tribus : la plus frivole faisait de la voile, la plus grande s'abritait dans des villages enclos et la plus stupide tentait, très fièrement, de remonter le vent jusqu'à sa source…

Pris par le récit, puis si vite provoqués, les Fréoles éclatèrent d'un rire généreux. Je reconnaissais sans mal quelques-unes des techniques favorites de Caracole : l'autodérision bien sûr, mais surtout cette façon, plutôt astucieuse, de présenter la réalité de notre monde comme une pure fiction, à peine exagérée, à peine décalée de sa stricte vérité, mais suffisamment toutefois pour créer un effet d'étrangeté qui, outre sa drôlerie, projetait dans nos âmes l'image plutôt exacte de notre familière folie.

— Personne d'un peu sensé dans ce pays ne donnait la moindre chance à cette poignée de loqueteux qui s'autobaptisaient « horde », labouraient le sable et qui prétendaient qu'au bout de leur quête, quelque chose comme le bonheur serait donné à tous ! Parce que, disaient-ils, atteindre à la source du vent, c'était pouvoir en maîtriser l'écoulement. Et ils étaient de leur rêve si convaincus que partout où ils passaient, des fêtes fastueuses les accueillaient et qu'avec ferveur on les encourageait. Parmi ces loqueteux, un arlequin du nom de Cacarôle, pris en chemin, qui n'avait pas eu la décence de partir comme il se doit du bout de la terre, les avait rejoints — sans doute par curiosité, peut-être par dégoût de la voile ! Sans doute aussi pour de plus sérieuses raisons. Ce brave fou se décrétait troubadour. Et, à vrai dire, il sortait parfois de son sac de crâne quelque histoire tordue pour aérer les feux. Mais il portait surtout en lui une fantaisie théorique. Il disait…

Caracole laissa le silence se suspendre quelques secondes à l'aplomb des mâts. En tant que conteur, il avait du contrepoint une science unique. Un conte de Caracole, ce n'était pas une voix plus un récit, c'était un cosmos local, enfanté sur un feu. Il y avait certes une ligne, celle de l'histoire, qui partait d'un début pour aller vers une fin. Mais les contrepoints, qu'entre chaque laisse il faisait jaillir, brisaient à ce point cette ligne, lui imposaient une cadence si particulière, comme un galop tronqué, la doublaient de tant de claps, de tapes, mates, de bruits et de cris, de gestes, de tours et de

tambours, l'habitaient de tant de dessins esquissés dans la cendre, de couleurs jetées sur une nappe, d'architecture de petites pierres, d'objets animés, amenés puis masqués, y ajoutaient une telle variété d'interprètes pris à la volée dans le public, de choristes complices, de musiciens alliés que le conte initial — cette pure voix chantante dont se contentaient tant de troubadours, même parmi les plus illustres — Caracole en éclatait princièrement le cristal, pour un résultat inouï.

J'étais assis tout contre Nouchka, mes mains dans les siennes, avec en face de moi le public des Fréoles. Le conte avait à peine commencé. Et déjà l'agitation levée tout à l'heure par la fanfare, l'effervescence qui avait suivi les danses érotiques, les chamailleries des enfants excités, tout s'était impérieusement tu. J'en ressentis devant elle une grande fierté. Avec discrétion, Pietro hocha la tête dans ma direction et me sourit…

— D'où vient le vent, vous demandais-je ? La réponse, la voici, aussi nue qu'une fillette : le vent vient d'une explosion ! D'une explosion si lointaine — et si puissante aussi — que nous n'en finissons pas d'en ressentir le souffle, qui se propage aval. Là-haut, en Extrême-Amont, autant vous prévenir gentiment, gentes gens, il n'y a strictement rien à *voir.* Mais comme vous le comprendrez : tout est à entendre… Rien n'existe, rien ne subsiste que l'Explosion ! Il n'y a plus de terre où poser un orteil, de ciel ou de soleil, plus d'arbres à pattes, d'herbes couchées ou de rocs, plus rien qui soit debout, encore compact, encore entier — seulement l'Explosion — l'Explosion massive et ultime — l'Explosion pure du monde ! L'histoire officielle, celle de l'Hordre bien entendu, l'alambiquée, raconte que la 27e Horde n'a jamais dépassé le désert d'Égine. N'en croyez pas un mot, lucides Fréoles ! La 27e fut en vérité la seule horde de l'histoire à approcher l'Extrême-Amont, mais ce qu'elle y vécut ne pouvait être rapporté à quiconque. Ce que vous allez apprendre ce soir ne fait donc pas partie de la sagesse légale… Je me demande, à part moi, si ça fait même partie des connaissances souhaitables… Ceux pour qui la vérité n'est soutenable qu'avec des habits peuvent encore se lever…

π Personne ne bougea. La tension s'accentuait.

— Soit, puisque la bravoure est de l'assistance… Et bien voilà : lorsque le deuxième Golgoth atteignit le col de Norska, il fut si intensément déchiqueté par le souffle qu'il ne resta, de son corps, à peine la quantité de neige nécessaire pour former une boule dans la main d'un enfant. Par comparaison, dira son scribe, « le crivetz est un crachin et le furvent un slamino lento ». Un par un, avec un courage qu'il faudra des siècles pour mesurer à

sa juste grandeur, chaque membre de la horde s'éleva jusqu'à l'embrasure du col et tenta d'entrer par la porte grande ouverte de l'Explosion… Il fut décidé d'un ordre de passage — et le scribe serait le dernier à tenter l'exploit afin qu'il puisse transcrire jusqu'au bout, sur son carnet de contre, la vérité de l'Extrême-Amont. Fariboles, pensez-vous ! Ce carnet, s'il existait, a dû être soufflé par l'explosion ! C'est en partie vrai, en partie inexact, Messeigneurs ! Je possède en fait la dernière feuille du carnet. Elle m'a été remise à ma naissance par un chrone, mon propre père…

) Notre troubadour fit une pause et regarda avec une acuité presque visionnaire autour de lui, à la recherche d'on ne sait quoi. Soudain, il avisa le feu bleu et y pénétrant à sa façon habituelle (comme s'il allait se baigner), il fouilla au cœur des flammes vives et en sortit, soulagé, un long parchemin bleu, qu'il étira. Jaillirent des applaudissements de stupeur mais il n'en tint aucun compte :

— Je n'aime pas, apprenez-le, extrapoler sur du vent — encore moins, noble auditoire, user de certaines facilités orales qu'on me prête à tort pour enjoliver une réalité que les scribes s'efforcent de leur côté, avec une rigueur qui nous émeut, de retracer intacte sur le papier. Je vais donc vous lire, sans chercher l'effet ou l'emphase, cette dernière feuille : « L'Explosion a une matière, une matière unique qui est son, qui est le son. L'Explosion joue, elle joue une musique, une musique sur un instrument au potentiel infini, qui est l'air. L'air existe au seuil de la Porte sous forme de cordes, de cordes d'air dense qui vibrent sur une hauteur incalculable. Le son qui sort de la Porte crée tout. Il crée le monde sur lequel nous marchons, ce qui est posé sur ce monde, ce qui s'y déplace et y vit. Le vent est une forme du son, peut-être la plus linéaire et la mieux modulée, quoique pas la seule. La pluie est aussi une forme du son. Les étoiles et les nuages et les couleurs, chaque animal qui avance en silence, chaque végétal qui pousse en stridulant, chaque pierre qui babille au-delà de l'audible, sont une forme du son. L'Explosion ne détruit rien, elle enfante. Elle accouche les sons. Les sons partent et se posent, partent et pollinisent, partent et finissent dans un cri rond, au creux d'une main qui est oreille. Appelez-les graines.

Avec une délicatesse sacrée, Caracole retourna la feuille et il abaissa sa voix afin d'intensifier l'attention :

— Toute la Horde est poussière désormais. Callisto s'est sacrifié ce matin. Il est monté par le pierrier phonolithe où chaque pas tinte. Il a éclaté en sel. Chacun a éclaté différemment, chaque son a été unique. Il y a

eu les copeaux d'os de Vernice, le sable de Pyrès, les flocons de suie d'Érèbe, le sel de Callisto. Et la vilaine neige de Golgoth. Et il va y avoir pour moi… ? Poudre à papier, limaille de lettres ? Hordes qui nous suivrez, scribe qui me lira, essaie d'apprendre à entendre. Vous n'êtes que des poupées de sons. Vous ne progresserez plus que par ouï-dire. Ne m'écoutez pas, vous entendez ! L'Extrême-Amont n'existe plus. L'Explosion l'a avalé, elle descend vers vous. Au-dessus de vos têtes brillent les constellassons. Les vents filent une symphonie inaudible. Tout explose.

Et tout crie.

∂ Notre troubadour effleura le parchemin de métal qu'il venait de lire et quelque chose comme le son d'un violon lent, profond d'abord puis aigu à frissonner, impossiblement en sortit. Le silence, à ce moment-là, toucha un point de netteté absolument extraordinaire. Sur un signe, le feu bleu se mit à enfler, les flammes s'élevant à faire peur tandis que le parquet d'amarante, éperonné par ses talons, répercutait un tempo de bois mat. Des mélopées apparurent, issues du public, suivies et coupées du cri des pythies, qui giclèrent sans cadence du haut des mâts. Bientôt le son jaillit de chaque point inerte du navire, des vergues autant que des voiles, des manœuvres dormantes ou courantes, du parquet devenu tambour, du verre des lanternes, de l'acier et du cuivre, des bouteilles ! Et Caracole s'était dressé près du feu qu'il dirigeait en chef, une baguette de buis à la main, l'autre laissée libre pour faire vibrer je ne sais quelle résonance, d'ordinaire muette, réticulée dans la matière !

Aussi incroyable que ça put paraître, le conte, à peine ébauché, était déjà fini. Ne subsistait qu'un tintamarre vertébral de sons rugis des planches et des lambourdes, sifflés du feu et bramés des mâts, de sons pleins, creux et fluides, de sons de cordages et de discordes, qui, jetés tous ensemble, tohués et bohuant, n'offraient pas la moindre prise à une quelconque eurythmie, fut-elle de hasard — plutôt *donnait à entendre*, pour une oreille dont le velours n'eut pas été déchiré (et telle fut la mienne) quelque aperçu appropriable du chaos primitif. Lorsque le silence à nouveau se fit, aussi net et surplombant qu'avait été omniprésent, quelques minutes folles, le son des choses, les Fréoles se levèrent d'un même mouvement, pour une ovation debout ! La pluie d'applaudissements qui rinça le pont supérieur me surprit par l'émotion énorme qui s'y réverbéra. Caracole salua ce soir-là à genoux et les mains jointes. Foi de Silamphre, qui sauf lui aurait pu nous offrir ce miracle d'écouter, un bref instant, le chaos ?

— Ce type-là est un génie, Sov ! Crois-moi !

) Nouchka tremblait, elle avait les larmes au bord du bleu, son visage, ses lèvres brillaient. Pour tout avouer, je n'avais guère suivi le conte… J'avais subitement pris conscience de la rupture — inévitable, avec elle, qui m'attendait. Et j'avais essayé, pendant tout le spectacle, de respirer aussi lentement que possible pour reculer l'horizon de la flaque et tâcher d'épaissir, dans ma chair, du présent qu'elle m'offrait l'écoulement hémophile. Demain était annulé — jusqu'à nouvel ordre.

VIII.
Le Corroyeur

) Donc il y eut ce cinquième jour… La véritable *entrée en matière*… Jusqu'au troisième, le *Physalis* nous avait accompagnés, longeant la jetée à peu près ferme, à peu près stable au pas, qui supportait notre progression. Elle s'enfonçait plein est à travers la flaque. Par rapport à nos deux semaines de repérage, houleuses et tendues, fractionnées d'orages, dans des sites noyés, des croulières sans assise, au milieu de lagons gris-glauque matelassés de brume, la traversée n'aurait pu s'engager sous un climat plus favorable. Le ciel avait bien vidé quelques averses, mais le soleil avait dominé, chauffant nos joues et séchant nos habits, secondé de surcroît par un vent efficace. Quatre journées durant, nous ne mîmes pas une cheville dans l'eau : la jetée qui partait de Port-Choon taillait droit, elle donnait le ton et la trace, elle nous reliait encore pour quelques brefs jours à un semblant d'architecture humaine. Puis le navire fréole nous laissa à nous-mêmes, emportant le visage et la neige, le bleu tremblant de l'iris, la bouche articulant une dernière fois le rouge, dissipant pour moi les seins tendus et assouplis de caresses, le parfum imprégné dans les draps, dans le linge buissonnant autour du lit, de Nouchka. « Rendez-vous à Chawondasee, dans trois mois, Soff! Fais attention à toi, petit fauve! » Elle avait jeté un dernier baiser, impalpable, par-dessus bord. Sa longue robe couleur de ciel s'était fripée sans charme sous la rafale, ses mèches avaient brouillé sa frimousse mais elle avait souri sous ses larmes, je le sais. Elle souriait toujours. Lorsque le navire avait pivoté aval, elle était encore là, à tribord, à nous regarder agiter nos mains et nos souvenirs. Elle avait hissé au-dessus d'elle une écoufle du même bleu que sa robe, qu'elle mania d'une seule main. Je n'étais pas rompu, comme Larco, à l'écriture au cerf-volant et sous l'émotion, je n'arrivais pas à déchiffrer les lettres qu'elle formait…

— Elle t'aime, philosoff, me lança, radieux, Larco. Il lui répondit aussi sec avec sa cage volante.

— Qu'est-ce que tu lui dis ?

— Que tu l'aimes aussi... Ça se fait, non ?

Le navire fréole déferlait sa voilure, si bien que l'écoufle de Nanouch eut juste le temps de lâcher un tracé dans le ciel avant d'être rabattu à l'horizontal par la vitesse acquise.

— Mignon tout ça...

— Quoi Larco ? Dis ! Dis-moi ce qu'elle a écrit !

— Ah ah...

— Dis-le, s'il te plaît... Je t'en prie Larco...

— Elle dit que tu es pur, qu'elle t'attend, qu'elle te sera fidèle... Comme si une Orange pouvait être *fidèle*! N'importe quoi ces femmes ! Enfin, c'est l'intention qui compte...

π Dans la semaine précédant notre départ, jamais la scission de la horde n'avait failli à ce point devenir réalité. Si nous étions encore ensemble, nous le devions à la diplomatie de Sov et à la confiance que j'inspirais. Le groupe dissident qui voulait contourner la flaque par le sud fédérait Alme et l'autoursier, Larco et Silamphre, Aoi et Callirhoé, Coriolis et Sveziest. À nous deux, nous avions sauvé l'unité. Nous n'avions cherché ni à minimiser les dangers naturels de la flaque, ni l'effort à fournir. Ni l'épuisement probable. Encore moins à esquiver les risques d'attaque, ce possible piège tendu par la Poursuite ou encore l'apparition de chrones dont tous les récits fréoles stigmatisaient la puissance panique.

À ces titres, le contre-amiral et le commodore avaient sans conteste fait leur travail : d'éclairage et de sape. Ils nous avaient convoyés en zone centrale pour nous montrer le lac immense vierge de toute île sur une distance inhumaine de nage. Cette vision avait scindé la horde en deux. Elle avait déchaîné le conflit. Ils nous avaient jetés à l'eau matin, midi et soir. Ils nous avaient laissés mariner, patauger et crawler, sur notre propre demande. Ils nous avaient appris à reconnaître les sables mouvants et les frayères à carpes. À distinguer une chaussée fiable d'un barrage flottant. À apprivoiser la flaque. Par leurs couturiers, ils nous avaient fait tailler sur mesure des vêtements de pluie, des cuissardes hermétiques, des bottes étanches et des bottes de nage. Ils nous avaient fait tester dans l'eau différents volumes de flotteurs. Ils avaient renforcé et adapté les harnais. Et au final, avait été fabriqué pour chacun un baril de bois oblong et léger, hydrodynamique, muni de poignées pour s'y accrocher en cas de tempête. Leur contenance suffisait à l'essentiel de nos effets personnels : sac de couchage, habits secs, serviette, armes et vaisselle.

Je ne sais pas comment nous avions convaincu les filles et les crocs. Je ne sais même pas pourquoi j'avais fini par y croire, à cette traversée. Pourquoi j'avais changé d'avis. La part d'héroïsme, la part d'orgueil, la part de raisonnement qui entraient dans cette décision. La part de défi. Je sais seulement que Sov m'avait beaucoup influencé, bien plus qu'il ne s'en doutait. Que je n'avais écouté Golgoth à aucun moment tant son choix était dénué de sagesse et d'altruisme. L'autoursier avait vu son autour débusquer un grèbe castagneux et ça lui avait suffi. À quoi tiennent les inflexions... Pour Aoi, ce fut je crois les salicornes et les bottes de nage à bouts palmés. Ou peut-être juste l'enthousiasme de Steppe. Qui sait ? Toujours est-il que la horde était entière et ressoudée. Pour le pire.

ʃ Ces satanés Fréoles, ma figue, il fallait « leur tirer révérence et chapeau bas » (dixit Caracole). Quelle générosité ! Et quelle jolie prévenance ! À se demander au final s'ils ne voulaient pas qu'on y aille, se paumer dans la flaque, hum ? Ce Port-Choon étrange et glaiseux, cette bourgade de fantômes à barques, aux maisons perchées sur des pilots de bois et de brique, les rues labourées de canaux à la sauvage, ça ressemblait à un baraquement hâtif oublié par des Obliques sur un estuaire. Ils essuyaient de foutues marées — « la seiche » dans leur jargon de pêcheurs — qui montaient jusqu'aux vitres. Voilà pourquoi on voyait tous ces bateaux à coque suspendus en l'air, qui leur servaient surtout de maisons. En phase de crue, ils larguaient les amarres et ils se laissaient flotter, pffuit, jusqu'à ce que ça se tasse. Pas idiot...

Du jour où les Fréoles nous lâchèrent, la jetée qui nous guidait marqua des signes de faiblesse... Elle apparut vite moins fiérote (et même un peu absente) la petite, par moments... On goûta nos premières vases. Progressivement, les rares traces attribuables à des créatures humaines (les cabanes palafittes et les pontons pourris, les canges bousillées remplies d'algues, les bajoyers qui étayaient les digues) se diluèrent dans la brume montante. Le soir arriva trop vite et nous nageâmes à tâtons dans l'eau frisquette jusqu'à trouver un îlot vaseux, mal fixé par des roseaux bruissants. Steppe avisa un bosquet de saules et Callirhoé fit feu. L'humidité, près du nid de flammes, recula à peine... Le sol n'offrait que des appuis spongieux. L'eau, par moments, sursautait derrière nous. Floc... Flac... Floc... Un silence ruisselant, fluide... (Sans s'annoncer) une solitude invraisemblable nous enveloppa alors... Nous étions largués loin — très loin de nos routines et de nos bases. Nous n'avions plus de repères. Nous avions la trouille. La flaque commençait maintenant. Elle fasciculait tout autour de nous, à travers

nous déjà, pénétrant notre terreau de chair chaude, comme un rhizome de phragmite. Et elle allait donner sa pleine mesure dès le lendemain.

) Il y eut donc ce cinquième jour… Je ne parlerai pas d'un réveil — basculer dans l'eau d'un bloc, en pleine nuit, avec son sac de couchage cinglé aux épaules, qui se remplit subitement de vase, respirer dans la panique de la noyade, les bras collés aux parois du sac, encaisser le choc thermique, l'onde glacée sur le ventre, n'est pas se réveiller : c'est comprendre. Je ne parlerai pas non plus d'une aube dont je fus incapable d'approcher l'avènement. Le cinquième jour ne se leva pas ; il ne se coucha pas davantage : il dura, gris perle. Il dure encore. C'est notre quatorzième jour continu de pluie.

Ω Ici, c'est le pays des cagouilles, du poiscaille et de la bouillasse. Faut pas chercher à poser la patte sur une motte, pas vouloir réfléchir à la trace sèche, ni quel îlot, bout de roc ou tas de bouse à moitié liquide va pouvoir te servir à te relever pour contrer à la franche — debout, campé. Quand ça pleut ici, ça pleut pas à seaux, plutôt à la barrique de binouse, au tonneau de cent, ça te douche la couenne au jet, plus besoin de te laver petiot, mais ferme ta bouche et boucle ton calbut, et va te jeter à la baille direct, histoire d'enquiller du mille en crawl… Vagues de face, et monte, et descend, et monte, et marche à mi-mollet dans la barbotière, à mi-cuisses, mi-couilles, avance — trace gars, suit le Goth… Je les avais prévenus dans le Pack : y aurait plus de contre en goutte ou en delta, personne pour leur abriter le cul, tout le monde au même niveau, le groin dans l'eau, le baril derrière. C'est pas plus merdique qu'autre chose. Ça change. Vent plutôt bonnard, même. Sûr qu'on aimerait voir le mec là-haut, avec sa bouille ronde qui chauffe, de temps à autre. On n'a plus un poil de sec, les sacs schlinguent le moisi, les feux de Calli fument salement. Ça drache en continu, ouais, ça tape un peu sur les nervures le soir — surtout la nuit quand tu changes trois fois de gâche parce que ton sac à viande prend une tronche de mare ou que t'es sur le passage de la rigole d'y a cinq minutes ou du ruisseau de demain. Mais au bout, faut pas oublier, faut le visser, faut se le bouler au bide quand tu rouilles des vertèbres en fin de journée : au bout, c'est Chawondasee ! Et neuf mois de pris sur mon enfanteur et sa horde de branleurs ! Neuf mois — neuf ! — NEUF PUTAINS DE MOIS ! Car ils ont flanché là, yak, en plein lac ! — Au taquet les grandes gueules, à se chier dessus et du mort d'épuisement à la pelle, qui flottait au petit matin ! Pas pu traverser la zone centrale, pas assez fort dans *leur tête* ! Obligés de ressortir du

grand désert de flotte pure en barquette, grâce à des pêcheurs, la honte, comme ils ont pu, ils ont tracé oblique pour retrouver la berge sud, repartir cassés, contourner la flaque en piétons. Limite recalés par l'Hordre, limite invalidation le sauvetage ! — qu'il m'a croassé l'amiral. Treize mois, ils ont mis, en tout ! Nous, on va en mettre trois — quatre au pire si ça veut pas rigoler — comme là. Ça portera notre avance à quatre ans ! Quatre ans, je sais pas si vous percutez les vioques ? vingt-huit ans de contre, quatre ans d'avance sur vous ! Vous êtes des chenillards, des escargoths qui bavent ! Chuis pas ton fils, huitième Golgoth, j'ai rien dans mon sang, dans ma lave, qui coule de toi ! Je viens pas de toi, j'ai pas été fait avec les mêmes *poutres*. Moi, j'ai de l'acier trempé dans le tronc et dans la calebasse. Toi t'as que de la gueule et du bois de chêne, et de la pisse au cul. J'étais meilleur que mon frère. J'étais LE meilleur ! T'as jamais su voir. T'as jamais rien compris. Tu l'as tué parce qu'il n'y arrivait pas. Tu croyais que personne te dépasserait. Tu pues la morgue. Mais me voilà maintenant ! Trente ans après. J'ai mis le temps, tu sais pourquoi, mais j'arrive… Dans un an, je suis devant toi, à l'entrée de Norska ! Là où vous vous êtes tassés dans vos terriers en pisé. Je te dirai en face qui tu es. Qui tu es devenu ! Qui *tu n'es pas devenu*… Non, je te dirai *rien*. Parce qu'on n'a rien à dire à un traceur qui a renoncé à contrer. Qu'a même pas eu la décence de s'ouvrir les boyaux sous crivetz dans Norska. Y a pas de mots pour ça. Pas de crachats. Le mépris suffit plus. C'est en deçà…

— Y a des ondes bizarres ! répéta pour la troisième fois Erg. Et il s'arrêta.

— Tu nous fais chier, macaque !

— Avance, Erg ! J'ai une cheville qui s'enfonce.

— Reculez ! Reculez tous !

— On peut pas reculer ! Y a des sables mouvants partout !

— *Derbelen* !

π En trois gestes, Erg a décollé. On le voit s'élever à six mètres au-dessus de la zone. Il enclenche d'une secousse son arbalète méca. Il quadrille en trapèze… Son vol est saccadé, excessivement nerveux. Il a cessé de parler. La pluie battante ruisselle sur son aile. Comme tout le monde, je me suis figé sur place et je scrute la nappe d'eau autour de nous. Par deux fois, une rafale de vent creuse un trou dans la brume blanche. L'espace s'entrouvre. Plein est d'abord, en amont. Puis nord-est sur ma droite. La chaussée d'alluvions qui nous sert de support semble se noyer. Encore… Sinon, à droite, rien : l'eau ondulante, mouchetée d'impacts, brassée par la houle. Aussi loin que mon regard peut porter. Il y avait bien une haie de roseaux à la

lisière du visible. Mais cette espèce de brouillard bruineux, rasant, se réinstalle déjà, déjà calfeutre l'ouverture. Je me tourne vers Caracole. Son pull d'arlequin détrempé dégoutte. Il n'a rien voulu mettre par-dessus. La pluie le distrait, dit-il. Il devait s'attendre à ma question car il me sourit avant même que je la pose :

— Tu sens quelque chose de bizarre, toi ?

— Bizarre, peut-être pas. Je dirais plutôt cocasse ou simplement inattendu, voire impromptu, quoiqu'un tantinet insolite disons-le, dans la mesure du saugrenu, tout en étant singulièrement fantasque, presque excentrique si l'on y songe, et qui sait ? extravagant en diable…

— Caracole !

— Oui, monseigneur Prince ?

— Il y a un danger ou pas ?

— Il y a… euh, deux dangers… Le premier est un ami, mon deuxième fait peur et mon troisième…

— Qu'est-ce que c'est ? Tu peux le situer ?

Le troubadour ajuste vers l'arrière son chapeau de cuir mou. Une rigole en dégouline. Son visage se durcit brièvement.

— Il y a quelqu'un autour de nous…

— Autour ? Autour de nous ?

— Oui.

— Combien ils sont ?

— Je ne sais pas ce que c'est, très sincèrement, Pietro. Mais Erg a raison. Le vent local se découd… Quelque chose arrive…

— Un chrone ? demande Oroshi qui se tenait derrière moi.

— Un chaos… Moi déjà ressenti ça… Un chaos en mouvement…

Erg vient de tomber du plafond de brume. Il se pose sur une des rares parties rocheuses de la levée de terre.

— Tu as vu quelque chose, Erg ? Caracole dit…

— Chhhhhuuut !

— Caracole pense que…

— Faites silence.

∂ D'un signe, Pietro me demanda d'écouter parce qu'il savait que de nous autres, j'étais celui qui avait l'ouïe la plus pénétrante. En quelques secondes, je parvins à faire abstraction du bruit de succion des bottes dans la glaise et je rejetai derrière moi, comme une cape, le frissonnement de la roselière proche. Je retirai vite la capuche qui m'assourdissait — et tête nue, tympans tendus, ma conscience s'efforça de traverser le premier plan

sonore saturé, cette poêlée de gouttes qui rissolaient sur le lac… Le rissolement s'effaça. J'étais comme la peau d'un tambour qui attend d'être effleurée… Soudain, d'un point impossible à situer dans l'espace, d'un point qui n'avait pour toute réalité que le son qui l'annonçait, un râle se dégagea de l'épaisseur de la pluie. Il venait vers nous, il s'approchait, se précisant…

— Dégagez la jetée ! Dispersez-vous ! aboya Golgoth.

Je fus le seul qui ne bougea pas — avec Erg, debout, son cerf-volant en tension au-dessus de la tête, une hélice et un boo dans chaque main, en fausse garde. L'eau absorba vite le fracas des corps, si bien que je pus à nouveau me concentrer.

— Dégage Silamphre ! répéta Golgoth.

Mais je ne répondis pas.

Le bruit d'une respiration intense, profonde comme un ronflement de stentor, vibra de l'amont. Il y eut un souffle d'aspiration rageur puis une nouvelle expiration terreuse, qui se réverbéra dans l'atmosphère. Sans visibilité aucune, Erg lança son boomerang en direction du son. L'objet s'enfonça dans le brouillard nourri. Il ne revint pas. Ce qui revint, c'était une hélice d'enfant en osier qui échoua en feuille morte dans la main libre de notre combattant… Erg accusa alors une stupeur extraordinaire, comme s'il allait s'écrouler dans la boue. Il ferla aussitôt son aile et il se mit à courir droit vers le danger, sans la moindre protection…

— Fais gaffe, merde !

Il n'avait pas enchaîné dix foulées que la respiration se fit plus violente et plus rauque. Elle déchira littéralement le brouillard devant elle, elle balaya la surface du lac autour de nous sur une bonne centaine de mètres, redonnant aux contours leur netteté, et à l'eau une transparence et une couleur. Au bout de la bande de terre, avançant comme s'il pompait devant lui les dernières poches de vapeur, un être de la taille et de l'allure d'un gosse apparut. Je ne sus qui c'était qu'au moment où Oroshi, bondissant hors de l'eau, se mit à crier :

— Te Jerkka ! Te ! C'est le maître d'armes d'Erg !

— Qui ça ?

Ω *Barnak* ! Te Jerkouille, le caïd d'entre les cadors, le seul putain de maître de Ker Derban qui m'a toujours posé le respect ! Qu'est-ce qui foutait là, dans ce trou à flotte, à balader ses poumons de croque-bourrasque ? Il avait pas vieilli d'une ride, croyez-moi, mais de cent cinquante le Maestro, et pourtant il paraissait toujours aussi vivace, sec comme un tronc de plein

vent. Sa gueule était tordue en spirale près du pif, il avait gardé ses mêmes prunelles bougeantes, ce regard qu'on aurait dit que le vent courait à travers… Te Kaka, ce forban ! Quand j'avais gagné la Strace, quand ils avaient bien été obligés de me consacrer Traceur, personne était venu me serrer la pogne, personne m'avait calculé. Nibe ! Sauf lui. Ça puait la morve à l'hordonnation, ça me toisait dans le haineux. Personne m'avait pardonné de m'être aligné en solo au départ. C'était l'épreuve qui déconnait, pas moi ! J'étais celui qui fallait, je pouvais pas accepter qu'un glaviot qu'avait juste pour lui de savoir trotter, il me coiffe ! Rattraper une traceuse méca, ça voulait rien dire ! Ça avait rien à voir avec ce qui nous attendait, avec la trace sauvage ! Lui, Te Jerkka, il savait ça. Il avait toujours su. Il est venu me voir à la descente de l'estrade. Ça a été le seul. Y en a pas eu deux. Il m'a tordu la joue, rigolard, et il m'a jeté : « Toi, plus loin que tous les autres. Tu iras. Toi, tu as compris qu'aucune règle. Une chose as de plus que tous : rage. Tu n'as rien d'autre, rien de plus, c'est tout ce que t'as — Rage. Fais-en femme à toi et épouse. » J'ai pigé grâce à lui que l'Hordre n'avait jamais voulu que ce soit moi. Il l'a pas dit, il pouvait pas. Mais j'ai pigé. La lignée Golgoth, ils en avaient ras le seau à Aberlaas. L'école de la trace directe, les thermiques de relief, les contrevents exploités jusqu'à la corde, sous rotor, sous cumulo, c'était pas le dogme, c'était pas ce qu'on nous apprenait. C'était l'idée du premier Golgoth.

) Te Jerkka salua chacun de nous par son nom complet et par sa fonction. Il annonça tout de suite qu'il avait très peu de temps et il nous demanda de faire cercle autour de lui. Nous nous répartîmes donc dans l'eau jusqu'à mi-cuisses. Il n'eut pas besoin de réclamer l'attention ou le silence. Si son apparition était déjà en soi hallucinante, elle ne rivalisait cependant pas avec sa voix et sa physionomie. Sans aucun doute avait-on affaire à un être humain puisqu'il avait bien des yeux et une bouche, un nez, deux bras, deux jambes, des pieds, mais c'était comme la bordure extérieure de l'humain, son seuil possible ou alors déjà la porte, à peine concevable, qui ouvrait notre espèce sur autre chose de plus… de plus vital. En le regardant, l'impression qui dominait, aussi insensée fût-elle, était qu'un vortex le travaillait en puissance du dedans, qu'il tordait ses os et ses muscles, centrifugeant irrémédiablement sa charpente, qu'il courbait la colonne vertébrale, arquait les bras et les cuisses, tirait sur les cervicales de la nuque… Et puis il y avait ce visage, ce visage au regard d'orage, à l'iris filant, cet œil magnifique de fluidité, ce visage dont les traits ne paraissaient plus que traduire l'état actuel du combat entre la force du vif qui l'animait

et la forme innée, en récession accélérée, de la figure qu'il avait héritée de sa naissance humaine. Mais l'anatomie résistait, elle ne cédait pas encore et le résultat était ce faciès en torsion, atypique, dont les rides s'enspiralaient autour d'un nez aux narines démesurées.

Ceci dit, le plus fascinant restait sa respiration et sa voix... Lorsqu'il commença sa première phrase, il aspira autour de lui un tel cubage d'air et de pluie, avec une si calme férocité, qu'un hurlement d'olifant lui perfora les bronches. Il ferma les yeux et la bouche, encaissant l'effort très vite sans le marquer, et il se redressa aussitôt. La voix qui sortit ainsi de sa gorge était différente de celle qu'il utilisait pour la conversation ordinaire. Elle semblait faite de blocs d'air comprimé, calibrés du ventre puis burinés à coup de glotte, de palais dur, à coups de dents — des blocs rauques qui explosaient dans l'espace un par un, détachant pour l'oreille chaque syllabe et chaque onde. Il avait une syntaxe à lui, plutôt rudimentaire, mais chaque mot qu'il prononça m'ébranla physiquement :

— Je suis venu mettre en garde vous. Épauler vous. Une chose vous suit depuis semaine. Chose plus forte qu'Erg. Pas possible de la dominer. Pas possible de la battre. Juste possible de la fatiguer ou attirer ailleurs, vers autre nourriture. J'ai étudié la Chose un peu. Vais donner instructions très précises, position de chacun et déplacements à faire. Chacun doit être tout seul, pas de groupe. Erg courra en l'air. Moi tiendrai le sol. Vous dans l'eau, sauf quand je dirai de monter sur rocher. La zone comporte trentaine de rochers. Chacun le sien. Si la chose vous attaque, vous sentirez rien. Trop tard. N'ayez pas peur. Mort subite. Pas de souffrance donc pas de peur ! Chose très lente et très rapide à la fois. Selon. Pas dans la même époque que nous, elle promène. Voilà — J'ai dit. Questions voulez-vous poser ? Oroshi ?

— A-t-on affaire à un chrone, maître ? De quel type ?

— Chrone très spécial, si tu veux, aéromaîtresse. Autochrone !

— S'agit-il d'une créature intelligente ?

— Mmm... Très difficile de savoir. Parfois très intelligente, parfois bête comme pou... Combat très délicat à mener pour ça : tactique pas prévisible, logique à elle... Par moments, vous comprendrez... Neuvième Golgoth, question ?

— Quelle gueule ça a ? Comment on va repérer ce tas de merde ?

— Non. Pas de forme. La Chose jamais je n'ai vue, seulement ses effets...

— Ça tue comment ?

— Ça tue pas. C'est toi qui te tues tout seul... Toujours !

— Et ça a un nom au moins, qu'on sache quoi foutre sur ma tombe ?

π Pour toute réponse, Te Jerkka sortit une série d'hélices de son sac, des serpes hypervéloces, des trompes étranges, des boomerangs en acier, des disques de cuivre. Il les étala sur dix mètres de jetée. Et il les regarda. J'étais juste à côté de lui dans l'eau souillée.

— Beaucoup de noms, ça a, beaucoup trop… répondit-il, les yeux fixés sur ses armes. Des rides d'anxiété déformaient son visage. Il nous cachait la vérité. Il avait peur et il le cachait : pour nous protéger. D'un geste brusque, il se retourna. Il rugit une sorte de cri concret, un globe sonique, vers l'aval. L'effet fut spectaculaire : un cercle d'ondes se diffusa du point d'impact. La brume recula de quelques pas. J'attrapai la parole :

— Maître, savez-vous quand la chose risque d'arriver sur nous ?

Il était en train d'examiner un long boomerang effilé quand il me répondit. Et ce qu'il y observa, je le vis en même temps que lui : l'acier de l'arme *rouillait* à une vitesse terrifiante…

— La Chose est là, Pietro. Elle nous a trouvés. *Erg volerek parakkart*! *Fastik trepzig*! *Bermap*!

) Ce que fit alors Te Jerkka, la vélocité avec laquelle il le fit, ni Erg ni aucun combattant qu'il avait formé dans son existence n'en aurait été capable. Il y fallait — Erg me l'apprit plus tard — une maîtrise du vif qui relevait du hors-humain, qui annonçait sans doute une nouvelle lignée de guerrier-protecteur dont Te Jerkka fut l'avant-garde. En moins de trente secondes, il prononça en effet distinctement les vingt-trois noms de la Horde, dans vingt-trois directions différentes, sous vingt-trois vitesses de propagation… Et chaque globe flottant, chaque bloc de son, mû par ses propres vibrations internes, répétant notre nom propre en boucle, s'enfonça droit dans la brume comme une vis sans fin pour nous guider au rocher qui nous était affecté. Personne ne rata son nom, personne ne se trompa.

Aussitôt atteint, un instinct de survie me tarauda, j'avais l'envie panique de sauter sur mon rocher… Mais je m'en tins, contracté, aux consignes de Te Jerkka et je restai dans l'eau opaque et mouvante, au pied du bloc de salut. La pluie, qui n'avait pas cessé, grimpa cran par cran à un paroxysme d'intensité, elle toucha dans la minute au pur déluge vertical, à la grêle absolue et barbare, j'étais cloué debout, muet, lacéré sous la mitraille, coupé des autres, je ne distinguais absolument plus rien à travers l'épaisseur des hallebardes qui fléchaient le loch, j'avais la tête qui tintait comme un métal de cloche, je glissais dans la vase et les bosquets de salicornes, je m'accrochais aux touffes, je crevais de peur… « Rocher » me cria alors une

voix... « Rocher, Sov! » et je ne sus d'où elle sortait, comment elle avait pu arriver jusqu'à mon bout de lac, mais je me hissai d'un bond glissant et je m'accroupis...

π Quelqu'un a coupé la pluie. Quelqu'un a coupé la giboulée de grêle aussi. Le vent a subitement cessé. Devant moi, l'espace est désormais ouvert sur des kilomètres. Le paysage est clair et lisible. Je vois sans flou tous les autres, toute la horde, les vingt-trois, répartis sur ce qu'il faut bien appeler un archipel.

Nos positions délimitent une sorte d'ovale. La jetée où nous marchions le coupe en deux dans le sens de la longueur. Près de moi, il y a Caracole, juché sur un banc de sable à trente mètres. Puis Sov et Oroshi guère plus loin, sur des îlots de roche. Les savoir si près me rassure un peu. On reste à portée de voix. En levant la tête, j'aperçois Erg en suspension au centre de l'archipel. Te Jerkka reste introuvable. Le silence tranche. Il est si total... Je scrute le lagon... Les haies de roseaux et de salicornes rouges... Les rochers émergents puis la ligne de la jetée de terre... Je ne vois pas où la Chose peut se cacher. Je ne sais même pas à quoi m'attendre. Sur un des rochers, je note *deux* formes... Ah oui, ce sont les jumeaux Dubka... Ils ne se sont pas séparés. Ils n'ont pas pu, j'imagine. Inséparables ces deux-là, encore moins dans l'angoisse. Te Jerkka a dit *un* par rocher! Il a insisté. Je n'ose pas le leur crier. La peur d'attirer la chose. Ils sont trop loin de toute façon.

— Pietro, il faut que les Dubka se séparent!

— Oui, Oroshi, j'ai vu! chuchote Pietro.

— Ça peut être dangereux...

) Les écoutant, je me mis machinalement à chercher les jumeaux. Et...

— Pietro, regarde, il y en a un qui est tombé à l'eau!

Certains vont diront que Karst Dubka aurait pu remonter à temps. Moi je sais que non. Le lac ne se solidifia pas par étapes, ça ne partit pas d'un point pour se propager, le gel ne gagna pas progressivement sinon je l'aurais entendu grincer, je peux le jurer. Le lac fut pris par les glaces d'un bloc, dans sa totalité. Au milieu de leur mouvement, les vagues se pétrifièrent : l'eau fit silence d'un coup.

— Karst!

La tête du jumeau, une partie de son épaule droite et son bras étaient tendus hors de la glace vers son frère. Au cri qu'il poussa, on sut qu'il était encore vivant. Alme m'avait appris qu'il faut deux minutes pour que les fonctions vitales se cryogénisent dans cette situation. Golgoth et Firost

s'étaient déjà précipités sur la glace et ils essayaient de percer la surface à coup de botte ferrée et de pierres, dans l'espoir de le dégager… Une minute… Te Jerkka sortit d'un bosquet d'obiones à l'extrémité opposée du lac et il s'avança sur l'étendue gelée, avec une incompréhensible lenteur, en direction de Karst… Il ne fit que parler — croyez-le ou non, il prononça une suite de borborygmes déments, de plosives sourdes et sonores — mais chez lui il fallait croire que la voix n'était pas qu'un véhicule à mots, c'était une force et une arme. À l'endroit où agonisait Karst, la glace se fractura sous l'onde de choc des *Ka* durs et des *Pekt* qu'il scandait. Te Jerkka s'approcha encore, il paraissait à ce moment-là infiniment vieux, il posait un pied après l'autre dans un ralenti inexplicable, il ordonna à Golgoth et à Firost de retourner sur leur rocher, à Horst de lâcher son frère et de sortir du lac — ce qu'ils firent. Deux minutes… Le maître allait atteindre Karst quand il s'éjecta, d'un soudain bond de singe, hors du lac, sans aucune raison… Je cherchai du regard Caracole, dans l'espoir qu'il me rassure ou m'offre une hypothèse à ronger, mais il ne se tourna pas vers moi. À la place, il tomba à genoux sur le sable et dit, d'une voix détruite :

— C'est foutu… Il est mort…

Ça partit exactement sous mes pieds. En fracas, en bris sourds, en lézardes métalliques… La sensation d'un orque si puissant qu'il aurait eu la force de progresser sous l'épaisseur compacte de la glace en l'éventrant. Je ne peux pas dire que je vis la chose, mais je vis une ombre orange, couleur de magma, qui s'immisçait sous le lac à travers la transparence tassée de la surface. La banquise se disloqua bleue, elle éclata en monolithes tronqués, et l'eau, comme un sang, jaillit des interstices…

— Sors Karst, sors de la flotte ! beugla je ne sais qui pendant que son frère Horst tétanisait, incapable, comme moi, de réagir. Sors !

Quoi que ce fût, c'était extraordinairement rapide et métamorphique. Le lac entra en ébullition accélérée vingt secondes à peine après que j'ai aperçu l'ombre orange. Des marmites se mirent à bouillir dans le lagon, des cloques de vase sombre explosèrent sur la nappe brûlante… À ras l'eau, les roseaux s'enflammaient ! Si intense était le feu fluide que la vapeur nous brûlait la peau, de sorte qu'Oroshi, Caracole et moi reculèrent en pataugeant dans le lagon derrière nous pour nous abriter. Je perdis des yeux le petit trait noir, là-bas, qui tentait de s'échapper lui aussi de la fournaise liquide…

— Il est mort, Sov, laisse tomber… Son vif se détachait déjà quand Te est arrivé. Pense à survivre, ne pense qu'à ça. Tu dois survivre ! Tu m'entends, scribe ? SURVIS !

X Je n'avais jamais vu Caracole comme ça. Il empoignait Sov ahuri et il lui hurlait dessus ! Je ne comprenais plus grand-chose. Nous avions affaire à une sorte d'autochrone, capable d'exploiter la matière eau dans toute son extension, doué d'intentions partielles, opérant à l'intérieur du temps tierce ? Voilà ce que je saisissais. Ma connaissance des chrones était la plus profonde de toute la horde. Elle venait de la part ésotérique de mon enseignement d'aéromaître. Il fallait que je parle, plus le choix. Quitte à rompre mes serments :

— Caracole et Sov, venez près de moi. Enfoncez-vous dans l'eau jusqu'au cou. Ne laissez dépasser que votre tête…

— Pourquoi Oroshi ?

— Ce qui nous attaque est attiré par le vif qui circule en nous. L'eau étouffe son rayonnement.

— Comment tu sais ça ?

— Je le sais. Je sais un certain nombre de choses qu'il faut que je vous apprenne maintenant.

— Moi aussi, compléta Caracole, sans la moindre ironie.

) Je sentais derrière moi le lac partir en vapeur, je tremblais sous le choc calorifique. J'entendais l'effervescence siffler. Parler de quoi ? C'est Oroshi qui commença :

— Il s'agit d'une sorte de créature polychrone. J'ignore d'où elle sort mais je sais ce qui la nourrit. Comme tous les chrones, elle possède une puissance de métamorphose locale, elle peut transformer l'eau, la boue, la roche, pétrifier ou liquéfier, vous savez ça ?

— Oui.

— Celle-ci agit aussi sur l'écoulement du temps. Elle peut le ralentir, elle peut l'accélérer. Elle peut sans doute même le figer.

— C'est pour ça que Te avançait si lentement ?!

— Oui, Sov. Il était pris dans une poche de chronose qu'il a dilué à la voix. Si tu avais été à sa place, tu aurais mis une semaine à traverser ce lac ! Sache-le. Te est un maître foudre — il a suraccéléré.

— Pourquoi il nous fait répartir autour du lagon comme ça ?

— Pour canaliser le chrone dans cette zone, le faire tourner en rond. Puisqu'il est sensible au vif, Te a équilibré la distribution en fonction de nos énergies, en évitant toute concentration sur un pôle. Mais les Dubka, en restant ensemble, ont rompu cet équilibre, ils ont recréé un œil pour le vortex. Ils se sont détachés du diffus. Et la Chose s'est réorientée, elle a fondu sur eux.

— Pourquoi elle tue ?

— Elle ne tue rien, elle ne sait pas ce qu'elle fait. Elle défibre, elle disloque, elle transforme, elle corrompt, elle n'a aucune conscience de sa puissance. Mais quand elle est passée quelque part, la matière s'en souvient...

— Comment ça ?

Des vapeurs brûlantes continuaient de nous rôtir, les rides de mes mains se creusaient et se décreusaient par moments, je m'accrochais aux explications — des bouées, je me jetais de l'eau au visage pour me rafraîchir... À la surprise d'Oroshi, c'est Caracole qui décida de répondre à ma question :

— Le Corroyeur lutte pour sa survie, comme tout ce qui vit. Il a une constitution chaotique, faite de vortex entrecroisés, de cyclones à forte viscosité, mal couplés, il charrie des flux massifs, un magma qui l'épuise, il est mal équilibré, en proie à une entropie permanente et énorme, il se dilapide à chaque métamorphose, il a besoin de matière à malaxer, à altérer sans cesse, il peut pas s'en empêcher !

— Qu'est-ce que tu racontes troubadour ? D'où tu tiens ça ?

— Écoutez-moi bien. Là je ne joue plus. On est en danger de mort. Vous connaissez pas ce qui est là, vous ne comprenez pas ce qu'il cherche !

— Parce que toi tu le comprends, barjo ? hurla Oroshi. Et comment tu sais que ce qui nous attaque est le Corroyeur ?

— C'est vraiment le Corroyeur ? osai-je au milieu de l'agressivité tangible.

— Oui, répondit Oroshi. C'est la chose qui a tué Silène. Qui a sauvé Erg !

Caracole continua sur sa lancée en regardant Oroshi et moi, en alternance :

— Le Corroyeur a un problème de consistance. C'est fascinant. Il doit sans cesse absorber du vif pour réaccélérer ses vortex, leur redonner une vitesse de fulgure qui le centre. Il risque sans cesse la dispersion. D'être dilué dans le vent linéaire, d'où il vient. Il nous a suivis pour nos vifs, pour celui d'Erg surtout qui est le plus net, mais il doit pouvoir sentir les turbulences de sillage chez Golgoth, chez Firost, chez les Dubka... D'instinct. Il n'est pas là pour nous tuer. Oroshi a dit juste : il ne sait pas ce que c'est. Il est là pour se nourrir, pour apprendre. C'est un être neuf. En nous, il a besoin du plus vivant. Ce vivant, rassurez-vous, il le capte aussi dans la vase, dans les poissons et les plantes, dans l'eau... Si bien que quand il repart, plus aucun ordre biologique ne vaut : il a sifflé la sève et le ciment des choses, ce qui les tient unies...

Oroshi regardait Caracole avec sidération. Ses cheveux noirs et lisses tombaient en bouclant légèrement sur ses épaules. Son visage, noble et bien découpé, était aiguisé par l'attention. Derrière elle, une langue de sable vira lentement à l'orange. Oxydation ? Alors que j'assimilais avec

peine, elle comprenait trop bien, à l'évidence, ce qu'avançait notre troubadour. Et surtout, elle découvrait qu'il savait des choses qu'il n'aurait jamais dû savoir — vu son statut. Moi, j'étais à la dérive. Je pensais à Karst là-bas, à ma petite Aoi, à Callirhoé, perdus dans les rideaux de vapeur. Et à Nouchka, bêtement au visage de Nouchka. « Fais attention à toi, petit fauve ! »

Ω Putain, ça chie épais dans la vase ! Ergo est à la remorque, son aile en torche, il a les cuisses cramées à l'étuve, il chiale… Te Kaka braille de l'onde comme il peut, il beugle, il rote du vortex en veux-tu, il tape des gongs massifs, fait péter de la bourrasque et des trombes… Il jette ses serpes hypervéloces, ses disques dans le vide, il fait fort, il se casse le pot le Maestro ! Sans lui, je vous parlerais déjà plus, ou alors pas la même langue… Mais autant pisser au vent… Le Tas, y vient du cosmos, il t'a bouilli le lac en trois coups de cuillère, avec poules et canardeaux dedans, l'a rien laissé, du squelette et un cratère noiraud ! La terre y a un petit air de lave vitrifiée… Là-haut, le Tas, il s'est ramassé en nuage, faudrait calter illico — on n'est pas d'ici ! Mais Jerkouille a dit de « maintenir position » et de tourner autour du cratère, un tour, deux tours, trois tours, de plus en plus vite, qu'il a dit. On y percute rien, y a pas à chercher, c'est lui le cador, alors on fait, on trotte, ça décrasse, on fait nos tours de terrain, ça doit être du magique, ça doit le faire marrer du ciel, le Tas… Il va nous claquer quoi maintenant, de la pisse acide ? Du flocon de neige rouge et bleu ? Du canard sauvage reconstitué ? À un moment, je lève le pif, pour voir. Au-dessus, le nuage part en spirale, il tourbillonne sur lui-même, genre crème touillée. Ça monte dans les tours… Ça s'accélère mauvais et ça commence à plonger vers le bas… Merde… Un départ de trombe…

— Horde ! Gardez position ! Reculez quinze pas ! Attention aux rafales…

π La trombe se forme très vite. Une colonne cylindrique. La dépression centrale avale le fond du cratère. Elle éjecte des nuages de poussière et des cailloux. On se couche. La vitesse des rafales est celle d'un début de furvent, avec blaast. Aoi a été décollée du sol et projetée dans une tourbière à vingt mètres. Elle se relève, blessée. Callirhoé roule dans une mare à moitié vidée, boit la tasse et hoquette. Horst est planté debout face au vent, une souche. Qu'espère Te, sérieusement ? Erg est hors jeu. Il est brûlé au troisième degré aux cuisses. Nous sommes tous impuissants. Pourquoi nous ne fuyons pas à toutes jambes de la zone ?

X La trombe s'arrêta d'elle-même par inertie. La raison en était que toute la horde était couchée à plat ventre et ne bougeait plus. Le Corroyeur réagissait en miroir à la circulation de nos vifs au sol. Il se repositionnait en fonction. C'était une forme d'écoute, Caracole n'avait pas tort, même si ses analogies m'agaçaient. Elles manquaient de rigueur. Te Jerkka savait, lui, décidément, ce qu'il faisait : il avait recentré le Corroyeur en le poussant à se centrifuger ; il lui avait redonné une cohésion et une vitesse.

— Il se sent beaucoup mieux maintenant, glissa Caracole. Il a retrouvé ses esprits. Mais il faut que Te fasse vite sinon il va se redilater, avec sa soif...

— Sa soif de quoi ?

— Sa soif de matière à transformer, à déliter. Sa soif de corroi.

— Pourquoi il a ça en lui ?

— Consistance, Sov, problème de consistance ! Un autochrone n'est rien, tu sais, il n'a pas de matière propre, il n'est pas fait d'eau ni même d'air, il n'est pas ce nuage que tu vois, ni la glace de tout à l'heure...

— Pourtant, je l'ai vu avancer...

— Un autochrone n'a que des différences de potentiels en lui. Que des vitesses, c'est un corps fait de vitesses. Comprends-moi Sov, c'est difficile à imaginer, je sais, mais il n'existe qu'en mouvement. Mouvement pur — ou vent pur si tu préfères — mais sans aucune particule de matière dedans. Il existe pourtant. Mais entre. Entre deux eaux, entre deux feux. Entre chien et loup.

— Ça voudrait dire...

— Ça veut dire qu'il *n'est* rien : il agit. Il n'a pas d'identité. Il ne vit que de différences. Il est la différence de toutes les identités, *l'écart en cours.* Il a besoin de matière, toujours, tout le temps, pour mettre en acte ces différences. Par exemple, pour que le mouvement qui fuit des hautes vers les basses pressions, le mouvement qui rend liquide le solide, qui éclate du compact au dilué, de l'animal qui court vers le végétal qui pousse, ce bouger-là, incessant, se fasse et tienne pourtant, en tension précaire, en déséquilibre actif. Le Corroyeur n'existe pas encore, Sov, mais il *consiste.* Il s'efforce, à longueur de temps, de *consister.*

— Pourquoi ce nom bizarre, le Corroyeur ? Qui l'a inventé ?

) Des cris d'animaux nous coupèrent, je me retournai. Dans ce qui avait été une mare et n'était plus qu'une cuvette de boue séchée, une loutre de grande taille se tordait de douleur et piaillait. Sa fourrure grisonnait à vue

d'œil, ses moustaches étaient blanches, elle roulait vers le creux à la façon d'un sac, comme privée d'un coup de vertèbres. Caracole jeta un œil rapide et se signa d'une ellipse :

— Ses os se dessoudent, son vif n'a plus assez de force pour tenir ses pattes ensemble. Écoute-moi bien, Sov, comprends juste une chose : il ne faut pas juger ce que tu vois avec tes références d'humain. Le Corroyeur ne devrait même pas avoir de nom. Ce n'est pas un individu : c'est une multiplicité en transformation, un chaos qui s'alimente à l'hétérogène. Deux choses seulement comptent pour lui. Deux ! La première, c'est de rester centré, de garder ses niveaux d'intensité, son extrême vélocité — et pour ça, il a besoin d'absorber des vifs. La seconde est presque inverse, mais elle fonctionne en contrepoint : c'est de se trouer…

— Se trouer ?

— Oui, le Corroyeur a besoin de se forger une masse inégale, avec des magmas denses mais aussi des couches de vide qui aspirent la matière, lui permettent de couler. Tout un monde d'extrusion, de transfert, d'osmose. De retrempe ! Cette circulation interne l'aide à s'architecturer, à cohérer, par le jeu des forces et des tensions. Un peu comme une voile de char tient par le vent qui la tend, par son mât et sa bôme, par la corde qui la borde, par le bras qui tend cette corde et la carlingue qui tient ce mât, par le poids de ton corps qui l'ancre au sol. Tu saisis ?

— Non.

— Le Corroyeur absorbe des tonnes de matière, Sov ! Il en brise la structure, la cohésion intime, toutes les liaisons ! Il en fait de la pâte, une lave vivante. Et il malaxe cette pâte, avec les vifs qu'il a extrudés des corps ! Et il métamorphe, aveuglément, au hasard ! Il a tendance à répéter ce qui marche, c'est tout ! Il progresse par altération de ses codes, par erreur propice. Seule l'erreur est créatrice. C'est fabuleux, non ?

Oroshi laissa Caracole terminer. Elle hochait la tête avec un air qui signifiait « bel enfoiré, tu savais tout ça et tu n'en as jamais parlé ! » Derrière nous, la voix de Te Jerkka dictait des instructions sonores, apparemment mal suivies, Erg gémissait par salves, avec Alme près de lui. Au-dessus du cratère, le nuage se modifiait à vue d'œil. Il avait à ce moment-là tout à fait l'allure d'un chrone, sauf que ses parois se pliaient, s'invaginaient et que de larges zones devenaient noires et violettes… J'essayais de regarder ça comme me le décrivait Caracole, comme un chaos habité, avec une logique — une logique qui me dépassait, mais dont la présence supputée avait quelque chose de rassurant.

— Le chaos reprend…

— Il va encore muer...
— Te Jerkka va peut-être essayer une passe...

π Te Jerkka s'avance au centre du cratère. Il est au nadir du nuage. La luminosité est crépusculaire. Le vent a repris, erratique. L'humidité regagne comme une rosée. Elle vernit le basalte récent du cratère, le fait étinceler. Le maître nous a dit de rester en bordure, toujours espacés de cinquante mètres chacun. Et de ne plus bouger. Il porte Erg sur ses épaules et le dépose au creux du cratère. Il lui chuchote des choses. Erg se relève sur une jambe, il déplie un parapente de secours et il décolle. Il monte sous le nuage jusqu'à presque le toucher puis redescend, puis remonte... Comme ça : dix fois, vingt fois. Dans l'intervalle, Te Jerkka jette des sons, irréguliers, très puissants. Avec et sans trompe. Vers le haut. Presque des appels, ou une harangue.

Ω Faut peut-être pas trop déconner là... Ils veulent en prendre plein la carafe ou quoi ? Brailler juste sous le Tas, à le narguer ? Ça pue l'orage à plein groin, ça gronde en saccadé là-bas dedans, avec des bruits de toile qu'on déchire à deux mains pour faire du chiffon... Et eux, ils restent là dessous, avec l'un qui fait le Yo-Yo et l'autre qui ioudle ? J'aurais un char, j'aurais déjà mis les voiles — mais fissa hein, ciao, à la revoyure, vous me raconterez ? Ils me font caquer, ces cons-là, surtout mon Ergo qui file là-haut toucher les mamelons de la vache avec sa patte folle... S'il y passe, faut plus espérer aller bien loin, je vous le dis...
— Qu'est-ce qu'ils font Oroshi, à ton avis ?
— Ils cherchent l'orage. Il y a une logique de matière. Le Corroyeur est encore gorgé d'eau. Il va fonctionner comme un cumulonimbus, avec des circulations très violentes à l'intérieur du nuage et des différences de charge entre les particules d'eau glacée.
— Ça va péter ?
— Oui. Mais je ne comprends pas pourquoi Te veut que ça pète. La foudre va les tuer !

) L'orage était à présent imminent. Dans le ventre violet du nuage, à l'aplomb, le tonnerre grondait déjà. Te demanda à Erg d'arrêter ses vols et il le fit sortir du cratère avec l'aide de Barbak et de Steppe. Il restait donc absolument seul au beau milieu de ce qui avait été un lac et il s'allongea sur le dos à la façon étrange d'une araignée à l'envers. Pendant un temps flottant, il s'abstint de parler ; seul l'orage était audible, montant en puissance,

se ramassant… À fleur de sol, on entendit cependant un bruit d'aspiration phénoménal qui convergeait vers le maître. Les secondes passèrent… Dix… Vingt… Trente… Quarante… Et le corps de Te Jerkka, gorgé d'air, claustré dans son apnée, bombé à craquer de gaz, du ventre jusqu'aux poumons — ce corps en bonbonne tout à coup explosa ! L'onde de choc était si massive qu'elle mit mes tympans au noir. Te Jerkka fut arraché d'un mètre au-dessus du sol sous l'effroyable virulence de son cri froid.

π Une seconde, pas plus. Le temps d'un écho. Et la foudre tomba sur lui. Il esquiva. Un second éclair fora la verticale. Il esquiva encore. Sur la surface du cratère, la lumière claquait à coups de fouet. Te Jerkka se décalait. Sans fuir. Sans vouloir sortir de la zone d'impact !

) Grésillant sur le basalte, y fusant par ramilles, le plasma électrique aurait rendu fou n'importe qui — animal ou humain. Mais Te Jerkka n'avait pas obtenu son titre de maître foudre à vingt et un ans par hasard. Il était toujours ailleurs — là où la foudre ne frappait pas, toujours dans la plage sombre, comme s'il savait où, comme s'il comprenait comment, comme s'il devinait le rythme et la cadence.

De la voix, de la voix encore, de la voix toujours, il fit fuser des siks soniques, dans les intervalles, un peu comme un archer face à un monstre trop fort pour lui et qui cherche la faille, l'œil ou la veine où frapper. Ses cris montaient, ses coups de gongs sculptés à la gorge, ses ondes de pur *nèphèsh*… Bientôt, je ne pus plus regarder — les flashes de foudre étaient si rapprochés, si éblouissants, qu'ils brûlaient la rétine. L'orage s'emballait, il dérapait, il devenait fou… Les éclairs pilonnaient le cratère sans discontinuer, la foudre ruisselait sur la lave noire, Te allait y passer, c'était une question de minutes maintenant…

— *Derbelen* ! lui hurlait Erg. *Fisk Mester* ! *Derbelen* !!!

π Mais le maître n'écoutait pas son fils adoptif. Il n'entendait pas celui à qui il avait tout appris. Il n'écoutait plus rien que la foudre même à laquelle il devait son plus profond savoir et sa grandeur. Te Jerkka avait décidé d'aller au bout. Et il alla au bout.

) Je sais ce que les troubadours ont écrit et surtout dit de la scène que j'ai relaté dans mon carnet de contre et que j'ai lu à Alticcio devant les racleurs : qu'elle est impossible à croire. Je ne discuterai pas : j'ai vingt-deux témoins oculaires. Et j'ai ma conscience de scribe pour moi. On pourra toujours

discuter ; on pourra évoquer une hallucination par exemple. On peut dire que les dix-sept éclairs figés en plein ciel, tels des arbres d'or fin, ne soutenaient pas le nuage — qu'ils pendaient du nuage au contraire. On peut dire que Te Jerkka n'a rien arrêté du tout, que sa voix n'a eu aucun rôle véritable, que le *nèphesh* n'est qu'une mystique. On peut penser que le chrone a bloqué un fragment de temps. On peut même imaginer que la pétrification subite du nuage est due à cet arrêt du temps. Oui. Mais moi j'ai entendu distinctement les poutres d'or qui retenaient ce qui était devenu un immense bloc de granit suspendu, à trente mètres au-dessus du cratère, *grincer* ! J'ai vu les dix-sept éclairs de métal plier sous la pression du nuage de pierre, j'ai vu le visage de Te Jerkka quand il a compris qu'il avait réussi. J'ai surtout entendu sa version, son explication imparable et modeste : le chrone n'avait à ce moment-là plus d'énergie disponible. Il avait dilapidé dans l'acmé ses différences de potentiels, il était comme un cœur au bord de la syncope et qui serre après un effort démesuré. Si tu pousses un chrone à ce paroxysme, il ne meurt pas, mais il bloque le temps — en lui et autour. Il l'a bloqué. Une demi-seconde. Ça a suffit à métalliser la foudre.

Je me souviendrai toute ma vie de la réponse de Te Jerkka lorsque Erg et Oroshi lui demandèrent, admiratifs, comment, dans le cratère saturé d'éclairs, il avait pu éviter la foudre. Il les regarda droit dans les yeux, sans sembler comprendre la question. Il fronça une spirale impressionnante de rides et lâcha, avec la plus désarmante sincérité :

— Moi pas évité amie foudre. Éviter pourquoi ?

— Vous avez…

— Vieux me fais… Trop d'efforts c'était de bondir de droite et de gauche…

Erg lui-même resta bouche bée. Il s'assit près de son maître en lui prenant la main. C'était un geste que je ne l'avais jamais vu faire.

— Vous pensiez que vous alliez réussir ?

— Non, macaque. Pensais lui parler un peu…

— Lui parler ?

— Oui, lui dire qu'il allait fatiguer… Pas chercher à gagner, macaque, rappelle-toi, juste chercher…

— À moins fatiguer que l'adversaire. Personne ne te tue. Tu te tues tout seul. C'est ta fatigue qui te tue. La fatigue, seul ennemi. Déjà et toujours. Partout.

— Je vois qu'il reste morceaux dans ta tête… Bien fils, très bien… Comment va cuisse ?

— Ça ira, Te. La douleur n'est qu'une information.

X Caracole était resté plus d'une heure autour du monolithe de granit fracassé au sol, à le toucher, à caresser le grain de la roche… Il avait ramassé un éclat du nuage et l'avait glissé dans sa poche. Souvenir ? Recherche personnelle ? Connivence ? Lorsqu'il me vit m'approcher, il me sourit, presque gêné, puis il reprit sa contenance de troubadour jovial et enlevé, sans y parvenir tout à fait. Il me désigna finalement le bloc, plutôt ému et il me dit :

— Il lui faudra plusieurs semaines pour retrouver une forme de vitesse, tu sais. Pour réinjecter du mouvement dans les cristaux. D'ici là, nous serons loin ! Là, je crois qu'il est tombé à la limite de l'indifférencié : il respire en monolithe. Pourtant son vif bat, un vif si fragile, à peine une turbule, mais qui suffira à tout relancer, par écart croissant, par chaos amplifié. C'est comme une aptitude primitive à se différencier qui le hante, Oroshi, qu'on ne peut pas lui enlever, ni lui combler. C'est sa force. Il se reconstruit toujours, il a la vie en lui !

— Oui, Carachrone. (Je guettai sa réaction : il ne se trahit évidemment pas.) Il commencera par de ridicules cristaux qu'il va fondre puis regeler. L'eau donnera de l'herbe qu'il fera pousser dans les fissures, l'herbe des arbustes vivaces. Et entre minéral et végétal, il va circuler, s'alimenter, exploiter la puissance de l'écart. Et quand il sera assez diversifié et assez véloce, alors recommencera le corroi… Partout où il passera, la rouille va ronger, le bois moisira, ça se délitera doucement, ça partira en poudre et en poussière parce qu'en toute matière organisée, il absorbera ce qui la tient debout : le vif et le lien, cette tension active des différences. Il nous a tué Karst et toi tu restes agenouillé à le contempler…

— Tu ne trouves pas ça fascinant ?

— Si. Parce qu'en un sens, il est comme toi troubadour : il n'est qu'une autre forme prédatrice de la vie.

IX.
La tour Fontaine

π L'îlot est étiré dans le lit du vent. Une langue sèche de sable de trente mètres de long. Presque les dimensions d'un chrone ordinaire. Trois arbres la crèvent en son centre. Steppe m'en a donné les noms mais je n'ai pas écouté. J'ai les muscles courbatus et j'ai froid. Le froid secondaire, celui qui vient après la sortie de l'eau. Le froid qui s'est imprégné dans les fibres. Chaque hordier a déjà choisi sa couche. Léarch trouve que le sable ressemble a du sucre roux et il a raison. Les vagues roulent continûment de part et d'autre de la langue. Ma reconnaissance en amont, avec Arval, ne m'a rien appris d'essentiel. La brume du soir montait. J'ai eu le temps d'apercevoir un chapelet de javeaux. Ils définissent une trace amont correcte mais il faudra sans cesse entrer et sortir de l'eau. C'est la même histoire depuis trois semaines. Depuis le Corroyeur en fait. La moitié de la horde est à la limite de la rupture. Les filles ont des visages vidés de leur couleur. Elles sont hébétées de fatigue. Et nous sommes au mieux à mi-chemin de la flaque, d'après les interpolations de notre géomaître Talweg. Personne ne s'est remis de la mort de Karst. Personne n'en parle.

J'ai sorti mon auvent et je me suis installé, en lestant ma toile de sable. Toujours les mêmes petits groupes, disposés en rayon autour du feu. La force de l'habitude : Golgoth en amont avec Léarch, Firost et Talweg, sans auvent, à la belle. Autant dire à la pluie… Barbak, Sveziest et le fauconnier à deux heures sous les arbres. Près du feu, quand tout le monde sera couché : Callirhoé et Silamphre, Alme, Arval, Steppe et Aoi — souvent ensemble en ce moment. Coriolis avec eux, sauf quand Caracole… À quatre heures, invisible sous un couvert de sable, il y aura Erg. Horst et… Horst et Larco préfèrent s'installer aval, à huit heures. Enfin le quintet des parleurs nocturnes : l'autoursier, Caracole, Oroshi, Sov… et moi.

ʃ Fichtre ! Sont pas plus flamme que moi, les autres… (À part Golgoth — lui, quand il fatigue, il braille, il vire agressif.) Tous, on a une gueule de

sphinx avarié et les muscles des bras en compote de pommes. Les muages sont parmi nous, à fleur de flaque, ils nous enveloppent de leur nostalgie d'avoir été compacts. Ils sont décidément dissipés (surtout le soir et le matin). Ensuite, dans la journée, ils retrouvent une tenue, reprennent forme, on peut leur parler. Mais là (au crépuscule), ils lâchent leurs plaintes ouatées. Je lève ma cage et je la descends — bien sûr, rien ! (Si : une méduse grise qui m'empoisse l'osier et dont Callirhoé fait des gelées, de la bouillie dégueulasse qui nous colle aux parois de l'estomac.) J'ai cru un moment que Caracole allait nous sortir de la torpeur et nous plaquer un conte. Il s'est levé, il a toussé de l'eau puis il a raconté (en trois minutes) une histoire sur le passeur de Lapsane (le genre d'histoire qui rassure avant d'aller se coucher : un mec transparent, sur des pieds en peau de pluie, qui vagabonde tranquille avec sa lame transparente en eau pure et qui te coupe la tête à ras la surface…).

— Faudra rester frais et vigiles demain, les croquignolets… Je sens des ondes en cerceau qui titillent la cymbale du lac… Tiguiding, tiguiding ! Très dansant…

Puis il est allé se coucher. Pas trop flamme, je vous dis. On s'est tous regardés : la maussaderie générale. Sûr qu'on n'a trop rien compris, mais quand le trouboo sent un truc, depuis le furvent, on a un peu tendance à l'écouter avec les deux esgourdes en pavillon.

‹› La pluie tomba d'abord à petites pattes, en cavalcade douce, puis les chatons furent jetés des nuages par panières entières, par meutes serrées, à pianoter la surface de l'eau. Je n'y parvenais, à dormir, pas. Je me parlais, comme souvent : « Petite Aoi, repose-toi… La journée va être harassante demain… » Mais je sentais l'eau autour de nous bizarre et j'avais le tournis… Alors je me mis à écouter la pluie…

Le choc des gouttes sur les feuilles souples et le matelas du lac, ce bruissement continu, cette criblure fine de grains d'eau tombant sur le monde, je ne connaissais pas de sensation plus profondément douce, que je ne savais accueillir avec une aussi totale présence. Pluie, comme d'une cloche liquide battant seconde après seconde à toute volée, alentour et partout, sur l'eau brouillée, sur le sol et le sable, sur le visage de Steppe et à travers l'herbe folle de ses cheveux, pluie s'infiltrant sous toute matière entremise, pluie dans mes mains ouvertes comme des feuilles, glissant sur la nuque fraîche de Callirhoé, dans les crânes décalottés de rêve, pluie dans les oreilles et dans la bouche, puisque rien ne pouvait plus s'y opposer, pluie puisque les cuvettes d'argile n'étaient plus assez vastes pour l'accueillir tout

à fait, même pas les lagons longs, pluie, ni les lacs noyés, pluie, ni la flaque… Pluie…

À l'aube, dans ma somnolence, j'entrevis les taches jaunes aquareller la brume. La pluie continuait, murmurante et chapechutée, tapotant le sable avec sa douceur de loutre perlée, de trompuchon s'ébouriffant hors de flaque, de buisson secoué. J'avais fini par dormir en me blottissant contre Steppe, qui m'avait ouvert son duvet… Et on s'était tenu chaud.

) La pluie vint d'un coup — une volée de grenaille — sous une verticalité rare. Je sortis la tête un instant du duvet et machinalement, je retirai la toile pliée sous ma nuque et je m'en couvris de la tête aux pieds, en me bordant grossièrement. La pluie s'intensifia. Durant le reste de la nuit, elle martela la surface rigide de l'auvent. L'auvent devint une cuvette, la cuvette une bassine puis la bassine se vida par à-coups, sous les rafales et l'accumulation. À l'aube, tout le monde guetta, de son sac, le soleil sans un mot. Puis Callirhoé se leva et — cette fille n'était pas feuleuse, elle était magicienne — le feu s'éleva presque aussitôt, fumeux d'abord, clair et chaud très vite, agglutinant au-dessus, sur un long portique échafaudé par Silamphre, les duvets trempés.

— Attendez un peu, on y va tous ensemble ! Par le Vent Vierge, écoutez-moi ! Cette flaque a ses dangers ! Erg n'est même pas avec vous !

— Restez compacts ! Je finis mon putain de bol !

π Peine perdue. La curiosité est la plus forte. Arval est parti en tête, Golgoth et Firost le suivent de peu. Caracole, Oroshi et Steppe plongent derrière eux. Je vois leur sillage écumer dans les vapeurs de la brume. Le brouillard flotte dans un halo surnaturel. Les peaux, la surface de l'eau, le sable… tout a une teinte jaune citron. Ça se lève doucement. Par moments, le disque du soleil apparaît dans sa netteté. Ce que je ne comprends pas, c'est comment on a pu rater cette tour hier soir lors de la reconnaissance. Elle se dresse à moins de deux cents mètres de l'îlot. Une tour ronde plantée dans l'eau. Dix mètres de haut à peu près. Trois de large. Avec deux plates-formes circulaires : l'une juste au-dessus de la surface de l'eau, comme un rebord pour accoster. L'autre juste en dessous du sommet pour pouvoir s'accouder au bord. Au bord de quoi ? Une sorte de château d'eau ? Un puits ? Un silo pour stocker des céréales ? Erg jure dans mon dos une obscénité. Il pose son bol et décolle aussitôt avec son cerf-volant de traction pour aller se poser vingt secondes plus tard au sommet de la tour. Il a ainsi précédé tout le monde. J'enfile ma combinaison et j'entre dans l'eau. Elle

est étonnamment tiède pour un début de matinée. Des courants se sentent. Très vite, les fonds se creusent. J'ouvre les yeux dans l'eau claire. Il y a déjà cinq mètres sous moi, avec un fond rocheux piqueté de galets noirs. Puis ça descend plus profond encore à mesure que j'approche de la tour. Au pied, il est impossible de savoir jusqu'où plongent les fondations. Le mur se perd dans un à-pic. Hors de portée du regard.

— Dépêche-toi, Pietro ! Ils sont déjà en haut. Y a quelque chose de bizarre apparemment !

— Talweg ?

— Oui, quoi ?

— En quelle roche est cette tour ?

— En porphyre vert.

— C'est possible ici ?

— D'un point de vue géologique, non ! Les pierres doivent venir d'ailleurs. Elles ont dû être amenées par navire.

— Tout est en porphyre ?

— Entièrement ! Le double escalier à hélice aussi ! Tu as vu ? Les marches ont été placées en saillie à l'extérieur ! C'est une technique qu'on ne trouve qu'en zone abritée, dans les villages de montagne. Ça prend trop l'érosion ! Mais c'est un travail magnifique, regarde : elles sont emboîtées d'un bloc dans le mur ! Et la taille est parfaite !

Je mets le pied sur la première marche et je monte derrière lui. Les marches sont en effet dignes d'un palais. Elles sortent du mur tous les trente centimètres et s'élèvent en s'enroulant autour du cylindre. Pas de rambarde : juste enfichées dans le mur. À partir de cinq mètres, ça donne un peu le vertige…

— Qu'est-ce que ça dit là-haut ? Golgoth, Firost, Arval ? Ça va ?

— Ouais, montez voir ! On dirait une sorte de puits ! C'est plein d'eau à ras bord ! Et ça tourbillonne !

— Y a une inscription sur la margelle, gravée.

— Ah oui ? Ça dit quoi ?

) J'entendis la voix de Firost répondre du haut de la tour. Selon toute apparence, l'inscription n'était pas facile à déchiffrer car il ânonna d'abord et finit par dire :

— C'est marqué : « Ne… dites… jamais… fontaine… »

Auquel succéda un bruit malsain, comme une toux grasse…

— Tout vas-tu bien ? s'enquit immédiatement Caracole qui atteignait les dernières marches de l'escalier.

— Alme ! Alme ! Appelez Alme !
— Qu'est-ce qu'il y a ?
— Il s'étouffe ! Firost se sent mal !
— Firost !

Je me mis à courir dans l'escalier, manquant de riper sur une marche et de m'écraser dans l'eau huit mètres plus bas. Là-haut, sur la plate-forme circulaire se tenaient déjà Golgoth, Arval, Oroshi, Caracole, Steppe et Pietro. Firost était penché sur le rebord du puits et il vomissait dedans — enfin pas exactement vomissait, du liquide lui coulait de la bouche…

— Qu'est-ce qui se passe, merde ? Qu'est-ce qu'il lui arrive ?
— J'en sais rien, il rend de la flotte !

π Golgoth empoigne Firost. Il lui met deux doigts au fond de la gorge, une solide bourrade… Mais ça n'a strictement aucun effet. Le visage de notre pilier est tordu dans une expression de peur panique à peine soutenable. Il ruisselle par le nez, par les larmes des yeux, par l'ouverture de la bouche, par les oreilles, il se pisse dessus, il chie de l'eau par l'anus. Sa peau est essorée de sueur. Il essaye manifestement de respirer et il hoquette, il pompe un air introuvable. Ses râles se noient dans le creux de sa gorge.

) Sur la plate-forme, il y eut un flottement incroyable, une complète incapacité de réagir. Alme n'arrivait pas, Caracole restait muet, Oroshi regardait alternativement le puits qui tourbillonnait, l'inscription gravée et Firost. Aussi stupéfaite, elle restait, que moi.

— Arval, que s'est-il passé ? Qu'est-ce qu'il a fait ?
— Ben rien ! L'a juste lu l'inscription ! Et puis après…
— Quelle inscription ?
— Là, sur rebord !

Caracole s'approcha, il parut avoir un mauvais pressentiment, puis il glissa :

— Il s'agit peut-être d'un glyphe. D'un glyphe oral… Une phrase qui agit par le son… Avec des mots qui déclenchent le…
— De quels mots tu parles, par Vent Bleu ?
— Ceux qui sont inscrits là… Sur la margelle…
— Tu veux dire « fontaine » ? balbutia Arval.

En d'autres circonstances, si je ne m'étais pas trouvé en haut d'une tour de porphyre, plus qu'improbable ici, flanquée au beau milieu de la flaque de Lapsane, avec notre pilier-chasseur qui se vidait comme un tonneau percé, notre soigneuse qui nageait à l'aplomb, en brasse coulée, sans rien

entendre de notre panique, et le reste de la horde pétrifié autour d'un puits dont l'eau tourbillonnait de façon malsaine, j'aurais pu sourire de la bourde d'Arval. Au moment où notre petit éclaireur prononça « fontaine », je compris. Mais c'était une fraction de temps trop tard. Arval s'affala d'un bloc sur le roc de la plate-forme et sa tête bascula dans le vide. Je le rattrapai juste à temps. Un long jet d'eau se mit à couler par sa gueule ouverte et vint crépiter en cascade sur la flaque — tout en bas. Lorsqu'on le releva, il avait la même expression, de survie pure, que Firost. Son visage dégorgeait d'une eau parfaitement claire, exempte de toute glaire ou de toute morve. De l'eau pure ! Sauf qu'elle sortait de nulle part ! Enfin si : elle sortait de lui. Firost se tenait à genou sur le rebord de porphyre, face au vide, soutenu aux épaules par Steppe et Golgoth, et il s'efforçait, une goulée d'air après l'autre, de respirer dans la résurgence qui lui obstruait la gorge et il gémissait, il hurlait comme du fond d'un tuyau, par ses seuls poumons, sans pouvoir rien articuler d'audible… Un homme-fontaine.

Une minute plus tard, Alme arriva. Elle scruta tour à tour Arval et Firost, mesura les tours de poitrine, de cuisse et de bras — n'importe quoi ! — puis elle ouvrit enfin la bouche :

— À ce rythme, ils sont morts dans une dizaine de minutes.

— …

— Firost a déjà perdu quatre litres d'eau, si je m'en tiens au tour de taille. Arval a encore moins de réserves. Il sera déshydraté dans cinq minutes.

— Alme, qu'est-ce qui se passe ?

— Ils sont en train de se vider de leur eau. Dessiccation accélérée. Ça sort de partout, des cellules, des muscles, de la chair, de la peau, de l'estomac. Ils se purgent à grande vitesse.

— Qu'est-ce qu'ils ont ? Un ver d'eau ?

Alme ne répondit rien. Elle déshabilla entièrement Firost puis Arval. De l'eau dégoulinait de leur anus, pissait de leur sexe… Elle prit quatre bandages et, sans attendre, elle les leur fourra dans le cul, le plus profond qu'elle put. Puis elle en noua un à la base des sexes pour stopper l'aquarragie. Enfin, elle plaça un tuyau coudé dans la bouche de chacun pour initier, j'imagine, un circuit fermé :

— Avalez, avalez autant que vous pouvez sans vous étouffer !

D'un hochement de tête, Arval et Firost indiquèrent qu'ils avaient compris. Arval était plus émacié que jamais. Firost avait rétréci aux hanches. La peau de ses bras se parcheminait. Des spasmes les cassaient en deux, des quintes horribles qui arrachaient le tuyau — la bouche se remplissait, une vasque, ça se déversait sur le menton et le torse — rot, quintes — rot,

on remettait le tuyau, ils mordaient dedans, mais ça ne suffisait plus, ils s'asphyxiaient, ils se noyaient debout… Et cette voix, cette voix monstrueuse, de tube, engloutie, qui ne perçait plus l'épaisseur de l'eau lourde… Ils tendaient les mains vers nous et on ne savait que les secouer, les secouer encore, stupidement, totalement largués et abrutis de stupeur… Surmontant leur désarroi, seuls Caracole et Oroshi s'approchèrent finalement d'Alme et ils lui chuchotèrent quelque chose. Pas suffisamment bas toutefois pour que je ne puisse les entendre :

— C'est un chrone, c'est ça ?

— Oui, un michrone, un aqual enkysté.

— D'où il sort ? On n'a rien vu arriver.

— Il sort du puits, il y était enroulé. Il se génère à partir de l'articulation de certains mots. Le mot sert d'amorce pour le vortex et le chrone se fixe dans la trachée. Il se sert de l'accélération de la colonne d'air et de la production de souffle qui suit certaines syllabes.

— Par exemple une chuintante, un f ?

— Par exemple…

— Qu'est-ce qu'il faut faire ?

— Il va falloir extirper le vortex de la trachée. Là où il est, il aspire comme un siphon toute l'eau des cellules et il l'expulse par tous les orifices du corps. Il agit un peu à la manière d'une trombe marine.

— Tu vas plonger dans la gorge, tu as besoin d'un tube, d'une tige ? intervins-je, nerveux mais contenu.

— Ça ne servirait à rien, Sov. Le vortex n'est qu'une boucle d'air, extrêmement véloce. On ne l'enlève pas. On la ralentit ou on la disperse.

Le dialogue fut coupé par Golgoth qui explosa :

— Capys, tu fous quoi ? Tu bavasses ? Mon pilier est en train de bloquer les pales ! Tu percutes dans ton bousier ? Firost pisse la mort ! T'attends quoi putasse ? Qu'il se noie dans sa morve ?

¬ Alme Capys, fille de Lacmila Capys et d'une lignée plutôt respectée de soigneuses, se retourna alors et, sans réaliser elle-même ce qu'elle faisait, elle claqua une mornifle massive dans la face de Golgoth. À la première seconde, la tête du Goth sonna comme un bloc de marbre qui prend un coup de maillet. À la deuxième seconde, il lâcha Firost. À la troisième, il arma sa nuque et il fracassa le front d'Alme d'un coup de boule. Alme vacilla de la plate-forme sous la violence de l'impact et elle perdit l'équilibre… Foi de Talweg, je ne remercierai jamais assez les dieux de la Pierre, où qu'ils se terrent dans ce tas de brume et de roseaux moisis… Mais Alme

chuta comme colonne à la verticale et elle alla fendre l'eau sans percuter la plate-forme du bas. Lorsque sa figure réapparut en bougeant au milieu de l'écume, il y eut une sorte de ouf terrible… Même chez le Goth, quoiqu'on dise… Mais dans sa bouche, ça donna :

— Ces femelles, putain ! Ça bouge ni débouge et ça se flonne !

) « Tu exagères, Golgoth » furent les uniques mots de reproche qui lui furent adressés. Ils étaient pourtant dans toutes les cages thoraciques, prêts à être expectorés, mais seul Pietro se sentit le droit de leur ouvrir la porte. Golgoth le toisa alors dans les yeux et ne répondit rien. Rien de sonore en tout cas. Déjà Alme était remontée, sonnée, par l'escalier en hélice. À Golgoth, elle ne jeta aucun regard, se concentrant sur Arval et Firost auxquels on soufflait, de force, alternativement, par deux tuyaux, de l'air et de l'eau.

— Oroshi et Caracole, vous pouvez venir avec moi ? Sov aussi.

Nous nous isolâmes à l'écart, sur les premières marches de l'escalier opposé.

— Je vous expose le problème. Aussi simplement que possible : ils ont un vortex qui tourne dans la trachée. C'est une forme de chrone, un *michrone* de type *aqual*, qui se nourrit d'eau. Oroshi doit comprendre. Il n'est pas délogeable par des moyens physiques. Sa vitesse de rotation est spirituelle. Elle dépend d'un mot-flux qui assure sa dynamique, souvent à partir d'un proverbe ou d'une comptine. C'est comme une sorte de ritournelle qui favorise son bouclage, son retour incessant. Quelqu'un a-t-il entendu le mot déclencheur ?

Caracole se leva alors et tira Alme vers la margelle du puits. Il indiqua du doigt le mot « fontaine ». Avec Oroshi, avec tous en fait, Alme resta de longue secondes devant l'espèce de sortilège qui était inscrit sur le pourtour de roche du puits :

« Ne dites jamais : "fontaine, je ne boirai pas de ton eau." »

Au centre, des mètres cubes d'eau limpide, à perte de profondeur, tourbillonnaient lentement, comme aspirés par un siphon. Mais le niveau sous la margelle ne baissait pas d'un pouce…

— Ça veut dire quoi au juste ?

— Ce dicton ?

— Oui.

— Ça veut dire qu'on ne sait pas de quoi l'avenir sera fait, qu'il ne faut jurer de rien.

— Ça veut dire qu'on ne sait jamais si nos désirs ne passeront pas un jour par ce qu'on se refuse aujourd'hui pour les assouvir.

— Peut-être qu'il faut boire l'eau de ce puits ?

— C'est ce qu'ils font depuis tout à l'heure ! Ça n'a aucun effet !

— Il faut freiner le vortex, l'immobiliser. Il n'existe et ne survit que par son mouvement. Si on parvient à le figer, ne serait-ce qu'une seconde, il se dissipera.

— Il faut qu'ils articulent le mot ! Et presto !

— Qui ? Quel mot ? Qu'est-ce que tu racontes, Caracole ?

— Monseigneur l'aqual s'est annoncé séant à partir d'un mot. Il vit par la grâce de l'articulation de ce mot dans la trachée. Maman a raison ! Si monsieur de Toroge, ci-devant pilier et messire la Lueur, ci-après éclaireur, parviennent à articuler un autre mot, un mot qui *contredise* le premier, qui spirale sur un principe inverse… Eh bien ffffuiitt ! Le vortex sera… dissipacifié !

— Donc il faudrait trouver ce mot et le leur faire prononcer… C'est ça que tu dis ? Juste un mot ? Un simple mot ?

— Yak !

Il y eut un silence. Quelque chose comme le sentiment d'avoir avancé contrebalançait l'impuissance qui nous lestait, il tamisait un temps la panique. Toute la horde était autour du puits maintenant, à épauler Firost et Arval, à leur parler, à leur faire boire ce qu'ils pouvaient boire. Léarch avait sorti son soufflet de forgeron et il projetait de l'air dans leur gorge, d'autres compressaient les gourdes pour faire refluer l'eau qui se déversait continûment. Mais Arval se vidait toujours — par les pores de la peau, par ses yeux saturés de larmes, par son nez qui saignait d'un sang incolore : son eau, sa propre eau vitale. Il se desséchait dangereusement. Il avait des spasmes de moins en moins forts, mais ses joues touchaient presque ses dents et il ressemblait chaque minute un peu plus à une momie qu'on aurait enveloppée d'un bandage de peau. Qu'est-ce qui pouvait répondre à « fontaine » ? Qu'est-ce qui pouvait le contre-articuler ? Quel sens et quelle syllabe ?

— Logiquement, la solution est dans le proverbe lui-même, osa finalement Oroshi. La font… produit de l'eau, l'eau dont il ne faut justement pas dire qu'on n'en boira jamais. Mais si l'on décide de boire cette eau, tout de suite, si on l'accepte sans délai, alors le proverbe perd sa puissance potentielle, sa menace s'effondre…

— Et alors ?

— Alors rien, je ne sais pas.

Trouver une solution à un problème intellectuel dans l'urgence est à la portée de n'importe qui. L'induction supplante toute déduction, l'analogie

fuse de piste en piste, traverse les voies, saute, revient, étincelle — en deçà de toute logique. L'intuition court-circuite la hiérarchie toujours possible d'un raisonnement arborescent. Elle procède par rhizomes, de point en point, sans hiérarchie ni préséance. On trouve alors, ou on ne trouve pas. Je ne sais pas ce qui m'aida vraiment : la remarque d'Oroshi ? Le fait qu'en me penchant dans le puits, j'avais été frappé par la netteté de la spirale au milieu du cercle impeccable de la margelle de porphyre ? Ou encore cette habitude mentale de scribe, de notateur de vent, de visualiser un O dès que j'entendais le mot « vortex », alors même que j'avais toujours été chiffonné par ce choix d'une lettre circulaire pour noter une spirale, par le conflit presque évident qu'il y avait entre cette notation et la réalité d'un point qui s'enroule en se décalant, d'une combinaison si étrange d'une rotation et d'une translation qui définissait le tourbillon du vortex ? Et puis l'homophonie entre eau et O ? Sans doute.

— Je crois que c'est évident. Le mot, c'est « eau ».

— Oui « O », opina Caracole qui avait les yeux rivés au fond du puits. La lettre O ! La seule lettre qu'on puisse opposer à la spirale. Le seul son stable et rond que puisse produire une gorge. Bien joué, jeune glyphier !

— Putain, Caracole, ce n'est pas un jeu ! Pourquoi tu n'as rien dit si tu savais ?

— C'est un jeu !

— Tu avais trouvé, hic ou hac ? Avant Sov ? Tu savais ? Réponds !

— Non pas, farouche Oroshi. Je cherchais encore le ton…

— Vous êtes sûrs de vous ? coupa Alme.

Mais déjà notre soigneuse avait cessé de nous écouter. J'étais furieux contre Carac, mais moins qu'Oroshi qui le dévisageait avec une rage d'inquisitrice. Alme s'approcha d'Arval et elle lui prit la tête entre ses mains pour qu'il l'écoute avec l'attention qu'il lui restait. « La Lueur, lui chuchota-t-elle, tu dois prononcer dans ta bouche le mot "eau". » Articule-le le plus fort, le plus profondément possible dans ta gorge : « O ! » Il y eut un son rauque, un rot. Et l'hémorragie s'arrêta !

Nous ne nageâmes pas cette matinée-là. Nous restâmes les uns près des autres, à vingt-deux, au sommet de la tour de porphyre. Celle qui restera plus tard dans mon carnet de contre comme la tour Fontaine. Nous bûmes beaucoup, une orgie, beaucoup d'eau à même le puits. Surtout Arval et Firost qui regonflèrent assez vite et se réhydratèrent. Elle était d'une fraîcheur délicieuse et presque fruitée. Nous nous amusâmes beaucoup à prononcer « fontaine » puis juste derrière « eau », en arrosant les autres, à discuter du sens du proverbe, à dire n'importe quoi, par exemple qu'il fallait

prononcer « de ton haut », ou que le véritable sens du proverbe était « je ne boirai pas de tonneau ».

π Du sommet de la tour, sous un soleil désormais franc, la flaque s'étendait à perte d'horizon. Quelle que fut la direction choisie. La ligne de houle cassait aux crêtes. Des panaches d'écume tâchaient, ça et là, la nappe bleue. Signe que l'eau virait saumâtre plus haut. Orthogonale au vent, une levée de terre noircissait la toile en aval. Plus proche de nous s'avivait au soleil une roseraie blonde, couchée par les salves. Un barrage alluvial flottait. Je m'approchai de Sov qui méditait et je lui mis la main sur l'épaule :

— Tu as remarqué Sov ? Pas la moindre île…

— Oui… Je crois bien que les calculs de Talweg sont justes.

— Nous arrivons dans la zone centrale de la flaque, il n'y a plus de doute…

— Il faut dire à Silamphre qu'il prépare la plate-forme de surnage.

— C'est fait. Il est parti avec Steppe chercher des bambous suffisamment costauds pour la construire.

— Combien de jours de nage pour traverser la zone centrale, a dit le contre-amiral ?

— Il a dit deux semaines dans des conditions idéales : pas de tempêtes, pas de chrones, pas de méduses, pas de siphons, des réserves de bois et de nourriture au maximum, toute la horde en bonne santé…

— Je vois… Alors trois semaines au minimum…

— Quatre… Steppe va se charger aussi des réserves de bois. C'est le seul qui ait une forme suffisante pour ça, et puis c'est son boulot. Callirhoé a suffisamment d'huile et d'amadou pour les feux. Pour la nourriture, Aoi est épuisée. J'ai envoyé Arval cueillir des salicornes. Quand Firost sera reposé, il ira avec Golgoth, Erg et Léarch chasser du gibier d'eau…

— J'ai aperçu un héron pourpré, deux barges et des foulques, il y a de quoi faire…

— Darbon va se concentrer sur les hérons avec ses faucons crécerelles. L'autoursier a repéré une terrée en aval avec une saulaie et des frênes. Son autour devrait ramener quelques campagnols, peut-être un ragondin.

— Calli et Aoi dépiéceront tout ça et elles fumeront la viande. Pour la pêche, on pourra aviser au fur et à mesure.

— J'en peux plus de la bouillie de méduse et des algues !

— De toute façon, Sov, nous allons prendre deux jours de repos avant d'attaquer la zone centrale. On en profitera pour manger de la viande braisée !

— Golgoth est d'accord pour relâcher ?

— C'est lui qui a proposé. Il dit qu'on n'a encore rien vu. Que le plus dur commence. Qu'on ne sait pas comment va réagir Horst. Il dérive…

— Je ne sais pas si nous avons déjà connu pire que ce mois qu'on vient de passer dans la flaque. J'ai l'impression de m'enfoncer en permanence, que tout fond autour de moi. Je n'arrive pas à me reposer, à mettre mon cul sur quelque chose de solide et de sec. Je suis enflé comme une éponge, j'ai la peau crevassée aux doigts. Ma chair est moisie de la tête au pied, je bouffe, je bois, je couche dans le moisi ! Je dors trois heures par nuit, je suis gelé quand je sors de l'eau, je suis gelé quand j'y entre… Je bois des infusions de saule à toutes les haltes pour faire chuter la fièvre… Brooou… Que du bonheur !

— Et tu fais partie de ceux qui vont bien… Regarde Aoi ou Larco, regarde Sveziest… Coriolis résiste un peu mieux mais on dirait que sa peau se délave de jour en jour…

— Elle est livide. Caracole ne la soutient pas assez, je lui ai dit !

— Caracole n'est pas dans son assiette depuis qu'on nage ! Il n'aime pas l'eau. Il bâcle ses contes en un quart d'heure le soir. Il perd son humour et sa légèreté. Il devient aussi terne que nous…

— Sauf dans l'urgence : là, il se surpasse un peu trop !

X J'avais eu une sévère discussion avec Caracole. Je ne l'avais pas lâché jusqu'à ce qu'il avoue, jusqu'à ce qu'il m'explique. Et il m'avait expliqué. J'étais revenu sur le Corroyeur, sur les techniques de Te Jerkka, sur ce qu'il savait exactement du *néphèsh*, cet art du souffle dont le glyphe inscrit sur la margelle n'était qu'un résidu ancien, presque brut. J'avais ensuite été voir Sov et je lui avais relaté la totalité de mes déductions, en lui demandant de les inscrire, à sa façon, sur le carnet de contre. Afin que nous ne les oubliions plus, et que ces avancées intellectuelles puissent servir aux hordes futures, si l'on échouait nous-mêmes.

)) CARNET DE CONTRE))

« À part Oroshi et moi, personne ne se demanda vraiment d'où était sortie la tour. Encore moins pourquoi elle disparaîtrait derrière nous. Ce qu'elle fit, en silence. Personne ne sut qu'une autre horde dans l'histoire l'avait déjà rencontrée… et qu'elle y avait perdu six hommes. Parfois, la connaissance qu'apportent les carnets de contre m'écrase et m'isole, elle m'ouvre des réflexions délicates à transmettre et impossibles à dénouer. Lorsque j'ai pu les partager, ce fut toujours avec notre aéromaître Oroshi, parfois avec le troubadour Caracole, parfois avec le vent seul.

La tour Fontaine a bien existé, sur ce site même, à l'endroit exact où nous l'avons trouvée : elle figurait même sous l'intitulé "château d'eau" d'une carte qui date de la... 15e Horde. Balayée par plusieurs furvents j'imagine, ses fondations émergeaient à peine de la surface quand la 19e Horde la retrouva et l'indiqua à son tour aux hordes futures sous le nom "Tour ruinée". Depuis cette époque, aucun carnet de contre ne l'a plus mentionnée, et pour cause : elle a été détruite. Sa réapparition hier matin provient du passage d'un chrone très spécial sur les fondations noyées, qu'Oroshi classe dans la catégorie "fragtemps". D'après elle, ce chrone possède la capacité de faire surgir n'importe quel segment du passé ou du futur *localement* : si une tour a existé là, sur ce site, elle peut réapparaître — neuve, endommagée, inexistante, reconstruite, selon l'époque réactivée. Il est par exemple probable que l'eau dans laquelle nous avons nagé datait de trois siècles, comme les pierres ou la margelle. Quoique tout aussi possible cette hypothèse de Caracole que l'oiseau très effilé que j'ai aperçu et la brume même venaient d'une boucle de l'avenir...

À mes yeux, le plus fascinant ne s'arrête pas là, il commence au glyphe. La force du glyphe oui, gravé sur le puits, l'énergie compulsive de la ritournelle, Caracole n'a avoué que sous la torture d'Oroshi, après une bordée d'esquives, ce qu'elle doit au rythme intestin du vent articulé, ce qu'elle doit au trajet de l'air dans la glotte, à sa percussion rotative dans la cavité de la bouche, à l'expulsion qu'en modulent les lèvres. *Que la parole même puisse libérer un chrone*, fut-il minuscule, fut-il un michrone, je l'ai compris pour ma part aujourd'hui, grâce à eux. Et j'en ai eu ce frisson de découverte interdite, et de vertige.

Hordes qui suivrez, lisez attentivement ces lignes. Peut-être vous apporteront-elles quelques clefs pour ouvrir des portes que nous situons encore mal ; peut-être vous feront-elles sourire par leur naïveté ou leur imprécision, si votre science est plus avancée que la nôtre. Quoi qu'il en soit, les voici :

Ce que les anciens scribes ont appelé improprement "magie", "formule magique", "sortilège", je sais aujourd'hui qu'on le doit à ça : à cette capacité — jamais suffisamment sentie dans son extension pourtant incroyable — d'articuler par nous-mêmes du vent vif. De le *générer* à partir de nos propres poumons, ce vent, pour ensuite le séquencer et l'accélérer à coups de glotte, jusqu'à atteindre cette vitesse intérieure de souffle qui, sous la forme si particulière des mots et des sons qui peuvent fuser de nos gorges, s'expulsent alors en *vortexte. Vortexte* ? J'entends par ce terme une spirale automotrice et autoconsistante de mots-souffles qui acquièrent, hors de nous, force de

métamorphose — laquelle force peut donc, exactement comme n'importe quel chrone, transformer localement ce qu'elle traverse. C'est ce qu'a fait le maître foudre Te Jerkka, ni plus ni moins, face au Corroyeur. Ce que j'avais pris pour des cris, des effets de voix ou des incantations, n'étaient que la traîne, le sillage expressif de la vitesse. C'était comme confondre la stridence d'une serpe hypervéloce avec sa perforation : le son avec l'acte. Te Jerkka n'a pas pour arme sa voix, mais le *néphèsh*, c'est-à-dire son souffle de vie — un souffle éminemment affilé et tranchant, qu'il tire pour Oroshi d'un brin de son vif. Un souffle qu'il est impossible, pour un apprenti même doué, de travailler à ces vitesses et avec cette efficacité vibratoire. Et pourtant… Comme me l'a rappelé notre aéromaître Oroshi, Te Jerkka lui-même sourit de ses réussites : son art est encore balbutiant et brouillon, puissant certes, suffisant pour contrer n'importe quel combattant humain, utile face à la plupart des chrones, mais il n'exploite qu'une portion restreinte du potentiel du vif — et il l'exploite mal, pour abattre et non pour ériger, pour briser et non pour unir ou faire pousser. »

) De ce jour aussi, mon travail de scribe se modifia. Il tendit vers l'oralité, vers Caracole et son génie du conte, vers le mystère de ses intuitions aussi, qui s'épaississait. Et surtout, il tendit vers une nouvelle puissance que je n'allais trouver que très lentement, à tâtons à peine dicibles, dans un brouillard de lourdeurs si peu déchiré d'éclairs que le carnet ne méritera guère d'en recueillir les lueurs. Ou le trajet.

X.
Le siphon

π Les deux jours de repos nous ont fait un bien fou. Alme en a profité pour nous masser, pour nous soigner, pour fermer les plaies de chair et d'âme. Elle était de celles qui ont lutté contre la traversée directe de cette flaque. Mais elle s'est rangée à la majorité. Et elle accomplit sa tâche avec un dévouement et un amour pour nos corps qui forcent l'estime. Golgoth l'a toujours trouvée « mollasse ». Moi je la trouve magnifique : elle s'adapte à chacun, elle prend le temps qu'il faut pour ceux qui peinent. Il n'y a pas de pleurnicheurs dans une Horde, jamais. Ceux qui se plaignent ont une raison, toujours. Une Horde qui s'effondre, ça tient à un membre ou deux mal soutenus. Une Horde ne survit pas par son Fer. Le Fer n'est qu'un soc de charrue : il ouvre la terre. Ceux qui sauvent la Horde sont derrière moi, dans le Pack : c'est notre fleuron Steppe par exemple, d'une énergie intarissable depuis un mois. Sans lui, nous n'aurions guère pu contrer décemment ce bourbier. Il devine la consistance des sols, la fermeté de la terre uniquement par les plantes et les arbres émergés. C'est Silamphre qui, avec Oroshi, a réglé et huilé les éoliennes qui surmontent les flotteurs. Les essais sont concluants : quand nous nageons, le vent actionne l'éolienne qui est couplée par une courroie à une hélice, sous le flotteur. Le flotteur remonte ainsi la houle. Tout seul ! Ça soulage l'effort de traction du harnais. Et au cas où la corde se détacherait, c'est une garantie que le flotteur ne dérivera pas aval. C'est Callirhoé aussi qui nous sort des feux dans des conditions impossibles d'humidité et de pluie battante. Après trente ans ensemble, j'arrive encore à être surpris par les compétences de certains. La plus impressionnante à mes yeux demeure Oroshi. Je découvre son savoir strate après strate sans jamais approcher le fond. Elle sait lire les vagues avec une finesse… Il suffit de la regarder nager… À la forme, à l'amplitude et à l'orientation de la houle, elle a déduit l'emplacement de la plupart des îlots qui nous attendaient en amont. Talweg n'a souvent fait que confirmer, lui

qui est pourtant géomaître. La nappe d'ondes et de réverbérations qu'elle décrypte dans un volume d'eau frise de toute façon le génie. Si Silamphre a une forme d'oreille absolue, comment baptiser sa compétence à elle ? Sensibilité absolue ?

Le moral est remonté en flèche. Je retrouve dans les regards la hargne des jours de furvent, ce sentiment de défiance et de fierté. J'ai pris soin de vérifier le contenu de tous les barils. Nous avons des vivres pour un mois.

Catastrophes mises à part, chacun de nous sait pertinemment que la traversée se joue là. Soit nous tenons le coup, tous ensemble, et nous passerons. Soit on s'effondre et le pire est à craindre.

∫ J'ai jamais voulu venir ici. Devant nous, il y a la mer (appelez ça « zone centrale » ou « grand lac » si ça chante mieux à vos oreilles) mais quand on se tient comme ici sur la plage, face à l'horizon vide, avec les vagues qui déferlent en rouleaux, des creux de deux mètres qui grimperont à trois ou quatre si le vent forcit et que Pietro vient vous taper sur l'épaule avec sa combinaison noire impeccable et sa carrure d'athlète, son air pénétré qui vous lâche : « On va passer, tu verras ! », je sens comme un décalage… Que lui passe, c'est possible ; que Golgoth touche l'autre berge debout, avec l'ami Firost, un Talweg et un Steppe, avec Sov sûrement, je veux bien miser ma cage volante dessus… Mais qu'on ne me fasse pas croire que la petite Aoi, que Calli qui n'est pas plus épaisse que sa corde ou que Sveziest qui a appris à nager en mettant le pied dans cette flaque, vont s'en sortir. Ça non.

Pour ma pomme, c'est du cinquante-cinquante. J'ai demandé la plus grosse éolienne sur mon flotteur, dans l'espoir de me reposer, pour me faire tracter au cas où… Le Goth a pas aimé : « Triche pas, Larcon ! On se fait pas remorquer par des machines, on contre avec le corps ! Code d'honneur ! » Quand tu vois qu'Erg (d'un coup de parapente), il a traversé cette mer en une demi-journée… Cinquante milles, il a évalué. Je suis sûr qu'il minimise, le macaque. (Je n'aime pas me sentir isolé au milieu de l'eau, sans une île ou une berge quelque part, à portée de crampe.) Quand je pense qu'il pourrait nous soulever un par un et nous déposer de l'autre côté ! (Je n'aime pas trop quand il y a des algues dessous, qui bougent, et du fond.) Code d'honneur, mon cul ! Tout ça parce qu'ils se disent (tout bas) qu'on pourrait rencontrer la septième forme du vent au beau milieu de l'océan ?! Superstition de crétins, matraquée par l'Hordre quand ils avaient huit ans ! Et ils la gobent encore ! Ils se la répètent comme à la messe ! « On n'a que six formes, six… » Et alors ? Noblesse de caste à la

con ! La septième forme, hein ? Pourquoi pas la huitième en passant et la neuvième pour la nuit ? (Les méduses, si tu n'ouvres pas les yeux au bon moment, tu ne les vois pas arriver sur toi…)

— Bon, rassemblez-vous face à moi, les brasse-bouillon !

‹› Golgoth avait enfilé sa combinaison, dont il avait coupé les manches au niveau du coude. Au couteau, il s'était rasé les cheveux, les touffes se battaient sur son crâne massif. Il semblait, bien plus que nous, en solide forme, infiniment plus que moi. Il s'accroupit dans l'eau face à la plage sur laquelle, profitant des derniers instants secs, nous serrions nos harnais et nous passions des flasques d'huile pour les ranger dans nos flotteurs. Il se mit à parler. L'avantage, en un sens, de sa voix, était qu'il n'était pas besoin de l'écouter pour l'entendre. Je n'aimais pas Golgoth, aucune fille ne l'aimait, ni son absence d'égard ni ses manières brutales, mais j'étais réceptive à la certitude intime qu'il dégageait, totale. Cette espèce de granit. Avec lui, nous en oublions presque que nous allions mourir, les dangers les plus flagrants semblaient vite douteux et flous, l'avenir ne pouvait qu'exister avec nous, nous tous. La mort de Karst, je crois qu'elle avait glissé sur lui. Il avait été touché, j'en étais presque sûre, mais il n'avait rien changé ou remis en question. Je ne sais pas d'où il tirait cela, cette force, cette écorce hermétique au tronc, je ne l'avais jamais vu plier, ni fragile. Oroshi, en connivence, me sourit avec malice dès qu'il commença :

— Là, devant vous, plein est, je vais pas vous englaumer : c'est la zone centrale ! Ça veut dire pas un îlot sur près de cent bornes, la houle pleine gueule, bien réglo, le tronc à l'horizontale et on tabasse ! L'objectif, c'est d'enquiller six séries d'une heure chaque jour avec des pauses entre, calé sur son flotteur. En fin d'après-midi, si le fond n'est pas à perpète, on plante les poteaux de bambous dans la vase, on dresse la plate-forme à l'équerre, au-dessus de la flotte, on bouffe et on dort. Ça a rien de sorcier ! Faut éviter la gamberge, c'est tout ! Vous oubliez les contes tordus de Carac et les calembredaines des Fréoles, vous rangez vos couilles dans vos calbuts et vos pieds dans vos palmes en roseaux, vous faites tourner votre moignon autour de votre épaule quelques bons milliers de fois d'avant en arrière, et dans quinze putains de jours, on rigolera d'avoir chié dans nos bainards sur cette plage ! Et ancrez ça : y a jamais eu de hordes mieux préparées que nous qui ait osé tremper son museau dans cette grande cuvette de chiotte ! On a une plate-forme, on a des flotteurs à hélice, une combinaison de nage plus chaude qu'une loutre en chaleur et de la graille pour six mois ! On nagera en double vague latérale, groupés. Moi devant, Firost et Talweg

derrière, on cadre les nageurs de gauche. À droite, Pietro devant, Steppe et Léarch derrière, vont border l'autre vague. Deux triangles, hein ! Barbak et Horst, nos deux grandes carcasses, vont se coltiner les bambous. Ça va Horst ?

— Ça roule…

— Les solives de la plate-forme seront remorquées à tour de rôle par le Pack. Braillez pas, Silamphre a mis des hélices dessous, ça avance tout seul ! Voilà. J'abrège. Vous êtes prêts à en chier ?

— Qu'est-ce qu'on fait si on a une crampe ?

— T'appelle le maître nageur ! Tu beugles !

— Et si quelqu'un n'arrive plus à suivre ?

— Je le tracterai moi-même avec ma longe.

) Golgoth tint parole. Les trois premiers jours, il tracta Aoi dans la sixième série de la journée tandis qu'Erg remorquait Callirhoé, victime de crampes dès la cinquième, de sorte qu'elle ne nageait plus qu'avec les bras et sa jambe encore valide. Nous étions maintenant rôdés au crawl à travers houle, au rythme des creux et des crêtes, rompus à attaquer sur l'arrière de la vague pour profiter de la pente avant la vague suivante, tout en soulageant la corde pour ne pas subir l'à-coup du flotteur s'enfonçant. On nagea donc. Un premier jour… Deux journées… Trois jours… Nous progressions les oreilles ouatées d'eau, sous une sensation insistante de solitude, d'isolement paradoxal malgré l'écume parfois d'un pied agité devant soi ou d'un bras pas trop loin sur la gauche, la tête plongée dans un paysage troublé de vase, d'algues longues et d'aplats rares de sable, où j'ouvrais de moins en moins les yeux parce que j'avais peur, nager sans penser, nager les muscles fluides une heure ou deux puis se gorgeant lentement de plomb, avec l'épaule droite qui grinçait vers le soir, qui se grippait en rotation. Et les haltes, le court quart d'heure où l'on respirait ensemble entre les séries, où l'on essayait de briser le sarcophage d'eau, de dire quelque chose d'autre que « j'ai froid, mon harnais glisse, j'en peux plus, mon hélice tourne mal… » Ces haltes, parfois davantage que nager, nous fatiguaient tant il s'avérait difficile de se relaxer sur ce flotteur oblong sans être bousculé par le clapot, si bien qu'on finissait tous par faire la planche en attendant le signal, par Golgoth, de repartir. De temps à autre, je me laissais couler au fond pour trouver un sol, me tenir cinq secondes à la verticale et sentir mon sang circuler de bas en haut.

En apesanteur, tout repère dilué, roc ou berge, nous flottions, nous flottions en pleine flaque, avec de l'eau amont, des kilomètres cubes d'eau

devant nous sur une distance qui ne se mesurait plus que dans une unité qui s'appelait le courage, de l'eau entre nous et la berge aval, laquelle s'éloignait chaque jour davantage, chaque jour rendait notre choix plus irrémédiable, de l'eau au sud et au nord, de l'eau d'infiltration et de source, de l'eau de pluie, de l'eau à noyer un désert et ses hordes — et aucun point de butée sur l'horizon, rien pour guider ou fixer, hormis la vague qui arrivait sur nous, et la vague d'après cette vague, indifférente et mécanique, montante et descendante, montante et descendante, à tel point que nous nagions dans une couche de somnolence liquide, à la limite souple du songe, jamais tout à fait éveillés, nous avancions cependant, crête après crête, creux par creux, ballottés comme bouchons, solubles dans la fatigue, avec ces poissons à bras et à jambes ondulant tout autour, comme un rappel, ces camarades de vagues, ma seule île, épousant l'eau de gré, souvent de force, la bouche salée et le nez bouché, ma seule île mobile, ces vingt-deux corps en mouvement — la Horde, nous.

La folie n'est plus folle, dès qu'elle est collective. Je crois que j'aurais pu faire n'importe quoi, le plus absurde, tant que nous le ferions ensemble ; ensemble, je sentais la puissance de chacun, physique et mentale, j'avais confiance en nous, et j'éprouvais cette profondeur du lien qui nous cousait à même la vague. Ensemble, les vingt ridicules mètres carrés de peau blanche que nous occupions sur la surface immense de cette flaque délimitaient une poche de résistance, d'un grain hermétique à la dilution générale…

— Sov ! Sov arrête-toi !

C'est Pietro qui m'a agrippé la jambe pour me stopper. Tous les autres sont à plat ventre sur leur flotteur, le visage tendu, oreilles aux aguets.

— Silamphre a entendu quelque chose. Un bruit d'écoulement, une sorte de torrent lointain. Ou autre chose…

— Et Aoi a senti comme un courant sur sa droite.

— Une eau un peu plus froide, mais je ne suis pas certaine…

— Caracole aussi est inquiet.

— Qu'est-ce que tu sens Carac, exactement ?

— Un peu le même type d'ondes circulaires que pour la tour Fontaine, ami. Mais en beaucoup plus insistant… Pour l'instant, ça me paraît assez loin, mais je n'aime pas éprouver ça à nouveau…

— On peut faire la pause de midi ici, prendre des forces…

— Ou continuer à nager pour s'éloigner…

— Silamphre, tu entends toujours ton bruit ?

— La tête sous l'eau, oui. Il est à notre droite par rapport à l'axe de contre. Donc plein sud.

— Je l'entends aussi.
— Oroshi ?
— La houle est très légèrement déformée sur la droite, torsadée. Regardez la base des creux.
Je regarde, mais honnêtement, je ne vois absolument rien.
— Quelqu'un a une idée de ce que ça pourrait être, ou vouloir dire ? demande Pietro.
— J'ai une idée. Mais si c'est ça…
— Si c'est ça quoi ?
— On y passera tous.

π Le fauconnier est épuisé, il dit n'importe quoi. Je n'ai pas quitté des yeux Oroshi. Elle a demandé à Talweg de tenir sa corde pendant qu'elle se chargeait de lest pour aller au fond. À vue de nez, il y a trois mètres, pas plus. Je la vois s'asseoir sur le sable du fond et tendre les bras à l'horizontale. Elle se place d'abord face au sud. Puis se tourne face au nord. Dans la même position. Elle veut manifestement juger des courants. Elle remonte :
— Alors ?
— Alors Aoi a raison. Il y a un courant. Il induit une dérive sud.
— Je crois qu'il vaut mieux qu'on continue à nager pour s'éloigner de la zone, non ? Golgoth ?
— Yak ! On se refout en position ! Erg, tu couvres le flanc droit au cas où. On calte. Si quelque chose tourne pas rond, vous gueulez ! Et nagez vos feuilles de chou hors de l'eau, autant que possible !

) On nagea peut-être une demi-heure, fébriles, à presque se toucher tellement on crawlait près les uns des autres. Effet de psychose ou pas, je sentais un courant, effectivement, et un son aussi, un son des profondeurs, que j'aurais été incapable de qualifier, mais qui ne s'éloignait pas. Qui persistait. C'est Talweg qui nous arrêta cette fois-ci. Il tenait au-dessus de l'eau l'un de ses instruments complexes qui relevait de la boussole, du rotor à fluide et du sextant. Après un silence grave, il fut catégorique :
— On a dévié. On nage maintenant carrément sud…
— Tu te fous de notre gueule ? rugit Golgoth. J'ai maintenu le cap en houle faciale, droit devant ! Recta ! Regarde les vagues, bordel ! On est droit !
— On est droit par rapport à la houle… Mais on nage vers le sud ! Plus du tout vers l'est !
— Qu'est-ce que tu veux dire, par le Vent Diable ?

Talweg baissa à nouveau les yeux sur son appareil et engloutit un juron. Ce fut Oroshi qui prit sur elle d'expliquer :

— Il veut dire que la houle elle-même a été déviée. Nous sommes en train de nager sur une trajectoire en spirale. Quelque chose est en train de déformer localement la ligne de houle. Quelque chose de suffisamment puissant pour changer la direction des vagues. Je propose qu'Arval place une ancre-repère, avec assez de corde pour que le gonfalon se voit de loin au-dessus de l'eau. On va nager dix minutes face à la houle et on fait le point.

— Pourquoi face à la houle, c'est plein sud merde !

— Ça risque de devenir sud-ouest rapidement, Firost. Si ce que je pense est juste, on va…

— On écoute Oroshi ! Arval, fixe l'ancre ! Nage groupée, en delta !

Ω
Δ >
) ¬ π
∧ ʹ ‚)- ˇ●
¿ʹ X (·) ‹› ∞
∫ ≈]] √ ∂ ~ ◊

‹› Lorsqu'on repartit, le gonfalon flottait dans notre dos. Dix minutes de brasse plus tard, il est… à portée de boo, à notre gauche ! La peur est à présent sensible dans le timbre fêlé des voix. Les vagues qui nous entourent se sont désenflées. Le courant ne peut plus être nié par quiconque, et il est fort, il enlace nos cuisses. Callirhoé s'est soudée à moi, elle me tient le bras, toute notre horde fait un cercle avec ses flotteurs, dans un réflexe de fusion animale, l'urgence pulse, elle grandit, on s'en remet inconsciemment aux chefs, Golgoth et Pietro, Erg, on regarde Oroshi qui réfléchit les bras croisés sur son baril, elle relève la tête et vient gentiment se placer à côté de nous, elle nous rassure avec ses mots à elle, cette confiance qu'elle émane et son intelligence qui ne la trahit pas, que j'envie.

) À la faveur d'une plage de silence, j'ai pu entendre avec netteté ce bruit continu que Silamphre a détecté depuis une heure déjà. Ça ressemble clairement à l'écoulement d'une rivière — sauf que je ne vois pas par quel miracle une rivière pourrait couler au milieu d'un lac ! La dérive s'est accentuée, nous la compensons au mieux, en battant des pieds, les mains dans les poignées du flotteur mais le courant forcit, tandis que le son monte et précise sa menace… Golgoth :

— On va essayer de planter la plate-forme et de la clouer dans le fond ! Deux personnes par poteau ! Arval, tu creuses à la base des poteaux pour qu'ils ne ripent pas ! Erg va fixer les poutres transversales ! Les autres, vous lui passez les poutres, vous tenez les poteaux droits et vous contrez la dérive !

À peine eût-on le temps de dresser les quatre poteaux hors de l'eau et de définir un carré approximatif... Les bambous furent couchés par le courant et rattrapés de justesse... Nous nous sentions de plus en plus partir, glisser sur la nappe lisse du lac, le corps tiré en arrière sans pouvoir s'agripper à quoi que ce fut et nous ne voulions pas comprendre ce qui se passait... Jusqu'à ce que Silamphre, à l'oreille, trouve. Et déclenche en nous la plus viscérale panique :

— Nous... On est aspirés par un siphon !

π Au même instant, je me retourne dans la direction du bruit. Et je le vois apparaître pour la première fois. L'eau tout autour est poncée par le courant — un miroir. Au centre... Au centre, il y a un trou — un puits circulaire dont le diamètre se dilate avec lenteur, comme une bouche s'ouvre. À vue de nez, nous sommes à cent mètres du siphon. Guère plus. Le vacarme de la cascade efface totalement le clapot et il faudrait crier pour se faire entendre. Mais personne ne crie. Nous savions que ça existait. Nous le savions. Mais nous n'avons pas cru que ça puisse nous arriver ici. Ici en pleine flaque — ici précisément. Là où les chances qu'on y survive sont proches du néant. J'ai nagé gorge ouverte, en buvant l'eau par le nez, au milieu d'une volée de pieds et de bras, frappé, poussant les autres, coulant, cœur explosé, à la limite de la noyade, jusqu'à ce que la voix de Golgoth, encore et encore, perce le tunnel d'affolement et débouche :

— En appui ! En appui, la horde ! Bloquez-vous avec les poteaux. Mettez les perches en appui dans la vase. Faites face bordel ! Montrez vos burnes !

) À cinq mètres en aval de moi, Arval a réagi aussitôt. Il saisit à deux mains un poteau de bambou et, se servant de la vitesse du courant, pareil à un chevalier dans une joute, il se laisse dériver dix mètres et l'enfiche, oblique, dans le bouclier du fond sableux. Et il s'arc-boute dessus — ça tient. Sans réfléchir, je me laisse glisser jusqu'à lui et m'agglutine, Oroshi nous rejoint. Plus loin, Golgoth a agrégé une autre grappe sur sa perche, précaire, de quatre. Puis plus loin encore Steppe et Talweg et Pietro, trois autres grappes, en déséquilibre, oscillantes. Je compte : dix-huit. Qui manque ?

π Erg survole en zigzag le pourtour du siphon. La chute d'eau circulaire a quelque chose de fascinant. Un rideau d'écume furieuse tapisse l'intérieur du cylindre. On ne voit pas jusqu'où ça plonge. Deux corps dérivent à moins de quarante mètres du trou. Je veux hurler mais Erg les a repérés. Il en arrache un du lac à la manière d'un martin-pêcheur et le rejette cent mètres en amont de notre position. C'est Aoi ! Il fond sur l'autre corps, tétanisé, et l'emporte aussi hors de danger : Callirhoé. Une perche a ripé — celle de Steppe. Steppe, Larco et Caracole partent aussitôt dans le courant. C'est comme s'ils décramponnaient sur une pente de glace. Ils résistent de toute leur puissance physique. Ils piochent férocement dans l'eau, à une cadence de panique. Ils s'accrochent, ils reculent vers le trou… Ils tiennent — ils tiennent bon dieu — ils cèdent un peu, ils reprennent cinq mètres. Ils vont jamais s'en sortir… Soudain l'aile d'Erg plonge sur Larco, le soulève d'un piqué-relevé incroyable et le repose amont. Dans l'axe derrière nous.

— Par là Larco, viens sur nous !

) Il n'a plus de figure. Il a sa peur pour tout visage. De partout, les voix hachent le vacarme de la cascade, des cris incompréhensibles strient, des hurlements de tripes s'arrachent de nos gorges… Là-bas, presque au bord de la chute, debout, le courant les labourant à hauteur de poitrine, les repoussant mètre par mètre vers le trou, comme une porte un bélier, Caracole et Steppe luttent avec leurs dernières ressources d'homme pour ne pas basculer dans le vide. Apparemment, ils ont pied ! La terre et le sable aspirés ont créé comme un rebord sur les lèvres du puits gigantesque — peut-être trente mètres de diamètre. Et ils calent du mieux qu'ils peuvent leurs appuis sur ce fond meuble et merdique. Erg ne peut plus rien pour eux à cette distance du siphon, sauf à risquer sa propre vie en vrillant son aile, sucé par une pompe au fond du gouffre. Il ne les regarde d'ailleurs plus, il a choisi de nous sauver d'abord et il plante de place en place des harpons dans la vase, à l'arbalète méca, afin d'assurer de nouveaux points d'amarrage, plus fiables que nos perches qui oscillent et qui glissent.

— Allez les chercher en vous laissant glisser le long de cette corde ! Bougez ! Il y a assez de corde pour aller jusqu'à eux !

π Horst ne réfléchit pas. Il se détache de sa grappe et crawle en diagonale. Il attrape la corde qui flotte à la surface et s'y accroche. Il ne vérifie même pas qu'elle tient. Il prend tous les risques. Il s'en fout. Il se laisse

dériver, la corde entre les doigts, jusqu'à Caracole. Steppe est trop loin même avec un pendule. Il empoigne celui qui l'a aidé à survivre, celui qui lui a promis qu'il retrouverait son frère Karst en Extrême-Amont. Celui qui l'a sauvé du suicide. Et il le jette en écharpe, telle une pièce de gibier, sur ses épaules de poutre. Il saisit la corde à deux mains et progresse à la poigne...

— Le courant est trop fort ! Il va jamais y arriver !

— Ta gueule Darbon !

Il y arrive... Horst le ramène vers l'amont sans fléchir, énorme de volonté, inexorable. Reste Steppe. Ne dépasse de lui à cette distance que ses épaules et sa tête, sa tête semée de graminées et d'herbes folles en croissance accélérée qu'Aoi lui taille chaque jour. Steppe est solide. Steppe va tenir. Il est puissant. Tout le monde est arc-bouté sur les perches. Face au siphon qui vide le lac. Sous nos poids cumulés, sous les à-coups du courant, les perches dérapent ou glissent sur le fond. Nous n'allons pas résister longtemps comme ça. Si une grappe part dans le courant, Erg ne pourra jamais tous nous sortir de la zone. Il a un mal fou à voler près de la chute. Il subit de violentes aspirations. Le vent est par ailleurs trop faible pour assurer un vol dynamique. Il perd vite de l'altitude dès qu'il prend un passager...

— Lancez-lui une corde ! Une corde pour Steppe ! crie Aoi.

— Sveziest ! Sveziest là-bas !

) Personne ne l'avait vu, hormis ceux de sa grappe, lesquels n'ont rien pu faire : il a glissé dans leur dos, le plus jeune de nos crocs, un battant et un teigneux, qui ne savait même pas nager avant d'entamer la traversée. L'eau n'est pas son élément, Pietro lui a appris le crawl, il se débrouille bien mais reste toutefois handicapé par son petit gabarit et la courte envergure de ses bras. Il crawle, il crawle à la limite de ses capacités, le courant me semble plus fort encore que tout à l'heure et il recule rudement, par dizaine de mètres, il se débat, il tape l'eau des pieds et des mains, affolé, inefficace, son corps dérive très rapidement vers le siphon. Il est trop tard pour lancer une corde, trop tard pour Erg qui jauge la scène d'un regard et tranche : il n'y va pas.

— Sveziest !

— Zé ! Zé !

Sa vitesse de dérive est plus élevée que celle de Steppe ou Caracole tout à l'heure. Il se retourne face au gouffre, tente un dos crawlé désespéré mais file encore, file, file — il percute le rebord du gouffre... J'ai la respiration coupée : il a réussi, oui, à se mettre debout... Il reprend pied plusieurs

secondes, en équilibre, face au vide, le torrent dans le dos, des gerbes ricochent sur ses épaules… Il tente une première fois de se retourner, d'affronter le courant… Il titube… Il se met de profil en cherchant un angle de contre…

— Coupe ta corde ! Coupe !

Je ne sais pas s'il entendit mon cri. Je ne crois pas. Car c'est son flotteur, au bout de sa corde de deux mètres, qui, en raclant dans la cascade, le déséquilibra. Pendant un temps interminable, je ne voulus pas croire qu'il était tombé. J'avais formé ce croc, je l'avais toujours soutenu contre Golgoth, du tout début, dès l'instant où il avait quitté sa famille, consentante, pour nous suivre. « Gardez-le nous en vie, et qu'il soit heureux ! » Je pense qu'il a été heureux avec nous, je le pense sincèrement. Mais on n'a pas été capable de le garder en vie. On n'a pas su.

— Zé ! Il est parti, il est parti…

Aoi tend un bras en direction du siphon, inutile, absurde. Elle ruisselle de larmes.

— C'est fini, petite source. Il ne reviendra plus maintenant…

X Erg avait fait la seule chose qu'il fallait faire : assurer une double série de points d'ancrage sur le pourtour du gouffre. La première série était répartie à soixante-dix mètres : c'est celle où nous étions accrochés. La seconde bordait le gouffre à moins de cinq mètres de l'à-pic, par sécurité. Au cas où les harpons de la première lâcheraient. Une longe de cinq mètres, terminée par un flotteur en osier, était nouée à chacun des dix harpons. Entre les flotteurs, Erg avait fait passer un cordage horizontal à ras la surface. L'ensemble définissait une sorte de rambarde flottante et circulaire à laquelle il nous avait ordonné de nous accrocher en répartissant nos masses. Poteaux et solives de la plate-forme avaient par ailleurs été arrimés sur un harpon plus en amont. Du pur Erg. Grand sang-froid.

Ω Si je devais me rappeler d'une caque, d'une seule, d'une solide caquée de trouille tord-bide, chiasseuse au goulet, si je devais faire le tri des lentilles, eh ben je choisirais celle-ci. Celle du siphon de Lapsane. Quand Erg a riveté ce bout de lac au harpon, comme on l'apprend à Ker Derban : fissa, recta, claro ; que tous les hordiers ont cliqueté leur harnais sur sa cordée, que ce costaud de Steppe s'est sorti à force de tractions de la zone d'adieu, j'ai cru que c'était gagné. Le gouffre allait bien finir par se remplir ou le lac par se vider, au moins par chez nous. On allait bien finir par avoir pied quelque part, avec la terre qui s'entassait devant. Fallait juste y croire.

Très fort. Sauf que ça se passa pas comme ça. Pas vraiment… Pas tout à fait du tout, pour être franc.

Dès que le premier harpon à l'extrême droite a sauté, j'ai pas moufté, je vous jure. Quand les autres ont suivi dans la foulée, clof, clof, clof, clof, clof, en série, et que toute la cordée s'est dégrafée en quinze secondes, on n'a même pas eu le temps de prier le vent des siphons et des baquets de lessive — on a dévissé droit vers le gouffre, en pagayant des brandillons plutôt nerveusement dans le contreflot… Sans la cordée de secours du macaque, l'espèce de balustrade avec vue sur la mort qu'il avait capelée à cinq mètres du grand saut, les Fréoles pouvaient dépêcher un navire sur Aberlaas en disant : « La horde suivante, siouplaît ! La 35, envoyez ! » Nous autres pingouins, les vingt, je vous assure, on est venus s'empaffer dans le cordage, le trouillomètre sur moins quarante, froid polaire dans les vertèbres, sec sec. Il a fallu Erg pour nous dégeler la béquille :

— Restez pas en tas ! Décalez-vous ! Répartissez-vous sur l'ensemble du pourtour. Espacez-vous, merde, vous voulez que ces harpons aussi sautent ? Ce sol est pourri, ça s'enfonce mais ça tient pas !

) J'entends à peine la voix de notre combattant-protecteur. La cascade rugit devant moi, une chute torrentielle, vertigineuse. Les parois sont labourées d'écume, l'eau arrive de partout et se déverse en quantités monstrueuses dans le gouffre. J'aurais envie de lui hurler merci parce qu'il vient, avec sa terrible rigueur et sa prévoyance têtue, de nous sauver la vie, à tous. Il a sorti une aile courte, qu'il pilote des deux mains tant les vents sont vrillés. Par bonds rapides, il circule autour du gouffre en nous soulevant avec ses jambes, qui sont pour lui d'autres bras et il nous pose un par un — un léger, un lourd, un léger, un lourd — sur la circonférence du siphon. Il a récupéré nos flotteurs et vole les arrimer plus haut en amont, près des bambous — je n'aurais jamais pensé à sauver ça.

— La corde derrière le dos et sous les aisselles ! Personne ne s'attache au cordage. Si l'un de vous glisse, il embarquerait tout le monde ! Tenez-vous par la main, tous ensemble ! Faites cercle. Soufflez à fond, descendez votre rythme cardiaque ! Si quelqu'un dérape, je suis derrière, je le récupère. Calez bien vos talons ! Quand vous fatiguez, mettez-vous de profil, en contrant comme pour un furvent : le genou amont en appui, la jambe aval en étai, bras dans l'alignement du tronc !

Erg virevolte derrière nous, à un mètre au-dessus de l'eau, à peine. Il répète et répète ses consignes, si précises, de proche en proche, puisque la cascade couvre et avale tout — l'eau, le vent, le bruit. Dès qu'il passe derrière

moi, je me sens mieux — et j'angoisse aussitôt qu'il s'éloigne. Il reste plus longtemps près des filles, soulage leur effort en les tenant par le harnais et en mettant sa voile en traction. Il change constamment de bord, pilote dans des conditions extrêmes, sans cesse règle et corrige sa double voile superposée, ce parapente d'élite qui l'autorise à voler vent debout et dont il baisse, ou au besoin relève, les bords de fuite et d'attaque. Il souffre mais sa voix jaillit toujours intacte et claire, ne trahissant ni l'effort ni l'effroi.

— Qu'est-ce que tu vois au fond du trou, Erg ? Qu'est-ce qu'il y a ? demande Larco avec anxiété.

— Je vois des choses que je n'ai pas envie de voir. Il vaut mieux ne pas regarder au fond.

— C'est profond ?

— Ça dépend qui regarde…

— C'est-à-dire ?

— Pour moi, ce n'est pas profond. Mais demande à Steppe ! Il a vu aussi !

Steppe est trop loin de Larco, de l'autre côté du gouffre, son herbe drue dressée sur la tête par l'angoisse. Loin de faire confiance au cordage, il ne le tient qu'à une main, tenant de l'autre celle d'Aoi, laquelle n'a que la tête qui dépasse de l'eau et les bras enroulés dans la corde.

J'ai la conscience, aiguë, de vivre sans doute mes dernières minutes d'existence. Nous sommes tous les vingt, main dans la main, reliés par une corde incertaine, le corps gondolé par le torrent, à résister au bord d'un trou central qui pourrait être la mort elle-même. Qui l'est. À ma droite, je suis heureux que ce soit Oroshi, je sens sa main chaude dans la mienne, on se parle encore, on cherche du sens, en dépit de tout — et à ma gauche l'autoursier, qui n'a d'yeux que pour son autour, perché sur son épaule, insouciant et coriace, qui fond sur le moindre ragondin piégé dans le courant, et le becque.

À côté de lui, j'essaie de mémoriser le visage mat et serpé de notre forgeron Léarch, qui s'arc-boute, puis le fauconnier droit, seul sur six mètres de corde, qui ne regarde rien ni personne. Le grand Talweg plus loin, avec sa barbe roussie et ses yeux clairs, sa main dans celle d'Alme, si épuisée qu'elle tangue à chaque poussée du courant. Suit Pietro, très conscient, sa carrure dépassant largement de l'eau, qui retient la petite Callirhoé, vacillante, par le bras. Ses flammes trempées, ses cheveux bouclés par l'humidité, elle ne tient plus que sur les nerfs. À côté d'eux, Erg a placé Steppe et Aoi, dont j'ai toujours adoré le visage enfantin et la douceur fluide et minutieuse. La voir vivante me fait du bien. Puis Firost, notre pilier massif et musculeux, Arval

« la Lueur » dont l'énergie pulsée, même là, ne fléchit pas, et juste à côté, Golgoth : il se tient pile en face de moi sur le diamètre opposé. Son visage intercepte mon regard et lui répond, d'un signe de tête : « Tiens bon, Sov. » Lui a lâché carrément la corde et il se soucie uniquement que personne ne glisse, guidant Erg par geste dès qu'il sent une faiblesse quelque part !

Je mémorise tout, chaque geste, chaque attitude, chaque position et chaque visage, comme si je les voyais enfin, comme s'il n'y avait pas trente ans derrière moi à les connaître par cœur, à ne plus les regarder, à ne plus savoir les contempler dans leur beauté simple et leur noblesse.

Je passe sur Silamphre qui évite mal une branche flottante et paraît à la rupture, il avait voté contre la flaque — il aura eu raison, cette fois encore. Je glisse sur notre remorqueur Barbak, ce rectangle de viande solide, esseulé à cause de son poids, pour me fixer sur le trio Larco-Coriolis-Caracole, soudé sur deux mètres de corde. Par bribes, les intonations de Caracole rebondissent jusqu'à moi, il blague, simule une chute et se redresse, fait face au courant, improvise une corrida avec l'eau, lâche et reprend le cordage… Coriolis sourit sous son masque de terreur, Larco pare avec ses mains et il la regarde. Elle est, il est vrai, très belle.

Je termine du regard mon lent tour de cercle : Horst, solitaire, qui plaisante avec Karst pour se rassurer, lui parle sans cesse et lui répond, le fait vivre… Il a presque tout le tronc hors de l'eau, il n'a plus peur à présent, il est avec son frère et, ensemble, il sait qu'ils ne peuvent pas vraiment mourir…

Voilà. Ils sont là. Les vingt, plus Erg. Moins Sveziest, moins Karst. Et à nouveau Oroshi qui me relance, pour tromper l'angoisse :

— C'est une forme de chrone, tu sais !

— Cychrone ou psychrone ?

— Chrotale, comme la tour Fontaine !

— Il agit sur le temps ?

— Oui. Sur son écoulement.

X Sov me regarda brièvement, mais il ne me crut pas. Le siphon, sans qu'il s'en rende compte, bougeait. Il s'élargissait encore. Sa lèvre se déplaçait légèrement vers nous de telle sorte que les cinq mètres qui nous séparaient de l'abîme se réduisirent à quatre, puis à trois… Nous étions désormais si près du bord que j'allais enfin voir ce qui se tenait au fond… J'étais prête à ça, impatiente pour tout dire… L'appel du vide me prit au ventre…

— Reculez de quatre pas ! crie Erg. Ne regardez pas en bas ! Concentrez-vous sur votre respiration et sur vos appuis !

∞ Faut reculer, Karst ! — Vaut mieux, ouais ! — T'as vu toutes les loutres qui sont passées, Ka ? — Ouais, j'essaie de les arrêter mais elles filent ! — Elles filent ouais ! — On essaie de les sauver ? — Chiche ? — On essaie ouais ? — Ouais, retourne-toi qu'on les voit arriver ! — À deux, on peut y arriver ! — À deux, on arrive toujours… Ho ! — Regarde, r'garde ! — Un ragondin, hein ! — On le sauve, on le sauve ? — D'accord hein ! — Il vient sur toi, sors la nasse !

¿' *Un siphon fond, fond, les petites marionnettes…*
Un siphon, fond, fond, trois p'tits tours et puits sans fond ?

Par la sainte spirale des chrotales, quelle somptueuse journée ! Vitesse, vitesse chérie je revis — vitesse vous reverrai-je ? L'eau lourde, l'eau lente, l'eau longue, oh la la, bonjour l'écholalie ! Je n'en pouvais pluie ! D'air ai besoin — d'air véloce et vif, sinon quoi quoi koa coagule… Sur ce rebord rien ne risque, peux chuter, tombe à pic, puis-je sauter, saltomber, valdinguir et me ressourciez ? Juste ne pas regarder au fond quand ça va s'inverser puisque, lorsque, car ou comme, *attendu que* ça s'inversera, si l'animal syntactique, discret avec ses couettes, passe au bord et enclenche le rotor retour… Fais-le ! Fais-le pas. Ose-le, Carac… Ne pas badour — le Trou — regarder lorsque le siphonné expirera, c'est cela ? Promets ? Crache et parjure ? Pour Coriolisse au moins et son Larcomplice, pour Sovage et beau ! Pour Oroshiste et notre cathédrale Golgothique ?

Bon, reprenons cette charmante ritournelle, si efficace au sang. Mezzavocce :

À la claire fontaine, l'envoyant promener,
J'ai trouvé l'eau si belle que je m'y suis saigné.
Il y a longtemps que je t'aime, jamais je ne t'oublierai…

≈ S'il tombe, je me jette avec lui. La gueule montre ses crocs, elle va nous engloutir, plus de marge maintenant, si je glisse, foutue je suis, si harpon lâche, j'ai deux mètres avant la cassure et ça diminue, je veux pas, je veux pas je vous en prie, je veux vivre, je veux l'aimer, aidez-nous ! Des tonnes d'eau me poussent dans le dos, j'ai plus de force, sens plus mes bras dans l'eau froide, qu'est-ce qu'on attend ? J'ose pas regarder au fond, j'ai le vertige et ce bruit, ce bruit monstrueux, cette force de succion ignoble, une bête, c'est une gueule de bête, une haleine de bête, une bête qui vient du centre de la terre, qui va nous dévorer les entrailles, Caracole, regarde-moi encore, fais-moi rire encore, fais-moi y croire, ne m'abandonne pas maintenant ! Caracole !

∫ J'aurais serré la main de Coriolis dans la mienne et je ne l'aurais pas lâchée (foi de Larco). Elle ne serait pas tombée du précipice, moi vivant ! Elle n'est pas tombée ? « Regardez pas en bas ! » gueulera Erg, mais je n'ai pas pu m'en empêcher. La chute aura fait cent mètres de haut et au fond il y aura eu un ciel (un ciel vitré) et des muages diaphanes, rosis sur les bords, éclairés (en tapinois) par le soleil d'un outre-monde. J'ai sorti ma cage volante, yep ! Je n'en revins pas. J'étais hypnotisé par la forme des muages et, de fait, j'ai commencé à voir le ciel se rapprocher, remonter vers nous (à la manière d'un reflet sur le fond d'un tonneau qu'on remplirait). Vous voyez ? Il n'était plus vitré à mesure (ce ciel), plutôt liquide et le muage s'y baladait gélatineux, tremblant comme une gelée dans un bol bleu. Demain, je suis maintenant incapable de vous donner l'envers de l'endroit, mais je comprends au moins ceci, les hordiers : le muage s'est mué en méduse ! Je tire sur ma cage, ma cage sera une méduse, j'aurai dans la main un tentacule gluant, l'acide dissout ma chair, je hurlerai, je lève la tête, le muage fut un bulbe, il bourgeonnea de tentacules qui se délovent, ça grouille, j'essaie de décoller ma main de la corde vivante… Au secours !

— Larco ! Il a lâché la corde, le con ! Il va tomber !

]] Tu nageras, Barbak, nageras, nageras, crevé. Tu verras une île. Pas loin. À portée. Tu y vas. Tu te rapproches. Pour te reposer. Quelqu'un hurle dans la cascade. T'entendais rien. Tu nagerais, nagerais. Encore. Nagerais encore. Barbak, ouais, toi mec : remorqueur. Une voix. Ça vient de la chute. T'entends pas. Tu nages vers l'île. Des arbres bizarres dessus. Comme des mâts. Tu percutes point. L'île sera tout près, maintenant. T'as pas été bien vite pourtant. C'est elle qui a bougé vers toi ? Tu piges tout à coup. Et t'ouvres les yeux dans l'eau. Sous l'île, tu aurais vu des racines ? Pendre. Pas des racines hein ? Des lianes en paquets, transparentes ? Genre visqueux. Tu pigeras trop tard. Iloméduse, ça s'appelait.

∂ S'il demeurait un son auquel s'accrocher, c'était la voix d'Erg, le timbre tranchant de ses consignes dans l'épaisseur du grondement. Puisqu'il avait dit de ne pas regarder, j'obéissais et je gardais mes yeux fermés. Rien de ce qui était visuel, de toute façon, ne m'en aurait appris davantage que la consistance même de l'eau à travers mes cuisses et mes doigts. Quant à la proximité du vide, la violence des volutes de vapeur cinglant mon visage suffisait à l'indiquer et j'en avais pris mon parti : je veux dire de mourir là si c'était l'heure et le lieu. L'eau comme le bois, de même que toute

matière, possède sa densité propre, sa plasticité et sa résonance. Il suffit d'écouter pour comprendre, avec les oreilles autant qu'avec la paume des mains. Ce qui se produisit, quoiqu'on en dira, avait d'abord à voir avec l'accélération de l'écoulement et avec sa coagulation partielle. Je ne sais pas ce qui se passa au juste dans le gouffre, cependant je sais avec précision qu'au bord, l'eau devint une liqueur au toucher, un sirop s'épaississant lentement, puis une poisse, presque une pâte, étrangement malléable, avant de redevenir liquide et légère, proche d'un vent humide plus que d'un torrent. Le son concomitant qui montait du gouffre s'en assourdit et s'en clarifia.

Ω Macaque ou pas, je me flanque au bord et j'écarquille les lampions. Trois secondes et demie plus tard, je m'en mords gravement le cuir. Y a un gars, costaud, trapu comme gorce, avec une sorte de pioche dans chaque pogne qui grimpe à l'aplomb dans la cascade ! Sauf que la cascade, elle est gelée ! Et que l'écume a viré neigasse, et qu'autant, ce qui lui lave la tronche, au costaud, a une petiote allure massive d'avalanche ! J'éteins et je rallume mes lampions, une fois, deux fois, ça va passer Gogo, tu fatigues, grousse ! Je rouvre : le gars est toujours fiscal, vissé à sa muraille de glace, avec la neige qui pisse qu'on dirait de la farine ! Sous lui, j'aperçois des gars, d'autres, qui varappent dans ce merdier blanc ! Le costaud se retourne vers eux et il gueule « Nooooorr… Nooooorr… Nooooorrsssskkkkaaaaa !!! », et sans falfiner, il replante ses deux pioches un cran au-dessus, haingeux à pas croire, cœuru le type ! J'ai attendu, quoi ? Je sais pas… Que le gars soit à vingt mètres à l'aplomb de ma carcasse pour prendre le choc au bide, sévère : parce qu'il a levé sa bouille vers moi, pas pour demander de l'aide, non, c'était pas le genre. Et alors j'ai vu sa gueule. Plein cadre. Et j'ai vu que ce gars qui grimpait, c'était moi !

)- Moi reculer, reculer… Moi reculer. Pas voir en bas, pas voir petit fantôme de moi courir dans la neige tout seul et cadavre Aoi, cadavre petite source tout frais dans neige, cadavre pas voir, pas possible, reculer… Siphon montre futur, je sais, futur à nous Oroshi a dit, Oroshi sait, siphon pas bon, moi veux pas voir rivière de flocons qui tombe et Aoi cadavre, Aoua glace, « Cours, galope la Lueur… » et je courais, je courais neige profonde, neige pas vite, j'avais vu corps tombé roc, corps raclé. Et alors… Futur pas ça, futur veux fuir… Non !! Reculer derrière corde… pas glisser…

> Ce connard de Larco ! On lui dit de pas regarder et il se penche ! Si ce mec crève, j'irai pas pleurer ! Ergo l'a sauvé in extremis, il est magistral.

Quand je pense qu'on a perdu un Karst et qu'on a encore un Larco dans les pattes ! Allez comprendre… Y a pas de justice… Un gars qu'a même pas été hordonné… Karst, il nous manque, il nous manque méchamment. Des ailiers comme lui et son frangin, autant dire, ça se remplace pas. On peut perdre un croc, mais pas un ailier. Le courant a ralenti enfin, j'y croyais plus, et le niveau d'eau a foutrement baissé. T'as plus besoin de te tenir à la rambarde à présent. Le siphon se tarit, on dirait. À ça près qu'il s'élargit encore et qu'il faut reculer. L'eau est molle, elle est bizarre. Et à observer les gueules de ceux qui ont la mauvaise idée de jeter un œil dans le trou, il fait pas bon regarder ce qui s'y passe. Pas bon du tout… À ma droite, Arval est tout blanc et à ma gauche, la petite Aoi a des sanglots qui font mal… J'aime pas ça. Depuis la tour Fontaine, je fais plus le mariole avec les chrones.

— Qu'est-ce que tu as vu, Aoi ?

— Je t'ai vu, Steppe… Tu marchais dans la neige… Tu te transformais… Tu essayais d'avancer vers moi… C'était horrible… Tu… Tu buissonnais… Des rameaux partaient des épaules… Tu levais le pied mais… ça restait accroché dessous… Tes orteils farfouillaient la terre, ils cherchaient à plonger… Tu tirais sur tes muscles mais tu n'y arrivais plus… Et il neigeait, il neigeait le ciel entier sur toi… Toute la cascade t'alimentait en fondant… Tu prenais racine… Tu criais mais rien ne sortait… Juste ce souffle de feuilles froissées… Tu tendais les bras vers moi, encore, encore, et ça grinçait comme une branche au coude… Le processus de conversion… Le processus…

— Eh bien ?

— Tu passais de l'autre côté… Tu basculais dans le végétal…

— Aoi, écoute-moi ! C'est une hallucination ! Ce chrone ne montre pas l'avenir ! Il montre ce que tu redoutes le plus, tu comprends ? D'ailleurs, s'il montrait l'avenir, tu aurais vu ta propre mort !

— Ce n'est pas sûr, murmure Aoi.

— Si ! C'est une certitude ! Oroshi l'a dit !

— Oroshi l'a dit ?

— Oui, je t'assure.

′, Aoi m'écoute, elle me regarde avec ses noisettes couvertes de rosée et elle sanglote. Elle est à bout, littéralement. Sa peau est fanée. Je ne peux pas lui avouer que j'ai vu exactement ce qu'elle a vu. La fraîcheur de sa vision me terrifie : elle ressemble comme deux gouttes d'eau à la mienne. Je caresse sa nuque et lui parle encore, quel petit bouquet de femme, quelle

générosité elle a, spontanée, incroyable… À quel point faut-il aimer quelqu'un pour pouvoir contempler *son* avenir, et pas le tien propre, quand tu plonges dans un tel miroir du temps ? Elle m'aime, elle m'aime sans le savoir vraiment, puisqu'aucune distance ne nous sépare, puisque nous passons tellement de temps ensemble pour la cueillette, parce que tout coule si simplement. J'aurais aimé être celui qui voit quelqu'un d'autre que lui dans ce gouffre. J'aimerais l'aimer. J'aimerais avoir sa disponibilité intime, son accueil fou.

Quelque part dans mes fibres, le végétal développe ses rhizomes. Il a trouvé un terreau de chair réceptif. Cette mort ne me fait pas peur. S'arbrifier… La vérité est que je me suis rarement senti aussi vivant que dans cette flaque. Quelle euphorie pour moi ici, puissante et longue ! Je me sens irrigué. Ma sensibilité envers les pulsations végétales n'a jamais été aussi violente et intuitive. Je devine tout, ce qui pousse, ce qui fane, chaque pluie frémissante. Mon sang circule si bien, tous mes sens s'affinent, explosent, je fais corps avec ce biome !

~ Mon père fait quelques pas, je ne le vois pas encore, il est derrière ma mère. Ma mère pleure autant que moi, l'émotion des retrouvailles, elle s'écarte. Alors mon père s'avance, il a ce visage brûlé des feuleurs et des forgerons, sa joie le prend à revers, le craquelle aux commissures, le bol de sa joue se fend. Il me sourit et me soulève à deux mains du sol. « Je m'excuse » dit-il. « J'aurais dû croire en toi » dit-il. « Merci d'être vivante. » Dit-il.

π Sur le bord du gouffre, le courant est à présent nul. Nous avons de l'eau jusqu'au genou. La dilatation du siphon a englouti la cordée de secours et les harpons. Mais toute la horde a eu le temps de reculer. Et chacun est resté à sa place sur le pourtour. La surface de l'eau est si lisse qu'elle reflète le ciel net. Lorsque nous avions préparé la Traversée avec Oroshi, elle m'avait enseigné tout ce qu'elle savait sur les siphons. Tout s'est avéré exact. D'abord le tourbillon invisible, lorsque le siphon se forme en profondeur. Puis l'accélération subite du courant quand le gouffre est apparu. Puis la montée à l'acmé avec une aspiration intense. « Ensuite l'eau se détend et c'est le temps qui coule » — je me souviens de ses mots. De fait, le temps coule très lentement. Ou est-ce le contrecoup de la tension nerveuse ? Beaucoup de hordiers sont trop près à mon goût du précipice. Ils sont intrigués par l'arrêt de la chute d'eau. Par le silence soudain. Sans l'écume qui les drapait, les parois semblent faites en eau dure. Le fond est introuvable. Trois cents mètres au moins.

— Je vous dis de reculer, putain ! Léarch ! Firost, recule ! Callirhoé ! Ne vous approchez pas si près du vide. Le gouffre peut encore bouger ! répète Erg.

— Le gouffre va bouger, hurle Oroshi. Ne restez pas au bord, vous êtes inconscients !

— Vous relâchez pas les marmots !

— Attention !

Il y a une secousse tellurique. Brève, brutale. Presque un rot du gouffre. Léarch est déséquilibré. Il tombe dans le vide. Le fauconnier dérape mais il s'accroche du poing à son faucon qui se déploie. Il se rétablit de justesse. À ma droite, Callirhoé a disparu.

— Calli est tombée !

— Firost aussi !

De là où je suis, je vois le corps de Firost tomber. Il tombe, il tombe, tombe, surnaturellement. Il est comme ralenti dans sa chute. Le temps ? Non. Un vent prodigieux a jailli en geyser du gouffre. Une colonne de vapeur percute Firost dans sa remontée et le maintient quelques secondes en suspension. Son corps rebondit, tournoie, s'élève à nouveau. Puis il retombe comme une pierre dans le vide. C'est fini. Il est mort. Des nappes d'eau remontent le long des parois. De bas en haut ! Une sorte de contre-cascade…

— Le siphon s'inverse ! Fuyez !

— Où est Léarch ?

¬ On n'apprenait pas ça en géographie classique. Moi j'appelais ça un court-bouillon. En gros, c'était le contraire du tourbillon. J'en avais noté quelques-uns dans la flaque. Mais là, de cette taille, dans une marmite de quarante bons mètres de large… La soupe se mit à cloquer et le niveau d'eau à remonter. Je n'y regardai pas de trop près : l'effet du chrone était encore actif si bien que je voyais à chaque fois apparaître le même désert de rocs poncés avec une statue de mon père, à genoux avec son marteau, posée sur une dalle. Pétrifié ? Plus loin, l'horizon était coupé par une falaise très haute. Du granit — de la pegmatite à vue de nez. Je discernais les volumes d'un village, un moulin devant, mal bâti, en boulbène… Des gens de l'âge de mon père accouraient. Quelqu'un se jetait dans les bras de Pietro, un autre dans ceux de Sov. Leurs parents ? Quelqu'un est tombé, j'ai entendu ? Qui ?

(·) Ça fait cinq par le Vent Vierge ! Karst d'abord, puis Sveziest. Et juste là, au moment où ça se calmait, Firost et Léarch, et ma Callirhoé, jusqu'où

ça va aller ? À quoi je sers ? Qui m'écoute dans cette horde ? Je vous avais prévenu ! J'ai tout fait pour que nous ne coupions pas par cette flaque et on y est allés ! On a suivi Golgoth encore et encore, l'infaillible connard ! Celui qui se croit immortel ! Et maintenant elle est où TA horde ? Hein, elle est où ? Au fond de la fosse ! Noyée ! La Capys, c'est peut-être une chialeuse, gros lard, mais elle avait mesuré les risques ! Qui va plonger les chercher à présent, c'est toi peut-être ? C'est toi qui vas réparer ce massacre ? Parce que tu crois qu'ils sont encore vivants après une chute pareille ? Tu veux y croire, je le vois à ton groin qui renifle. Mais les organes ont éclaté sous le choc, tu le sais ça ? Soigneuse, je suis, je sais ces choses et toi tu ne sais rien ! Que dalle Golgoth ! Rien de rien ! Taré !

— Darbon, accroche cette corde à ton faucon ! Il n'y a que lui qui puisse survoler la chute ! Avec un thermique pareil, j'entorche ! Je suis viré tout de suite !

— Ça ne sert à rien, Erg, ils ont pas pu survivre…

— ACCROCHE CETTE CORDE !

ˇ● J'obéis à Erg et je noue la corde aux vervelles de mon gerfaut. Aussitôt fait, je le jette et il monte d'essor au-dessus du gouffre, avec la corde suspendue à sa main et au bout, un caillou de lest.

Quart-de-gorge lui ai donné afin de ne pas l'empeloter — de sorte qu'il chevauche les thermiques très-courageusement, en oiseau de grand travail qu'il est. Si quelqu'un dans le gouffre a survécu, qu'il avue la corde et s'en empare, il suffira que je tape le taquet et que j'affriande Sarso pour qu'il revienne au poing avec l'autre extrémité de la corde. Dans ce cas, presque impossible, nous pourrons tirer du puits les naufragés.

— Bel esclame, ce Sarso, pour tenir ainsi sous ces ascendances ! note envieux l'autoursier.

— Oui, ce n'est pas un autour qui pourrait faire ça ! Un voilier saillant n'a pas la puissance, il se déchirerait !

— Il a la puissance Darbon, mais pas la portance suffisante, c'est tout.

— Si tu veux.

∧ Notre fauconnier m'agaçait un tantinet, nonobstant la justesse de ses propos. Point était-ce temps et site propices aux querelles et disputes sur l'oisellerie de haut et de bas vol. L'urgence commandait. Outre que son gerfaut, quelque puissant qu'il fut, n'avait qu'utilité bien modeste pour les trois hordiers dont les corps étaient tantôt visibles, tantôt voilés par le bouillonnement du gouffre, sans qu'à cette distance-ci quiconque pût dire

s'ils se débattaient ou étaient ballottés, bref si la vie avait eu la noblesse de daigner encore les soutenir après une telle chute. Au bout de la corde, le malheureux lest de pierre breloquait à l'instar d'un pendule, sans que le faucon, nullement téméraire, ne s'avise de descendre plus profondément dans la gorge pour amener ce lest à portée de bras. D'ailleurs, il guinda bien vite, sortant du gouffre à la faveur d'une ascendance et se perdant dans la nue, invisible au meilleur remarqueur et sourd autant que faucon peut au tapotement frénétique de Darbon sur son taquet de rappel…

— Calli ! Calli !

— Léarch !

— Ça va Joliflamme ?

— Je sens plus mes pieds ! Mes bottes ont éclaté. Je crois que…

— L'eau remonte, tiens le coup !

— Et Firost ?

— Il surnage. Je l'ai vu battre des bras. Je sais pas vraiment mais…

— Tu crois qu'on va se faire avaler ?

— L'eau monte, regarde ! Il y a Erg là-haut !

— Je vois rien… Il est trop loin…

◊ Pour parler franco, je me serais cru dans une coulée de fonte, la chaleur en moins. Ça grumelait en cloques énormes, ça bouillonnait de vase et de boue, c'était épais et massif, ça donnait envie de malaxer au poing. Le niveau montait, la cuve se remplissait… Et ça nous sauva. Notre mort n'était pas pour cette fois, et basta ! Encore que j'avais vu en basculant quand ce serait et où. Elle m'aurait pas comme ça pour autant, fallait qu'elle sache. Pas mon genre de femme, la faucheuse. Le futur, je le vois à ma façon à moi. C'est comme un disque de jet : s'il est voilé, il faut le redresser au marteau. Au pire, tu refonds et tu retrempes, encore et encore, jusqu'à trouver la souplesse et l'élasticité. Je ferai ce qu'il faut. « Forge ton destin » est gravé au fer sur mon épaule. Tu n'avais jamais fait gaffe, chérie ?

) Peut-être fus-je le seul, avec Erg, à regarder jusqu'au bout le siphon imploser dans le cylindre d'eau vitrifiée qu'il avait fini par se constituer. Ce que j'ai vu remonter le long des parois n'était pas de l'eau mais le temps même, tour à tour liquide et solide, compact et dilué. Le temps qui utilisait l'eau pour support, pour matière conductrice — qui l'utilisait en partie aussi, selon mon hypothèse, pour mémoire. Les scènes que j'y ai vues, d'une certaine façon, n'appartiennent qu'à moi. Ça ne signifie pas qu'elles me concernent uniquement, plutôt qu'elles furent la marque mouvante,

sur le lac du temps, des ondes que les galets de mon esprit y ont fait ricocher à ce moment-là, volontairement ou par intuition. Ce que j'ai vu était un avenir lointain, puis de plus en plus proche, jusqu'à l'avenir immédiat, jusqu'à la prescience du présent — l'implosion.

En se refermant, le siphon a expulsé cette contrevague qui nous a submergés et éparpillés sur deux kilomètres alentour. Du gouffre, en renageant vers l'épicentre, j'ai cru d'abord qu'il ne restait rien, à cause de la transparence. Il restait en fait un cylindre de verre de cinq mètres de haut, à peine, sur autant de large. À l'intérieur, il nous a fallu beaucoup de temps pour remarquer autre chose que le vide. En fait, il y avait juste un bout de peau, pris dans l'épaisseur du verre, avec le signe √ tatoué : le blason de Sveziest. La peau venait de son omoplate gauche. Golgoth tatoue toujours les crocs à gauche.

Les éclats de verre qu'on retrouva jusqu'à deux jours amont ne sont qu'une des centaines de formes que l'eau peut prendre, soumise à la trempe du temps. Je savais pour le givre ou la glace. J'ai appris pour le verre. À une certaine viscosité dans l'écoulement du temps, l'eau se vitrifie, voilà. Léarch pense que le verre est l'étape ultime de cristallisation du temps, donc la mémoire. Je pense plutôt que la mémoire est comme les lingots de sa forge, ductile comme un métal, apte à prendre toute consistance, qu'elle n'est pas figée mais éminemment plastique ; elle est ce qui se dilate, fond et se contracte selon les besoins de l'esprit. Le verre n'est que du temps qui ne peut plus couler. Qui se met donc hors du temps. Un bloc d'instants séparé, coupé de tout avenir ou passé. Une stase. Le verre conserve mais il ne se souvient pas. Seul ce qui peut fluer se souvient. Et je me souviens de Sveziest.

π Le jour du siphon, Golgoth décréta le repos général. Erg avait eu la présence d'esprit de sauver la plate-forme. Nous la dressâmes donc au-dessus du lac, dans une zone peu profonde. Notre poids suffit à l'ancrer aussitôt dans la vase. Il manquait des lattes au plancher mais personne ne s'en plaignit. Callirhoé avait les pieds cassés — l'astragale d'après Alme. Elle me demanda de suspendre les braseros à coupoles sous la plate-forme. Je les accrochai sous les quatre carrés découpés à claire-voie dans le plancher. Je plaçai le bois flotté sur les coupoles et l'aspergeai d'huile. Je fixai dessous les hélices de ventilation et les vissai. Notre feuleuse approcha son moulin à friction, le laissa prendre le vent et alluma ainsi, à genoux, les quatre feux préparés. Oroshi plaça les éoliennes de recirculation et orienta les tubes de chaleur. Elle fit suspendre le linge trempé devant. Callirhoé prépara aussitôt

une cuisine de fête. Elle était bouleversée mais joyeuse. Elle n'en revenait encore pas d'avoir survécu.

Cette idée de la plate-forme, que nous devions à Silamphre, nous sauva de l'épuisement en zone centrale. Elle fut notre havre de repos chaque soir. Notre île démontable et nomade. Bricolés par Oroshi et Callirhoé, les sèche-linge limitèrent les désagréments de l'humidité. Les sacs de couchage et les combinaisons fournies par les Fréoles étaient d'une qualité rare. Quant à la nourriture, elle s'avéra suffisante et variée. La chasse aida beaucoup. En particulier celle des oiseliers. La pêche fut facile : carpes et gardons, tanches au crépuscule. Quelques anguilles grâce à Larco. Du ciel, sa cage ramena aussi une poignée d'oiseaux succulents. Steppe et Aoi complétèrent avec l'amidon décanté des racines de roseaux. Ils en firent des galettes et des bouillies. Golgoth dévora comme jamais. Il ne fut pas le seul…

Nous ne parlâmes plus du siphon pendant quelques jours. Puis le sujet qui nous travaillait tous ressurgit un soir. La nuit était pour une fois nette de tout nuage. Deux petites lunes jetaient un éclat parme sur les crêtes des vagues. Dans notre carré de parleurs nocturnes, Caracole et Sov échauffaient les imaginaires :

— Dis donc, troubadour… Tu ne nous as encore pas parlé de ce que tu as vu dans le gouffre. Tu esquives depuis tout à l'heure… insistait Oroshi.

X Il y eut un silence de quelques secondes. Une hésitation entre la pirouette et le mensonge ? Entre la vérité habillée et la vérité nue ? La houle s'était progressivement calmée et je l'entendais s'échancrer avec douceur sur les piliers de bambous.

— J'ai vu ce que vous avez vu, camarades.

— Ton avenir ?

— Non. J'ai vu *ce que vous avez vu.* Veuillez faire tourner vos petites éoliennes dans vos oreilles, s'il vous plaît… J'ai vu vos *propres* visions.

— Les nôtres ? Une par une ?

— Non, elles sont venues ensemble, superposées, comme si je les vivais vautré dans des couches de temps différentes et cependant… Cependant oui, elles pleuvaient simultanées…

— Tu dis n'importe quoi… coupa le fauconnier qui suivait le débat en catimini.

— Alors écoute donc, Darbon le Fel ! Je puis par exemple vous dire que tu es le seul qui ait filouté ici. Tu n'as pas donné *toute* ta vision, chenapan ! Tu as parlé de ton faucon qui ne passait pas le mur du vent, soit. Ceci dit, tu as caché ce que tu as vu après. Me trompe-je ?

— Il n'y avait rien après !

— Après tu as mangé ton faucon. Tu l'as mangé cru. Et tu t'es empoisonné.

— Tu dis n'importe quoi ! s'emporta Darbon, décontenancé. Je vais me coucher, j'en ai marre de tes pitreries !

— Tu es déjà couché… Prends motte et reste à quia ! siffla l'autoursier.

) Caracole apprécia le pique et se contenta de lancer son boomerang… couché. Il revint dans sa main. Je pris la parole :

— Si je résume ta théorie, Caracole, tu prétends que le siphon aurait cette capacité de contracter en lui des segments d'avenir ? Qu'il serait en quelque sorte une mémoire du futur ? Et qu'il aurait libéré en notre présence ces futurs qui attendent chacun de nous ?

— Yak !

— Ça me fait frémir… Tout serait écrit alors ? intervint Pietro.

— Pourquoi pas ? Cette scène que nous vivons par exemple, elle existait déjà. Tout a déjà existé et tout existera un jour à nouveau. Tout reviendra intact, tel quel. Le chrone ne prévoit rien, il fait juste défiler à toute allure les boucles de temps qui le constituent, il n'est que le trajet d'une mémoire circulaire, dense à hurler. Ce qui circule en lui n'est en fait que du passé. D'un certain point de vue. Sauf que ce passé est pour nous un avenir puisque nous rampons vers lui, risibles escargots, dans un segment minuscule du circuit. Notre esprit a capté les scènes que nous cherchions, il a trié à la volée dans le défilement. Sans que je sache comment qu'il a fait, notez bien, ni pourquoi donc et quand bien même que !

— Tu te rends compte de ce que tu racontes ? Tu nous fais marcher ou quoi ?

— J'espérais plutôt vous faire nager…

— Quelqu'un a une autre théorie, même bateau ? Parce que là… Pffff ! soupire Silamphre.

— Je veux bien exposer la mienne, osé-je. Pour moi, ce que nous avons vu dans le gouffre n'était pas l'avenir. Ou plutôt, ce n'était *qu'un* avenir dans l'ensemble des possibles qui couvent en nous.

— Alors pourquoi a-t-on vu celui-là précisément, Sov ?

— Parce qu'il s'agit à mon avis de l'avenir axial, en trace directe.

— C'est-à-dire ?

— C'est l'avenir dominant, le plus probable, celui que nous vivrons si les tendances qui sont en nous se développent normalement et se confirment. Le chrone n'est pas une mémoire selon moi. Il n'est qu'une scintillance du

vif, une forme d'écho psychique, de résonance des forces qui nous travaillent, qu'il a la capacité de transcrire par, ou à travers, l'eau. Ce qu'il a projeté, si vous voulez, c'était la concrétisation de ce que nous sommes potentiellement.

— Notre devenir ?

— Oui, notre devenir principal.

— Donc en fait, pour toi Sov, rien n'est écrit ?

— Non, *tout s'écrit.* Et tout s'écrit en ce moment même, dans mes veines, avec mes forces intimes, par leurs combats. Le chrone nous a montré ce que nous deviendrons si nous continuons à être ce que nous sommes. Steppe deviendra un arbre s'il continue à favoriser le végétal en lui. Callirhoé verra son père si elle désire vraiment le voir…

— Et Barbak mourra digéré par une îloméduse s'il ne comprend pas ? C'est cela ?

— Oui, peut-être. Il nous écoute là ?

— Non, ils dorment déjà là-bas. Tu ne les entends pas ronfler ?

π La nuit s'écoulait. Nous restions cinq à discuter : Caracole, Oroshi, Sov, Silamphre et moi. Oroshi était à l'accoutumée la plus concentrée :

— Est-ce que nous devons considérer ces visions comme un message, finalement ?

— Qui serait ?

— Qui serait de ne pas suivre son avenir majoritaire mais ses devenirs minoritaires. Qui serait de savoir bifurquer, s'inventer une autre approche de l'existence. Qui serait de ne pas suivre sa pente naturelle. Ou alors en montant !

— Ça dépend pour qui, Oroshi. Qu'est-ce que tu as vu pour vouloir le changer ?

— Je vous l'ai dit. Je me suis vue accoucher. Mais ce n'était pas un enfant. C'était une sorte de… boule de vif écarlate, une sorte de chrone qui sortait de mon ventre. Ça n'avait pas de membres ni de tête mais je le prenais dans mes bras, j'étais terrorisée et heureuse à la fois. Je n'avais pas mal. La boule était chaude et…

— Et quoi ?

— Et je passais mes doigts à travers sans le déchirer. Je comprenais enfin.

— Tu comprenais ?

— Je comprenais le sens de tout. Je savais. J'avais achevé ma quête.

— Pourquoi Caracole a-t-il vu les visions de chacun ? Pourquoi Aoi a-t-elle vu celle de Steppe ?

— Et Larco qui a ressenti le passé, le présent et l'avenir à la fois, comme Carac…

— Et alors, jeunes loutres de la connaissance ? Quoi d'étonnant ? Vous vous faites du temps une représentation si pitoyablement uniforme et droite ! Votre imagination gingeole clopin-clopant, cahin-caha, tant bien que mal, à croupetons et tout lui semble extravagant, à cette vieille fille ! Temps est eau, temps est vent ! Il accélère quand il veut, il ralentit, il s'inverse, revient sur ses pas, repart d'un bond ! Il spirale, s'emboucle, s'enroue, toussote un peu d'avenir, ravale vos passés, se vide les sphincters dans un lac. Pourquoi non ? Il y a autant de temps que d'êtres qui respirent, que de vitesses ! Le temps est en vous comme l'eau dans une bouteille. Vous vous buvez un peu chaque jour, à l'économie, et vous croyez savoir ce qu'il est ? N'y aurait-il que Sov pour comprendre un peu ? Il y a le temps qui coule oui, qui est un temps parmi des myriades, le seul qui vous parle apparemment ! Pourtant il y a le temps du gel, le temps du givre léger, celui de la glace noire et celui du verre, le plus contracté de tous, qu'on peut pourtant souffler pour en faire les bouteilles qui vous rassurent. Il y a le temps à consistance de brume ou de vapeur, qui flotte et s'éparpille, celui qui glisse dans les mains, celui qui poisse et coagule, l'hémophile et l'aéré… Et puis les temps morts et les temps libres, les temps forts et les temps faibles, le bon temps, celui qu'on tue, le furtemps ! Et combien d'autres ? Certains filent droit, à leur cadence, mais la plupart font des huit et des nœuds, repassent sans cesse par les mêmes instants. Vos figures — passé, présent, avenir — sont sans valeur dès qu'on sort du fleuve. Par exemple, savez-vous que le passé en temps-verre n'est qu'un présent densifié qui se dilate ? Et que le futur en temps-brume n'est qu'un présent éternel qui s'émiette en gouttelettes d'instants ? Et que demain n'existe pas en…

— Merci Caracole, mais tu nous épuises. Temps mort !

) La traversée de la zone centrale dura encore deux semaines, mais nos corps étaient faits et nous n'avions plus peur du pire. Pendant les trois derniers jours de pleine eau, nous eûmes un rocher émergent en ligne de mire et nous sûmes que nous avions fait le plus dur.

Devant nous s'étendirent à nouveau ces paysages affligeants de brume et de roselières couchées, mais ils avaient désormais quelque chose de familier. Dans un mois, si la chance continuait à sourire, nous serions à Chawondasee et je reverrais Nouchka, dont le souvenir, sous cette grisaille plombante, parvenait encore à se glisser entre l'eau et ma peau, rouge et chaud.

Étrangement, plutôt que nous diviser, la mort de Karst et de Sveziest

nous souda. Personne n'en imputa à quiconque la responsabilité. Pour la première fois depuis trente ans, on vit Golgoth revenir en arrière pour aider Callirhoé. Il ne le fit que deux fois, mais il le fit. Je n'aurais jamais imaginé pouvoir me lever un matin sans voir Karst piocher dans la gamelle de Horst. Partout où s'asseyait Horst désormais s'asseyait à sa gauche le vide, et je ne m'y habituais pas. J'apprenais. Peut-être m'avait-il fallu ça pour comprendre ce miracle que les autres, eux, soient encore là à bouger, à parler, à gueuler devant moi tous les matins. J'avais longtemps cru que je tenais à eux mais, comment dire ? aujourd'hui ce n'était plus vraiment ça : c'était plutôt qu'ils tenaient *en* moi. Ils me peuplaient, ils habitaient mon bivouac d'os et de nerfs. À chaque pas qu'ils faisaient, à chaque mot échangé, chaque petit geste discret, ils élargissaient ma flaque intérieure d'autant, ils en prolongeaient la surface tissée. Le simple fait de les imaginer pouvoir mourir avait redonné à leur présence une lueur. Après la mort de Sveziest, je m'étais juré ça : de ne plus jamais oublier qu'ils pourraient ne plus être là demain. Les conséquences de ce petit serment furent prodigieuses pour l'acuité avec laquelle je recevais ce qu'ils étaient. Je découvris une nouvelle intensité — celle que la conscience effilée d'être accoudé chaque jour au parapet branlant de la mort donne. J'étais à nouveau émerveillable.

XI.
L'Outre et le Lorsque

‹› La terre affleurait enfin, en minces langues de sable, sous forme de javeaux esseulés. La zone centrale, avec son lac sans rive ni fin, était désormais derrière nous, la végétation revenait. Steppe y voyait le signe que la berge amont n'était plus si loin, à cause des alluvions accumulées sur les digues. Nous progressions à tâtons à travers la brume, dans une mosaïque verte, brune et grise de mares, de vasières, de prairies humides et de prés salés, que Steppe désignait sous le nom de shorres. Il me racontait la colonisation des vasières, égrenait pour moi la « ripisylve », me donnait les noms savants, les propriétés alimentaires ou médicinales, m'apprenait à relier les plantes entre elles, les plantes au milieu, les plantes aux animaux… Ce que j'adorais chez lui, c'était son enthousiasme, cette soif, jamais étanchée, de la découverte d'une plante rare ou d'un « habitat » incongru, qu'il n'aurait pas imaginé possible pour elle : une salicaire en eau saumâtre par exemple, ou des salicornes en eau douce. « Regarde ! » Et il bondissait dans une tourbière, caressait une sphaigne, goûtait une fleur en la réduisant en lambeaux, en fines lamelles, entre ses doigts. Il reniflait, il avalait le tout, il ouvrait les yeux, ravi, et il fuyait déjà plus loin, en quête de neuf…

Depuis que nous nagions moins, il avait remis sa chemise de lin, teinte en bleu, que je lui avais tissée. De toutes les manières, il n'avait jamais froid. Je lui coupais les cheveux le matin au réveil, l'herbe poussait avec une force épatante, je le peignais à mon idée, je le jardinais. Les racines étaient vert pâle, mais blondes les pointes et parfois émergeaient une graminée, une cardamine, quelques trèfles et il aimait bien « les garder en tête » et il riait de ça, jusqu'à l'iris de ses yeux de forêts mouvantes, jusqu'au bout des joues. Sans lui en parler, j'observais son évolution dans la flaque, ce qui changeait doucement en lui, comment l'eau influait sur son tonus, sur la sérénité qui l'envahissait à rebours. Quatre années s'étaient

écoulées depuis que ce chrone germinal lui avait effleuré la tignasse... (Il s'était couché trop tard bien trop près du cocon, l'enthousiasme encore et toujours...) Sa dérive vers le végétal me fascinait ; à d'autres moments où je le surprenais, elle me faisait peur — en pleine contemplation, à la limite de la conscience, le visage ivre de pluie. Jusqu'où pénétraient les racines, jusqu'où monterait la sève ? Ce sang blanc que je cauchemardais, qui lui coulerait d'une plaie au pli du coude. Steppe, lui, ne semblait pas s'inquiéter, ou alors il le cachait, il l'enfouissait remarquablement.

Jamais n'avait-il été, depuis le siphon, si adorable avec moi, aussi attentionné pendant le contre, à l'écoute, souriant de mes faiblesses, me soutenant. Il me regardait à nouveau. Il me *voyait.* C'est lui qui me demandait à présent de le rejoindre dans son duvet la nuit, spontanément... Je ne minaudais pas, je me déshabillais et j'allais me blottir... Il avait repris goût à mes petites pommes, à jouer avec mes lèvres, repris goût à me faire l'amour et je me sentais heureuse comme j'avais oublié. Je me levais légère le matin, vive, j'étais frissonnante de joie, je respirais mieux. Je n'avais plus mal nulle part, plus ces courbatures aux mollets, ni ce genou qui se coinçait ! Je me sentais fleurir.

— Je peux plus...

— Calli, on vient juste de commencer à marcher !

— Et alors ? Je peux plus, je peux plus !

— Callirhoé !

— Éteins ! Y a plus de Calli ! Je ne suis plus votre feuleuse ! J'abandonne !

— Je vais te porter un peu...

— Laisse-moi... Dégage je t'ai dit ! J'ARRÊTE !

) Callirhoé se tient quelques secondes les deux genoux enfoncés dans la boue. Elle sanglote avec une violence qui me ravage, les larmes ruissellent sous ses mains jointes. Elle tombe à plat ventre dans la vase, de tout son long, et ne cherche plus à se relever. Tout le Pack a arrêté de contrer et s'est retourné vers elle, mais le Fer continue à mi-corps dans l'étang. Personne ne se résout à faire un geste pour aller la relever. Si, Alme y va, elle se penche...

— Laisse-moi, maman ! Laisse-moi...

Depuis deux jours, la pluie a repris avec une intensité à peine descriptible. Les terres exondées, des éponges de vase, dégorgent. Le ciel se vide à perte de nuages et de seaux, nous sommes lavés à l'orage, douchés au sang, fripés, glacés, rincés, à patauger mètre après mètre sous la cascade insistante, dans des tourbières qui s'effondrent, à aboyer en vain vers le sec, le torse grenaillé de gouttes et le visage en ornière. Hier soir, Callirhoé n'a même pas

réussi à allumer les feux. Elle a tout essayé, mais le stock d'amadou est épuisé, elle s'est énervée sur son moulin à friction, elle s'est découragée et elle a fini, fait rarissime, par renoncer. Personne ne lui a reproché quoi que ce soit, bien que nous crevions de froid, mais son échec l'enveloppe ce matin à la manière d'une couverture mouillée.

Depuis sa chute dans le siphon, le problème est qu'elle ne peut plus poser le pied gauche : elle a le talon fracturé, avec un hématome d'un pouce d'épaisseur, si bien qu'elle ne cesse de souffrir que lorsqu'elle nage. Elle s'appuie sur deux béquilles de bambou dans les parties émergées, mais avec la pluie continue, les béquilles percent la boue comme du beurre, à tel point qu'elle se déséquilibre sans arrêt et chute, et qu'elle s'épuise à se relever. Nous l'aidons tour à tour, nous essayons — sauf qu'il y a des moments où le ras-le-bol nous submerge, sauf qu'elle avance à une allure de limace à l'arrière et qu'elle ralentit tout le Pack… Parfois, autant le dire, on n'entend tout simplement rien avec le choon et la pluie battante, et je n'ai pas envie de me retourner pour y aller.

(·) Elle n'en peut plus, elle est complètement à bout, physique et mental confondus. Son histoire avec Sveziest durait déjà depuis trois mois quand il est mort. Ils s'étaient apprivoisés et aimés dans la discrétion : j'étais la seule que Calli ait mise dans la confidence. Le regard du groupe est si présent parfois, si balourd, surtout du côté du Fer… Cette histoire lui faisait un bien profond. Elle en avait terminé avec ses aventures multiples et éreintantes avec Silamphre, avec Talweg et avec l'autoursier. Quelque chose s'installait en elle de plus stable, de plus serein sans doute que les pulsions d'une nuit ou que le manque récurrent d'affection qu'un Larco vient colmater à la salive et au sperme les soirs de spleen. Et puis voilà : Zé est tombé. Personne n'a voulu aller le chercher : la vérité est ainsi. Et elle reste là, vide, sonnée, avec ce cratère au ventre. Cet horizon qui s'ouvrait coupé net. Et ce pied brisé, comme une âme. Je ne sais vraiment plus quoi faire pour elle.

π En condition âpre, le contre exige une vertu cardinale : la volonté. Si la volonté s'affaisse, il est impossible de résister au vent. Le vent décide pour toi : il te gifle à tue-tête, il te malmène sans la plus petite pitié. Et il t'abat. Les Fréoles qui n'ont jamais contré dissertent sur l'endurance. Ils ne savent pas de quoi ils parlent. Seule importe la *persistance*. Et la persistance, c'est ce tout petit coup d'épaule et de reins, ce surcroît d'énergie infime, cette *gniaque* comme dit Golgoth que tu donnes sur chaque rafale et qui te

permet de la dominer. Si tu perds ça, cet influx, tu sombres. Avec la pluie s'est levé le choon. Un choon modéré mais coriace, à vague continue, qui donne de l'angle à la pluie. L'eau nous fouette à l'horizontale. Une rivière de gouttes dont nous remontons le courant. J'aime bien Callirhoé. J'apprécie son visage farouche, son caractère parfois effronté, toujours fragile et touchant. Je la trouve jolie avec ses mèches en forme de flamme blondissante. Mais là je n'ai plus la force. Je suis vidé. Sa dépression nous pompe. Alme est la plus patiente :

— Tu ne peux pas rester là, Calli, et tu le sais ! Si on te laisse, tu ne pourras plus nous rattraper. Tu perdras la trace dans les étangs et tu mourras !

— Je suis déjà morte : Zé est mort, Karst est mort, Barbak va mourir !

— Mais toi, tu vas retrouver ton père au pied du défilé de Norska. Et ta mère aussi ! Ils t'attendent ! Tu te souviens de ta vision ?

— Ma vision n'était qu'un rêve. Elle ne signifie rien…

— Nous avons besoin de toi, Callirhoé. Sans toi, il n'y a plus de feu, plus de cuisine, nous allons crever de faim, renchéris-je sans grande conviction.

— Aoi me remplacera. Elle se débrouille aussi bien que moi…

— Je ne sais pas faire les feux sous la pluie, Calli…

— Moi non plus ! Je sais plus faire. Vous avez remarqué ?

Alme l'a relevée sur les genoux. Elle prend Callirhoé dans ses bras et me fait signe dans son dos de l'encourager. Je ne sais plus quoi dire. Sov est à côté de moi, les bras ballants. Larco dégouline sans un mot. En amont, Arval profite de la pause pour filer repérer les lignes de terre. Golgoth est invisible dans le brouillard. Je l'entends vociférer ses instructions : « Balise en pharéole ! Fous-moi de la sirène qui couine au vent ! Et arrête avec tes portiques de merde en bambou : ils tiennent pas debout et je les vois pas ! T'engranges ? » « Yak ! » C'est la vingtième fois, peu ou prou, que notre feuleuse s'écroule en deux jours. Et nous venons juste d'entamer le contre… Hier, j'ai cru que Golgoth allait la fendre en deux avec son boo de chasse. Elle a insulté le Fer. Il a laissé filer. Je sais qu'il ne le fera pas deux fois. J'ai entendu cette nuit Erg et Firost qui parlaient de l'abandonner. Sans feu, le moral descend en flèche. Nous croyions avoir fait le plus dur en sortant entier de la zone centrale. Nous découvrons un bourbier pire que celui du premier mois de contre. La végétation y est beaucoup plus dense, avec des rideaux épais de roseaux qui rendent la pénétration tuante. Pas un seul appui stable, un choon désespérant. Il faut changer de place toutes les cinq secondes pour ne pas se retrouver la botte engluée dans la boue grasse. Et Callirhoé qui flanche… Alme nous regarde, attendant une réaction. Elle s'irrite par degrés :

— Bougez-vous les fesses, les garçons, aidez-la ! Parlez-lui !

— C'est à elle de se bouger ! On est tous nases ! rétorque Larco, mauvais.

— Toi, t'es vraiment un pauvre type, Scarsa ! Quand il s'agit d'aller tremper ta nouille, t'es le premier à lui faire du gringue et à rappliquer ! Mais quand elle souffre, il n'y a plus personne ! T'es fier de toi ?

— Et toi, t'es fière de tes bandages ? T'es fière de tes soins à la con ? T'arrives même pas à soulager sa douleur. Alors ferme-là !

— Ferme-là toi-même, biquette ! Tu pourras toujours pleurer pour un massage ! T'as rien dans les jambes, tu te fais porter tes charges, tu bouffes mes stocks de poudre de saule parce que t'as la « fiévreuh ». Tu me débectes !

— Lâche-moi, tu veux ? Tu retardes tout le monde et tu vou...

— Huhau volaille ! C'est quoi ce merdier ?

Golgoth vient de revenir de l'amont jusqu'à nous, alerté par les cris. Sa combinaison est ganguée de gadoue. Il pue la fange. Il n'est pas d'humeur :

— C'est la petiote qui chiale, c'est ça ? Ça a le feu au cul mais ça sait plus l'allumer sous la flotte, hein ? Pour la labourer grandes largeurs, y a du monde au portillon, et elle se fait pas prier, mais dans sa version cul-de-jatte, elle fait moins recette on dirait... Ils sont où les laboureurs, la bande de bouche-trous ? Faut assumer, les bitards ! Faut payer sa passe maintenant ! C'est le moment ou jamais... Les Silamphre, les Talweg, les Fifi, les Larco ! Vous attendez quoi pour la porter ? Qu'elle vous taille une pipe ?

Golgoth est goguenard. Il se tient sur la crête, si dangereuse chez lui, entre le sarcasme et la fureur. Personne ne bronche. Silamphre s'est approché pour prêter main forte. Callirhoé s'appuie sur son épaule. Ils font quelques pas ensemble vers l'amont mais la digue d'alluvions est trop étroite pour deux. Silamphre glisse dans l'étang. Le corps de Callirhoé, déséquilibré, claque sur l'eau. Golgoth regarde la scène, glacial. Il les toise et se mouche brutalement. Ambiance. Larco aide Callirhoé à se hisser sur la berge. Les veines de son front sont proéminentes. Sans prévenir, son visage lâche et les sanglots reprennent.

— On va pas continuer comme ça, annonce Golgoth.

Elle n'écoute ni ne répond.

— Callirhoé ?

— ...

— Feuleuse... gronde Golgoth.

— ...

— CALLIRHOÉ !!!

Elle n'a toujours pas répondu. Golgoth s'avance vers elle. Je crois un instant qu'il va la frapper. Mais il la secoue avec une sauvagerie pire. Des

deux bras, il l'arrache du sol et la porte à hauteur de son visage. Sa violence se décompacte par blocs :

— Écoute-moi bien, fillasse ! J'ai déjà perdu deux gars dans ce bourbier. Et ils valaient plus chers que toi. Je t'ai tractée. J'ai ralenti la horde pour toi. Une fois. Deux fois. Dix fois. T'as ragouiné hier et j'ai pas moufté. Tu chies tes feux, tu nous portes sur les nerfs ! Tu tiens pas ton rang ! Je peux plus me permettre de plomber la Trace pour ta petite face de salope, tu captes ?

— …

— Alors maintenant, je vais t'expliquer ce qui va se passer. Soit tu reprends tes béquilles et t'avances — et quand tu peux plus avancer, tu nages — et quand tu peux plus nager, tu rampes ! Soit je te plante sur place avec ton pied bot, je recale Fer et Pack, et on trace. Sans toi. Et tu sors de ma horde. Qu'est-ce que tu choisis ?

— J'ARRÊTE !

La réponse de Callirhoé a jailli en crachat. Golgoth la tient encore quelques secondes à bout de bras. Puis il la projette tel un sac au sol. Le corps s'encastre dans la boue. Il sort alors la serpe de sa ceinture. Il empoigne le bras gauche de Callirhoé. D'un coup de lame, il lui tranche sa combinaison à l'épaule… Je compris une seconde plus tard que Sov. Déjà notre scribe s'était jeté sur Golgoth et il protégeait Callirhoé :

— Non ! Tu n'as pas le droit de faire ça ! Elle n'a pas démérité !

— Elle fait plus partie de ma horde. T'as entendu ? Cette pute a fait son choix. Vire d'ici ! Vire !

— Fais pas le con !

— Elle a pas la trempe, elle est pas au niveau ! Elle mérite plus !

Sov a bloqué sa main sur le poignet de Golgoth. Il s'est intercalé. Ils se font face à genoux et ils se débattent violemment. Erg est arrivé. Il ne bouge pas. Enchâssée dans la bourbe, Callirhoé est coincée par les deux corps qui pèsent sur elle. Sur l'épaule gauche, sa peau ressort blanche. S'y distingue avec netteté la flamme orange, couchée par le vent, qui y est tatouée depuis trente ans. Son blason de feuleuse. Golgoth va le racler d'un coup de serpe. À plaie ouverte. Il veut scalper le blason. S'il le fait, ça ne peut avoir qu'un sens : il déshordonne notre feuleuse. Elle sera de fait exclue de la 34e Horde. À vie. Autant dire qu'elle est socialement morte. Lui seul peut décider d'entailler la chair et de raturer le tatouage. Privilège du Traceur. Mais il ne peut pas décider sur un coup de sang. Sans nous consulter. Ce ne serait pas digne.

) Qui pourra jamais dire ce qui serait advenu si Pietro, d'un raffut, n'avait pas bousqué Golgoth dans l'étang ? Pourquoi il le fit, pourquoi il n'hésita plus quand j'hésitais encore, tient à si peu de chose : la voix, plus aiguë qu'à l'habitude, du Goth, sa fureur hachée ou cette énergie insane de viol ou de meurtre qui pulsait, à ce moment-là, de lui. Toujours est-il qu'il le fit, il osa. Il est peu d'admettre que lui seul en avait les moyens, l'architecture morale et le statut. Il ne chercha pas à se battre avec Golgoth, il fit simplement écran, avec son corps, avec ses yeux droits, avec la partie métallique de son âme. Golgoth, au demeurant, n'aurait jamais agressé Pietro, bien qu'il pût facilement le tordre en deux, de par sa formation de combat à Ker Derban, parce que de tous les hordiers, il était le premier qu'il respectât absolument — avant même Erg, avant son pilier Firost, avant Oroshi et moi.

Il faut reconnaître que l'orgueil de Golgoth, pour énorme qu'il fût, ne dépassa jamais celui, plus vaste et plus profondément vissé, qu'il éprouvait pour la Horde même. Je veux dire que quand les deux s'affrontaient, l'orgueil de sa Horde l'emporta toujours sur sa fierté personnelle, comme ici, dans la flaque de Lapsane.

D'une façon obscure, qu'il aurait été incapable de reconnaître, notre traceur avait toujours fait corps avec la totalité de sa horde, du Fer jusqu'aux crocs. Il la vivait comme une extension de son propre magma, sans prendre conscience qu'au fond, ce qu'il combattait hors de lui, chez l'un ou l'autre d'entre nous, n'était qu'une projection des coulées contradictoires de lave qui, souterrainement, travaillaient à façonner sa roche. De Pietro par exemple, il reconnaissait une forme de sa propre noblesse mais il rejetait la pitié, l'empathie humaine dont Pietro, à ses yeux, l'édulcorait. D'Oroshi, il pressentait l'intelligence de contre, la lecture supérieure du vent — demeuré chez lui au stade d'instinct — mais il brocardait l'intellection des causes et la recherche intensive du sens, qu'il refusait. De Caracole, il respectait l'intuition splendide, l'approche sensorielle du monde qui lui était congrue, sans supporter la frivolité et la dispersion dont elle procédait pourtant, et ô combien !

On ne comprenait rien aux colères de Golgoth si l'on n'y devinait pas, sous la dureté apparente, une férocité supérieure qu'il exerçait sur lui-même à travers nous. Plus que tout autre, il savait que la fatigue et le découragement, l'appel insidieux du repos, la paresse possible de quelques-uns, si pernicieuse, le relâchement collectif et sa propagation rapide, étaient nos ennemis — et les pires.

Dès l'âge de dix ans, il avait su qu'il serait traceur, il avait su ce que ça impliquait, il l'avait compris avec une précocité et une densité peut-être

unique dans l'histoire des Hordes. Être traceur, c'était accepter, une fois pour toutes, la charge peu humaine d'être le premier rempart (et bien souvent le seul) contre *la dérive du courage*. Il pouvait supporter qu'un blessé traîne, qu'un croc ralentisse le Pack, il pouvait le supporter si et seulement s'il sentait que ce blessé, ou ce croc, *gardait courage* et qu'il innervait, du même coup, par sa tension têtue, l'effort des autres. Était inacceptable, même en conditions extrêmes, surtout en conditions extrêmes, un hordier qui perdait la gniaque. Un seul poids mort plombait la pugnacité du Pack. Une seule fissure dans la volonté collective et la lassitude s'y infiltrait, virale, avec un sifflement de stèche. Un seul traînard et le Bloc entier traînait et doutait. Pour être franc, je n'en voulus, je crois, que très rarement à Golgoth pour ses colères, aussi explosives et injustifiées parussent-elles en première analyse. Je le vis frapper des crocs ; je le vis cautériser des plaies là où personne n'aurait osé approcher le fer ; je le vis odieux, obtus, buté ; mais je n'oubliais pas que sans lui la horde n'aurait pu conquérir d'abord, maintenir ensuite et surtout — en dépit de l'usure, de la rouille inéluctable des fougues — cette dynamique de contre en trace directe qui était la plus exigeante de toutes. À cette dynamique, nous devions nos trois années d'avance et cet espoir hélicé, dont Golgoth huilait sans cesse les pales dès qu'il les sentait se gripper, d'être la première horde à atteindre l'Extrême-Amont. Ensemble et debout.

— Je te demande juste deux hommes pour un groupe de soutien. Je ne scinde pas le Pack ! Je vais dire à Arval de baliser court et à Firost de laisser les gonfalons en place. Nous suivrons votre trace et nous vous retrouverons ce soir sur la plate-forme. Où est le problème ?

— Le problème est qu'on coupe pas une horde en deux, Prince ! Ton père t'a pas appris ça ?

— Laisse mon père hors du débat ! Callirhoé est blessée. Il est normal qu'on la soutienne. Nous avons besoin d'elle.

— Moi j'ai pas besoin d'elle ! J'ai pas besoin de putes ! Y en a assez qui donnent leur cul dans les villages.

— Je te rappelle qu'elle est notre feuleuse, Golgoth ! Tu lui dois le respect !

— Je lui dois trois jours de feux pourris et une nuit à gerber de la méduse qu'avait pas bouilli ! Cette gorine nous flingue la cadence et nous goinfre la hargne ! C'est ça que j'lui dois ? C'est *ça* ? Qu'elle aille se faire foutre ! Et par qui elle veut !

π Sur ce, Golgoth recala le Fer et le Pack, à coups de poing dans les épaules et dans les côtes. Il rajusta son casque de cuir et il reprit la tête.

Discrètement, l'autoursier sortit du rang au bout de cent mètres. Avec Talweg et Silamphre, peu après. Les trois amants réguliers de Callirhoé : je respirais. Nous formâmes un semblant de triangle de percussion, avec notre feuleuse abritée derrière nous. Ce losange de contre fonctionna plutôt bien durant toute la matinée. Callirhoé, secouée par le choc, béquillait au mieux. Nous restions à portée de voix du Pack. Puis elle s'effondra à nouveau. Plus gravement encore. Par la fente découpée par Golgoth, l'eau froide entrait dans sa combinaison. Elle était affalée face contre terre, le visage à même la boue glaciale. Elle ne bougeait à proprement dire plus, si j'excepte les spasmes qui l'agitaient. Sanglots, ou réaction réflexe ? Talweg alla le premier lui parler. Puis l'autoursier, son oiseau sur l'épaule. Puis Silamphre, la barbe ruisselante. Ça n'eut aucun effet.

Très vite, j'entrevis le pire. La responsabilité qui m'incombait était totale : d'avoir formé ce groupe, d'avoir voulu soutenir Callirhoé contre Golgoth. Si elle ne bougeait plus, qu'est-ce que j'allais faire ? La porter ? L'abandonner dans ce tombeau de glaise ? Autant « l'abréger » comme l'avait suggéré Erg… Mais j'étais certain d'en être incapable. Je crois qu'en plus d'être blessée, Callirhoé était malade. Je m'en rendis compte en essuyant sa joue brûlante. Ses yeux jaunes, lustrés de larmes, brillaient. Malgré elle, ils étaient magnifiques. Deux soleils mouillés, éteints par la fièvre.

— Tu vas m'abandonner… n'est-ce pas ? finit par murmurer Callirhoé.

— Tiens le coup, Calli. Nous avons fait le plus dur. Il doit rester deux semaines de flaque et après tu pourras te reposer et te soigner. Au sec.

— Je ne crois plus en nous, Pietro. Je ne crois plus en notre horde. Mourir pour gagner quelques mois… Ce que nous faisons n'a pas de sens…

— Si, ça a un sens. Chaque pas que tu fais a un sens. Te lever a un sens, te coucher a un sens. Faire un feu a un sens. La pluie a un sens. Tout. Et rester vivant plus que tout.

— Est-ce que tu me méprises, Pietro ?

— Oui. Mais ça ne m'empêche pas de t'aimer.

De l'amont, plus aucune voix ne nous parvenait. L'isolement s'amplifiait. À quatre, sans la présence d'Erg, le sentiment de protection perdait rapidement son épaisseur. Ne pas perdre le lien avec elle. L'inclure dans le groupe, encore et encore. Elle était de notre horde, elle était notre feuleuse quoi qu'elle fisse.

— Ça bouge dans l'eau par là-bas !

— Des ragondins ?

— Non, plus gros que ça !

J'eus une sévère montée d'anxiété. Nageurs de combat ? Chrone ? Aqual ? J'armai mon boo derrière l'épaule… Fausse alerte : c'était une bande de cinq à six loutres qui plongeaient, ressortaient et jouaient. Elles se rapprochaient de nous.

— Regarde Calli ! Ce sont des loutres ! Elles viennent te dire bonjour !

Ma phrase fit l'effet d'un baume. Callirhoé se redressa sur les genoux. Un sourire invraisemblable traversa son visage rainuré. Une véritable illumination. De même qu'Aoi et Sov, Horst et Karst, de même qu'Arval aussi, Callirhoé adorait les animaux. Plus encore les mammifères à fourrure. Elle avait toujours eu une sorte d'empathie naturelle très forte qui la rendait capable d'apprivoiser des servals. Aussitôt elle se glissa dans l'eau avec sa combinaison en… peau de loutre ! Ça pouvait l'aider. Elle nagea doucement en direction de la bande. J'eus fait la même chose que les loutres se seraient enfuies. Silamphre avait capuchonné son autour pour lui éviter toute tentation. Intriguées, les loutres tournaient autour de Callirhoé en émettant de brefs cris. Par chance, la pièce d'eau était assez longue et les loutres filaient vers l'amont. Callirhoé les suivit sans même songer à nous. Nous avançâmes en parallèle, de digues en îlots. À la fin de la journée, les loutres n'avaient pas quitté Callirhoé. Il était devenu impossible de savoir qui tirait l'autre vers l'amont. La distinction même ne se faisait plus que par la touffe de boucles, couleur de sable, qui signalait notre feuleuse.

Lorsque nous atteignîmes la plate-forme, je remis à Arval les gonfalons et les pharéoles que j'avais collectés. Je le remerciai avec chaleur pour son balisage précis. Golgoth ne m'adressa pas un regard. Avec Steppe et Aoi, ils s'efforçaient d'allumer un feu dans les coupoles suspendues. En vain : la pluie était revenue avec le soir, diluvienne. Callirhoé fit de longs adieux aux loutres qui ne se décidaient d'ailleurs pas à partir. Puis elle se hissa sur la plate-forme et demanda son moulin à friction. Elle se laissa ensuite basculer dans l'eau et m'appela :

— Tu vas m'aider. Remue la vase avec ce bâton.

— Pour quoi faire ?

— Remue bien le fond.

Je m'exécutai. Une forte odeur de pourri se dégagea de la vase. Des étincelles jaillirent du moulin à friction que le vent entraînait. Et soudain, je me reculai, ébahi : une flamme venait de surgir de l'eau ! Elle chatoya quelques secondes, puis disparut !

— N'aie pas peur, prince ! Ce n'est que du gaz. Va me chercher une torche imbibée d'huile. Vous aurez un feu ce soir.

) L'exploit de notre feuleuse — faire du feu avec de l'eau ! — impressionna tout le monde — hormis Caracole qui prétendait être capable de faire flamber un galet ! et qui y parvint sous nos yeux, par je ne saurais dire quel tour de passe-passe tordu… Toujours est-il que Golgoth put manger de la viande cuite et que l'ambiance, proche d'un crivetz depuis deux jours vira slamino 5 en soirée. Les jours suivants, la tension du trio Golgoth-Erg-Firost face à Callirhoé ne désarma pourtant pas, en dépit des feux réussis. Aucun des trois ne pardonnait à notre feuleuse sa soudaine utilisation d'une technique qu'ils la soupçonnaient d'avoir sciemment ignoré les jours de déluge. Aucun d'eux, surtout, n'excusait la scission du Pack pour une blessure au pied : Erg pour des raisons de sécurité, Firost parce qu'il souffrait, lui, de son genou sans se plaindre depuis sa chute dans le siphon, Golgoth parce qu'il lui était insupportable de sentir un Pack troué derrière lui, et qu'en balisant pour le groupe, Arval disposait d'un temps moindre pour jouer à plein son rôle habituel d'éclaireur, dans des zones où la visibilité amont était parfois nulle. Les exaspérait, en outre et pour finir, la présence des loutres dans le sillage de Callirhoé et la manie, que nous avions vite contractée, Aoi, Calli et moi, de les nourrir le soir avec nos déchets ou les résidus de la pêche de Larco. Ils avaient tort toutefois, tant la présence de ces animaux joueurs, auxquels Caracole consacrait contes et tours, amenait une tache de couleur dans cet univers fantomatique et grisonnant. L'un d'eux, particulièrement, s'était entiché de Callirhoé au point de nager de concert avec elle des journées entières. Indéniable fut son rôle dans le rétablissement de notre feuleuse, plus efficace en tout cas que la psychologie d'Alme, que la tendresse de ses amants occasionnels et que nos tentatives d'encouragement. Callirhoé lui avait même confié son flotteur, qu'il remorquait sans coup férir et elle profitait à certains moments de la force de la loutre pour se faire tirer en catimini, chose que Golgoth, s'il l'avait appris, n'aurait pu tolérer : tricher en contre était passible de déshordonnation.

Plus que la fatigue et l'humidité déplorable, plus que ce froid insinuant qui, à force de fouetter la peau, contaminait la chair et rayonnait du dedans, comme une pierre stocke la nuit et la réfracte, nous souffrions d'un ras-le-bol à peine dissimulable qui délitait notre cohésion. Caracole subissait à nouveau cette espèce de torpeur qui lui était si antithétique : il se plaignait de la lenteur du contre, des couleurs de la vase, du choon sirupeux, il se sentait épaissir… Ses contes se faisaient plus rares, ses blagues plus attendues, son brio s'étiolait. Golgoth atteignait le seuil supérieur de l'odieux : pour toute parole, il rotait des borborygmes et des ordres, il agressait Alme à chaque pause, il bousculait Callirhoé sans le moindre égard,

mangeait comme quatre et se couchait aussi sec, braillant jusque dans son sommeil.

Un événement brisa quelque peu ce continuum d'usure et d'ennui. Ce fut l'apparition, sous un soleil voilé, d'un lac de sel, aveuglant comme un champ de neige mais si délicieusement sec au pas que nous le traversâmes d'une traite. Pour Oroshi, ce phénomène ne pouvait qu'être l'œuvre d'un aqual — ce chrone en forme de raie translucide décrit par les Fréoles, qui absorbait l'eau des lacs, des plantes et des corps. Sur son passage ne demeuraient qu'une croûte épaisse de sel, les pierres, des os de mammifères ça et là, des arêtes de poissons par centaines, étalées sur la surface vide, de la paille et des troncs secs privés de sève. L'aqual tuait pour l'eau comme d'autres pour le sang. À un jour près, il n'aurait laissé de notre horde que vingt et un sacs de peau. Sur le conseil d'Oroshi, nous nous calâmes dans la coulée de sel laissée par le chrone, cette coulée de mort sèche, tellement bienvenue ici… Je passais une journée et demie à le bénir, cet aqual, je l'enviais d'avoir su faire la seule chose dont je rêvais depuis que j'avais mis mon premier pied dans la flaque de Lapsane : en finir avec l'humide ! Le contre s'en accéléra sensiblement, puis la trace, recouverte par des pluies récentes, redevint sans intérêt. Les pièces d'eau engorgées de roseaux, si difficiles à pénétrer et à traverser, s'alignèrent à nouveau devant nous… Fatigues !

— Qui le surveillait ?

— Personne ! Barbak nageait très à gauche, il était esseulé. Les lames étaient trop hautes pour qu'on suive qui que ce soit !

— Erg, tu étais où ?

— J'étais devant, avec Arval. Par une houle pareille, prince, tu sais bien que le danger vient de l'amont. À contrevent, sous un choon fraîchissant 8, une éolienne perd beaucoup de vitesse dans les creux. Un voilier d'attaque n'aurait pas pu lofer. Un hydroglisseur aurait été infoutu de remonter sur nous. Un raid ne pouvait venir que de l'amont, je suis désolé.

— Tu n'as pas vu l'île ?

— Si. Je l'ai repérée. Bien sûr.

— Et tu n'as pas vu que c'était une îloméduse ?

— Pas à cette distance Pietro, pas avec ces vagues et ces embruns ! Il faut être à moins de cent mètres pour cadrer une îloméduse. Et encore ! Les troncs des arbres sont pivotants. Les branches forment une sorte de voile, avec un feuillage transparent qui s'incline en fonction du cap recherché par la méduse. Mais tu ne vois ces détails que si tu t'approches ! Surtout si l'île se maintient en position stationnaire !

— Après le siphon, nous nous étions promis de prendre chaque vision de chaque hordier au sérieux ! Vous vous souvenez ?

— Oui Pietro, évidemment…

‹› L'ambiance est à la désolation, je me blottis contre Steppe, il a les larmes qui montent mais il les retient au bord des yeux. Tangue la plateforme, et grince, je me sens vide.

— Celle de Barbak était on ne peut plus claire, non ?

Il n'y a pas d'agressivité dans les inflexions de Pietro, juste la volonté, inutile et tardive, de comprendre. On se sent tous coupables, Erg plus que nous autres, même Golgoth qui casse un bambou en petits morceaux, machinalement.

— Quand Talweg l'a aperçu, il était à quoi ?

— Cinquante mètres maximum de l'îloméduse.

— Qui ? Lui ou toi ?

— Barbak ! L'eau était très brassée, je ne voyais pas à cette distance les tentacules, mais subitement l'île a dérivé aval d'une dizaine de mètres. Une partie des tentacules s'est mise à flotter en paquets à la surface. On aurait dit des racines — mais roses. Elles ressortaient nettement dans le creux des vagues. Barbak a essayé de crawler vers la droite mais il nageait déjà dans une nappe de tentacules et très vite il n'a plus bougé. L'île a glissé sur lui, les tentacules se sont rétractés.

— Tu as cherché à le récupérer ?

— Franchement non. J'étais complètement terrorisé ! La masse des tentacules était vraiment énorme…

— Merci Talweg pour ton témoignage.

Ω Barbak… Mon meilleur croc, sans berlaner : un remorqueur de la race pas fainéante, un vrai tas de courage, pas bégueule, pas chiant pour un rond, rudasse à la charge. Avec Zé, ça fait deux chiens de traîne à la niche, plus le grand Karst carbonisé par le Corroyeur ! Monter Barbak ailier à la place de Karst, j'avais eu dans l'idée, pour après la flaque ! J'étais mûr pour le tatouer. Il méritait. Pas comme cette fiotte de feuleuse ! Il avait le gabarit et la puissance pour faire un brave ailier, fallait juste lui fondre du plomb dans le plot. Lui faire piger quelques trucs en aéro, lui apprendre à plier l'accordéon sous blaast, à ferler, à abattre. Ç'aurait foutrement équilibré le diamant de contre… Paix à ton vif Barbak… Si tu sais pas où gîter, je t'accueille pleine bronche, viens crécher par chez moi avec ta boule de souffle… J'en aurais besoin, de mecs comme toi, pour pas moucher de la tripe dans Norska…

— Après demain, on est à Chawondasee.

— Bien sûr, Caracole ! Et en courant un peu, dans deux semaines on est à Norska !

— Certes oui ! Comment le sais-tu ?

) Caracole se tient debout sur un rocher plat, à cinq mètres de l'îlot où nous nous sommes résolus à bivouaquer. Il n'a pas attendu la fin du repas pour se lever et pour entamer une série rapide de tours de jonglage, avec l'aide et l'agile participation de cette loutre qui nous suit à la trace depuis deux semaines maintenant. Il a retrouvé sa forme des grands jours, ses yeux pétillent, ses gestes sont fluides et vifs, son esprit saute et se décale, dès qu'un axe se dessine, qui pourrait rendre prévisible ce qu'il prépare invente et défait à la volée, aussitôt dit. Je le retrouve tel que je l'admire, rayonnant et fustif, capable d'irriguer nos corps de son énergie généreuse, capable, surtout, d'ouvrir d'incroyables voies d'air dans la coque rouillée de nos crânes calfatés au contre. Spontanément, nous nous sommes alignés en fer à cheval autour du feu, face à lui.

— Je reprends au début. Après demain, donc, je sont, tu, il, nous, vous sommes à…

— Chawondasee !

— Clar !

— Et peut-on savoir, cher troubadour, ce qui vous permet d'être aussi affirmatif ?

— Bonne et délicieuse question, prince des brumes et des frayères ! Larco, puis-je séant t'emprunter ta sémillante cage d'osier ?

— Faites, trouveur !

D'un salto avant impeccable, Caracole se retrouva dans l'eau. Il plongea en apnée une trentaine de secondes, ne laissant dépasser à la surface qu'un tube de bambou par lequel, alternativement, sortirent une sorte de mélodie angoissante et des cris de combat, noyés, inquiétants… Lorsqu'il réémergea, il tenait dans chaque main une anguille, lesquelles il noua, Vent sait comment, l'une avec l'autre, obtenant un cercle vivant qu'il jeta aussitôt en l'air… Le temps que l'anneau d'anguille monte et retombe, le boo de jet de Caracole l'avait traversé deux fois… Des « oh ! » éclatèrent de nos gorges, d'autant qu'au retour du boomerang, le cercle fut tranché net et les anguilles s'affalèrent au beau milieu du feu — Callirhoé en profita pour les étaler sur la braise, sans autre préparatif…

— Hors d'œuvre ! se contenta d'annoncer notre troubadour, n'attendant ni bravo ni applaudissements pour enchaîner.

Il s'empara donc de la cage de Larco et la monta au ciel. Faisant mine d'attendre qu'elle se remplisse, il attacha la corde d'abord à son oreille, puis sous son aisselle, puis à son pied, chutant alors dans le sable, se relevant, rechutant, marchant ensuite sur les mains, pieds en l'air, comme happés vers le haut, demandant de l'aide pour ne pas décoller, accrochant à la hâte des mains et des cheveux, mimant la peur, l'envol angélique, dansant et virevoltant sur une main, les deux, trois doigts, pivotant sur la tête dans la posture du poirier, le tout piqueté d'un concert de sons soudains, issus pour partie de la cymbale posée en chapeau sur sa tête, en partie d'un gong fixé à sa ceinture, en partie de l'eau qu'il claquait du plat de la paume. Lorsqu'il se remit en position debout, l'air nonchalant, ce fut pour tirer à intervalles réguliers sur la corde : à chaque traction, un bruit de carillon se faisait entendre ! En insistant, il donnait l'impression de sonner à la porte d'un dieu quelconque pour lui demander aide ou grâce…

— Mes-âmes et mes-cieux, jouvanceaux et pucelles, messaigneurs et bouchers, voici donc la preuve tant espérée que nous serons après demain à Chawondasee — je l'annonce — au crépuscule, à la brune, entre chienne et louve — que nous serons bel et bien sortis de cette flaque à claques, de ce cloaque, yak, en Pack ! Tout suintant encore, la mèche en goutte, tout fiérot sans nul doute, mais surtout et enfin : au sec ! Voici donc la preuve…

π Sans donner l'impression de tirer sur la corde, Caracole fait descendre la cage jusqu'à lui. Il soulève alors la trappe d'osier. Il plonge sa main à l'intérieur et il en sort… devinez ? Un écureuil volant !

— Alors ? Est-ce suffisant pour vous convaincre ? Je demande l'instante confirmation des scientifiques. La parole est donc à notre géomaître Talweg Arcippé, ainsi qu'à notre fleuron Steppe Phorehys ! Nous vous écoutons…

Nous nous tournons vers Talweg et vers Steppe. Le premier est absolument sidéré. Il a les larmes aux yeux. Le second semble réfléchir. Il prend l'écureuil apeuré par la peau du cou. Il l'examine brièvement et sourit à Aoi. Devant nos regards avides de réponses, il explique :

— Il s'agit d'un écureuil-parachute, de l'espèce *Scatarra rubens.* On le trouve exclusivement dans les forêts linéaires de pins. Il se déplace essentiellement par bonds volants, de branche en branche, sur des distances parfois spectaculaires. Il a dû être arraché en vol par une violente rafale…

— Où l'as-tu trouvé, Caracole ? Tu viens de le mettre dans la cage ?

Caracole prend un air horriblement offusqué — comment oser le soupçonner, oh ! C'est Larco qui dévoile le montage :

— J'ai trouvé cet écureuil il y a deux heures, en relevant ma cage. Caracole me l'a demandé pour faire une farce ce soir, voilà…

— Aucun pin ne pourrait pousser dans la flaque. L'écureuil ne peut provenir que d'une pinède en terre ferme, vraisemblablement un parc, asséché à l'éolienne. Même à la faveur d'un courant-jet, un écureuil ne peut guère être transporté dans les airs à plus de quatre ou cinq lieues de son habitat.

— Donc, Talweg ?

— Donc ça voudrait dire qu'on se trouve à moins de cinq lieues d'un village…

— Je n'osais pas trop en parler jusque-là, pour ne pas vous faire une fausse joie, enchérit Steppe. Mais depuis hier, mes relevés de graines au manchon contiennent de l'orge et du blé… Ça ne peut signifier qu'une chose : il y a des champs de céréales tout près en amont…

) L'euphorie monte d'un coup, incontrôlée et collective ! Une joie ventrale et un soulagement à peine imaginable nous empoignent, nous jettent dans les bras les uns des autres. L'hymne de la Horde s'élève spontanément du groupe, orchestrée par Caracole, tonnée par Golgoth, hurlée par le Fer, reprise en écho par tous les membres du Pack, sous les accords intercalés d'un Silamphre hilare.

Avec sagesse, Caracole attendit que l'euphorie se tasse, puis il interrompit les chants et fit taire la musique. Nos rires cascadèrent encore quelques instants, le bruit des chuchotements déclina et son visage marqua le plus subit sérieux :

— Il n'est guère dans mes habitudes, excusez l'intrusion, de m'improviser tout à trac rabat-joie, trouble-fête et pisse-froid, mais je dois toutefois, pour cette soirée si spéciale, déjouer mes routines, pour excellentes soient-elles, et vous parlez, une fois n'est pas coutume, à cœur entrouvert et saignant…

— Qu'est-ce qu'il va encore nous sortir ? sourit Silamphre.

— Nous vivons ensemble depuis cinq ans et nul d'entre vous ne sait qui je suis ni d'où je viens. Nul ne connaît mes possibilités, réelles et irréelles, stimulantes ou simulées, je les découvre moi-même à mesure que je les crée, sans les comprendre toujours, sans guère m'en souvenir… En cinq ans, je me suis attaché à vous avec une profondeur que je n'aurais pas crue possible. J'ai découvert le sens du mot amitié, des mots amitour et amourtié, j'ai découvert que je pouvais souffrir d'une séparation, d'un départ, d'une absence. D'une mort. Avant vous, en bon Fréole, j'oubliais. J'avançais, libre et délié de tout. Aujourd'hui je souffre de la mort de Karst, je souffre de la mort de Sveziest, je souffre de la mort de Barbak.

— Nous aussi, Carac. Tout le monde en souffre ici…

— J'en souffre parce qu'ils ne sont pas morts. Parce qu'ils sont encore là, avec nous. Et que personne n'a l'air de le sentir comme je le sens ; et que personne ne les aide…

— Qu'est-ce que tu veux dire ? demande Aoi.

— Je veux dire que leur vif est encore là.

— Leur vif ?

— Là. Autour de nous, avec nous. Et ils sont orphelins.

Caracole se leva alors. Je ne peux dire où nos sentiments flottaient, s'ils s'arrimaient coûte que coûte à l'euphorie ou dérivaient déjà aval, vers une digue de butée. Sans doute étaient-ils ballottés entre ces deux tensions, alimentant une curiosité soiffarde. Caracole pénétra alors dans l'eau et appela d'un cri strident la loutre, laquelle apparut aussitôt et s'approcha. Notre troubadour la prit dans ses bras et sortit de l'étang avec elle. Il s'agenouilla au sol et retourna l'animal sur le dos, en écartant les pattes de derrière ; la loutre se débattit mollement.

— Noble auditoire, ce que je vais vous montrer n'est pas un tour de magie. Ce que vous n'avez pas senti par vous-même, je ne pourrais vous en persuader par la raison. Je préfère par conséquent vous montrer et me taire. Regardez bien…

Caracole écarta une touffe de fourrure et nous présenta, éclairé par le feu, un coin quasi-imberbe du ventre de la loutre. L'animal ne bougeait à présent plus. Il y avait un tatouage vert sombre très visible, juste un symbole, mais absolument net : « √ ». C'était le blason de Sveziest. La loutre se remit alors d'elle-même sur ses pattes et elle se faufila doucement jusqu'à Callirhoé. Son museau se nicha dans le cou de notre feuleuse qui la prit dans ses bras. Elle pleurait.

— Je le savais, Carac, finit-elle par dire.

— Tu le savais et tu ne le savais pas.

Tout le monde se regardait, ébahis, suspendus.

— Est-ce que *c'est*… Sveziest ? demanda Aoi, frissonnante d'émotion.

— Sveziest est mort dans le siphon, petite source. Mais il y a quelque chose de lui qui a survécu. Grâce ou à travers cette loutre…

— Comment a-t-il…

— Je ne sais pas si vous vous souvenez du nombre de loutres qui ont été aspirées ? Qu'on a vu chuter dans la cascade ? Pour moi, il est évident que le siphon possédait, au centre de son vortex, une vitesse prodigieuse de rotation… Tout ce qui est tombé au fond a dû être centrifugé, dans une sorte de pâte hyperfluide, dont les rares grumeaux, corps ou loutres, ont

été immédiatement dissous... Il a su déformer jusqu'à l'écoulement du temps, vous vous rappelez ?

— Oui, et alors ? Quel rapport ?

— Je me suis dit qu'il pouvait exister une vitesse, que seuls certains chrones peuvent atteindre, où il serait imaginable de fusionner les vifs...

— On ne peut pas, à ma connaissance, fusionner des vifs, interjeta Oroshi.

— À ta connaissance, Oroshi, mais ta connaissance est théorique.

Oroshi resta parfaitement calme sous l'allusion. Elle répondit d'une voix claire :

— Le vif est la puissance la plus strictement individuelle de chacun. Il tient du *néphèsh*, ce vent vital qui circule en nous, qui nous fait ce que nous sommes. Rien ne peut s'y mêler. Il est pur, insécable et automoteur. Il peut seulement se disperser si sa vitesse vient à décliner, il peut s'ajouter à un autre vif, mais pas fusionner...

— Mon hypothèse est que les vifs ne fusionnent d'ordinaire pas car leur vitesse de rotation est incompatible. L'affinité est d'abord, sinon uniquement, de vitesse. Mais dans un siphon, les vitesses sont portées au-delà du biologique, dans des nœuds cycloniques. Elles sont harmonisées par le haut !

— La vérité est qu'on ne sait rien du vif, coupai-je. On sait, ou on croit savoir, qu'il survit dans certains cas rares à la mort d'un animal, d'un homme ou d'une plante. Pourquoi et comment ? Impossible à dire ! On sait, ou l'on croit savoir, qu'il est la part la plus intensive, la plus vivante — vent, souffle ou esprit, ces mots ont la même souche. De nombreuses religions abritées ont voulu en faire une âme, en le cantonnant à une dimension abstraite et spirituelle, mais c'est un total contresens, un contresens d'abrité ! Le vif est physique, il existe. Il est aussi réel qu'une stèche. Rien n'est plus physique que le vif...

— Oui Sov. Seulement sa vitesse concrète le rend imperceptible aux lenteurs où vous vivez, où vous sentez, où vous pensez ! Il est au-delà des rythmes humains, même intellectuels... Il opère dans une durée inhabitable. Il va trop vite pour votre perception !

— Et pas trop vite pour la tienne, troubadour ? observa Oroshi.

— Une part de Zé vit dans cette loutre, c'est tout ce que je veux dire. Et une part de Barbak circule autour de nous, enchâssée dans l'air, un peu comme un rotor persiste un temps derrière un obstacle. Il cherche à survivre à l'écoulement axial du flux, il cherche une poche, une niche où s'enkyster, où il puisse spiraler hors du chaos des souffles qui le chahutent. Vous ne sentez pas ça ?

Le silence se fit quelques secondes, lourd de perplexité, puis un événement peu imaginable se produisit, qui nous cloua sur place. Car Golgoth se leva et il déclara de but en blanc, sans préambule :

— Si, je le sens. Je sais renifler un vif, saltimbanque. Tu m'apprends dégun. Sache que j'ai dans mes boyaux une portion du vif de mon frangin.

— …

— Rek ! Ça vous calme ça, hein ? J'avais cinq ans quand il s'est fait racler devant moi par un furvent. Je l'ai vu se faire lacérer par une saloperie de vague, une vague caffie de quartz. Le vent l'a dépiauté, il l'a dépiauté comme un lièvre qu'on aurait pendu à un crochet, pareil — et mon père me bloquait la tête contre le carreau, il me cognait contre le verre : « Regarde, qui me disait, regarde ça ! » et j'ai regardé — jusqu'au bout. J'ai pas voulu fermer les yeux. J'ai voulu savoir. Je pige pas comment il a fait, en crevant comme ça, mais il a su pénétrer en moi. C'était mon frangin, il a su. J'ai cru un sacré bon bloc d'années que c'était sa mort qui me hantait. Mais c'était simplement *sa vie*. Son vif. C'est lui. Et je sais ce que je lui dois.

Puis il se rassit, crachant une longue gerbe de gnole dans le feu. L'annonce était si énorme, si intime de la part de Golgoth que la horde était en état de choc. Oroshi ne prit la parole qu'après avoir, plus vite que nous, assimilé ce qu'elle venait d'entendre.

— Parfois, je me dis que l'Hordre a souhaité fragmenter, de façon tout à fait intentionnelle, le savoir que plusieurs d'entre nous ont reçu de leur formation. Cette remarque vaut pour les chrones. Elle vaut aussi pour le vif. Je ne sais pas d'où vient Caracole, ni pourquoi il sent ce qu'il sent — même si mon idée se forge et se complète, mois après mois. Sov et moi avons essayé de mettre en commun nos recherches ; Golgoth, ton expérience peut puissamment nous aider ; d'autres se joindront peut-être à nous : Erg, Pietro… Ainsi deviendrons-nous progressivement plus avisés, plus aptes à survivre ensemble face à ces forces qui nous dépassent encore. Je peux vous le révéler maintenant, puisque Golgoth et Caracole ont parlé à cœur ouvert : mon statut d'aéromaître et le blason dorsal qui l'authentifie me donnent accès à un savoir cryptique. Ce savoir est éparpillé tout au long de la bande de Contre, dans certaines cités, dans des pharéoles souvent isolés, tous habités et gardés par des ærudits…

— Les fameux aérudits ?

— Oui, Pietro, mais on prononce les « érudits »… Ce savoir est en partie livresque et en partie oral, en partie aussi enseigné d'ærudit à aéromaître, par la praxis. Aujourd'hui, mon niveau me permet de ressentir, comme

Caracole — et Erg aussi je pense — la présence d'un vif proche. Il me permet de sentir un rotor au sein d'une stèche ou d'un slamino, de percevoir à distance certains plis, certains cisaillements dans l'écoulement laminaire, des anomalies — creux, accrocs, turbulences ou trous — dans le tramé de l'air. Je ne prétends pas *savoir* quoi que ce soit. Je suis loin d'être ærudite. Mais je crois disposer d'une honnête sensibilité.

— Tu sens la présence d'un vif en ce moment ? ose Caracole.

— Je sens quelque chose de nerveux, de têtu, qui habite la loutre. Et que Karst s'est assimilé à Horst, que son vif est en lui, pleinement absorbé, comme un doublon du sien propre, comme un écho qui le redouble.

— Et pour Barbak ?

— Il est tout près, épais, bien centré.

— Où ça ? insiste Caracole, comme pour vérifier.

— Au niveau du rocher. Juste au-dessus.

— Et tu sentais pour Golgoth ?

— Non. Golgoth dégage une puissance tout à fait extraordinaire, qui noie la perception, en tout cas la mienne. Son vif est un chaos.

— Un chaos ? Tant que ça ? Un merdier à ce point ? rigole Golgoth.

— Là où tu te tiens, la texture du vent se compacte, accuse un creux. Tu dévies l'écoulement autour de toi, presque toujours. Quand Erg combat, on sent au contraire une dilatation, une expansion cuirassée, qui le protège. Je pourrais vous repérer les yeux bandés, poursuit Oroshi.

— Et les autres hordiers ? Tu nous sens aussi ?

— Chacun a sa trace et sa traîne. Mais la signature aérologique de votre vif n'est pas aussi marquée que pour Erg ou Golgoth. Ou qu'un Te Jerkka ou un Silène…

L'écureuil-parachute vient d'échapper au poing de Steppe. Il n'a pas fait trois bonds que Caracole l'attrape au vol et le donne à Aoi, attendrie. Des pistes et des hypothèses se forment et s'effacent à mesure dans mon esprit, des questions surtout. Et si nous devenions capables de retenir les vifs de nos morts ? Que serait une horde capable de ça, qui ne perdrait plus ses membres, qui resterait complète, au moins en terme de présence des forces ? Et si aller au bout tenait à ça ? À cette cohésion ? Finalement, j'ose la question très concrète que beaucoup doivent se poser :

— Que pouvons-nous faire pour Barbak et pour Zé ?

π Caracole et Oroshi se regardent. Erg pique son crâne hérissé de pointes vers le sol. Golgoth reprend une gorgée d'eau-de-vie. Il la recrache dans le feu. Une flamme bleue éclate puis s'éteint. Callirhoé caresse sa loutre et

la serre contre sa poitrine. Les autres attendent. Par défaut, c'est Oroshi qui finit par répondre :

— Personnellement, je n'ai pas la moindre idée sur la façon dont un vif se récupère, si c'est la question. Le vif évolue, pour autant que je sache, par attraction et voisinage physique. Rien ne dit qu'il soit doté de conscience, ou capable d'intention. Il est une force, pour l'essentiel. Une force aveugle. Il agit, comme l'éclair luit, comme la pluie mouille, comme le vent file aval. Mais peut-être qu'Erg…

— J'en sais pas plus long que toi, aéromaître. Je crois malheureusement qu'on peut plus rien pour eux. Ni pour Barbak ni pour Sveziest. Ils nous suivront s'ils le peuvent. S'ils le doivent. Te Jerkka dit : « Au vif, jamais la main. » Il faut pas essayer de piger ni de toucher. Le vif, c'est sacré.

— Caracole ? Tu veux ajouter quelque chose ?

) Caracole s'en est retourné sur son « rocher de scène » où il s'est d'abord remis à jongler avec des galets et des bols avant de lever le doigt, tel un enfant, pour demander la parole. Quoique dissipé, en première apparence, il n'a, je le sais, pas perdu un mot d'une discussion qui le touche bien plus qu'il ne le montre. Peut-être suis-je inapte à percevoir les vifs, mais de lui je sens, suffisamment concentré, chaque inflexion et décalage. Je peux, pour l'essentiel, deviner son humeur à la vélocité des gestes et à l'architecture des rythmes et des plis.

Chez Caracole, tout est affaire de rythme et de plis. De prime abord, personne ne donne mieux cette impression de ruisseau vivant, d'une fluidité flamboyante de chair et de mouvement. Mais à un second niveau, qui n'est visible qu'à la longue, personne aussi n'y imprime, à ce ruisseau, de telles ruptures de pente, n'y jette autant de barrages brefs et de blocs, n'y accueille autant d'affluents proches, de résurgences et de sources, n'y ouvre de tels deltas avec des gués praticables aux auditeurs, n'y intercale si bien coudes et rapides, brusques cataractes, qu'il prend alors un soin malin à faire suivre de quelques gourds étagés en aval, quelques vasques limpides où il se repose et où il vous noie. Il y a chez lui un tempo certes, une forme de débit intérieur, bien souvent cette cadence assurée par la voix, mais il ne l'installe d'ordinaire que pour mieux scander une continuité qu'il n'aura de cesse de briser, à coups de frasques, non pas par goût de l'effet, ou compulsion à surprendre, mais parce que le rythme — le rythme véritable ne vient jamais de la répétition qui pourtant le prépare, mais du surgissement de l'étrange, d'un plan oblique à l'attention, qui la plie.

« Du cerf au volant », m'a fait écrire un jour Caracole à qui j'avais demandé pourquoi ses contes comportaient souvent des tronçons illogiques. « Je peux toujours passer — si je *plie.* » « Tu vois des vides partout — là où il n'y a que des plis. Le pli, c'est ce miracle à partir d'une matière uniforme (prends le papier, si ça t'aide) de séparer deux zones tout en les articulant — par ce bord commun. Délier en reliant, du même geste. Le pli, mon bon Sovage, c'est ce qui te permet de découper deux scènes autonomes dans un conte, sans ébrécher l'attention. Sauve toujours l'attention, sauve le flux qui la porte, en pliant. Regarde les chrones : ils ne sont que du vent, mais du vent à plis — *à plis complexes : à nœuds.* Ainsi se fabriquent-ils (les coquins), autant de poches distinctes que nécessaires, tout en n'utilisant qu'un seul matériau continu : l'air. Rythmer, c'est apprendre à plier dans le mouvement, sans le rompre. Et le troubadour n'a qu'un art, le plus beau, qu'il a volé aux chrones : l'art du rythme. »

À ces réminiscences, Caracole donna ce soir-là une actualité. Je crois pouvoir dire qu'aucun membre de la horde, pas même moi, ne comprit grand-chose à ce qu'il essaya de nous faire entendre, du haut de son rocher, avec la loutre pour partenaire, mais je vis que ça avait pour lui une importance qui excédait la farce, et je le suivis donc avec curiosité.

— Puisque je puis avancer quelques pistes, je me déroute et l'annonce : le vif se pelote et se pilote, encore faut-il pour jongler avec sa boule, souple, je me défoule, qu'il y ait, à ses côtés, pas trop loin, passant par là, traversant la route sans doute, à l'ouest toute, quoiqu'il en coûte, un animal non banal et pas si mal, que nous baptiserons, pour les besoins de notre didactique : *l'animal syntaxique.* Tous issus de la Grasse-Mère, les animaux syntaxiques portent des noms ; des noms trognons, des noms sinon... Sinon rien, crénom ! Pour l'exemple, citons, sortis du bestiaire et du vestiaire : le massif *Donc* aux allures de gorce, le *Lorsque* sommeillant comme un loir, le *Puisque*, l'*Autour* de l'autoursier, nos amis les *Vers*, l'*Ornicar* — où est-il donc ? — l'*Afinde* et le *Sibienque*, et même le *Quoique*, qui dissone ! Chacun dans son rôle, chacun très drôle puisque dès qu'ils paraissent, ici ou là, quelque chose, soudain, se passe : une glace casse, hélas, des carpes se massent dans une nasse... et... Bon ! Prenez deux vifs, prenez deux chrones épars, prenez deux événements... Tenez, au hasard...

Caracole a sorti de sa poche un œuf de bonne taille, très blanc. Il fait semblant de chercher ses deux « événements » mais il est évident pour moi qu'il ne cherche rien : il sait parfaitement ce qu'il va dire. De sa manche, il extrait une poupée, un arlequin déchiré qui perd du son par une fente. Il montre tour à tour l'œuf blanc et la poupée et annonce :

— « L'air se vitrifie » et « Caracole meurt ». Chacun des deux événements existe, au moins à titre potentiel, dans une boucle de temps quelconque, attendant son jour, son heure, son petit quatre-heures, attendant, sur les dents, d'être articulé au réel, précipité dans l'actuel, effec-tué ! Et qui fait cela ? Qui opère le passage ? Qui plie deux événements l'un sur l'autre ? Qui les fait exister l'un *par* l'autre, l'un *pour* l'autre, l'un *contre* l'autre ? Eh bien, ce sont les animaux syntaxiques, pardi ! « L'air se vitrifie puisque Caracole meurt » — ça, c'est ce qui se passera avec un Puisque qui passe. Avec le Donc tapi dans les parages, on vivra un « L'air se vitrifie donc Caracole meurt », qui est d'ailleurs, je le précise en passant, la bonne version de l'avenir. Je lui aurais préféré un « Caracole meurt quoique l'air se vitrifie », mais ce n'est pas très correct, n'est-ce pas ? Comprenez-vous l'esprit ? Si Zé existe, si son vif se maintient près de nous dans cette loutre, c'est grâce à un animal syntaxique… Lequel ? Je vous le donne en mille ?

— L'autour ! plaisante à moitié l'autoursier.

— Oui oui oui, l'autour ! L'autour fixe les vifs *autour* de nous. Mais c'était la réponse qui convenait pour Barbak ! Dommage, pas d'image ! Mais pour le moins, un bon point !

— Merci, maîtresse…

— Pour Zé, ce qui le sauve, ça crève les vieux, c'est l'*outre* !

— Quoi loutre ?

— Ben oui. L'outre, en Outre ! Zé s'est ajouté au vif de l'animal. L'événement, la combinaison possible n'était pas d'opposition, comme pour un *Quoique*, ou de conjonction temporelle comme chez ce tapinois de *Lorsque*, elle était d'adjonction, de supplément ! L'Outre permet qu'on se rajoute ! Sans s'outrager…

— N'importe quoique ! Jamais entendu une idée aussi dingue !! Tu me bilboques, troubadour ! Et comment on les reconnaît tes animaux tactiques, ils ont quelle gueule ? À plumes, à bec, à poils ? Ils sont faits en peau de vent, avec des écailles de blabla et des griffes en roseau ?

— Ils sont faits en glyphe.

— En quoi ? En gifle ? s'esclaffe Golgoth.

— En glyphe, comme sur le cocon des chrones. Ce sont de petits segments de vent, furtifs en diable, qui scintillent dans l'espace et s'effacent aussitôt… Très jolis… On dirait des traits de calligraphe, tracés à la volée… On en voit souvent au lever du soleil, en bordure de lac…

— Eh bien je vais me pieuter pour en chopper demain au réveil ! Merci, boîte à vent, j'ai mon taf ! J'abandonne !

π Le lendemain réapparurent les premières barques depuis quatre mois. Elles étaient mangées de moisissures. On aperçut une première éolienne de pompage, trouée de rouille. Puis un pharéole chaulé, dont la tour était cloquée par l'humidité et les pales en drapeau. Progressivement, les digues s'empierraient. Des cabanes palafittes en ruine guidaient la trace. Un canal ouvrit une perspective dans la brume. Avec, au fond, un hydroglisseur bourdonnant, qui s'éloignait avec lenteur. Il ne nous vit pas. Nous étions au bout. La flaque était derrière nous. J'étais cotonneux de fièvre à cause de l'eau. Je ne réalisais pas.

) Cent vingt-deux jours après avoir quitté les Fréoles et Nouchka en amont de Port-Choon, nous entrâmes, en guenilles mais debout, tous stocks des flotteurs consommés, dans une cité sans âge qui devait être Chawondasee.

Je ne sais pas à quoi je m'attendais au juste : à retrouver, amarré sur une place, le *Physalis* de l'Escadre frêle, à voir les ruelles bondées d'abrités en habits de parade, faisant tonitruer une fanfare improbable, à entendre crépiter, tout le long de notre entrée dans la ville, l'éclat des applaudissements et des vivats, les enfants courir et se jeter dans nos bras, Nouchka sortir des rangs et m'embrasser ? Il n'y eut rien de tout cela. Nous étions la première horde de l'histoire à ressortir de l'autre côté de la flaque de Lapsane, en trace directe, avec vingt hordiers d'origine, formés à Aberlaas et il n'y avait absolument personne pour nous accueillir…

Nous traversâmes à pas lents une première rue, puis une seconde, débouchâmes sur une sorte d'avenue défoncée et boueuse, bordée de navires à fond plat qui faisaient office, si je comprenais bien, d'habitation. Les volets des hublots se fermaient à l'approche du soir. Des cris rapatriaient des enfants, des vélichars aux essieux grinçants passaient sans s'arrêter et se garaient en aval de murets maçonnés en demi-cercle. La lumière, basse et crépusculaire, filtrée qu'elle était par la brume, déclina rapidement tandis que nous cherchions, sans la trouver, la place du village… D'humeur soudain taciturne, Golgoth finit par alpaguer un airpailleur qui pliait ses filets à l'arrière d'un aéroglisseur en osier. En nous voyant approcher, l'homme sursauta presque et se recula, vaguement inquiet :

— Nous cherchons la plus haute autorité de ce village…

— L'Exarque ?

— Par exemple.

— Vous le trouverez à Chawondasee. Ici il n'y a pas d'autorité. Nous sommes une communauté de pêcheurs et de paysans d'eau.

— Nous ne sommes pas à Chawondasee ?

— Ici, vous êtes à Chewan.

L'airpailleur nous regarda bizarrement, sans réussir à déterminer ce que nous pouvions être. Finalement, dans le doute, il mit ses pales de trois mètres de haut en appui face au vent, s'installa dans son véhicule, enclencha le coupleur et finit par dire, comme s'il nous octroyait, avec d'extrêmes réserves, une ultime faveur :

— Chawondasee est à plus de trente lieues au sud d'ici. Vous êtes à pied ?

— On dirait, cracha Golgoth.

XII.
Alticcio

— Tu n'as jamais entendu parler d'Alticcio ? insiste Caracole, épaté par tant d'ignorance.

— Jamais, jamais ?! Personne dans ton bled d'origine ? Même pas un Fréole de passage ou un Oblique ? Personne ne t'a jamais parlé de cette cité ?

— Non, je vous dis ! Excusez-moi, je ne suis que Coriolis, jeune croc débutante, fille d'airpailleur… Avant d'intégrer la Horde, je n'avais jamais quitté mon village ! Je ne savais même pas que les Fréoles existaient !

Caracole la regarde avec beaucoup d'amusement. Elle rougit et fait mine de rajuster son harnais pour se donner une contenance. Son traîneau neuf, conçu par Oroshi et poncé par Silamphre, la pousse presque dans le dos dès qu'elle marque une pause : l'aérodynamisme en est décidément excellent avec une éolienne tripale de poussée, couplée aux roues, qui soulage, sinon annule la traction. Il faut simplement espérer que le sable et les gravillons, très présents sur ces plaines de roc drossé, ne grippent pas trop vite le bel ensemble. Caracole me regarde, tout à sa joie :

— Cette fille est un éblouissement, à sa façon. Elle ne sait rien sur rien : c'est magnifique !

— Ça va ! Tu ferais mieux de me raconter ce que c'est, ta cité ! Au lieu de te moquer !

Caracole n'en attendait pas plus. Sous ces vents délicats, qui hésitent entre un slamino de Lahvis, sans turbulence, mollissant colline vers midi et une zéfirine de berceau, l'ambiance est à la légèreté. Dans ce semi-désert aréneux scandé par des pitons, le contre se fait hors Fer et hors Pack, en évolution libre, car la visibilité amont est très bonne et le sol ferme. La flaque gris-vert et sa vase, son brouillard couvant, ses roselières et son odeur lancinante de moisi paraissent bien loin désormais. Chawondasee et

ses rues inondées, Chawondasee avec ses maisons-barques, et son accueil entre deux eaux, n'est qu'à six mois de contre en aval pourtant, j'ai déjà oublié. Ici, tout jaillit net et sec, orange sur bleu. Chacun en profite pour bavarder avec son groupe préféré. J'adore marcher avec Caracole et la compagnie de Coriolis a du charme, pour le moins… Auprès d'eux, je me sens bien, ils se taquinent en permanence et Caracole n'est jamais aussi fluide que lorsqu'il se sait attendu et écouté :

— Alticcio — comment t'expliquer ça Princesse ? — Diantre ! Alticcio… Je ne sais pas, imagine !

— Oui… ? J'imagine quoi ?

— Imagine un fleuve de vent… Imagine une ville verticale qui ne serait faite que de tours, de tours immenses et branlantes de plus de cent mètres de haut plantées au beau milieu du courant ! Imagine des beffrois de pierre et de bois, des cathédrales monotours flanquées de campaniles, imagine des pharéoles qui hululent la nuit et se répondent ! Imagine des châteaux d'eau, des palais en verre juchés sur des pitons de marbre ! Imagine des cabanes perchées dans des arbres majestueux, avec un colimaçon enroulé autour ! Imagine des colonnes vertigineuses pas plus larges qu'un corps, avec des moines assis au sommet, les fameux stylites, qui te haranguent quand tu empruntes une passerelle de corde ! Figure-toi la vie des nobles qui habitent les tours, ceux de la Haute — on les appelle les Tourangeaux — ces nobles qui intriguent, qui draguent et qui dorment là-haut près du ciel et ne touchent jamais terre. Ils se déplacent en barcarolle, en ballon d'air chaud, en aile volante ou en vélivélo.

— En vélivélo ?!

— Oui ! Quand ils n'empruntent pas leurs ponts de singe, ne sautent pas de terrasse en terrasse, ne glissent pas d'une tour à l'autre suspendus à un câble, assis dans une cage en osier.

— N'importe quoi ! Tu réinventerais la lune !

— Et en bas, écoute-moi bien jeune fille : au pied de ces tours rampe et travaille la roture : les racleurs. En bas se tient le royaume poussiéreux de tes copains les airpailleurs qui filtrent et tamisent le vent du défilé jusqu'au delta… En bas, il n'y a que des habitats troglodytes, des galeries enterrées et quelques burons arc-boutés dans le lit du Fleuvent. En bas, il y a surtout ce qui tient les nobles en l'air, ce qui permet ballon et barcarolle, faribole et vie de palais…

— Quoi donc ?

— Les réflecteurs, mignonne ! Alticcio a cette particularité d'être située au débouché d'un canyon très encaissé, presque une fente, une incision

dans la montagne. En amont de ce canyon, tu as une vallée très large qui se rétrécit progressivement en entonnoir. Si bien que le vent qui s'engouffre amont dans le goulet — *pffffeee*, il ressort aval avec une vitesse et une pression énormes — *scccbhbba* ! Les piles des tours ne tiendraient pas sous l'abrasion si les pionniers n'avaient eu l'idée et le culot d'installer, que dis-je, de cribler le lit du fleuve de grands panneaux en métal inclinés, sur lesquels vient buter le courant. Tu me suis, poupée ? Grâce à ces réflecteurs, le vent horizontal ricoche vers le haut. La cité est en quelque sorte portée, soutenue du sol par un matelas d'air ascendant qui permet aux Tourangeaux de planer paisiblement en altitude.

— Sov, dis quelque chose ! C'est n'importe quoi ! Il me prend vraiment pour une cueilleuse !

— Dis ça devant Aoi, tiens !

— Aoi est sur son nuage depuis la flaque de Lapsane ! Ils m'énervent avec Steppe à s'embrasser tout le temps !

— Tss tss, jalouse ? Va donc chercher Larco : il sera ravi de les imiter avec toi !

π L'accueil que nous avions reçu à Chawondasee ne passait pas. Deux mois après, je le ressassais encore. Nos rares périodes d'échange avec l'extérieur prolongeaient longtemps leurs effets dans le désert. À proprement parler, nous n'avions pas été accueillis. Personne dans l'Escadre frêle, à commencer par le commodore et le contre-amiral, n'avait jugé bon de prévenir les autorités locales de notre possible arrivée. Il passait une horde tous les vingt-cinq ans, au mieux. Notre exploit n'avait pourtant eu l'air de fasciner personne dans la cité. Un pli de courtoisie nous avait été remis de la part « de toute l'Escadre ». Sov avait eu une lettre. Quelques matelots avaient laissé des bibelots pour les filles. Point à la ligne.

L'escadre était repartie amont quatre mois après nous avoir quittés à Port-Choon. C'était la limite convenue, soit. Mais à quatre jours près, en avalant un peu dans la flaque, ils nous auraient facilement repérés. Encore eût-il fallu qu'ils le veuillent… Les doutes qu'avait soulevés la présence de Silène dans l'escadre s'en trouvaient très amplifiés. En nous en dissuadant d'une façon habile, le commandement nous avait au fond poussé vers la flaque. Qu'il ait espéré nous y voir disparaître m'avait effleuré lors d'un repérage de nuit. Aujourd'hui, le soupçon ne m'effleurait plus : il m'écorchait, il m'entaillait même.

Tout en étant très isolée, en partie à cause du caractère de Golgoth, notre horde conservait des relais fiables dans quelques villages. Des informateurs

et des compagnons de l'Hordre qui prenaient souvent leur distance avec l'Hordre, justement. À sept ans aller-retour d'Aberlaas en navire rapide, les informations que nous obtenions étaient bien sûr obsolètes. La transmission par pharéoles toutefois, sur l'axe Bellini, le plus rectiligne de la bande de Contre, accélérait la remontée des messages cryptés. En jouant sur la position des huit pales, des messages brefs étaient codés d'éolienne en éolienne. Par cette méthode, nos meilleures sources confirmaient depuis plusieurs années une dérive au sein du Conseil de l'Hordre. Elles disaient au fond ceci : une fraction croissante de l'Hordre voulait nous lâcher. Pas seulement nous : toutes les hordes futures. Ils parlaient d'abandonner le principe même de former des Hordes ! Les progrès technologiques des Fréoles donnaient à penser aux optimistes qu'ils atteindraient l'Extrême-Amont avant nous. En machine. Miser sur des escadres d'élite promettait des résultats que huit siècles de hordes n'avaient pour l'instant su apporter. Posait encore problème le verrou glaciaire de Norska, heureusement. Je m'étais longtemps rassuré en m'accrochant à cette vérité : seule une horde authentique contrant à pied pouvait rencontrer les neuf formes du vent. Naïveté spirituelle ? Pour la Pragma en tout cas, même cette vérité commençait à être remise en question (me rapportait-on). À Aberlaas, notre aura s'étiolait. Les jeunes s'embarquaient avec enthousiasme dans les expéditions fréoles. Devenir traceur, devenir scribe ou aéromaître, faisait rêver moins d'enfants. C'est ce que prétendaient nos sources. Sûrement parce qu'on ne leur présentait plus notre destin comme auparavant. Comme un héroïsme quotidien. Une aventure pure. Ce qui comptait désormais semblait être le *combien*, pas le *comment*. Combien : la vitesse atteinte, la distance parcourue, les records de trajet. Et pas comment : le courage physique, la finesse de contre, l'invention d'une Trace.

— En plus d'être une merveille architecturale, Alticcio est un pôle intellectuel unique dans la bande de Contre. La ville a attiré de nombreux pionniers, des chercheurs d'air, des flibustiers de grand vent. Mais elle a aussi su fixer quelques-uns des plus brillants ærudits. D'après Oroshi, elle contiendrait la bibliothèque la plus profonde sur l'Extrême-Amont. Ce n'est pas étonnant, encore une fois, parce qu'Alticcio est vraiment devenu au fil des siècles la base avancée de l'amont. C'est de là que les expéditions fréoles partent pour explorer l'inconnu.

— D'accord, mais tout à l'heure, vous m'avez dit que le canyon est quasiment infranchissable ! Comment ils font, les Fréoles ?

— Alticcio est adossé à une chaîne de montagnes très élevée : le massif des Malachites. Roc et glace partout, tu n'as aucun appui pour escalader,

des à-pics et des barres rocheuses coupent l'ascension, ça ne passe pas, ni en véhicule ni à pied !

— Il n'y a pas moyen de contourner cette chaîne, au nord ou au sud ?

— Si, justement. C'est ce que font les expéditions fréoles et certains Obliques. Mais à pied, ça demanderait presque une année ! Aucune horde n'a jamais essayé cette solution, ceci dit ! Le défilé est la trace directe, la voie évidente. La seule voie !

— Et par ce défilé, ça passe ?

— Ça n'a pas passé jusqu'à la 27e Horde. Il faut dire qu'Alticcio a longtemps été considéré comme la ville-frontière par excellence. Jusqu'à la 18e Horde, aucun scribe n'imaginait qu'il y ait quelque chose derrière la porte d'Urle car…

— La porte d'Urle ?

— C'est le nom du couloir qui se trouve au cœur du canyon. La pointe du cône amont, si tu veux. Là où l'entonnoir se resserre au plus étroit, avant de se réélargir. Jusqu'à la 18e Horde, cette passe était mythique. Les carnets de contre que j'ai lus disent que ça hurle là-dedans plus fort que pour un furvent ! C'est insoutenable, ça terrifie d'abord par le son ; et ensuite, il y a la vitesse inhumaine. À cette époque, on imaginait que la Horde qui franchirait la porte d'Urle atteindrait l'Extrême-Amont. Il a fallu attendre la 27e Horde pour savoir…

— Celle du premier Golgoth ?

— Oui. Ils ont utilisé une technique de contre révolutionnaire : le contre plombé. Le premier Golgoth a demandé à son forgeron de couler des casques intégraux en acier fritté de trente kilos, profilés en goutte et évasés sur la nuque ! Ça a pris un mois. Ces casques étaient impossibles à porter debout sans se briser les cervicales ! Ils étaient faits pour contrer couché, face contre terre. Ils ont avancé ainsi, mètre par mètre, sur les deux cents mètres à découvert de la passe, en rampant et en raclant leur casque sur la roche, avant d'atteindre le premier coude un peu abrité. Là, ils ont changé de casque et ils ont continué, chaînés bras-jambes, en chenille, Golgoth en tête… Ça a duré vingt-deux heures ! Mais ils n'ont pas perdu un homme !

— Le plus émouvant est que le jour même, les airpailleurs qui travaillent sous l'écluse d'Urle ont récupéré les casques intégraux, salement cabossés, dans leurs grillages. Ils ont cru que toute la horde y était passée. Certains, pourtant, espéraient encore parce qu'ils ne voyaient pas les corps arriver ! En retournant les casques, un airpailleur s'est rendu compte qu'à l'intérieur, il y avait des inscriptions sur le capiton de cuir. C'était des testaments, des messages d'adieu ou d'amour, des phrases talisman… Un seul casque était

vierge de tout message. Il avait juste son poinçon de fabrication : un Ω, avec le 1 inscrit dedans.

— Le premier Golgoth ?

— Oui ! Lui n'avait pas douté un seul instant qu'il survivrait ! Il n'avait même pas pris la peine d'écrire quoi que ce soit.

— C'est une lignée complètement barrée, ces Golgoth ! Bonjour l'hérédité ! Et nous, on a écopé du neuvième, le pire de tous !

— C'est-à-dire le meilleur. Avec lui, princesse, nous irons au bout, crois-moi. Ou alors, ça veut dire que personne n'ira jamais au bout !

) La joute avait été fixée en fin d'après-midi au palais de la Neuvième Forme. Parmi l'incroyable compétition de tours et de beffrois, de phares et de flèches, de colonnes courtes et de cathédrales étroites qui striaient Alticcio, entre le fouillis des minarets en pisé, des campaniles d'albâtre, des cônes et des donjons de granit équarri, à travers les séquoias surchargés de cabanes et de cordages branlant à la rafale, parmi les châteaux d'eau massifs et les tours thermiques hérissées de tuyères, au-delà du farrago des terrasses et des places suspendues en plein ciel, carrés nets d'où partaient quelque aévenue indécelable au profane, parmi les innombrables toits en lauze, en tuile cuite, en bardage, inclinés ou plats, à dôme ou à bulbe, desquels se surélevaient les éoliennes domestiques, certaines à tambours, d'autres verticales à trois, six, vingt-deux pales, en bronze ou en bois, en toile parfois, parmi cette majesté inoubliable de palais privés qui poussaient chaque année un peu plus haut pour mieux accrocher la lumière et le vent linéaire, Caracole me désigna du doigt un magnifique bourgeon de verre, posé à plus de cent mètres de haut à l'extrémité d'une tige renforcée de pierre et de fer. La tour qui le soutenait, choix rare, possédait un escalier extérieur en colimaçon, dont les marches, de verre épais, s'enroulaient jusqu'au sommet. Fierté des artisans-verriers, le volume du palais imitait une immense goutte d'eau, dont le bord d'attaque aurait été soufflé et comme retroussé par le vent. Avec son dôme oblong culminant à une vingtaine de mètres au-dessus de la pate-forme et la bordée d'arceaux métalliques qui en partait pour souligner les courbes, l'ensemble donnait à cette distance une impression équilibrée de fragilité cristalline et de force contenue qui l'apparentait vraiment, à mes yeux, à un bourgeon en attente d'éclosion minérale.

Du beffroi où nous étions hébergés, Oroshi, Coriolis, Caracole et moi, le palais était à dix coups de pédales d'un vélivélo, guère plus — si l'on tirait un profit honnête des ascendances conjuguées du réflecteur et de la

tour thermique, intercalée, dont on sentait, accoudé au balcon, l'odeur de feu de bois monter jusqu'à nous. Nul besoin par conséquent de se presser — encore que l'accumulation des barcarolles et des ballons sur la plate-forme, devant le palais, et la vision des Tourangeaux s'installant derrière les parois de verre dans l'hémicycle, en une nuée de points noirs, donnait une certaine urgence à nos derniers calages.

Caracole, par amitié, faute d'autres choix aussi, m'avait donc promulgué « écuyer tranchant » pour la joute. Charge à moi de l'épauler autant que faire se pouvait, du mot et du verbe dans le duel, que chaque Tourangeau croisé nous annonçait redoutable, qui allait l'opposer à Sélème le Stylite, dans moins d'une heure maintenant…

Des rumeurs et ouï-dire que nous avions pu collecter ressortaient cinq points : Sélème vivait en ascète sur une colonne de carrare de cinquante mètres de haut depuis dix-huit ans ; il manipulait le langage comme personne ; ses discours bénéficiaient d'un crédit intellectuel et d'une ferveur religieuse indiscutables ; il avait été provoqué en duel une centaine de fois dans son existence ; et il avait toujours gagné.

En tant que scribe, j'avais demandé, et obtenu, le règlement des joutes. Celui-ci laissait une large part au hasard puisque sur une trentaine d'épreuves potentielles, trois seulement étaient retenues pour le combat. Les deux premières étaient tirées au sort, mais la troisième, point intéressant, était laissée au choix du perdant pour lui permettre, le cas échéant, de refaire son retard dans la dernière manche. J'avais persuadé Caracole de lire les minutes des duels antérieurs de Sélème, je l'avais poussé à étudier son style et ses réparties, à analyser ses travers et ses atouts, et il en avait tiré la conclusion suivante :

— Le bonze improvise peu. C'est un rimeur, pour l'essentiel, il ne connaît qu'une forme du rythme, il rime long, il contre-assonne peu. En duel, il se sert des strophes qu'il a dû modeler, à dada sur sa colonne, à longueur de journées ! Il est technique, très pointu en lexique, il a quelques éclairs parfois, mais il apprend beaucoup par cœur.

— Qu'est-ce que tu en sais ? Tu ne peux pas le deviner à la lecture des comptes rendus !

— L'improvisation se lit à l'oreille, scribouillard : elle possède son propre tempo, elle rime souvent impair et court. Les laisses de Sélème sentent la sueur. Son flot manque de staccato, c'est un flot de vache à lait, il presse ses pis et il en tire sa crème, à coups de baratte…

— Il est battable, alors ?

— Tu sais, Sov, les jurés de joute aiment ce goût de beurre. Ils sont sensibles aux rimes plates, au « barattin » — avec deux t, tu me suis ? Il va falloir

jouer vite pour l'acculer à des cadences dont il n'a pas l'habitude. Et puis le déborder en stylibre, si j'obtiens l'épreuve. Je vais me débrouiller pour être derrière à la fin de la deuxième manche.

— Qu'est-ce que je dois faire pour t'aider, Carac ?

— M'écrire les mots, le maximum de mots, des verbes surtout, et des expressions drôles, courtes, des monosyllabes, sur ta tablette d'argile.

— C'est tout ?

— C'est tout ! Sais-tu, pour ta gouverne, que l'écuyer tranchant, dans la chevalerie, est celui qui découpe la viande ? Découpe la langue pour moi, en bouchées agiles ! Et nous ferons bombance, vilain !

π La joute débute dans une vingtaine de minutes. Et Caracole et Sov ne sont toujours pas là ! J'ai été mené au palais en barcarolle. J'admire la technologie de cette cité. Elle doit certes beaucoup aux Fréoles pour l'utilisation des ailes, les matériaux légers et la portance dynamique. Mais ils peuvent se targuer de posséder en propre d'excellents aérologues. Je me suis retourné plusieurs fois. La plate-forme est désormais saturée de véhicules volants. On dirait une exposition d'œuvres d'art. Barcarolles longues et fines, toutes ailes rétractées. Ballons passifs à air chaud. Ballairs dirigeables. Vélivélos à aile delta, vélivélos autogires. Planeurs. Parapentes de poche. Éolicoptères. Les palatins les longent aux crochets d'amarrage. Ils les alignent afin de libérer la piste d'atterrissage. Le granit y est poli par l'usage en une bande nette.

La salle de spectacle du palais de la Neuvième Forme a une jauge, m'a-t-on affirmé, de deux mille personnes. Le centre de la salle est occupé par un épais disque de cuivre qui fait six mètres de diamètre. Il est percé en son centre par un axe qui se prolonge jusqu'au sommet du dôme. Cet axe est couplé à la rotation d'une éolienne à tambour qui prend le vent sur le toit. Par cet ingénieux mécanisme, le disque de cuivre tourne lentement sur lui-même. Cela permet à chaque spectateur d'apprécier la scène et ceux qui s'y trouvent sous tous les angles. Le stylite y est déjà installé en tailleur, son scribe à ses côtés. Il paraît hermétique à l'effervescence qui agite le public. Il a les yeux fermés et semble marmotter dans son absence de barbe. En face de lui, sur le diamètre opposé, deux trônes ont été disposés. Ils attendent Caracole et Sov. Les spectateurs ont déjà pris place dans les gradins étagés autour de la scène. Les comtes palatins officient à l'entrée afin d'accorder aux aristocrates tourangeaux des places à la mesure de leur rang présumé. En raison de notre statut, on ne cesse, Golgoth et moi-même, de venir nous saluer. Cette déférence est agaçante et artificielle. Elle est le fait des nobliaux qui intriguent dans la cour de l'Exarque.

— Quoi foutent, tubleu ?

Golgoth, comme toute la horde, s'impatiente. Les palatins nous ont installés côte à côte au premier rang, en léger contrebas de la scène.

— Caracole doit préparer son entrée, avance Larco.

Coriolis le regarde en hochant la tête. Elle a la peau des doigts qui saigne. L'anxiété. Elle porte des boucles d'oreilles en argent, un collier qu'un Tourangeau lui a offert et des bracelets qui tintent à chacun de ses mouvements. Sa toilette est pour une fois resplendissante, sa peau parfaite : l'apport de la vie en cité. Larco lui chuchote quelque chose à l'oreille. Sa joue s'empourpre. Elle sourit. Elle rayonne de l'énergie qu'elle ne fournit plus pour le contre. Comme nous tous je crois, après ces quatre jours de repos.

∂ Soudain, le brouhaha de feutre, étouffé par le velours des fauteuils, se déchira sur un cri. Car le page d'accueil annonça, lisant le rouleau qui lui avait été remis, d'une voix d'abord sérieuse et forte, puis progressivement décontenancée :

— Oyez ! Permettez-moi d'introduire devant vous, nobles Tourangeaux, son Altesse Jovialissime, le Prince du Pharynx, Grand-Duc de Fatrasie, Haut-Parleur, Chevalier émérite des Lettres de l'Alphabet, barde, bateleur et saltimbanque, Grand Rhéteur Hérétique du Haut-Lexique, vice-grammairien, Escamoteur à ses heures, Prêcheur à la ligne, Chasseur de signes, Frimeur, phraseur, rimeur, Poète pourtant, Esthète du Bon Son et parfois même Troubadour — accueillez comme il se doit, des pieds et des mains, le moins sobre de tous les arlequins — j'ai nommé *Caracole, de la Horde du neuvième Golgoth* !

X Par une sorte d'enchantement, Caracole est apparu derrière le page. Il est venu drapé dans un manteau d'arlequin neuf, chaussé d'escafignons, et il porte, sur la tête, un chapeau de cuir ouvragé duquel débordent ses cheveux bouclés jusqu'aux épaules. S'il présente les traits d'une élégance presque féminine, son allure, son regard et sa voix restent virils. Il dégage une forme de grâce sans être affété. Sa séduction, qui opère immédiatement sur le public, il la tire de cette harmonie, chez lui si constante, entre ses gestes francs et masculins et cette désinvolture, ce laisser-aller princier, qui ne tutoie guère la vulgarité. J'ai fermé les yeux à son arrivée afin de bien saisir sa signature aérologique, mais la foule brouille ma perception.

Le page a attendu que l'excitation et les rires retombent pour présenter Sov. Il porte un maillot de lin bleu, de ceux qu'Aoi tisse si remarquablement. Il a coupé ras sa barbe, se tient droit. Ses yeux bleu clair scrutent la salle,

son regard est comme toujours précis et habité, intelligent. Il avance sans grande assurance pourtant et il serait impossible, pour qui ne l'aurait jamais vu contrer, de deviner son rang dans le Fer ou la puissance de sa musculature longiligne.

— Son « écuyer tranchant », le Scribe de la Horde, qui est également maître transcripteur du Vent, j'annonce *Sov Sevcenko Strochnis* !

) Des applaudissements réservés clapotent et pétillent sur les parois de verre du palais. Les patins des fauteuils couinent sur les lambris des gradins. Je me sens rougir sous l'intensité de l'attention qui se porte sur moi, si bien que j'emboîte le pas à Caracole qui lance force baisers au public, monte prestement sur la scène et se dirige sans préséance vers le stylite. L'échange des regards est bref, la poignée de main molle et glaciale au toucher. Le stylite n'a pas pu, ou pas voulu se lever et il se tient en tailleur, un peu voûté, sur le disque de cuivre. Il ne porte qu'un suaire d'un blanc sale, son crâne est lisse, ses joues creusées, sa peau sans couleur. Il se dégage pourtant de lui une sorte de puissance têtue, une énergie d'intellect cru, qu'on pressent perspicace et féroce sous l'humilité affichée. Elle me met mal à l'aise et pour tout dire : elle m'impressionne. Sans s'attarder, Caracole a rejoint son trône et je m'assois à ses côtés, posant au sol mon encrier, avec un morceau de parchemin cloué sur un cadre où j'ai inscrit, pour m'aider, le maximum de termes — j'y puiserai au besoin. Sur mes genoux, je pose ma tablette d'argile légèrement humide et j'agrippe mon stylet pour me donner une contenance. L'atmosphère de la salle est surchauffée. Le public, pour l'essentiel tourangeau, bien que comportant, par grappes, quelques racleurs bénéficiant de passe-droits, manifeste par chuchotements son impatience.

Ω Il croyait quoi, l'Exarque ? Que j'allais me chier dessus pour son épreuve, me défausser sur Firost ? Le laisser enfoncer sa masse de couenne à travers le fleuve en crue, prendre pleine viande le rafalant, à MA place ? J'ai provoqué ce mec, ouais ! Recta ! Exarque ou pas, quoi fout ? Cette face de loup, qui ramène sa truffe parce qu'il est nommé direct par le Conseil de l'Hordre ici-bas, il avait pas à geoler ce racleur qui nous a reçus ! Ce type savait pas qui on était ! Il nous a ouvert son buron et il nous a pagé sur ses filets. Quoi de mal ? Et même ! Il aurait sonné qui là-haut, dans les tours, à minuit ? Ils peuvent pas approcher à quatre mètres d'une tour sans prendre un carreau dans l'épaule ! Ici c'est : en haut les noblaillons qui rotent et qui se branlent dans les baldaquins, en bas la roture, juste bonne pour eux

autres à racler les rognures balancées des créneaux, à vivre à même le fleuve, à touiller du grain comme ils peuvent dans leurs tamis, des éclats de nib, rien, des miettes de ferraille qu'on leur rachète une goulée de gnole ! L'aurait fallu quoi, que je gobe ma salive ? Pas moufter ? Que je tape sur le bide du grand type en toge couleur vinasse en lui disant : « T'as raison, gars, fous ce brave pailleur au donjon, il t'a même pas prévenu, le bougreau, qu'on rappliquait par chez toi ! » ? Peut-être qu'il voulait aussi un baise-paluche, tant qu'à faire ?

π Avec une prestance certaine dans sa robe bleu roi, le maître de cérémonie s'est avancé sur la scène. Il présente les jurés de la joute. Sept érudits, la plupart barbus et très calmes, qui examinent Caracole sans mot dire. À leur côté, perché sur une chaise haute, se tient le juge de signe, nerveux et ciselé. Il sera le garant du respect des règles langagières. Il esquisse un salut froid. Nous est ensuite présenté le « scorie » qui officie au pied d'un portique à socle pivotant. À son aplomb tournent des cylindres d'étain gravés de chiffres : le scorie décomptera et inscrira le score au fur et à mesure de la joute. Enfin, prenant place sur le disque, à égale distance du stylite et de Caracole, l'arbitre est appelé. Il se tient debout. Il paraît fiable. Le maître de cérémonie passe aux élégances :

— Son Altesse l'Exarque, Messeigneurs et Comtes d'Alticcio, Messeigneurs de la Horde du Contrevent, Augustes Palatins qui nous faîtes l'honneur, une nouvelle fois, de nous accueillir dans ce palais de la Neuvième Forme, permettez-moi de rappeler aux nobles Tourangeaux, mais aussi aux représentants de la Hanse des Racleurs ici présents, les enjeux de la joute oratoire, d'une nature très-exceptionnelle, qui va avoir lieu devant vous. Comme la rumeur publique vous en a peut-être informés, Son Altesse l'Exarque, suite à un différend avec le neuvième Golgoth, Traceur de la Horde, a décidé de soumettre l'ouverture de l'écluse d'Urle, qui leur est indispensable pour accéder en Extrême-Amont, à une série de trois épreuves. Le principe en a été fixé séante tenante et la Horde ne saurait y déroger. Trois champions ont été désignés par le neuvième Golgoth pour relever ces trois défis proposés par l'Exarque. Erg Machaon, Combattant-protecteur, a remporté le premier. Le second a été relevé hier par le Golgoth lui-même, avec succès, dans des conditions de crue impressionnantes. Le troisième a lieu ce soir, ici même, devant vous. Il oppose Caracole, troubadour de la Horde, à celui que je ne vous ferai pas l'affront de présenter puisqu'il est réputé très au-delà de notre cité, jusqu'à Aberlaas même, pour sa grandeur et pour sa probité : j'ai nommé Sélème le Stylite !

Ω Quand il a tordu le pif et ramené sa clique, l'Exarque, j'ai bien cru qu'Erg allait les hacher à l'hélice. Pietro a calmé le jeu et ça s'est tassé aussi sec. Puis y a eu cette ripaille en notre honneur, au palais de mon pote Tête-de-Loup, où je me suis gobergé comme jamais, ça arrivait de partout, les gorces du plafond à la manivelle, la volaille jetée sur les tablées, les légumes en tambouille, et roulent les tonneaux, ça gerbait dans les écuelles — même Ergo se lâchait, c'était du gueuleton de première main, avec jongleuses et ménestrels, de la putain partout peinte aux lèvres, des trouvères entre les plats, ça beuglait bon enfant, j'étais pas le dernier à tâter les croupes à la volée, à toucher de la touffe pas vraiment farouche, à rigoler quoi ! Puis ce pisse-froid d'Exarque a demandé le silence. « Une information » qu'il a dit. « Que l'écluse d'Urle dépendait de sa féodalité », « qu'une demande d'autorisation devrait être formulée par le traceur pour pouvoir accéder amont », « qu'elle serait examinée dans les délais en vigueur à la cour », et tout à l'avenant. Ça a duré, chais pas... Trop pour moi faut croire ! On m'a dit que j'ai grimpé sur la table, que j'ai pissé sur la poufiasse de l'Exarque. C'est pas impossible — j'étais franc bouyave, je me rappelle de rien. J'ai gueulé que la horde avait pas besoin d'autorisation pour tracer. Que personne nous avait jamais bloqué un contre ! Ça a pas plu. Ils ont réagi méchant, genre offusqué, on m'a dit. Et là ça s'est foutu sur la gueule qu'on m'a dit — Erg, Firost et Léarch ont appuyé cinq ou six nobliaux à coups de chandelier en bronze. Je me souviens de rien. Au final, un comte s'est ramené dans la cohue. Il a proposé un défi « pour trancher la querelle ». Trois épreuves à relever. J'ai dit yak ! C'était plié. J'ai qu'une parole.

— Cette joute, vous l'aurez compris, revêt une importance cruciale pour la Horde du Contrevent. Si son troubadour ne ressort pas vainqueur du duel, l'accès à l'écluse d'Urle leur sera interdit. Ils n'auront plus d'autre choix qu'un contournement périlleux par le massif des Malachites ou un recours en grâce, sans garantie d'obtention ni de délai, auprès de Son Altesse l'Exarque qui a...

— Y aura pas de recours en grâce !!!

∂ La salle entière se tourne vers la voix qui vient d'interrompre brusquement, et au mépris de toute préséance, le maître de cérémonie. La réprobation et la surprise sont audibles dans le caquètement des noblaillonnes. Notre Golgoth s'est levé. Je l'adore lorsqu'il est ainsi. Il toise l'Exarque, effrontément, assis dans un box avec sa cour, deux rangs plus loin :

— Y aura pas de recours en grâce. On va plier votre pantin !

— Nous verrons cela mon ami, rétorque le porte-parole de l'Exarque.

L'Exarque, pour sa part, ne parle jamais. Où alors uniquement lorsque ses mots peuvent faire, directement, actes. C'est-à-dire pour prononcer une sentence, proclamer un édit ou bannir un racleur. Ce fumier reste de bois sous l'attaque, fait mine de l'ignorer et indique, de la main, au maître de cérémonie qu'il peut continuer. Je suis fier de Golgoth, fier qu'il leur montre qu'on ne courbera pas le tronc devant leur noblesse putride qui festoie et ricane en haut des tours quand les racleurs s'écorcent jusqu'à l'aubier des vertèbres pour leur fournir chaque jour leur matelas d'ascendance ! Ça me débecte !

π L'intervention de Golgoth est inutile. Elle ne fera que renforcer la détermination de l'Exarque si Caracole perd. Elle pique son orgueil là où l'on pouvait espérer fléchir sa mansuétude après l'exploit d'hier. La popularité acquise par Golgoth auprès des racleurs pouvait être politiquement exploitée. Ouvrir la porte d'Urle malgré une défaite serait même passé pour une preuve de noblesse. En une phrase, par sa morgue, Golgoth vient de nous condamner : à l'exploit. Il met une pression démesurée sur Caracole. Sov est livide sur son trône. Heureusement que son rôle sera mineur. Toutes mes sources ont été formelles : les joutes sont souvent très techniques, le brio n'y suffit pas. Il faut avoir travaillé ses laisses, pratiqué les lipogrammes, le monovocalisme, la prose sous contrainte. Caracole est un remarquable orateur, un conteur hors pair. Il joue admirablement sur les mots. Mais les contraintes lui répugnent. Je doute qu'il excelle dans les exercices langagiers.

X J'ai trouvé un peu légère la réaction des filles hier à l'exploit de Golgoth. Alme, qui a pourtant suivi avec moi sa remontée du delta jusqu'à l'écluse d'Urle, a eu cette remarque blasée : « Et alors ? Il l'a fait, oui. C'est Golgoth, quand même ! Qu'est-ce que tu veux que je te dise ? Si on en est là, c'est à cause de lui, non ? Il a juste rattrapé le coup… »

Grâce au ballon, j'ai pu rester à son aplomb les quatre kilomètres que couvrait le contre, de sorte que j'ai vraiment pu apprécier ses choix et mesurer la qualité de sa trace en terrain complexe. L'Exarque avait, comme prévu, fait ouvrir l'écluse d'Urle pour une heure. Le vent s'est donc déversé directement dans le lit du fleuve avec une violence dévastatrice. La difficulté de l'épreuve tenait toutefois moins à la vitesse linéaire du flux qu'aux turbulences de sillage dans une zone encombrée de burons, de tours et de

réflecteurs. Elle tenait aussi aux déchets solides et aux tas de sable charriés dans la coulée, lesquels multipliaient les risques de blessure. Golgoth avait choisi de mettre le plastron et les protections aux cuisses, aux genoux et aux tibias, avec le casque intégral en bois, celui que j'ai conçu. Ça l'a rendu plus lourd mais pas moins habile. Il n'a fait qu'une grosse erreur, en sortie d'abri. Protégé par un réflecteur, il est sorti à contretemps sur une salve ascendante. Et honnêtement, même à la hauteur où j'étais, ça se lisait en toute clarté au vortex de poussière qui s'enroulait derrière le réflecteur. Mais Golgoth a ignoré cette règle de base qui consiste à regarder la traîne aval avant de sortir, et il a pris en plein corps une rafale blaastée. Déséquilibré, il a accroché, dans un geste réflexe du bras droit, le rebord du panneau d'acier et il a pendulé derrière l'obstacle. C'était très limite.

Sov n'est pas du tout à l'aise ce soir, le pauvre. Je ne sens pas du tout cette épreuve de rhétorique, ni ce stylite qui dégage un vortex circulaire très égocentré, avare.

— Nous allons sans plus attendre procéder au tirage au sort de la première épreuve !

) Depuis plusieurs minutes, je m'efforce d'inspirer et de souffler. Je voudrais être partout ailleurs, mais pas là devant ces deux mille personnes, pas à jouer avec l'avenir de la horde qui me regarde et qui compte sur moi. Je me reconcentre, je parle à Caracole dont la confiance me rassure et passe un peu dans mes veines. Le maître de cérémonie vient d'expliquer que le disque de cuivre où nous nous tenons est découpé en trente-deux quartiers à l'intérieur desquels a été gravé le nom d'une épreuve. Éparpillé par l'anxiété, je n'avais pas vu ces inscriptions damasquinées en argent : *fatrasie, rondel, trigramme, anagramme, tautogramme, oxymoron*... Je connais le sens de ces termes, sans forcément connaître les épreuves dont ils font l'objet. Du sommet du dôme, une longue hélice monopale vient d'être lâchée : elle glisse le long de l'axe qui assure la rotation du disque et tourne sur elle-même grâce au pas de vis.

— Ce sera *palindrome*... me chuchote Caracole à l'oreille. Prépare quelques boustrophédons... des anacycles...

— D'accord...

Je ne cherche pas à comprendre comment il sait ce que sera l'épreuve, j'obéis et je marque sur ma tablette, à la va-vite, une poignée de mots qui se lisent dans les deux sens : *ici, non, elle, rêver, rotor*... Si c'est effectivement palindrome, j'ai de la chance puisque je connais plutôt bien le principe et que j'ai acquis quelques notions de stratégie en étudiant les joutes antérieures.

π La pale atteint le sol. L'absence de pas de vis sur le dernier mètre de l'axe laisse l'hélice achever d'elle-même sa rotation. Après avoir frotté de façon sonore sur le métal, elle s'arrête sur un quartier du disque, presque en face du stylite.

— Palindrome dialogué ! annonce l'arbitre d'une voix tonitruante.

) Caracole sourit et me fait un clin d'œil. Il lit ma tablette, hoche la tête et me prend par l'épaule. La chaleur de son geste me fait profondément plaisir. Je sais qu'il le fait surtout pour me rassurer mais l'intention même me suffit, elle me touche au cœur, elle me donne foi en nous :

— On va gagner, Sov, crois-moi. Et ce sera grâce à toi !

L'arbitre s'adresse au public :

— Un palindrome est une phrase qui, si l'on ne tient compte ni des espaces, ni des apostrophes, ni des signes de ponctuation, peut être lu indifféremment de droite à gauche ou de gauche à droite, en gardant la même signification ! Par exemple « un rotor nu » est un palindrome puisque, que vous le lisiez dans un sens ou dans l'autre, il présente les mêmes lettres dans le même ordre. Cette épreuve se déroule sous forme de dialogue, chaque adversaire s'exprimant tour à tour. Notre juge de signe validera la rectitude des palindromes. La notation de l'épreuve tient compte à la fois de la longueur des palindromes déclamés, de leur caractère compréhensible et de leur pertinence au sein du dialogue engagé.

Le maître de cérémonie achève la mise en bouche :

— Augustes champions, il est temps de montrer vos talents ! Par tradition, la main est accordée au champion qui se trouve le plus près de l'hélice. Sélème le Stylite, vous avez donc l'honneur de commencer…

π Le silence qui tombe du dôme est d'or. L'excitation du public a fait place à une écoute exacerbée. Le stylite ferme les yeux. Il se concentre de longues secondes. Pas un son ne raye le cristal d'attente. Il paraît serein et tendu — tendu pourtant —, une arbalète. Enfin, il lâche son premier carreau. Les applaudissements éclatent aussitôt.

] *Sélème* : « Engage le jeu que je le gagne ! »

) Pfff ! Le juge de signe, presque immédiatement, a levé son drapeau bleu pour valider le palindrome. J'entends derrière moi, au premier rang, une comtesse lettrée stipuler qu'il s'agit d'un départ classique, d'une ouverture

presque banale, comme on peut en recenser aux échecs, mais je reste sous le choc de l'équilibre et de l'à-propos de la phrase, j'en remonte les lettres une par une à l'envers : e, n, g, a, g, puis e, l, puis e, j, puis e, u, q… puis j'arrête, convaincu. C'est à Caracole de répondre. Ça démarre très fort. Je ne sais pas ce qu'il va faire.

¿' *Caracole* : « L'âme sûre ruse mal ! »

Des bravos enthousiastes saluent illico sa riposte, ils viennent surtout du haut des travées où sont agglutinés les racleurs invités et de jeunes Tourangeaux fort en gueule qui semblent avoir déjà choisi leur camp ! Tant mieux ! Mais le stylite réplique sans attendre.

] *Sélème* : « L'âme sœur, elle, rue, ose mal… »

Aïe ! Il utilise une technique que j'ai lue : il ouvre en son centre notre palindrome pour l'agrandir et surenchérir ainsi avec élégance, et non sans efficacité. Le public, connaisseur, salue Sélème par une salve soutenue. Mais Caracole refuse de se laisser enfermer, il bifurque déjà sur un autre terrain, plus poétique…

π Le rythme s'accélère très vite. Le stylite semble pressé de tester les résistances de notre troubadour. Caracole répond du tac au tac, presque sans pause. Le silence dans la salle est d'écoute. Chacun essaie de suivre. On lit l'intensité de l'attention sur les visages, la haute tenue du duel à l'attitude des lettrés. Beaucoup prennent des notes. Le juge de signe valide. Il paraît suivre de justesse. Les yeux des jurés s'allument sous la tournure que prend la joute. Je demeure incapable de mesurer la difficulté du jeu à cette vitesse. Je saisis juste que Caracole est à la hauteur et pousse Sélème dans ses retranchements.

] *Sélème* : « Erg immigré ! Erg en nègre ! Vos Sov ! Le Traceur à la rue : cartel ! »
¿' *Caracole* : « En nos repères, n'insère personne ! »
] *Sélème* : « Le sert-on ici, notre sel ? »
¿' *Caracole* : « Tâte l'état ! C'est sec. »
] *Sélème* : « Léger regel ? »
¿' *Caracole* : « Saper ses repas… »
] *Sélème* : « Semi-auteur, ô mâle ! La morue tu aimes. »
¿' *Caracole* : « Euh… Hue ! »

) Un léger flottement suit notre réplique. Mais le juge la valide ! Le palindrome, bien que court, est si inattendu et inventif qu'il a déclenché l'hilarité et suscité la sympathie du public, lequel en profite pour relâcher sa tension. Tout le monde guette la réaction du stylite. Sa réponse montre qu'il sait s'adapter, malheureusement pour nous.

] *Sélème* : « Eh, ça va la vache ? »
¿' *Caracole* : « Rat ! Avatar ! »
] *Sélème* : « C'est sec… Ta bête te bat ! »
¿' *Caracole* : « Et si l'arôme des bottes révèle madame, le verset t'obsède, moraliste ! »

π Un frisson d'admiration parcourt le public. Je crois un instant que Caracole va prendre l'avantage. Golgoth a levé le poing. Il hurle : « Prends ça, face de neige ! » et il se rassoit. La salle est estomaquée.

] *Sélème* : « L'arôme moral ? Ému, ce dessin rêve, il part natter ce secret tantra plié, vernissé d'écume. »

π Tout simplement magnifique. Caracole marque un silence assez long. Il encaisse. Puis s'appuyant sur « natter », il trouve :

¿' *Caracole* : « Et tu le démêles, Sélème de lutte ? »
] *Sélème* : « Ici ? Non. Tu l'as, ressac, avalé ? Crac ! Car cela va casser… Salut ! »
¿' *Caracole* : « Sniff ! À l'affin S ! »
] *Sélème* : « Élu, aimé, jeté, ô poète ! Je miaule ! »
¿' *Caracole* : « Ah Élu, ça ! Je trace l'écart, éjacule, ha ! »
] *Sélème* : « Rupture de lien : un arc élève le reste et se révèle l'écran, une île de rut pur. »
¿' *Caracole* : « Mon nom… »
] *Sélème* : « Hola Caracole, va à vélo caracal, oh ! »
¿' *Caracole* : « Mon nom… Mon nom… »
] *Sélème* : « Ressasser, "Carac", ressasser ! Oh, cela te perd répéta l'écho ! »

) La première passe d'arme sonna tel un assaut d'escrime, à la fois infiniment technique — et vif pourtant, vif en diable, si rapide que le juge de signe fut plusieurs fois débordé par l'empiétement des bottes et des parades.

À l'évidence, le stylite n'avait jamais, jusqu'ici, rencontré un adversaire de la trempe de Caracole et il marqua une perceptible surprise à chaque riposte de notre troubadour dans un art qui, aussi besogneux fut-il, nécessitait, pour être pratiqué dans l'éloquence, de savoir choisir, parmi la banque secrète de phrases et d'anacycles propres à chaque orateur, ceux qui s'inséraient le plus adéquatement dans le dialogue tissé. J'avais lu dans les minutes d'une joute que le palindrome se gagnait au trait, c'est-à-dire, dans le jargon des rhéteurs, que celui qui parvenait à mener le dialogue, en imposant la direction du thème, prenait du même coup l'ascendant sur son adversaire, lui contraint d'improviser certaines répliques quand l'autre imposait son par cœur, ce qui s'avérait la position la plus incommode — et de loin.

∫ Le gong a retenti. Je préfère (à tout prendre) ma pauvre place, enfoncé dans ce fauteuil à côté de Coriolis que d'être là-bas, à tourner en rond sur ce disque, en me coltinant le blanc-bec. Quelle joute, mon Larco ! Ça ventile (un tantinet) plus vite dans leur cervelle que dans la tienne, faut avouer ! Tout le monde se rabat maintenant sur les jurés qui annotent, qui vérifient, qui comparent les laisses des deux bestiasses. Caracole est furieux contre lui-même. Il a flanché à quelques secondes du gong, infoutu de riposter à la longue tirade du stylite, butant sur une ébauche foireuse de palindrome, perdant pied sur deux répliques, au pire moment. Ce final va peser sur les jurés, mauvais impact. Dans son coin, le stylite a repris cet air de fausse classe (qui agace tellement Coriolis), il se tient assis en tailleur, confiant le bougre, tordu comme un linge sec, priant je ne sais quel dieu bâtard des colonnes, avec sa modestie de saule pleureur.

) Dire dans quelle mesure Caracole improvisa ses laisses, dans quelle exacte mesure il s'inspira des pauvres mots tracés sur ma tablette ou s'il les tira d'un fond constitué par-devers lui, j'en serais incapable — toujours est-il qu'il n'avait jamais utilisé le moindre palindrome devant la horde et qu'il répugnait — c'était ma conviction — aux aspects les plus sottement spectaculaires de la technique langagière, lui préférant la prose libre. Restait que sa prestation avait enthousiasmé la salle, ce qui me rassurait beaucoup parce que cette réaction signifiait, de la part des connaisseurs, que le fait de n'avoir pas été écrasé d'entrée, dans un exercice manifestement taillé sur mesure pour le stylite, annonçait à leurs yeux une joute serrée, plus serrée en tout cas qu'à l'ordinaire.

— Quel têtard ! lâche Golgoth, très fort, en s'approchant de nous. Il nous dégobille une tambouille gourmâchée mille fois, il provise que dalle !

Ce tas de pus passe sa putain de vie bloqué sur son plot à se secouer les grelots dans la tronche et il te pond au presse-jus trois bouts de phrases à l'envers, sans queue ni fête, qu'il te ressort à la six-quatre-deux, la bouche en nouille, et on veut me faire croire que ce piaffeux est un cador de la rime ? Par le Contrevent, Carac, broie-moi cette face de cul ! Te laisse pas empommer ! Tu vaux dix fois ce mec !

— Les épreuves techniques le favorisent, Gogo. Reste tranquille, pose tes os et aspire par le nez ! Je le laisse prendre de l'avance aux deux premières épreuves. Pour pouvoir choisir la troisième... C'est tactico-tactique, capitaine !

X J'ai trouvé très beau que tous les racleurs aient tenu à assister au défi de Golgoth à l'air libre et non par les meurtrières de leur buron. Il y en avait tout le long du parcours, par grappes derrière chaque tour et sous les panneaux des réflecteurs ! On entendait de la nacelle du ballon leurs cris d'encouragements et leurs conseils, certains ont même essayé de le suivre et un racleur y est parvenu pendant deux kilomètres, en prenant une trace différente du Goth d'ailleurs. Son altercation avec l'Exarque, pour la défense d'un des leurs, a certes contribué à sa très forte popularité. Mais au-delà existe de toute façon une affinité profonde entre eux et nous. Pour eux, voir évoluer le neuvième Golgoth en contre, devant leurs yeux, dans leur univers familier, avait quelque chose d'unique et de fabuleux, ça restera un événement magique qu'ils n'oublieront jamais.

Nous avons passé la nuit entière en bas, dans la Carapace, leur auberge enterrée, à faire la fête avec eux et leur enthousiasme m'a bouleversée. Rarement avais-je ressenti une telle admiration, aussi sincère ni aussi fraîche, leurs prunelles scintillaient, les jeunes filles ne me quittaient plus, il y avait un cercle autour de chaque hordier, même Aoi, qui parle si peu, avait une cour énorme autour d'elle ! Golgoth rayonnait, il faisait plaisir à voir. Horst a parlé pour la première fois de la mort de son frère, les gens pleuraient, venaient le consoler. On a raconté toute la flaque de Lapsane, le combat de Te Jerkka face au Corroyeur, la tour Fontaine, le siphon, l'îloméduse qui a tué Barbak, la loutre de Sveziest, même l'arrivée dérisoire à Chawondasee.

Ici, ils ne sont informés de rien. Les courriers de l'aval envoyés par cerfs-volants autoporteurs sont interceptés par les services de l'Exarque à l'entrée du delta. Les voyageurs de marque ne descendent jamais dans le Fleuvent. Ils sont reçus dans le confort des tours puis ils repartent aval ou filent oblique. Je suis repartie au petit matin, avec dans les poches plus de

cinquante vœux pour l'Extrême-Amont. Ils sont gravés sur des plaques en or brut longues comme un doigt. C'est une folie au regard de ce qu'ils gagnent. Ça va s'entasser dans le traîneau avec les autres, il y en a déjà pour plus de vingt kilos de métal, bien que nous en ayons fondu pour en faire des hélices ou des armes, depuis le temps. Avec Sov et Pietro, nous avons gardé — que dire : les meilleurs ? les plus émouvants ? les plus beaux ? C'est une vieille croyance contre laquelle nous ne pouvons rien, celle de croire que qui atteindra l'Extrême-Amont pourra exaucer son vœu intime et aussi tous ceux qu'il porte. Je ne peux même pas dire que moi-même, je n'y crois pas. Alors je prends ces cartouches en or, il y a tellement d'espoir en ceux qui vous les confient ! Je ne promets rien, je dis merci, souvent je les garde une semaine dans ma poche et je les lis le soir, avec Sov. Il aime bien.

— Après décompte, voici les résultats de la première épreuve : Sélème 32-Caracole 23 !

) Des sifflets isolés protestent et s'éteignent aussitôt. Caracole me regarde, il hausse les épaules en souriant, applaudit avec le reste de la salle et répond au salut un rien polaire du stylite.

— C'est un peu sévère, non ? osé-je en aparté.

— C'est normal, Sov-Sov, j'ai fait une petite faute d'inversion et j'ai patiné sur mes deux derniers *palins*. Il n'y a rien à dire !

Je le sens petit à petit monter en tension. Perdre les deux premières épreuves n'est pas dramatique si le retard reste modeste. Il ne faut pas céder plus de terrain surtout, contenir la dérive.

— La deuxième épreuve va porter sur...

Un roulement de gong, tambouriné avec frénésie, ajoute aux vibrations déjà pénibles du suspense. L'hélice en argent est à nouveau partie du haut du dôme, elle glisse le long de la hampe et vient achever son tournoi sur le disque de cuivre. Caracole secoue la tête plusieurs secondes avant l'arrêt définitif de l'hélice et il lâche, pour lui-même, un pfff désenchanté...

— Monovoyelle en O ! proclame, à la limite du cri de joie, le maître de cérémonie.

— Tu vas ramoner la cheminée lexicale, écuyer... (me glisse Carac). Racle tout ce que tu trouves en O dans le labyrinthe du vocabulaire, ça s'annonce féroce !

— Je rappelle la règle (poursuit l'arbitre) : les champions ne peuvent utiliser qu'une seule voyelle dans leurs laisses. Cette voyelle est donc le O. Dans aucun des termes employés ne peuvent figurer de A, de E, de I, de U

ou de Y ! Chaque incartade est pénalisée d'un point accordé à l'adversaire. La notation tient compte de la rectitude syntaxique, pondérée 4, de la qualité de la phrase, pondérée 3, et de la pertinence des répliques, pondérée 2. Attention aussi aux répétitions ! Comme pour la première épreuve, les laisses sont dialoguées. La main est à… Caracole !

π Quelque chose me chiffonnait. Sans que je puisse le définir avec précision. Il y avait ce public, trié sur le volet. Public de lettrés, de nobles en quête d'exaltation littéraire et de religieux vétilleux. Avec une poignée de racleurs, invités pour faire pièce. Leur attention brillait d'une étincelle malsaine. Leurs rires étaient entendus et distanciés. Aucune indulgence. Une admiration équivoque, prompte à railler la moindre faiblesse.

Je mesurais bien, en les regardant, ce que je serais devenu hors de la Horde : un de ces princes de sang qui rectifiait leur toilette et tenait leur rang, faute de l'avoir conquis. De mon père, je me souvenais mal des leçons trop précoces. Mais restait ce leitmotiv : « Personne ne naît noble, Pietro. Et dans le peu qui le deviennent, la plupart le font contre leur origine. Ce que tu n'as pas conquis avec ton âme, n'espère pas le recevoir de quiconque, fut-ce tes parents. »

Et il y avait cette organisation, un rien compassée. La valse des palatins. La superposition des jurés et du juge de signe, du maître de cérémonie et de l'arbitre, du scorie et du lanceur d'hélice. Tout ce fatras, cet ampoulement. Ces sourires et ces regards croisés. Cette *connivence.*

— Je demande à notre scorie de régler le sablier sur cinq minutes… Scorie, s'il vous plaît ? Voilà. Silence dans les gradins ! La manche est lancée !

À qui l'aurais-je dit ? Et à quoi bon ? Mais l'incident du festin et les excès de Golgoth ivre, il m'était venu à l'esprit le lendemain qu'ils avaient pu être… provoqués. Que Golgoth aimait boire, la bande de Contre tout entière le savait. Qu'il était facile de piquer son orgueil, qu'aucun levier n'était plus efficace, une once de psychologie suffisait à le deviner. Et cette cohue… L'intervention de ce comte. La rapidité avec laquelle il avait jeté le gant au nom de l'Exarque. L'idée déjà très élaborée du défi qu'il avait proposé, impromptu. Mascarade ? Scène répétée et jouée ? Oroshi était déjà couchée quand la querelle a eu lieu. Elle n'a pu juger. Elle est très préoccupée par sa visite prochaine au pharéole des ærudits. Depuis Chawondasee, elle doute, comme Sov et moi, de plus en plus. Depuis l'Escadre frêle et même avant. L'exarque d'Alticcio est nommé et révoqué par le Conseil de l'Hordre. Il est en quelque sorte la tête de pont d'Aberlaas en Extrême-Amont. Pourquoi chercherait-il à

nous compliquer l'accès à la porte d'Urle, à nous enferrer dans sa ville? Morgue de dignitaire? Démonstration d'autonomie face à l'Hordre? Ça paraît improbable.

Les deux premières épreuves ne pouvaient guère être faussées. Elles dépendaient d'actions claires. Pas d'une notation de jurés. Celle-ci peut l'être, par le tirage au sort déjà. Par l'arbitre, par les jurés. Et si c'est le cas, quel recours aura-t-on? Personne dans la horde, à part Sov, n'a les aptitudes techniques pour apprécier l'honnêteté des notes attribuées.

¿' *Caracole*: « Ô Sov, ô mon Golgoth! Osons donc! Proposons! Fonçons! Go! Dosons long nos solos d'or blond, ponçons nos borts oblongs, rocs dont sont forclos nos donjons! »

] *Sélème*: « Vos donjons, lord, font rococos : fjords trop profonds, loch, port, plots, pontons : bof… Fronton nord, tholos, portor monobloc sont trop gros. »

¿' *Caracole*: « Fort trognon, bosco! Vos propos rodomonts font corps, font bloc. L'ost sot sort donc son moloch… Bon… »

] *Sélème*: « Mon front tord vos troncs, vos mots joncs. »

¿' *Caracole*: « Nos socs ont donc torts? Tond-on nos phlox, tonton? »

] *Sélème*: « Nos fonds, kobold, nos stocks d'o, nos docks d'or sont des dons. »

— Faute! hurle le juge de signe. L'article « des » contient un e. Un point pour Caracole!

) Golgoth est debout sur son fauteuil, il exulte. Caracole profite du brouhaha pour relire ma tablette, il saisit l'occasion au vol de prendre le trait au nez et à la barbe de Sélème et aligne cette réplique mordante :

¿' *Caracole*: « Stop mon cochon, mon porc trop snob! Stop! Ton pognon corrompt! Dors donc, hop, dodo! Ton polochon coton, vos cocons, vos ronrons, ton confort sont vos lots. Roc d'os, fol lof, crocs chocs sont nos sorts! Sonnons nos cors! Mort au complot! »

— Faaauuute! hurle le juge de signe.

Je ne comprends pas tout de suite. Une clameur bruisse.

— « Mort au complot » : le « au » contient un a et un u, seigneur Caracole, deux points pour Sélème!

Golgoth se lève, il rauque une injure incompréhensible et se rassoit, sous la pression de Pietro. Il est hors de lui. Sélème nous a repris la main.

Nous n'avons quasiment plus de mots disponibles et les redites, implicitement, sont mal vues des jurés.

] *Sélème*: « Vos flocons fondront tôt hors sol. Vos flonflons *pro domo* font flop. »
¿' *Caracole*: « Flop, floc, ploc sont rototos *grosso modo*, non ? Rots tocs dont vos boxons grognons — prononçons nos mots — font troc. »
] *Sélème*: « Oc ! Lors, nos boxons ont bon dos ! »
¿' *Caracole*: « Bon nom donc… »
] *Sélème*: « Non, mot torchon ! »
¿' *Caracole*: « Mot gnon, mon colon. »
] *Sélème*: « Sov, donc, pond ? »
¿' *Caracole*: « Golgoth mord ton froc, Sov pond. »
] *Sélème*: « Confrontons : vos zoos sont fort féconds ! »

— Faute ! coupa à nouveau le juge de signe. Un point pour Caracole !

) Depuis une minute, le dialogue ralentit nettement, il s'épuise, faute de mots en o qui n'aient déjà été utilisés par Sélème ou par nous. J'efface en malaxant des pouces sur l'argile, au fur et à mesure, les mots employés, mais je ne parviens pas à en trouver de nouveaux. Ceux qui restent — tronçon, gong, lorgnon, toton, des verbes à la première personne du pluriel comme consolons, consommons, gondolons, confondons — sont très difficiles à placer et Caracole joue sur sa vista naturelle pour tenir le coup face à un stylite qui me paraît tout aussi démuni. Je jette un œil furtif au sablier. Le sable blanc ne forme plus qu'un petit tas : il faut surtout éviter la faute coûteuse. Je grave « clos » sur la tablette, encore « rognon » et « broc ». Caracole me regarde en plissant des yeux. C'est à lui de jouer. Le silence s'est réinstallé, pesant.

¿' *Caracole*: « Sov, consommons nos rognons : tronçon, toton, lorgnon… »
] *Sélème*: « Sort-on son gros mot ? Volvox, gnomon, stolon vont. »
¿' *Caracole*: « *Do, sol, do*, hop ! Composons prompt ! »
] *Sélème*: « Mon broc, ton bock : tossons ! »
¿' *Caracole*: « Grog ? Scotch ? »

) Les battements rapides de gong qui annonçaient les dix dernières secondes retentirent au mauvais moment. Nous en étions réduits à attendre, avec appréhension, la dernière laisse du stylite, craignant le coup d'estoc.

De fait, elle fut limpide, lui offrant une seconde fois un final de toute beauté .

] *Sélème*: « Gong? Ton pot, troll poltron, clôt donc nos propos. Rompons! »

) Le tonnerre d'applaudissements qui s'éleva crescendo des gradins me prit de court. Si l'épreuve m'avait paru rondement menée, avec quelques beaux échanges fluides, si Caracole m'avait paru à l'aise, l'ensemble valait-il, d'un point de vue intellectuel, la joute des palindromes? À croire que le jeu presque enfantin des sonorités et le ton badin de Caracole, son aptitude remarquable à *jouer* chaque laisse, avaient enchanté le public — dont les travées supérieures, avec une chaleur roborative, scandaient le nom. Qui avait été le meilleur en toute objectivité, je n'aurais su le dire, encore qu'il me sembla que Caracole avait dominé la première partie de l'épreuve.

Les jurés délibérèrent pendant quelques minutes puis le décompte s'afficha sur les cylindres d'étain actionnés par le scorie : Sélème 26-Caracole 21. Ce qui portait le score total à : Sélème 58-Caracole 44. Une vraie douche! J'étais déçu et désemparé : j'avais fait de mon mieux pour graver sur ma tablette le maximum de mots, Caracole les avait saisis au vol et ajustés les uns les autres telle une marqueterie de pierres sèches, le nombre de points de pénalité était identique de part et d'autre, et au final, on se retrouvait avec cinq points d'écart! Les sifflements qui déchiraient les velours du palais confortaient mon sentiment d'injustice. Dès le début pourtant, je ne m'étais fait aucune illusion : j'avais anticipé que les jurés seraient favorables au stylite, au mieux pour ne pas déplaire à l'Exarque, au pire par partialité personnelle. Pour gagner, il ne suffirait pas d'être meilleur : il faudrait être *spectaculairement* supérieur — et Caracole en était le premier conscient.

— Joli boulot, Sov! Grâce à tes verres d'O, ma poésie n'a jamais souffert de la soif. Héhé!

— Ça n'a pas suffit Carac…

— Ça a suffit, il a été dominé, ça se sentait à son vif. Son flot hésite, il recule dans ses certitudes, il se fragilise. Il sait à présent qu'il peut perdre. C'était tout ce que je voulais obtenir. À présent, la vraie joute commence pour lui…

X À bien y réfléchir, Golgoth n'a qu'une science honnête des écoulements. Il manie les huit principaux types de contrevent, connaît les variantes

essentielles des six formes, il sait dessiner une trace théorique à partir d'une carte de Talweg. Pour le reste... La mécanique des fluides, les signatures turbulentes dans les sillages instationnaires, les écoulements détachés et rattachés selon le profil des corps et l'incidence du flux, les bords d'attaque et de fuite, toutes les finesses de l'aérodynamique théorique l'indiffèrent. Beaucoup dans la horde en ont depuis longtemps conclu qu'il contre à l'instinct — simple question de sang, d'hérédité. Chaque fois que je lui demande cependant, sur un contre précis, pourquoi il a choisi *cette* trace, il me donne presque toujours une réponse argumentée. Lapidaire souvent, mais sensée. Non, ce qui le sauve, ce qui en fait un traceur de haut niveau, perfectible à mon sens, mais très solide, n'est pas l'instinct (l'instinct, ce serait plutôt Arval : lui possède un contre proche de la magie animale). C'est cette *confiance* qu'il a dans le vent, comme si le vent, le vent abrupt même, à spasme, à sursaut, le vent sauvage, ne pouvait l'estropier. Le tuer oui, mais ça, justement : il y est prêt.

Face aux flux massifs et granulaires comme l'était hier le lit du Fleuvent, je n'ai jamais cessé, en trente-six ans, d'avoir peur. Je sais apprivoiser un furvent, contrer sous crivetz, remonder un torrent de sable, oui. Je connais de ces vents les principes d'écoulement théoriques, la modélisation turbulente, la texture volumique — je sais les lire *in situ*, y réagir, les surmonter. Mais je n'y parviens qu'en donnant à mon intellect puissance sur mes émotions, qu'en refoulant la poussée panique des viscères. Golgoth ne théorise pas, il ne raisonne pas en terme de risque ou de probabilité. La mort possible, il l'a acceptée une fois pour toutes dans son face-à-face avec le vent. À cause de son frère ? Sûrement. Sa façon d'aller chercher la bagarre au cœur du flux, de mettre son corps en proue, d'appuyer en frontal, comme hier, dans les zones à découvert, d'oser ces traces droites amont quand l'économie musculaire préconiserait d'abattre, de chercher l'abri, puis de lofer progressivement en attendant l'accalmie, il la tient d'une forme de fusion avec l'élément air, d'un corps-à-corps confiant. L'aident certes sa charpente trapue, un tronc en quille aérodynamique mais surtout, on l'oublie trop : des appuis excellents sur toutes les surfaces — en partie grâce à cette manie de kicker le sol à chaque pas, en partie par son centre de gravité très bas, en partie parce que, face aux rafales, il se laisse aller juste ce qu'il faut pour ne pas suranticiper les turbulences, si bien qu'il gîte peu et corrige en coulée — un signe qui ne trompe pas.

— Notre tradition veut que le perdant ait le privilège de choisir la dernière épreuve de la joute. Monseigneur Caracole, quelle épreuve choisissez-vous ?

π L'arbitre se recule au bord du disque. Le stylite, toujours assis en tailleur, baisse la tête et prie. Le disque tourne doucement sur lui-même. La nuit est maintenant presque tombée. Sous la lueur des feux clairs ventilés dans des coupoles, à même les parois du dôme, le cuivre étincelle en reflets roux. Derrière les vitres du Palais, des centaines de racleurs se sont amassés. Ils forment une foule sombre que contiennent les hallebardiers. La nouvelle a circulé qu'ils avaient débordé les gardes au pied de la tour. Ils ont emprunté le colimaçon en nombre. Ils viennent nous soutenir. Par souci d'apaisement, les palatins ont fixé des tubes d'écoute. Leur cône prend le son au-dessus de la scène et le répercute à l'extérieur par une bouche évasée. Le procédé permet aux racleurs amassés sur la plate-forme d'entendre la joute. Il les dissuade d'entrer. Pour l'instant en tout cas.

Caracole a laissé le suspense monter. Il se tient debout, majestueux dans son manteau d'arlequin. Il fait face au public en se tenant sur le pourtour du disque. La rotation le fait défiler devant l'amphithéâtre. Tout son visage sourit :

— Je choisis… stylibre !

— Quelle variante ?

— Solo sur syllabe. Par strophes, avec répliques alternées.

— En combien de manches ?

— Deux manches en syllabes choisies. Plus une troisième manche en pure cavale.

— Vous choisissez donc cette forme résolument moderne que nos sophistes appellent le *cappizzano* ?

— Précisément, maître !

— Bien. C'est un choix fort courageux. Votre Altesse, Messeigneurs Tourangeaux, Chers Racleurs qui nous honorez de votre présence nombreuse, je vous demande, pour cette dernière épreuve de la joute qui oppose nos deux champions, la plus parfaite attention ! Le retard pris par le troubadour de la Horde s'élève désormais à quatorze points. L'épreuve finale se jouera donc, sur son choix exprès, en cappizzano. Vous connaissez l'enjeu inhabituel qui pèse sur ce duel. Il ne s'agit pas du combat de deux maîtres et de deux orgueils. Il s'agit de l'honneur de la 34ᵉ Horde du Contrevent, de sa Trace et de son avenir ! Je vous demande par conséquent, auguste assistance, d'encourager notre invité pour ce dernier duel qui s'annonce, par la qualité impressionnante des deux concurrents, en tout point exceptionnel. *(Applaudissements nourris.)*

— Le choix de la première syllabe échoit au stylite. Je rappelle que cette syllabe doit apparaître aussi souvent que possible dans les strophes, selon le

principe du cappizzano, tout en pesant aussi peu que possible sur l'élégance générale. Stylite Sélème, quelle syllabe choisissez-vous ?

Le stylite regarde pour la première fois de la joute Caracole dans les yeux. Puis il articule :

— Fou !

— Fou ? La syllabe « fou » ?

— Oui.

— Soit ! La main est à Caracole…

) À peine l'arbitre avait-il fait signe que Caracole attaqua. Il ne m'avait demandé ni liste de mots, ni expressions — il me les demanda à la cinquième laisse seulement. Par son ton, par son timbre très sonore, par cette agressivité souple de félin du verbe qu'il montrait en situation de chasse, je sus qu'il allait manger du stylite. La salle ne savait pas ce qui l'attendait, ce serpent de Sélème non plus. Il commença par une stance violente dont j'eus à peine le temps de noter les mots en fou, afin d'éviter qu'il les réutilise. À l'évidence, il s'était décidé à déstabiliser le stylite blanc par des attaques *ad hominem.* Celui-ci, mis sur la défensive, prit pour tactique de modérer la tension du combat.

¿' *Caracole* :
« Oui, je rime à la foudre,
à la fougue,
sans garde-fou
Je fourbis mes lames

Et déjà tu bafouilles,
tu cafouilles
Et tu blâmes… »

] *Sélème* :
« Pour répondre à tes échauffourées
J'agite devant toi le foulard
Cette joute n'est pas un défouloir
Si tu cherches le coup fourré,
Tu te fourres le doigt dans l'œil
Je ne me laisserai pas bafouer
Si ta langue fourche, gare à l'écueil
Car mes laisses sont fouillées… »

¿' *Caracole* :
« Foutaises ! Fourbe foutraque,
Tes laisses sont rouillées,
Et ta pompe foulante
refoule du goulot
Redis donc ta bafouille,
Et prends ça de plein fouet
Mon nom est Caracouille
Je te l'enfournerai ! »

] *Sélème* :
« Ces strophes me rappellent les clafoutis
flans fourre-tout, gâteaux fouillis
propres aux jeunes foutriquets
enfourchant leur sonnet
Pour une simple foucade
et cherchant l'estocade
à califourchon
sur leur chanson »

¿' *Caracole* :
« Quoi que tu foutes,
fouille-motte,
foule-crotte,
Jean-foutre du flot

Je n'aime pas ta prose
à petites foulées
Je ne goûte pas tes poses
Ta gueule de gorfou huppé

Qui te fournit ton fourrage
Sur ta colonne foireuse,
tes fagots d'assonances
tes petits-fours en hypallage ?
Qui te les fourgue pour ta jactance
sinon ta foule dévote et douteuse ? »

] *Sélème* :
« Respecte mes fournisseurs ici
Troubadour, et ne te fourvoie pas,
Ce sont les foulques et les fourmis
Je bats ma coulpe devant toi… »

¿’ *Caracole* :
« Qui te fournisse, fouchtra !
Je sors la lame du fourreau,
Et cette flamme de ma glotte.
Remballe ton fourbi falot
Car mes mots brûlent
parpaillote !

Pape des fours, Pied fourchu
Sont mes surnoms d’alquifoux
Puisque ma fournaise d’ange déchu
Forge ces strophes d’or fou
Approche donc, bonze fourbu
Qu’au tison je te fouaille
Si tu braises dans mon bronze
Ne jouis pas, défouraille ! »

Lorsque la mailloche s’abattit sur le gong, une clameur roula du tube d’écoute et se déversa dans le dôme : c’était la bronca des racleurs galvanisés. La verve de Caracole, la longueur de ses laisses, son style : tout portait. Pour eux j’entends, point pour les jurés, dont certains avaient froncé les sourcils sous la vulgarité de certaines avanies. Le score était désormais totalisé manche par manche et il s’afficha plutôt vite sur les cylindres : Sélème 68-Caracole 56. Nous n’avions repris que deux points. Je décidai d’assumer mon rôle de conseiller :

— Méfie-toi, Carac, les jurés n’aiment pas trop les coups bas. Reste dans un registre élevé, comme pour ta dernière strophe. Joue l’ironie, soit moins trivial !

— Message reçu, l’écuyère ! Rek ! Il m’a énervé avec ses vers graisseux !

‹› Pour rien au monde, je n’aurais voulu être à sa place. Je ne sais pas comment il faisait, Caracole, comment il pouvait être aussi fort, ne pas craquer face à ce moine cruel et malsain, cette méduse ramassée sur le

sol. Rien que lui toucher le bras m'aurait dégoûtée. Je serrais la main d'Alme et celle de Steppe, pour me calmer, pour me sentir moins seule. Comme tout le monde, je crois, je trouvais ça injuste, cette joute, ces notes. Je ne voulais pas passer par le massif des Malachites, on ne méritait pas ça, aucune Horde, quoi qu'ait fait Golgoth. Sov m'épatait aussi. Il était entré livide dans le palais et, petit à petit, il avait repris du poil de la bête, il écrivait beaucoup, il tendait sa tablette à Caracole. Ils semblaient bien soudés, mignons ensemble, bien. « Ils vont gagner » me répétait Steppe, « on va gagner », « Carac est le meilleur troubadour du monde, petite source ! » Mais je n'en étais plus sûre, plus vraiment depuis une heure…

— Monseigneur Caracole, c'est à votre tour d'élire la syllabe qui rythmera la seconde manche du cappizzano. Que choisissez-vous ?

— Je choisis la syllabe « car » car je suis… Caracole !

X Ce fut au premier couplet de cette deuxième manche que je commençai à sentir possible une victoire. Après les palindromes, j'imaginais déjà notre trace dans les Malachites. Aux monovoyelles en O, je recensais l'équipement nécessaire au crivetz de haute montagne. J'avais vraiment espéré sur le stylibre et Sélème s'était révélé une nouvelle fois très solide. Puis subitement, il marqua ses premiers signes de fatigue. Il est probable que son isolement en haut d'une colonne, son ascétisme forcé, le rendait moins résistant à la pression publique. L'affrontement avait été jusqu'alors de très haut niveau et sans être spécialiste de rhétorique, j'en savais assez par ma formation d'aéromaître, pour mesurer l'intensité de la concentration qu'il leur avait fallu soutenir. Caracole, lui, tirait un profit rare de l'énergie ambiante, des rires du public, des frissons d'excitation qui parcouraient la salle, son vif s'en amplifiait. Il dégageait une fluidité charmante et graduellement moins saccadée.

] *Sélème* :
« Caracole va faire carpette
Devant mes vers escarpés
Il restera face à ma harpe
muet comme une carpe »

¿' *Caracole* :
« Tes cadences ont des carences
Ta caravelle manque d'ailes

tant pis pour toi, tu perds le tempo
Excuses pour cet écart à ton égo
Mais l'ascaris troue l'escargot, yo !

Je suis Caracole le caracal,
Sphinx lynx serval
J'ai le verbe carnassier,
Le mordant, la dent dure
Sans carie ni caresse
J'ai la vitesse et la carrure

Quarte juste,
mi bécarre
Je contrecarre
et je t'ajuste ! »

] *Sélème* :
« Carré d'as, carré de roi
Cœur, trèfle, carreau
J'abats mes cartes
Je creuse l'écart, je crois ! »

¿' *Caracole* :
« T'as rien dans la carafe
Plus de son dans le carillon
Alors tu cafouilles et tu piaffes
Caribou bèle qui veut du son !

Alors apprends, manchot,
Caracole rit du caritatif
Il va te laisser sur le carreau
d'arbalète, car il a le verbe hâtif ! »

] *Sélème* :
« Tu caricatures mon caractère
Tu provoques moult escarmouches… »

¿' *Caracole* :
« Car je rime à coups de sphincters

et j'ai plus de pets en cartouches
que toi de mots en phylactère »

— Objection ! cria le scribe du stylite de sa voix de crécelle. Mon maître n'a pas pu terminer sa laisse !

— Objection rejetée ! gueula Golgoth, si fort que le juge de signe faillit chuter de sa chaise haute.

— C'est au juge de signe de décider de la qualité de l'objection, neuvième Golgoth, si vous me permettez ce rappel, tempéra l'arbitre.

— Objection rejetée ! confirma le juge de signe. Le cappizzano, forme moderne du stylibre, autorise — notre jurisprudence l'atteste — ce type d'interruption impromptue. La main échoit au stylite.

] *Sélème* :
« Toi, tu jases et tu jactes
des phrases sans impact
Tu parles en… »

¿' *Caracole* :
« Mais où est donc Ornicar, stylite ?
Est-ce là une incartade ?
J'attendais fugues et ricercari
Et je n'entends qu'un ocarina
La mascarade désincarnée
D'un pâle briscard incarnat ! »

] *Sélème* :
« Tu parles en matelot de quart,
ton cargo carène en cale sèche.
Je suis le quartier-maître
D'une barcarolle sans vacarme.
Prends place dans ma caraque,
Ma caravane douce et calme »

¿' *Caracole* :
« Tu caresses et tu câlines
Tu caramélises les sons
Tu carambouilles et tu babilles
Sans rime aucune, ni raison

Ton escarcelle n'a pas de billes,
Stylite à tort déifié,
T'es qu'un tocard qu'écarquille
La peur panique du brancard,
un scarabée à scarifier,
Que j'écartèle *adagio*
Quartier de barbaque, hip !
Carpaccio ! »

] *Sélème* :
« Heureux qui offre aux cardinaux
des manteaux de caracul,
et des camails en carmeline
mais toi, offres-tu des carlines,
et quel est ton écu ? »

¿′ *Caracole* :
« Moi j'offre des caracos
car je suis Caracole
et mes cariatides
ont des seins et un cul ! »

) J'avais désormais empoigné mon parchemin et j'écrivais sur l'envers à l'encre noire tous les mots comportant « car » que ma mémoire avait pu cumuler, les ordonnant au mieux par assonances, et Caracole, au sommet de son art, plongeait son regard sur la feuille, alpaguait un son, un mot, une note, il refixait le stylite et la salle chauffée à blanc, gonflée à bloc, il déclamait debout, arpentant le disque, jouant chaque laisse, précipitant la rime et le rythme, doublant les cadences, au point que le public n'écoutait et ne suivait plus que sa silhouette d'arlequin joyeux, l'encourageant dans l'hallali. Le stylite, pourchassé, aligna un nouveau couplet mollasse. Le sablier était presque vide. D'un bond, je me levai pour dire à Caracole de s'approprier la totalité du temps restant, afin d'avoir le privilège du dernier mot. Il hocha la tête et voilà ce qu'il sortit :

· « Je crois, carne rare,
Carré sur ta colonne de carrare
de quatre mètres carrés,

qu'il est temps de carguer tes voiles !
Mets les bouts, ferle ta toile,
fuis en carriole, youhou !
Carapate vite ! Calte ! Décolle ! »

Le public commença à applaudir car le gong d'avertissement retentissait mais Caracole, loin de s'arrêter, n'en tint aucun compte pour libérer cette laisse torrentielle :

« Ta carapace à trois carats vaut pas un caramel,
je suis Carac du flot le carrousel naval,
le carnaval à rimes et à rondel,
l'aéromaître du mètre et du vers bancal,
qui t'emporte au carrefour,
puisqu'il te carambole
au seul point cardinal
où ta carrière s'éteint, pfff,
où ta carcasse s'étale
lâche ton cartable, carmélite,
ton carrelage
se délite…
Carpe diem
et détale ! »

π Le sablier cessa de couler. L'arbitre s'apprêta à reprendre la parole. Mais notre troubadour, d'un geste impérieux, l'arrêta. Il imposa à la salle un bref silence. Puis il énonça, avec une diction sobre, très claire, cette ultime tirade :

« C'est le carnet du carnage
écarlate et carmin
La rupture du cartilage
Escarres du cœur
tête au carré
Je te tranche la carotide
D'un seul mot :
Couic ! »

) Je ne prétends pas être objectif sur ce que j'écris ici-même. Après tout, j'ai toujours adoré Caracole, il a toujours été un ami infiniment précieux

pour moi, une flaque de couleur éclaboussant toute chose, je l'ai toujours, et chaque jour un peu plus, admiré pour l'extraordinaire rigueur de sa désinvolture créatrice, mais là, pour moi, il avait été tout bonnement prodigieux ! L'ovation qui suivit ses dernières laisses était sans doute sans équivalent dans l'histoire du palais de la Neuvième Forme. Les jurés ne pouvaient y rester insensibles — et pourtant ! Ils nous pénalisèrent en refusant de tenir compte des strophes énoncées après le coup de gong final, soit plus d'une dizaine de vers ! Erg retint Golgoth qui s'était levé pour aller mettre aux jurés une « tête au carré » et Pietro s'efforça de nous refroidir le sang :

— C'est la règle les gars, il y a un temps imparti ! Tu as déjà pu couper deux laisses au stylite et tu lui as repris sept points ! Nous sommes à 76-71. Continue sur ta lancée, il est épuisé. Il faut absolument que nous gagnions en respectant les règles pour ne pas donner à l'Exarque le moindre prétexte. Vous me comprenez ?

— Oui, Pietro, mais avoue que cette joute est truquée !

— Le principe même qu'il y ait une joute est truqué. Tu le sais, Sov !

π Les hallebardiers firent évacuer les racleurs qui avaient envahi la salle. Le public s'était rassis. La dernière manche commence. Elle est « en cavale », c'est-à-dire sans autre contrainte que la liberté de plaire. Après l'exaltation de la deuxième manche, la tension mécaniquement retombe. Caracole reste tranchant. Il s'émousse un peu sur certains couplets. Le stylite fait moins mauvaise figure avec des vers préparés qu'il récite. Dans l'ensemble, notre troubadour domine de la tête et des épaules. Moins académiques, ses laisses sont aussi plus variées et elles frappent, pleines du chaos des voyelles. À mes côtés, Golgoth sent comme moi la victoire possible. La gorge usée, il couvre de sa voix le stylite dès qu'il prend la parole. Mais pour Caracole, il assure une bordée d'applaudissements continus qui forme une cadence sur laquelle s'appuie notre troubadour. Je jette encore un regard au sablier. Il reste peut-être trente secondes. Caracole prend à nouveau la main. Il sait qu'il doit tenir jusqu'au bout, jouer long, ne pas rendre la balle au stylite, lui voler proprement son tour. Et il le fait ! La salle frémit, se recueille puis explose :

« Charabia, baragouin
Palabre et baratin
Chichi, flafla
Blabla, esbroufe

Que de sons tu étouffes
sous ta prose de palatin !

Tu soliloques tes litanies
Tes homélies en stock
Tu grandiloques, mon chéri
Mais je prends ton tour — et roque !

Car Carac a la faconde
Le flot le flux l'onde
La verve virtuose
Qui tue, qui flue, qui ose !

Le moine est ramollo
Flagada, flapi, à plat
Il caquette et jacasse

Il jase en trémolo
ses mots d'Hordre
contre mes mots de passe
En un mot comme en sang :
Qui ne dit mot consent !
À mots ouverts, je passe »

‹› À côté de moi, Coriolis est en larmes, elle sanglote d'émotion, elle enlace Larco, ravagée par la tension. La salle se secoue comme un chiot mouillé, les gens se lèvent pour acclamer ou alors ils s'ébrouent, sifflent et se rassoient. Les yeux de Coriolis sont d'un bleu magnifique, le sang afflue dans ses lèvres, Larco l'embrasse, elle se laisse faire, elle profite. Je regarde Steppe qui s'est levé à son tour et surveille ce qui se passe derrière nous.

— Je vous demande encore un peu de patience. Notre scorie va afficher le résultat de la joute…

Sous le nom de Sélème, sculpté en grosses lettres de bois, tournent deux cylindres. Le premier se bloque sur le chiffre 8. Le second cliquète, tournique et s'arrête sur le 5 : « 85 » ! Toute notre horde se tient côte à côte, bras dessus dessous. Chacun retient son souffle, j'ai l'impression que je vais m'évanouir. Sur la scène, Caracole et Sov sont main dans la main face au portique d'affichage. C'est à nous : le premier cylindre enclenche un 8, le second est sur le 1. Il tourne… Il monte à 2, puis à 3, puis passe à 4, puis à 5,

les racleurs hurlent à l'extérieur du palais, la salle ruisselle de chuchotements, la chaleur me monte aux joues. On attend tous le 6. Le 6 ! Mais le scorie décroche sa manivelle du portique et la pose, tout gêné, sur le sol. Le maître de cérémonie monte alors sur la scène, je n'y comprends rien :

— Votre Altesse, Messeigneurs et Amis, il sera dit que cette joute ne ressemblera à aucune autre. Nos jurés, en leur âme et conscience, en respectant scrupuleusement le barème de notation éprouvé qui est le leur, aboutissent à ce résultat peu commun : l'égalité parfaite entre nos deux champions ! Ce cas, qui est prévu dans nos règlements, ne peut se résoudre que par une épreuve de départage.

— Oooohhhh !

— Celle-ci, je m'en excuse par avance auprès de la Horde, est laissée au choix du perdant de la troisième épreuve. Le privilège est donc accordé à Sélème de choisir la nature du duel final par lequel il souhaite affronter son adversaire. Souhaitez-vous, auguste stylite, vous retirer quelques instants pour délibérer avec votre scribe ?

— Ce ne sera pas nécessaire, maître. Mon choix est fait. Je choisis *l'escalettre.*

— Monseigneur Caracole souhaite-t-il pour sa part se retirer avec son scribe ?

— Oui, je le souhaite, maître, si cela s'avère possible.

— Bien entendu. Un palatin va vous accompagner.

) Un palatin nous fait pénétrer dans une petite tour étroite qui se trouve derrière le gradin opposé à l'entrée et qui sert en fait de pilier au dôme. Nous grimpons un colimaçon et le palatin nous laisse dans une petite salle circulaire, vitrée d'un miroir sans tain. À travers ce miroir, nous pouvons observer à la fois les gradins où le public s'agite et, au-delà, derrière les parois du palais, la foule des racleurs sur la plate-forme.

— Escalettre, c'est boule de neige, c'est ça ? Une phrase qui commence par un mot d'une lettre, puis continue avec un mot de deux lettres, puis de trois, de quatre, ainsi de suite, celui qui gagne est celui qui va le plus loin ?

— Oui, Sov.

— Pourquoi il a choisi ça ?

— Parce que c'est facile et qu'il est épuisé.

— Tu crois que tu vas t'en sortir ?

Caracole a posé son front contre le miroir de la salle. Il ferme les yeux de longues secondes sans répondre. Il grimace d'une façon douloureuse, il souffle.

— Ça ne va pas bien, Carac, tu es crevé ?

— Écoute-moi bien Sov… Je vais perdre cette joute…

Je prends sa phrase comme un pain de glace. À vrai dire, elle a été prononcée avec un ton ambigu qui me pousse à lui demander :

— Tu vas la perdre ou tu veux la perdre ?

— Je vais la perdre.

L'équivoque n'est pas levée. Je reste bloqué, incapable de comprendre.

— Je vais monter un escalettre de dix-neuf. Mais il fera vingt.

— Comment tu le sais, *barnak* ? !

— Ça n'a pas d'importance, écoute-moi ! Tu vois ce type habillé de velours vert à deux rangs derrière l'Exarque ?

— Avec le bicorne noir ?

— Oui. Son nom est Maskhar Lek.

— Et alors ?

— Alors il est venu pour me tuer. À dix-huit mots, le public va croire que Sélème a gagné. Je vais alors monter à dix-neuf, saluer l'assistance, féliciter Sélème et me retirer en annonçant ma défaite. Tu me suis Sov ? Ensuite, je vais sortir rapidement du palais, escorté par quatre palatins. Maskhar Lek va alors se lever. Il fera le tour du gradin par la gauche, il va descendre l'escalier central en saluant du bicorne, par deux fois, l'Exarque. Ensuite, il va passer au pied de la scène et se frayer un passage jusqu'à la sortie. Tu dois l'arrêter à ce moment-là.

— Comment ?

— Comme tu peux. Stoppe-le ! C'est une question de vie ou de mort.

— Carac, tu es sérieux ?

— Erg ne connaît pas cet homme. Il ne pourra pas anticiper ce qu'il prépare. Toi seul es au courant, toi seul peux l'arrêter : il ne se méfiera pas d'un scribe.

— Mais qui est ce type, par les Vents Vieux ? Qui l'envoie ? Et pourquoi veut-il te tuer ?

— C'est une longue histoire, Sov. Dans la Poursuite, on ne pardonne pas aux traîtres. Il sait qui je suis devenu. Il a des ordres.

— C'est un maître tueur ?

— Non, pas au sens où Silène en était un. Il est empoisonneur. Il opère de préférence dans les réceptions à la cour, les banquets en l'honneur des vainqueurs… Tu saisis mon problème ?

— Non, je ne saisis pas.

XIII.
La tour d'Ær

¿' *Caracole* : « Ô ! »
] *Sélème* : « J'ai ! »
¿' *Caracole* : « J'ai dit ! »
] *Sélème* : « J'ai ouï-dire ! »
¿' *Caracole* : « J'ai cru voir alors ! »
] *Sélème* : « À la fin, vous serez vaincu ! »
¿' *Caracole* : « J'ai cru voir aussi quatre scribes ! »
] *Sélème* : « À la fin, vous serez encore perdant, Caracole ! »
¿' *Caracole* : « J'ai cru voir, singe Sélème, quelque quarante victoires ! »
] *Sélème* : « À la fin, vous serez certes perdant, joliment toutefois, troubadour ! »

) Nous en sommes à dix mots, le premier d'une lettre, le second de deux, et ainsi de suite jusqu'au dernier de dix, dans une gradation subtile et éprouvante mais pour l'instant impeccable. Caracole a suivi sa piste « J'ai cru voir », la remodelant au gré de ses besoins. Le plus dur reste à venir et je fais des listes laborieuses d'adverbes, de noms et d'adjectifs de quatorze, quinze, seize lettres en prévision de la suite. Nous avons une minute à chaque tour pour annoncer notre phrase, ce qui suffit au début mais va s'avérer drastiquement peu ensuite, je le devine.

Je n'arrive pas à croire ni à intégrer ce que m'a dit Caracole. Je le sais capable de plaisanteries incongrues, même et surtout dans des situations aussi périlleuses que ce soir. Il l'avait prouvé pour la tour Fontaine par exemple ou pour le furvent ou la loutre, ou… Comment peut-il *sciemment* nous faire perdre ? Et en quoi le fait de perdre pourrait-il le sauver de cet… empoisonneur que j'observe à la dérobée dès que j'en ai le temps ? Caracole a les moyens intellectuels de battre Sélème, j'en suis archi-sûr : qu'il aille au bout, qu'il nous sauve la mise !

« J'
ai
cru
voir
buter
Sélème,
Stylite
invaincu
autrefois…
Nonobstant
compatissez
Messeigneurs
compréhensifs !
Surenchérissez
chaleureusement !
Réapprovisionnez
occasionnellement…
Institutionnalisez…
irrévérencieusement ! »

— Juge de signe, validez-vous l'escalettre ?
— Affirmatif !
— L'escalettre vient d'atteindre dix-neuf marches, Messeigneurs ! Le record des joutes d'Alticcio est désormais battu ! Caracole a donc surenchéri, et de quelle façon, sur le dix-huit mots de Sélème le Stylite ! Qu'on retourne le sablier ! Sélème, vous avez une minute pour tenter de battre ce record ou pour vous avouer vaincu !

π Caracole se lève de son trône. Il demande la parole au maître de cérémonie, qui lui accorde. Quelle clownerie va-t-il encore nous faire, que diable ! En paradant ainsi, il donne du temps supplémentaire au stylite ! C'est stupide !
— Votre Altesse sérénissime, Chers Ducs et Comtes d'Alticcio, Chers Princes autrement altiers que vous êtes, mes Amis racleurs, permettez-moi de me retirer de cette joute séance tenante.
Un silence ahuri douche la salle.
— L'escalettre que je viens d'énoncer devant vous est insuffisant pour battre votre remarquable champion. Il faut savoir, avec panache et reconnaissance pour la grandeur d'une joute à laquelle j'ai pu contribuer, accepter

de s'incliner quand l'esprit de chevalerie l'impose. Que Sélème le stylite, dont vous allez entendre l'escalettre final à vingt marches, soit salué comme il se doit pour sa compétence intellectuelle et pour sa résistance unique. Je vous demande une escorte de quatre palatins pour me raccompagner jusqu'à mon vélivélo et vous réitère en partant, splendide public, ma gratitude immense pour votre enthousiasme et pour votre chaleur !

Il y a un silence de consternation absolument atroce à vivre. Je ne sais plus où me mettre. Golgoth lui-même est cloué par l'ébahissement. Caracole quitte la scène aussitôt. Il se dirige vers la sortie. Quatre palatins décontenancés réagissent et l'escortent. Je n'y comprends rien.

) L'homme que Caracole m'a désigné sous le nom de Maskhar Lek se lève alors et sort de sa travée. Il fait le tour par la gauche, il descend l'escalier central, s'arrête à hauteur de l'Exarque et le salue en soulevant son bicorne par deux fois… Un frisson de déjà-vu me dresse les poils des avant-bras — tout correspond si exactement à la prévision ! L'homme passe devant moi au pied de la scène… Une volée assourdissante d'applaudissement grandit dans le palais de la Neuvième Forme, le public entier est debout et acclame Caracole, des bravos innombrables fusent, des cris de colère, des sifflements agressifs qui le conspuent aussi… À quelques mètres devant moi, l'homme au bicorne noir se fraye un passage parmi des racleurs agglutinés au pied de la scène et il se dirige vers la sortie… « Tu dois l'arrêter à ce moment-là. » J'ai sauté de l'estrade, je fends la foule, quelques racleurs me reconnaissent et s'écartent, ils croient que je vais rejoindre Caracole, je bouscule des épaules et des hanches, l'homme est devant moi à quatre mètres, je reviens à deux puis à un mètre, me place derrière lui… « Tu dois l'arrêter. »

— Maskhar ?

— Oui ?

Il se retourne, étonné. Un coup de coude dans le plexus. Maskhar Lek s'effondre, hoquetant. J'appelle Erg à la rescousse, il arrive aussitôt, relève le type, il le fouille rapidement, sort de son pourpoint une sarbacane, une fiole, une dague, il ouvre et renifle la fiole, la referme :

— Poison. Strychnine. Qui est ce type, Sov ?

— Un assassin.

— Je vois bien ! Qui t'a informé ?

— Personne.

— Déconne pas avec moi Sov !

Ω Il a eu juste ce gros bol, le troubard, de prendre la galope sur son bicloune à aile sinon je lui faisais toucher son trou de balle avec son groin et je le balançais de la tour ! Me faire ça en plein baroud, devant deux mille gonzes, me planter devant l'Exarque, nous broyer l'orgueil en poudre, sans même combattre, plier le match et se casser ! Franco, ça m'a clouté le tronc sur le fauteuil un quart d'heure tassé. J'ai eu le temps d'entendre le chétif aligner ses vingt machins, le Xarque aller lui taper l'épaule et toute la noblaille lui laper le suaire avant de sortir en grande pompe !

L'a fallu cette bagarre, l'a fallu que Steppe vienne me tirer la manche parce qu'au pied d'un gradin, un mastard avec une crête noire se coltine une dizaine de gardes et que ça tombe dru sur le parquet. Je m'approche. Erg a séché un type genre tout-vert qu'a, faut croire, deux-trois entrées chez le Xarque parce qu'en le voyant rétamé, tout ce qui porte une arme et une paire de couilles s'est jeté sur lui. Erg choppe illico une hallebarde et un grand cercle se fait... Deux malins avec une arbalète rappliquent du fond et le foutent en joue. Pas longtemps, notez bien. Erg monte en chandelle en bout de perche. Le premier mec a pas le temps d'aligner, il s'effondre, raide. L'autre lâche son carreau mais Ergo est déjà redescendu. On entend un méchant bruit d'os. Puis un mec qui braille : il a les deux guibolles brisées qui lui sortent par les genoux. Erg a récupéré les deux arbalètes, il les réarme, une dans chaque pogne, et il trace vers la sortie.

— Derrière moi, la Horde ! Les racleurs avec nous !

) Il y a encore plusieurs centaines de personnes dans le palais, pour l'essentiel des racleurs, car la noblesse tourangelle est sortie dans la liesse à la suite de l'Exarque triomphant. L'alerte a été donnée au cor, dès le déclenchement de la bagarre, si bien qu'une escouade de gens d'armes barre la sortie du palais.

— Ne tire pas ! demande Pietro à Erg.

— Aligne ! lui jette Golgoth.

Erg vise le gras des cuisses et touche six fois, les gens d'armes reculent sur la plate-forme et s'abritent derrière le fuselage d'une barcarolle. On entend un roulement sourd et la double porte en verre épaissi se referme devant nous... Nous sommes verrouillés dans le palais ! À l'extérieur, des escadres d'ailiers, à peine visibles dans le noir, se positionnent en suspension au-dessus de la plate-forme. Des flammes intermittentes, léchant l'obscurité du ciel, signalent l'arrivée de ballairs : des renforts ou des curieux ? Un éolicoptère à triple hélice frôle le dôme de verre et dépose des acrobates sur la paroi glissante de la goutte, ils utilisent des ventouses et s'approchent

des volets d'aération percés à même la coque, à vingt mètres au-dessus de nous. Erg ne pourra pas affronter tout cela à la fois… Une voix retentit de la scène, par le tube d'écoute, elle s'exprime, dit-elle, au nom de l'Exarque : elle nous demande de livrer Erg, elle annonce qu'il n'y aura pas de sanction pour les racleurs.

— Mensonges ! Ces fumiers vont nous bastonner !

— Ne les écoutez pas ! L'Exarque n'a pas de parole ! Ils vont vous embastiller !

π Erg analyse la situation. Il appelle Firost et Léarch, Golgoth et moi.

— Je vais accéder au toit du dôme.

— Comment ?

— Par l'axe d'acier. Là-haut, j'aurais assez de vent pour déplier mon aile et virer les acrobates, en bonds frappés. Ensuite, je m'occupe de l'éolicoptère et des ailiers. Vous ne bougez pas d'ici. Vous vous cachez discrètement dans le palais.

Il s'adresse maintenant aux racleurs :

— Les racleurs ! Écoutez-moi ! Je suis Erg Machaon, combattant-protecteur de la Horde. Dès que vous verrez un ballair en flammes s'écraser sur la plate-forme, vous enfoncez la porte avec le portique en acier derrière vous et vous vous séparez en trois groupes ! Le premier file sur l'escalier et descend à toute volée le colimaçon jusqu'au Fleuvent ! Le deuxième attaque les gens d'armes ! Protégez-vous en mettant les fauteuils en bouclier devant vous. Avancez groupés ! Vous êtes en supériorité et ils n'auront pas le temps de s'organiser. Le troisième groupe s'empare de tous les véhicules stationnés et décolle ! Je vous couvrirai à l'arbaméca et à l'hélice. On se retrouve tous en bas à la Carapace. Vous m'avez compris ?

— Compris Machaon ! Fais gaffe à toi !

) Impressionnés par la stature d'Erg, par la façon dont il vient d'éliminer devant eux une vingtaine d'adversaires, les racleurs ont été convaincus par sa tactique simple et ils se préparent. Erg fait ce qu'il dit : on le voit grimper à l'équerre, à la force des bras, la mince tige d'acier qui servait à faire tourner le disque de la scène puis disparaître sous la coupole. Des feux faiblissants qui éclairaient encore la voûte, un habitué des lieux a coupé la ventilation, de sorte qu'Erg devienne invisible des acrobates répartis sur les parois du dôme.

π Il trouva vite une ouverture pour sortir. Je le déduisis au choc des corps noirs sur le sol. Un à un, ils décramponnèrent. Une minute plus

tard, l'éolicoptère percutait un ballair. Les pales coupèrent les attaches de la nacelle. Elles tranchèrent le ballon de toile. L'engin prit aussitôt feu. Des escarbilles rougeoyèrent dans la nuit. Puis l'ensemble s'écroula sur la plate-forme. C'était le signal ! D'un bloc, la foule enfonça au bélier la double porte de verre. Elle se rua dehors en s'abritant derrière des fauteuils brandis. Quant à nous, nous reculâmes avec discrétion dans l'obscurité du palais. Je suivis Sov jusqu'à une salle au miroir sans tain. Oroshi, Alme, Aoi et Callirhoé étaient avec nous.

) En infériorité numérique face aux racleurs, effrayés par la réputation d'Erg, dont la victoire spectaculaire dans la course aérienne autour d'Alticcio, lors du premier défi, avait laissé une marque fraîche, les gens d'armes tourangeaux cédèrent assez vite du terrain. Ils se replièrent sur les passerelles — les plus courageux tentant quelques jets de boomerang — la plupart sans conviction. Selon Pietro, ce faible zèle s'expliquait par l'absence des chefs : la hiérarchie était partie parader dans la réception de l'Exarque, les laissant gérer les échauffourées.

Je me demandais où était maintenant Caracole, et s'il n'était pas en danger malgré tout. La joute me revenait par bribes, ses laisses résonnaient encore quelque part dans ce palais à présent plongé dans l'ombre. Une pellicule d'eau glissait continûment sur la coque du dôme. Alimentée par un réservoir de pluie, l'eau, m'avait-il expliqué, était tantôt chauffée, tantôt ventilée et refroidie, afin d'obtenir dans les salles du palais une température idéale. En ruisselant, elle nettoyait la poussière et les saletés que le vent accumule et donnait en plein jour un lustre précieux au bâtiment. De nuit, pris à l'intérieur, une sensation d'immersion dominait. Dehors, une nappe d'huile répandue par le crash du ballair rissolait dans les flammes. Des cris résiduels nous parvenaient très assourdis.

Lorsque Erg vint nous chercher, la piste devant le palais de la Neuvième Forme était jonchée de carcasses brisées, de bouts de carlingues, de morceaux de toile et de blessés. Il avait arraisonné un ballair de vingt places dans lequel il nous fit monter à la hâte. Nous décollâmes aussitôt.

De la nacelle en osier craquant, Alticcio paraissait insensible au vacarme de cette soirée. Des voix montaient du carré de certaines terrasses, des taches de lanternes flamboyaient, çà et là, à travers les meneaux des hautes tours, mais pour le reste, on n'entendait que le froissement des fanons, le cliquetis menu des girouettes et le souffle léger du vent glissant sur l'ovale du ballon. Erg pilotait : il contourna la cathédrale monotour du Flottant et dépassa lentement un pharéole en ruine dont on vit étinceler les longues

trompes de cuivre, puis il couvrit la flamme pour amorcer la descente. Nous passâmes au-dessus de la bouche d'une tour thermique encore allumée et nous plongeâmes doucement vers la basse-ville aux tours serrées et aux toits étagés en gradins. Quelques vélivélos y atterrissaient, des barcarolles tanguaient, arrimées à l'aplomb d'un beffroi. Sous la barre des quarante mètres d'altitude, le vent latéral se fit à nouveau sentir : nous approchions du Fleuvent.

— Ça va Erg, tu contrôles ?

— La portance est inégale dans la basse-ville, il y a des trous d'air ! Dès qu'on survole un réflecteur, ça secoue forcément.

— C'est beaucoup plus dense aussi, non ?

— Ici, c'est le quartier des commerçants et des artisans, coupe Talweg. Ni tout à fait noble, ni tout à fait pauvre. Ils ont des tours basses de dix, vingt, trente mètres maximum avec des terrasses qu'ils louent pour les racleurs qui ont les moyens d'y installer une cabane. Certains louent même des crochets pour arrimer des ballons captifs. Tu trouves des racleurs qui préfèrent habiter dans une nacelle perchée que dans le lit du fleuve. En altitude, ils subissent moins le vent.

— Et ils voient un peu plus le soleil ! Comment font-ils, ceux qui sassent à l'ombre des tours toute la journée ? s'indigne Coriolis.

J'eus envie de lui répondre sur le fond :

— Ils regardent les palais perchés là-haut et ils rêvent d'un vélivélo, voilà comment ils font ! Un seul racleur qui réussit suffit à faire croire aux autres qu'ils ont tous leur chance. L'exploitation inepte qu'ils subissent tient parce qu'ils envient ceux qui les exploitent. Les voir flotter là-haut ne les révolte pas : ça les fait rêver ! Et le pire est qu'on leur fait croire que seul l'effort et le mérite les feront dépasser cinquante mètres d'altitude ! Alors ils filtrent, et ils tamisent, et ils raclent le lit du fleuve jusqu'à atteindre ce sentiment de *mériter*… Mais quand ils l'atteignent, ils comprennent que personne, nulle part, ne peut juger de leur effort, qu'aucun acheteur ne reconnaît la valeur de ce qu'ils font. Qu'il n'y a pas de juge suprême des mérites, juste des marchands qui paient une matière première et qui la revendent quatre-vingt mètres plus haut le double de ce qu'ils l'ont payée. Ici, on les appelle les « monteurs d'escaliers ». Alors le racleur prend la rage. Sauf que la rage, quand elle ne peut exploser, ou transformer ce qui la cause, finit par imploser ! Elle se retourne en rancœur, elle s'introjecte en haine de soi et des autres, en cynisme triste, elle se distille en mesquineries fielleuses, elle se déverse par saccades sur les plus proches : la femme, les amis, les gosses…

— C'est vrai qu'on sent chez eux deux tendances : il y a ceux qui ont fait de leur rage, comme tu dis, un combat contre les Tourangeaux, qui militent dans la Hanse, qui cherchent à changer cette ville, à affronter ceux qui les méprisent. Et il y a ceux que leur rage a bouffés de l'intérieur, qui n'ont pas su, ou pas voulu la rendre active, la faire mordre dans le réel, observe Steppe.

— On va atteindre le fleuve ! Je ne garantis pas l'atterrissage ! La dérive est forte !

¬ Vraiment, j'aime la Carapace. Je l'ai aimé tout de suite. Un monobloc d'arkose comme ça, brun rouille, plus dur qu'une tête de Golgoth, en plein Fleuvent, ça impose déjà le respect. Vu d'une tour, ça fait penser à un fossile de tortue fouisseuse. De près, la masse oblongue qui affleure à la surface a quelque chose d'immémorial. Sablé, abrasé, poncé, le bloc s'est oxydé du gris clair au rouge, mais il a tenu. Il est la seule chose qui ait tenu dans cette ravine.

Un racleur nous a ouvert une trappe recouverte de sable, à l'aval du monolithe et fait descendre une échelle de bois. Puis il a ouvert une seconde trappe, gardée celle-là. Il nous a baladés dans un foutoir de galeries, la moitié sans *éclairage*, certaines écroulées. Puis on a débouché sous le bloc, dans la Carapace, exactement comme la première fois.

En y retournant, je me suis dit : Talweg, tu es ici chez toi ! J'adore ce lieu, j'adore les gens qui s'y mêlent, qui y boivent, qui y braillent. Tout dedans y est de roc brut : le sol et les murs, le plafond, les tables et les bancs. Et jusqu'aux manches des couteaux, jusqu'aux brocs lourdissimes remplis à ras bord de leur bière d'orge germé dans laquelle ils pourraient rajouter du houblon — mais paraît qu'ils n'en tombent pas dans les tamis.

La Carapace est en même temps l'auberge des racleurs et la place du village. Elle est à la croisée de la plupart des galeries qui ont été percées sous le lit du Fleuvent. Pour aller dormir, pour sortir en surface, pour prendre ou reposer tes pioches et tes tamis, tu es quasiment obligé de passer par la Carapace. C'est le pôle d'échange, le carrefour, le lieu où ça brasse. C'est là qu'ont lieu les fêtes, là que la Hanse rameute ses troupes, là qu'on apprend et qu'on colporte les rumeurs. L'endroit fait près de cent mètres de long sur trente de large avec un plafond qui ne dépasse guère les quatre mètres, au plus haut. Une vingtaine de galeries traversent les murs. Elles apportent de l'air car on a vite chaud.

L'ambiance ce soir est plus forte encore qu'après l'exploit de Golgoth, qui avait été tant suivi. C'est une ambiance d'après bagarre : ça gueule, ça

raconte, ça rigole, « hé t'as vu comment... », « alors j'lai pris et... », « quand j'ai vu l'autre arriver... » Ils sont fiers, ils sont foutrement heureux d'avoir mis une pâtée aux Tourangeaux, de s'en être sortis sans trop de blessures ni de blessés, d'avoir évité les rafles. Ils savent ce qu'ils doivent à Erg et Erg ne peut pas avaler une gorgée de bière sans qu'on le remercie d'une bourrade, qu'on l'interpelle, qu'on lui demande pour l'énième fois comment il a fait pour les acrobates, pour l'éolicoptère, pour éviter les tirs d'arbalète. Alors il se lève, il prend le type qui l'alpague, il le balaie d'un fouetté du pied, il le passe par-dessus son épaule et il le repose intact. Il montre et remontre au ralenti : les bottes, les parades, les variantes, les coups secrets. Les racleurs adorent ça. Et puis surtout, on lui demande de raconter ses combats. Le plus dur, le plus rapide, le plus dangereux... Alors il raconte Silène, il raconte le Corroyeur, il cite Te Jerkka à chaque instant, il explique ce qu'est un maître foudre, ce qu'aurait fait un maître foudre à sa place, pourquoi il reste humble.

Comme les autres hordiers, je suis invité à toutes les tables : on me reconnaît facilement à ma barbe, à ma carrure, au marteau qui barre mon dos. Les demandes sont si pressantes qu'il est difficile de se parler entre nous, de se retrouver. On ne peut pas leur en vouloir. Un tel courant d'amitié passe d'eux à nous, ils dégagent un tel enthousiasme, une chaleur si sincère. Pour eux, nous sommes faits de la même roche, nous faisons le même métier, ils nous voient simplement comme l'élite du contre, des sortes d'athlètes admirables, des modèles qu'ils n'atteindront jamais. « En voyant Golgoth, m'a dit un vieux racleur, j'ai compris que je n'avais jamais su contrer. » Il y a pourtant parmi eux de la graine de crocs. Certains sont venus me demander comment on entre dans la Horde. Golgoth a repéré quelques recrues.

— Vous n'obtiendrez jamais cette grâce, sauf votre respect, Prince ! L'Exarque ne voudra jamais donner l'impression de céder devant votre Golgoth !

— Il ne peut tout de même pas bloquer une Horde dans Alticcio sans l'aval du Conseil de l'Hordre ! Et on peut espérer que le Conseil nous défendra, non ? Nous sommes *sa* Horde que je sache ! Ils nous ont formés pour aller au bout (s'offusque le fauconnier) !

— L'Exarque est nommé par l'Hordre mais dans les faits, il rend peu de comptes ! Il peut faire ce qu'il veut dans la cité. Il abuse largement de ses prérogatives.

— On peut aussi imaginer pire (approfondit Pietro) : que l'Exarque agisse sur mission du Conseil de l'Hordre — ou tout au moins, soyons optimistes, d'une phalange discrète et minoritaire agissant à l'intérieur du

Conseil. Et qu'il a reçu pour mission, précisément, de nous bloquer dans Alticcio…

— Pourquoi l'Hordre ferait-il ça (insiste le fauconnier, mal à l'aise) ? Ce serait contraire à ses objectifs ! Sa raison d'être est de former des hordes aptes à atteindre l'Extrême-Amont — et évidemment de les soutenir !

— On ne va pas ouvrir ce débat, Darbon (modère Pietro), il nous mènerait trop loin. La question qui se pose est simple : a-t-on la moindre chance d'obtenir un accès à la porte d'Urle ? Et s'il s'avère que non, comme vous le supposez, que fait-on ?

π Le chef de la Hanse des racleurs se lève. Il demande à ses principaux colistiers de le suivre. Il s'excuse auprès de nous et va s'isoler dans un coin de la Carapace. Caracole est toujours introuvable. Sov nous a expliqué les raisons de son retrait précipité et de sa défaite consentie. L'argument me paraît plutôt extravagant. Il n'est pas impossible par contre que Caracole ait subi des pressions. Il connaît du monde dans Alticcio. Il y a ses repères et son réseau, constitué dans sa période fréole. Le vieux soupçon de traîtrise qui était récurrent lors de sa première année dans la horde est réapparu dans la bouche de Golgoth. Depuis quatre ans, plus personne ne doutait de lui. Mais le propre du grand traître est de savoir se faire oublier. Sov est trop proche de lui pour accepter ne serait-ce qu'une discussion à ce sujet. Il ne tolérerait pas que je lève le moindre soupçon. Je ne pourrais en parler qu'avec Oroshi.

Je n'aime pas à l'excès que les membres de la Hanse fassent des conciliabules. Ça y est : ils reviennent à la table. Ils ont quelque chose à nous annoncer.

— Voilà, je m'excuse de cet aparté mais je souhaitais avoir l'accord de mes hommes avant de vous faire une proposition qui nous engage tous.

— Allez-y…

— Voilà, nous sommes révoltés par la décision de l'Exarque. L'idée qu'on puisse vous empêcher de continuer vers l'amont, au moins de tenter votre chance dans le défilé, n'est pas tolérable. Alors nous avons imaginé une solution. L'écluse d'Urle est sous le contrôle des Tourangeaux. Mais ce sont nous, les racleurs, qui l'entretenons et qui la manipulons. De nuit, nous pensons qu'il est possible, en neutralisant la garde, de vous déposer en amont de l'écluse. Vous aurez ensuite six cents mètres à parcourir pour vous mettre hors de portée de tout poursuivant : personne ne vous suivra dans le défilé.

— L'entrée du défilé n'est qu'à six cents mètres en amont de l'écluse ?

— « Qu'à » six cents mètres ? Sachez que ces six cents mètres-là sont sans doute les plus difficiles à contrer de toute la passe d'Urle ! Il n'y a ni obstacle ni abri, pas de contrevent : vous êtes au débouché du cône aval. Le plat total ! Si l'écluse a été construite ici, c'est précisément parce que la vitesse linéaire du vent y est maximale. Vous savez sans doute que l'écluse est percée de douze tuyaux, six sur chaque battant et que ces tubes recueillent le vent et l'amènent par conduite forcée sur les batteries d'éoliennes et sur les moulins des Tourangeaux. Eh bien, en période de crue, l'écluse plie au centre, malgré les ouvertures ! Si bien qu'on est obligé de déjointer les raccords, de déplacer les tuyaux et d'ouvrir l'écluse. Ça vous donne une idée de la puissance d'écoulement !

— Question bête : nous sommes en période de crue ?

— Non, ça commence juste. Mais dans une semaine, ce ne sera même plus la peine d'y penser ! Nos primo-racleurs, ceux qui bossent le plus en amont, à cinq cents mètres sous l'écluse vont s'arrêter d'airpailler pendant un mois et demi. Ce sont des morceaux pourtant. Mais le courant est trop fort.

— Donc il faudrait se décider très vite (déduit Pietro).

— C'est tout décidé les poètes ! On passe l'écluse cette nuit !

) Golgoth avait ce défaut — ou cette qualité — d'avoir les oreilles fouineuses. Il s'était discrètement approché de notre table, faisant mine de discuter avec un groupe de possibles crocs mais il avait en filigrane suivi notre discussion. Oroshi venait aussi de se joindre à nous, avec Steppe et Aoi. Avec Talweg, Pietro, les deux oiseliers et moi, nous nous retrouvions à neuf de la horde autour de la table de granit rouge. Pour l'éclairage, le tavernier versa une flasque d'huile dans le trou creusé au centre, et l'enflamma. Progressivement, un cercle se densifia autour de nous, sous l'effet de la curiosité. Le chef des racleurs avisa les têtes, fit évacuer avec énergie les gêneurs ou mouchards potentiels, et la discussion se poursuivit.

— Ce serait idéal pour l'effet de surprise. Mais ça me paraît précipité, non ? Où sont stockés vos traîneaux ? Vous vous sentez vraiment d'attaque pour partir cette nuit ?

— Yak !

— Non, nous ne sommes pas prêts (tranche avec calme Oroshi). Pour au moins deux raisons : Caracole n'est pas avec nous et je ne quitterai pas Alticcio sans avoir consulté les manuscrits du pharéole d'Ær.

— Qu'est-ce qu'on en a à foutre ? Caracole nous a trahis et t'as assez lu de bouquins !

— Tu te trompes, Golgoth. Il y a dans le pharéole les cartes les plus fouillées que tu puisses trouver sur l'Extrême-Amont. Des informations secrètes, très rares, introuvables ailleurs. Des récits de pionniers. Des carnets d'aéromaîtres. Les ignorer serait absurde. Le défilé d'Urle a fait l'objet d'analyses aérologiques poussées. Norska aussi.

— Norska ? Il y a des récits sur Norska ?

— Naturellement.

— *Plask* ! Combien de temps il te faut pour avaler cette paperasse ?

— Seule, une semaine. Mais si Sov m'accompagne, la moitié.

— Mettons trois jours ?

— Si tu veux.

— C'est à peu près le temps qu'il nous faudra pour réunir un escadron sûr (ose le chef des racleurs). De notre côté, ça nous va. Mais il vous faudra donner le change à l'Exarque et aux Tourangeaux durant ces trois jours. Retourner vivre et dormir là-haut, faire semblant de préparer un recours en grâce, fixer l'attention de la cour sur de fausses rumeurs…

— Laisser entendre, par exemple, que nous allons tenter le passage par les Malachites (avance Steppe) ?

— Oui, ou prendre des contacts avec des courtisans influents, demander des audiences aux comtes en réclamant avec humilité leur soutien — intriguer quoi, jouer leur jeu : rien ne sera plus efficace pour détourner les soupçons.

— Je m'en charge avec Darbon (annonce Pietro). Pendant ce temps, il faudra étudier la trace et préparer les équipements spéciaux.

— Arval et Talweg vont se charger de la trace, avec Golgoth. J'affinerai avec ce que nous trouverons dans la tour d'Ær.

— Quand veux-tu y aller, Oroshi ?

— J'y vais maintenant. Je pars avec Sov. Mais j'ai besoin d'Erg pour pénétrer dans la Tour d'Ær : elle est gardée.

— Je croyais qu'en tant qu'aéromaître, tu avais accès aux tours des ærudits ?

— Pas à celle-ci, Pietro. L'Exarque m'en a refusé l'accès dès mon arrivée à Alticcio. Je m'y suis rendue, j'y ai été éconduite !

— C'est inadmissible ! Pourquoi ne nous en as-tu pas parlé ?

— L'urgence, c'était les trois défis. Et je pensais avoir du temps devant moi…

Le pharéole d'Ær était pour tout scribe un mythe. À Chawondasee, le soir où nous découvrîmes que l'Escadre frêle était repartie sans nous attendre, où j'avais décacheté la lettre de Nouchka, ce mot léger d'adieu, frivole et

bref, presque nu, sans la moindre étoffe à carder dont je pusse, fibre par fibre, en artisan têtu, en hommage à nous deux, vers cet avenir qui serait désormais si complètement vide d'elle, dont je pusse à ma manière texturer une mémoire, Oroshi était venue me voir. Elle n'avait pas cherché à me consoler directement, elle avait trop d'élégance sensible et de tact pour cela. Elle avait préféré me parler de la tour d'Ær, de ce qu'elle contenait et elle m'avait promis de tout faire pour m'y emmener. Et ce soir, elle avait tenu parole, elle...

Depuis quelques mois, nous nous étions rapprochés l'un de l'autre, en grande partie grâce à sa décision, prise dans la flaque, de m'apprendre ce qu'elle savait sur le vent et les chrones. En naissaient beaucoup de discussions profondes et d'échanges. Bien qu'il demeurât empirique, tiré qu'il était des carnets de contre auxquels j'avais eu accès, mon propre savoir complétait le sien, plus précis sur l'aérophysique du vent et qui abordait les chrones sous l'angle cinétique quand je m'en tenais aux effets des métamorphoses.

Ces derniers mois, j'avais réappris à regarder Oroshi. J'étais passé outre ce glacis de rigueur un rien agaçant auquel elle se laissait sciemment résumer. J'avais appris à mieux écouter les nuances de son timbre très clair, à mieux sentir à une certaine raideur, soudaine, de ses gestes sinon agiles, ce qui la blessait. À la façon dont elle coiffait ses longs cheveux noirs le matin et choisissait ses babéoles, à l'ampleur de son attention au groupe, aux filles notamment, à sa fermeté frontale, indirecte ou ironique envers Golgoth, je parvenais à présent à deviner de quelle humeur elle était et si je pouvais être tendre ou non avec elle. Elle, on, avait des gestes parfois, des moments de douceur qui ne faisaient pas une histoire ni même ne la préfigurait, mais qui disait une connivence acquise, notre complicité croissante, à la fois intellectuelle et émotive.

— Combien d'ouvertures possède la tour ?

— Une.

— Une seule ?

— Oui, la porte d'entrée. Elle se trouve à vingt mètres au-dessus du fleuve. Il y a un collier de deux mètres de large qui fait le tour à ce niveau et une petite plate-forme devant la porte, même pas assez large pour une barcarolle.

— Et deux gardes ?

— Oui. Jour et nuit.

— Et aucune ouverture, ni lucarne, ni soupirail, un accès par le toit ? Un balcon ?

— D'après mon propre survol, il n'y a rien. L'axe de l'éolienne est

cimenté dans les pierres, le son sort par les tubes d'un orgue, à travers le mur aussi.

— Comment tu veux que j'entre là-dedans sans sécher les gardes ? Tu me demandes l'impossible Oroshi ! C'est une tour ronde ? En quelle matière ?

— Ronde oui, mais pour la matière, je ne saurais te dire, c'est assez bizarre en fait. Il n'y a pas d'unité : j'ai repéré de l'arkose, du granit gris, des blocs de marbre poncés, de la brique, même du bois par endroits. On dirait une marqueterie, un caprice, comme s'il leur avait manqué de la pierre.

X Erg me regarde droit dans les yeux. Il a deux estafilades près de la gorge et la marque récente d'un coup violent sur la pommette. Son visage massif est fermé depuis le début de mon explication. Mais là, quelque chose s'y ouvre, son front se détend, une onde ride ses yeux. Il réfléchit, amorce presque un sourire puis se retend :

— Je ne vois qu'un moyen. Si tu veux absolument être discrète…

— C'est impératif, Erg.

— On va desceller les pierres du mur.

— Tu es sérieux ?

— Je ne suis pas sérieux mais si tu veux rentrer sans donner l'alerte dans une tour complètement aveugle sans passer par la porte, comment tu fais ? Soit tu démontes le toit, soit tu démontes le mur !

— Pourquoi pas le toit ?

— Parce que ce toit, je l'ai repéré en volant : il est très clair, la moindre tache sombre dessus se verra des hautes tours. En se plaçant à soixante mètres à peu près, sur la face opposée à la porte, je dois pouvoir retirer des blocs sans me faire repérer. Un rectangle de trente par soixante suffira pour entrer. J'ai déjà fait ça. C'est le premier bloc qui est difficile, ensuite j'enfonce les autres à l'intérieur. (…) Bon, c'est réglé. J'y vais. Je vais placer un leurre au pied de la tour et j'attaque.

— Un leurre ?

— Oui, une petite éolienne à tambour qui fait un boucan du tonnerre en tournant, on dirait des chiens qui se battent. Je reviens vous chercher dans une demi-heure maximum. Je vous porterai là-haut.

— Tu y vas à pied ?

— Je ne vais pas montrer mon aile pendant une demi-heure ! Je la prendrai pour vous poser, c'est tout. Là, j'y vais en escalade…

— Sur soixante mètres de paroi ? À mains nues ?

— Et alors ? Tu veux que je fasse un concert avec mes mousquetons, c'est ça ?

Il n'attendit pas notre réponse, il était déjà parti. Je crois bien que notre demande l'emmerdait, qu'il aurait préféré continuer à raconter ses combats en buvant de la bière que d'assumer encore une mission à risque, sur un mode qu'il détestait : la discrétion. Mais il le fit. Lorsqu'il revint nous chercher, il ne raconta rien, il accrocha Oroshi à son harnais, décolla aussitôt et quatre minutes après revint me prendre. L'aile silencieuse s'éleva au-dessus des tours basses, prit une pompe et atteignit en courbe le tiers supérieur de la tour d'Ær qui avait, à cette heure, une allure impressionnante de monolithe noir. La fente verticale qu'il avait pratiquée dans la paroi était si mince que je ne la vis d'abord pas. Puis la main d'Oroshi passa à travers, Erg me bascula à l'horizontale et il m'enfourna tête la première dans l'ouverture.

— Replacez les blocs, je calte ! chuchota-t-il. Et avant que j'aie pu le remercier d'un signe, il avait disparu.

Opérant à tâtons, nous remîmes grosso modo les blocs en place. À l'intérieur de la tour, l'obscurité était de fait totale. Nous marchions sur un parquet en nous tenant par la main. Là-haut, le roucoulement des pales du pharéole rendait le silence ici plus dense. Après de longs instants à guetter chaque bruit, Oroshi, rassurée, se décida à allumer son globe de verre. Elle l'installa dans une sorte de nid de cheveux aménagé dans son chignon, en alluma un second et me le tendit. Nous devions être dans un des étages de la bibliothèque. Un escalier de pierre rayait un mur en diagonale pour monter à l'étage supérieur ; sur le mur opposé, son siamois plongeait vers l'étage inférieur. Trois fauteuils en vélin, couverts d'inscriptions manuscrites, occupaient l'espace par ailleurs nu de tout meuble et de tout rayonnage. Aucune trace de livres.

— Montons au dessus. Ici, ce doit être un salon de lecture, murmura Oroshi.

Au-dessus nous trouvâmes la même pièce nue, quatre fauteuils cousus en vélin et une table basse. En nous baissant, je remarquai que le parquet était pyrogravé. Sur plusieurs lattes parallèles étaient notées des partitions du slamino que je reconnus sans mal à l'alternance régulière des virgules (ralentissement) et des apostrophes (rafales). Mais à y regarder de plus près, la variante notée m'était inconnue et elle comportait plusieurs « ! » (blaast) très dérangeants pour un vent aussi tranquille que le slamino.

— Tu crois qu'il y a quelqu'un dans la tour ?

— Je n'en sais rien, Sov. Montons encore…

X Palier après palier, nous montâmes. Il n'y avait rien à voir : ni livres, ni bibliothécaire, ni ærudit. M'avait-on induite en erreur ? Les livres avaient-ils été déplacés dans une autre tour ? Les parquets, les plafonds et bon nombre de blocs du mur comportaient des mots ou des phrases, mais c'était bien tout.

Au sixième palier ascendant, l'escalier s'arrêtait. En levant la tête, mon globe éclaira un toit en pente qui le disait sans ambiguïté : nous étions parvenus au sommet de la tour. Et là, dans cette espèce de grenier, enfin : il y avait pléthore de livres en cuir et de rouleaux. La densité des rayonnages formait un labyrinthe étroit. Je commençai à épeler les titres de la première allée, laquelle portait un panonceau de bois indiquant « psychrones ». Au moment où je m'enfonçai, le couinement de cuir d'un fauteuil me fit sursauter d'effroi. Mon globe de lumière glissa et se fracassa au sol. Un noir intense se fit.

— Bienvenue dans la tour d'Ær, Oroshi Melicerte, fille de Matzukaze… Vous vous êtes finalement décidée à venir nous voir malgré l'interdiction de l'Exarque…

— Oui… (La voix se rapproche. Sov est introuvable.)

— Et quels types de savoir pensez-vous pouvoir obtenir ici, que vous n'auriez déjà acquis ou formé par votre propre réflexion, Oroshi (continue la voix, toute proche) ?

— Je suis venu lire des cartes… des relevés aérologiques…

— Ça c'est la réponse que vous feriez à l'Exarque s'il vous surprenait ici, Oroshi. Mais la vraie réponse est toute différente… N'est-ce pas ? (Sa respiration est rauque, très forte, aspirante.)

— Peut-être…

— Sans aucun doute… Vous cherchez précisément trois choses : ce qu'il y a en Extrême-Amont, ce qu'est la huitième forme du vent et qui est véritablement votre troubadour… Votre vif est d'une grande finesse, mademoiselle, mais vous devriez apprendre à en brouiller la perception…

) J'ai contourné la voix pour m'accroupir dans un couloir perpendiculaire. Mon globe s'est éteint subitement dès qu'il a parlé mais je l'ai gardé en main, et la voix avance, elle va couper mon couloir, je vais pouvoir…

— Sov Sevcenko Strochnis, votre père était un croc mais pas un assommeur de vieillards, posez donc votre globe…

Il m'a pris la main et la serre, sans violence, juste pour m'arrêter. Sans prévenir, le globe se rallume tout seul, la voix prend subitement un visage

sous le halo de la bougie et je me recule, je me recule malgré moi… Car ce visage se situe à l'extrême limite de l'humain. Il a une force géométrique qui glace le sang. Au milieu domine un nez proéminent, toutes narines dilatées, et autour, comme s'il avait porté sa main sur sa propre figure et l'avait tordue férocement d'un quart de tour, se dispersent ses rides en un cercle frappant les lèvres, les pommettes, l'orbite de ses yeux jaunes, l'arcade des sourcils…

— Vous, jeune scribe, vous venez chercher une chose très étrange et très difficile. Vous venez chercher ce que signifie « être en vie ». Aucun ouvrage ici ne vous l'apprendra, garçon, mais sans doute êtes-vous de ceux qui sauront écrire vous-même la réponse, qui sait ?

— Qui êtes-vous ? Qui êtes-vous pour lire à travers nous si facilement ? Le gardien du pharéole ? Un ærudit ?

— Je suis quelqu'un qui a *appris* de ces livres que vous voyez ici. Qui a appris de l'expérience des autres et de ce que j'ai découvert au-delà de Norska. Permettez-moi de me présenter : mon nom est Ne Jerkka, je vis dans la tour d'Ær depuis quarante ans. Mais je ne garde rien, les livres se gardent tout seul.

— Vous êtes le…

— Je suis le frère aîné de Te Jerkka, oui. Mon frère a suivi avec attention votre progression. Je suis heureux que vous soyez enfin venus. Je vous attendais depuis une bonne vingtaine d'années.

Le vieillard a éclairé plusieurs lanternes dans la pièce et il nous a proposé deux fauteuils. Oroshi a les larmes au bord des yeux, je n'en mène pas large, le charisme que dégage ce vieillard au visage vrillé est si poignant qu'il impose d'emblée l'écoute :

— Lorsque j'ai décidé de faire retraite ici, la tour faisait une cinquantaine de mètres de haut. Elle a gagné des étages, d'année en année, pour accueillir de nouveaux livres. Elle est trop élevée à présent et bien moins dense qu'auparavant : trop de livres déjà écrits, trop de carnets de voyage d'Obliques que j'archive par amitié ; trop de traités scientifiques dénués de profondeur, sans la moindre sensibilité sur les chrones, trop de savoir déjà su et sué…

— C'est pour ça que vous avez vidé les étages inférieurs ?

— Vidé (s'étouffe de rire le vieillard) ? Je ne peux rien vider malheureusement, j'aimerais beaucoup !

— Il n'y a pas le moindre livre dans les étages inférieurs !

— La tour d'Ær est faite entièrement de livres, mademoiselle, des fondations jusqu'aux lauzes du toit. Chaque bloc de la paroi est un livre,

chaque latte du plancher, chaque surface verticale ou horizontale. C'est la seule bibliothèque du monde qui ne soit faite que de livres. Mais dans leur écrasante majorité, ils n'ont pas de pages. Ils sont gravés sur des briques d'argile ou de gypse, dans le marbre, sur des cubes d'étain, des plaques d'argent et de bronze, des billes de chêne puis insérés dans le mur de la tour. L'architecture du pharéole d'Ær est unique à Alticcio. C'est la seule tour non jointoyée de la cité. Cent dix mètres de pierres sèches. Et vous pourrez retirer n'importe quel bloc, le mur tient. Tous les livres restent consultables. Vous voyez ces prismes de grès en lisière du toit ? Aucun de ces livres n'a plus de deux ans. Mais descendez sous le niveau de la porte d'entrée, vous verrez comment le monde ancien déchiffrait le vent… Vous paraissez surpris, monsieur Strochnis ?

— Oui. Je me faisais cette réflexion primaire que les livres qui forment, si j'ai bien compris, la tour, doivent être très courts. On ne peut graver que très peu de phrases sur un bloc…

— Ce fut là tout le génie du concepteur de la bibliothèque, je pense, un génie qui n'est plus vraiment compris aujourd'hui. Par ce choix de n'accepter que des blocs, il savait que les livres qui lui parviendraient seraient éminemment denses. Il savait que la contrainte de graver lettre par lettre et l'espace exigu favoriseraient une expression contractée à l'extrême, une pensée ramassée, hautement vitale, aphoristique. Il ne voulait pas que son pharéole abrite la plus grande bibliothèque sur l'Amont, s'engorge de rouleaux et de codex. Il voulait qu'elle soit une merveille de compacité avec des salles nues pour lire et pour penser. J'ai un peu édulcoré cet idéal en acceptant cette parcheminerie que vous voyez ici. Mais un savoir dilué passe parfois mieux que l'eau-de-vie, surtout lorsqu'on vieillit.

— Vous nous avez entendus entrer dans la tour ?

— Non, j'entends très mal. Je vous ai senti arriver avec respect et douceur. Je possède, comme mon frère, quelque capacité aérophysique. Chaque être, vous savez, déforme autour de lui l'espace et la durée. Les vents coulis de la tour se sont invaginés, à peine certes, mais ça m'a intrigué. Chacun a sa vitesse d'émotion, son rythme fécal, ses fulgurances. Avec deux décades d'attention ténue, il devient envisageable de sentir sang et eau couler dans les corps qu'on rencontre, l'air incubé et rejeté dans une pièce, de deviner les nœuds, les plexus. J'entends : dans le maillage de l'air. J'utilise ces possibilités parfois.

— Vous pratiquez l'art du vif…

— Si vous voulez… Mais tout le monde le pratique, à sa façon. Mon frère bricole avec quelque grandeur dans ces domaines. À titre personnel,

je me suis surtout intéressé aux rapports entre le vif et le temps, à travers la notion de durée.

— Quel âge avez-vous, si je puis me permettre ?

— J'ai cent neuf ans en laminaire.

— Vous modifiez le temps dans vos organes, n'est-ce pas ?

— Ça s'avère avec l'âge beaucoup plus complexe que cela, mais peu importe. Disons que je favorise en moi les ruptures de rythme. J'accélère certains membres pour en ralentir d'autres, par différence. Je crée surtout ces vitesses différentielles entre l'air inspiré et mes liquides, entre mes organes et l'air expiré. Le temps n'est pas monochrone, il ne l'est que dans la tête plane des hommes. La longue durée d'un foie, d'un genou ou d'un poumon, n'a rien de comparable. Elle ne s'obtient pas en les faisant vivre au ralenti. Elle s'obtient par l'accélération de l'air, qui crée une durée propre par rapport à laquelle l'organe, qui bat normalement, devient, dans la nouvelle économie du corps forgée par votre circulation, plus lent. Ça n'a rien de bien différent d'une diction, de la façon de décaler un hiatus, d'accélérer un débit. Ou au contraire : de poser sa voix… Ce qui devient lent ne l'est que par la vitesse amont ou aval du phrasé. La remarque vaut pour l'écriture aussi, naturellement.

X Ceci dit, il se tut, se recula dans son fauteuil et garda les yeux mi-clos à la façon d'un chat. La spirale qui emmenait son visage était la plus prononcée que j'ai jamais pu voir, elle attestait la violence du devenir surhumain par lequel ce vieillard s'était réinventé. En le regardant, je me demandai pour la première fois si j'étais prête à aller aussi loin que je me l'étais juré enfant. Étais-je prête à *ça* pour accéder à la clarté du vif ? Une solitude épaisse s'écoulait hors de lui. Elle imprégnait la tour d'Ær, elle en calfeutrait les parois, bien que ce fût une solitude vaste et créatrice. C'était la solitude rare de ces esprits que leur puissance d'enfantement préserve du tarissement et qui n'avaient besoin d'aucun autre cosmos que celui qu'il déployait à partir de leur pur cerveau, à force de recherche et d'invention et dont il repoussait jour après jour, par cette expansion têtue, la clôture toujours possible.

— Je sors peu, vous avez raison. Les Tourangeaux n'apprécient pas cette face du vif que je leur présente. Les gens aiment les ærudits à barbe blanche qui prêchent une sagesse pateline. Ils ont peur du savoir qui ravage. Quand j'en ai assez de l'ombre, je prends un livre dans une salle pour voir un peu de ciel. Parfois, je retire plusieurs blocs de la paroi et je contemple Alticcio par la fente et je souris au soleil.

— Nous…

Sov voulait l'interrompre. Il savait que nous n'avions que trois jours devant nous et il pensait, à tort, que j'étais pressée de lire.

— Vous souhaitez consulter les livres, n'est-ce pas ? Par quoi désirez-vous commencer ?

— Personnellement (poursuivit Sov, croyant bien faire), je voudrais consulter les ouvrages qui portent sur les chrones dotés de conscience réflexive…

— Les autochrones ? Un choix éclairé, jeune homme. Les meilleurs ouvrages sur le sujet sont les plus anciens. Vous les trouverez à huit paliers en dessous. Mais soyez discret. Un lecteur est déjà présent dans la salle.

— Pour ma part, je désire commencer par les cartes que vous possédez sur l'Extrême-Amont.

— La plus rigoureuse est tracée dans le quart est du plafond, deux paliers plus bas. Vous avez dû l'apercevoir en montant. Pour la recopier, vous trouverez des rouleaux vierges dans l'accoudoir des fauteuils.

— Merci beaucoup. Je souhaiterais aussi vous poser une question personnelle, maître. Mais j'imagine que vous la sentez déjà en moi…

— Faîtes comme si je ne sentais rien, Oroshi.

— Ma mère est-elle passée par cette tour ?

— Certes, oui. Elle y a séjourné un mois.

— Un mois ?! Et pourrais-je savoir ce qu'elle y a cherché ?

— Ces choses-là relèvent normalement du secret auquel je me tiens. Mais le cas est singulier…

— C'est-à-dire ?

— Il existe dans la tour d'Ær neuf ouvrages très particuliers, qui méritent à peine le titre de livre. L'un d'eux est un hexaèdre de verre opaque, large comme deux mains. Je l'appelle l'éolivre. On peut écrire avec le doigt à sa surface. Si vous écrivez des mots, rien ne se passe. Mais si vous tracez une partition de vent, si vous placez, même au hasard, une succession de l'un ou l'autre des vingt et un signes de ponctuation qui servent à noter le flux, alors la surface du verre devient transparente et le vent noté apparaît à l'intérieur du cube. Il est en quelque sorte transcrit en miniature, sous forme d'air liquide, c'est magnifique à voir. Votre mère a passé son mois à effectuer des simulations aérologiques à partir des partitions qu'elle consultait sur Norska. Elle voulait comprendre ce qui allait se passer dans le défilé, le visualiser.

— Elle n'a jamais cherché à savoir ce qui se trouvait en Extrême-Amont ? À découvrir ce que sont la huitième et la neuvième forme ?

— Pour beaucoup d'ærudits qui viennent ici, la peur de savoir terrorise

la curiosité. Votre mère a lu le premier bloc authentique sur l'Extrême-Amont que je lui ai conseillé. Et elle n'a plus voulu en savoir plus.

— Où se trouve ce bloc ? Je veux le lire.

— Troisième palier. Vous le trouverez facilement. C'est le seul lingot d'or de la paroi. Oroshi ?

— Oui ?

— Il est dans ma fonction de vous prévenir. La lecture de ce lingot peut changer votre vie. Et celle de votre Horde.

— Je suis là pour élaguer ma bêtise d'une branche ou deux, j'en ai peur.

— Ce que vous allez découvrir peut scier un tronc.

— Je vous sais gré de votre prévenance, maître. Mais je lirai ce lingot. Je me suis préparée à cette révélation depuis vingt ans. Je crois être prête.

— Vous l'êtes. À votre manière. Et vous ne l'êtes pas.

Ω Bon, bref, bouarf ! Ça se présente franc sauvage, cette porte d'Urle ! Un boyau de roc avec le rafalant dans la bouille, sur trois bonnes bornes, et du coude à tourbille, et des droites furieuses en laminaire, et du venturi tout du long ! Pas de planque, ou alors caffies de rotors, des dalles poncées au sol où la gravaille te brouille les appuis… Talweg m'a montré les cartes qu'il avait, les racleurs ont défilé au garde-à-vous nous expliquer grosso merdo qu'on allait bouffer notre poids en quartz, se faire lacérer la bidoche, « que si tu tombes, t'es mort », ils pissaient la trouille les cadors de l'Écluse. Tu t'échappes pas de là-bas dedans, quand t'y rentres, faut en sortir à l'autre bout parce que si tu reviens, tu reviens en boomerang dans les grillages des copains. M'ont foutu les jetons à les voir, ces grandes carcasses, ces gueules rayées. On sent bien qu'ils savent de quoi ils causent, ils connaissent le coin eux autres, y en a pas un qu'a pas un pote ou un pote d'un pote, plus mordant que les autres, qu'a pas essayé de prendre la tangente par là-haut, direction l'Espoir, Extrême-Amont. Eh ben, peut pas dire qu'ils ont fait envie à ceux qu'étaient restés. Ils sont revenus dire bonjour, polis les mecs, sauf qu'ils étaient plus d'aca, la hanche pas bien dans l'axe, des trucs comme ça, pas graves hein, juste qu'ils étaient un peu acassis de la face, pas toujours nettis de la plaie, un peu trop morts quoi.

J'ai réussi à trouver deux types assez vieux dans leur âge pour avoir vu trois hordes passer par là : la 32 et la 33, puis nous. Mon grand-père, le septième Golgoth, celui dont j'ai le vrai sang, ça saute toujours une génération, il a eu une idée pas conne, qu'ils m'ont racontée les anciens : il a tracté deux gorces jusqu'à l'embouchure pour voir comment les bestiasses, elles enquillaient le couloir. Ça passe partout les gros-groins comme ça. Paraît qu'elles ont

rechigné un peu du museau puis elles ont tracé amont et mon grand-père s'est calé derrière, pas faucard. Il a perdu quatre gars — toujours moins que l'autre, l'enculé qui m'a fait déféquer par ma mère. Lui l'a jeté ses ailiers devant, ils ont clenché du coinceur dans les failles, ils ont chaîné comme pour un furvent de plaine. N'importe comment, à la galope ! Ça gingeolait tellement en bout de Pack, dès l'embouchure, que les racleurs qui les mataient à la lunette ont vu les crocs se faire broyer contre la paroi. Tu peux pas tenir tes appuis si t'es attaché comme un morceau de barbaque à un crochet !

Nous, je sais pas trop encore ce qu'on va faire. J'attends Orochipote avec ses relevés aéro, Talweg m'a affranchi pour la roche et le sol. J'hésite à entrer en percussion frontale, avec le Pack en goutte d'eau, quitte à le recaler selon les angles d'impact du schnee, dans le boyau. Je nous sens pas trop ramper sur de la dalle, l'adhérence va être chiatique, et on a pas le temps de se faire des casques plombés pour s'ancrer. Il va falloir que le Pack charpente et pousse de derrière. Vu les vitesses qu'ils annoncent à l'anémo, on pourra juste tenir debout, dans le Fer, au mieux du meilleur. Mais pas avancer d'un peton. Faut pas rêver ! Si les gars abrités derrière nous poussent pas, on reculera comme un bloc remorqué à la chaîne par un palan. Va falloir bosser les formations avant de s'enfiler dans la fente de la demoiselle…

) Ne Jerkka m'avait prêté une excellente lanterne à huile et je descendis lentement les huit paliers, m'arrêtant sans cesse pour déchiffrer le mur, lire le plancher et parcourir les cartes dessinées au plafond. D'une façon générale, les blocs avaient un titre sur leur face visible et deux encoches latérales pour les retirer et les replacer dans le mur sans difficulté. La plupart de ceux que je pris en main étaient gravés sur leurs six faces, en écriture menue, quoique certains ne comportassent qu'une phrase.

En baguenaudant, je tombais sur deux blocs côte à côte qui portaient ce titre : *Vivre.* Intrigué, je sortis le premier, m'assis sur une marche de l'escalier et je lus :

« Vis chaque instant comme si c'était le dernier. »

Ému et secoué, je le remis à sa place et retirai, vibrant, le second de la paroi. À l'écriture, c'était à l'évidence le même auteur :

« Vis chaque instant comme si c'était le premier. »

Je posai le bloc et l'émotion me monta aux yeux. Ces deux phrases avaient une telle puissance, une telle extension vitale que j'en demeurais absolument ébloui, fauché sur pied, laissant les spires de cette pensée s'enfoncer dans ma chair et y creuser des ouvertures profondes qui s'aéraient déjà, déjà se

laissaient traverser par le pollen de ces mots de passe. Sans que je comprenne sur le moment pourquoi, ils fécondaient un terreau en moi essentiel, y promettaient une floraison longue et exigeante. Je comprenais mieux ce que Ne Jerkka avait voulu dire par *compacité*. En deux phrases, ma vie n'était déjà plus tout à fait la même — elle se décalait subitement, elle encaissait une dimension que j'avais méconnue jusqu'ici, elle s'affrontait et comme s'épluchait sur la lame d'un idéal concret que je ne pourrais plus désormais ignorer, elle me retirait des excuses et des facilités, bref : j'étais embarqué. *Vivre* ferait dorénavant partie de mes « livres » de chevet — de ceux qu'on pouvait réciter par cœur.

J'étais encore sous l'empire du choc quand j'atteignis le huitième palier. Ne Jerkka m'avait prévenu de la présence d'un lecteur et je descendis les marches avec précaution pour ne pas le déranger. Dans la salle, une minuscule poche de lumière creusait l'obscurité, tout entière concentrée sur un bloc de grès posé sur les genoux du lecteur. J'osai un timide bonjour, mais le corps assis dans le fauteuil ne me répondit pas, si bien que je me mis à balader ma lanterne sur la circonférence du mur. À un moment, le lecteur se leva et alla chercher un nouveau bloc sans même remettre l'ancien. Le parquet était d'ailleurs jonché de billots de bois, de briques d'argile et de lingots. Lorsqu'il se rassit, j'étais placé à un mètre derrière le fauteuil et j'osai un coup d'œil curieux. Il ou elle avait les cheveux bouclés, châtain clair et paraissait assez grand. Je me décalai, non sans discrétion, et avisai son visage de trois-quarts dos puis de profil. Lorsque je reconnus à l'épaule le tissu chamarré d'un manteau d'arlequin, j'eus un sursaut incompressible :

— Caracole ?! Carac, c'est toi ?

— …

— Carac, c'est Sov !

— Ouais…

Sa voix était celle d'un homme dont on dérange la concentration profonde. Il avait les yeux fixés sur un cube dont il déchiffrait les lignes avec le doigt et il ne releva même pas la tête pour me saluer.

— Hé Carac, ça va ? J'étais inquiet pour toi, tu sais ! J'ai réussi à arrêter Maskhar Lek ! Mais on se demandait où tu étais passé, si tu allais pouvoir te réfugier quelque part. Une bagarre a eu lieu entre les Tourangeaux et les racleurs, on a fini à la Carapace. Puis avec Oroshi, nous avons décidé de venir ici. Je ne me doutais pas que tu y serais aussi !

— …

— Je suis heureux de te retrouver… Tu as fait une joute extraordinaire…

— …

— Caracole ? Tu m'écoutes ou quoi ?

Je lui arrachai le bloc des mains et le posai sur le parquet. Mon geste l'extirpa de sa torpeur, il me dévisagea plusieurs secondes avec un regard transparent puis sembla prendre enfin conscience de ma présence.

— Salut Sov. Qu'est-ce que tu fous là ? dit-il d'une voix neutre.

— Je viens consulter des livres sur les autochrones… Comment tu es entré ici ?

— Par la porte.

— Les gardes t'ont laissé passer ?!

— Non, mais je suis entré.

— Tu ne parais pas dans ton assiette Carac. Tu décompresses ? Tu as des soucis ?

— Peut-être. Ça n'a pas d'importance.

— Pour moi, ça en a. Je peux t'aider !

Il me regarda d'un air amusé et en profita pour reprendre son bloc. Sur la tranche, je pus lire au passage : *Délitescence des autochrones.*

— Personne ne peut m'aider.

— Maskhar Lek a été neutralisé ! Nous passons la porte d'Urle dans trois jours ! Plus personne ne pourra attenter à ta vie dès que nous aurons quitté Alticcio !

— Ma vie est soumise comme la tienne à la neuvième forme. Qu'importe la Poursuite. La vraie menace, c'est la neuvième forme. Lis, tu verras. Je m'excuse Sov, mais je n'ai pas envie de parler. J'ai envie de comprendre.

— Tu sais ce qu'est la neuvième forme, toi ?

Il ignora ma question et se replongea dans la lecture de son bloc. Je n'insistai pas. Le rencontrer ici me faisait une drôle d'impression, et me dérangeait à plus d'un titre, pour être honnête. Il y avait quelque chose de douloureux pour moi à le sentir si distant, quatre heures à peine après cette joute vécue côte à côte, après cette épreuve qui nous avait soudés. Parfois, son indifférence subite me glaçait, parce qu'elle couvrait d'un givre de doute tous les autres moments de complicité que nous avions cumulés ensemble, parce qu'elle cisaillait un lien dont j'avais besoin, je l'avoue, de sentir le tressage continu. Caracole, lui, était un homme du pur présent et de l'extrême oubli. L'intérêt qu'il portait aux autres dépendait non pas de l'amitié tissée ou de l'ancienneté du lien, plutôt de la capacité que vous aviez de déjouer l'image qu'il avait de vous et de dérouter, sans cesse, les attitudes et réactions que son intuition, admirable, anticipait. Devenir son ami d'un jour ne demandait aucun effort ; mais le rester impliquait cette

exigence de le surprendre, qu'il suscitait malgré lui. En un sens et pour paradoxal que ce fut, Caracole *disciplinait* ceux qui le côtoyaient, fut-ce d'une discipline étrange qui était celle du décalage érigé comme art de vivre — j'avais envie de dire : comme art d'être en vie. Ne jamais se contenter d'être soi, puisqu'alors il vous devinait et vous le lassiez. Devenir autre, et autre que cet autre, perpétuellement : condition expresse de son éveil et intérêt pour vous.

Un à un, je repris et je lus tous les livres qu'il avait descellés du mur. Tous traitaient des autochrones : leur origine, leur constitution, les types répertoriés, leurs dangers et leurs effets… Un livre mentionnait déjà le Corroyeur, quatre siècles avant nous, un autre un prophète baptisé *Amor Fati* qui se nourrissait, disait l'ouvrage, d'amour humain. L'un d'eux surtout évoquait dans le plus pur style « bloc » la question de la mort spécifique des autochrones. Sur une face, il parlait en filigrane de la neuvième forme du vent :

— 9e forme ≠ lamort. 9e = mortdanslavie = forcesintimes qui minent cohésion de chaqueêtre. Meilleurterme serait *entropie*, mais *exomorphose* leplusjuste, qui signifie : mourir = transformer ou sortirdeforme. Quoique la 9e soit ventvif demêmeque la 8e, la 9e contribue mort en accélérant exomorphose. 9e éclate-disperse ; 8e contient-unit-organise. Chez autochrone, 9e combattue de trois façons :

1. par absorption vif d'autres créatures (ex : Corroyeur) ;

2. par absorption régulière aliment spécifique du chrone (ex : amour chez Amor Fati) ;

3. par accroissement cohésioninterne obtenu par constitutionmémoire ou constitutionliens-affectifs ou parfois regénérationvif par apportperpétuel de diversité & renouvellement (ex : Carachrone). »

X Les cartes sont d'excellente qualité. Elles indiquent avec précision le type de vent le plus fréquent dans chaque région, les variantes rencontrées et les contrevents utilisables. Reliefs et obstacles sont indiqués ainsi que la nature du sol, les points d'eau, la végétation et la faune. Par comparaison, la carte tatouée sur la colonne vertébrale de Golgoth, qui débute à Chawondasee et finit au pied de Norska, n'est qu'un brouillon grossier ! Ne fut-ce que pour ces cartes, il fallait décidément venir ici. J'ai repéré en passant des rouleaux entiers empilés dans des boîtes en métal, elles-mêmes encastrées dans le mur, qui comportent des schémas aérodynamiques de haut niveau sur les aéroglisseurs, les contras, les chars à voile et les navires. Il y a aussi des flores qui feraient pâlir Steppe d'envie. Pour la huitième

forme, j'ai noté l'emplacement des livres à consulter. À vrai dire, j'ai trompé la curiosité qui me brûle pendant une petite heure, mais à présent, je n'ai qu'une envie : aller lire ce lingot sur l'Extrême-Amont qui a terrassé ma mère. Affronter le choc de sa vérité.

Je le trouve facilement. La tranche d'or comporte le titre : *Extrême-Amont ?* Je m'assois dans le fauteuil, pose la lanterne et caresse, en fermant les yeux, les six côtés du parallélépipède. Cinq faces sont lisses, une seule est gravée, avec au toucher très peu de mots dessus. Vas-y Oroshi, ose. Apprends, lis-le :

— Il n'y a pas d'Extrême-Amont.

¿' « La science des chrones s'en est longtemps tenue à trois catégories : les chrones proprement dits, ou chrotales selon la terminologie moderne, qui agissent sur l'écoulement du temps local ; les cychrones ou chrones physiques qui opèrent des métamorphoses sur l'environnement qu'ils traversent ; les psychrones ou chrones psychiques qui se nourrissent d'un type particulier de sentiments humains : la peur, l'amour, la joie, etc. À ces trois catégories se sont ajoutés les autochrones ou chrones dotés de conscience. Jusqu'à leur découverte, les chrones étaient considérés comme des forces de métamorphose aveugles et pures de toute intentionnalité (...) La nature des transformations opérées par le chrone suffisait à le définir (...) Un aqual absorbe toute particule d'eau qu'il rencontre sur son passage. S'il aura tendance à chercher les points d'eau, rien n'a jamais prouvé qu'il agissait de façon voulue (...) Les autochrones sont, comme tous les chrones, constitués de boucles et de nœuds de vent hypervéloces. Leur origine est largement controversée car (...) L'hypothèse d'un type particulier de circuit fermé à l'intérieur du chrone explique mieux, à notre sens, la naissance d'une subjectivité propre (...) que l'autochrone dériverait d'un psychrone a été avancée (...) En tout cas, la formation et l'utilisation d'autochrones par le Conseil de l'Hordre n'ont jamais été établies (...) doit être stigmatisée comme une rumeur abjecte qui déshonore ceux qui la colportent (...) leur résistance à la dispersion resterait faible surtout dans les premières années où l'autochrone s'invente littéralement une conscience et définit dans l'aveuglement des vifs qui le travaillent sa propre consistance physique (...) problème central de la consistance (...) autodispersion courante qui équivaut à la mort (...) perte de consistance par coagulation ou épaississement des flux (...) besoin récurrent de vitesse (...) recherche éperdue d'aliments psychiques ou physiques qui favorisent l'hétérogenèse, à savoir la croissance par apport extérieur d'éléments neufs (...) aucun exemple aussi

développé à ce jour que celui du Corroyeur (…) longévité exceptionnelle (…) rapports ambigus avec les humains (…) semblerait qu'un autochrone recherche l'empathie, facteur de cohésion interne pour lui (…) question de savoir s'il s'agit d'une nouvelle espèce intelligente est mal posée (…) »

Très documenté, mes aïeux, ce sympathique bouquin en vraie peau de veau, quoique je n'arrive pas, posé, à le lire, oublie ce que j'ai lu, mal je mémorise, et saute et tressaute, trop impatient de prendre — trop besoin de savoir.

X J'ai demandé à Ne Jerkka de m'indiquer le second livre qui lui paraît essentiel de lire sur l'Extrême-Amont. Il était sincèrement étonné par mon insistance. Peut-être ne saisit-il pas que ça n'a rien à voir avec un quelconque courage face à la vérité. Ma soif de comprendre est simplement plus puissante que la peur de savoir, et aussi je ne réalise pas — pas encore, pas au-delà de l'impact sur mon intellect. Le second livre m'a laissée encore plus perplexe que le premier. J'ai retrouvé Sov avec un réel soulagement. À la longue, l'obscurité de la tour et la présence des livres s'imprègnent. Une solitude pénible enfle. Elle met face à soi-même. Il m'a raconté pour Caracole et je n'ai pas voulu commenter parce qu'il était blessé dans sa sensibilité. Que lui dire ? Caracole n'éprouve pas cet attachement qu'a Sov pour toute la Horde : il suit sa propre voie, donne ce qu'il peut offrir — son brio, sa joie, ses frasques — mais il les donne par surabondance plus que par générosité. Il n'attend aucun retour et ne rend lui-même rien à Coriolis, à Sov ou à quiconque. Il n'est pas lié à nous, il n'est fidèle qu'à sa quête, comme Golgoth. De tous, ils sont les plus individualistes, avec ce paradoxe qu'ils nous apportent plus que beaucoup d'autres, qui sont pourtant plus altruistes…

— « Il n'y a pas d'Extrême-Amont » ?! Mais qu'est-ce que ça veut dire, par le Saint-Souffle ?

— Que la Terre est infinie… Ou alors, je ne sais pas : qu'il n'y a pas de limite, pas de frontière pour le matérialiser ou…

— Et le second livre, répète-moi la phrase ?

— « Là-haut, la terre est bleue comme une orange. »

— C'est un vers de poète, n'est-ce pas ?

— Oui, mais utilisé dans un autre contexte, par antiphrase ou par ironie. Ça doit avoir un sens caché.

— La terre est bleue ? Ça pourrait vouloir dire qu'on débouche sur une mer, une mer infinie ? Mais comment ce type le saurait ? Personne n'a jamais atteint l'Extrême-Amont, merde, que je sache ! Ou alors, qu'on me

le dise, j'arrête tout ! Je m'installe dans cette tour, comme Ne Jerkka ! J'ai donné ma vie et mon âme à remonter ce monde dans l'espoir de savoir ce qu'il y a au bout, et un type passe dans cette tour, enfonce un lingot gravé dans un mur en annonçant que « là-haut, la terre est bleue » !

— Un ærudit sait lire les vents, Sov, il peut imaginer ce qui se trouve des mois en amont rien qu'en étudiant l'air qui coule. Pour ma part, j'ai aussi pensé au bleu de la glace…

— Pourquoi ?

— Parce qu'au sud et au nord de la bande de Contre, les glaces envahissent tout et qu'elles sont, d'après ce qu'on sait, infinies. Pourquoi ne serait-ce pas pareil en Extrême-Amont ?

— Un océan de glace, à l'infini… C'est ça qu'on trouvera ? On aura contré une vie entière pour tomber sur un désert de glace… Mais pourquoi bleue comme une orange ? Si c'est ironique…

— Ça pourrait également signifier que la terre est orange.

— Elle est orange dans un désert sur deux ! Non, bleu, c'est bleu.

— Comme le ciel…

— Exactement. Imagine une chose Oroshi : qu'au bout de la bande de Contre, il n'y ait plus rien. La terre s'arrête, elle est coupée nette, tu arrives au rebord du monde. Qu'est-ce que tu verrais devant toi ?

— Le ciel.

— Le ciel bleu, oui ! C'est ça la terre bleue : c'est la terre coupée et plus que le ciel pour sol ! C'est ça que ça veut dire !

— Peut-être, mais dans cette hypothèse, il y *aurait* un Extrême-Amont.

— Oui et non… parce que tu peux toujours concevoir d'aller plus loin, d'avancer dans le ciel. Erg pourrait y aller par exemple, avec son aile.

— Pour voler dans le néant ? Enfin, admettons. Alors pourquoi « comme une orange » ? Continue.

— C'est de la poésie, une caracolade !

— Non, Ne Jerkka m'a confirmé que c'était décisif.

— De son point de vue !

— Oui, à son sens. Moi je pense que la phrase est cryptée. Or/ange, ange d'or, ce genre de chose ou un cryptage phonétique : je me disais en montant : « la terre est bleue, commune eau… »

— Oui, et après « eau » ? Range ? Range ta vie, c'est fini, tu as bien travaillé petit hordier ? Mange des oranges, va te coucher, les anges d'or vont te bercer ?

— Tu me fais rire… Pourquoi pas après tout ? Quand j'étais petite, je racontais toujours à Aoi que l'Extrême-Amont était un paradis avec des

vergers pleins de fruits jaunes en or, un ruisseau bleu qui coulait au milieu et des animaux à fourrure rouge, câlins comme tout, partout. C'était pour qu'elle tienne le coup et qu'elle ait envie de gagner sa place de cueilleuse dans la horde.

— Et ça marchait ?

— Ben oui. Mais ce n'était pas si malhonnête, tu vois !

) Lorsque je retournai voir Caracole, il n'avait pas bougé de son fauteuil. Sa lanterne vacillait dans l'obscurité et il lisait à haute voix. Dès qu'il m'entendit, il me lança avec enthousiasme :

— Tu tombes magnifiquement, Sovageon ! Écoute ça, c'est fabuleux : « Mais il faudra bien un jour que tu apprennes à voir le mur explosant toujours intact. » Et : « Chez l'humain, l'imperception du mouvement est voulue. La stabilité insensée que nous prêtons au réel est indispensable à l'orientation. Sélection & appauvrissement précieux. Réduction à l'aplat des nuances de couleur. Amortissement & égalisation des sons. Toucher, odeur, chaleur perçus par paliers grossiers. Les pierres, qui flamboient, sont présumées fixes. L'homme : un alizé lent. Substance liquoreuse. Sirop de sang. Coagulation touchante. Corps assoupi, modulé & tempéré. L'indifférence aux variations sauve. Percevoir les différences incessantes égare & fatigue. Trop. Viscères & membres fermés par une peau sont ce que la vie s'est proposé pour habiter le chaos. Pour filtrer les métamorphoses qui l'investissent de part en part. L'organisme est donc ce que la vie s'oppose pour se préserver. Une poche de repli face aux neuf formes du vent. Si l'humain est une orange décrochée par le furvent & qui mûrit en tombant, alors sa grandeur sera inversement proportionnelle à l'épaisseur de l'écorce qu'il consent pour se protéger. Chercher ce point ultime de haute vitalité où la membrane qui nous sépare du dehors atteint l'extrême finesse qui précède sa déchirure. »

— Tu sais ce qu'est la neuvième forme, Caracole ?

— Bien sûr, frère d'armes !

— Qu'est-ce que c'est ?

— C'est la forme particulière que prend la mort active à chaque instant, en chacun de toi.

— C'est-à-dire ?

— Tu ne cesses de mourir, de te disloquer, de perdre consistance, de ralentir. Et tu ne cesses de te répéter. Ça te tue. Ça tue tout le monde d'ailleurs !

— Mais comment ça se présente, concrètement ? Quelle forme elle a, la neuvième ? Quel écoulement, quel visage ?

— La neuvième forme du vent, tu la rencontreras en Extrême-Amont — et là-bas seulement. Elle prendra le visage de ta quête. Elle sera ce que tu as toujours cherché à combattre, fils, à chaque instant de ta vie. Mais au lieu de se présenter par copeaux, dans la sciure légère du quotidien, elle s'avancera entière, massive.

— Et il faudra l'affronter ?

— J'ai retrouvé dans cette bibliothèque baroque un texte que je connaissais depuis tout petit mais dont je ne savais plus s'il existait vraiment. À force d'oublier, je m'invente parfois une mémoire. Ce texte s'appelle *Les Trois Métamorphoses*. Ça commence comme ça : « Je vous dirai trois métamorphoses de l'esprit : comment l'esprit devient chameau, et le chameau, lion, et le lion enfant pour finir. »

— Caracole, je t'ai posé une question ! Réponds-moi !

— *Qu'est-ce qui est lourd*? demande l'esprit qui respecte et qui obéit, que je puisse, en héros, en bon hordier, porter les plus lourdes charges. Ainsi parle le chameau. Je te fais la version courte, note bien ! Et solidement harnaché, il marche vers son désert et là il devient lion. Devant lui se dresse le dragon des normes millénaires et sur chacune de ses écailles brillent en lettres d'or ces valeurs et ces mots : « Tu dois. » Mais le lion dit « Je veux ! » — sauf qu'il ne sait pas encore ce qu'il peut bien vouloir, il n'a fait que se chercher un dernier maître pour le contredire, que se rendre libre pour un devenir qu'il est encore incapable d'incarner. Alors survient la troisième métamorphose : le lion devient enfant. Innocence et oubli, premier mobile, roue qui roule d'elle-même, recommencement et jeu et l'enfant dit « Je crée ». Ou plutôt, il ne dit plus rien : il joue, il crée. Il a trouvé *son* Oui, il a gagné *son* monde.

— Comment on affronte la neuvième forme du vent ? Je m'en fiche de ton histoire ! Réponds à ma question !

— Ces trois métamorphoses peuvent être les étapes d'une vie, d'un amour, d'une quête — mais tout aussi bien coexister en toi en ce moment même, à différentes vitesses et proportions, en couches fondues. La neuvième forme tue à coup sûr le chameau. Elle blesse à mort le lion. Mais l'enfant que tu sauras peut-être devenir pourrait lui survivre. Penses-y quand tu seras sur le bord du monde, en Extrême-Amont. Penses-y quand ils seront tous morts et que tu resteras debout, seul sur l'alpage avec le ciel nu devant toi. Pense à moi ce jour-là et rappelle-toi de ce moment que nous vivons ici même, rappelle-toi de cette phrase que je prononce à haute voix, de chaque mot qui la compose. Tu m'écoutes, Sov ?

— Oui.

— Rappelle-toi que l'oubli est la seule force vraiment active. Pas la mémoire : l'oubli !

— Pourquoi je te croirais, Carac ? Franchement ? Qui me dit que tu es sérieux là maintenant, que tu ne me balades plus ? Tu lances des prévisions fantasques tous les jours et elles sont invérifiables !

— Vous en avez vérifiées moult pourtant. Mais peu importe ! Rien ne te permet de me croire aujourd'hui. Je ne te demande pas de me faire confiance. Ce que je t'annonce aura lieu dans cinq ans. Je serai mort d'ici là. Je te demande simplement de retenir ce que je t'ai dit. Quand tu seras le dernier hordier survivant, tu auras de fait *la* preuve que tu me demandes et que je ne peux évidemment pas t'apporter cette nuit. On ne prouve pas le futur — pas à vos logiques en tout cas ! Et alors tu te rappelleras peut-être de la tour d'Ær, et de ce moment étrange.

— Le chameau, le lion, l'enfant ?

— « Tu dois », « Je veux », « Je crée » : les trois métamorphoses. Le hordier obéissant, puis le hordier révolté qui se libère, puis l'enfant retrouvé, à force de courage adulte, et qui crée sa voix, et qui la fera entendre.

— Et en quoi est-ce que ça m'aidera ?

— *Qu'est-ce qu'être en vie* est ta quête, si j'en crois Ne Jerkka. Être en vie, c'est être en mouvement & c'est être lié — tissé au ventre & lié aux autres. Tu affronteras en Extrême-Amont la solitude totale. Il te faudra inventer le sens de ta vie sans nous. Une terre sous tes pas. Seul ton…

— Et toi, quelle est ta quête, troubadour ? Pourquoi es-tu entré dans notre Horde ? Est-ce la Poursuite qui t'envoie ? Tu as reçu pour mission de nous trahir ?

Une voix était sortie soudainement de l'obscurité au-dessus de nous. Je sursautai. C'était Oroshi. Elle avait dû écouter notre conversation, bien que Caracole n'en marquât aucune surprise visible. Sans se laisser distraire, il s'adressa à nouveau à moi avec une attention si intense qu'elle dépassait le poids de ces mots :

— Seul ton amour pour eux pourra sauver autre chose de la Horde que le simple souvenir que tu en auras. Suis-je clair ? Tu portes le lien en toi et ce lien trame ce qui tient la Horde. Il te faudra le recréer seul, pour que quelque chose nous survive.

— Comment ? Par vos vifs ? Je ne comprends rien, Carac ! Explique-moi !

Il se détourna en esquissant un signe étrange, puis il s'adressa à Oroshi :

— Ma quête n'a rien d'original, Princesse. Disons quelque chose comme : *Comment rester en vie ?* Ça te va ? Je possède ce miracle de la

vitesse et je bivouaque dans le mouvement. Je cherche la *consistance* qui me prolongera. Je cherche *le lien.* C'est ça que je suis venu trouver par chez vous, dans la horde touffue ! C'est ça que je vous envie, particulièrement à Pietro, à Sov et à toi…

Oroshi resta de longues secondes silencieuse, puis elle dit :

— Qui es-tu exactement ?

XIV.
Véramorphe

) De mon passé de rafale, je n'ai jamais cherché à dégravoyer le lit. Mes souvenirs sont faits d'épaisseurs, de vents et de poussière. Je coule, j'avance à pas élastiques, délardé comme une pierre, étréci jusqu'au dense, jusqu'à l'axe.

Avant même de naître, je crois que nous marchions. Nous étions déjà debout, la horde entière étalée en arc, déjà fermes sur fémurs et nous avancions avec nos carcasses raclées et nos côtes nues, les rotules rouillées de sable, à griffer le roc avec nos tarses. Nous avons marché longtemps ainsi, tous ensemble, à chercher la première de toutes nos prairies. Nous n'avons jamais eu de parents : c'est le vent qui nous a faits. Nous sommes apparus doucement au milieu de la friche armée des hauts plateaux, à grandes truellées de terre voltigée pris dans nos ossements, par l'accumulation des copeaux de fleurs, dit-on aussi, sur cette surface qui allait devenir notre peau. De cette terre sont faits nos yeux et de coquelicots nos lèvres, nos chevelures se teintent de l'orge cueilli tête nue et des graminées attirées par nos fronts. Si vous touchez les seins d'Oroshi, vous sentez qu'ils sortent du choc des fruits sur son torse, et mûrissent toute une vie. Ainsi en est-il des animaux et des arbres, de tout ce qui est : seuls *naissent* vraiment les squelettes, seuls ont une chance ceux qui se dressent au-dessus de leur paquet d'os et de bois, en quête d'une chair, en quête d'une écorce et d'un cuir, de leur pulpe, en quête d'une matière qui puisse, en les traversant, les remplir.

Lorsque la carcasse reviendra, à claire-voie sous la couenne, lorsque toute la substance souple aura été curée, dans dix ans à peine, nous serons à nouveau nous-mêmes face au vent final, prêts à la bourrasque de trop, qui disloque aux jointures. Alors nous rirons une dernière fois de notre rigueur extravagante et nos squelettes d'appui éclateront dans la poussière.

Port-Choon, la flaque de Lapsane, Chawondasee, le désert de Leergeem, Alticcio et maintenant Camp Bòban en ligne de mire, l'entrée tellement

attendue de Norska ? Oui, j'avance imbu d'oubli, toute nostalgie moulue. À cause de cette habitude prise si tôt de se projeter vers l'étape suivante ? De lire les cartes tatouées de bas en haut des colonnes vertébrales — ce fut le dos de Steppe trois ans, Firost quatre ans et à présent Golgoth qui porte le dernier tronçon de la Trace, de les épeler du doigt, point après point ? Mon existence de hordier, je l'ai vécue tout entière tirée tel un carreau d'arbalète vers un mur bleu qui recule à mesure, quoiqu'on fasse — à mesure se décale sur l'horizon et nous forlonge, l'Extrême-Amont n'est-ce pas, ce mythe à coulisse.

Face à ça, les trois jours que nous passâmes à Alticcio dans la tour d'Ær — Oroshi, Caracole, Ne Jerkka et moi — il y a deux ans aujourd'hui, ont valeur d'exception. Ce que j'appris là-bas, je le dus tout autant aux livres qu'au gardien du pharéole ; je le dois encore à Caracole ; et sans Oroshi, je n'aurais pas été capable d'en prolonger à ce point la portée.

Avant Ær, pour être honnête, j'avais beau être scribe et prendre à cœur ma mission, savoir à quel point les hordes futures pourraient être redevables du carnet de contre que je rédigeais, avec parcimonie certes, mais rectitude, je ne croyais pas pour autant à l'énergie des livres. L'écrit pour moi n'avait qu'une fonction nécessaire d'enregistrement et de cumul des connaissances, en rien l'impact d'une expérience vécue. Puis je suis tombé sur ces blocs gravés, ces chocs : « Ne pas gaspiller dans l'unique souci de manger tout de suite notre simple force d'avoir faim » ; « La maturité de l'homme est d'avoir retrouvé le sérieux qu'on avait au jeu quand on était enfant. » Et bien sûr celle qui suggère de vivre chaque instant comme si c'était à la fois le dernier et le premier instant de sa vie. De ces quelques phrases, je ne tire pas un savoir supérieur, encore moins une stature d'ærudit, plutôt la sensation d'avoir en permanence en main, et comme à disposition d'âme, une arme de jet apte à refendre sans cesse mon crâne — ce cube d'os si prompt, sinon, à se clore.

De la tour d'Ær, je n'ai cessé de ressasser depuis deux ans les révélations.

La plus rassurante demeure que les deux grandes justifications de notre existence braque — découvrir les neuf formes du vent et atteindre le bout de la Terre, cet espoir vissé au ventre comme une éolienne de contras qui nous fait lever matin après matin et qui nous propulse mécaniquement vers l'amont, cette foi, nous savons désormais qu'elle n'est pas dérisoire.

La seconde révélation, plus dérangeante à mes yeux, tient à l'importance des chrones que j'avais longtemps assimilés à des phénomènes naturels certes dangereux, mais que je réduisais à leurs effets visibles. En écoutant Ne Jerkka discuter avec Caracole et Oroshi, j'ai pu mesurer la superficialité de ma

vision. Par les chrones, il est possible d'accéder à une compréhension très profonde du vivant, au moins dans les quatre dimensions cardinales du vif, du temps, du mouvement et de la métamorphose. D'une façon encore approximative et tâtonnante, j'ai saisi que les chrones contenaient les forces en quelque sorte primaires du vif. S'ils transforment la matière, ils peuvent aussi déformer l'écoulement du temps, en briser ou en multiplier les segments. Ils peuvent aussi absorber et restituer des sentiments et des affects, humains ou animaux, à travers les redoutables psychrones dont sont issus, disait Ne Jerkka, la plupart des autochrones. Lorsque je lui ai parlé des neuf formes du vent, Ne Jerkka m'a écouté avec le sourire, puis il m'a dit : « Quand tu auras compris ce que sont les chrones, et ce que peut le vent, les neuf formes te paraîtront une aimable introduction. Les *formes* ne sont qu'une enveloppe commode, un bel outil de classification, si tu veux. Ce qui importe, ce sont les *forces.* »

La troisième révélation est jusqu'ici restée la pire, la plus vertigineuse pour mon équilibre. J'aurais préféré que Caracole m'annonce la date de ma propre mort plutôt que cette prémonition-là : que toute la Horde était destinée à mourir, sauf moi. Il a eu beau relativiser ensuite, me réexpliquer qu'il ne voit pas l'avenir tel qu'il se déroulera, mais seulement qu'il coupe parfois, sans même le vouloir, des boucles de temps en perpétuelle retrempe, peut-être une manière de chrotale d'ailleurs (il ne sait pas vraiment), que d'après lui cet avenir *n'était que* majoritaire, que compteront tout autant les devenirs minoritaires de chacun d'entre nous, les rencontres qui nous changeront et qui peuvent infléchir nos tendances de fond, qu'il n'y a pas lieu de s'alarmer pour un événement qui ne se produira que dans trois ans maintenant — le mal est fait, il s'ancre, sa prophétie me ronge. Elle m'écrase sous une responsabilité nouvelle que rien ne m'avait préparé à endosser.

— C'est un chrone véramorphe ! (lance Oroshi)

— Mais non ! (rigole Caracole)

— Tu veux parier ?

— Parier quoi, Princesse Orochiche ?

— Parier ta prémonition sur ma mort, par exemple.

— Vous faites preuve de grande bravoure, mademoiselle, en osant affronter si terrible futur. Mais qui vous susurra donc que j'eusse pareille prémonition ? Serais-je donc, à vos yeux d'amandes noires, quelque oracle omniscient ou quelque pythie sans pitié livrant en pâture à l'angoisse le spectre de votre poisse ?

— Tu rimes mal, animal. Ton vif me dit que tu sais. J'ai le droit de savoir comment je vais mourir, non ?

— Pourquoi penses-tu que ce gros cocon blond qui dérive là-bas est un véramorphe ?

— Parce que tu as peur de devoir passer à travers et que ta peur m'a été sensible à la fixité soudaine de ton vif, quand tu l'as aperçu.

— Hé diantre, vous progressez, aérotraîtresse !

À certains moments, je me demandais, mal à l'aise, si Caracole ne l'avait pas fait exprès. Qu'il eût fabriqué cette fausse prévision dans l'intention de susciter en moi une secousse tellurique, afin d'accélérer ma maturation, m'effleurait. Il avait la malice suffisante pour vouloir tordre mes lignes de développement et infléchir mon propre avenir tendanciel — mais dans ce cas pour m'emmener vers quoi ou pour sauver qui ? Et est-ce que ça signifiait que j'allais mourir dans Norska ?

Rien ne me paraissait plus atroce que de voir, un à un, disparaître tous ceux que j'aimais. Comment imaginer survivre à Oroshi, de lui survivre à lui, Caracole ? « Tu te feras tes propres blagues ! » me répondait-il. Comment continuer à trouver un sens au contre, à ces fragments absurdes de quotidien, quand les crocs craquaient, qu'Aoi ne ramenait guère assez d'eau pour remplir quatre bols, quand Horst se détournait en bout d'aile, la figure rincée au sable et à la larme ? Quel sens avait tout ça, quel sens les joues brûlés et la fatigue sèche, quel sens les pénéplaines détritiques, les terres abrasives à perte d'horizon monochrome, quel sens les hameaux fracassés quand on espérait le gîte d'un airpailleur, partager pour un soir sa vie et qu'on découvrait un cadavre strié ? Quel sens, sans eux ? La Horde était, dans la sobre extension de ces mots, « tout ce que j'avais ». Je ne possédais rien de plus. Pas même un monde intérieur digne d'autarcie tant j'avais été dès l'enfance structuré du dedans par la discipline du collectif. Ma famille ? Elle m'avait lâché dans un navire à l'âge de six ans. De mon père, je gardais l'image d'une lame haute et inflexible, d'une voix très forte, implacable. Qu'il fut toujours vivant ne m'étonnait pas, qu'il m'attende là-haut s'avérait probable, bien que je n'espérais plus depuis longtemps revoir un « père ». De ma mère ne me revenait que le souvenir de son amour pour les animaux, amour dont j'avais d'une façon ou d'une autre hérité. Je pense qu'elle m'avait aimé, je crois qu'elle avait pleuré à mon départ d'Aberlaas — quoique tout ce qui se rapportât à cette souffrance insurmontable qui m'avait volé jusqu'à la possibilité d'être un enfant, je l'avais broyé.

Comment supporter de voir la petite Aoi s'éteindre ? Ne plus la voir nouer ses cheveux d'une main, cueillir ses herbes pour notre thé et se lover contre Steppe ? Et Arval, notre lueur, cet enthousiasme coriace, cette joie qu'il nous donnait à le voir avaler jusqu'à nous à la galope, sautillant

presque, toujours heureux de nous annoncer un fait insignifiant, un glyphe qu'il avait vu, une butte-tortue, un aven ? Et Callirhoé, cette flamme vive, ces yeux jaunes malicieux, avec ses cheveux qui sentaient toujours la fumée ?

Callirhoé était morte, Léarch était mort et j'avais bien fini par apprendre. Apprendre à ne plus la chercher des yeux le matin alors que le feu tirait vers la cendre et qu'elle approchait son jeu de ventilateurs. Apprendre à ne plus l'accueillir dans mes bras quand Talweg ou Silamphre avaient été se coucher et qu'elle restait avec Caracole, Larco, Pietro et moi, pour nous écouter.

Tacitement, comme tout le monde, s'il ne devait en rester qu'un — au bout du bout — ce ne pouvait être que Golgoth. Ou alors Erg. Mais pas moi ! Je regardais Golgoth parfois, je l'observais à un mètre devant moi entrer bille en tête dans le flux, prendre des éclats au front, barrir une insulte, renfoncer son casque et je ne pouvais pas imaginer, je ne le pouvais tout bonnement pas, que cette force absolue de la nature, ce roc trapu brut de coulée, qui, quand il saignait, saignait de la lave, ce mec qui n'avait jamais reculé de sa vie, qui s'était retourné vers nous au dernier coude avant la porte d'Urle — je me souviens de ça par contre, je n'ai pas pu l'oublier…

Il avait jaugé d'un regard la trouille sur nos visages à présent impossible à masquer et devant lui, au-delà du renfoncement, rien n'était visible, la fente verticale qui entaillait le dernier couloir, cette droite au cœur du défilé encaissé qu'on nous avait annoncée comme la plus effroyable, elle ne faisait pas deux mètres de large et la furie était telle, le vent sifflait à une telle hauteur dans l'aigu que l'acier des parois hurlait comme meulée par une roue d'air crantée. Et là-dedans, dans la stridence crue, Golgoth avait ouvert cinq petites secondes une poche grave et rauque, presque chaude, avec sa voix. Il avait demandé un chaîné-bloc-plein, Pack en percussion, aux deux ailiers de bloquer le gîte latéral en progressant épaule extérieure contre la paroi, quitte à finir raclés en cas de ballant (c'est ce qui se passa). Puis il avait jeté son bras dans l'embrasure, juste pour voir et on avait entendu un bruit sec de jointure. On avait cru qu'il s'était luxé l'épaule. Mais non. Juste un coup de hache. Il avait compté trois ! Deux ! Un ! et il était *entré*. Personne n'avait eu le choix de ne pas le suivre, sauf à décider de le laisser mourir. J'avais fermé les yeux, tout le monde avait fermé les yeux, on s'était encastré de toutes nos forces les uns dans les autres, en appui sur les crampons et Golgoth, toutes les quatre secondes, avait gueulé Pack ! Pack ! Pack ! à chaque poussée, pour rythmer les coups de butoir

dans le métal du vent. Alors ce type-là allait mourir ? Il allait mourir et moi je resterais vivant ?

— Je passe trop de temps avec Sov et toi, c'est tout. Je finis par te connaître, troubadour. Quand tu ralentis, il y a généralement deux raisons : soit tu t'ennuies parce que l'environnement devient répétitif ou homogène ; soit tu ressens une émotion soudaine, qui absorbe ton attention : tu perds alors ta mobilité. Au début, ça me surprenait beaucoup parce que chez tout le monde, c'est l'inverse : l'émotion accélère plutôt le vif.

— Rompez là ! J'acceptons ton pari ! Mais si je gagne, que me proposez-vous ?

— De ne pas dire à Golgoth ce que je sais de toi...

— Ce fusse déloyal...

— Golgoth, halte !

— Quoi ?

— Chrone à bâbord ! Forme prioritaire ! Je dois aller examiner ça !

π Golgoth écarte les bras à l'horizontale et il stoppe le contre. Les quatre crocs se déharnachent. Ils mettent en drapeau l'éolienne de leur traîneau. Le temps depuis ce matin est à la giboulée. Des nuages violets filent aval. Ils ont lâché de la grêle et un peu de pluie. Quand le soleil perce, il ouvre des flaques jaunes sur l'immensité verte. Nous traversons depuis quatre jours les hauts plateaux du Scóverr. Une lande rase cintrée entre deux lignes de crêtes. L'altitude explique la fraîcheur de l'air. On aperçoit partout des gorces qui paissent. Les hardes forment des triangles brun rouge, pointe au vent, faciles à repérer. Le mâle dominant devant, qui fouge la terre au boutoir. Les deux femelles dominantes derrière. Et les gorceaux, groin en balade, dans l'axe du sillon. Lorsqu'on les approche, ils ne fuient pas : ils tournent la pointe du triangle vers nous. De toute façon, avec leur carapace, ils ne craignent rien.

Autour de midi, il y a parfois des passages de méduses roses. Les faucons hobereaux de Darbon les déchirent de la serre et du bec. Mais aujourd'hui rien. Je ne sais pas pourquoi, Léarch manque à ces moments-là. Et Callirhoé surtout nous manque. Elle adorait suivre le vol des faucons. Moins qu'à Silamphre, moins qu'à Talweg, j'en suis sûr. Nous avons fait un feu en pyramide pour le second anniversaire de leur mort. Caracole avait fait un poème magnifique, à deux voix, avec Sov. C'est Silamphre qui les allume désormais. Coriolis assure la plupart des repas. Golgoth l'a remonté d'un cran dans le Pack, à la place de Callirhoé. Nous avons assez de crocs derrière avec les quatre racleurs.

Eux font plaisir à voir. Bold, Filam, Mozer et Dekk : ils sont si fiers d'être avec nous ! Je ne sais pas combien de milliers de fois ils se sont rejoués le passage de la porte d'Urle. — Et comment Léarch s'est jeté contre la paroi pour bloquer le Pack qui reculait. — Et la gerbe d'étincelles quand la cuirasse de son épaule a raclé, avant de s'arracher. Et qu'il était encore debout quand Golgoth a flairé le blaast et qu'il a crié « Plat ! ». Ils racontent à qui veut l'entendre dans les villages que Léarch a décollé et s'est écrasé vingt mètres plus loin dans le coude du couloir. Mais personne n'a tourné la tête pour vérifier. Léarch avait une excellente assise. Il était trop sonné pour plonger à plat ventre quand Golgoth a crié, voilà tout. Il a décramponné. Et seul, sans abri devant, sans étai derrière, impossible de tenir dans un couloir pareil. Quand à Callirhoé, elle n'a pas été soufflée par une lame comme ils le colportent. Elle a perdu son casque en percutant la paroi violemment. Aussitôt, elle a pris une volée de grenaille en plein visage alors qu'elle s'abritait derrière un décrochement. Effet rotor classique. Le tourbillon l'a extirpée de son abri et rejetée dans le lit du vent. Je le sais, je n'avais qu'à tendre le bras une seconde plus tôt et je la rattrapais. Je ne veux plus y penser.

) En contrebas, dans un lit de galets qui s'étire vers l'amont, un cocon ocre, du volume d'un petit dirigeable, dérive. Sa forme, sa luminescence mate et profonde, cette manière de glisser lentement à fleur de sol, les glyphes qui tapissent la gangue, ne laissent aucun doute sur la nature du phénomène : il s'agit bien d'un chrone. Arval cavale de l'amont jusqu'à nous. Avec son petit gabarit, il semble voler sur la lande. Il a dans les yeux l'excitation des découvertes, sa mèche noire balaie son front, son maillot flotte par-dessus son pantalon. Arval :

— Sorti des pierres, là-bas, pffuiit, à travers, résurgence ! lâche-t-il, essoufflé.

— Tu as jeté quelque chose dedans pour voir ? lui demande Oroshi.

— Juste pierre !

— Et alors ?

— Bizarre Osh-Osh !

— Quoi bizarre ? La pierre est ressortie de l'autre côté ?

— Yak ! Pareille ! Pas changé ! Mais dedans, c'était plus une pierre !

— Qu'est-ce que c'était ? Comme du feu, c'est ça ?

— Yak !

— C'est un véramorphe, j'en mettrais ma main à couper.

— Ben vas-y ! Mets-la déjà dans le chrone ! plaisante Larco.

π Caracole, Oroshi et Sov se sont approchés tout près du chrone. Ils s'efforcent de déchiffrer les glyphes sur l'enveloppe mouvante. Je n'aime pas les voir aussi près du cocon. Une rafale peut décaler la masse et ils seront avalés. Oroshi passe un bâton à travers. Le chrone est faiblement opaque. On voit clairement le bout enfoncé du bâton derrière la paroi. À l'intérieur, il éclate en rameau de buis ! Oroshi le retire : le bâton ressort intact ! À demi rassurée, Oroshi enfonce avec précaution sa main droite, puis son avant-bras, puis son bras à l'intérieur du chrone.

— Fais attention, Oroshi !

— C'est peut-être un anital ! Un convertisseur de règne ! Animal-végétal ! Comme celui qui a touché Steppe, il peut te transformer en arbre !

Oroshi ne répond rien. Elle se met simplement de côté afin que tout le monde puisse observer son bras à l'intérieur du chrone.

— Regardez bien, vous ne verrez ça qu'une fois dans votre vie !

) J'étais le plus près d'Oroshi et mon premier réflexe fut de vouloir lui retirer le bras. De la partie immergée sous l'épaule, la peau semblait avoir été dissoute, de sorte que je vis d'abord un réseau à nu de muscles, de tendons et de vaisseaux qui gainaient un os gris. Mais très vite, je me rendis compte qu'il s'agissait plutôt d'un enchevêtrement de filins ou de nœuds de cordes — à cette précision que la matière n'avait rien du chanvre mais tout d'un fin tressage de vent liquide, s'écoulant du biceps jusqu'au delta des doigts. L'ensemble fusait — des lignes de couleur s'effilaient puis se fondaient, certaines zones du bras développaient un inquiétant paquet de lacs puis se déliaient pour se reformer aussitôt. Au bout du bras, les doigts restaient relevés, paume ouverte vers le haut, et au centre de l'espace qu'ils délimitaient, un anneau écarlate tournoyait, qu'on eût juré tracé en boucle par un calligraphe capable de tremper son pinceau dans le vent même — tournoyait j'avais envie de dire : à portée de main, sans se laisser caresser ni saisir. Oroshi retira finalement son bras et le leva vers nous : le soulagement était perceptible !

— Bien. Nous avons affaire à un chrone inoffensif mais extrêmement particulier (annonça Oroshi). Il s'agit du véramorphe qu'on pourrait assimiler à un psychrone, mais je n'entrerai pas dans les détails. Le véramorphe a un pouvoir unique : il donne aux êtres ou aux objets qu'il enveloppe la forme véridique de ce qu'ils sont.

— La forme véridique ?

— Il révèle, si vous voulez, la vérité de ce que nous sommes.

— Comment ça ?

— Je ne peux pas vous expliquer plus ni mieux ! La seule chose à faire pour comprendre est d'essayer. Qui veut y aller ? Qui a le courage ?

Avec malice, j'observai Caracole qui se fondit avec discrétion dans la horde, au milieu des racleurs.

— Qui veut y aller ? Allez, ne faites pas vos timides ! Une occasion comme ça ne se représentera jamais. C'est une vraie chance !

Golgoth sortit du groupe et sans poser d'autres questions ni faire aucun chichi, il pénétra dans le chrone. « Putain ! » fut à peu près la seule chose qui sortit de nos gorges au moment où le corps du Goth se modifia. Il faut dire que la métamorphose était cette fois-ci d'une netteté implacable. Dans le chrone se tenait un gorce puissant, carapaçonné de rouge sombre, qui se ruait vers l'amont (sans toutefois avancer). Mais le plus sidérant était que ce gorce possédait deux têtes qui jaillissaient de l'encolure ; celle de gauche se jetait vers l'avant, sans cesse, avec de furieux à-coups, celle de droite lui répondait par des coups de groin féroces.

— Golgoth se voit, là ? demandai-je à Oroshi.

— À ma connaissance, non. Si tu t'immerges totalement dans le chrone, tu n'es pas conscient de ce que tu deviens.

— Qu'est-ce qu'il voit en ce moment ?

— Je ne sais pas. Sans doute rien. Et lorsqu'il va ressortir, il ne se rappellera de rien non plus.

— Ce que le chrone nous montre, c'est *lui* ?

— Oui. En tout cas, une projection de ce qu'il y a de plus profondément ancré dans son être. (Elle marqua une pause.) Ce qui est confirmé, c'est qu'il a bien le vif de son frère en lui : c'est la seconde tête, celle qui se jette en avant.

— Comment peut-il vivre avec ça ? C'est monstrueux !

— Golgoth est quelqu'un d'incroyablement fort. Tout autre que lui, je pense, se serait détruit en hébergeant un vif pareil. Il fallait posséder une force mentale extraordinaire, au moins équivalente à l'étranger, pour le contenir et l'absorber. Je crois aussi, mais c'est mon interprétation, que ça n'a été possible que parce qu'il *aime* son frère. D'une façon ou d'une autre, il l'a accueilli ; il a su créer une symbiose dynamique avec lui.

— Une symbiose ? Regarde les deux têtes ! Elles s'entre-dévorent Oroshi !

— Non, elles se chamaillent. Parce que chacune veut arriver première là-haut.

π Hagard, Golgoth ressortit du chrone. Il était blanc comme neige. Toute la horde le regarda remonter la butte avec un respect immense strié de stupeur. Une rafale soudaine le fit tituber. Oroshi s'approcha de lui et :

— Tu as vu quelque chose à l'intérieur ?

— Ouais.

) Mais personne n'osa lui demander quoi. J'avais l'impression d'être un voyeur qui aurait assisté à une mise à nu. Par respect pour Golgoth, je décidai de jouer à mon tour le jeu et je descendis la butte. En trois pas prudents, je franchis la paroi du chrone et, fermant les yeux, je m'enfonçai, avec un tremblement, dans le bulbe vibrant… Très vite, je sentis des bracelets d'air siffler autour de mes cuisses, des disques frais me traversèrent le dos et le ventre. Une vague glacée m'envahissait, je me raidis d'abord, me décrispa pour l'absorber, me tendit à nouveau — jusqu'à ce que la sensation très claire d'avoir non plus du sang, mais du *vent* qui courrait dans mes veines, s'impose.

— Ça fout les jetons ce truc (disait Bold).

— Moi j'y mets pas la truffe ! (répondit Filam). Je veux pas qu'on voie qui je suis vraiment. À quoi ça sert ?

— Golgoth l'a fait donc tu dois le faire. Sinon, il te virera !

— Il vire pas les crocs !

— Crois-y. Il fait ce qu'il veut ! C'est lui le chef, mon gars. T'es plus à Alticcio ici, t'as plus la Hanse pour te protéger ! Si Golgoth fait, tu fais aussi !

X Rarement avais-je été, sur un plan intellectuel, aussi excitée de ma vie. Depuis l'âge de neuf ans, je connaissais l'existence du véramorphe et parmi tous les chrones qui m'avaient fascinée, celui-ci restait un rêve de gamine : voir, à travers les apparences, une vérité sinon inaccessible. Quel bonheur ! Les ærudits discutaient bien sûr de la nature exacte de la révélation qu'offrait le véramorphe ; ils questionnaient la notion de *forme vraie*; ils pointaient la polysémie des symboles que le chrone contractait en une seule figure. S'ils étaient globalement d'accord pour y reconnaître une transcription visuelle du vif, la valeur de cette transcription les divisait : miroir du moi ? Projection d'une conscience refoulée ? Reflet du désir ? Écho du devenir ? Autofiction ?

Pour les hordiers ici présents, j'imagine que ce n'était qu'un chrone de plus. Ils ne réalisaient pas la chance fabuleuse qui nous échoyait, mais pour moi… Pour rien au monde, je n'aurais raté ce que j'allais voir. Le furvent aurait pu se lever que je n'aurais pas bougé avant d'avoir observé Sov et

Pietro, Steppe et Aoi, Silamphre, Talweg, Erg aussi ou Darbon, et Caracole évidemment, passer dans le cocon. Pure curiosité ? Oui, avec l'attente d'une confirmation ou d'une infirmation des intuitions que j'avais sur chacun. Et au-delà, je crois, éclatait aussi une envie de comprendre ce qui, sous nos carapaces poncées au « tout va bien », sous le déni durci des souffrances physiques, sous la gangue lisse de toute plainte que chacun de nous polissait à sa façon — sous le masque rude en un mot — quel grain de peau attendait encore une caresse. Après trente ans de vie commune, je savais notre rigueur. Ça ne signifiait pas que les animaux sauvages qui nous peuplaient n'avaient pas envie d'être apprivoisés.

Lorsque Sov s'enfonça, les bras et les jambes disparurent en premier. Son tronc se liquéfia en longs filaments ocre, ne laissant qu'une forme indécidable, arbre ou pilier, à l'endroit où était son corps. Des pelotes de vent apparurent tout autour de lui, bien distinctes dans l'espace, rondes et brillantes comme des astres, toutes reliées à sa colonne diffuse par des coulées de souffle d'un beau jaune solaire. La silhouette avançait, les astres autour aussi, sans qu'il fût possible de dire d'où partait l'énergie qui irradiait le système et qui alimentait qui. De seconde en seconde, certains nœuds d'ambre s'épaississaient, d'autre se simplifiaient en anneaux et l'axe central, aspiré et aspirant, s'aplatissait vers le disque ou se redressait selon, en proie à ces subtils échanges de flux. « C'est pas très clair » disait Firost, déçu. « C'est le bordel chez lui » commentait un racleur. Mais ça n'avait rien d'un bordel au contraire, c'était même si élégamment structuré, et si parlant, pour qui savait lire, que j'en demeurais émue pour Sov. Lorsqu'il ressortit enfin, il s'agenouilla sur l'herbe, frigorifié, et ne se releva qu'avec mon aide.

Ω « Salut groin-groin ! », qu'il me vanne, Firost, il se fout de ma gueule, mais il s'est pas vu, le Fifi ! Lui ça a plutôt été le sanglier de labour, version harnais, qui creuse son sillon, pas de quoi frimer !

Y en a quand même, dans ce Pack, sont pas durailles à chopper — sont comme on les voit : Steppe qu'est un arbre, Alme un tas de merde rose, Aoi une touffe d'herbe genre tenace. Et Erg : un foutoir d'hélices et de serpes dans tous les sens, tout suspendu, putain-rapide, tout qui bouge, qui se décale, qui se remet en boule — ça calme un mec commac, moi ça m'a pas étonné, l'est comme ça, l'Erg, jamais en cale sèche, toujours la main au boo, jamais à poser vraiment son cul, hurif le macaque.

Puis Pied-de-Trop y est allé. Je dois dire : je l'attendais du coin de l'œil. Pas méchamment, juste pour voir. Eh ben putain, il nous a plantés sur pilotis ! Il est rentré et pour ainsi dire, il a pas bougé ! Le même, debout,

bien droit, propre sur lui, tout juste si les joues ont un peu viré au bronze, ça a tiré deux secondes vers la statue lissarde mais rien quoi. Pareil dedans que dehors ! Le même type, Pietro, pas de triche, rien à cacher, dégagez... Ce qu'il te montre, c'est ce qu'il est — recta ! Pas comme nous autres, pas comme Darbon, tiens, le fauconnier, pas joli joli son passage dans le cocon. L'autoursier, c'était mieux, avec son mur bleu et ses oiseaux en citron qui passaient dans les fentes à travers sans arrêt, qu'on aurait dit qu'ils trouvaient l'ouverture dans le lit du vent, ça balançait comme de l'espoir — Darbon, ça puait la becquée vorace, acharnée sur un bout de barbaque noire, au sol, pas clair. Horst, ça m'a foutu le bourdon aussi, avec ces deux mioches joufflus qui se couraient après en rond, dans le silence, ça faisait bizarre, funèbre on dit, hein, mortellien.

X À écouter les réactions des hordiers, je me rendais compte que nos visions des formes générées par le chrone différaient. Ces écarts me dérangeaient. Si le véramorphe révélait la vérité d'un être, pouvait-il y avoir des vérités flottantes, voire plusieurs vérités ? Ou fallait-il que j'en conclue, comme me le lança Sov avec un aplomb qui m'agaça, que l'être « en-soi » n'existait pas, qu'il n'y avait que des êtres « pour et parmi les autres », que chaque hordier n'était au fond « que le pli particulier d'une feuille commune », « un nœud dont la corde est fournie par les autres » ?

Pour Alme, j'avais distingué avec clarté une vingtaine de mains sphériques, dont les doigts protégeaient les pelotes de vent nichées à l'intérieur, alors que Sov avait été frappé par une tonnelle rose de doigts effilés. Pour Aoi, j'avais vu une touffe de flammes hautes, fragiles, mais Steppe avait pleuré en découvrant des asphodèles courbés par le vent et une « source coulant vers le haut ». Pour Larco, tout le monde avait observé les mêmes nuages lumineux glissant à travers le chrone, et ces longs câbles flous qui les accrochaient du sol et s'en détachaient, comme une pêche timide de poissons dans le ciel, jamais vraiment ferrés. Là, l'énergie descendait par saccades des nuages le long des câbles et elle alimentait un nœud complexe, très emmêlé, que je déchiffrai comme le vif de Larco.

— Talweg, c'est à toi, grand ! Te défile pas, y a pas de honte à être un gorce !

— Je me défile pas ! Mais quand je vois la gueule que vous tirez en ressortant, ça ne donne pas trop envie !

— C'est juste le vent à l'intérieur qui te pénètre dans le sang ! Ça te transit la moelle, mais ça vaut le coup tu verras !

— D'accord, d'accord, je vais y passer. Vous me raconterez, hein ?

) Pour bien le connaître, je savais que Talweg entretenait avec le vent un rapport très personnel. De sa science de géomaître, il avait acquis la conviction que le vent avait une origine, une conscience et un but. Le Vent était le grand Abraseur, la force immanente qui sculptait et qui façonnait au jet la terre et ses reliefs. Il était par conséquent l'architecte premier du monde et son démiurge concret. Avant le vent, rien n'existait qu'une pâte boueuse, une lave informe à assécher, à pétrir et à lisser. Dominait chez Talweg cette intuition ancestrale qui voulait que le Vent visât le dôme pur des collines, les droites nettes des canyons, la planitude des plateaux et des plaines. Il plantait et taillait même, d'une certaine façon, les forêts linéaires. Le souffle partout éliminait le superflu, aplanissait les blocs et les buttes incongrues, écrêtait les obstacles qui entravaient la fluidité de son écoulement.

Prolongée par celle de Silamphre, qui y ajoutait une dimension musicale, sa conception était plutôt séduisante parce qu'elle donnait sens à la moindre fluctuation du flot : partout où ça soufflait plus fort, pour faire bref, c'est que le Vent produisait un effort particulier de ponçage ; partout où il était faible, ça signifiait que le sculpteur avait déjà donné au relief la forme qu'il lui destinait. Et la musique du souffle passant sur ces formes, les harmoniques qui s'en dégageaient, suffisaient à confirmer, à l'oreille, ce que l'œil du géomaître observait.

À quel point cette théorie les habitait-elle ? Le véramorphe allait-il en extorquer le noyau d'images ? J'étais impatient de le savoir.

X Ce que j'attendais le cœur battant depuis le début, ce que j'espérais en priant, sans l'avoir révélé à quiconque, c'était d'apercevoir dans l'un d'entre nous quelque écho, fut-il affaibli, fut-il une trace à peine décelable, du vif de Callirhoé. Une ou deux fois, Caracole avait admis en aparté que son vif avait pu ne pas être dispersé dans le défilé d'Urle. Emportée par le blaast, Callirhoé était passée devant la moitié de la horde. J'avais cru apercevoir une résonance de flamme chez Aoi. Pourtant j'attendais surtout le passage de Talweg et de Silamphre qui l'avait, à leur façon, tant aimée.

Sov était revenu à côté de moi. Il me prit doucement la main mais je me dégageai d'abord, embarrassée par le regard de Pietro. Il se recula sans rien dire, je me rapprochai et alors je lui pris la main. Elle était câline.

En entrant dans le chrone, Talweg s'agenouilla face à l'amont et il prit la position dite de la goutte : dos arrondi, genoux et coudes au sol, front dans les mains, avec les deux avant-bras et les deux tibias bien à plat formant

losange. C'était une position de protection face aux très fortes rafales. J'étais intriguée.

Rapidement, les bras et les jambes de Talweg devinrent flous, les mains se fondirent dans la tête, la masse du dos se souda aux membres et l'on ne distingua plus qu'un monobloc brun qu'épousaient des rafales d'un bleu intense. Le monobloc s'allongea. Il prit une forme élégante, d'un aérodynamisme évident et vira graduellement du brun au violet. Les rafales l'enveloppaient toujours en nappes étroites. Le bleu semblait se diffuser au cœur de la roche puisque le violet tira à son tour, par degrés, vers l'indigo. Parallèlement, le bloc parut s'aérer et changer de viscosité — de la pierre à une lave violette, de la lave à l'eau, de l'eau bleue à l'air clair. À la fin, les rafales contournaient toujours ce qui avait d'abord été le corps de Talweg mais le volume n'avait plus rien d'un solide : c'était une goutte profilée, un cocon fluide et pour dire le fond de ma pensée : peut-être bien un chrone. Je plissai les yeux pour tenter de discerner l'intérieur de ce chrone dont les parois étaient bien plus opaques que celle du véramorphe. Dedans…

— Tu vois aussi deux nœuds, Sov ?

— Deux nœuds où ça ?

— Dans le chrone !

— Quel chrone ? Tu veux dire le rocher ? Oui, je vois deux lueurs en tout cas. Une petite et une grosse.

— C'est elle !

— Qui ?

— La petite lueur, c'est elle ! Callirhoé !

) Les yeux d'Oroshi étaient deux rubis noirs plongés subitement dans l'eau. Sans prévenir, elle se précipita dans le chrone où se trouvait encore Talweg. Aussitôt les parois franchies, il n'y eut plus d'Oroshi mais un fauve femelle qui s'approcha du cocon, le renifla et le fouilla du museau. Le cocon s'illumina fortement puis le fauve ouvrit grande sa gueule et la referma sur une poche lumineuse à l'intérieur, orangée, qu'elle extirpa comme d'un placenta. Elle trottina ensuite vers nous avec cette forme dans la gueule, exactement comme l'aurait fait une lionne déplaçant son petit. Elle n'avait pas atteint la paroi du chrone que la lueur orange se diffusa dans le museau puis dans l'ensemble du fauve. Oroshi et Talweg ressortirent presque en même temps, Talweg exsangue, en rampant, et Oroshi à quatre pattes.

— Je l'ai, j'en ai absorbé un brin… finit par articuler Oroshi en se relevant.

— Un brin de vif ?

— Oui ! Je me suis laissée guider par la chaleur dans le chrone, par la flamme. Ce n'est pas très puissant, bien moins fort que ce qu'il y avait dans la loutre de Sveziest, tu te souviens ?

— Oui.

— Mais c'est elle, c'est Callirhoé ! Une toute petite pelote de feu, tu verrais ça, à peine la taille d'un poing, ça vit pourtant, ça flambe, ça bouge, ça… Je ne sais pas comment j'ai fait ça, l'instinct… Elle est venue d'elle-même, elle m'a reconnue…

Oroshi était aux anges. L'émotion la bouleversait, elle avait le sentiment d'avoir accompli un exploit extraordinaire. Et à dire vrai, il l'était.

— Tu comprends, Sov ? Je l'ai sauvée ! Elle est à l'abri en moi maintenant ! Elle va m'aider, je vais la protéger. Ensemble nous serons plus fortes ! Comme Golgoth et son frère ! Mieux qu'eux encore, plus fluides, en harmonie !

— Et pour Talweg ? ne pus-je m'empêcher de demander.

Elle me regarda interloquée, presque gênée :

— Il… Il en reste un brin en lui… Je n'ai pas tout pris, tu sais… C'est peut-être présomptueux… Mais je crois qu'elle sera mieux protégée en moi… J'ai une pratique aérologique plus profonde… Tu ne crois pas ?

Je la regardai, ému à mon tour, épaté. Oui, Callirhoé serait bien au chaud en elle. Elles avaient toujours été si proches, avec Aoi, toutes les trois, depuis l'enfance, depuis Aberlaas où Oroshi, très tôt plus solide et plus brillante, avait pris sur elle de les soutenir et de les préserver.

— Tu as fait ce qu'il fallait. Je t'envie beaucoup, tu sais. Si je meurs avant toi, j'espère que tu m'hébergeras aussi. Mon vif doit être tout petit, il ne tiendra pas de place !

— Détrompe-toi. Depuis Alticcio, je suis ça de très près : tu gagnes en puissance chaque mois, Sov, tu te déploies ! Un jour, tu deviendras aussi intense qu'un Erg, à ta manière, par ton esprit, ta force de lien. Tu aurais dû te voir dans le véramorphe : tu possèdes un pouvoir assez unique de tissage, tu es tramé aux autres. Et puis, tu as entendu Caracole : tu es celui qui survivra ! Il va donc falloir que je t'apprenne à sentir les vifs, héhé — et sérieusement !

Elle riait de joie, elle m'avait mis le doigt sur le nez. Elle se jeta à mon cou et hop, au passage, m'embrassa joliment sur la bouche.

— Ca-ra-cole ! Ca-ra-cole ! Ca-ra-cole !

— Hé regardez, Caracole y va ! Il va entrer dedans !

Ω Il s'est fait prier, le troubadur, par la sainte pute des Vents ! L'a fallu le pousser du coude pour qu'il aille trimbaler son squelette dans la bouboule. C'est le dernier, pas compliqué, le der des ders à s'y coller, à croire qu'il a plus que nous autres du cadavre à la pelle à planquer. Dans la série mascarade, faut dire qu'il nous a sorti en huit ans la collection complète, le Cacarole ! Plus faux-derche que lui, plus tordu de la pirouette, plus chafouin que sa bouille de fouine, tu trouves pas, le bouffonneur-né qu'il est, le joueur de flutiau dans sa version je-t'embrouille-la-citrouille, le cador du baragouin qu'on sait jamais trop, au final, ce qu'il pense ! L'arlequin toucouleur, ouais, genre suprême ! Alors chipez bien que devant le chrone, sûr qu'il recule. Sauf que là, toute la horde beugle à l'unisson et qu'il peut plus se débiner, alors il fait sa mijaurée, mais il y va ! Je l'attends au tourniquet, chuis pas le seul, autant vous le dire…

) Y avait-il un hordier qui, plus que notre troubadour, donnât à ce point envie de savoir qui il était au fond ? À la vigueur des exhortations qui lui furent adressées, que la curiosité, à présent maximale, avait réduite au silence, la réponse claquait, évidente. Un instant euphorique, Oroshi avait retrouvé sur-le-champ la totalité de sa concentration et elle me murmura à plusieurs reprises, comme si je risquais de lever les yeux au ciel ou de me retourner sans prévenir : « Regarde bien, regarde bien… »

Caracole entra donc dans le chrone et aussitôt il s'effaça. Sans que son corps se transforme ni ne laisse la moindre trace. Cinq secondes plus tard, le chrone tout entier se mit à réagir : s'éleva un mugissement sourd et sous la surprise, nous reculâmes de plusieurs mètres en arrière. Sur la carapace du chrone, des flaques de couleur soutenues firent saillir les glyphes d'autant plus nets et noirs. Le cocon dans son ensemble s'irisa, à la façon d'une pépite d'ambre traversée de soleil. À l'intérieur, aucune forme définie n'était discernable, nul morphe de Caracole, juste des tourbillons furtifs et des vortex qui se creusaient de place en place dans le volume de l'enveloppe et qui centrifugeaient autour d'eux des filaments hypervéloces de lumière et de vent. Passant du sourd à l'aigu, le chrone se mit à chuinter avec des sons de ballon qu'on perce et soudain, ça dégénéra : en face de nous, une voie d'air s'ouvrit dans la coque du chrone et au travers sifflait un gaz d'échappement. Très vite, le phénomène se généralisa à l'ensemble du cocon, qui tanguait et ronflait, pareil à un aéroglisseur défaillant, si bien que nous reculâmes encore, très inquiets.

— Il se passe quelque chose de grave !

— Il faut aller le chercher !

Mais personne ne bougea. Le chrone se rétractait sous nos yeux à mesure que crevaient de nouvelles béances dans sa carapace et que s'en expulsaient des gerbes de souffle. Pour un enfant, rien n'aurait été plus pédagogique pour comprendre qu'un chrone n'est constitué que de vent que ce qui se passa. Car rien, strictement aucun lambeau de matière ne fut projeté, le chrone détona et se dispersa dans l'air même — dont il n'est au juste qu'une contraction structurée et hypervive. Tout juste aperçut-on, fugacement, des lueurs mais elles se diluèrent vite dans l'espace. Je n'avais jamais vu un chrone mourir et j'assistais à ça, à son implosion ou à son explosion, qui pouvait dire ? Toujours est-il que Caracole demeurait invisible à travers le peu de volume restant et que l'angoisse qu'il fût absorbé se précisait…

— Il va apparaître, il va apparaître n'est-ce pas ? disait Aoi, la voix cassée, à personne.

Le chrone était désormais passé de la taille d'un aéroglisseur à celle de deux corps allongés, guère plus, et le processus de réduction ne stoppait pas. Il s'intensifia même brutalement : l'ovale d'ambre devint jaune vif, à peine plus gros qu'une tête d'homme puis à peine plus gros qu'un œuf. Puis rien !

Devant nous, l'espace était nu. La lande s'offrait, déserte, à perte d'horizon. Ne restait du chrone qu'un jeu étrange de chuchotis et de vibrations ululantes qui emplissaient l'air sans vouloir décroître, laissant une forte impression de présence — mais de présence éparse, déstructurée, un peu comme si les glyphes du chrone avaient retrouvé une forme légère et s'autocalligraphiaient, invisiblement, devant nos yeux aveugles à leur mouvement.

Qui dira le temps qui s'écoula ? Un instant ? Mais soudain, comme surgissant de l'air même, à l'emplacement du chrone, Caracole réapparut — je jurerais par touches, par fragments recomposés, quoique si vite, si prodigieusement vite que ce fut imperceptible — il réapparut dans son intégralité, intact et souriant.

— Alors, qu'est-ce que ça a donné ? (s'enquit-il avec une sincérité désarçonnante.) Comment le véramorphe me montre-t-il ?

Nous étions tous si abasourdis que, si Oroshi n'eût été là, le silence aurait pu durer un quart d'heure. Mais elle s'approcha de lui, rayonnante, et lui répondit :

— Tel que tu es.

— C'est-à-dire ? insista-t-il.

— Oh, je ne sais pas. Disons : aérien et…

— Et ?

— Polymorphe, ou même…
— Polymorfal ?
— Tu tiens décidément à ton autodéfinition… Joliment joué, troubadour, mais cette fois-ci, pour moi, tu as enfin un visage.

XV.
Ceux qui nous ont enfantés

— Papa maman amont ! Papa maman amont !

π Arval l'orphelin avait les yeux exorbités. Nous l'avions vu revenir en flèche de la ligne de crête. Il semblait glisser sur un nuage de sable fin. Ainsi, comme je l'avais espéré, nos parents étaient venus à notre rencontre. Je n'avais pas revu mon père et ma mère depuis trente-trois ans. Des nouvelles régulières par l'axe Bellini, oui, avec trois ou quatre ans de décalage. Puis de moins en moins décalées à mesure que nous remondions la bande de Contre. Que nous nous rapprochions d'eux. Les dernières dataient de quatre mois : « Nous viendrons vous chercher. » Les textes étaient parfois plus longs.

Je ne saurais vous dire ce que je ressentis en entendant Arval. Trop d'émotions à la fois. Une grêle battante. D'abord, ce fut comme si je me rejoignais moi-même. Comme si j'avais enfin comblé le trou, ce trou béant d'une vie de contre. En les atteignant, nous avions déjà accompli notre mission — en tant que Horde. Ce qui viendrait après se compterait en sus. Un luxe, presque.

Puis je pensai à mes parents, à ce que je leur devais. À ce qu'ils avaient sacrifié pour que je sois là aujourd'hui. L'échafaudage d'attente qui avait surplombé mes deux dernières années de contre s'abattit sur moi. J'avais tellement anticipé ce moment. Je l'avais tellement vécu déjà que le réel transperçait avec difficulté cette couche épaisse de scènes mille fois projetées, mille fois réagencées. Car ils arrivèrent comme je l'avais imaginé. À pied. Du bout de l'horizon, lentement, en ligne. La poussière du slamino brouillait leur silhouette mais ils avaient le pas de leur âge. Il n'y eut pas besoin de parler : Sov, Oroshi, Steppe, Alme, Firost, l'autoursier et moi... Nous étions sept, nous sortîmes du Pack tous ensemble. Et nous nous mîmes à courir, à courir, à courir comme des enfants fous, à courir vers les

seules personnes au monde qui pouvaient comprendre la valeur de ce que nous avions fait, vers les seules dont on pouvait être certain qu'elles nous avaient attendus depuis toujours. Je ne pouvais pas à ce moment-là imaginer leur émotion à eux. Moi j'avais six ans et je courais vers mon passé.

X J'avais eu beau me préparer. Le choc du visage de ma mère, à soixante-dix ans, me secoua. Je la reconnus à ses yeux noirs et à son port de tête, que la vieillesse n'avait su entamer. Maman. Elle portait les stigmates du vif autour du nez : une amorce de spirale, en rien comparable à celle de Te et de Ne Jerkka toutefois. Et je préférais ça. En la sentant en chair, si vivante dans mes bras, si heureuse elle aussi, mes écluses lâchèrent les unes après les autres. Pour la première fois de ma vie, je compris que je pouvais me laisser submerger, et tout remonta d'un coup, comme un siphon se remplit. Maman ! À quel point elle m'avait manqué, à quel point, je ne le sus qu'à ce moment-là. Tout ce que j'avais eu envie de lui dire, tout ce que j'avais enclos pour moi seule, tous ces dialogues que j'avais faits avec elle, pendant trente ans et presque chaque jour… J'avais grandi, j'avais mûri, j'avais vieilli avec son image, avec ses réponses généreuses, que je m'inventais pour faire pièce, afin de me rassurer, avec sa légende vivante réverbérée dans les regards des ærudits qui m'accueillaient et aux yeux desquels j'étais d'abord sa *fille*, la fille de la première aéromaîtresse de l'histoire des Hordes — Matsukaze Melicerte. J'étais devenue aéromaîtresse — d'abord pour elle, afin qu'elle ne puisse jamais avoir honte. De moi. J'avais vécu avec mes questions comme enceinte de vérités couvées, impossibles à mettre au monde et j'avais tenu tout ça, contenu, gardé, gardé. Gardé.

— Maman !

— Le huitième Golgoth n'est pas venu ? (demande incidemment Pietro.)

— Il est resté à Camp Bòban. Il a la responsabilité du campement, il ne peut pas vraiment se libérer (essaie de justifier, avec tact, son père).

— Le campement est à combien de jours de marche d'ici ?

— Quatre ou cinq mois.

— Tant que ça ! ?

— Nous étions tellement impatients de vous retrouver… Il y a un an, nous avons été informés par un Oblique que vous aviez passé la porte d'Urle. Nous avons fait nos calculs et nous avons décidé d'avaler jusqu'à vous. L'impatience de vous retrouver, c'était trop tentant… Et avoir le plaisir de contrer quelques mois avec vous, de l'intérieur du Pack…

— Vous pourrez nous accompagner dans Norska, de toute façon. Vous le ferez n'est-ce pas ?

Arrigo Della Rocca regarde Matsukaze Melicerte en souriant. Siphaé Phorehys, la mère de Steppe, désigne sa sœur, Fuschia Phorehys :

— Elle, éventuellement, pourra vous guider au départ du défilé. Mais nous, ce ne serait pas raisonnable…

— C'est si dur là-haut ?

— On nous a dit que vous aviez perdu la moitié de votre horde, c'est vrai ?

— La moitié ? Qui vous a dit ça ?

— Des Fréoles.

— Qui ça ? L'Escadre frêle ?

— Oui.

— Je ne comprends pas pourquoi ils vous ont ménagés. Nous avons perdu les trois quarts de la horde en moins de trois semaines. Et je mets de côté les amputés.

— Vous aviez quel âge à l'époque de votre tentative ?

— Quarante-cinq ans en moyenne. Et vous ?

— Golgoth a quarante-trois ans. Notre plus jeune, Coriolis, a vingt-sept ans. Globalement, nous tournons autour de la quarantaine.

— Vous aurez un peu plus de mordant, logiquement. Nous avons passé ces vingt dernières années, vous l'imaginez, à refaire l'histoire avec des si. À prendre et à reprendre dans nos têtes et sur nos cartes le défilé, à étudier la meilleure façon de passer. Ça vous aidera — même s'il ne faut pas se faire trop d'illusions. Avec la plus subtile science du monde, quand vous prenez un crivetz de force 11 en facial sur une pente de glace à 45°, soit vous gelez debout, soit vous priez. Là-haut, ce n'est tout simplement pas fait pour l'homme.

— Il est trop tôt pour parler de tout ça, Arrigo. Ils auront le temps de découvrir ce qui les attend. Nous vous informerons avec le plus d'objectivité possible. Sachez qu'il n'y a pas de honte à préférer la vie. Savoir renoncer est parfois un plus haut signe de grandeur que de s'entêter dans l'absurde.

‹› « Fénélas et Lemter Déicoon, nous sommes les parents de Callirhoé. » Deux jeunes vieillards, ils cherchent leur fille dans la mêlée des effusions, leur regard glisse sur Coriolis, perdu, anxieux, se pose sur Alme, ils viennent finalement vers moi, ils se présentent. « Callirhoé n'est pas avec vous ? » ose finalement le père. Il tient avec dignité la main de sa femme, elle tremble, ses yeux volettent comme des moineaux apeurés de visage en visage sans y reconnaître quiconque, sans vouloir comprendre. Steppe est dans les bras de sa sœur. Je me sens abandonnée. « Callirhoé nous a quittés à la porte

d'Urle. Elle avait vraiment hâte de vous revoir, elle parlait beaucoup de vous. » Je ne sais pas ce que je dis. La flaque flotte en moi, je repense à la prémonition de Calli au bord du siphon, lorsqu'elle avait vu son père la prendre dans ses bras et demander pardon. Ça ne s'est pas passé comme ça. Ce n'était (comment dit Sov ?) qu'un « avenir majoritaire ». Pourquoi alors ? Pourquoi cette vision ? La mère de Callirhoé est tombée à genoux. Elle ne tient plus son corps, sa tête lui échappe des épaules. « Elle a… laissé quelque chose… pour nous ? » demande-t-elle. « Oui », j'ai encore le souffle de répondre. Les sanglots me bouchent la gorge, j'arrive à peine à respirer. Je sors une enveloppe complètement racornie de ma poche, la pliure grince et s'ouvre, je la tends à sa mère, sur l'enveloppe, les mots « à mon papa et à ma maman » sont à peine lisibles, la vieille femme ouvre ses deux bras vers la lettre. « C'était une fille… extraordinaire, vous savez. » « Une grande feuleuse… comme… comme son père. » Je ne peux plus les regarder. Je ne peux plus.

′, Vous avez déjà vécu ces moments qui sont, hey, tellement joyeux ? J'eus pendant cinq mois à portée de rires et de baisers le plus beau jardin vagabond dont je pusse rêver, et il ne comportait pourtant que deux bosquets et une source, qui s'appelaient Siphaé ma mère, Fuschia ma petite sœur et Aoi, mon amour léger, mon ruisseau clair que j'aimais laper en serval les nuits de petite chaleur.

Ma mère, toute de bagout, la faconde haute, me parla des jours entiers de son jardin de Camp Bòban. J'étais fasciné par l'ampleur de son parc, sa compulsion à bouturer et à greffer sans cesse, sa quête bourgeonnante qui me semblait si proche de la mienne. Puis elle m'annonça, avec des flammes dans l'iris, l'existence d'un vallon abrité, au sol riche préservé de la soif, où elle avait planté ses graines les plus rares — je lui montrai les miennes, je lui sortai du traîneau mes sachets précieux et elle frissonnait de retrouver en moi les mêmes goûts pour les graminées hautes et pour les couvrantes coriaces qui allongent leur tapis dans le lit du vent. Ce vallon, elles y avaient consacré ces dernières années, avec Fuschia, tout ce que leurs mains contenaient d'intelligence végétale, de pulpe et de toucher. Elles l'avaient baptisé « la Steppe ». Tout simplement ! Depuis qu'elles avaient appris que j'étais ressorti vivant de la flaque de Lapsane, elles n'avaient plus douté de me revoir. Elles avaient alors intensifié leurs efforts, gorgées d'enthousiasme, et m'avaient paysagé ce cadeau germinal et mouvant d'un parc secret qui poussait dru, qui grandissait arrosé à l'amour en attendant que mes pieds foulent sa terre, que mon nez flaire les arômes bruissants et que ma

main taille à son tour les fruitiers… Un parc qui n'attendait plus que j'y choisisse ma cabane parmi l'archipel de petites maisons perchées dans les arbres, en bord de canyon ou à cheval sur la rivière que les mômes du camp, fous du projet, avaient décidé — d'eux-mêmes, insistait ma sœur — de fabriquer pour ma venue. Pour l'instant, ils venaient y jouer et parfois y dormir afin de guetter à l'aube le passage d'un puma ou d'un cerf hélicé. Aoi était émerveillée par la perspective de découvrir et d'habiter ce jardin. Elle buvait le petit lait de ma mère et de ma sœur à longueur de journée, sans jamais se rassasier. Elle se formait du vallon l'image la plus riche possible, elle se projetait déjà là-bas…

Ainsi, une nuit que nous étions allongés à l'écart, après avoir fait l'amour, Aoi me dit :

— Tu sais, moi, je prendrais bien la cabane sur la rivière.

— Elle risque d'être humide…

— Le soir et le matin, tu dois voir les animaux qui viennent boire. Et puis, tu as l'eau sur place, c'est pratique. Tu dois même pouvoir pêcher du balcon.

— Elle est petite d'après Fuschia, cette cabane…

— On l'agrandira ! Silamphre nous fera les meubles et Oroshi les éoliennes et la girouette !

— Tu crois qu'ils auront le temps ? On ne va pas rester longtemps à Camp Bòban, tu sais… Golgoth voudra enchaîner, tu le connais !

Aoi ne répondit d'abord pas. Son silence était sans équivoque. Puis elle me coula dans l'oreille ces mots :

— Je veux que ce soit dans cette cabane qu'on fasse un enfant. Et celui-là, je ne veux pas l'abandonner. Je veux le voir grandir. Je veux qu'il ait une mère et un père.

Je ne sus pas quoi répondre d'abord. J'étais ému et sidéré :

— Est-ce que ça veut dire que tu veux… que tu serais prête à renoncer à l'Extrême-Amont ?

— Il n'y a pas d'Extrême-Amont. Oroshi me l'a dit. Là-haut, on ne trouvera rien que de la glace, à l'infini. On mourra tous si on y va !

D'un sursaut, je me redressai sur les genoux et lui fis face :

— Tu peux pas dire ça ! Tu n'as pas honte ? En Extrême-Amont, il y a la Terre-Mère ! Le jardin des Origines ! Le Jardin dont toutes les plantes que tu connais, tous les arbres, toutes les graines que tu as pu rencontrer sur cette terre proviennent ! C'est là-haut que tout s'enfante ! Que la vie est née, naît et naîtra ! C'est là-haut que nous irons vivre tous les deux. La neuvième forme du vent, c'est la puissance de germination, la force qui

fait tout pousser, Aoi. Le vent qui féconde l'aval ! Je le sais et tu le sais, non ?

— La neuvième forme, Steppe, c'est la mort. Tu rêves à voix haute. C'est le végétal en toi qui parle, pas l'homme. Dès que tu bois trop d'eau, tu ne sais plus ce que tu dis ! Oroshi, elle, elle sait ! C'est une ærudite.

— Oroshi n'est pas une déesse ! Je l'ai entendue discuter avec sa mère. Elles ne sont pas d'accord sur la neuvième forme ! Ni sur la huitième d'ailleurs !

— Tu n'as pas envie d'avoir un enfant de moi ?

— Si.

Aoi se blottit contre ma poitrine. Son corps était si léger, si mobile au toucher. Je fermai les yeux. J'écoutai une rafale descendre de l'amont et trouer, de proche en proche, les rameaux de la forêt linéaire. Elle passa sur nous puis s'enfuit.

— Si. Mais je veux voir l'Extrême-Amont. Je veux voir la Terre-Mère.

— La Terre-Mère ? La Terre-Mère, c'est nous deux, idiot…

π Il y eut les parents qui ne retrouvèrent pas leurs enfants. Et il y eut l'inverse. Quand Talweg était tombé sur son père pétrifié dans le désert de Leergeem, il avait été prévenu. Mais que Lacmila Capys, la mère d'Alme, était morte noyée dans la flaque de Lapsane, vingt-cinq ans plus tôt, personne ne le lui avait dit. « Oui, oui, la soigneuse est vivante » lui avait-on toujours affirmé. Pour tout hordier, avouons-le, les parents mouraient une première fois à six ou sept ans. Lors de la séparation. Ensuite, ils mouraient une seconde fois, de la main d'un assassin célèbre : l'oubli. Enfin, ils ressuscitaient. Pour les plus chanceux. Ou au contraire, ils mouraient une troisième fois. La pire. Celle qui tuait l'espoir réactivé de les revoir. Alme ne s'en remit jamais.

— Ce n'est pas de la savoir morte. C'est cette sensation d'avoir pensé tant d'années à quelqu'un qui n'existait plus. Comme si j'avais été seule toutes ces années sans le savoir. Toutes mes pensées pour elle s'adressaient au vide… C'est atroce.

Très vite, nous six qui avions eu la chance de retrouver nos parents, nous fîmes profil bas. J'essayais de ne point trop m'isoler en famille. Même si le plaisir que j'en retirais était profond et la tentation constante. Oroshi restait un modèle de tact. Sa mère avait eu ce courage de parler de Lacmila à Alme. Aussi souvent que possible. Elle la faisait réexister. Elle répondait à son besoin tenaillant et insatiable de savoir *qui* était sa mère. Steppe, de son côté, était tout à son bonheur. Il n'avait pas conscience de la souffrance

que sa joie imprimait en creux sur d'autres. Sov avait choisi d'intégrer son père Ertov au plus vite dans notre horde. Par chance, son père était liant, d'un caractère direct et jovial. Le courant passait bien. Hektior de Toroge, le père de Firost, restait discret. Il se fondait dans le groupe. Quant à l'autoursier, il confiait beaucoup au sien ses oiseaux. Pour le reste, sa bonhomie naturelle modérait l'éclat de sa liesse.

Restait bien sûr le cas de Golgoth. Dire qu'il goûtait peu ces retrouvailles familiales relevait de l'euphémisme. La vieillesse de nos parents et leur lenteur en contre donnait prise à sa gouaille sévère. La présence d'étrangers dans la horde, fussent-ils relégués en queue de Pack, le dérangeait très visiblement. Outre qu'il pressentait le risque inhérent à ces retrouvailles : la dislocation du groupe. Voire des renoncements possibles. Pour lui, la caravane mixte qui remontait vers Camp Bòban n'avait plus rien d'une horde. N'était plus *sa* Horde. C'était « un troupeau ».

Par rapport à son père, personne n'osa ne serait-ce qu'approcher à portée de voix du sujet. Il fallut attendre la dernière semaine avant d'atteindre Camp Bòban. Golgoth sortit alors du mutisme presque total qui l'obstruait. Il réveilla le bivouac à l'aurore et rudoya tout le monde. Il nous laissa avaler un thé. Puis il se campa devant nous. Il avait taillé sa barbe très court et s'était rasé la tête. Il était en tension. Son regard était net. Sa voix claquait :

— Alors voilà. On déboule enfin au pied de Norska. Pour vous autres, les papimamies, ce fut le bout du chemin. Pour nous, c'est là que ça commence. J'ai entendu ces temps-ci un peu tout et rien dans le Pack. Que l'Extrême-Amont, paraîtrait qu'y en aurait pas. Que là-haut, quoiqu'on fasse, ça passe pas, hein, c'est cadenassé du rocher, verrouillé à la glace, pas humain. Qu'on ferait mieux de poser nos fions au coin d'un feu, d'empiler des moellons les uns sur les autres pour se faire une niche, de pondre du môme comme on pisse et de tirer le trait. Ça, c'est des idées de vioques qu'ont soixante-dix hivers dans la vertèbre, qui veulent michetonner en famille et qui croient que là où ils ont fait caca, on fera aussi caca. Moi j'ai passé ma vie en proue à vous remorquer au palan pour vous ramener debout ici, au pied de cette montagne dont je savais déjà le nom à trois ans : Norska ! J'ai rien contre vous, les vétérans. La 33ᵉ a fait son boulot. Il vous manquait juste un chef. Vous allez nous donner vos tuyaux, ouais, votre matos de varappe, le résultat de votre gamberge. Merci d'avance. Mais sachez bien ça : si je vous respecte, c'est parce que vous êtes des anciens. Mais j'ai pas d'estime pour vous. Vous avez beau vous appeler Toroge, Della Rocca, Melicerte, vous êtes peut-être des héros pour les abrités, pas pour moi. Pour moi, les héros, c'est ceux qui sont jamais revenus de là-haut.

Qu'ont donné ce qu'il leur coulait encore de sang dans les boyaux pour forcer le passage du défilé ! Qu'ont mordu la glace avec les dents quand ils ont eu plus de mains. Vous, si vous êtes encore là, c'est que vous n'avez pas été racler la couenne du muscle ! Que vous soyez vivants me suffit : vous êtes de la race des demi-couilles qui…

C'en était trop pour mon père et pour Hektior de Toroge. Ils s'étaient levés et ils faisaient face.

— Qui es-tu toi, neuvième Golgoth ? Et qu'est-ce que tu as prouvé ? Tu parles de ce que tu ne connais pas ! Tu ne sais rien du froid, de la septième forme que tu affronteras là-haut, rien de ce qu'est la glace ! Qu'est-ce que tu sais de Norska ? Des on-dit ! Des mots ! Tu ouvres ta grande gueule, tu te permets de nous juger parce que tu as trente ans de moins, les deux mains au chaud dans tes poches et les joues encore roses. Grimpe là-haut ! Va te mesurer au soulevent et alors tu auras gagné le droit de juger ! Même ton père a reculé là-haut. Tu m'entends ? *Re-cu-lé* !

— Qui ça ?

— Ton père !

— *Qui ça* ? répéta Golgoth avec une ironie glaciale.

) L'ambiance s'était tendue à rupture de câble. Oroshi était à la limite d'exploser, tant le fait qu'on s'attaque à l'honneur de sa mère lui hérissait l'orgueil. Comme souvent en pareille situation, ce fut Pietro qui s'intercala pour détendre l'arc :

— Golgoth, tu ne peux reprocher à personne de préférer survivre. Si les conditions sont inhumaines, tu peux toujours choisir de mourir. Mais alors tu choisis le suicide — pas le sacrifice. Se sacrifier n'a de sens que s'il reste une chance, même minime, de passer. D'après ce que je sais, ce n'était pas le cas quand ils ont renoncé. Si tu es absolument certain de mourir en continuant, tu n'es pas un héros, tu n'es qu'un abruti qui se suicide pour la gloire. La fausse gloire !

— Le véritable héroïsme, neuvième Golgoth, c'est d'accepter la honte de survivre, conclut, d'une flèche acérée, Matsukaze Melicerte.

Sous cette double salve sensée, Golgoth garda un silence qui ne valait pas approbation mais qui montrait, tout au moins, qu'il avait écouté. La température avait repris quelques degrés :

— L'autre truc que je voulais vous visser au front, c'est que je ne compte pas prendre le moisi à Camp Bòban. Vous avez eu quatre mois pour profiter de vos vieux, estimez-vous jouasses. Au pire, on va rester deux mois de plus, le temps de caler la trace, de peaufiner l'équipement, de

blinder les réserves et d'aller se coltiner les premières pentes, histoire de prendre pied, de cranter les appuis et de corroyer le contre : goutte, delta, diamant, tout ! Nous avons cette choune d'arriver en saison chaude. Faut pas rater le coche. Pour le cas où y aurait parmi nous des chiasseux qui caquent sous vertigo — Et aussi pour ceux qui voudront être des héros de la survie en pantoufle fourrée : je les retiens pas ! Qu'ils giclent ! Je préfère tailler la glace avec un Pack tassé que de traîner de la femelle enceinte ou de la tafiole qui tremblotte. Vous captez, les racleurs ? À ce propos aussi, pour celles qu'auraient dans l'idée de poser un mioche tantôt, je veux être réglo : c'est votre droit. Je vous l'avorterai pas à coups de tatane dans le ballon. Mais vous savez ce qui nous attend. À vous de voir !

À ma connaissance, ni Alme ni Aoi, ni Coriolis ou Oroshi n'étaient enceintes — sinon du désir croissant de l'être, et elles avaient suggéré par la bande, sans trop y croire, qu'on fasse une pause d'une année à Camp Bòban afin de leur permettre d'avoir un enfant. La suggestion venait surtout d'Alme et d'Oroshi qui, n'ayant pas pris la décision de garder ceux qui leur étaient venus, comme jadis Aoi et Callirhoé, avec le cortège d'efforts et de conflits qui en avait résulté avec Golgoth, se trouvaient, à l'approche de la quarantaine, « au pied du môme » (selon Caracole). En clair, soit elles optaient pour l'Extrême-Amont et renonçaient définitivement à avoir un enfant, soit elles finiraient leur vie à Camp Bòban tant la probabilité de pouvoir passer Norska seule était nulle.

Restait la possibilité de négocier avec Golgoth, bien sûr, dans l'absolu — mais qui y croyait une seconde ? Dans l'esprit si singulier du Goth, vouloir un enfant trahissait un manque de confiance dans sa horde. Ne pouvait en désirer que celles qui n'avaient plus foi dans notre capacité à être la première Horde qui atteindrait l'Extrême-Amont. L'enfant, il ne pouvait le concevoir que d'une seule façon : comme une délégation d'espoir, en quelque sorte, vers la Horde suivante — ce qui lui semblait inacceptable. Qu'il pût y avoir d'autres raisons d'en désirer un lui échappait totalement. « Comment croire en ton chiard si tu ne crois pas déjà en toi ? » avait-il un jour lancé à Oroshi. Il y voyait un symptôme de décadence et de lâcheté, et en un sens, je lui donnais raison : mes réticences à écrire le carnet de contre venaient en partie de là. Car si nous réussissions, à quoi bon rédiger un carnet de contre ? L'époque des Hordes s'achèverait — dans la grandeur, dans l'absurdité, dans la terreur, que sais-je — mais en tout cas dans le Savoir.

Au pire, en cas de conflit majeur, Golgoth pourrait de toute façon toujours compter sur son éclaireur, sur Erg et Firost en étai derrière lui, sur Horst et sur Darbon pour former un Pack efficace. Et même Steppe et

Talweg, même Pietro, soyons honnêtes, même moi, je n'étais pas prêt à lâcher la horde en cas de scission. Mon espoir était qu'après Norska, si l'on y survivait, nous saurions. Et alors Oroshi pourrait avoir un fils ou une fille. Peut-être de moi ? Sa mère m'avait demandé, le mois dernier, au pli d'une conversation, si je songeais à avoir des enfants. J'y avais vu un signe, comme l'ébauche d'un appel. Plus précisément, j'avais *voulu* y voir un appel, délicat, d'Oroshi. Et bien oui, j'y songeais — à cette condition : ne pas faire un orphelin de plus !

— Il y a une dernière grosse broutille dont je veux parler.

π Golgoth marque un temps. Le silence se fait. Il balaie du regard toute l'assemblée. Enchaîne :

— Je vais rencontrer dans une semaine un vieux mec, que certains appellent mon père. J'ai deux-trois trucs à régler avec lui. Et je veux vous demander une chose. Quoi qui se passe, quoi que vous verrez, vous en mêlez pas. Clar ?

— Qu'est-ce que tu comptes faire, Golgoth ?

— Si je suis pas clair, si l'un de vous veut y fourrer le groin, Erg le sèchera à l'horizontale. Il m'a donné sa parole. Vous amusez pas à ça. Surtout pas. Pigé ?

Il lance à nouveau un regard minéral afin de vérifier que nous avons bien compris. Une appréhension s'installe. Il n'a pas besoin d'en rajouter. Nous nous attendons déjà au pire. « Je ne veux pas être là quand ça va se passer » murmure Aoi à Steppe. « Ça va charcler sévère, si tu veux mon avis » pronostique sans miracle un racleur. « Moi, j'veux voir ça ! T'imagine un peu, les deux Golgoth face à face, après trente-cinq ans ? Ça va être énorme ! » enchérit l'autre. D'une certaine façon oui : ce fut « énorme ».

) Notre arrivée à Camp Bòban ressembla à un conte de fées. Le site déjà, enclavé dans un cirque en fer à chevent au pied du massif, avec ses hautes colonnes orangées et ses cascades qui se déversaient d'un trait dans le vide, alimentant au sol un lacis de ruisseaux et de rivières, était admirablement protégé. Le vent qui y pénétrait était pur de toute poussière puisqu'il glissait directement de la chaîne impressionnante de montagnes enneigées qui barrait, vers l'amont, la ligne d'horizon. La nuit, les courants catabatiques glacés plongeaient dans la cuvette, mais le matin, grâce à la cassure brutale de la falaise amont, un rotor aspirait doucement l'air chauffé de la plaine jusqu'au soir, apportant aux cultures et aux hommes des conditions plus qu'appréciées de clémence.

Lorsque nous franchîmes l'embrasure du cirque, un frisson d'allégresse me saisit à la vision de cette mosaïque de couleur. Une marqueterie blonde de champs d'orge, de seigle et de blé humanisait l'espace. Elle alternait avec le jaune des friches armées d'ajoncs, le vert des prairies sauvages en partie pâturées et la neige lilas des vergers en fleurs. Dans les interstices de ce maillage résistaient de petites buttes soignées et quelques dolines où se devinaient des lopins individuels jardinés en goutte d'eau. En cette fin d'après-midi, le soleil déclinant sur l'aval entrait en longues raies planes et tactiles dans l'axe précis du cirque, si bien que la ribambelle d'enfants qui remonta à toute berzingue vers nous, coupant à travers champs et ruisseaux, dans un long hurlement d'excitation, me fit l'effet, ainsi éclairée, d'une cavalcade de petits fauves dorés. Derrière eux, les dépassant bientôt, quatre aéroglisseurs, d'une très belle facture artisanale, filèrent sans ronfler dans le lit de la rivière, suivis d'hélibarques et de jonques à voiles bleues. En tout peut-être une centaine de personnes, autant dire tout le village, nous accueillirent avec une émotion et une chaleur qui rivalisaient presque avec celles de nos parents, quatre mois plus tôt. Les enfants avaient fagoté à la hâte quelques bouquets de fleurs et ils avaient les poches encombrées de babéoles et de cadeaux qu'ils sortaient tous à la fois, dans un barouf ravissant.

Je les compris vite, les Fréoles qui séjournaient plusieurs mois ici et les Obliques en vélichar qui, sous prétexte d'apporter des nouvelles de l'aval, restaient d'abord trois jours, puis la semaine, puis trois bonnes semaines… Le fameux Camp Bòban, longtemps simple camp de base de Norska, était devenu au fil du temps un village, un village à l'architecture élégante et ronde, un petit havre dont l'ascendant immédiat fouillait au soc nos rêves enterrés de maison. Autant le dire : ce camp était un piège profond. Par sa lumière, l'eau abondante et le vent clair, par une terre à l'évidence fertile, il cumulait les énergies propices. Tout, du tracé fluide des chemins à la taille des fontaines, du réseau d'irrigation aux choix des éoliennes, de l'emplacement du pharéole aux hélices des deux moulins, des matériaux utilisés aux glisseurs silencieux, des jouets des gosses jusqu'aux tissus de leurs vêtements, tout trahissait l'empreinte et le goût d'une élite sobre et pragmatique, dont l'ampleur des connaissances techniques expliquait la pertinence des réalisations. Bien sûr, le village devait à la mère d'Oroshi la sagesse de son aérologie et à celle de Steppe la pérennité de ses cultures et la vigueur de ses jardins vagabonds ; bien sûr, l'organisation politique et les pratiques si généreuses d'accueil des Obliques et Fréoles n'auraient pas atteint cette tenue sans le père de Pietro ; bien sûr, on devait au père de Golgoth les travaux les plus risqués de captage sous la cascade centrale et la

création orgueilleuse du pharéole 8, perché sur un éperon à cinq cents mètres à la verticale de la Porte (l'entrée du cirque), un pharéole capable de réfléchir sur ses pales en miroir étamé, telle une roue d'éclat, la lumière du soleil jusqu'à cinquante bons kilomètres en aval. Pourtant, au-delà des capacités individuelles, c'était l'état d'esprit collectif de cinq hordes successives qui expliquait l'agencement du site et lui impulsait cette noblesse qui me séduisit tant, et si vite. Quitte à finir sa vie quelque part, pour une Horde, autant que ce fut à Camp Bòban que dans un village d'abrités ou même à Alticcio dont l'arrogance tourangelle était peu supportable pour notre indépendance sourcilleuse et farouche.

— Le huitième Golgoth est là ?

— Il va arriver, Arrigo. Il est allé tailler des marches sur le pilier Jens.

— Il savait que nous arrivions ?

— Oui, Assel vous a repérés ce matin du pharéole, à la longue vue. Il nous a prévenus par câble de là-haut. Puis il est carrément descendu par la via ferrata parce qu'il était trop excité.

— Comment a réagi Golgoth ?

— Tu sais comme il est. Il a dit de préparer le banquet. Impossible à déchiffrer. Ni content ni sombre. Je ne sais pas. Contrarié sans doute.

— Il peut ! Son fils nous a...

— Je sais, on m'a expliqué déjà. Personne ne bougera. C'est leur affaire. Ça ne sera sans doute pas beau à voir. Alors nous essaierons de regarder ailleurs quand ils vont se retrouver.

Nomades tels que nous l'étions, dans chaque cité ou hameau, dans une grotte sèche aussi bien qu'une doline, sous abri ou à la belle, nous nous sentions partout chez nous et partout étrangers, n'ayant eu de la notion de foyer, depuis l'enfance, qu'une conception abstraite et distanciée, un désir flou que conjurait la familiarité des bivouacs — notre foyer portatif, structuré par l'emboîtement des traîneaux, les tapis échancrés, le feu central et les meubles légers de Silamphre, qu'il détruisait et recréait sans cesse. Lorsque mon père me montra « notre » maison, qu'il me fit pénétrer dans ce bulbe élégant, poncé à la main, percé de fenêtres en verre, et qu'avec une émotion presque impossible à contenir, il m'amena devant une porte sur laquelle était inscrit « chambre de Sov », j'eus l'impression que je rentrais enfin chez moi — un « chez-moi » qui n'avait jamais existé mais qu'il avait inventé, par la force de son attente, un chez-moi qui ne pouvait par définition n'avoir aucun souvenir d'enfance sur lequel s'appuyer — tout au moins le crus-je — jusqu'à ce que je me décide à pénétrer dans la chambre... En me tournant vers le lit, je découvris quelque chose qui me

bouleversa. Sur l'oreiller moelleux, un tel luxe, avait été posé un minuscule gorceau fait de tissu et de son… Il y eut à ce moment-là, en moi, une incision par laquelle un souvenir, une mince ligne de sang, fit irruption. Ce gorceau avait été ma première peluche, la seule que j'aie jamais eue en fait, j'avais dormi chaque nuit avec, peu ou prou, jusqu'à l'âge de six ans et me revint par blocs la tragédie, quand mon père m'avait mis dans le navire pour Aberlaas et qu'il avait refusé de me laisser emporter ma peluche. Vork, elle s'appelait. Vork. « Tu dois grandir maintenant, Sov ! Grandir ! Là-bas, il n'y aura pas de tendresse, pas de peluches ni rien, il faut t'habituer dès maintenant ! » Eh bien voilà, il l'avait quand même gardé, Vork, gardé comme un souvenir de moi ou gardé pour moi, toutes ces années, toutes ces interminables années de contre. Je m'approchai du lit lentement, je me laissais envahir par l'atmosphère de chambre solitaire, jamais habitée, je fis plusieurs pas sur ce tapis dont personne n'avait encore agité les fibres et la poussière, je me sentais heureux et comme libéré d'une rancune de trente ans… Pas libéré non, juste prêt au pardon, enfin prêt… Juste apte à comprendre jusqu'à quelle profondeur mon père avait eu raison : que j'étais devenu cette force autonome et debout grâce à cet acte de privation crue, insupportable, ce trou où n'avait pu loger, par compensation, que ma rage. Je ne lui disais toujours pas merci, je ne pouvais pas, personne ne pouvait, aucun des hordiers, Golgoth moins que tous. Je lui disais merci. Pourtant —

— Tu le reconnais ? me demandait mon père, presque anxieux. Tu te souviens ?

Mais je n'avais déjà plus la conscience de répondre, j'avais pris Vork dans mes mains et j'étais dépassé par la violence de mes larmes.

∂ « Il faut parfois une vie pour trouver le son qu'on cherche », m'avait confié un vieil abrité de Chawondasee, enfoncé qu'il était dans son fauteuil de cuir oblong, la tête à nue et le dos à la pluie, exposé en plein choon à l'aval du village, sur les restes surnageant d'un cailleboutis bourbeux. À l'écart d'une réception hypocrite, j'avais certes été attiré par cette motte de cuir plantée sur le court horizon de brouillard, mais plus encore par le son roucoulé de l'éolienne en amarante, qui surplombait son fauteuil : une tourterelle, aurait-on présumé, à fines lames boisées d'où enflait un calme chuintant, magnifique. L'homme, aux avant-bras de planche, n'était en rien musicien ni facteur d'instruments, il était à ma façon un artisan, longtemps spécialiste des grandes éoliennes de pompage, puis progressivement et l'âge venant, justifia-t-il, il s'était replié sur des productions « dérisoires ». Il bricolait depuis une flopée d'années ces éoliennes domestiques, destinées à

agrémenter quelque foyer mélomane, avec pour seule obsession le son, le son serein, le son pour lui enfin digne d'un accompagnement à la pluie partout murmurante. Je ne sais pourquoi ce type à la voix avalée, que son village laissait moisir à la frange, en lui achetant sous une forme un peu insultante de pitié son art irrecevable, m'avait tant et si longtemps marqué : je l'avais écouté se taire avec application à peine plus d'une heure, j'avais entendu quatre de ses éoliennes le lendemain, sur des terrasses privatives, lors d'une longue saignée du soleil. Et ça m'avait suffi pour juger de sa trempe.

Depuis avais-je cherché ce son, à mon tour et pour mes oreilles propres, sachant que je n'avais aucun génie pour le susciter de mes mains, peut-être seulement celui de l'entendre, s'il traversait un jour mon champ de perception.

À Camp Bòban, au cours de ma première visite de « la Steppe », ce jardin faramineux des Phorehys, notre petit groupe, mené par Fuschia et Siphaé, comportait Steppe, Alme et Aoi, auxquels s'étaient joints, ravis, les quatre racleurs.

— Et pourquoi on ne resterait pas ici ?

— Comment ça ?

— À vivre ici, dans ce jardin, à s'installer dans une cabane !

— Pour le reste de notre vie ?

— Pourquoi pas ?

(.) Continue Aoi, j'ai envie de lui dire, continue… Steppe se détourne décontenancé, sa sœur le dévisage gentiment. Sa mère Siphaé, elle, insiste du regard : qu'il réponde. Mais il ne répond pas. Continue…

— Ça ne te plairait pas ? Développer ce jardin ?

— Si.

— Créer enfin quelque chose de toi ! Faire de ce parc une merveille, un chef-d'œuvre botanique ?

— Il l'est déjà. Elles ne m'ont pas attendu pour ça ! Et puis…

— Et puis quoi ? cloue Siphaé. Tu as peur ? Peur de désobéir à l'Hordre ? Peur de renoncer à ton existence programmée de contreur de vent ? Peur de devenir enfin toi, et pas qu'une fonction : fleuron, dans une Horde qui comme toutes les autres finira décimée dans Norska ? Tu as peur de sortir du rang mon fils ? De dire son zut au grand Golgoth ? Ou pire encore : tu as peur d'avoir un enfant, de l'élever ici, de lui apprendre la vie ?

— La vie, c'est le combat, c'est le vent…

— Quel combat ? Duquel tu parles, Steppe ? De celui qui consiste à chercher une origine introuvable au vent ? Ou de celui qui consiste à vivre et à faire vivre, à engendrer et à faire pousser le vivant, à féconder, à fertiliser les graines, à bourgeonner, bouturer, fleurir, donner des fruits qu'on mange ? Où est la vie dont tu parles ? Dans le désert de glace de Norska ou ici dans ce ruisseau ? Tu as vu la fouine tout à l'heure ? Tu as entendu les chats ? Tu sens cette odeur d'eucalyptus ? Tu sens l'aneth à tes pieds, le ciste là-bas ?

— Je sens tout ça maman, et bien plus, bien au-delà, tu ne peux même pas imaginer jusqu'où je sens… Toutes tes sources camouflées, je sais où elles sont. Il y a une mare derrière cette butte, avec des lotus ; il y a une tourbe nord-ouest, avec de la sphaigne moelleuse et des carnivores…

— Alors ?

Je me serais mise à genoux pour qu'il nous dise : « Alors, d'accord ! Je vais m'installer ici avec Aoi et tous ceux qui voudront. Alme, tu veux bien ? Ça te dirait d'habiter ici ? Et vous les racleurs, vous ne vous êtes pas libérés d'Alticcio pour mourir dans Norska ? » Et Silamphre se serait retourné vers moi sur un sourire et il aurait dit : « Je prendrais bien cette cabane-moulin avec Alme. Et que Golgoth aille se faire *foutrement* foutre ! »

∂ Aoi s'était mise à sangloter avant même que Steppe ne s'énerve et envoie tout balader. La violence de sa réaction indiqua, pour qui cherchait la source, la puissance de l'attraction qu'il avait dû contrecarrer pour dire non à la tentation du foyer. J'avais cru un instant qu'il allait céder à cette pulsion immense qui nous aimantait tous, celle de trouver, dans ce jardin à vrai dire époustouflant, un paradis concret où amarrer nos couples précaires noyés par le groupe ; celle surtout de trouver là un site d'élection qui puisse, par un apport quotidien et irréfutable de bonheur, sans le moindre vide ou doute insinué, contrebalancer la prégnance de l'Extrême-Amont dans nos têtes. Dans nos quêtes. Seul, je n'aurais pas eu le cran de renoncer à ce qui avait justifié toute ma vie. L'eussé-je fait, ce fut par amour pour les autres : pour Alme d'abord, pour Aoi et Steppe, pour les racleurs — se seraient-ils décidés à poser le sac que je les aurais suivis, je le sais aujourd'hui. Je n'attendais même que ça : une confirmation ou une reconnaissance de ma propre fatigue dans le renoncement des autres. L'autorisation, enfin, de dételer. Que je ne pouvais me donner à moi-même, uniquement des autres la recevoir et l'admettre. En refusant le havre végétal tendu en hamac par ses femmes, Steppe (le devina-t-il ?) refusa cette facilité pour Aoi, pour Alme et pour moi à la fois. En une gueulante, il avait tranché

pour l'Extrême-Amont, contre sa sœur, contre sa mère, contre toute la sève en lui qui ne demandait qu'à fleurir ce parc.

Ce fut le même jour que les racleurs d'Alticcio osèrent, eux, s'affranchir. Ils le firent directement auprès de Golgoth, qui accepta sans débat leur abandon : la présence des racleurs dans Norska, quelle que fut leur pugnacité, s'annonçait comme une charge et un risque de plus, nullement un soutien. Camp Bòban leur avait d'ores et déjà promis la citoyenneté, quatre cabanes les attendaient dans « la Steppe », leur soulagement faisait grand plaisir à voir. Pour eux, la quête prenait fin de la plus belle manière qui fût : par la liberté conquise.

Lorsque je me couchai ce soir-là, j'enviais leur destin. Ma poitrine tintait encore de la tension cumulée. Sous la cabane-moulin (Alme me secoua), une bête se désaltérait en lappant à même le ruisseau. Je me levai aussi doucement que possible et je m'approchai de la rambarde afin de situer la silhouette : c'était un cougouar. Le fauve releva alors la tête et tendit la nuque. De ce qui me sembla traverser son corps de part en part, un rauquement profond, d'un seul long charroi, rugit de sa gorge. La vibration m'atteignit aux boyaux avant tout autre tympan, je titubai, submergé, c'était le son, le son rêvé à Chawondasee. Il était enfin venu, comme une récompense. Il me sembla.

π Les choses ne se passent jamais comme elles devraient. C'est entendu. Golgoth aurait pu aller à la rencontre de son père. Lui parler hors du village. En tout cas pas sur la place. Pas avec tout ce monde autour. Mais voilà…

‹› Le huitième Golgoth arrive sur la place. J'ai envie de fuir et j'ai envie de rester, je me crie « Aoi, pars ! », mais je reste bras ballants, je tourne sur moi-même et tout le monde, sans se concerter, d'un instinct d'animal craintif, s'écarte vers les franges de la place, Erg, lui, s'avance un peu, Pietro n'a pas reculé, ni son père Arrigo d'ailleurs. C'est à peine croyable comme ils se ressemblent. Je veux dire : notre Golgoth et le leur, trait pour trait. Le père est un brin plus grand, ses cheveux ras lui font des traces blanches, il a un visage amer et dur, des coups de hache aux plis des joues, le même nez épaté, les mêmes yeux solides, la même corpulence trapue, tout est pareil, mais en plus vieux bien sûr, plus sévère encore, creusé aussi, et tanné. J'espère un instant, fugitif, qu'ils soient saisis par ce choc, ce miracle si simple de l'hérédité, qu'ils soient émus d'être, enfin de se retrouver si proche, si tellement père et fils… Après tant d'années séparés l'un de l'autre !

π Le père s'approche. Golgoth ne bouge pas. Toutes les conversations se sont tues. Il fait clair encore. Le soleil s'est couché depuis dix minutes. Les couleurs s'obombrent. Le père fait quatre pas encore. Il descend une marche. Avance vers son fils campé au centre de la place. S'arrête. Puis, comme on dégaine, brutalement, il lui tend la main.

— Bienvenue à toi, fils.

La main se retrouve seule à l'horizontale. Golgoth n'a pas esquissé un geste. Il a ses yeux plantés dans ceux de son père. Il ne regarde même pas la main tendue. Il ne regarde pas la place. Personne. Ni le ciel, ni le sol. Il regarde son père. Il le fixe. Yeux rivés. Que lui. Au bout d'une coulée excessivement visqueuse de secondes, il soulève à son tour sa main droite. Et il la place dans celle de son père.

— À la bonne heure ! ricane le père.

X Ce ne serait pas facile à expliquer, mais je sus que ce serait *là*, je le sentis à la façon dont l'air se compacta promptement. L'un des vifs de Golgoth explosa de l'intérieur et se projeta hors de lui. Sous la soudaineté du bond, le corps de Golgoth demeura plusieurs secondes dans une forme de retard, ombre décalée de sa propre source. De l'extérieur, aucun signe, sauf à ne regarder que sa main, ne trahit ce qui se passa. Le vif entier venait de se transférer dans son bras droit.

π La main de Golgoth s'est refermée sur celle de son père. Il serre. Il visse l'étau. Son père, surpris, tente de se retirer. C'est déjà trop tard. Il y a un bruit d'os. Un son net de fracture. Puis un autre. Crac. Un autre. Le silence. Un autre. Sec. Mat. Atroce. Phalange après phalange. Tarse par tarse.

— *Fjarska* ! *Fjarska* ! *Kjörskra* !

) Quand ces cris occultes, hachés à l'extrême, suraigus, sortirent de son gosier, j'eus un tressaillement de terreur. Golgoth n'avait plus de voix, plus de glotte. Il craillait. C'était un bec, un bec qui claquait, qui dépeçait les syllabes, dans le vide. Debout, d'une fixité de granit, il vibrait. Sa fureur, sa fureur tout entière cadenassée dans sa poigne, sa fureur frénétique frétillait en bout de bras sans agiter ou déplacer aucun autre membre — plus impressionnante que tout déchaînement de coups, plus strictement glacée que toute virulence. Il broyait, purement et crûment, il broyait avec une férocité inouïe, chaque doigt, chaque tige solide de la carcasse osseuse de

son père. Sous l'énormité de la douleur, le père avait chuté sur les genoux, il essayait, par fierté, par une connerie de code d'honneur, de résister, d'accepter le combat là où son fils avait décidé qu'il devait se tenir, au lieu de se dégager ou d'utiliser sa main libre pour le frapper, le griffer, je ne sais pas, lui mordre le bras au sang — n'importe quoi qui desserrât l'étau. Mais non ! Son visage dégoulinait de sueur, la morve lui pissait du nez dans la bouche, il s'entaillait les lèvres à coups de dents pour ne pas gémir, pour ne pas offrir à son fils ce qu'il attendait, cette humiliation barbare, ignoble, des quartiers de lèvres coupés saignaient maintenant sur le menton, coulaient sur son pourpoint. Et Golgoth serrait. Il serrait, il serrait de toute la puissance d'une vie à attendre ce moment, il serrait dans ses muscles crampés, ivre de sa propre force, dépassé par une rage si intense, si terriblement disciplinée par la profondeur de sa vengeance qu'elle montait un à un les degrés de la torture, détectait d'instinct les fragilités du squelette et en brisait, en croquait l'armature de calcaire.

Il y eut soudain une forme de décrue. Golgoth sembla desserrer un peu la mâchoire de ses doigts, dans un sursaut de pitié, plus sûrement par fatigue. La main de son père, désarticulée, n'était plus qu'une bouillie de fractures. Il fit mine alors de se relever mais Golgoth, remontant d'un cran, lui cassa subitement le poignet, en le retournant avec une violence abjecte. Son père hurla, un spasme lui monta en gorge, et aussitôt il se vomit dessus, sans même le réflexe de se pencher. Alors, perdant toute contenance, sentant sa survie en jeu, il se débattit enfin et il essaya, enfin, de son autre main, de son bras, de faire lâcher prise à son fils. Ses gestes, déstructurés, ripèrent sur un monolithe de marbre. Golgoth portait déjà sa prise au-dessus du poignet, à travers les cartilages de l'avant-bras. Jusqu'où, Vents Vieux, jusqu'où ? Autour, des villageois réagirent et certains se jetèrent sur Golgoth mais Erg surgit à chaque fois et sans aucune pitié, il les sécha d'une manchette.

— Arrête ! Arrête, par pitié ! criait Oroshi, et Pietro, et bientôt toute la horde.

Mais Golgoth n'avait plus de tympans depuis longtemps et plus de langue.

— *Fjarska* ! hurla-t-il à nouveau de sa glotte à cri. *Kvisker* !

À ces mots, comme piqué dans son orgueil, le père trouva, dans un soubresaut, la ressource, du bras gauche, de décocher un coup de coude dans la pommette de son fils. Golgoth n'essaya pas de parer le coup, pourtant très dur — il resta bloqué sur sa prise au milieu du bras droit de son père. Il fit deux gestes à la fois brefs et extrêmement brutaux. Le bruit d'os, cette fois-ci, fut insoutenable : il lui avait fracturé le coude ; l'humérus sortait à

vif. Golgoth recula alors d'un pas et laissa son père s'affaler. Même au sol, même ainsi, la carapace du huitième Golgoth semblait si solide, quel que fût son âge, que je crus qu'il allait une nouvelle fois se redresser. Fut-ce l'accumulation des fractures, fut-ce la haine si absolue que lui vouait son fils et qui le terrassa plus encore, si c'était humainement possible, que l'agression elle-même, mais il bascula face contre terre, secoué de spasmes puis il s'immobilisa — permettant ainsi aux soigneuses d'accourir et de lui porter enfin secours.

Golgoth, comme saoulé, fit quelques pas vers un banc et s'assit. Il s'essuya la pommette qui suintait comme il aurait briqué l'acier de son boomerang et il releva la tête vers nous. Personne ne voulut croiser son regard. Si ce n'est Caracole, toujours à contrecourant, qui lui sourit avec largesse et vint sans façon s'asseoir à côté de lui, en le prenant par l'épaule. Golgoth le laissa faire.

— Bah Gogo, t'as bien fait ! Dis donc, il est pas de première main, ton vioque ! Il fera pas de vieux os ! Cette petite joute ne s'est pas jouée au coude à coude ! Il fera plus son fier-à-bras à présent, le patriarche, pas vrai ?

Je dus être le seul à esquisser un sourire mécanique à ses jeux de mots. Les autres avaient vidé la place, à l'exception d'Erg, du fidèle Firost et d'Oroshi, qui s'attacha, sans autre explication, à bander la main de Golgoth dans un chiffon camphré. Je ne saurais dire si j'avais éprouvé de la pitié pour le père de Golgoth. J'étais, je crois, comme tout le monde, complètement abasourdi, dépassé, inapte à même comprendre comment on pouvait faire *ça* à son propre père et je quittais finalement, à mon tour, la place, en me répétant en boucle, en manière d'exorcisme ou d'exutoire : « Au moins, il ne l'a pas tué… »

π Le soir, la fête prévue pour notre arrivée eut lieu. Sans les Golgoth. Mon père avait préparé un discours. D'accueil ? Bien plus que ça. Il commença par le lire, côte à côte avec Matzukaze. Puis il roula son parchemin. Malgré le charivari des enfants, la fête avait été tiède. Buffets, écoufles colorés, jets d'hélices, harpe éolienne : rien n'avait pourtant manqué. Ç'aurait dû être une réconciliation extraordinaire par-delà trente ans de gouffre. Un recueillement des deux hordes enfin soudées. Réunies. Un pardon aussi. Réciproque. Ça pouvait encore l'être. Si l'on oubliait nos traceurs. Ça le pouvait. Sur une annonce de mon père, la soirée se déplaça dans une clairière. Au bout d'une galerie de feuillage, nous pénétrâmes dans un site baptisé l'« Opéra-Arboré ». C'était une salle de spectacle en plein air. La scène en était la prairie. Les frênes qui la ceignaient en fer à

cheval s'élevaient à une dizaine de mètres. Sur les troncs de ces frênes, des sièges rouges avaient été vissés. On y accédait par un escalier en colimaçon enroulé autour du tronc. Une centaine de places. Des globes à charbon ventilé pendaient dans les branches. Lucioles. Mon père s'installa au centre de la clairière. Il était invisible dans la nuit. La bise bruissait dans les ramures. Il attendit le silence. Puis sa voix monta vers nous, portée par un cône, amplifiée :

— Sur vingt hordiers qui sont partis pour Norska, il y a trente ans de cela, treize y sont restés. Pour vous ici, ce n'est qu'un chiffre, une proportion. Un taux. Ce sont des noms parfois, pour ceux qui les connaissent par les livres. Pour nous, pour moi qui ai survécu, sans honte, c'était la chair de mes bras. Pas des frères, non. Pas des filles ou des fils : vous n'étiez à cette époque rien de concret pour nous, tu ne représentais plus grand-chose Pietro dans mon cœur, je peux te l'avouer, un souvenir de bambin, une image fixe effilochée, rien d'équivalent à eux. Ma famille, ma fibre, c'était Alk Serbel, Carpic, Podberski. Lorsque j'ai attaqué le coude de Löfn, je savais parfaitement pourquoi j'étais là : j'étais là pour atteindre l'Extrême-Amont. Tous, nous voulions ça. Au bout de trois semaines, je n'ai plus rien su ou voulu. Plus rien, aucun sens, âme blanche. Notre horde était morte. Elle était formellement debout, elle comportait encore sept membres, elle pouvait continuer. Mais elle était morte.

‹› Ça sentait la prairie humide, le charbon et l'air froid descendu des sommets. Je me recroquevillais dans mon fauteuil, emmitouflée, une couverture de laine remontée au ras du cou. Steppe était deux places au-dessus sur le même tronc, pas vraiment réconcilié.

— Alors ce soir, vous êtes perchés dans ces fauteuils, vous ne me voyez pas mais vous m'écoutez. Vous êtes la 34e Horde de l'histoire. Vous vous croyez les meilleurs à cause de votre vitesse, vos plus de trois ans d'avance sur nous. Les meilleurs parce que vous pratiquez la trace directe, et que vous êtes jeunes, encore assez jeunes. Je vais vous donner mon avis. Votre façon d'avoir passé la porte d'Urle au Pack, en chaîné-bloc, debout, est unique dans les annales. Votre traversée de la flaque frôle le légendaire. Vous avez surmonté, je crois, cinq furvents. Nous avons pu vous observer de l'intérieur pendant quatre mois, abrités derrière vous, juger de vos appuis, éprouver la qualité de vos soudures, votre compacité en delta, en goutte, en diamant ou en cône. Et alors, me direz-vous ? Et bien vous méritez tout simplement votre réputation. Vous ne mesurez pas l'attente que vous suscitez sur toute la bande de Contre. Pas seulement chez les

abrités. Nous recevons ici des nouvelles et des rapports réguliers par les éoliennes de l'axe Bellini. Nous avons accueilli une centaine d'Obliques de passage, l'avant-garde fréole, beaucoup d'explorateurs. Vous pensez que le Conseil de l'Hordre vous a lâchés. Vous pensez que la phalange Pragma a lancé à vos trousses la Poursuite. Vous pensez qu'à Aberlaas, ils ne songent désormais plus qu'à vous doubler avec des escadres fréoles puisqu'ils ont abandonné, sans encore oser le dire, le principe même des hordes à pied. Vous vous dites que vous êtes la dernière des Hordes, une élite obsolète, sans aucun soutien fiable, que l'Amont que vous visez est inatteignable, qu'affronter Norska pour y mourir est dérisoire. Vous avez raison. C'est dérisoire. Vous avez raison sur chacune et sur toutes ces vérités. Voilà…

π La voix de mon père plongea sur cette dernière phrase. La bise sifflait plus glaciale, s'il était possible. Des gorges toussaient dans le silence. Je crus qu'il allait s'arrêter là. J'étais transi de tristesse, abattu par ses mots. Tellement déçu. Matzukaze le relayait voix rauque sous son globe de verre lumineux :

— Ici, vous êtes à Camp Bòban. Une manière de paradis. Si nous pouvions — Arrigo, Hektior, Siphaé ou moi — si nous pouvions, nous vous attacherions à ces arbres, aux toits de nos cabanes, nous vous garderions ici jusqu'à la fin de nos jours. Un rêve de personne âgée, n'est-ce pas ? Vous êtes devenus le sens de nos vies. Et en même temps… En même temps, vous le devinez, quelque chose en nous n'a jamais supporté l'échec de Norska. Nous avons cherché comment vous transmettre ce que notre propre trace là-haut nous a appris. Des données techniques, des clefs d'aérodynamique glaciaire, lire une avalanche… Cette transmission vous sera précieuse, ne la sous-estimez pas. Nous sommes fiers que vous soyez là pour reprendre notre quête. Fiers et atrocement envieux. Et terrorisés aussi par ce que vous allez endurer. Je pourrais vous parler à la Golgoth, invoquer la Sainte-Gniaque, vous dire que si vous n'êtes pas prêt à sortir vos boyaux sur la neige, renoncez dès maintenant. Facilités de langage, ce serait. Dans Norska, la gniaque ne suffit pas, n'a pas suffi, aucune coriacité. La coriacité, elle vous tuera plutôt. Elle est le piège supérieur de toute horde, sa séduction propre. Ne soyez pas coriaces, soyez lucides, hautement. Quant à la dérision de la quête face aux morts, face au coût, je vous laisse juge. Je respecte l'analyse d'Arrigo. La mienne diffère. Je veux juste vous rappeler ceci : avant vous, il y a eu trente-trois hordes qui ont donné leur vie pour que vous soyez là ce soir. Que vous le compreniez ou non, que vous vous croyiez les meilleurs de l'histoire, vous n'êtes avant tout que le produit

terminal de huit siècles de contre ! Vos techniques, la trace que vous avez suivie, votre constitution physique elle-même sont l'incarnation de cet héritage, un héritage que vous avez su magnifiquement refondre, je vous le concède, mais restez sobres. Là-haut, chaque pas que vous ferez, faites-le d'abord pour vous, pour survivre. Faites-le pour nous ensuite, si ça vous aide. Mais faites-le surtout pour eux ! Peut-être le ressentirez-vous au pire de la souffrance, mais vous marcherez toujours à l'avant-proue d'une armée de morts qui fera masse dans votre dos — et parfois, parfois un vif résiduel vous épaulera, parfois votre foi seule, parfois l'amour des autres, parfois plus rien que la béquille de l'instinct. C'était tout ce que je voulais ajouter. C'est déjà trop. Merci, bonne nuit à vous. Vent vous garde !

Les jours suivants, ceux qui en avaient la chance profitèrent de leur famille. Pour les autres, l'impatience de découvrir Norska était si forte qu'une équipée composée d'Arval, Erg, Firost et Talweg accompagna Golgoth pour une première reconnaissance de deux jours dans le défilé. Après trois jours sans nouvelles, une inquiétude se fit jour, mais vers le soir, ils revinrent au camp.

— Alors, comment ça se présente là-haut ? demandai-je sans ambages.

Alertée, toute la horde m'avait rejoint et faisait cercle. Notre curiosité avait un empressement fiévreux. Firost plongea le nez dans des lacets qu'il eut tout le mal du monde à défaire car il ne pouvait utiliser qu'une main. L'autre était bandée. Arval, livide, ne disait rien. Erg sortit son aile et l'étendit sur le sol. Elle était déchirée de part en part, en charpie. Il la replia en boule et soupira. Talweg avait le visage entaillé d'une myriade de traits rouges. Golgoth enleva son casque de cuir et le posa sur le banc de pierre. Il avait un hématome violet sur le front. L'intérieur du casque était caillé de sang. De fines balafres striaient ses joues. Je reposai ma question. Il prit sur lui de répondre :

— Franchement, j'ai jamais vu ça. C'est costaud, les gars. Très costaud.

— Comme un furvent ? osa Sov après un temps, pour situer.

— Un furvent, ça dure pas. Et tu peux toujours t'abriter, te foutre la tronche dans la terre si ça envoie trop.

— Pas là ?

Golgoth sourit de la question. Il jeta une œillade à Erg et à Firost qui délovaient les cordes. Enfin ce qu'il en restait. Des bouts tranchés.

— On a essayé de tracer fissa, pour atteindre leur putain de coude de Löfn, là où y disent que ça commence vraiment. Bon, déjà, on s'est pas assez habillés. Mais passons. Une heure après le lever, hier, on a atteint le coude.

— Et alors ?

— Alors ferme ta gueule et écoute ! Arval a passé la tête derrière le coude. Ça fait comme une équerre, en gros. Deux secondes après, il est ressorti en deux bandes, séché. Alors j'y suis allé. J'ai mis un grand coup de piolet dans la pente dès que j'ai eu tourné. J'ai pas cherché à comprendre. Le piolet a mordu, mais tout juste quoi, ça a vibré dans le brandillon jusqu'au coude. J'ai mis un deuxième coup, bras gauche, pareil, comme si je cognais dans du granit. Mais bon, ça a tenu ! Alors j'ai ouvert les mirettes. Devant moi, y avait pas vraiment un couloir entre deux parois, comme jusque-là. Y avait un mur de glace, blanc de blanc, beau dans le genre, un miroir nickel, à chais pas... Combien, Talweg ?

— 60° d'inclinaison sur une cinquantaine de mètres, avant le premier ressaut. Une pente de glace pure, on n'a jamais emprunté un truc pareil, nulle part, jamais !

— Et c'est le seul passage (renchérit Firost), tu peux toujours lever la tête, chercher l'astuce ! On a bien regardé. On n'y croyait pas ! Le reste, c'est des parois verticales partout ! Plus haut encore qu'à la porte d'Urle !

— Et qu'est-ce que vous avez fait ?

— J'ai enchaîné trois-quatre prises, pour voir (reprend Golgoth). Piolet-crampons. En force. Dès que je levais le bras, la rafale me le jetait derrière. Le crivetz se fourrait dans mes manches, ça me dégoulinait le froid jusqu'à l'épaule, un truc à chialer. À un moment j'ai ripé. J'avais les yeux qui gelaient, je voyais que dalle. Alors je me suis fracassé la tronche quatre mètres plus bas, comme Arval, bam ! Plein cadre, direct dans le rocher ! À dégager ! Quand tu te casses la gueule là-haut, tu t'arrêtes pas. La glace, c'est la glace ! Tu files comme une caillasse sur du marbre ! Franco, je me plantais cinq mètres plus haut, j'étais à ramasser à la pelle, y avait plus de Golgoth ! Vous auriez mis Erg devant et basta !

) Golgoth grimaça en effleurant l'œuf qui lui bosselait le front. Il n'y avait pas, comme chez Arval, touché à la colonne et qu'Alme examinait, de découragement dans ses yeux, plutôt un éclat mat de profond sérieux. L'éclat qu'avait eu Erg en affrontant Silène, l'éclat sans doute qu'ont tous ceux qui savent devoir affronter un adversaire dont rien ne permet d'affirmer qu'on le vaincra. Cet état d'âme, chez Golgoth, plus que le récit de leur tentative, plus que les blessures, qui rappelaient les furvents, qui rappelaient aussi certains crivetz chargés que nous avions déjà rencontrés dans la traversée des massifs élevés, ne laissait plus de doute sur l'épreuve qui nous attendait. En arrivant de la plaine, par temps clair, lorsque mon père,

mi-fier, mi-humble, m'avait montré du doigt les pics enneigés, la hauteur de la chaîne de montagnes qui barrait l'amont m'avait extrêmement impressionné. Elle n'avait pas le moindre équivalent avec ce que nous avions rencontré en trente ans.

Norska n'était pas un simple massif à traverser, c'était, comme me l'avait répété mon père pendant quatre mois, « un monde en soi », un univers de très hautes montagnes où tous nos repères géophysiques, toute l'expérience jusqu'ici accumulée, tous nos savoirs techniques et tactiques de contre en plaine et en moyenne montagne devenaient d'un seul coup caducs. J'étais retourné, le moral plombé, dans « ma » chambre, quand mon père frappa à la porte et vint s'asseoir sur mon lit. Je n'eus pas besoin d'ouvrir la bouche, il parla de lui-même :

— Il vous faudra tout réapprendre, Sov. Même l'éclaireur, même ton traceur Golgoth, qu'il soit le meilleur des meilleurs, même ton ailier Horst qui est très bon, je l'ai vu à l'œuvre, même Firost votre pilier, les crocs… Comment te dire ? Tout ça, là-haut, ça ne sert plus à rien ! Les seuls, à la rigueur, qu'il faut à tout prix sauvegarder, ce sont votre géomaître Talweg et votre aéromaîtresse, Oroshi. Eux serviront.

— Pourquoi eux ?

— Le problème n'est plus de contrer, d'avancer d'un mètre de plus. Le problème, c'est de grimper un mètre *plus haut*, sans tomber. Il faut piger la transformation de la neige, observer la roche, la glace, lire les pentes, les risques, tenir compte de l'ensoleillement et de l'exposition des faces, du gel et du dégel. Parce que oui, tu vas subir des vents atroces, surtout dans certains passages de col, sur les crêtes et dans quelques couloirs, notamment au début. Mais en pitonnant régulièrement, en vous habillant avec les tissus que nous avons fabriqués, en mettant les casques intégraux, vous pouvez vous en sortir. Le problème, dans Norska, c'est que le vent n'est plus qu'un adversaire parmi d'autres. Il y a l'altitude, les à-pics, les crevasses et les avalanches, les chutes de blocs l'après-midi… Et puis le froid, le froid, le froid. Tu vas voir tous ceux que tu aimes geler, décrocher dans le vide, se briser en morceaux, les uns après les autres, et parfois c'est presque une chance de mourir en premier…

— Qu'est-ce qu'il faut faire ?

— Fais ce que tu veux, Sov, vas-y puisque tel est ton destin, le destin de toute horde. Tu ne te pardonneras jamais de ne pas y être allé, sache-le. Au moins d'avoir essayé. Mais n'y vas que si tu as décidé, au plus profond de toi, que tu es prêt à mourir pour l'Extrême-Amont. Et surtout : à voir mourir.

XVI.
Norska, à travers l'échancrure

‘ ; . ‘ , ‘ , .
‘ . ; . , ‘ :

— Arrête Golgoth ! Arrête-toi !
— Y a plus de pitons, tu vois bien ! Ça peut pas être là !

π Golgoth ne répond rien. Il lève la tête vers le haut de la paroi.
— La face est à l'ombre depuis trois heures maintenant. Il a plu dessus et ça a regelé ! Regarde la roche, puteborgne ! C'est complètement verglacé ! Il faut redescendre avant que la nuit tombe.
— Jusqu'où tu veux descendre ? me coupe Erg.
— Jusqu'au névé !
— Tu débloques Pietro ou quoi ? À dix-huit et avec trois cordes ? On n'y sera jamais avant la nuit !
— Nous n'avons plus le choix ! Nous ne pouvons pas dormir ici.
— Si. On peut.
Erg referme la visière de son casque et me tourne brutalement le dos. Il passe la corde dans son huit et le huit dans le mousqueton de son harnais. Il s'approche de la fissure et y glisse un coinceur. Il le teste puis s'arrime dessus.
— Tu peux y aller, Goth ! *Feskatt Ter* !
Je n'insiste même pas. Je laisse filer. Je n'ai plus l'énergie de m'énerver. La vire où nous nous tenons fait moins de deux mètres. Sur dix de large. Elle n'est qu'un balcon sans rambarde sur le vide. Dessous, je ne cherche plus à regarder. Peut-être deux cents, trois cents mètres jusqu'à la pente du névé. D'à-pic. Coupé de rares ressauts, trop courts pour un quelconque bivouac. J'ai du mal à détordre mes quadriceps. Je n'imagine pas ce que ça peut être pour les filles, pour les autres. Steppe assure Aoi. Enfin : il la hisse

plus qu'il ne l'assure depuis une heure. Talweg a calé ses crampons dans la neige durcissante, et avec Firost ils remontent Alme à la force des bras. Ça y est, elles sortent toutes deux du surplomb. Elles prennent pied sur la vire et ne s'assoient pas : elles s'écroulent. Ni merci à la bouche, ni question. Elles sont au-delà : dans la survie. D'un geste mécanique, je secoue le grésil qui ruisselle de la paroi. Je frappe mon casque du poing pour briser la croûte de givre. À nouveau, Golgoth a décidé d'ouvrir en tête. Il n'a pas été relayé depuis six, ou huit, ou dix longueurs ? Arval a protesté, puis Firost, puis Erg. Caracole s'est proposé au début. « Ça va les singes, gardez votre gniaque pour la suite » a répondu Golgoth. Quelle suite ? Il s'épuise par orgueil, pour prouver quoi ? Absurde…

— Erg, tu devrais le relayer…

Erg fait semblant de n'avoir pas entendu. Il a les yeux rivés sur Golgoth qui vient de s'élever de deux mètres. Il le soutient à bout de voix :

— *Feskatt Ter* ! Suis la fissure ! Tu vas finir par trouver un piton. Encore quatre ou cinq mètres et tu devrais en voir un ! Ils ont pas pu passer ailleurs !

— *Bernak* ! C'est lisse comme un cul de bouteille !

— T'as trente mètres au pire à faire jusqu'au ressaut. Là-haut, on pourra se poser pour la nuit !

— Ouais…

— *Çavek* ?

— Yak…

— Tu veux que je te relaie ?

— …

— Hé Goth ! ? *Ter chomi* ?

— *Çavek*…

) Se hissant comme il peut, mains et pieds dans la fissure verticale, sa seule échappée vers le haut, Golgoth progresse avec la plus voyante difficulté. À chaque enchaînement, le vent glacial qui filtre du sommet nous porte aux oreilles, à travers l'épaisseur du casque de cuir, le tac des mousquetons qui cliquettent sur ses hanches et ce frétillement d'acier sans voix, privé des jurons et des borborygmes de Golgoth, dit assez sa peur et la tétanie taquinante qui envahit ses muscles. Il y a, de minute en minute, un ou deux signes francs, une alerte — au tremblement du mollet d'abord, lors d'une série d'appuis périlleux sur les seules pointes avant, puis les bras, soumis depuis trop d'heures à des tractions à bout de doigts sur des réglettes si ténues que les tendons payent maintenant le prix de l'effort soutenu. Péniblement, Golgoth s'est tout de même soulevé, je ne vois pas d'autre

mot, à une dizaine de mètres au-dessus de la vire, gêné par cette neige fine comme une eau qui lui coule dans les manches et sur le visage. Il arrive à présent au point le plus critique de cette portion de paroi : un impressionnant dévers que coiffe un surplomb gorgé de neige fondue qui a regelé, formant calotte. Là où il se trouve, la roche noire brille, gluante de glace.

— Piton ! rauque-t-il soudain. Y a un piton ! Là !

— Mousquetonne ! Mousquetonne de suite !

— Yak...

Golgoth coince, tant bien que mal, son pied et son coude gauche dans la fissure. Sous une rafale, la corde oscille en grands S derrière lui et il ballotte un peu, ce qui trahit, mieux que tout signe, son extrême fatigue physique.

— Piton pris dans la glace... *Plask*! crie-t-il d'une voix détimbrée.

D'un regard, Erg cherche Firost sur la vire et lui intime de s'approcher. À mi-voix, il lui dit d'empoigner, derrière lui, la corde d'assurance et de se tenir prêt.

— Il va tomber.

— Arrête tes conneries, macaque !

— Dès qu'il ripe, tu réfléchis pas : tu avales une longueur de corde. Chaque mètre que tu avaleras raccourcira sa chute ! Tu m'as compris ?

— Évidemment ! Mais il tombera pas ! C'est le Goth, merde ! Il sait ce qu'il fait !

Puis Erg s'adresse à nouveau à Golgoth, sur un ton qui se veut chaleureux et tranquille — je suis terrorisé.

— Dégage le piton au piolet et passe une dégaine dedans !

Sur un souffle, Golgoth retire sa main droite de la fissure et cherche, à tâtons, dans son dos, le mousqueton qui libère le piolet. Il ne parvient qu'à ouvrir deux dégaines qui dégringolent en tintant le long de la paroi et s'enfoncent dans la neige. Pietro les ramasse. Renonçant à insister, Golgoth rapproche son buste de la paroi et à coups de casque, utilisant le triangle d'impact vissé au front, il se met à frapper le piton, une fois, deux fois...

— Encore ! encourage Firost. Tu vas y arriver !

— Tiens bon !

La tête de Golgoth s'abat une nouvelle fois — un fracas de bec sur une vitre. Encore une fois. Encore. Son bras droit tremble, convulsivement, dangereusement, et je me surprends à compter les mètres — dix, onze, douze — je jette un œil vers le précipice, j'ai du froid qui me rentre dans la gorge par goulées — « tiens bon, le Goth, tiens le coup ! » — mais bientôt, le spasme de la crampe fut indiscutable. Il se répercuta en un frisson sur l'ensemble du corps...

— Jette-toi ! cria Erg.

Golgoth avait déjà lâché prise. D'un ultime réflexe, il se projeta en arrière de la paroi d'un coup de pied — et de reins, désespéré — et il accepta l'inévitable. Apprécier la durée d'une chute est un exercice impossible et la mémoire, à ces sujets, ne produit jamais qu'une reconstitution au ralenti. En vérité, je crois qu'elle fut si rapide que personne n'eut le temps de chercher à s'écarter du tronc de chair et de vêtements qui tomba sur nous. Golgoth vint frapper, toutes fibres tendues, la croupe qui ourlait l'à-pic. Sous l'impact, son corps se tassa en boule et rebondit sur le matelas de neige avant de ricocher vers le vide.

π Je regarde le coinceur. Je regarde Erg. Firost. La corde. Tout a tenu — bon. Golgoth m'est passé à un mètre. Il est arrivé si vite. Je n'ai pas le courage. Pas le courage de me pencher. D'aller voir ce qu'il… Ce qui pend au bout… Firost a retiré son casque. Il regarde Erg, effondré. Il a tenu la corde, oui. Mais il n'a pas eu le réflexe d'avaler pendant la chute. « Va voir ! » lui jette Erg. Il a encaissé le poids à hauteur de harnais. Le mouvement de balancier l'a projeté contre la roche. Il s'est talé l'épaule. Il a les reins brisés et grimace. La corde lui a raclé la cuisse et les mains comme un câble. « Va voir » répète-t-il.

— Golgoth !

C'est Talweg qui appelle.

— Golgoth !

Arval a lancé la corde de rappel. Il n'attend pas d'ordre. Celui qui lui en donne depuis trente-cinq ans gît à son aplomb. Alors il y va.

— Arval, tu le vois ? demande Oroshi, d'une voix blanche.

— Yak !

— Comment… Comment il est ?

— Tout mou, Osh-Osh ! Pas bien !

— Il est vivant ?

— …

— Erg va le remonter ! Empêche-le de penduler si tu peux !

— Alme ! Silamphre a été touché ! (dit l'autoursier).

— Qui ?

— Silamphre !

— Oui, quoi ?

— Il a pris un coup de piolet dans le crâne. Le piolet de Golgoth. Il s'est évanoui ! Ça a l'air grave !

) Sur la vire, nous vivons une sorte d'hystérésis, de panique au ralenti. Des cris inaudibles sortent des passe-montagnes, s'extirpent des casques, des ordres jetés en l'air se fondent au frimas qui descend lentement du sommet. Les actes qui devraient y correspondre ont une consistance poudreuse et décalée. La catastrophe est si évidente que tout en moi refuse, refuse obstinément, de l'intégrer. Puis l'écluse lâche et ça déferle entier. Si au bout de cette corde, nous sommes en train de remonter un cadavre, la 34e Horde est morte, je le sais. Je le sais comme chacun ici le sait, comme chaque visage nu, casque à la main, égaré, abruti, le montre, comme les gestes hachés de Firost et son effroi fixe, sa culpabilité énorme le surexpose. Erg ni Firost ni quiconque ne sera jamais un traceur de la trempe de Golgoth, jamais. Je ne sais même pas si je serais là aujourd'hui sans son charisme, sa hargne portante, si Pietro y serait, si l'on se serait engagés depuis seize jours maintenant au cœur de Norska après ces salves ininterrompues d'avertissements contraires, à Camp Bòban, ces récits sobres, mais atroces, de nos parents, cette mort glaciale qu'ils ont vécue avant nous et qui nous prend maintenant notre traceur. Talweg le détache et l'allonge dans une couverture ; Oroshi lui parle, se penche sur son visage pour s'assurer de sa respiration, soulève sa tête et libère sa gorge. Un liquide s'écoule aux commissures. Elle le met en position latérale de sécurité, ouvre sa veste en peau et descend sa main sur le cœur. Il y a un éclair sur sa figure crispée, une grimace qui se découd, qui échancre le tissu de frayeur :

— Son cœur bat correctement.

π Alme s'est détachée de Silamphre et s'approche à présent. Elle extrait des caillots de la bouche de Golgoth. Elle tâte les os, tout le long des quatre membres. Elle repère les contusions et les plaies, en mesure l'ampleur. Enfin, elle ose retirer le casque. Avec délicatesse. Du sang glue à l'arrière de la tête. Elle prend un peu de neige et nettoie. Elle a l'air épuisée, elle tremble. Nous sommes agglutinés au chevet de Golgoth, nous la gênons. Le verdict tombe :

— Il a perdu connaissance. À première vue, rien n'est cassé. Il faut éviter qu'il s'étouffe. Sa tête a touché mais je crois qu'il a eu une chance énorme de rebondir sur la neige, ça a amorti le choc. Par contre, pour Silamphre…

— Qu'est-ce qu'il a ? susurre Aoi.

— Apparemment, il a pris le piolet de Golgoth de plein fouet, dans la chute. Il perd du sang par le nez et les oreilles. Ça signifie qu'il a un traumatisme crânien.

— Il peut s'en sortir ?

— Si le traumatisme est léger, peut-être. Mais il faut le ramener à Camp Bòban si on veut le sauver. Et le plus vite possible.

— La nuit tombe, Alme. Il faut installer d'urgence la tente. Je ne sais même pas si on va tenir à dix-huit sur cette plate-forme. On a trois blessés avec Erg et tout le monde est à la rupture. Je propose qu'on prenne cette décision demain. L'urgence, c'est de rester en vie et de les mettre au chaud pour la nuit.

X Personne ne discute mes paroles. D'aussi loin que le regard porte, les pentes bleuissent, l'ombre s'étend sur la moraine où nous marchions encore ce matin. Seuls les pics et les crêtes accrochent encore la lumière. Et si Golgoth ne se réveillait plus ? Alme sort ses fioles pour le ranimer pendant que Talweg mesure la largeur de la vire et calcule les couchages :

— On ne tiendra pas à dix-huit. Quinze ou seize, c'est le maximum.

— Comment on va faire ?

— Il faut que deux personnes se dévouent pour dormir dehors dans les hamacs. On va pitonner dans la fissure et les suspendre. Avec les surduvets en peau de yack, ça devrait être supportable. En espérant que le vent reste tranquille… Sinon…

— Sinon ?

— Sinon nous aurons deux morts de plus.

) La frontière entre l'humour noir et la vérité blanche devenait indécidable. Étroite était la vire, si proche le vide, la fatigue et l'abattement tellement massifs que l'installation de la tente fut un cauchemar de lenteur et d'approximation, personne ne savant quoi faire ni comment, chacun s'en remettant aux autres, se collant à la paroi amont, maladroit, plié à l'écart, incapable d'être utile… Les rares gestes efficaces venaient d'Oroshi et de Horst ; Pietro soufflait, à genoux dans la neige ; Firost et Darbon ne quittaient pas Golgoth ; Erg se remettait les vertèbres et bandait sa cuisse éraflée ; Arval claquait des dents en lovant les cordes. Au centre, Aoi, Coriolis et Larco, Tourse je crois aussi, d'autres mottes avec eux, je n'arrivais pas à les dissocier, gisaient allongés dans la neige, à la limite de la conscience, sans même le réflexe d'aider ou d'allumer un globe pour se réchauffer.

J'essayais, pour ma part, de suivre les indications d'Oroshi, de rester lié à tous, clairvoyant autant que possible et je repensais, en boucle, à mon père, je reformais en les distordant les phrases qu'il m'avait assénées jusqu'à la mémorisation pendant ces deux mois : « Le plus difficile, tu verras, c'est quand ça devient si absurde que tout le monde perd sa lucidité.

Essaie, toi, de toujours te distancier, au moins mentalement, de ta fatigue. Essaie de garder cette chose précieuse, que Matzukaze appelle le *discernement*, reste présent mais recule dans un coin de ta tête, à ces moments-là. Ne te laisse pas contaminer par ton corps. Si tu y parviens, tu survivras. Enfin, rien n'est plus facile à dire que quand on est là, assis dans notre fauteuil, frais et dispos. Quand tu touches le fond de l'épuisement, que la machine suit plus, Sov, c'est autre chose. Le plus dur, ce sont les morts. Personne n'a la carrure pour supporter de voir mourir, personne crois-moi. Un mort, c'est pire que le pire des furvents, c'est pire que la septième forme. Ça te détruit à l'intérieur, ça tue une partie de toi, ça tue l'espoir, ça rend tout vain. On n'a pas su dépasser le choc de nos morts à répétition. On n'a pas su. C'est pour ça qu'on a fini là, à Camp Bòban. C'est pour ça qu'on a échoué. Si vous êtes prêt à voir mourir cinq, dix, quinze hordiers, à perdre même votre Golgoth et à continuer quand même, alors vous passerez. En tout cas, vous aurez une chance. Ne me demande pas si ça vaut la peine, hein, Sov. Ne me demande rien. Je ne sais pas. Je n'ai jamais su répondre à cette question, ni à huit ans ni à quarante, ni aujourd'hui à soixante-dix ans. »

π La tente a été dressée, arrimée et pitonnée en huit points. Aoi a allumé le réchaud à huile. La neige fond. Interminablement. Assis, je touche la toile de ma tête. Assis, on tient à dix-huit, mais pas couchés. Steppe s'est dévoué pour dormir dehors, malgré l'imploration d'Aoi. Et puis Talweg. Je les bénis. Je suis carbonisé. Golgoth gît toujours inconscient. Silamphre somnole et parle un peu mais il continue à vomir et à perdre du sang, goutte après goutte, par les oreilles. Alme s'est endormie sur lui sans être capable d'arrêter les vomissements. Elle dort pliée en deux, tordue.

∂ … Je ressens la chaleur enveloppante alentour, le cocon de toile doublée à la fourrure d'ovibos, la chaleur et le silence, le bourdonnant silence… Du dehors filtrent encore le sifflement des rafales et ce vent coulis, glissant à fleur de sol, qui me tient éveillé… Un sérac gigantesque s'effondre au loin dans un fracas sourd décroissant… Le brusque regel qui annonce la nuit détache une mitraille de cailloux dans un couloir tout proche… Ce son sec de cavalcade, j'en fais une ligne de batterie et de percussions minérales *voulues*… Tant que je peux composer avec le bruit du monde… tant que j'entendrai les avalanches faire vibrer les nappes d'air… tant que j'aurai la force d'écouter la musique… Comme dans ce conte fabuleux de Caracole où tout commençait, tout naissait du son — le vent, l'air, ne sont

qu'un son, un sang actif, un son mobile, un sang épais qui pousse et qui s'épand, un son…

π Mon esprit file vers Camp Bòban. Vers mon père. Vers le sourire si plein de ma mère, là-bas. Je sais qu'ils n'espèrent qu'une chose : que nous renoncions avant qu'il ne soit trop tard. Eux ont tenu un mois. Plus trois semaines pour le retour. Nous ne faisons que suivre jusqu'à maintenant leur trace. Leurs conseils. On ne s'en sort pas si mal. On ne s'en *sortait* pas si mal jusqu'à ce soir. Mais cette paroi… Jamais je n'avais escaladé une paroi aussi engagée. La peur a usé la moitié de mon énergie. La peur de tomber, de faire tomber les autres. Les traversées de vires où l'on s'encorde sans s'arrimer sont les pires. L'habitude du vide, qui l'a ? À part Arval et Caracole qui sont naturellement agiles, à part Erg qui a la puissance et l'adresse, nous ne sommes pas des grimpeurs. Nous avons appris, oui. Golgoth grimpe en force, au courage. Mais son rapport poids-puissance est défavorable. Il a été au bout de ses capacités. Et voilà… Son visage tanné ressemble à un bronze sous la lanterne. Si je croyais à quelque chose, je prierais pour lui… Je ne crois à rien. À l'Extrême-Amont ? Sans doute, peut-être encore un peu. Toutefois, même si je n'y croyais pas, je serais ici ce soir. Au milieu de cette paroi. Avec la horde. C'est ma seule certitude. Ce n'est pas l'Extrême-Amont qui me tire. Ce sont eux : nous. Je crois, comme Sov, que notre grandeur, notre vraie noblesse, elle tient dans le volume de cette tente. Qu'importe où nous allons, honnêtement. Je ne le cache pas. De moins en moins. Qu'importe ce qu'il y a au bout. Ce qui vaut, ce qui restera n'est pas le nombre de cols de haute altitude que nous passerons vivants. N'est pas l'emplacement où nous finirons par planter notre oriflamme, au milieu d'un champ de neige ou au sommet d'un dernier pic dont on ne pourra plus jamais redescendre. N'est plus de savoir combien de kilomètres en amont du drapeau de nos parents nous nous écroulerons ! Je m'en fiche ! Ce qui restera est une certaine qualité d'amitié, architecturée par l'estime. Et brodée des quelques rires, des quelques éclats de courage ou de génie qu'on aura su s'offrir les uns les autres. Pour tout ça, les filles et les gars, je vous dis merci. Merci.

— Pour cette petite veillée à la fraîche, frères d'âmes, j'aurais espéré public plus alerte, mais quoi ? Les bons contes font les bons amis, à bon chat bon rat, qui dort dîne et advienne que pourrave ! Comme vous le constaterez par vous-mêmes, notre auditoire se clairsème, certains préfèrent feindre une mauvaise chute pour roupiller, un autre allègue un piolet volant, violine entente pour se boucher les oreilles, d'aucuns évoquent la

saine fatigue du grand air, plusieurs encore ronflent et se dégonflent… Soit!

) Par son débit, rapide, par son timbre, percutant et clair, par son phrasé, leste et fluide, Caracole m'a tiré de ma torpeur. Je me redresse sur un coude et remarque que la casserole bout sous les yeux fermés d'Aoi, si bien que je l'empoigne, et remplit, et passe, l'un après l'autre, les bols fumants de soupe aux rares hordiers qui n'ont pas sombré. J'allonge doucement Aoi contre Steppe qui se ressource avant la nuit polaire qui l'attend. Et lapant la soupe trop chaude que j'enrichis de farine d'orge, j'écoute notre troubadour qui, tout fourbu qu'il est, trouve encore en bouche le souffle de nous distraire — faute aussi d'avoir pu, depuis deux jours, rien conter de probant, et trop heureux de pouvoir, une fois encore, en pareil état d'éreintement, nous prendre à contre-pied. C'est réussi :

— Alors pour qui sonne la glace ? vous demandez-vous. Golgothe s'en sortira-t-elle ? Silamphre a-t-il besoin de camphre, le grand Erg est-il donc aussi solide qu'un iceberg ? Oracle, que neige, que neige, que n'ai-je point prévu ces chutes impromptues ? Devin et voyant, augure ou prophète, passeur d'avenir et lanceur de pistes, ainsi me lisez-vous — à raison car à vrai dire je suis aussi *aéromancien* et vous vous dites que j'ai vu, peut-être, qui sait ? un fragment du futur, futile, qui nous attend — fut-il le futur furtif qui se faufile sans forcément s'annoncer ? Fiente ! Et j'en plaisanterais ? Nenni ! Puisque vous me pressez, je le sens, d'en dire davantage, de faire mieux, d'aller au-delà du fatras de mots fats dont je me drape — haut, alors oui : demain sera… demain sera…

— Abrège…

Caracole se tourne vers Larco dont a jailli l'invite lasse. Il somnole, blotti contre Coriolis dont il essaie de réchauffer les mains en les fourrant sous l'épaisseur de ses vêtements, contre son torse. Sous la réplique, notre troubadour bifurque. Il change de ton du tout au tout et confie à mi-voix, avec une sobriété chez lui souvent équivoque ou piégeante :

— J'arrive au bout, comme beaucoup d'entre vous. Il se passe des choses en moi qu'il me serait longo-longuet de vous expliquer. Le blanc, ce blanc en larges aplats me tarit. J'ai soif de couleurs fauves, de rouge vif, de jaune d'œuf, d'orange en feu, SOIF ! Ici on avance dans l'*univers*, le blanchiment du monde, et Caca a besoin du *Divers* polymorphe, sinon vous le connaissez le bougre ? Il s'éteint et lanterne, il coagule de la globule… Vous me suivez ?

— Un peu, continue…

— Point moi savoir pourquoi — mais plus je décline, plus mes visions sont fréquentes, plus j'intercepte boucles et pelotes de vent. Il en sort tellement de vous tous, de plus en plus, par flopées, ça fuit par vos pores, ça expire de vos gorges… Si vous saviez ! Quand vous toussez, quand vous crachez, sans arrêt, quand vous parlez — tout le long de la paroi cet après-midi, tout le long des pelotes qui flottaient, qui se débobinaient du bord de vos lèvres avec des nœuds d'air bien compacts ou des broutilles vite déliées, mais vivantes, actives…

— Et alors ?

— Alors je ne peux pas m'empêcher de les avaler… J'en ai besoin. Ça me fait du bien, ça me redonne du jus !

— Y a pas de mal, Caracole. Tu absorbes des lambeaux de vif, des lambeaux qui nous échappent dans l'effort. Tant mieux s'ils te nourrissent, si ça t'aide à tenir, suggère Oroshi.

— Le problème, maîtresse, est que ces lambeaux et ces pelotes, elles sont chargées…

— Chargées ?

— Chargées de… vos devenirs. Elles portent une charge affective, une polarité d'avenir qui vous échappe. La plupart tournent sur elles-mêmes un peu comme des roues — des roues voilà, qui seraient sorties de leur essieu et qui continueraient à rouler à côté du char à voile ! Je ne vois rien du char mais je peux deviner où il va, juste en suivant la direction des roues…

— À part qu'il existe des dizaines de roues, n'est-ce pas ? (réagit Oroshi, la seule encore alerte). Et qui doivent partir dans toutes les directions…

— Parfois, c'est comme si les roues préexistaient au vélichar : elles roulent pour elles-mêmes dans le vide, elles vagabondent. Tu ne les situes pas puisqu'elles sont faites de vent, pourtant tu avances, vous vous baladez avec votre char, votre char-pente, au jugé. Eh hop tu entres au voisinage d'un jeu de roues et ton char part tout seul, il file, pris dans un devenir qui n'était jusque-là qu'en latence…

— Pfffuitt… Ça ne doit pas être toujours drôle d'être Caracole… lâche Larco, mi-figue mi-raisin.

— Est-ce que tu devines pourquoi nous expulsons autant de brins de vif ici, dans Norska ? Et pourquoi tu les perçois de mieux en mieux ? demande Oroshi, en automatique.

— Pas vraiment vraiment… Et toi ?

— J'imagine qu'on se purifie, qu'on abandonne certains devenirs pour se recentrer sur notre quête intime, afin de survivre. Ce serait assez logique.

— Et pour moi ? Pourquoi je perçois toutes ces roues ? Tu les vois, toi ?

— Certaines. Celles de Sov, celles de Golgoth et d'Erg. Celles de Steppe. Les plus nettes…

Oroshi change de position pour soulager ses muscles. Elle hésite à poursuivre, me jette un regard et baisse la tête vers la lanterne, dont elle règle le débit de la flamme, qui hoquète. Les rafales s'accentuent à l'extérieur. Talweg s'est résolu à sortir pour pitonner les hamacs avant que la nuit ne soit totale.

— Est-ce que tu as déjà *vu* ton propre avenir, Caracole ? se décide finalement Oroshi.

Caracole se redresse, il est surpris par la question. Sous la chaleur croissante qui s'élève dans le cocon, ses cheveux bouclent à vue d'œil et quelques gouttes glissent sur sa barbe récente. Il enlève sa pelisse d'isatis, comme s'il voulait nous montrer qu'en dessous, il porte toujours son éternel maillot d'Arlequin, auquel il a d'ailleurs ajouté, en surcouture, à Camp Bòban, une dizaine de bouts de tissus pris sur les vêtements de nos parents et de quelques mômes. Il observe un silence absent puis :

— Oui, j'ai vu mon avenir. (…) Il sera bref.

— Quand penses-tu mourir ? poursuit Oroshi d'une voix sereine.

— Je mourrai quand il n'y aura plus de couleur.

— Même plus sur ton maillot ? essaie-je de plaisanter.

— Ce maillot me survivra, Sov. Et c'est toi qui le porteras. Sache-le déjà et toujours.

J'explosai :

— J'en ai marre de tes oracles ! Marre, Carac ! Je me fous de ce qui te survivra ! Je ne veux pas que tu crèves ! Et tant que je serai là, tu crèveras pas ! C'est clair ? C'est *ma* vision ! Et le jour où il n'y aura plus de couleur nulle part, où tout sera blanc sur la terre comme au ciel, je me trancherai une veine pour que tu puisses encore voir du *rouge* ! Tu captes ?

J'étais à bout de nerfs et Caracole le sentit. Il me regarda plusieurs secondes éberlué par ce que j'avais dit et ses yeux se mirent à briller, j'étais moi-même ému, Oroshi ne savait plus quoi dire.

— Nous allons tous survivre, calmez-vous. Nous sauverons Golgoth et nous sauverons Silamphre. Ils vont s'en sortir. Erg a amorti la chute de Golgoth en laissant filer la corde. Il a ruiné ses gants mais il lui a sans doute sauvé la vie.

<> Steppe ouvrit la tente et il se retourna au moment de sortir, pour nous regarder tous, très longuement, pour me dévisager, moi, encore et encore. Il sortait, il fallait sortir, on ne tenait pas, on ne tenait pas tous, à

cause des sacs, du tas de crampons et on ne pouvait pas prendre le risque d'étouffer Golgoth ou Silamphre, hein, oui, on ne peut pas, petite source, m'avait-il demandé pour avoir mon assentiment, afin qu'il puisse sortir le cœur léger, avec mon sourire en lui, c'était tout, tout ce que je pouvais encore lui offrir, ce sourire et mon amour, cette peau pour le protéger par-dessous l'épaisseur de laine d'ovibos et de renard polaire qu'il allait s'enrouler autour du corps, dedans le duvet fourré, plus le bonnet en hermine et la chapka de loutre, tous ces animaux avec lui, un bon présage.

Depuis huit jours, je n'en parle pas aux autres, même plus à Alme ni à Oroshi, plus rien à propos de Steppe. Ça a commencé très tôt, dès le premier crivetz qui nous a vraiment mis au supplice, sur le plateau de Löfn. Ses transformations. Ce soir-là, avant de se glisser dans notre duvet jumelable, Steppe a refusé de se déshabiller. Il a prétendu qu'il avait froid. Il n'a jamais froid le lynxeau, je le sais, il m'épate toujours ! J'ai commencé à pouffer, à approcher ma main sous son maillot, il l'a retirée. Je n'ai pas voulu insister. Au seuil du sommeil, je me suis pelotonnée contre lui et alors j'ai senti, au toucher, à l'odeur. Au goût dans le cou. Ça sentait le bois frais. J'ai effleuré son dos comme j'aurais caressé un tronc, c'était solide à figer le sang, massif, mes doigts s'enfonçaient à peine. Et tiède comme un manche de cuillère. Sa peau avait une consistance de papier épais et râpeux, qui m'empêcha de continuer. Le souffle suspendu, j'allumai la lanterne et je soulevai son maillot à la naissance du dos. Il était d'un blanc crémeux, tavelé de traits bruns. Bouleau. Il entrait en transition végétale, le chrone avait fini par gagner son combat…

— Tu as compris ? murmura-t-il alors.

J'avais déjà mouché la flamme, j'eus un sursaut, à l'entendre.

— Je crois, oui.

— Serre-toi contre moi… Serre-moi fort petite source, très très fort… Je ne sens plus tes mains, je ne sens plus ta chaleur… Je ne sens plus rien…

Il se retourna vers moi et ses tétons m'écorchèrent les seins. Je remontai mes mains vers sa nuque, vers son visage, il était encore chaud et souple, ses joues étaient humides, il pleurait avec douceur.

— Je pars, Aoi. Je pars… Tu comprends ?

— …

— Tu m'aimeras encore si je deviens… ?

— …

— Tu m'aimes encore ?

— Oui.

Intacte est demeurée sa voix et presque intactes ses mains. D'une nuit

sur l'autre, les ongles se sont effilés jusqu'à devenir déchirables, des nœuds ont durci à la pliure des phalanges mais la souplesse est restée. L'écorce blanche a fini par faire le tour de sa nuque et lui est remontée sous le visage ; certains l'ont remarqué, d'autres ont fait semblant de ne pas… Il n'y a rien à dire de toute façon n'est-ce pas ? Et si peu à faire. « L'instinct de survie décide » dit Oroshi. « Le végétal prend le pas sur sa partie humaine à cause des conditions extrêmes : un bouleau résiste à moins quarante, pas la chair… Le corps a arbitré la symbiose » ; « Pourvu qu'il arrive à équilibrer les deux puissances en lui, pourvu… » Oui, pourvu… Il s'est désigné ce soir parce qu'il sait qu'il tiendra mieux au froid qu'aucun de nous ici. La journée, puisqu'il bouge, le sang circule bien et le charnu regagne en lui à tel point que chaque soir, c'est stupide, je m'accroche à l'espoir qu'il pourrait redevenir comme avant, je me dis… Mais la nuit… La nuit, l'arbrification profite de l'immobilité des membres et il a un mal fou à se mettre debout le matin, ça s'aggrave. Les genoux, son bassin, sa nuque sont si rigides que je dois le masser de toutes mes forces. Je triture Steppe à m'en tordre les mains, je l'oblige à se plier, à faire craquer les articulations soudées, à se décoller une par une les vertèbres mais je ne peux plus grand-chose contre les fibres végétales qui s'insinuent dans sa masse musculaire. Autant que je peux, je lui active le sang afin de chasser la sève qui monte dans la colonne, je me bats pour lui, mais lui ne se bat plus, il se laisse coloniser, je ne sais même plus ce qu'il veut, il est attiré, « je n'ai plus peur, j'ai presque envie petite source, c'est tellement serein de l'autre côté, tellement plein… »

— Ça s'est arrêté de saigner pendant la nuit. Silamphre a un caillot coagulé contre le tympan. Mais il est incapable de continuer. Il a de sérieux vertiges, même assis.

— Et si on reste ici une journée de plus ?

— C'est trop dangereux. Dès que le soleil va chauffer la paroi, des avalanches vont se déclencher, les pierres vont commencer à tomber. Il faudra être sorti de la goulotte que tu vois là-haut, au plus tard deux heures après les premiers rayons…

— Et Golgoth ?

— Il a ronflé cette nuit, mais il est toujours inconscient. Je crains le pire.

— Quelqu'un est allé réveiller Talweg et Steppe ?

— J'y vais.

X Le hamac de Steppe était vide. Un instant, je crus qu'il avait basculé dans le précipice pendant la nuit. La vérité était pire : dans le hamac, la

neige recouvrait un tas de peaux d'ovibos et de vêtements ; il avait dû quitter lui-même le hamac et s'être déshabillé. La suite n'était pas difficile à anticiper. Je levai la tête et je le vis, au pied du dièdre, logé dans la fissure. Le tronc faisait son mètre quatre-vingts et les deux seules branches, terminées par cinq rameaux nus, avaient chacune la taille d'un bras. Cet arbre n'existait pas hier soir — il n'y avait aucun doute possible.

— Je ne le laisserai pas là.

) La voix d'Aoi ne flotte pas et elle n'appelle pas de contre-arguments : elle cloue une certitude absolue. Oroshi, pas plus que quiconque, n'essaiera de s'y opposer, ni même de suggérer une alternative, bien que l'arbre, à l'évidence, soit si solidement enraciné dans la fissure qu'il paraît impossible de l'arracher pour l'emporter, sauf à l'entailler au piolet, ce qu'aucun de nous n'ose imaginer. Dépassés par l'événement, nous regardons Aoi prendre la décision qu'elle seule peut prendre. Elle escalade le mètre de fissure, s'approche de l'arbre et lui murmure des caresses inaudibles. Puis elle empoigne son piolet et choisit le bras gauche. Des copeaux indéfinissables de chair giclent sous la cognée du piolet et un liquide clair poisse le long du tronc, mais Aoi préfère ne pas regarder : lorsque la branche cède, elle la glisse, satisfaite, dans son sac à dos et redescend jusqu'à nous. Les cheveux détachés, Oroshi a de la peine à articuler l'inévitable :

— Tu vas… redescendre à Camp Bòban… c'est ça ?

— Oui. Il n'y a que là-bas que je pourrai le sauver.

— Qu'est-ce que tu… comptes faire ?

— Je vais le bouturer et le replanter dans notre jardin, près de la cabane où naîtra notre enfant.

— Tu attends un…

— Oui.

X Une joie chaotique me prend au ventre. J'aimerais tellement lui dire qu'elle a raison, que je l'envie. Ce qui sort de moi est dérisoire :

— Tu sais que tu renonces à l'Extrême-Amont si tu repars au campement. On ne pourra pas t'attendre… On doit aller au bout… Ne te décide pas sur un coup de tête !

— Je sais, grande sœur. Je ne verrai jamais l'Extrême-Amont. Mais j'aurais été au bout de ma quête, à ma façon…

— Tu vas… me manquer. J'ai tout vécu avec toi, Aoi, j'ai besoin que tu…

) Aoi est au bord de craquer mais elle a un sursaut de volonté — de dureté.

— J'ai eu la chance de trouver en chemin ce que je cherchais. Je cherchais l'amour, Steppe a été un miracle pour ma vie. J'ai accepté de m'engager dans Norska pour lui, vous le savez bien. Il était persuadé qu'au bout, nous trouverions le jardin des Origines, là où il pensait que toutes les plantes de l'univers poussent, que proviennent toutes les graines qui pollinisent l'aval. C'est ce qu'il croyait. Une partie de lui restera là. L'autre…

— L'autre est dans la branche. Son vif circule dedans. Pars et replante-le, fais-le pousser là-bas.

Inquiet, j'interviens :

— Tu penses que tu peux rejoindre Camp Bòban toute seule ? Tu as au moins dix jours de neige et de glace avec des passages très…

— Je pars avec elle, annonça Alme. Et avec Silamphre. Si nous atteignons Camp Bòban assez vite, il a une chance de survivre. Dans Norska, il n'en a aucune et de toute façon, il vous retarderait.

π La décision vient de basculer. Silamphre nous regarde tous sur la vire, alignés avec maladresse les uns derrière les autres. Deux cents mètres plus haut, le soleil commence à éclabousser la paroi. Le crivetz demeure faible. Mais il est glacé.

— Je voulais vous dire merci de m'avoir supporté toutes ses années. D'avoir supporté ma musique et mes boos en bois, mes cuillères et mes éoliennes. Celles de Léarch étaient plus solides. Allez au bout les gars, et revenez nous raconter ! Vous avez la trempe pour le faire, avec ou sans Golgoth !

— Merci Silamphre, réplique l'autoursier.

— C'est fou de se quitter ici après trente-cinq ans… Complètement dingue… J'espère que ça vaudra le coup là-haut… que ça vaut de vous perdre ! dit Talweg.

— Fais attention à toi Alme, au coude de Löfn ! répète Oroshi.

— Faites surtout attention à vous ! Je ne serai plus là pour vous soigner ! Je vous ai laissé toutes les réserves d'acide de saule. Si vous avez trop mal à la tête en altitude, redescendez. Évitez l'embolie. Et évitez les gelures surtout ! Et l'hypothermie ! Et buvez toujours beaucoup d'eau.

— On t'aime, maman !

— Moi aussi.

) Nous leur laissâmes une corde et assez de nourriture pour dix jours ; ils fixèrent le rappel. Alme d'abord, puis Silamphre : ils disparurent sous la

vire, dans le vide, dans un raclement de crampons et de poudreuse chuintante. Il ne restait plus qu'Aoi qui avait ressorti sa branche du sac et l'avait emmitouflée dans son duvet avant de la refourrer dans son sac. Elle tint à embrasser un après l'autre chacun d'entre nous. Lorsqu'elle m'enlaça, elle me glissa : « Occupe-toi d'Oroshi, aimez-vous, fais-lui un bébé » puis elle m'embrassa sur la bouche. À la fin, il ne restait plus que Golgoth, allongé sur son duvet au bout de la vire. Alors elle s'approcha respectueusement, s'agenouilla auprès de lui, lui caressa lentement le visage en lui parlant. Et elle l'embrassa. Golgoth s'ébroua alors, il ouvrit les yeux mi-clos et balbutia « On y est ? On y est ? » « Pas encore, lui répondit Aoi, mais vous vous rapprochez et moi je m'éloigne, je vous quitte. » « Pourquoi ? » eût la présence d'esprit de répondre Golgoth et sa figure montrait le plus sincère désarroi. « J'ai besoin de toi pour les feux et l'eau et les plantes. » « Merci, lui répondit simplement Aoi, merci de m'avoir toujours respectée. » Alors, elle se leva, elle empoigna la corde de rappel et sans regarder vers le bas, elle commença à descendre.

— Soyez forts ! cria-t-elle. Je penserai à vous ! (Elle pleurait, sa voix se cassa dans la paroi.)

— Occupe-toi des chats dans le jardin de Steppe, il y en a trop à mon avis, lança Oroshi.

— Quoi ?

— Trop de chats ! répéta Oroshi et l'on entendit le rire ému d'Aoi.

— Vous, réveillez bien le Goth, il peut toujours servir ! S'il n'avait pas demandé qu'on ne le ramène jamais à Camp Bòban, mort ou vif, on l'aurait pris avec nous ! (C'était la voix de Silamphre.)

— On le mangera s'il veut plus marcher !

— Adieu maman, crièrent Arval et Talweg.

— Adieu, la Lueur ! Adieu grand Tal ! Surveille ton dos !

— Adieu musicien ! jetèrent à Silamphre, presque en même temps, Coriolis et Larco.

— Au revoir Larco, pêcheur en plein ciel ! Veille sur Coriolis ! Au revoir à tous, on se reverra, vous verrez, osa Silamphre. Au revoir !

Et ce furent les derniers mots qu'on entendit d'eux. Mais nous savions tous que ce n'était pas vrai, qu'on ne se reverrait plus, et on pleurait tous comme des gosses et on avait d'un coup froid. Mais froid à mourir.

— Personne n'a de regrets ? Il est encore temps de les rejoindre. (Osa Pietro.)

Tout le monde tourna la tête et je n'entendis que des bruits de mouchoirs et des chuchotements sanglotés.

— Bon, intervint Erg. Il va falloir que quelqu'un se dévoue pour ouvrir la voie. J'ai l'épaule en vrac et le Goth peut à peine se redresser sur un coude. Qui s'y colle ?

— Lui-même ! (répondit Caracole en attrapant les anneaux de corde, les mousquetons et les coinceurs que tendait Erg à la cantonade). Suivez le singe !

‘ ‘ , . ‘ . ` , ( ) `

π « Tant que le temps reste au beau, Norska est tout à fait vivable » m'avait dit mon père. « Mais dès que ça se couvre, n'essayez plus d'avancer. Creusez-vous un igloo et attendez que la tempête passe. » Pendant les dix-huit premiers jours, le temps fut avec nous. Arval y vit un augure. Il n'était pas le seul. Notre chance considérable fut d'aborder Norska à la meilleure des périodes : à la fin de l'été. À l'abri en plein midi, il faisait presque chaud. La réverbération du soleil sur la neige avait tanné nos peaux en brun rouge. L'orientation surtout était facilitée : nous disposions de cartes précises. La visibilité au sommet des crêtes et des cols était excellente. Après l'aiguille d'Antón où Golgoth avait chuté, les difficultés techniques cessèrent. Un temps. Nous remontâmes une large vallée que Talweg évalua à deux mille mètres d'altitude. Des troupeaux de yacks et d'ovibos nous offrirent une délicieuse viande fraîche. Nos autours débusquaient des lièvres variables à livrée brune. Les faucons de Darbon se régalaient de marmottes à fourrure rouge qui émergeaient dans les zones déneigées. Ce fut un court moment de bonheur.

Golgoth retrouva vite une grande partie de ses moyens. Il avait parfois des vertiges et il tombait sur les genoux. Mais il se reprenait vite et refusait qu'on le relève. Ses hématomes disparaissaient. Il grimaçait pour lever son piolet gauche, comme Erg d'ailleurs : l'épaule. Néanmoins, aucun des deux n'était doué pour se plaindre.

Que Golgoth ait pu faiblir l'avait rapproché de nous. Sa chute avait comblé cet étroit gouffre de morgue qui nous le rendait trop souvent distant. Non pas qu'il eût, lui, changé. Sur le fond, il se vivait toujours comme invulnérable. Et cette certitude instinctive, après une chute pareille, avait quelque chose de fascinant à observer. Simplement, pendant deux jours, nous l'avions porté, sorti de la paroi et sauvé. Pendant deux jours, il était redevenu un homme, un corps de chair qui marque les plaies. Comme nous. Réduite à quatorze désormais, notre horde s'était resserrée autour de lui. Des tensions perçaient cependant, par la dureté des conditions.

Personne ne résistait au froid de la même façon. L'acclimatation à l'altitude creusait des écarts inquiétants dans les pentes raides. En haute montagne, Talweg devenait le plus apte à décider des trajectoires. Golgoth gardait ici sa compulsion aux traces directes là où la topographie impliquait le contraire : savoir contourner. Déléguant sa fonction de traceur, il glissait vers son rôle primitif. Son meilleur rôle : Tracteur. L'intensité de sa foi pour l'Extrême-Amont... Comment la qualifier ? Elle était sidérante. Qui plus que lui pouvait porter à ce point cette conviction que nous irions au bout ? Lorsque nous approchions du sommet d'un col, c'était dans ses yeux comme s'il s'attendait à franchir un portique au fronton duquel aurait été inscrit : « Extrême-Amont — Bienvenue ! » Et cette hargne projective qui ne le lâchait jamais, cette obsession, elle nous irradiait tous. Elle se fortifiait par réverbération. Après une période de doute sévère, je recommençai moi-même à y croire. L'optimiste revenait. Nos cartes indiquaient pourtant une difficulté majeure. Un col à cinq mille sept cents mètres, accessible par une unique rampe à 60° : le couloir de Gardabær. Sur la crête sommitale, le ciel se couvrait rapidement. Nous devinâmes le couloir plus que nous le vîmes : un S verglacé. Encadré d'éperons. Un toboggan vertical de deux mille trois cents mètres à franchir d'une traite. Ou presque. L'engagement serait total. Et nous l'attaquâmes au pire moment : en pleine tempête.

) En équilibre sur un clou, Erg fracasse de toute sa force la carapace de glace. La pointe du piolet grince en s'enfonçant d'un centimètre — des battitures giclent de la courte balafre, aussitôt dispersées, d'une salve. Je griffe la marque, crispé sur mes crampons en pur insecte et je prie — je prie pour la première fois de ma vie. Au bout de cinq secondes, la crampe qui me montait au mollet reflue et je parviens à me retourner, dos à la pente, pour essayer de respirer. Derrière moi, dans le couloir à 60°, il n'existe maintenant plus que des buttes de neige, qui bougent, qui remontent inexplicablement vers nous. Plus de hordier nulle part ; de silhouette, aucune. Le crivetz atteint, par pic, la stridence d'une cale métallique sur un miroir — puis la décrue survient, trop brève — et les rafales vibrent alors en cataracte sur la surface de la pente. Un moment plus tard, la mitraille du grésil reprend dans la bosse de mes joues, intense à faire pleurer... un autre moment ma cagoule était déchirée... Avant ou après ?

Pietro émergea le premier du blanc absolu. Il n'avait plus de visage. Puis vint Arval, qui n'était qu'une épeire incisant la glace, avec des yeux d'un jaune fou qui hurlaient, seule couleur, à travers la fente de son casque de

bois. Et Caracole ? Derrière eux, des masses croûtées de neige, des mottes d'hommes, aveuglément, se hissaient sur la cuirasse verglacée. Caracole ?

— Caracole est où ?

— Quoi ?

— Caracole ! Où il est ? Je le vois plus !

π Impossible de bivouaquer ici. Impossible de désescalader sans dévisser. Impensable de continuer à grimper. C'est ce que doit se dire Erg. C'est l'évidence.

— Caracole !

) Au cri subit d'Arval, j'ai failli perdre appui. Je fixe à nouveau la pente, je n'arrive plus à racler la croûte de givre sur le hublot de mon casque, je soulève ma visière en coque de méduse, criblée de fentes, qui ne protège plus rien depuis des heures et je balaye l'espace. Je cherche une aspérité, un relief, une couleur mais je ne trouve rien : le blanc a tout envahi. La prédiction de Caracole, latente en moi depuis ce matin, bien que toujours refusée et remise à distance, serre mon estomac. Je jette :

— Il faut attendre Caracole !

— On ne peut pas attendre, tranche Erg.

— Firost a décroché aussi. Son manche de piolet a du jeu. Il faut les attendre !

— Firost grimpe à son rythme. Il est solide. Si on les attend, on va geler sur pied.

X Erg repart. Personne n'a le cran d'insister. Nous sommes en train de couper le groupe en deux. L'erreur peut être fatale. Golgoth est revenu, qui grimpe en droite ligne dans la portion la plus dangereusement verticale de la pente et qui ne se retourne plus depuis longtemps. Larco et Coriolis sont les seuls à s'être encordés, ils sont à une trentaine de mètres en dessous. C'est déjà beaucoup. Au même niveau, les deux oiseliers suivent depuis le début une masse énorme, Horst, qui assure le train. Caracole et Firost sont invisibles. Pietro a recommencé à tailler des marches. Pour Arval. Il hésite à attendre. Il crève de froid, comme nous tous, dès qu'on s'arrête quinze secondes. Il frappe à brefs coups de pied, secs, à coups de poing cranté de fer, de coude hérissé de pointes quand sa main ne bouge plus, de genou quand le pied casse comme un pain de glace. Talweg élargit les prises à la disqueuse hélicée, un cadeau précieux de ma mère. L'éolienne à tambour tourne à cent vingt tours/minute sous ce crivetz. Bien assez pour que les

lames de diamant mordent. Le col est à deux cents, deux cent cinquante mètres de dénivelé amont, je peux le situer au rotor qui incurve les rafales. Je me concentre sur chaque élément préhensible. Je reste précise. Précise. « Discernement » me répète ma mère. « Discernement dans la haute souffrance. » « Respire, Oroshi, nourri ton nèphesh ! » Je respire maman, je respire, quand je peux encore. Par moments, je sens le vif de Callirhoé qui circule dans mes mains : elle me préserve des engelures. Merci, Joliflamme, merci à l'infini d'être là…

) J'obéis, j'obéis d'abord, mettant mes crampons dans les marches taillées, j'obéis à la lâcheté du groupe, à Golgoth et à Erg, les suivre est si rassurant… Puis j'eus cette image mentale de Caracole à l'agonie dans la pente. Et ça, ce fut insupportable :

— Halte ! Haaaalte !

— Erg !

— Quoi ?

— Il faut recoller les deux groupes ! On est en train de faire le trou ! Caracole et Firost sont largués ! Ils sont en danger !

Il tourne la tête, arc-bouté sur ses deux piolets, coudes et genoux contre la paroi, il récupère, une rafale manque de lui arracher le casque, il me toise et souffle :

— Je sais.

— Tu sais et tu continues à tracer ! Arrête-toi, merde !

Il hoche la tête, hagard, sans répondre, tandis que Pietro et Arval, qui m'ont entendu grâce au vent, interviennent. Pietro :

— Si nous restons sur les pointes sans bouger, c'est la crampe assurée. Nous allons geler debout !

— Qu'est-ce que tu proposes toi ? Sacrifier Caracole ?

— Redescend le chercher Sov ! Si tu peux ! Ne stoppe pas la cordée !

— Quelle cordée ? Tu vois une corde toi ?

X Firost venait de décramponner du toboggan de glace. Je le sus à la rupture de flux. Une saute terrible, en contrebas. Il avait glissé sans que personne le sache, l'entende ou le voit. De toute façon, nous nous étions d'un commun accord désencordés puisque personne ne pouvait plus retenir quiconque, pas même soi. Si Erg tombait, si je tombais, toute la horde était morte, dans l'enfilade, par le simple poids, l'accélération de la pente… Si Erg ne parvenait plus à strier la glace, du piolet et des pointes, il tomberait, tomberait sur toute la horde. Je le savais et je ne le savais plus, je

ne pensais ni ne réalisais plus. Pourtant ça : Firost avait dévissé ! Dévissé ! Le cri m'échappa :

— Firost !

— Où il est ? rauque Golgoth, qui vient d'achever sa traversée horizontale pour repiquer sur nous.

— Firost est tombé, son vif a décroché du corps, il remonte vers nous...

— Qui ?

— Le vif remonte... Le vif...

— Son piolet merdait ! Je vous l'avais dit !

— On n'a rien entendu Sov, désolé, répond Pietro avec sincérité.

— Erg l'a pas attendu ! Il fallait faire bloc, merde ! Pas se lâcher !

— Je fais la trace amont, je peux pas tout tenir ! On est dix devant à geler debout ! Au bord de la crampe ! Je dois vous sortir du couloir coûte que coûte ! On est presque en haut ! C'était vous ou eux ! J'ai été formé comme ça, désolé...

Erg l'a glapi plus qu'il ne l'a projeté. Il est hébété de douleur. Le mutisme qui suit n'a rien d'un silence car plus haut, c'est comme si la vitre du ciel venait d'éclater : des éclats de verre sont projetés dans la pente — je tiens mon casque, par réflexe, avant que la volée de tessons déferle et me lacère les paupières et le nez.

— Il faut redescendre (assène Sov). Caracole est isolé. Il va chuter s'il n'est pas soutenu ! Et Firost est peut-être encore vivant ! On ne peut pas l'abandonner !

¬ Mais il ne croit pas un mot de ce qu'il dit. On va l'abandonner. On va l'abandonner parce qu'il est mort. Tout le monde le sait. Erg plisse les yeux dans la perspective de la pente. Il attend un moment qui me paraît vraiment très court. Puis il dit :

— Allez, on y va.

Firost était son meilleur ami.

‘ , ^ ^ . ` ^ ^ , `

, . ; ^ ^ , `

‹› Petite source, petite source, j'essaie de me souvenir du ton qu'il prenait, du rire qui troublait l'eau verte dans ses yeux lorsqu'il me regardait nourrir les chatons du jardin, « Trop de chats, riait-il, trop de chats », Oroshi a dit ça aussi, en partant. Crois que je me suis trompée de couloir, trop de chats, celui-ci bien trop raide et il me reste trop de chats quatre ou

deux pitons, un ? Descends debout, appuie de tout ton poids sur les pointes du talon, droite Aoi, DROITE ! crie Oroshi, envie de m'asseoir sur les fesses, la trouille, il y a trop de chats peut-être, trop de chats c'est sûr, le vent me pousse sans cesse, la neige frémit et leur fourrure ondule sous la caresse, ils courent, hein, c'est rigolo, ils filent devant moi, pffui, des petites boules frémissantes de poil, cette fourrure blanche, touffue comme ça, c'est beau Steppe, n'est-ce pas ? Les chatons galopent dans la pente, je les soulève d'une main, ils sont légers comme des boules de neige, tu verrais ça, prends-en un trop de chats, il ronronne, trrrrop de chats, ksss, tropdechats-tropdechats, trop-de-chats trop de chats, trop de barf-chats, de bébés-chat, de bébés shraoun-chats, trop de super-bébés-baroum-chats à pattes d'ours, trop partout, qui roulent et qui boulent et qui groumpfent, des bébés-chats qui…

) Je suis resté seul au beau milieu du couloir avec Pietro et Oroshi, arrimés tous les trois à un seul piton, incapable de sortir la corde du sac à dos pour tenter un rappel. La neige sifflait sur nous avec une finesse de pluie, par rafales abrasives, coups de rile. Postés à la verticale de la pente, les doigts au point d'engelure critique, nous jouions notre vie pour un seul homme, pour un ami : Caracole. Dans les moments extrêmes, je ne sais si les valeurs qui nous structurent en temps ordinaire ont beaucoup d'efficacité — un grillage qu'on tord. Car le nœud seul ressort, la boule dure aux viscères, elle oui. Le nœud qui me soudait à Caracole, en corde à rire, en fil de rien, une complicité et des regards, du bout à bout de joies en chanvre, tissées en laine de tout, ce nœud vibra alors plus dense qu'un métal, presque aussi puissant qu'un vif. Je ne jugeais pas les autres, ni la rigueur d'Erg, ni même Golgoth de ne pas vouloir l'attendre. Golgoth avait toujours annoncé qu'il ne sacrifierait jamais la quête pour quiconque, même son ami — Firost. Que s'il devait être le seul à survivre pour aller chercher l'Extrême-Amont, il irait, il le ferait. Et il tenait parole : Firost était tombé, il continuait. Je l'avais regardé renfiler son casque profilé et repartir sans jeter un regard derrière, tracer droit dans cette pente lisse sur laquelle riper signifiait donc mourir. Je ne l'avais pas admiré pour autant, non, pas ici, pas à ce moment-là… Aucun idéal à mon cœur, fût-il le mieux partagé de notre Terre — j'entends : trouver l'Origine du Vent — ne vaudrait jamais le lien textile animal, ce miracle préhumain d'être tramé en fil de l'autre. Ne vaudrait jamais d'être noué ainsi par l'âme, par l'influx sanguin et par les nerfs à Oroshi et à Pietro et à Arval et à Talweg, à Aoi quelque part vivante en aval, j'en étais sûr — et naturellement noué à ce

fantôme bleui qu'on vit enfin, tuant l'angoisse en deux mots, traverser l'écran de froid du couloir de Gardabær et remonter vers nous…

— Carac !

— Oï ! Çavek ?

∂ … et cet Oblique jouait de la harpe éolienne et bien qu'il ne fît guère plus que déplacer de temps à autre, à première vue sans grande raison, le cadre de sa harpe et l'orienter selon des angles bizarres, sa musique est une des plus émouvantes qui me soit restée enroulée dans l'oreille, encore maintenant je l'entends parfois, et je l'entends lui qui répétait sa phrase fétiche : « La musique est comme le vent, elle ne s'arrête jamais ; c'est nous qui nous arrêtons d'écouter », « bouge tes oreilles au vent », « bouge tes oreilles… » J'ai demandé à Alme et à Aoi de me laisser là, posé sur la tranche de la crête afin de mieux entendre le crivetz puis je leur ai dit de s'enfuir, vite, vite, afin de sauver leur peau. Elles ont été splendides jusqu'au bout, à essayer de me soigner, à me porter sur des kilomètres mais je n'ai plus assez de sang dans la tête et je n'avais de toutes les manières pas envie de finir à Camp Bòban où le flot arrive canalisé — et comme soufflé d'un mauvais cor par une bouche sans talent.

‘ ’ ‘ ’ . · ˜ ° ˇ

… *Coure le froid, avec des silences de faux…* La douleur des engelures a disparu et mon corps prend calmement la température de la neige et du ciel.

· En partant, j'ai recommandé à Aoi, s'il lui arrive d'affronter des conditions atroces, ce qui est probable, de s'accrocher à une ritournelle intime, courte et musicale, dont les sonorités soient pour elle comme un soleil niché (qui la protège) et elle m'a dit qu'elle avait sa phrase à elle une phrase qui lui venait souvent dans la solitude ou la fatigue elle me l'a dit et je ne m'en souviens plus c'est dommage, ça m'a paru très beau sur le coup et puis voilà… Il paraît que je dois compacter mon vif, m'ont-elles dit, à la façon de Callirhoé ou de Sveziest, que c'était « primordial » ‘ je n'ai jamais trop versé dans l'aérologie et dans les pelotes · mon domaine était le bois et la musique, n'est-ce pas ? , — en sorte que du vent, je n'ai guère retenu toute mon existence ponceuse que les lignes mélodiques. ‘ Certainement j'aurais voulu atteindre l'Extrême-Amont au moins pour eux les musiciens de l'*Orchaostre* selon un mot de Caracole · juste pour voir la forme inimaginable qu'ils ont quand ils jouent et parler un

peu instruments et technique. N'est-ce pas un monde qu'on ait inventé un si élégant système de transcription du vent ‘ ‘ sans avoir été fichu d'en déchiffrer correctement les partitions jouées de l'amont , · ˙ ni même vraiment cherché à les reproduire en musique de chambre pour le plaisir ? ‘ ˜

Compacter mon vif, je bien, si je savais où ‘ trouve et comment le nouer, à moins qu'on y d'instinct, ce qui m'irait plutôt, sans être sûr qu'il que quelque de moi se perpétue, sinon — si, mon oreille hormis ( ) la mélomanie n'a pas été le fort de notre bonne horde, combien de fois la trace était évidente, rien

qu'au son et non, il falla˙t qu'ils reniflent et qu'ils regarden

t, ça restera fou ce que le Goth a d'cid' ` fleur de p˙f touta sa v˙e, lu˙ f˙n˙ra gro˙n, son v˙f est un gro˙

¬ Golgoth se ramassa et se redressa de toute sa hauteur sur ses pieds, et il frappa des deux bras en même temps la paroi de métal blanc. À la vue du col, il souleva sa visière durcie de gel, inspira du plus fort qu'il put dans le tunnel de neige de son nez et cracha au vent. Puis il prit conscience de ma présence à sa droite et ça monta en lui, incompressible, énorme, aussi sourd d'abord qu'une avalanche puis, aussi clair dans les deux dernières syllabes, qu'un éclat de pierre :

— Noooorrr… Nnnnnooorrrr… Nnnnnoooooorrrrr… NORS-KA !

Noooorrr… Nnnnooorrrr… Nnnnnoooorrrrr… NORS-KA !

) Gorgée de liberté rageuse, comme si elle expulsait du ventre un lourd fragment de son vif, la voix de Golgoth tonitrua dans l'espace gigantesque du cirque de Schnæfellerkraft et se répercuta, par échos grondants sur toute la longueur du couloir de Gardabær jusqu'à nous. Un barrissement de mammouth immémorial qui nous ébranla jusqu'au bas des vertèbres. Je craignis une seconde le déclenchement d'une coulée, mais la joie d'approcher du sommet était telle… « Le vif de Firost est passé en Erg », m'alerta Oroshi, ravie. « Il est remonté à contrevent, c'est à peine croyable, Sov, mais il est là. Ça nous renforce. » Je n'eus pas le temps de lui dire qu'il était mort quand même et que rien ne remplacerait ça, que Pietro répondit à Golgoth, à cent mètres de distance :

— Nnnnnnnnnooooooooooooorrrrrrrrrrrr… NORS-KA !

π Un quart d'heure plus tard, nous franchissions l'épaule de Gardabær.

— En bas, c'est le cirque de Brakauer, une vallée glaciaire, un vrai cul-de-sac. Le cirque verrouillé par des parois de deux mille mètres !

— Je sais ! Et il n'y a qu'un moyen d'en ressortir amont.

— Lequel donc ? demanda Caracole, ragaillardi.

— Par un pilier détaché de la paroi, dont la roche est excellente d'après mon père. Ce pilier s'élève aussi haut que les parois du cirque. Et il est relié à elle par un pont naturel. C'est le passage obligé si tu veux ressortir, c'est la Trace.

— Si nous passons ce pilier, nous deviendrons la Horde la plus en amont de toute l'histoire des Hordes !

— Tu sais ce que m'a dit mon père sur le pilier Brakauer ?

— Non ?

— Que c'est la pierre tombale la plus haute qu'il ait jamais vue…

— Le pire, si j'ai bien compris, c'est le pont de roche tout en haut. Ils y ont perdu six hordiers…

— Mais ils ont finalement réussi à passer. Ton père t'a dit ce qu'ils ont vu derrière ?

— Oui Sov, mais…

— Mais quoi ? Raconte ! Mon père n'a rien voulu me dire !

— J'ai juré sous serment de garder le secret. Je suis désolé.

— C'est si horrible que ça ?

— Oublie…

— Dis-moi juste si c'est positif ou négatif.

— C'est tout simplement inconcevable, Sov. Pour être franc : je ne l'ai pas cru. Ils n'avaient plus tous leurs moyens à ce moment-là…

(·) , (·) ‘ ‘ ,
(·) .

‹› L'histoire racontera que j'ai mis douze jours pour revenir à Camp Bòban, elle ne retiendra de moi que la branche de bouleau que je tenais à la main en arrivant, avant de m'effondrer à cent mètres du village, et que Fuschia devina aussitôt être son frère. Elle parlera de l'amour que j'avais pour Steppe et du bouleau qui fut replanté et si bien choyé qu'il repoussa, à quelques mètres de la cabane où nous avions fait l'amour l'ultime fois, dans son jardin ; elle se souviendra qu'à huit mois à peine, laissé seul dans l'herbe, notre enfant, Yol, se lova contre les racines de l'arbre ; on parlera de mon courage et de mon renoncement à l'Extrême-Amont pour lui et on

essaiera, avec le baume des mots, de me faire oublier le visage de Silamphre quand il nous regarda partir ; on m'assurera, encore et encore, que jamais je n'aurais pu retrouver Alme sous l'avalanche qui l'emporta alors qu'elle ouvrait la trace pour moi dans le défilé de Clavela. Mais je suis sûre qu'ils mentent, qu'Oroshi l'aurait retrouvée aux vibrations de son vif, que j'aurais dû continuer à remuer la neige.

Je ne saurais jamais ce qu'ils sont devenus, les autres, là-haut. Ou je le saurais peut-être un jour, j'aimerais tant... J'adore Fuschia et j'aime la mère de Steppe, j'adore discuter avec Matzukaze, mais la horde me manque. Ils me manquent atrocement.

Matzukaze pense que dans quatre ou cinq ans, il est probable que le bouleau développe dans son aubier une sève plus fluide, proche du sang. Elle pense que l'arbre a sauvegardé la partie humaine de Steppe et qu'en travaillant sur son vif, il sera possible de le ramener, avec patience, vers sa forme ancienne — peut-être même de le ramener intégralement. Je ne sais pas ce qu'il faut en penser, je sais juste que Te Jerkka m'a confirmé le mois dernier qu'il avait connu un cas de rétromorphose semblable, de l'animal vers l'homme, sur un serval.

Yol va avoir trois ans, il parle maintenant. Quand il me demande où est papa, je l'amène devant l'arbre et je lui dis : « Il est là. » « Où là ? » demande-t-il alors, espiègle, il connaît notre petit manège. « Là : il fait dodo dans le tronc ! » je lui réponds. Alors il rigole très fort et il enlace l'arbre de toutes ses forces et il l'embrasse. Il n'est pas dupe, je lui ai expliqué l'histoire de son père.

— Peutête si on reste là tout le temps, ben papa il voudra bien revenir comme avant maman. Peutête il a peur, les loutres elles ont peur aussi des fois, hein ? Les loutres maman, elles ont peur des fois aussi parce que...

— Oui, on va l'apprivoiser, Yol, tu as bien raison...

— Comme les chats ? On va le privoiser comme les chats qui t'avaient sauvée dans la neige, m'man ?

— Oui, Yol, on va le ramener. On va ramener papa tous les deux.

) Bloqués, nous sommes bloqués devant cette fameuse porte de Brakauer, après une ascension du pilier, pourtant bien menée, qui a exigé deux jours de pure escalade. Parvenus en haut, nous avions pensé sortir du cirque dans la foulée... J'en ris désormais.

Sur la rive opposée, deux éperons sont cloués dans la glace vive, face à nous, comme pour mieux matérialiser le seuil. Entre notre bivouac, aménagé sur une plate-forme rocheuse au sommet du pilier Brakauer et la Porte,

qui marque donc la sortie du cirque, s'étendent à peine cent cinquante mètres ! Hormis que ce sont les cent cinquante mètres les plus vertigineux du monde, à part que ce que nos parents nous avaient annoncé comme « un pont de roche » est en fait une rampe poisseuse de glace, de surcroît incurvée en son centre, lisse comme une table de verre et large de deux corps. Ce « pont » est donc posé à même le vide, à plus de mille neuf cents mètres certifiés-Talweg à la verticale du glacier — ce glacier que nous regardons depuis trois jours s'engrosser de nuages du matin au soir et tour à tour s'enneiger et tour à tour étinceler au soleil, puisque ni Golgoth, ni Arval, ni Erg ne sont parvenus à s'avancer de plus d'une vingtaine de pas sur la rampe. Parce qu'à chaque tentative, ils ont fini suspendus dans le vide, à balancer au bout de la corde, avec le risque, pour l'instant évité, d'aller s'écraser d'un pendule contre la paroi du pilier. Sur la rampe, la glace (Talweg maintient qu'il s'agit d'autre chose : de *verre pur*, peu importe) tinte si dure que nos crampons, émoussés par un mois de varappe, ne mordent plus assez pour tenir des appuis sous rafales. Golgoth a bien essayé de progresser à plat ventre, en faisant coulisser sous lui une sangle qui faisait le tour de la rampe et lui servait d'assurance mobile, mais l'épaisseur du pont varie considérablement selon les endroits et les réglages se sont avérés vite périlleux. Par deux fois, il a basculé sous le pont et à chacune, il n'est parvenu à revenir *sur* le pont qu'après des efforts dantesques.

Quant à Erg, qui avait réussi plusieurs fois à sortir son parapente dans l'ascension du pilier, pour réaliser de précieux bonds portés et nous assurer du haut, j'ai insisté pour qu'il tente le saut. Il a écouté ma suggestion et il m'a rembarré :

— Hola, le scribe... T'as déjà piloté une aile ? Vise un peu la paroi ! Là, en face ! Et vise le pilier ! T'as vu les rafales entre ? Tu piges, tu réfléchis ?! Je pourrais toujours décoller, ça c'est sûr... Maintenant j'ai autant de chance d'atterrir entier que de me fracasser contre une paroi, de percuter le pont ou de filer dans les nuages. T'as observé les faucons ? Il y a de furieuses pompes ici. En plus, ce putain de crivetz est noué de rotors !

— C'est un chaos aérologique, confirma Oroshi, découragée.

— Et si on t'amarre comme un cerf-volant ?

— C'est encore plus con. Je risque de m'enrouler autour de la rampe !

π Trois jours s'écoulèrent. Les rafales ne cessaient pas. Nous étions désespérés. Elles frappaient le pont sous tous les angles possibles. Du ciel, d'en bas, de côté. Conjuguées à la glace, elles défendaient ainsi l'accès à la Porte mieux que ne l'aurait fait un furvent. Nos réserves de nourriture étaient

désormais consommées. L'autoursier faisait voler son oiseau, oui : pour l'entretenir. Les faucons de Darbon chassaient mais ne ramenaient que des choucas. Trop peu pour nous alimenter décemment et tenir au froid. Outre qu'ils chassaient toujours en aval du Pilier, loin de la crête que nous visions. Ce qui en disait long sur la force des courants. Quand j'avais vu la rampe, j'avais été surpris. Comment nos parents avaient-ils pu y perdre six hommes ? Le vide mis à part, où était la difficulté ? Et puis, voilà. Nous nous étions juré de ne prendre aucun risque. De ne perdre personne. Pour ça, nous avions réussi. Pour le reste, trois jours d'échec. L'inaction nous oxydait. Nous ne trouvions pas l'ouverture, ou l'idée. Pour demain, le programme devenait trivial : trouver à manger. Ou passer.

Ω Quatrième jour au piquet, là-haut, dans le gaz. Le soir se radine en douce. Derrière nous, tout le cirque, dans son style géantissime, un truc beau à chialer, commence à foutre son maillot jaune. Je sens mes chailles qui gluent la salive dans le gosier. J'ai les crocs à bouffer du rocher. J'avale ma morve pour me donner l'impression d'avaler autre chose que mes boules. Ça sonne crépusculaire par chez nous, autant dire, faut voir nos tronches ramonées. Ça claquette des dents, ça pique du naseau vers les crampons. On a tout essayé aujourd'hui. Ce ponton, ça me détruit le mental. Cent pas à faire, tout droit, hop et ciao ! Ouais… On a vu pire, je me suis dit, le premier jour. Tous des branleurs, la 33, hein ? Hop, hein ? Erg s'est enquillé tantôt une dizaine de gamelles à la suite. Il a fini par sortir son aile de rage et c'était pas sa meilleure idée. Il a été jecté vertical aussi haut que les faucons. Il a tourné une plombe avant de bricoler un atterrissage en cata sur le pilier, gelé aux pognes, l'épaule gauche qui grince comme un cric. On lui a demandé ce qu'y a derrière, après la Porte, d'ici on voit pas, hé, comment ça se présente Ergo ? L'a pas mouftée. Il a tiré à l'arbalète méca sur l'autre rive. Pas crétin. Quand le carreau s'est planté, avec la corde accrochée au cul, je me suis dit : c'est bonnard ! Fallait encore tendre la corde, sûr, pour faire une main courante *digne*. On l'a tendu à trois : ça a pété aussi sec ! Pour toto, c'est réglé : y a plus qu'à tirer au sort celui qu'ira jouer sa couenne sur la rampe, la corde au cul. Ceux qui tombent, tombent le premier qui passe a gagné…

π Sur l'angle d'un dièdre, juste sous le sommet est du pilier, Arval m'a montré l'alignement serré d'arceaux pitonnés. Il y pend encore un bout de cuir. C'est tout ce qui reste du drapeau de la 33ᵉ Horde fixé par nos parents. J'ai passé une heure devant. Golgoth l'avait remarqué depuis trois

jours. Il n'a rien dit. À un moment, il s'est approché de moi et m'a soufflé : « Ça calme, hein ? »

X Deux heures avant le coucher du soleil, il se produisit un événement à peine croyable : un animal blanc, sorte d'hermine avec deux ailes fuselées sur les flancs, surgit sur le dôme de neige au-dessus de la Porte, dévala la pente et s'engagea sans hésiter sur la rampe en trottinant tranquillement vers nous ! Sans le guet d'Arval, nous l'aurions ratée. Elle était de la taille d'un petit serval et comme telle chassable par un rapace. Sans attendre, Darbon décapuchonna ses deux faucons et les jeta. Les oiseaux montèrent d'essor mais ils se guindèrent, si bien qu'on les perdit vite de vue. Darbon prit son sifflet, piaffa et appela, mais rien n'y fit : ils dérivèrent aval. Touché dans son orgueil, Darbon s'assit, sa vexation vira vite à la colère, sa colère à l'abattement. De son côté, l'autoursier lobassait et je dus le secouer pour l'alerter. Fort heureusement avait-il laissé son autour jardiner sur un ressaut et le rapace avait très vite avué la proie. Suivant sa tactique favorite, l'oiseau se laissa tomber en vol plané jusqu'au pont, cherchant l'approche furtive, puis il fondit sur l'hermine en vol battu, dès qu'il se sut repéré. L'animal étrange esquiva l'attaque avec une vivacité impressionnante. Déséquilibré par son propre mouvement, toutefois, il dérapa dans le vide. Il chuta d'une dizaine de mètres avant de déployer ses ailes et en quelques battements fluides, il regagna l'autre rive. L'autour voulut poursuivre son attaque, mais il fut gêné par une bourrasque poudreuse au moment où l'autoursier le rappelait au taquet et prenait la chasse en main :

— Quelle taille a l'animal ? demanda-t-il.

— Un petit serval à peu près. Shist lui a foncé dessus !

— Ça signifie qu'il peut l'empiéter. Où a-t-il fui ?

— Derrière la butte. Droit dans l'axe de la Porte.

L'autoursier lisse les plumes de son oiseau, en gratte le grésil et le gel. J'ose :

— Tu crois que Schist peut passer ce mur de vent, au niveau de la butte ? Les faucons n'y sont pas arrivés…

— Les faucons sont sujets à de grandes fuites ici. Ça reste des rameurs. L'autour est un voilier saillant, il est plus agile en condition tempétueuse. Et il a faim, comme nous…

) Relâché, l'autour fila. Et là, sur le promontoire de roc où la horde gisait en vrac, une minute plus tôt, emmitouflée, le moral en fonte, une onde d'espoir frissonna dans les regards et le port des têtes. Sans se concerter,

tous, nous comprîmes brusquement l'enjeu de cette chasse. La nuit qui s'approchait, réserves à sec, avec cette faim excavante au ventre, allait nous faire frôler l'hypothermie ; les chances de débusquer une proie qui puisse nourrir nos treize corps s'annonçaient minuscules. De fait, elles étaient nulles hors cette hermine providentielle. Manger pour nous était donc suspendu à la capacité qu'aurait, ou non, Schist de ramener l'animal.

L'autour était strictement immobile à la hauteur de ce que j'avais fini par baptiser, par désespoir, le bord du Cadre — quelque chose comme un horizon coupé, une crête ou une passe, en tout cas l'*autre* versant, inatteignable, du cirque. À deux cents mètres amont, Schist n'était plus qu'un bloc de tectrices arc-bouté face au vent. Visiblement, il n'avançait plus d'un pouce. Pas d'un pouce ne reculait. La virulence des rafales sur la crête du cirque ne lui autorisait que des mouvements extrêmement brefs, qu'une propulsion explosive à fleur de corps. En le regardant, j'avais l'impression qu'à la moindre ouverture un peu large, ses ailes allaient se déchirer sous le flot — et que cette certitude le paralysait.

¬ Comme un seul homme, toute la horde s'est redressée pour se porter à l'entrée du pont. Là, dans nos vêtements rigides, serrés comme un fagot de piquets de fer, on s'entrechoque à chaque bourrasque. Au-dessus du col remonté jusqu'au nez, là où la vitre des yeux laisse encore passer l'humain, quelque chose trahit, dans les visages levés, un sentiment qui dit : « Si l'autour lui-même n'est pas capable de passer la crête, personne ne la passera. »

) Tourse était suspendu à chaque mouvement de son oiseau, relié à lui comme par une volée fine de câbles, relié à chaque — infime même — battement, chaque trille criée jusqu'à nous, chaque vrille qu'il pouvait oser sous les rafales. Mais l'oiseau n'osait déjà plus rien. Il avait, de toute sa puissance déployée, rasant ascendant la courte pente de neige, filé d'un trait jusqu'à la crête où, redressant sa queue, les ailes à peine inclinées, il avait crû trouvé la brèche — mais la force torrentielle du crivetz l'avait balayé du sommet et projeté en l'air. Trois fois, cinq fois, dix fois, il avait alors volté à la sauvage, repiqué vers le bivouac et viré loin derrière nous en contournant le pilier Brakauer pour repartir, les ailes froissées de givre, en vol battu, à l'assaut de la crête — sifflant à travers les deux éperons de la Porte, frôlant la butte de neige qui s'arrondissait derrière puis se haussant au tout dernier moment.

Ω Mais à chaque fois, à chaque *putain* de fois, la violence ahurissante du schnee l'avait choppé au colback, l'enfilant d'une bourrasque et le jetant comme un mouche-morve au loin.

π Mais cette fois-ci — était-ce un geste, un cri de l'autoursier — il décida de piquer droit. Et de faire face. Sans prendre aucun angle au vent. Il entra dans la masse de glace voltigée. Et il s'y enchâssa comme une pierre lourde dans un torrent. Il s'y tint quelques secondes presque immobile. Déjouant tous les pronostics muets.

¿' Puis donc, comment dire ? Ainsi qu'il fut trop prévisible que ça se pisse, le sémillant volatile se mit à perdre une unité normative — puis très vite cinq mètres de terrain — autant dire, à mon humble avis de spécialiste du canard, que c'était plutôt foutu-foutu… Mon regard croisa par mégarde celui de Pietro qui secouait la tête, ladite tête exfiltrant son élixir de lucidité sous forme d'un « n'y arrivera point » que je lui rendis d'un sourire. Ne tournons pas *autour des palombes* et du pot : *yaka faucon* certes, puisque tout cela, dans son obstination, put se résumer à quelque sursaut d'orgueil d'oiselier ? La mine mauvaise de Darbon, toisant son collègue, l'eût attesté… Puis-je avancer mon dit ? Mais la disproportion entre — disons — la férocité des rafales et la coriacité pourtant admirable du petit Schist laissait planer moins qu'un oiseau — et plus que des doutes…

X L'autoursier stridula. Trois fois, très aigu. Puis deux, puis une, en mélopée : l'autour cessa de reculer. Et là, mû par une force introuvable, en trois ou quatre battements courts, extraordinaires, il regagna, un à un, les mètres perdus…

— Vas-y, Schist ! Vas-y ! Plus vite ! Oï, oï ! Tu vas passer !

— Troue la crête !

Ma voix et celle de Coriolis se dissolvaient dans le blizzard.

) L'autour, j'étais sidéré, gagnait sur le vent lisse décimètre par décimètre maintenant, comme un gorceau égaré remontant l'écluse d'Urle. Il était presque impossible de savoir s'il continuait à avancer, mais il le semblait — et il était en tout cas parvenu à l'aplomb de la crête. Nous le vîmes à ce qu'il fut brusquement saisi par la lumière, son plumage pris sous une couleur qui me parut absolument neuve, un jaune métallique et polaire négligemment jeté par le soleil sur les derniers reliefs saillants. Des nappes de grésil le frôlaient de part et d'autre, à grandes lames verticales ou horizontées, fluaient

des draps blancs comme criblés, en lambeaux, à la disperse, sans fin fluaient, ni pause ni espoir.

X Nul ne pouvait dire, à cet instant-là, si Schist allait franchir, en ouvreur, pour la première fois dans l'histoire, la frange extrême de l'Amont.

) Il était riveté au zénith, au bord exact du cirque, volant comme une pierre nage, battant véhémentement — court, si court pourtant — *véhémentement* des ailes, sur son plan instinctif immobile et sans prise. Une flèche suspendue. La horde tout entière était maintenant hors d'elle, elle n'avait plus froid, ni faim, ni fatigue. Elle était là-haut, à battre des ailes, plier, ferler, battre — propulser — battre, plier, battre ; têtue, inexorable.

L'autoursier sifflait et craillait, par salve, à petits et terribles cris, à cris pour quiconque d'autre, fous. Des hirses féroces, très inhumaines, comme sorties d'un harmonica de glace — mais à dire vrai, il était impossible de deviner si, avec la distance et le froissi du vent, l'oiseau de proie pouvait encore entendre son maître — d'ailleurs l'autoursier s'arrêta net. Dans le silence bruyant du blizzard, Coriolis, une nouvelle fois, lâcha à contretemps, la voix déchirée par l'émotion :

— Plus vite !

L'autoursier lui mit alors la main sur l'épaule et, ne lâchant pas une seconde son autour des yeux, lui dit — je m'en souviendrai toujours — lui dit :

— Ça n'est pas une question de *vitesse.* Ça n'a jamais été une question de *vitesse.* Aucun animal sur cette terre ne peut aller plus *vite* que ce vent-là.

L'autour oscillait à présent de bas en haut, par sautes, incompréhensiblement, comme un drapeau qui lâche. Il était à bout de forces, livré au rafalant, les tectrices à chaque instant plus proche de la déchirure. C'était terminé. Il fallait qu'il se replie, s'il le pouvait, qu'il se retourne et qu'il replonge vers nous. Machinalement, ne sachant plus où me tourner, mon regard accrocha l'autoursier et je vis aux rides de ses yeux qu'il souriait.

π Il eut un cri. Un seul. Inouï. Un pur pieu sonique qui transperça l'air jusqu'à Schist. Le rapace lui-même, en dépit de la distance, parut sursauter.

) Il gicla à la verticale puis inexplicablement, sans qu'un mouvement d'aile ne soit (d'où l'on était) le moins du monde perceptible, il se mit à virguler follement l'air avec des écarts prodigieux, latéraux et de haut en

bas, avançant par saccades, reculant glissé, se cabrant de toutes ses ailes et les ferlant par éclairs, comme s'il...

X Je ne peux pas détailler avec rigueur ce qui se passa alors, ça dura un temps absous du chiffre, mais il me sembla que l'autour *cherchait.* Et je crois que ce qu'il cherchait, à la pointe de son instinct, portant bec et serres vers une chasse inconnue et supérieure, c'était une proie extravagante, moins tangible qu'un filament de neige et moins discernable qu'une lueur qui s'avive. Une proie sans consistance et sans couleur, formée d'air pur, qu'il ne pouvait ni saisir ni serrer, seulement pressentir à l'infime éraflure dans le lit compact de la vitesse, seulement poursuivre là où l'échancrure se ferait, dans l'étoffe décousue du vent, trou dans la trame — ou même pas : simple décours local de la vitesse partout exubérante, simple passage de moindre furie qui, aussitôt découvert, se refermerait s'il ne s'y faufilait, à travers, illico.

) Il y eut un flottement inoubliable dans le visage d'ordinaire si paisible et si sûr de l'autoursier. Comme si vingt ans de dressage méticuleux et quotidien étaient à cet instant posés en équilibre sur le bord de la crête.

π Il ferma les yeux comme pour prier, comme pour savoir.

X Je le vis secrètement retenir sa respiration sans plus regarder son oiseau, presque détourné de lui, comme s'il savait qu'à cet instant précis (oui Sov) le dressage, le dressage subtil et ingrat qu'il avait mené pendant plus de vingt ans, ce dressage par empathie maître-oiseau, très opposé à la mécanique des stimuli-réactions que prônait le fauconnier, ce dressage qui était son orgueil et la texture lumineuse de sa vie allait enfin affronter sa vérité.

On ne le sut qu'après, mais ce n'était pas un ultime mot d'ordre que l'autoursier avait, par ce cri unique, à son oiseau, lancé — rien qu'il puisse reconnaître ou répéter, c'était un mot de passe — qui n'appelait plus aucun acte su, qui ne visait plus à être obéi, tout juste à être compris mais qui (c'était le désespoir aussi) ne cherchait qu'à précipiter le rapace dans le vide de sa liberté, à ce point neuf, où il ne pouvait plus que s'inventer l'ordre et se le donner, là-haut dans sa solitude, à lui-même.

π L'autoursier enleva alors son casque. Juste à côté, Darbon avait les yeux exorbités par l'émotion. Contre toute attente, je l'entendis chapechuter alors simplement, incroyablement :

— Il va passer.

) Le rapace coupa son vol battu et d'une glissade, il s'infiltra dans l'échancrure. Sans un mouvement, il venait de passer le mur du vent — et il disparut derrière la butte de neige. Lorsqu'il réapparut, une poignée de secondes plus tard, il tenait l'hermine et d'un vol plané la ramena à son maître.

Je ne sais pas pourquoi, mais à ce moment-là, j'eus l'impression éblouissante qu'il nous ramenait dans ses serres l'Extrême-Amont.

∫ C'est Coriolis qui m'a dit : « Écoute Larco, demain, tu proposes ton idée, sinon c'est moi qui le fais. » Alors j'ai été voir Sov pour qu'il le dise à Pietro, Pietro à Golgoth, et Golgoth m'a appelé :

— C'est toi qu'a eu cette idée à la guingâlo ?

— Oui (je n'en mène pas large ; Caracole rigole derrière lui. Ça caille vraiment fort ce matin. Avec Coriolis, on a préféré dormir chacun dans notre duvet : quand on jumelle, le vent s'insinue entre nous.)

— C'est une idée si complètement con que même Caracole aurait eu du mal à la pondre. Parfois, je me suis demandé s'il fallait pas que j'te balance d'une vire quand tu remprônais au milieu du Pilier parce que t'avais mal aux pognes. Tu te souviens ?

— J'avais les paumes brûlées par la corde. Mes gants étaient déchirés. (Coriolis me regarde ; elle me trouve faible ; elle se détourne.)

— Mais j'avais oublié : c'est que parfois, t'as des idées ! Tordues à pas le croire ! Mais une idée c'est une idée, et faut bien participer, hein ?

π Golgoth demande du regard la corde de cinquante mètres. Erg lui porte. Il fait une queue de vache et l'accroche au harnais de Larco. Il se laisse faire. Puis :

— Maintenant tu vas montrer l'exemple. Tu avances jusqu'au milieu du pont et tu te couches à plat ventre. T'inquiète pas, ça descend tout seul. On va gagner du temps.

— Ce n'est pas mon idée…

— Ton idée, c'est que — écoutez vous autres l'idée de Larcouille ! — c'est qu'un premier mec avance d'un mètre sur la rampe et se couche à plat ventre en travers. Un deuxième lui marche dessus, fait un autre mètre et se couche. Puis une troisième marche sur les deux premiers et se couche. Comme ça, ça nous fait une sorte de ponton humain de quinze mètres qui dérape pas. Ensuite le premier qui s'est couché se relève, marche sur les douze autres et va se coucher. Et ainsi de suite, en roulement. Le truc, si j'ai bien

pigé, Larcouille, c'est que couché en travers, les pieds vers où ça penche, avec le piolet pour se retenir au bord, on doit pouvoir se caler, c'est ça ?

— C'est ça.

— Et qu'en se marchant dessus, on risque moins de glissouiller ?

— Oui.

— C'est une putain d'idée.

Je ne sais pas ce qu'il lui prit. À Golgoth. Il était à l'entrée de la rampe. Larco devant lui. Quatre fois, il lui demanda d'avancer. Larco rechignait. Puis subitement, Golgoth l'empoigna par le harnais. Il prit trois pas d'élan et il le jeta ! De toute sa puissance. Au ras de la glace. Sur la rampe ! J'étais tétanisé. Larco partit en glissade, droit dans l'axe. Sans un cri, figé. La corde se délova dans son dos. Il s'immobilisa comme une pierre au centre du pont, dans le creux. À l'endroit où la pente remontait. Personne n'avait été aussi loin en quatre jours.

— Il manquait une sécurité à ton plan, Larcon ! Une main courante avec un ancrage. Merci de t'être dévoué. Croche-toi, je tends la corde !

X Coup de sang ? Pas du tout : Golgoth savait que nous hésiterions tous à mettre en œuvre la trouvaille de Larco. D'abord parce que c'était Larco ; ensuite parce que cela impliquait de s'engager tous, tous ensemble et en même temps ; donc qu'il y aurait des réticences, hormis si l'un d'entre nous se trouvait déjà si avancé sur le pont que nous ne pouvions que le rejoindre, pour le sauver. Et c'est ce que nous fîmes. À dire vrai, l'idée de Larco était admirable. À ceci près que se faire marcher sur la colonne avec des crampons une cinquantaine de fois par des hommes terrorisés cherchant à assurer leurs appuis, c'était… Oublions. Nous traversâmes — et nous le devrons pour toujours à Larco. Et à Coriolis…

) Je suis le premier à atteindre l'autre rive mais j'attends tout le monde avant de grimper la butte et de découvrir enfin ce qu'il y a derrière. À son habitude, Caracole multiplie les pistes et les enchères :

— Alors, qu'est-ce qu'il y a derrière ? insiste Talweg.

— Derrière, y a le dieu des cailloux qui veut te faire un mimi !

— Ce qui me sidère avec toi, Carac, c'est qu'on a toujours l'impression que pour toi, notre quête est une vaste balade, juste un prétexte à la déconnade !

— C'est à peu près ça, oui. Si l'on met de côté que je vais mourir demain…

— Encore ? ironise Talweg. Ça fait des semaines que tu dois mourir !

— Ça fait même quarante ans que je dois mourir ! Un jour ou l'autre…

Caracole regarda la butte de cinquante mètres qui nous séparait encore de la suite. Il était déçu par notre faible réaction. Je ne compris pas tout de suite, je l'avoue, qu'il annonçait la vérité. Il observa Golgoth et Arval qui grimpaient déjà la pente et revint sur la réplique précédente de Talweg, chose qu'il ne faisait jamais.

— « Encore » tu dis ? « Encore » si tu veux ! Ce serait une réflexion passionnante à mener, ça : discuter du nombre de fois où l'on peut mourir. Mais pour moi, tu sais, c'est la première fois… Et pour toi, Talweg-chéri ?

— Tu sous-entends que je vais aussi mourir demain ? lâcha Talweg, mal à son aise, après un temps.

Nous montions déjà la pente.

— Je ne *sous*-entends rien. J'entends tout et je le « voix ».

XVII.
Krafla

— Qu'est-ce que ça dit, là-haut ?
— La vue est belle, les gars ?

) Il nous restait quelques pas à faire, que je fis avec prudence, le pied posé avec précision dans les marches. Orientée ouest, la face n'avait pas encore reçu le soleil en ce début de matinée et les crampons crissaient sur la surface vernissée de glace. J'étais, à cet instant, comme nous tous je pense, dans un état d'excitation proche de l'euphorie, je ne m'attendais à rien de particulier — ou plutôt : je m'attendais à tout. La première chose que je vis en arrivant sur le dôme de neige, ce fut Arval à genoux, détourné vers l'aval, qui se signait d'un triple cercle tracé dans l'air ; il était transfiguré. Devant lui était campé Golgoth, face à l'amont, avec Erg à sa droite, les mains sur le visage et — je l'aperçus de trois quarts dos, Oroshi s'extasiait à travers une bordée de sanglots, en proie à une émotion arachnéenne.
— Par la Sainte Pute de tous les Golgoth !
— Sov…
Je vins me mettre à côté d'Oroshi d'où, relevant la tête, un frisson nerveux glissant le long de ma colonne, je me décidai à accepter le choc. Ma première sensation fut d'être avalé par l'espace. Le cirque glaciaire de Brakauer m'avait impressionné par l'amplitude de son arc de cercle et la hauteur de ses parois, par la masse de vide surtout que l'œil pouvait englober depuis le sommet du pilier. Ici, c'était pire, terriblement pire… Vers le nord et vers le sud, de part et d'autre de l'axe « normal » de contre, s'étageait sans surprise un hérissonnage agressif de montagnes pyramidales et de pics, qui paraissait sans limite. Mais droit devant, face au soleil levant, là où nous étions *censés* passer, le regard ne butait plus avant une vingtaine — peut-être une trentaine de kilomètres amont. Dans l'air glacial du matin, la

visibilité ne souffrait en outre du voilement d'aucune brume, si bien que tout s'imposa : net et direct, renversant.

π C'est bien un cratère. Un cratère ovale gigantesque. Avec des pentes vertigineuses, oui. Impossible à traverser, ça paraît évident. Il faudrait déjà pouvoir descendre ! Très délicat à longer, oui oui, Pietro. Ton père t'avait prévenu.

Moi c'est la matière qui me fait peur… Il m'avait dit de la glace : ce n'est pas de la glace, papa, pas du tout. C'est autre chose : plus pur, plus dur. Les trois cônes gris au centre sont presque transparents. Ils étincellent. Le fond du cratère est comme vitrifié. Pris sous une épaisse couche de verre. Toute la surface brille. Le soleil se diffracte sous les différentes déclivités. Des flaques rigides, des coulées fixes. Des gangues d'un bleu givré. Des nappes de ruissellement pétrifié. Un peu plus haut sur les pentes, la neige commence. Elle rassure presque.

¬ J'ai sorti le trépied du sac et le sextant, et j'ai calculé. L'ellipse, allongée est-ouest, est presque parfaite. Douze kilomètres de large. Vingt et un de long. Du bord de crête au fond du cratère, mille six cent soixante-dix-mètres de dénivelé aux approximations près. Les trois cônes au centre s'élèvent à trois cent quarante, deux cent quatre-vint-dix et trois cent soixante-dix mètres. Les pentes, à peine incurvées vers le centre, se verticalisent à mesure qu'on remonte vers la ligne de crête : 40° de déclivité à six cents mètres au-dessus du point le plus bas de la cuvette ; 50° à mille mètres ; 60° à partir de mille deux cents mètres. Ce qui m'inquiète est le vent anabatique qui remonte les parois. À l'aérotor, Oroshi a mesuré beaucoup plus qu'une thermique ordinaire de début de journée.

— Vous entendez ?

— Non ?

— Vous n'entendez rien ? Je vous jure que si Silamphre était là…

X J'entends très bien le sifflement, mais à quoi ça sert d'en rajouter ? Ils sont déjà très ébranlés par la vision et ils ne saisissent pas encore l'enjeu. Caracole, lui, a déjà tout compris. Il se tient très en arrière de l'à-pic, bien à l'écart des thermiques, qui s'amplifient de minute en minute. J'ai rangé l'aérotor de ma mère dans mon sac, il n'a pas encore son utilité, outre que je préfère d'abord ressentir avant de mesurer. Profitant de la brise encore stable, Erg a sorti son aile et il longe le bord intérieur de la crête, inspectant les parois et cherchant des vires praticables pour une traversée en

écharpe. Attention, Erg… Une première onde courte fait vibrer les nappes l'air…

— Pose-toi Erg !

Il réagit tout de suite. Il l'a aussi perçu. Mais le grain le rattrape en phase terminale d'approche, il est projeté vers le sol et il s'affale en roulé-boulé au milieu du dôme de neige. Il est fatigué, Erg, trop fatigué depuis deux jours.

) Avec lenteur, je commençais à m'acclimater au gigantisme et à filtrer un peu mieux le stress d'irréalité que suscitait le site lorsqu'au centre du cratère, très loin tout en bas, la calotte de verre d'une cheminée explosa à la verticale ! Un fragment de sérac s'éleva dans les airs jusqu'au niveau de la crête puis il retomba dans la cuvette avec le son exact d'un bigarreau d'acier sur un carrelage. Une fantastique lézarde courut alors sous la plaque vitrée du cratère, libérant une torsion grincée, hachée de bris secs. La chambre d'écoute confinée par les parois était telle que les bruits arrivaient intacts, résonant jusqu'à l'os. Sous les ondes tectoniques, des avalanches assourdissantes se déclenchèrent sur tout le pourtour du cratère, dans un ensemble impressionnant ! Oroshi m'empoignait déjà et nous forçait tous à reculer et à s'encorder. Arval restait isolé là-bas, à cent mètres, près du bord, à contempler le phénomène — elle l'appela :

— Recule Arval, recule !

— Viens, la Lueur !

— Ne reste pas là !

— Recule, par pitié !

Il commençait à revenir vers nous en trottinant, longeant le bord du cratère, le sourire aux lèvres, enthousiasmé, lorsque, sans aucun signe précurseur, surgit un vent torrentiel. Le souffle s'éleva en rugissant du ventre du cratère et, d'où nous étions, à moitié couchés déjà, par réflexe, par instinct — je vis la masse monstrueuse des avalanches dévalant la paroi sud *ralentir*, se suspendre à mi-pente — et pendant quelques secondes indécidables, la neige écuma contre le furvent faramineux qui raclait déjà le socle croûté de glace du piémont comme une pelle dont le manche aurait eu la taille du pilier Brakauer…

— Arval !

Fasciné, Arval s'était accroupi au bord de l'à-pic et il regarda ce dernier miracle d'une vie d'éclaireur qui lui en avait tant proposé, il dut voir, je pense, la gravité des blocs de séracs s'inverser — il dut voir la neige refluer et remonter d'un souffle toute la hauteur de la paroi pour être pulvérisée

dans l'espace. Personnellement, je ne le vis pas décoller du bord, j'avais depuis longtemps fermé les yeux et plongé mes bras dans la neige comme si c'eût pu m'empêcher d'être arraché du sol, mais Erg affirme qu'il l'a aperçu, en un éclair, bondissant dans le ciel. Et je le crois.

)- , , , , , , ‘ , ‘ , ‘

X L'éruption a duré vingt-cinq à trente secondes, guère plus. Ce que j'ai eu peur, mon vif… J'ai cru que nous n'avions pas assez reculé. La ligne de crête a été amputée d'un mètre cinquante. Arval était déjà mort asphyxié avant que la contre-avalanche l'emporte, à cause de la pulvérulence des particules. Il n'a pas eu le temps d'avoir peur, encore moins celui de souffrir… La Lueur, pourquoi lui ? Il a échappé à tellement de risques mortels toute sa vie ! Il avait un tel tempérament de découvreur et un tel flair ! Je l'adorais, Arval, c'était le plus animal de nous tous, le plus intuitif… Mais là, il n'a pas senti venir. Je suis responsable. Il suffisait qu'il sache, que je lui dise : il aurait reculé. J'aurais dû prévenir tout le monde dès le début — avant même Brakauer. Tout de suite, Oroshi ! Pas maintenant. Maintenant ? Il est trop tard.

— On se replie derrière la butte ! Temps mort ! jette Golgoth en se relevant le premier.

Il essaie de contenir l'intensité du contrecoup qui le terrasse, mais il titube et s'enfonce dans la neige accumulée derrière nous par la contre-avalanche. Sans réfléchir, nous tassons un rectangle de neige de dix mètres par cinq et nous montons un petit muret d'enceinte en empilant les blocs que Talweg découpe, mécaniquement, à la disqueuse. Les larmes lui glissent des joues. Larco et Coriolis sortent la tente du sac de Horst qui se détourne et se met à parler tout seul à Karst, à Karst sans arrêt encore et toujours, en brassant des phrases inaudibles à mi-voix. Le fauconnier rappelle ses faucons au poing, il a dû avoir très peur pour eux tandis que plus loin, assis dans la neige, l'autoursier caresse son autour. C'est dans ces moments d'abattement que la chaleur d'Alme nous manque vraiment, que les petits gestes d'Aoi nous manquent, que Callirhoé ne se remplace plus. Chacun se replie tandis qu'elles, elles partageaient. Douze, nous sommes douze à présent. Pas un jour ne se passe depuis Camp Bòban sans qu'il me semble qu'il manque quelqu'un et je lutte pour ne pas lancer ces « Mais où est… ? » déplacés qui échappent trop souvent à Golgoth. Lui, il croit encore qu'en tapant dans ses mains, Callirhoé va sortir de derrière la butte pour allumer le feu. Pour le feu d'ailleurs, ça se complique : la réserve d'huile est presque épuisée. Je

ne parle pas de la nourriture : l'hermine nous a sauvés hier soir mais si les oiseaux ne capturent rien aujourd'hui, comment espérer continuer ? Il faut voir nos figures, nous sommes ridés jusqu'aux âmes.

π La matinée est déjà bien avancée. Le soleil reste éclatant. C'est la seule bonne nouvelle. Golgoth a attendu qu'un semblant d'ordre règne dans le camp. Oroshi a souhaité que nous nous mettions sur le dôme pour pouvoir surveiller le cratère. Il paraît tout aussi calme et inoffensif que tout à l'heure. Avant l'explosion.

— Bon, moi je vais être franco (attaque Golgoth). Je suis en pleine bérouasse. Je patauge, j'y percute que dalle. Tout ce que je pige, c'est qu'on a un cratère devant, du genre furieux et que tracer à travers, je vois pas trop comment, et que tracer bord de crête, ça voudrait dire savoir battre des ailes dans le cosmos et que ça, nous autres, on a pas appris… Alors si quelqu'un voit bleu, qu'il l'ouvre…

) Il se lève et mouche une giclée de morve. Oroshi me paraît soulagée d'avoir le champ libre. Elle a rattaché ses cheveux noirs et enlevé son manteau pour le sécher. Je l'aime beaucoup avec ce pull noir. Elle respire amplement pour cerner sa concentration puis nous sourit d'une manière un peu triste :

— Je vous dois une longue explication (commence-t-elle, et aussitôt l'attention monte) et d'abord des excuses — même si elles sont faciles et désormais vaines. Je savais ce que nous allions rencontrer et je n'ai rien osé vous dire. Je voulais vous préserver. Ma mère…

— T'as eu raison (la coupe Golgoth) ! Pietro aussi était au jus, hein ? Et il est scié ! Autant que nous !

— Qu'est-ce que t'avais dit ton père, Pietro ?

— Il m'a beaucoup parlé du pont. Des erreurs qu'ils ont commises par entêtement, par impatience, à cause de la faim. Puis il m'a raconté qu'au-delà du pont, ils étaient tombés sur ce volcan…

— Il a dit un volcan ?

— Oui. Comme nous, ils avaient déjà contré sur les bords d'un volcan. À Lankmannarau, ils avaient même assisté à une éruption. Mais là, il m'a prévenu que ce serait très différent, très déroutant…

— Il t'a détaillé ce qu'ils ont fait ?

— Il a été très elliptique. Ils n'étaient plus que dix et il y a eu des chutes, c'est tout ce que je sais. Ils n'avaient plus rien à manger, ils étaient à bout. Ils ont alors décidé de renoncer, sur un vote.

Au plissement du front d'Oroshi, je compris que le poids si dense du récit qu'elle portait ne pouvait plus être allégé par Pietro, ni par quiconque. Elle savait manifestement quelque chose dont personne d'autre ici n'avait la présomption. J'en voulais à mon père de ne m'avoir pas cru assez fort pour entendre cette vérité. La mère d'Oroshi avait fait confiance à sa fille — elle.

— La version de ton père est un peu édulcorée, Pietro. Je pense qu'il a cherché à te ménager. La réalité de ce qui s'est passé est atroce.

Les visages se crispèrent. Derrière nous, une avalanche tardive de séracs dégringola. Les fragments solides tintèrent sur le verre de la cuvette.

— Lorsqu'ils ont découvert le volcan, ma mère a compris qu'ils se trouvaient face à la septième forme…

— La septième forme du vent ? demanda Coriolis.

— Évidemment. Assez vite, ils ont mis une stratégie en place et ils se sont séparés en trois groupes : le premier est parti sur la crête nord pour faire la trace, et équiper les passages les plus risqués avec des broches à glace. Le second suivait à trois cents mètres de distance et avait pour mission de tailler de petites plates-formes, des sortes de poches de repli en cas d'éruption soudaine. Le troisième, qui comportait ma mère, est resté au camp de base, là où nous sommes à peu près — enfin j'imagine. Une fois le premier kilomètre couvert, le groupe 1 devait rentrer et le groupe 3 devait prendre le relais. Disons que c'était le principe…

— Qu'est-ce qui s'est passé ?

— Il s'est passé que le volcan est entré en éruption au moment où le groupe 1 allait achever son premier kilomètre. Et que l'éruption a duré sept heures…

— Sept heures !

— Sept heures — sept heures en continu. Le groupe 1 se trouvait à une vingtaine de mètres de leur dernière broche quand la vague les a atteints. Ils ont juste eu le temps de fermer leur casque et de se préparer au choc. Sous l'impact, la vague les a décollés du sol et ils ont été projetés en l'air. Seulement, la broche a tenu. Et ils étaient encâblés…

— Tous les trois ?

— Tous les trois. Ni le piton ni le câble n'ont lâché. Le vent remontait la pente avec une telle puissance qu'il les a amenés à la verticale, à vingt mètres au-dessus de la crête, accrochés en grappe, un peu comme si Larco avait fixé trois cages en trois points de sa corde, vous voyez ?

— Et ils sont restés suspendus en l'air, au bout de leur câble, pendant sept heures ?! Avec un furvent en plein corps ?

— À certains moments, il y avait des reflux et ils oscillaient comme un cerf-volant, ils frappaient la pente mais ils remontaient aussi sec. La première heure, le forgeron, qui était le plus près du sol, a essayé de progresser vers la broche d'amarrage en faisant coulisser son coinceur. Il a fait un mètre et après, il n'a plus bougé. Il est possible que dès ce moment-là, ils aient eu les lombaires brisées par le harnais, on ne le saura jamais. Toujours est-il qu'à la troisième heure, le volcan a commencé à expulser des éclats de verre. Et là, ça a été une boucherie — les tessons ont déferlé sur eux, ils ont d'abord déchiré les vêtements puis ils ont déchiqueté la peau. Le forgeron, qui était en première ligne, a été dépiauté de bas en haut. Ma mère m'a dit que de son abri, elle a vu l'os de la clavicule émerger sous la chair raclée puis la totalité des côtes a été dénudée. Leur harnais était fileté si bien qu'il a lâché en dernier. De toute façon, à ce moment-là, ce n'étaient plus des êtres humains, c'étaient des squelettes à moitié dévorés qui breloquaient au bout d'un câble.

X Coriolis se leva pour respirer un peu, ça faisait beaucoup pour elle. Larco ne me parut guère mieux, il blanchissait à vue d'œil. Un seul souriait, et même largement : c'était Golgoth. C'est lui qui me poussa à continuer :

— Et leur deuxième groupe ? Il a joué au cerf-volant aussi ?

— Non, ils se sont plaqués dans la neige sur leur plate-forme de repli. Le vent venant du bas, le rebord de leur balcon les a protégés, je veux dire quelques minutes parce que la corniche a été soufflée très vite. Ils ont cependant pu reculer contre la pente et se faire une niche. Sauf que le vent l'a vite comblée et qu'ils se sont retrouvés encastrés dans la pente avec la neige qui se compactait autour d'eux. Ils étouffaient.

— De quoi ?

— La compression, le manque d'air, le froid. Ils étaient murés dans un cercueil de glace. Ils ont survécu mais l'hypothermie a été si sévère qu'on leur a amputé les phalanges des pieds et des doigts. Après ça, ils étaient hors d'état de continuer.

— Et ta mère ?

— Ma mère a assisté pendant toutes ces heures, sans pouvoir rien tenter, à l'équarrissage de l'homme qu'elle aimait.

— Alk Serbel ?

— Alk Serbel, leur fauconnier. C'est lui qui était en troisième position sur le câble. Après cette tragédie, ils ont voté pour savoir s'ils continuaient. Ils n'étaient plus que sept. Ça a été vite décidé. Seul le huitième Golgoth a

voté pour. Il a eu le choix de poursuivre seul ou de retourner avec eux. Vous savez la suite…

— Quelle petite pouffiasse ! (lâche Golgoth. Il parle évidemment de son père). Vous, vous là, la horde, vous tous, écoutez-moi ! Comptez pas sur moi pour renoncer ! JAMAIS ! Vous m'entendez tous ? Jamais je me caquerai dessus ! Jamais ! (Il s'est levé sous un accès de rage intense.) JAMAIS ! (Il a pris ses deux piolets en mains et il avance vers le bord du cratère. Il s'arrête devant le précipice et il se met littéralement à aboyer. De sa gorge, il sort des blocs de sons frénétiques, tantôt des plosives sourdes, tantôt des fricatives, qu'il vocifère en direction du cratère…

— Reculez-vous (nous ordonne Oroshi). Remettez vos blousons et enfilez vos casques. Et allez vous mettre à l'abri dans la tente.

— Tout de suite ?

— Tout de suite.

J'attendis qu'ils aient tous pénétré dans la tente, je vérifiai le pitonnage des amarres et je partis chercher Golgoth. Il était entré en transe sous le vif de son frère. Et ce vif défiait avec insolence le volcan en lui expédiant des chocs vibratoires à courtes longueurs d'ondes. Dans deux à trois minutes, les plaques allaient entrer en résonance et une nouvelle éruption se déclencherait. Il me fallait prendre mes responsabilités. Faute de temps, je rompis la transe d'un Ki brutal que m'avait appris Te Jerkka. Dès que Golgoth fut mentalement disponible, je le fis asseoir et je profitais du court moment de répit pour lui parler en tête-à-tête. Nous nous mîmes d'accord très vite. De retour à la tente, alors que la croûte de *vair* du volcan se fissurait déjà, la question inévitable m'attendait :

— Oroshi, je suis désolée de poser une question aussi bête, entama Coriolis.

C'était la moins marquée physiquement de nous tous. Sa jeunesse nous faisait du bien, aux hommes autant qu'à moi-même. Elle était athlétique mais avait gardé ses joues et son charme, qui venait pour l'essentiel de sa feinte fragilité, du bleu verdissant de ses yeux et du timbre de sa voix, très agréable au réveil.

— Je ne suis pas aéromaîtresse, je ne suis qu'une croc que vous avez affranchie par gentillesse et je ne comprends rien à ce qui se passe. Je voudrais juste comprendre ce qu'on a en face de nous… Voilà.

Elle voudrait continuer mais Larco lui suggère de s'en tenir là.

— En face de nous, comme tu dis, nous avons un volcan. Tout simplement. Un volcan en activité. Un volcan avec des cheminées de magma, de la lave qui en sort parfois, des éjections de cendre et de lapilli, des scories…

Seulement voilà : ce volcan n'est pas relié à l'écorce terrestre. Il est en quelque sorte suspendu sur une couche d'air durcie. La lave qui en sort n'est pas composée de silices ou de roches en fusion : elle est composée d'air sous différents états, ou plus rigoureusement : de vent.

— Tu veux dire…

— Je veux dire que nous avons affaire à un volcan de vent. Ses éruptions sont faites d'explosion de rafales et de blocs d'air. Je veux dire que nous sommes face à ce que les aéromaîtres comme moi attendent toute leur vie de rencontrer : la dernière forme géophysique du vent, la septième.

— Mais je croyais qu'il y avait neuf formes du vent (réplique Coriolis avec timidité. À lire aussitôt nos visages consternés par sa remarque, elle rougit et se cache les yeux derrière une mèche de cheveux. Beaucoup de son charme tient à ces attitudes minuscules, qui plaisent tant à Sov, quoiqu'il s'en défende).

— La huitième et la neuvième forme sont des formes spirituelles, Coriolis, j'espérais que tu avais au moins compris cela. Même si elles ont une puissance physique considérable et qu'elles commandent à la vie en grande partie, elles ne sont pas contrables. Pas au sens des vents linéaires comme le slamino ou le crivetz en tout cas. Elles opèrent en nous. La septième forme est donc la dernière qu'on puisse affronter hors de nous, si tu préfères.

— D'accord, je m'excuse (elle rigole de sa bêtise. Larco la dévisage le cœur au bord des lèvres, tout le monde rit par contagion, c'est un beau moment, souple).

— Et qu'est-ce qu'elle a de spécial la septième ? (poursuit Coriolis, rassurée dans son rôle de candide. En un sens, elle me facilite le travail en osant les questions que les autres se posent sans les formuler. J'essaie de répondre le plus directement possible, en asséchant l'arsenal théorique et les controverses ærudites. Je vise l'efficacité concrète).

— Premièrement, c'est un vent vertical, qui souffle de bas en haut, de la terre vers le ciel si tu préfères. Les six autres formes du vent soufflent à l'horizontale.

— Est-ce qu'il peut y avoir des effets d'aspiration dans l'autre sens, du haut vers le bas ? s'inquiète Pietro.

— À ma connaissance, non, pas d'effets siphon. Deuxièmement, c'est un vent qui a la particularité de contracter et de détendre ses masses d'air. Il couvre la gamme complète des compacités, du gaz très volatile au *diavant*, d'où son caractère extrêmement dangereux et chaotique. C'est un point très important et vous ne saisirez rien à l'activité du volcan si vous ne le comprenez pas.

— Alors explique. Et prends ton temps, me demande l'autoursier.

— Reçu. Dans la septième, le vent peut se présenter sous sa forme gazeuse habituelle, mais également sous forme de lave plus ou moins fluide, très semblable alors à une eau froide poudreuse qui s'infiltre et qui gèle la trachée et les bronches, parfois jusqu'aux poumons. Il peut aussi se présenter sous forme de magma glacé, plus épais, proche d'une pâte de verre mais que la main peut traverser. Lorsque le vent se contracte encore, on atteint le verre — les ærudits parlent de v-air, v, a, i, r — qui est donc la forme la plus rigide du vent, celle qui sert de socle géologique au cratère, qui forme les caldeiras, celle qu'on risque de trouver aussi dans les explosions sous forme d'éclats ou de blocs d'air hyperdense. Dans sa forme extrême de contraction, le vair devient du diamant.

— Est-ce que ce vair découle d'un air liquide qui se solidifie proche du zéro absolu ? Au départ, j'ai cru que la surface du cratère était couverte d'obsidienne, à cause des laves effusives. Mais si tu m'affirmes qu'il s'agit de vair, alors ce serait incroyable… soliloque Talweg, les yeux écarquillés.

— Normalement, quand un gaz se comprime, il dégage une forte chaleur. Et symétriquement, il se refroidit lorsqu'il se détend. Ce qui nous trompe est de penser, à la manière des abrités, que le vent ne serait au fond que de l'air en mouvement. Rien n'est plus ridicule, et plus ridiculement erroné. Le vent est la matière primordiale de l'univers dont les quatre éléments ne sont qu'une catégorisation seconde et d'ailleurs très arbitraire. Le feu est un dérivé de la stèche par exemple. L'eau est un vent décéléré et épaissi. Ce qui les différencie, ce sont les degrés de contraction du flux, dont dépend l'intensité vibratoire des molécules, la topologie interne des circulations et bien sûr leur vitesse. Mais passons, ça nous emmènerait trop loin.

— Et l'air ?

— L'air, de la même façon, vient évidemment du vent, et non l'inverse ! À la base, l'air est un vent stationnaire. Il faut apprendre à penser que le mouvement est premier : c'est le stable, l'immobilisé qui est second et dérivé. Alors pour le diamant, Talweg : non ce n'est pas une solidification à très basse température. C'est le degré ultime de compacité du vent qui se traduit par une circulation à vitesse absolue. À vitesse relative, le vent est présent en tel point de la matière à tel instant. Il est donc absent à une multitude d'autres points. Il laisse par conséquent des vides, des discontinuités. À vitesse absolue, il est coprésent à l'ensemble du volume de matière qu'il parcourt à chaque instant. D'où son extrême dureté, son caractère indivis. Les ærudits, là encore, ont un mot pour le distinguer du

diamant minéral. Ils l'appellent le *diavant.* J'en ai trouvé un éclat dans la neige. Regardez.

) Comme tout le monde, j'étais abasourdi par l'ampleur du savoir d'Oroshi, et presque envieux. Talweg se saisit de l'éclat, de la taille d'un pouce, et ouvrit la tente pour l'examiner en transparence à l'air libre. Il prit ensuite son marteau et appliqua le diavant sur l'acier du marteau : une rayure apparut. Avec sa dextérité épatante, Caracole lui subtilisa alors l'éclat et prit un air condescendant d'expert en joyau :

— C'est du vent tout ça…

Il exhiba l'éclat entre son pouce et son index et souffla dessus. Il y eut un son de cristal et le diavant disparut. Bravo Carac. Bravo. Une gêne déformait les sourires esquissés et aucune main ne trouve l'envie de venir batter contre l'autre. Caracole fit sa révérence dans le vide.

Dehors, l'éruption semblait terminée si bien que nous ressortîmes nous installer sur le dôme. À cent mètres, Horst repéra un cube de verre et il partit en courant le chercher pour s'en faire un siège. Surpris par le poids, il finit par le porter sur son ventre. Il tassa la neige, le posa et allait s'y installer quand Coriolis s'approcha, et de son plus joli sourire lui demanda de lui faire une place. Le cube était manifestement trop petit et Horst se leva sans hésiter pour lui offrir, de bonne grâce, son siège. Horst était une pâte, un monstre de générosité et quoiqu'il ne se fût jamais remis de la mort de son frère et qu'il alternât les périodes d'euphorie enfantine et de catatonie torpide, la prédiction de Caracole, dès Lapsane, lui affirmant qu'il le retrouverait en Extrême-Amont l'avait maintenu sur l'adret de la vie — et quelle vie ! Firost mort, il était devenu par défaut le pilier de Golgoth et avec Erg, ils assuraient tous les trois l'essentiel du portage du matériel. Né sur les franges glacées de la bande de Contre, Horst ne souffrait guère du froid, outre que ses capacités physiques valaient celles d'Erg, l'agilité en moins.

— Je continue mon exposé. À l'inverse du diavant, nous risquons aussi de subir des flux très détendus qui produisent un air raréfié. Ça peut aller jusqu'au vide irrespirable. Vous êtes toujours concentrés ?

— Oui oui… fit Larco mais il était manifeste qu'il n'écoutait plus.

Suite à l'explosion, des nuages splendides d'un bleu ambré se dissipaient au-dessus de nous ; il les pêchait déjà par l'esprit, à la cage.

— Si je vous détaille toutes ces formes, ce n'est pas pour étaler mon savoir ! s'agaça Oroshi. C'est parce que nous risquons de les prendre en plein corps à n'importe quelle éruption ! Dans un volcan normal, vous

voyez la lave orange, vous voyez les pluies de cendre grise et les scories. Ici, le grand danger — ma mère me l'a dit et répété — c'est que tout sort transparent : la lave, les éclats de verre, la cendre glacée !

— Tu veux dire que c'est impossible à voir ? Impossible à anticiper ?

— Pour les blocs de verre si, par la réfraction de la lumière. Mais par temps blanc, ce n'est plus la peine…

— On doit pouvoir se repérer au son, non ?

— Oui, mais tout le monde n'a pas ton oreille, Sov. Bon, j'arrête là. Je veux vous faire comprendre une chose, une seule : nous sommes face à la septième forme du vent. Plus forte que la cinquième, le crivetz. Plus forte que la sixième, le furvent. Si nous l'abordons comme nous avons abordé Norska jusqu'ici, comme nous avons abordé les furvents depuis l'âge de quinze ans, nous y passerons tous. Ici, ni notre expérience, ni notre volonté, ni notre puissance athlétique ne suffiront. C'est l'intelligence du vent qui décidera.

— Qui décidera quoi ?

— Si l'on va ou non survivre !

— Tu as dû réfléchir à une stratégie, j'imagine, lança Pietro.

— J'ai eu trois mois pour cela. J'ai bénéficié de la totalité des connaissances de ma mère mais…

— Mais ?

— Rien. Je voudrais juste que vous compreniez que notre quête prend aujourd'hui une autre ampleur.

Lorsque Oroshi eût exposé sa stratégie, il n'y eut ni remarque ni commentaire. Golgoth se leva et dit « Au turbin, la marmaille ! » Comme tout ce que préparait Oroshi, comme tout ce qui émanait d'elle, son plan était fin, précis et circonstancié. À plusieurs titres aussi, il était brillant — brillant par sa sobriété. Autant la première éruption et le décimage de la 33e Horde m'avaient angoissé, autant la stratégie qui y répondait, par sa pertinence, redonnait des lignes de conduite et de portance. Y jouait pour beaucoup aussi la clarté du soleil au zénith sur le calme retrouvé du volcan. Il fallut que Caracole s'approche, qu'une moindre nonchalance de son port m'alerte, que je me souvienne, au pied levé…

— Je viens dire adieu à mon meilleur et plus vivant ami, le scribe Sovage, attaqua-t-il, un immense sourire irradiant son visage. Son Altesse Oroshi m'a affecté, de pair avec le géopâtre Talweg, à la plate-forme d'atterrissage supputée du macaque, sur la crête nord. Autant dire que nous allons aller prendre l'air… À ce titre, tape-lui sur l'épaule tantôt et dis-lui un mot, avant qu'il se *casse*…

— Tu es sérieux cette fois-ci ?

Pour toute réponse, il enleva son manteau d'Ovibos, le jeta dans la neige derrière lui et retira son maillot d'arlequin. Il me le tendit paumes ouvertes, des deux mains :

— Prends ce maillot et enfile-le, Soveteur. Il te portera chance.

— Non.

— Prends-le, sylphe.

— Arrête !

— Je le pose là. Tu finiras par l'enfiler de toute façon. J'entends : le maillot, pas Coriolis, petit taquin !

— Pourquoi tu fais ça ?

— Qui donc où ?

— Pourquoi tu vas sur cette crête si tu sais pertinemment que tu vas y mourir ?

— Parce que vous aurez besoin de cette plate-forme, hey !

— Pourquoi tu n'envoies pas quelqu'un d'autre à ta place ? N'importe qui peut tasser la neige et la découper à la disqueuse ! N'importe qui !

— Tu veux que j'envoie quelqu'un d'autre à ma place se faire tuer ? C'est ton conseil, magister ?

Je ne sus pas quoi répondre, j'avais la boule de la glotte qui me bloquait la trachée ; mes joues se mouillaient, je me rendis à peine compte que je pleurais debout.

— Je… viens… avec… toi.

Il me toisa de pied en cap en souriant. Ses cheveux bouclés lui cachaient par moments le sourire et il avait sorti son boo de jet qu'il tenait à la main.

— Oroshi t'a confié la plus vitale des missions, Sevcenko. Tu dois rester ici et surveiller le cratère. Tu as trois oriflammes, un par niveau d'alerte — vert, jaune, rouge. Tu es le seul à avoir un peu d'oreille, Silamphre a carapaté et je m'en va. Viendez si tu veux, ça fera bin un héros de plu ! Un héros mais plus de sentinelle pour prévenir ceux qui pourraient *pitête* survivre. Viens ! Allez ! Accours !

— Tu sais déjà que je ne viendrai pas. C'est ça ?

Il quitta son sourire un instant comme on retire un masque de peau et :

— Je sais que toi seul es aussi profondément noué à nous tous. Cette horde, ce n'est pas Golgoth, ni même Oroshi qui la porte, c'est toi. Et quelle que soit la force de ton amitié pour moi, tu sauveras d'abord les autres. Et tu as raison.

— Tu vas compacter ton vif ?

— Je n'ai pas de vif, petit Sov. Je *suis* vif.

Il me prit alors dans ses bras et m'enlaça avec une chaleur qui est de celles qui forgent une mémoire et l'habitent. Lorsqu'il me lâcha, je voulus lui dire… alors qu'il se retournait déjà, dans sa fuite projetée, qu'il embarquait Talweg au vol et que je les vis s'enfoncer rapidement, aussi vite que possible, tel que le leur avait conseillé Oroshi, sur la frange étroite du cratère. Là où ils étaient, j'aurais pu encore les rejoindre en courant. Trente secondes plus tard, je ne le pouvais plus : j'avais accepté leur mort.

« Je vous aime ! » leur lançai-je tandis qu'ils étaient encore à portée de voix. Ils se retournèrent, ils firent signe et Caracole lança pour toute réponse d'un long geste fluide son boo par-dessus le gouffre dans ma direction. Son boomerang cintra derrière moi en amorçant un S, puis il boucla sur lui-même en dessinant un O et repartit en angle fermé, V, avant de retomber en feuille morte dans ma main… Je ramassai alors le maillot d'arlequin et je l'enfilai en pleurant.

π Erg a décidé de tenter la traversée du volcan. Il pense pouvoir gicler hors du cratère si une éruption survient. Avec son aile et les hélices aux pieds, il peut couvrir l'aller-retour en moins d'une heure. Il va longer la crête nord autant que possible. Afin de repérer les rares endroits où elle s'évase suffisamment pour placer des camps de repli. Oroshi a raison : le cratère est comme suspendu. Lorsqu'on progresse sur la ligne de crête, l'à-pic est immédiat sur l'autre versant. À de très rares exceptions près, il est donc impossible de marcher ailleurs que sur le bord intérieur du cratère.

Coriolis a reçu pour mission de fortifier le camp de base avec des murets de neige compacte. Darbon et Tourse sont restés près d'elle avec pour impératif de lâcher leurs oiseaux aval. Et de ramener des proies ! Larco est allé pêcher à la cage au sud du camp. Il ne peut pas couvrir beaucoup de surface. La butte est large dans l'anse ouest du cratère : là où nous avons débouché en arrivant. Mais dès qu'on part à droite ou à gauche, la langue de neige se rétrécit vite jusqu'à n'être qu'une lame. Bien le diable toutefois s'il ne braconne pas une méduse ou deux.

Avec Horst et Golgoth, nous creusons des trous d'homme tous les cent mètres. Puis nous les tassons pour en solidifier le cylindre. En cas d'éruption, personne ne sera ainsi à plus de cinquante mètres d'un abri. Idée d'Oroshi bien sûr. « Ça fait deux cent cinquante trous à creuser sur les vingt-cinq kilomètres de crête. Vous sauterez des trous vers les camps et on courra quand les conditions seront bonnes. Comptez cent quatre-vingts-deux cents trous. » C'est déjà beaucoup mais je suis content d'avoir été affecté à cette tâche. Je me sens protégé. Le travail est épuisant parce qu'on

tombe souvent sur des plaques de verre. Et que la neige varie de la poudreuse à la glace pilée. Je travaille à l'hélice dans ces cas-là. Horst fait tout à la pelle, comme Golgoth. « Taf de planqué » a râlé le Goth quand Oroshi lui a demandé d'aller creuser. « Y a aucun risque ! » Elle a doublement raison : de le protéger et d'utiliser ses capacités physiques énormes pour ce travail. Ce n'est pas Larco qui ferait ça. Ce qui m'impressionne le plus est qu'elle est partie, elle, devant. En éclaireuse pour Talweg et Caracole. « Je sais lire l'air, Pietro, je saurais m'abriter à temps, mieux que vous tous je crois. C'est donc à moi d'y aller. » Horst lui a laissé la rotofraiseuse. Sous crivetz, elle permet de creuser un trou d'un demi-mètre en trente secondes.

) Lorsque les sifflements ont commencé, en sourdine, j'ai levé l'oriflamme jaune au bout de mon bâton et je me suis rapproché du bord. Sous les coulées vitreuses, de petites taches bleu foncé commençaient à s'élargir, ça et là. Erg n'était plus qu'un point à l'autre bout du volcan et il amorçait sa remontée le long des flancs sud. Du sac, j'ai sorti le cor et j'ai soufflé trois longs coups puis deux. — alerte de niveau deux, j'hésite, je ne veux pas les paniquer, je suis peut-être en dessous.

Talweg et Caracole ne sont qu'à un kilomètre du camp, guère plus ; ils paraissent avoir trouvé une plate-forme aménageable sur la crête et je les vois tasser la neige avec les pieds.

Des grondements tonnent, des grondements si nets que je ne sers plus à grand-chose, tout le monde peut les entendre, je lève l'oriflamme rouge, embouche le cor et sonne l'alerte continue. C'est comme si les ondes du cuivre se répercutaient sur toute la surface du cratère et l'effet produit m'épouvante mais je n'ai plus le choix, il faut les prévenir de s'abriter, de s'abriter tout de suite, j'arrache mon sac et je cours vers le sommet du dôme, le vent a soudain forci, je m'arrête derrière le dôme, jette mon sac dans la pente vers Coriolis qui me regarde, inquiète, « Où est Larco ? », j'ai à nouveau l'œil dans la longue vue, rivé sur Talweg et Caracole, et le cor dans la bouche, sans me rendre compte que j'étouffe, je souffle, souffle encore à me déchirer les poumons, planquez-vous, dans les trous, couché !

X La première rafale, un blaast fluide de force 8 à 9, me frôla alors que j'étais déjà agenouillée dans ma tranchée, la rotofraiseuse en perte de rotation. Je courbai la nuque et laissai passer puis j'épaulai à nouveau l'engin hors du trou, l'ouverture vers le flux, attendis que l'air se comprime et je replongeai dedans. La fraiseuse excava trente autres centimètres de neige et de glace, je tenais accroupie à présent. La pression aérosphérique se modifia

très vite. L'air se liquéfiait. J'inspirai un dernier filet glacé, fis redescendre mon cœur et me préparai à l'apnée. Le reflux était encore suffisant pour que je risque la tête à l'extérieur et la risquant, je vis, sidérée, que Caracole et Talweg couraient sur la crête dans ma direction ! Ils n'avaient pas eu le temps de creuser une niche, ils étaient à moins de quatre-vingts mètres, je sortis à nouveau la fraiseuse et l'épaulai, l'air était bleu pâle, j'avais à peine vingt secondes, j'attaquai la paroi pour élargir comme je pus le trou, il fallait qu'ils tiennent dedans, qu'on tienne à trois…

) Le volcan entra en éruption d'une manière incomparable à la première — il n'y eut cette fois ni avalanche, ni projection solide, juste du vent, du vent pur — enfin d'où j'étais, ce fut ce qu'il me sembla d'abord, avant que la sensation auditive et visuelle d'écoulement liquide qui remontait les pentes me fasse deviner ce qui se passait. Ils étaient à quarante mètres, pas plus, du trou d'Oroshi, Talweg en tête, aveuglé de poudreuse, sa carcasse saccadée de rafales, ses pas très à l'intérieur de la pente tant il craignait d'être décollé de la crête et de filer dans le vide de l'autre côté — Caracole marchant derrière, le visage tourné vers le ciel et presque *lent* — lorsque le vent entra vraiment dans sa septième forme.

¿' L'air, dira-t-on pour faire le point, passer la ligne et ne plus rester à la surface des choses, devient liquide ma foi — pas à la manière d'une eau, notez bien, ni même d'une pluie choonesque de fin de journée sur les bords ombragés de la flaque de Lapsane, liquide comme l'air liquide oui, à la fraîche donc plutôt, puisque à moins deux cents et quelques degrés, ça devient moins nettement respirable à pleine poitrine, sauf à vouloir se façonner une manière de plastron intérieur en glace véritable, d'ailleurs pourquoi pas ? Ce n'est pas ce qui personnellement et au final me gêne, j'entends en tant qu'autochrone — ce sera, j'en ai peur, la décélération in petto — remue-toi Tatal, bouge au moins les oreilles pour me faire mentir, respire encore, respire… Je te donne un tuyau d'aéromaître si tu veux, tiens : « Respire sans en avoir l'air… »

X Il y eut un reflux, le second. Je me redressai hors du trou et je levai la visière de mon casque. Talweg était à quinze mètres à peine. Il me fallut un nombre absurde de secondes pour réaliser qu'il ne bougeait plus. Il avait le pied droit en avant, le buste incliné et le visage en proie à une détermination insécable. Mais il était littéralement vitrifié. J'entendis alors, sans la voir venir, une salve à haute densité monter du volcan. Sous l'impact du

train d'ondes, le corps de Talweg éclata en morceaux et il s'éparpilla dans l'espace.

¬ “ … ” . ‘ … … ‘ … ; ” , ‘

Sur le fil de la crête, Caracole était toujours en mouvement, bien en vie, il avançait en dansant vers moi. Il fit un pas léger puis un autre et ses chevilles commencèrent à disparaître avec des bouts de visage et d'épaule, effacés par le vent, de larges morceaux de hanches et bientôt, il fut *devant* ses vêtements, qui restèrent à flotter un instant derrière lui, comme s'il avait décidé de les traverser enfin… Il s'approcha d'un furtif bond sans plus de pieds à moins de cinq mètres désormais et c'était lui encore, dans la malice du regard, dans le reste de joue froncée par le rire persistant, lui dans la touffe vivace de cheveux blondissants qui s'accrochait encore à la forme humaine qu'il avait si longtemps adoptée et reconduite. Dessous apparaissait cependant l'architecture admirable de vent qui le soutenait depuis des dizaines, depuis des centaines d'années peut-être, les puissants jets torsadés des muscles, la tubulure fluante des os bleus qui n'avaient à cet instant-là plus assez de vélocité interne, plus assez de vitesse pour fermer convenablement le nœud d'accélération qui assurait leur compacité — et c'était un spectacle absolument unique et époustouflant que de le regarder mourir à quelques mètres devant moi, sans même paraître souffrir, juste fatigué au flussang, juste incapable de soutenir l'effroyable décélération que lui avait insufflée l'air liquide et qui touchait à présent sans doute son esprit, et qui engourdissait à rebours son inhumain brio dont la pelote de lueur pourtant, présente longtemps à hauteur du visage, jetait autour d'elle un bleu d'outremer si intense qu'elle fut la dernière à être dispersée par la brutalité abjecte du vent linéaire.

¿’ ‘ ‘ , “ . ¨ . . ˇ , ˇ , ˆ . ˜ . ˘ °
ˆ ˇ ; ˆ ˇ ‘ , ‘ ; ‘ . . . . ‘ ¿’

— Lâche Larco, lâche ta cage !
— Il y a une méduse dedans !
— Lâche, tu vas être emporté !

≈ Il ne veut pas revenir bredouille, il veut bien faire. La cage le soulève du sol par à-coups, il se cramponne.
— Sov, viens m'aider !

Il ne veut pas lâcher, je m'agrippe à lui, il décolle d'un mètre puis retombe, redécolle, il est traîné. Les tentacules de la méduse dégoulinent à travers l'osier. Elle n'est pas complètement morte puisqu'elle pompe l'air et en relâche...

— Sov !

Larco s'est enroulé la corde autour du bras, il tire de toutes ses forces, il ne m'écoute plus.

— Je peux pas perdre la cage, Corio ! Aide-moi !

Je me jette sur lui, je l'attrape par sa ceinture, les rafales sont infernales.

— Lâche tout !

Il n'a pas vu la crête approcher, il se rétablit de justesse sur le bord, dos au vide, il réalise où il est, c'est trop tard, je reste devant lui sans oser bouger, sans oser l'empoigner. Je veux hurler « lâche ! » mais rien ne sort, je veux hurler... La rafale le soulève à nouveau. Cette fois-ci il est pendu en l'air, il s'envole avec la méduse piégée dans la cage, il prend un puis trois puis dix mètres d'altitude, il a dépassé le point où il aurait pu encore lâcher et il s'élève très vite, il monte sans un son, sans un cri.

∆ Pourrais pas dire comment je l'ai repéré. L'habitude. Je rentrais fissa de mon survol du volcan. Heureux d'être encore d'ici. J'avais échappé à l'éruption en prenant deux kilomètres de champ, plein nord. Un point dans le champ visuel. Je l'ai cadré à son manteau rouge. Il y a tenu à ce manteau. « Vous me retrouverez plus vite sous les avalanches », un truc comme ça, à la Larco. Eh bien, je t'ai vu le rouge. Il s'est enfilé une thermique de fin d'éruption et il monte en flèche. Il va geler. En dessous. à neuf heures. bord de crête. c'est Coriolis. Évidemment. La princesse bien gaulée. Je plie les genoux, relève les hélices en propulsion. enroule la thermique...

— Tiens le coup Larc ! je lui gueule.

Il regarde partout dans le ciel, ahuri. Il se croit déjà au paradis ? Il m'a pas vu. Il a une méduse qui lui coule dessus. Pas grosse, une rose, mais de quoi bouffer. Coriolis crie en dessous. Je la ferais bien crier de temps à autre, celle-là. Il est pas prêteur, le Larco. Il y tient. Moins qu'à sa cage faut croire. Qu'est-ce qu'il fout là-haut ? Il passe la barre des deux cents mètres, au jugé. Il va geler, c'est plié à présent. Et s'il gèle, il lâche. D'un coup, l'adrénaline me secoue. J'anticipe la chute. Plus le temps d'inverser les hélices. Je les ai réglées pour le volcan. Pour m'aspirer vers le bas quand ça envoie violent du dessous. Principe des contras, tout connement. Ça pue, macaque. Je me place à son nadir, je bloque les hélices, ça grimpe encore trop lentement. Il a

trente mètres d'avance et la méduse piégée l'allège comme un ballon. Il dérive. Qu'il touche pas les tentacules surtout. Elle crie, Coriolis. Elle crie et je peux pas lui en vouloir. Il vient d'empoigner un tentacule. Il lâche par réflexe, tombe en chute libre. J'arme l'arbalète méca. Un automatisme. Le harpon est enclenché. Je tire sans réfléchir. Je touche. C'est quitte ou double. Je vais prendre soixante-dix kilos lancés en poids mort dans le harnais. La surface de ma voile va amortir la traction. On va piquer de soixante mètres environ. On a de la marge, ça doit passer.

≈ Erg l'a sauvé ! Il l'a sauvé ! Il l'a attrapé au lasso en plein vol ! Je n'en reviens pas ! C'est pas croyable ce qu'il arrive à faire avec son parapente ! Il pose Larco, il se pose juste à côté, je cours vers eux, j'ai eu tellement peur, j'arrive et —

— Tu l'as…

— Ça arrive, Corio…

— Je croyais que tu l'avais…

— Qu'est-ce qu'il fallait que je fasse ? Que je le laisse s'écraser ? De cent mètres de haut ?

— …

— Tirer une cible qui chute, au harpon, en plein vol, essaie toi-même, tu verras ! J'ai cherché à harponner les fesses. Il aurait été blessé mais il aurait survécu.

— Tu l'as empalé…

— Je suis désolé.

∆ Le harpon lui a traversé la cage thoracique. Il était de face. Au mieux, dans cette position, j'aurais pu harponner sur la hanche. Je vieillis, c'est sûr. À l'époque de Silène, je savais faire ça. J'ai honte. Ce n'est pas pour Larco, il n'aurait pas fait long feu ici. Ça se sentait. C'est pour elle. C'est aussi que la cage, elle ramenait à manger, mine de rien. Vent borgne… Surtout que les autres l'aimaient bien, Larco. Moi pas trop. Quoique parfois, il me faisait marrer.

∫ ·˙ .˙,˜· ˜,^·˜ · ·˙·,˜· ‘,‘ ·˅·˙,˜· , ‘, .

) Lorsque le soleil s'effondra derrière les montagnes, loin là-bas, loin aval dans la direction de Camp Bòban, Arval n'était plus là pour le saluer d'un cercle tracé dans l'air, son rite. Caracole était mort. Talweg était mort. Larco… « Voir mourir » avait dit mon père, les voir mourir… Je n'avais

rien compris quand il me l'avait dit, mon cerveau si bien sûr, la boîte crânienne, la machinerie, compris, d'accord papa, compris, ça sera dur hein, je sais, je serai fort… Il m'avait regardé, il n'avait pas insisté, il devait savoir à quel point c'était intransmissible. La béance qu'on a dedans. Le béant. Lorsque le fauconnier revint, bredouille de la chasse, Golgoth lui annonça. Il lui demanda s'il voulait voir le corps de Larco avant qu'on l'enterre. Darbon demanda pour les autres, où étaient leur corps. Ça craqua en moi, d'un coup, le noyau, la coque dans l'étau. J'eus l'impression que ma colonne fondue, liquide de souffrance, venait de regeler, sur la seule image d'Arval galopant. Toutes mes sutures pétèrent dans mon dos, je ne me tenais plus assis, ça se vida des poumons, sans larme, sec, sec, je hoquetai :

— Je renonce. (Les deux mots m'étaient tombés de la bouche.)

— Moi aussi, dit Coriolis, vitrifiée.

— Moi aussi, j'abandonne, déglutit Darbon.

— Je rentre avec vous, dit Pietro.

— Je suis des vôtres, finit par bredouiller l'autoursier.

π Oroshi se lève sans nous regarder. Elle touche l'épaule de Sov et l'embrasse dans le cou. Elle fait quelques pas dans la neige en direction du volcan. Il est à nouveau d'un calme insolent et malsain. Golgoth se tait. Je crois que s'il ouvre la bouche, Sov le tue. Nous n'avons strictement plus rien à manger. La dernière flasque d'huile a été bue ce midi. Une goulée chacun. Même plus de farine à avaler sèche. J'ai jeté le sac ce matin. Les réserves sont à zéro. Nous sommes au bout de la quête. Notre horde est tombée à neuf. Continuer sans éclaireur, sans notre géomaître, sans braconnier ? Continuer sans manger ? Ça ne tient plus debout. Il faut savoir accepter la honte de survivre. Matsukaze avait raison. Je les comprends tellement maintenant. Nous allons repasser le pont avec la technique de Larco. Redescendre le pilier Brakauer en rappel. Nous n'aurons pas été plus loin qu'eux. Planter le drapeau ? Dérisoire… Dans le cirque, l'autour pourra sans doute lever une marmotte ou un renard bleu. On peut tenir la descente à jeun et s'en sortir en bas. Dans trois semaines, en demeurant attentifs et prudents, nous serons de retour à Camp Bòban. Nous retrouverons Alme et Aoi, sans doute Silamphre, s'il a tenu le coup. Mes parents seront aux anges. Une nouvelle vie commencera. Il est encore temps.

— J'ai une proposition à vous faire, annonça Oroshi en revenant vers nous.

Elle avait laissé tomber ses cheveux et retiré toutes ses babéoles.

— On t'écoute.

— Nous en avions parlé avant notre départ de Camp Bòban. Je ne sais pas si vous vous en rappelez. C'est à propos du corps des morts…

— C'est non, bondit immédiatement Coriolis. NON ! Tu ne le boufferas pas, salope ! (Elle s'est levée, elle aboie à hauteur du visage d'Oroshi qui recule d'un pas.) Il voulait pas qu'on le mange ! Il l'a dit !

— Il me semble qu'il a précisément dit le contraire (assène Oroshi sans se démonter). Pietro, tu te souviens de la discussion ?

Je n'assimile d'abord rien. Je les regarde tour à tour. Oroshi me répète la question. Ça finit par pénétrer :

— Je m'en souviens. Larco a dit qu'il serait heureux qu'on le mange s'il mourrait. Si ça pouvait nous aider à survivre. Il a donné son accord oral.

— Il a même dit… que… l'idée lui plaisait plutôt… qu'il aurait l'impression de… poursuivre sa vie… en nous… si ça arrivait, confirma Sov, d'une voix déraillée.

— VOUS MENTEZ ! craqua Coriolis.

Mais nous ne mentions pas. Nous respections ses volontés et sa mémoire. Golgoth alla chercher le corps. Erg alluma le feu avec les vêtements de Caracole, récupérés par Oroshi. Il retira le harpon de la cage thoracique. Puis il dépeça le cadavre de Larco avec une efficacité de praticien. Au boo de chasse. Oroshi prit sur elle d'aller parler à Coriolis. Elles s'isolèrent. Il y eut des cris. Une heure plus tard, Coriolis revint, grave. Elle demanda à manger la première part du corps. Elle le fit en tremblant, mais elle mâcha. Puis elle avala. Puis elle déglutit. Sur les neuf survivants que nous étions, seul Darbon refusa de manger. C'était son droit. Il était au bord du gouffre. Il avait des crises de sanglots qu'il n'arrivait plus à réprimer, lui si fier, si fier avant Norska.

— Ça ne va pas, Darbon ? tenta Oroshi.

Il ne put d'abord pas répondre, il se tenait le ventre puis :

— Mes faucons… Mes faucons sont des goussauts… Ils n'ont pas ramené une proie depuis… L'autour est bien plus fort… Je ne suis plus à la hauteur de ma fonction…

— Ce n'est pas grave, Darbon. Personne n'est à la hauteur de toute façon.

— Si, Tourse et Schist sont à la hauteur…

— Je n'ai rien ramené aujourd'hui Darbon, pas plus que toi. Et ce que fait Schist, il ne le doit qu'à lui. Sa morphologie est plus adaptée à ces bourrasques de montagne.

Ce n'était pas très exact bien que ce fût gentil. Dieu des Souffles… Comment put-il ? Car ce qui se passa soudain, ce fut la salve qui fait déborder la stèche. Le sommet de l'absurde dans cette journée ignoble.

Assis, Darbon bascula vers l'avant, dévasté par un nouveau sanglot et de son manteau entrouvert glissa un faucon. Il était inerte. Je n'en crus pas mes yeux : il était carrément… mort ! « Étouffé de mes mains » — nous expliqua-t-il. Fier et si honteux à la fois. Puis il sortit le second faucon. Assassiné lui aussi. Des deux mains, par leur maître ! Ni moi ni personne n'avions la force de l'insulter pour l'insanité de son geste. Nous étions à bout, complètement à bout. Il fit cuire ses faucons dans le même feu que Larco et il les mangea tous les deux. Sans même en fumer une partie ! Ou les conserver dans la glace ! Sans même en proposer aux autres.

— T'as pété un boulard, Darbon. Tu nous fous dans une sale putain de merde, tu piges ça connard ? lui cracha finalement Golgoth.

C'était sa première phrase depuis que Talweg et Caracole avaient disparu. Ce fut sa dernière de la journée. La nuit, nous eûmes de la place dans la tente. De la place à crever de froid.

Ω C'est pas qu'à quatre, le macaque, Oroshi, Horst et moi, y aurait pas eu moyen de traverser cette verrière, moitié par portage aérien, moitié en décanichant à toute berzingue sur la crête, la rotof à l'épaule, pour se faire un terrier en cas que. C'est plutôt que ça m'aurait raclé de voir Sov et Pietro s'effondrer, avec les oiseliers et la petiote en prime. D'un coup, ils voulaient lâcher la rampe.

Je sais pas ce qui berdança dans leur calebasse toute la nuit, ils étaient debout, les cinq, à l'aurore, à parloyer, tout affourbaudis autour du tas de cendre. J'entendis Oroshi se rebrailler et filer les rejoindre, moi je m'enfouillai dans le duvet pour pas chercher à savoir.

Sûr que d'avoir devant nous une semaine de viande changeait la donne. Y allait falloir la manger quand même. Quoiqu'on allait manquer de bois tantôt. Sûr qu'on atteignait le bout du monde et que le mec qu'avait pu aller au-delà de cette cuvette de chiotte mammouthale avec le casque d'aplomb au-dessus des godasses, j'étais prêt à poser ma paire sur une table en granit qu'il existait pas, je veux dire : pas encore ! Sûr que ça se jouait maintenant hercaha avec la septième, qu'il fallait débloquer le ventilo au fond de la boîte à miracles et surtout se dire qu'avec l'Orosh, on n'avait jamais plié sous furvent. Plus qu'on avait toujours le macaque avec son aile, huhau ! Il traversait la cuvette en une moitié d'heure ! Ça que je sache, la 33ᵉ, ils avaient plus leur combattant et pas d'aile, juste leurs petons ! Ça te les mate, ça !

— Puisque je vous ai convaincus, je résume : Horst, Pietro, Darbon et Golgoth, vous continuez à progresser sur la crête nord en creusant vos trous d'homme. Vous avez atteint quelle distance hier ?

— À la louche, deux kilomètres.

— Bon. Vous avez vu que c'était efficace en cas d'éruption. Efficace si vous bloquez votre respiration dès que vous sentez que la consistance du vent change ! Sinon… Erg va porter Sov en parapente sur la plate-forme du camp 1 : c'est là que j'avais commencé à tasser hier. Le camp 1 est à trois kilomètres d'ici, par la crête. Beaucoup moins avec l'aile. Sur la plate-forme, il va faire neuf trous à la rotofraiseuse. Plus un dixième, plus large, pour abriter le matériel. Ensuite il remonte la crête vers vous à raison d'un trou tous les cent mètres, pour assurer la jonction. Erg porte ensuite le matériel. Il lui faudra une dizaine d'allers-retours. Tourse, tu continues à chasser en bord de crête sud. Coriolis, tu fais le guet au camp de base et tu prépares les sacs pour Erg. Quand il aura fini, il viendra vous chercher, toi et Tourse. Si la chance est avec nous, Erg aura le temps de nous paraporter un par un avant la prochaine éruption. Ça accélérerait les choses.

— Pourquoi on ne reste pas tous au camp de base et Erg nous prend les uns après les autres et nous porte au bout du cratère, directement ? Regarde ce matin : ça n'a pas bougé depuis l'aube ! dit Coriolis.

— Et ça ne bougera vraisemblablement pas. Pas avant qu'on ne bouge, nous.

— Alors pourquoi ils vont se tuer à creuser deux cents trous ?! (Elle n'écoutait pas.)

— Parce que le volcan est métissé avec nous.

— Comment ça ?!

— Coriolis… Tu ne veux pas mûrir, tout simplement ? Il y a un continuum de vent qui circule à l'intérieur du cratère et dont nous faisons partie. Sa texture est fragile ; elle est surtout très réactive. Chaque fois que tu inspires, chaque fois que tu expires, tu propages des vibrations dans ce continuum. Notre vif même produit des cercles d'ondes sur plusieurs kilomètres. Dès qu'Erg décolle, il déplace un train d'ondes, il modifie inévitablement ces équilibres. L'éruption d'hier, par exemple, a été pour l'essentiel due à la traversée d'Erg.

— À cause de l'aile ?

— À cause de l'aile et des hélices. À cause du double vif qu'il porte, surtout.

— Tu veux donc qu'on limite les impacts aérologiques ? conclut Sov.

— J'ai peur de vous en dire trop, comprenez-le. Mais peut-être plus peur encore de ne pas en dire assez… Certains le savent, mais ma mère a développé une hypothèse extraordinaire sur Krafla…

— Krafla ?

— C'est le nom qu'elle a donné au volcan. Son hypothèse est que le volcan pourrait être suspendu hors de toute terre — la totalité du volcan, socle et soubassement compris, parois, cônes, pentes de neige, lave...

— Suspendu où ? C'est n'importe quoi !

— Suspendu dans l'espace, dans le cosmos. Elle pense que l'Extrême-Amont commence au cirque de Brakauer. Et que Krafla est un avant-pont d'air compact jeté sur le vide. Comme une corniche de glace qui déborde d'une crête, si vous voulez.

— Jeté sur quel vide ?! C'est de la foutaise !

— Le vide du cosmos. Krafla serait donc dans cette hypothèse la proue d'un navire. Imaginez maintenant que notre terre soit ce navire, un gigantesque navire qui fuit à travers le cosmos. Le vent linéaire que nous subissons partout est en fait le vent relatif produit par le déplacement du navire. Nous sommes nés à la poupe, cette poupe est Aberlaas et nous avons passé notre vie à remonter à pied tout le long du pont supérieur, jusqu'à la proue : Krafla. La proue est fragile, elle encaisse les turbulences propres à tout bord d'attaque. Elle est faite d'un matériau-tampon entre l'atmosphère où nous respirons et le vide. Ce matériau, c'est évidemment le vent, un vent comprimé sur l'avant par la pénétration, visqueux en raison des écoulements le long de la coque, gelé au contact du vide stellaire, bref turbulent.

— Si ta mère avait raison (réagit Golgoth, sur la défensive), nous devrions encaisser le vent linéaire pleine face. Or t'as remarqué qu'ici, y a plus de rafalant est-ouest ? C'est l'inverse : on est dans une niche, on est protégés ! Ça tient pas son truc !

— Nous sommes protégés par l'arc amont du cratère, précisément. Nous sommes dans la dépression, derrière le bord d'attaque.

— J'y crois pas. C'est trop dingo !

— Moi non plus.

— Et toi, Oroshi, tu y crois ?

— Disons que j'attends d'être de l'autre côté du cratère pour croire ou ne pas croire. Erg a dit qu'il y avait une mer de nuages sur l'amont. Sinon, nous saurions déjà ! Moi j'ai longtemps pensé que nous étions embarqués sur un vaisseau, un vaisseau de terre qui filait dans l'espace et que le vent axial était généré par ce voyage. Atteindre l'Extrême-Amont, dans cette optique, revenait pour moi à prendre les commandes du vaisseau, quitte à en changer le cap. J'avoue qu'à vingt ans, j'ai abandonné cette mystique. Et je suis entrée dans l'immanence du vent — les chrones, le vif, les neuf formes — qui s'est révélée autrement fiable.

) La rapidité, chacun en était conscient, la rapidité d'exécution s'avérerait primordiale, plus encore après les explications d'Oroshi sur le continuum, qui réticulait chacun de nos gestes à son incompressible impact vibratoire sur les couches d'air chaotiques du volcan. Dès qu'Erg me posa, j'attaquai les trous à la « rotof », épaté par son efficacité, tout en gardant un œil sur le bleu translucide des nappes vitrifiées et sur les trois cônes gris clair qui pouvaient siffler d'un instant à l'autre.

Ω Ce fumier de Darbon, il avait tenu son rang partout, du plus loin que je récure le chaudron, il en imposait avec ses faucons de seigneur, le bougre, et il en avait ramené du gibier à plumes et à peau, il nous en avait sauvé des ripailles à la farine ! Je le croyais carré du bocal, solide du croc, incapable de caquer mou et voilà… Il part en vrille là-loin, il se débobine en direct. Bouffer ses faucons ? Est-ce que j'irais me goinfrer la pogne, moi ? Tant qu'à déconner dans les grandes largeurs, que Sov se croque son carnet de contre, juste pour rigoler ! Ça pouvait pas le mener loin. Ça suintait le suicide du cerveau. T'enlève faucon à fauconnier — je suis pas Sov, j'ai pas la gouaille du trouba — mais il reste quoi ? Il reste *nier* hein, vous voyez que j'ai de la lettre quand je veux. Il a fait un, deux, trois trous, il tenait à peine sa pelle, il avait la fièvre, il balançait des épaules, il gingeolait à l'aplomb de la pente, hic à hac, et quand je me suis décidé à aller le bousquer, il a ripé sur une plaque de verre qu'affleurait sous la neige, et il a débaroulé dans la pente avec un nouveau pote à lui qui s'appelait Ava Lanche. Fallait pas me demander de chialer, là je pouvais plus. J'ai compté huit, j'ai récupéré sa pelle dans le trou et j'ai braillé à Erg d'aller jeter un coup d'aile le long de la coulée, au cas où. Une sale fin c'était. Les faucons, ça nous levait la tête dans le ciel, ça faisait beau à les voir et Darbon il avait la classe du métier, un rien fiérote, mais il les dressait d'équerre ses esclames, il avait pas à rougir devant Tourse même si Tourse, l'air de rien, est un sacré cador…

ˇ● , ·.;·˙ ‘ ˙..˙ , ʹ,· ˇ·ˇ ,

π Quand Erg a déposé l'autoursier, nous étions déjà tous dans nos trous à verrouiller les casques. Oroshi est sortie pour prendre des mesures à l'aérotor. Elle a incliné l'objet sous tous les angles. Pour nous, ça reste un bricolage de coupelles, de girouettes et de minuscules hélices qui roucoulent. Pour elle, c'est une merveille technologique. Qui plus est, fabriquée par sa mère. Donc géniale. Elle ne se hâte pas de se remettre dans son cylindre de glace. Plutôt bon signe.

— Ça s'annonce assez tranquille… juge-t-elle en continuant à observer les coupelles qui tournent et le mercure qui monte.

— Ça veut dire quoi « tranquille » ? Qu'on va juste paumer deux-trois gars ? plaisante le Goth. Il a le casque enfoncé jusqu'aux sourcils.

— Le volcan va éjecter un crivetz de force 7, guère plus à mon avis. Les failles dans la cuvette sont très larges et le vair fond lentement. La pression effusive va rester à peu près constante et il ne devrait pas y avoir d'à-coups très marqués ni d'explosion. Juste un anabatique soutenu qui rendra difficile la progression sur crête.

— Tu crois qu'il faut attendre ?

— Nous, oui. Mais Erg doit pouvoir sortir et paraporter un creuseur au camp 2.

— Ça fait huit kilomètres d'une traite, rappelle Erg.

— Nous allons attendre un quart d'heure, histoire de vérifier mes hypothèses. Ensuite, nous réglerons les pales de tes hélices aux semelles. La poussée ascendante du volcan sera forte mais la rotation induite aux hélices compensera en t'aspirant vers le bas. En équilibrant voilure et hélices, tu dois pouvoir stabiliser ton vol et assurer les portages.

— C'est sûr. À condition de bien calculer le niveau de charge.

) Oroshi ne répondit rien puisqu'elle calculait déjà, de tête évidemment et qu'elle notait du doigt, sur la neige, les résultats intermédiaires. Les hélices qu'Erg vissait sous ses semelles étaient d'un acier si bien trempé que je n'imaginais guère qu'il les raccourcisse à la disqueuse. De toute façon, il maîtrisait en partie la vitesse de rotation avec l'inclinaison du talon en le faisant frotter plus ou moins fort sur l'arrondi des hélices. Le problème se poserait plutôt si le vent devenait trop appuyé : la voile gonflée dominerait alors.

— Avec juste ton poids, ça risque de ne pas passer, Erg. Il va falloir que tu transportes un gros gabarit avec toi, sinon tu vas partir dans les étoiles.

— Je vais prendre Horst pour le premier voyage. C'est le plus lourd de tous. Ça te va, Horst ?

— Pas de problème. Je prends la rotof et je vous prépare le terrain là-bas. Je vous fais une niche chacun, c'est ça ?

— Alors allez-y tout de suite, car l'éruption monte doucement en puissance.

X Absorbée par mes calculs, par cette rationalité rassurante des chiffres, j'avais fait une erreur… Une erreur d'un autre ordre, extérieur à la technique, une erreur terrible… Lorsque j'en pris conscience, Erg et Horst étaient hors

de portée de ma voix. Ils survolaient le cratère à plusieurs kilomètres de nous, oscillant sous rafales ascendantes. Ils peinaient à tenir leur altitude, tantôt piquant et tantôt s'élevant, Erg devant et Horst accroché dans son dos. Ce fut Sov qui perçut le problème le premier, avec candeur :

— Tu n'as pas peur que leurs vifs créent quelques turbulences ? À eux deux, ils portent quatre vifs. Horst a celui de son frère et Erg celui de Firost…

Sov s'était mis dans un trou contigu au mien si bien que les bourrasques de grésil remontant la pente couvrirent pour les autres sa remarque. Je hochai juste la tête et lui fis signe de se taire. Oui Sov, c'était une catastrophe…

Ω Yak, ça paraît coller, il en chie Erg, à piloter avec un mammoutheau de la taille du Horst, en plein rafalant commac, sa toile gigote, ils tracent pourtant. On tient le bon bout, à huit il va faire les voyages fissa, au pire on peut se lester avec des blocs de verre, on va faire un sacré bond si ça se maintient, j'aime bien cette solution, ça pinaille plus…

Ouais ben… Ça se gâte tout de go… Y a dans l'air une secouée à échabouir un aigle. Peux pas m'empêcher de sauter hors de mon trou pour voir… Oroshi gueule ce qu'elle peut et d'abord je capte rien, encore que le vent a stoppé net dans la cuvette. J'écarquille tandiment que Horst et le macaque perdent là-bas une pelletée d'altitude et qu'ils plombent vers le cratère, faute de rafalant…

) Au visage d'Oroshi, je sus qu'elle ne saisissait plus ce qui se passait, ni même ne le devinait. Elle sortit d'un bond de chat de son abri et s'avança au bord de la plate-forme, je la suivis. Rien ne paraissait avoir changé, si ce n'est qu'un silence cotonneux avait subitement empli le cratère. Les rares coulées déclenchées par l'onde de choc glissaient sur des pentes lointaines en chuintant. Lorsqu'elles s'arrêtèrent au bord de la zone vitrée, le silence s'imposa avec une prégnance bourdonnante. Erg et Horst plongeaient vers le volcan au ralenti, Erg cherchant — dans un enchaînement, d'ici dérisoire, de virements de bords — à enrouler une thermique introuvable.

π Au fond, le soleil étincelle sur le verre rigide des coulées récentes. Les longues pentes blanches brillent, intactes d'avalanches majeures. L'air est sain. Ni épais, ni liquide. Aucun souffle ne le trouble. La réverbération brûle la rétine.

— Tu y comprends quelque chose, Oroshi ? On dirait que le volcan s'éteint.

— Une force a absorbé les vibrations de l'air, quelque chose qui n'est pas visible pour nous…

— Ça bouge, ça se déplace ?

— Ça monte en direction d'Erg… C'est là que je sens converger les vents résiduels…

— Sur eux ?

— Non, vers cette force…

— Qu'est-ce que ça peut être ? insistai-je, conscient aussitôt de la vacuité de ma question.

) Oroshi jeta un œil rapide sur l'aérotor et prit une respiration torrentueuse. Expirant, elle lâcha une série de « Bâ » explosifs en direction d'Erg et de Horst. La salve s'étouffa en vol.

— Ce ne peut être qu'un chrone… Le volcan vient d'expulser un chrone…

À ces mots, tout ce qui restait de notre horde fut debout sur la crête, à scruter le volume du cratère.

— Seul un chrone peut absorber aussi vite une telle turbulence de flux et le boucler dans son cocon. Il nettoie les trains d'onde et laisse l'air étal autour de lui. Ça ne peut être que ça.

— Pourquoi on ne repère pas sa carapace ? Tous les chrones ont une carapace !

— Pas tous non, loin de là… Il y en a un ou deux chaque jour qui nous passent à côté sans qu'on les remarque. Il faut que nous avancions sur la crête. Il faut qu'on se tienne le plus près possible d'Erg et de Horst quand le chrone va les atteindre. Épaulez vos sacs et foncez !

— Grouillez-vous, relaya Golgoth.

En l'absence de tout vent, la course sur la crête me parut d'une facilité déconcertante. Les trois kilomètres qui nous séparaient de l'endroit où déclinaient Erg et Horst furent parcourus en moins d'un quart d'heure. C'était une occasion unique d'avancer et Golgoth en prit sur le champ conscience :

— Pietro, Corio, Tourse et Sov, vous continuez à bloc sur la crête, courrez tant que vous pouvez et dès que ça vibre, vous creusez. Nous, on reste là ! Courez à fond, à fond ! Vous retournez pas !

X Il avait raison, tellement que Golgoth et moi aurions pu courir aussi, si je n'avais pas eu cette responsabilité écrasante envers Erg et Horst. Ils étaient à quatre cents mètres en contrebas. Erg avait dû inverser ses hélices

pour profiter de la moindre brise ascendante mais il perdait près d'un mètre par seconde et venait racler la pente par moments pour se freiner. Subitement un couple de choucas surgit de derrière la crête et je sursautai. Les oiseaux plongèrent aussitôt, attiré par la voile rouge du parapente d'Erg quand tout à coup, l'air se brouilla et grésilla autour d'eux… Une seconde plus tard, il y avait… quatre choucas. Golgoth me regarda, ébranlé :

— T'as vu ça Orosh ou je berlue ? Ils étaient pas deux, là tantôt ?

— Si… je crois.

L'air se brouilla à nouveau, cette fois-ci autour de la voile rouge qui bava plusieurs longues secondes comme une aquarelle fraîche étalée à la main avant… avant de s'étirer lentement et de se détacher du rectangle d'origine… Ça me donna l'impression d'une traînée de couleur qui aurait pris sa propre autonomie, hormis que les lignes du second rectangle, d'abord floues, se précisèrent dans l'espace et furent bientôt indiscutables. Il y avait à présent deux voiles rouges en dessous de nous, qui filaient dos à dos séparées d'une vingtaine de mètres.

— MACAQUE ! hurla Golgoth de la toute puissance de sa gorge. HORST !

— Çavek !

— Çavek !

— KE PESK ?

— Ça manque de vent par chez nous !

— Ça manque de vent par chez nous !

Ω Oroshi me regarde, je suis franc égarouillé, j'ai la suée qui me dégouline du casque, je l'enlève, elle percute pas plus, d'ici on cadre que les deux voiles, pas qui y a dessous — mais ça sent le chronage, le chronage à pleine nifflée, le chronage tout droit sorti d'un bouquin de blærudit caffi de bouffonneries théoriques impossibles, juste là pour gonfler la légende, pour ajouter une catégorie qui fait peur, le torche-marmots parfait, qui te les allonge au pieu à l'esbroufe et te les endort au rêve branque, le cas jamais vu par aucun Oblique, jamais confirmé des yeux vrai — faut que ça nous tombe dessus…

X Pourquoi l'éruption reprit aussitôt après, je ne saurais le dire avec certitude, soit qu'à huit vifs concentrés dans dix mètres cubes, la structure aérologique du cratère se distordit brusquement, soit que le clonage opéré par le chrone absorba trop d'énergie. Toujours est-il que les failles se rouvrirent, libérant à nouveau un solide rafalant. Sous la poussée, les deux ailes

remontèrent très vite à notre hauteur et je pus alors constater l'incroyable : Erg et Horst avait bien été *dupliqués*! Encore barbouillés par la traversée du chrone, ils n'arrivaient manifestement pas à réaliser ce qui s'était passé et ils s'élevaient, machinalement, au-dessus de la crête, ignorant leur doublon! Devant nous, les deux paires volaient avec strictement le même matériel, la même exacte physiologie et au même moment. Seule les différenciait leur position dans l'espace.

On dut à Horst de réagir le premier en apercevant son double. Suspendus à sa réaction, bouleversés comme nous l'étions, sa capacité immédiate d'assimilation de l'événement nous stupéfia tous :

— Karst! Kaaaarst! T'es revenu?

— Ouais! Je suis là!

— Kakar, c'est toi?

— Hé, je veux! Çavek, frérot? T'as vu la saute de vent? J'ai cru qu'on allait toucher le fond, pas toi?

— Sûr-da! Ça secoue ici!

Il y eut alors un flottement d'une étrangeté abyssale dans le regard de Horst ou de Karst, je ne savais déjà plus ; ils étaient très près de nous à présent, à faire des huit à niveau de la crête et une joie immense, une joie de gosse absolue irradiait la figure de Horst et de Horst, il prit conscience que son frère était vraiment là, en face de lui, à moins de vingt mètres, épais sous le soleil, avec une voix qui parlait, il repensa peut-être, en un éclair, à la prédiction que Caracole lui avait faite, ils ne se quittaient plus des yeux, ils se regardaient comme si c'était à nouveau la première fois — et en même temps s'étaient-ils jamais réellement séparés, n'avaient-ils pas (si bien sûr) en eux le même écheveau d'expériences vécues et les mêmes souvenirs? Ils étaient toujours les jumeaux Dubka, les frères éternels et indissociables et ils le savaient...

— Tu repenses à Lapsane, pas vrai Horst?

— Sûr que j'y repense, tu m'as foutu la trouille là-bas!

— T'as crû que j'y passais avec le Corroyeur, pas vrai?

— Et comment! En même temps, je savais qu'il t'en faudrait plus pour te geler les miches! On est des Dubka, non? Et Dubka pas caca!

— Dubka pas caca!

Et ils rirent dans le ciel, ils rirent de cette blague pour nous si infantile, ils rirent jusqu'à ce que les deux Erg leur détachent leur mousqueton et les déposent sur la crête et qu'ils courent se jeter dans les bras l'un de l'autre et je ne savais pas quoi dire, Sov et Pietro étaient revenus à présent et ils observaient sidérés la scène et je me demandais qui était le Horst d'origine et qui

était la copie et si ce distinguo avait le moindre sens, et comment il était possible qu'un même corps et qu'un même esprit, répliqué dans l'espace, puisse se reconnaître pour *différent* et le vivre dans une schizophrénie magnifique et emboîtée puisque immédiatement, dès les premiers échanges, ils s'étaient positionnés l'un comme Karst l'autre comme Horst alors même qu'il ne pouvait pas, qu'il ne pouvait *plus* y avoir de Karst, juste un pur doublon généré par un chrone, juste une copie parfaite, une copie qui contenait seulement le vif de Karst, de sorte que c'était sans doute ça, ce vif qui impulsait de l'inconscient radical la réinvention du frère tellement aimé, du jumeau dont la mort n'avait tout simplement jamais pu être acceptée ni surmontée et qui trouvait là une solution concrète à ce manque sinon incomblable, une solution si étrange parce que fabriquée, si glaçante en soi puisqu'elle n'offrait pas le retour du frère réel mais un duplicata de soi qui endossait la projection, mieux, qui l'*incarnait* avec la totalité en lui, du même coup, des souvenirs communs, hormis l'épisode de la flaque — ou même pas puisque la puissance fantasmatique de l'âme de Horst avait dû depuis longtemps déjà réformer l'accident avec une autre issue, cette issue qui maintenait à bout de bras et d'espoir son frère vivant en lui depuis Lapsane. C'était vertigineux…

∆ Il est devant moi à neuf heures. Deux hélices aux semelles, une dans le dos. Boo de chasse à la ceinture. Très solide. Dangereux. Sa technique de pilotage vient de Ker Derban.

Sa technique de pilotage vient de Ker Derban. Dangereux. Très solide. Boo de chasse à la ceinture. Deux hélices aux semelles, une dans le dos. Il est devant moi à trois heures.

J'ai espéré ce jour et j'ai espéré ce combat. J'y ai toujours été prêt. Il m'attendait je le savais, il m'attendait ici, en Extrême-Amont. Il avait le temps. Le combat suprême — celui qui justifie une vie. Je suis fier aujourd'hui d'être arrivé au bout. Toujours je me suis demandé quel adversaire Ils choisiraient pour moi. J'ai longtemps cru que ce serait un maître foudre ou un autochrone de la dimension du Corroyeur. Te Jerkka m'avait prévenu pourtant. Le défi est toujours intime et propre à chaque combattant. Je devine ce qu'Ils ont décidé : me faire affronter *celui que j'aurais pu devenir*. Le guerrier que j'aurais *dû* être. Tu as strictement les mêmes capacités techniques, tactiques et physiques que lui, macaque. L'atrocité est là. Le même masque balafré. La crête noire, identique. Les cicatrices hachurées au torse. Sauf qu'il a développé ses capacités *à l'optimum*. Jusqu'à leur pleine puissance. Il sait faire tout ce que tu sais faire. Exactement. Et il sait

faire plus. Parce qu'il a été au bout du potentiel que j'avais à huit ans. Lui. Pas moi. Le défi consiste à voir si je peux me hausser, sur un duel, au niveau du combattant que j'aurais pu être. Ils veulent savoir. Ils veulent que je le sache. Alors bouge !

Alors bouge ! Ils veulent que je le sache. Ils veulent savoir. Le défi consiste à voir si je peux me hausser, sur un duel, au niveau du combattant que j'aurais pu être. Pas moi. Lui. Parce qu'il a été au bout du potentiel que j'avais à huit ans. Et il sait faire plus.

— Ne l'agresse pas !

— Non, macaque !

Il prend l'aplomb, évidemment. Plus rapide en poussée. Meilleur travail quotidien sur les thermiques. Il est à cinq mètres au-dessus de moi, les hélices en bouclier, prêt à parer. Et il peut jeter rien qu'avec le couple avant-bras-poignet — donc masquer sa frappe jusqu'au bout.

Il a choisi de se placer *délibérément* en dessous ! Il se sait tellement supérieur. Il va m'humilier en me tuant d'une position faible. Un looping fulgurant, voile à l'envers, jeté du pied, le tranchant de l'hélice dans la carotide, je l'ai raté contre Silène. Lui sait faire. Ce sera sa leçon, ma dernière. J'aurais voulu que Te Jerkka me voie combattre, malgré tout. Ce n'est pas qu'il aurait été fier de moi, non. Mais c'est la seule personne qui m'ait jamais aimé. Te m'aurait soutenu jusqu'au bout, il aurait faussé le duel, il aurait su que je vais perdre et il m'aurait protégé. Et le combat escamoté, il m'aurait repris en formation encore et encore parce qu'il sait ce que je vaux : « Pas si mauvais, macaque, toi brave potentiel mais encore rigide du geste, meilleure des lames est la plus flexible, sache-le déjà et toujours ! »

Il arme son boo sans chercher à masquer. Il est sûr de sa vitesse de bras. Il n'a même pas besoin d'osciller bord sur bord. C'est la confiance. La confiance que je n'ai jamais su trouver. Celle qui se dégage du combattant qui a atteint sa plénitude. Celle qui fait renoncer ses adversaires à l'affronter. Je dois remonter à niveau. Faire honneur au combat. Je feinte une frappe. Il volte pour esquiver, dans le laps je m'élève et remonte à son altitude. Pas si mal : il est surpris.

— Arrêtez-vous, par pitié !

— Vous êtes pareils !

— Erg, tu ne vas pas te battre contre toi-même, par les Vents Vieux !

— Serrez-vous la pogne, bande de trous-du-cul !

— Ne vous battez pas ! Ça sert à quoi ? Vous allez vous étriper !

Il est déjà revenu à niveau. J'ai cru qu'il avait frappé si vite que j'étais

touché. Sa feinte était si pure que j'ai suresquivé. Il pilote à merveille. Il me déborde en vélocité. Je lance mon hélice dans les suspentes. Un sec-tendu. Puis le boo en double boucle, dans le dos. Il pivote sa voile. riposte au boo. puis à l'hélice. même tactique en plus fluide. en plus rapide que moi. J'esquive de justesse, récupère son hélice et la rétrolance.

J'esquive de justesse, récupère son hélice et la rétrolance.

Il esquive de justesse, récupère mon hélice et la rétrolance.

Te Jerkka m'aurait soutenu. J'aurais senti sa présence derrière moi. J'aurais su qu'il me pardonnait d'être si inabouti, qu'il aurait aimé quand même mon combat, qu'il aurait su y trouver des gestes justes. Il m'aurait félicité longuement d'avoir si bien protégé ma horde tout au long de la quête. « Toi très grand protecteur, macaque, et grand combattant aussi. Peut-être pas le meilleur, mais fier tu peux être du chemin. » Il retrouvera mon vif, Te Jerkka, et il va l'enkyster en lui, je le sais, avec celui de Firost. Serein ça me rend. De savoir que ce qui souffle de plus pur en moi, de plus actif, vivra en lui. Le reste ne mérite pas de poursuivre. N'est qu'un sac de peau jeté sur mon vif comme un manteau crade.

J'ai armé l'arbalète méca sur une esquive pour ne pas qu'il voit le coude reculer. Je viens de deviner la trajectoire qu'il va suivre. Il amorce dans le ciel un 28 vertical en ruban, après un faux 343 incliné. Je l'ai réussi deux fois en duel. Deux fois fatales. C'est une botte personnelle, rigoureusement secrète. Seul Te Jerkka me l'a vu répéter. Cette figure est lumineuse. Elle permet de passer par les neuf angles de tir qui ouvrent les points mortels. Elle n'a qu'un défaut : elle emprunte deux fois le même axe : pour l'entame et le final du 8. Il suffit de se placer sur cet axe. Et d'attendre l'instant.

Il lit ma trajectoire. Sinon, il aurait exécuté un w défensif en zigzag, au moins par précaution. Là, il remonte en J. Je forme le 2. Je viens de deviner la trajectoire qu'il va suivre. J'ai armé l'arbalète méca sur une esquive pour ne pas qu'il voit le coude reculer.

Il vient de comprendre. Il sait que je sais. Tire !

Tire ! Il sait que je sais. Il vient de comprendre.

— Reeek…

— Reeek…

π Erg Machaon tira sur Erg Machaon. Lequel tira, pour sa part, sur Erg Machaon. À quatre reprises. Chacun. Les carreaux de l'arbalète méca perforèrent dans un rectangle délimité par la clavicule et le plexus. Leurs blessures étaient parfaitement symétriques. Et elles étaient parfaitement mortelles. Privées de pilote, les ailes partirent en feuille morte. Les corps

suspendus dérivèrent hors du cratère. Golgoth tenta un jet désespéré pour trancher les suspentes et récupérer au moins un corps. Mais ils étaient trop haut déjà. Impuissants, nous ne pûmes que les regarder s'éloigner. Une tache rouge dans le ciel fin bleu. Puis une goutte. Puis plus rien que le sentiment de s'affaisser de souffrance. Golgoth me regarda. Sov s'approcha. Oroshi se jeta dans nos bras. Coriolis et Tourse nous rejoignirent. On se serra très fort, comme des chiots perdus.

Δ — — - ‘ - — —   — — - . - — — — — - - — —
‘

— Il faut qu'on sorte d'ici… Il faut sortir de cette zone de mort… finit par murmurer Golgoth. MAINTENANT !

) Nous étions à une quinzaine de kilomètres environ du bout du volcan. Nous ne savions ni s'il existait au-delà quelque chose, ni si ce « quelque chose » avait la moindre probabilité d'être franchissable à pied.

En bas, une simple écoute suffisait pour constater que l'éruption s'aggravait. Des fissures de gaz sifflaient un peu partout à travers le glacis bleu du cratère, des blocs de verre et de tessons à peine visibles étaient éjectés des cônes et retombaient en grêle métallique sur la surface. Les rafales verticales qui lacéraient la crête avaient forci et elles cherchaient, telle une tête de tenaille, à me déclouer du sol — mais j'étais en deçà de toute lucidité animale désormais et au-delà de la prudence, et je m'en contrefoutais : une vertèbre d'orgueil en nous, fracturée, venait de se ressouder définitivement au bloc de la colonne et de décider que nous sortirions de ce cratère, morts ou vifs, aujourd'hui ou jamais.

Golgoth prit la meute en main. Il ne chercha pas à nous parler ni à nous donner d'ordres, juste à architecturer la rage, à l'endosser et à la canaliser vers la seule chose qu'il maîtrisât absolument : la Trace, le Pack, la percussion. Par rapport au sens de progression sur la crête, le flux nous frappait latéralement, il était glacial à hurler, il était aussi dangereux qu'un furvent et il soufflait sous nos pieds. Et alors ? Ce que Golgoth savait faire à l'horizontale, il le bascula à la verticale d'un coup d'épaule mental : il choisit une progression en crabe, face au vent. Il cala le triangle de percussion : lui Golgoth en pointe — Horst et Karst en étai derrière, ses deux ailiers fétiches — puis Pietro, Oroshi et moi au troisième rang — enfin Coriolis-Tourse abrités dans la traîne pour faciliter l'échappement des turbulences de sillage.

Ω
∞ ∞
π X)
≈ ∧

Il nous fit sortir les cordes et il nous fit chaîner tous les huit — axial et latéral. Il bourra les sacs à moitié vides de neige pilée, de verre dense et de glace pour les alourdir au maximum. Il nous fit prendre nos deux piolets en mains. Et il donna d'un « hu-ha » le signal du départ. Ça n'avait pas pris plus d'un quart d'heure.

π Golgoth plongea droit dans la paroi. Horst et Karst suivirent, nous embarquant d'une secousse. Nous allions droit au suicide. Je fermais les yeux. La pente était à 70°. J'eus le haut-le-cœur de la chute. Je vis le visage de mon père et de ma mère…

X Je crois qu'en nous jetant dans la paroi, Golgoth prit la décision la plus extrême qu'un traceur de sa trempe exceptionnelle puisse jamais prendre. Qu'il ne cherchât pas à rester sur la crête, au profil trop effilé et trop clairement surexposée à l'accélération des rafales, pouvait se comprendre. Qu'il plongeât, d'un coup de reins brutal, sans prévenir quiconque, vers le vide, avec toute la horde dans son dos, reste un acte de très haute folie qu'avec le recul, je ne peux qu'admirer.

Ω Ça a crissé salement du crampon derrière, à essorer des miches, puis tout le Bloc a basculé avec moi. Y avait plus à falfiner, fallait aller au contact avec sept ou huit quintaux de poussée, aller chercher le rafalant en percussion pour trouver le bon calage. Je dis pas qu'on a pas un peu dérapé comme une grosse pavasse sur la neige jusqu'à cette espèce de replat que j'avais visé et qu'on a failli traverser direct. Et alors là, on s'arrêtait peut-être — mais c'était mille mètres plus bas. L'un dans l'autre, au bout de dix minutes, on tenait droit sur nos quilles, les appuis *marquaient* avec les charges dans le pentu et on s'appuyait sur le schnee pareil que contre une porte, à part que la porte avait tendance à s'ouvrir de temps à autre et à talbuter sous les courants d'air…

) Nous marchâmes deux heures dans cet attelage de meute. Dès que le vent décroissait, nous pivotions le bassin dans le sens de la marche et nous

progressions, l'encaissant dans les cuisses, les côtes, les épaules et les hanches ; dès qu'il forcissait, nous repassions aussitôt en frontal, nuque tendue et jambes fléchies, en appui contre le flux, suspendus face au vide, le tronc perpendiculaire à la paroi, à confier notre destin à cet équilibre, trouvé au jugé, entre la gravité et le soulevent, que tout menaçait. Si le vent torrentiel cessait ou s'entrecoupait, ne serait-ce que cinq secondes, la chute était certaine, du Bloc entier — mais tout aussi certaine aurait été l'envolée face à ces rafales qui, reçues isolément par un hordier, l'auraient expédié au ciel. Nous avions bouclé les casques et nous ne voyions rien dans le blizzard de neige soulevé en continu par l'éruption, pourtant nous avancions, nous avancions le long de ce parapet flottant d'air grénelé, en écharpe sur le bord du cratère, nous avancions, laminés au grésil, cryogénisés aux tibias, dans la crucifixion des clous de glace cardés par le froid mais nous ne sentions plus rien, la souffrance nous aidait, nous avions trop de visages encore chauds qui souriaient et bien trop d'errance à venger si bien que cette éruption-là, loyale dans ses écoulements et fiable de consistance, nous savions au fond de nous que ce serait la dernière et qu'il fallait, cette harpie, qu'elle soit plus et d'abord autre chose qu'une manière de crivetz furventé pour nous dépecer vivants.

Par deux, par quatre, par six ou huit fois, je ne m'en souviens plus, le torrent atteignit un tel cubage d'air à la seconde que nous fûmes décramponnés de la paroi et bien qu'à plat ventre face au vide, le casque rabotant la pente, nous dévissâmes sur plusieurs dizaines de mètres *vers le haut*, vers la crête fatale, les deux piolets sortis et crispés comme des griffes, à rayer le verre mat de la paroi à nue, partout où la neige avait été soufflée. Mais même à ces moments-là, même au cœur de ces ultimes furies, mes tripes ne doutèrent pas une seconde que devant moi Horst et Karst Dubka agrippaient du pic chaque fissure, qu'à mes côtés Pietro Della Rocca et Oroshi Melicerte écrasaient le fer de leur piolet entre les jambes des jumeaux, ni que derrière nous Coriolis et l'autoursier enrayaient de toute la force de leurs cuisses la reculade — et enfin qu'un certain *Golgoth*, neuvième de sa lignée, seul en pointe, ses deux piolets plantés dans la cotte de maille de la paroi aurait encore été capable de briser d'un coup de menton la visière de son casque pour mordre la glace de Krafla à pleines dents s'il avait senti derrière lui l'appel d'air de la crête.

— Alors Oroshi, qu'est-ce que tu en dis ? Ta mère avait raison ? Nous sommes à la proue du navire ?

Oroshi me regarde avec un sourire éreinté. Nous nous tenons face à l'amont, le cratère dans le dos. Elle s'approche de moi et m'enlace. Elle

m'embrasse à petits baisers doux, elle prend son temps pour la première fois depuis cette nuit si profondément belle à Camp Bòban, avant qu'on ne parte…

— Ma mère a toujours raison, Sov. Nous sommes bien à la proue… Nous y sommes même depuis l'âge de dix ans. Tout dépend quelle largeur tu donnes à la proue…

— Mais tu crois que la fin est proche, que le plus dur est passé ?

— Je ne crois rien. J'apprends.

XVIII.
Le vif

) Derrière le cratère de Krafla, nous ne découvrîmes pas le jardin des Origines de Steppe, source de toutes les semences, ni les tigres remorqueurs qu'Arval avait imaginés toute sa vie, ni la bouche abyssale de ce dieu tantôt expirant, tantôt ronfleur, chanteur et crachant, qui était censé d'après Larco nous souffler son haleine au visage. Nous n'entendîmes pas cette Voix de vent à la langue incompréhensible qui aurait dû nous parler jour et nuit et que les contes les mieux construits de Caracole avaient fini par nous rendre plausible. Pas plus n'y avait-il de vide ou de cosmos ouvert, noir ou bleu, à la Oroshi, de chrone firostien aspirant l'espace devant lui ou de mur infini d'air compact, de fer ou de feu contre lequel Callirhoé et Aoi avaient envisagé buter. Nous ne tombâmes ni sur la mère d'Alme, ni sur le premier Golgoth, ni sur l'orchaostre enjoué de Silamphre, avec ses accordéoles et ses cuivres inouïs, ni sur l'océan fantasmé par Coriolis, avec ses vagues de vent en déferlence sur une plage longue comme un monde. Derrière le cratère de Krafla, il y avait de la terre. Et derrière cette terre, la première moraine passée, encore de la terre, sur un plateau. Et derrière ce plateau, un autre plateau, plus vaste et plus plat, couvert de neige boueuse, et au-delà de ce plateau de la terre encore — de la terre sous les pas à perte de sens, à perte d'espoir et de cris.

Devant nous, Norska se prolongeait donc, dans sa prodigalité désertique de cimes et de pics, d'arêtes transversales et de vallées, à cette différence, qui fut vite perceptible, que l'altitude et la verticalité s'atténuaient si bien que, des plus hauts reliefs comme la chaîne de Gardabær, il ne resta bientôt qu'un écho géophysique assourdi de névés et de dômes appropriables où la neige perdait parfois sa systématique mainmise.

Notre première semaine, nous la passâmes dans l'aveuglement de l'hypothèse Matsukaze. Au seuil de chaque col, sur chaque ligne de crête gravie en coupant, l'envie frénétique d'atteindre l'Extrême-Amont nous tenaillait

au point d'en perdre toute clairvoyance. Conditionnés comme nous l'étions depuis l'enfance par la logique de l'épreuve, ne pas trouver derrière la plus atroce d'entre elle, qui fut Krafla, une récompense à la hauteur de notre sacrifice, fut d'abord insupportable — insupportable et gratuit —…

Puis le désarroi commença à ronger jusqu'à l'armature, jusqu'au cadre rectangulaire du combat.

∫ *Le muage belle idée du matin un animal issu du ciel qui ne serait que mue ou brume fugace et consistant pour autant à se faire et défaire au-dessus des steppes (comme un cumulus de neige touffue) Le muage mieux qu'une méduse glaciale vautrée dans le lit du vent Le muage maternel (coussin de mousse fendue) à filtrer dans ma cage une source de signes à chaque levée un dialogue intime en atmosphère juste pour moi Les idées les plus modestes prennent parfois du coffre bifurquent d'un coup en pleine écervelade — et s'imposent dès lors Désormais Des muées grondent Regarde passer les muages Comme de gros anges mafflus rigolards en plein ciel (mais furtifs parfois comme filets de plumes comme dentelles déchirées) Qu'apportent-ils Une autre pluie que l'humide Une pluie métamorphique (pousse-au-cul) porteuse d'amour de vie qui fourche d'espoir enfin concret Je dois creuser Le muage belle idée du matin un animal issu du ciel qui ne serait que*

) À vrai dire, s'avouait-on en catimini avec Oroshi (jamais devant Golgoth), il n'y avait pas la moindre raison que l'Extrême-Amont surgisse derrière Krafla, ni même au bout de Norska. Et tout ce qui avait pu être dit et gravé à ces sujets ne témoignait de rien d'autre que de cette même doctrine de l'épreuve et de la récompense qui postulait un univers moral, une fin à toute quête et une terre aux dimensions parcourables — ce que rien n'étayait. Les rares certitudes sur lesquelles nous pouvions appuyer une conviction étaient historiques : elles provenaient du travail de recherche et de collecte des ærudits, des carnets de contre des hordes qui n'avaient pas disparu corps et bien et des quelques récits dignes de foi des Obliques et des combattants nomades qui, tels Te Jerkka, avaient eu la capacité de remonder seul au-delà de Camp Bòban. Cette « histoire », mal rassemblée dans les pharéoles, déformée par la rumeur et les rêves collectifs, propagée par la forfanterie des Fréoles et les surenchères des troubadours, récupérée, enfin, par l'Hordre qui avait eu la puissance et les relais, tout au long de la bande de Contre — d'Aberlaas en tout cas jusqu'à Alticcio — d'en imposer sa transcription officielle, héroïque et rétributive, parfaite pour la légende des Hordes et l'édification des abrités, cette « histoire », dans sa version la

mieux renseignée, s'arrêtait là où nous commencions à inventer sa suite, à savoir au cratère de Krafla, siège de la septième forme et segment terminal de l'amont connu — ou pour être aussi précis qu'Oroshi : « de l'amont extrême relaté de façon fiable. » Jamais je ne pris mon rôle de scribe autant au sérieux qu'après Krafla, même si demeurait en moi cette question de la transmission problématique du carnet : à qui et comment ? L'autoursier avait beau m'assurer que Schist pourrait le porter en aval si je périssais, j'en doutais franchement tant l'autour, superbe prédateur qui nous sauvait régulièrement de la famine, n'avait rien d'un pigeon voyageur.

Δ *Il prend l'aplomb évidemment Plus rapide en poussée Meilleur travail quotidien sur les thermiques il est à cinq mètres au-dessus de moi les hélices en bouclier prêt à parer Et il peut jeter rien qu'avec le couple avant-bras-poignet — donc masquer sa frappe jusqu'au bout il arme son boo il est sûr de sa vitesse de bras il n'a même pas besoin d'osciller bord sur bord C'est la confiance La confiance que je n'ai jamais su trouver Celle qui se dégage du combattant qui a atteint sa plénitude Celle qui fait renoncer ses adversaires à l'affronter Je dois remonter à niveau Faire honneur au combat Je feinte une frappe il volte pour esquiver Dans le laps je m'élève et remonte à son altitude Pas si mal il est surpris il est déjà revenu à niveau J'ai cru qu'il avait frappé si vite que j'étais touché Sa feinte était si pure que j'ai suresquivé il pilote à merveille il me déborde en vélocité Je lance mon hélice dans les suspentes Un sec-tendu Puis le boo en double boucle dans le dos il pivote sa voile riposte au boo puis à l'hélice même tactique en plus fluide en plus rapide que moi J'esquive de justesse récupère son hélice et la rétrolance*

) Pourtant j'écrivis. J'écrivis parce que Golgoth me le demanda pour la première fois ; j'écrivis parce qu'Oroshi insistait pour fixer ses découvertes aérologiques sur la septième forme ; j'écrivis parce qu'après Krafla, rien que d'avancer sous cette brise tellement falote me donnait honte d'être encore en vie. Notre bande dérisoire à huit, je refusais de la reconnaître comme la Horde, je maintenais tout le monde à sa place, devant et derrière moi, tous les vifs encore là, je gardais le Pack intact en cohésion, pour moi, juste pour moi… Nous étions au mieux une troupe, un tas dépareillé, d'humains mis en file, un groupe qui avait échoué, qui avait de toute façon d'ores et déjà échoué… Combien d'années nous restait-il encore à marcher vers l'amont ? À marcher seuls, tous les huit, à promener nos crevasses de souvenirs, combien ? Certains désormais de contrer dans un monde vide d'hommes et de s'y enfoncer à l'aveugle, combien ? Et d'y vieillir, d'y pourrir sur pied au

milieu d'un plateau en pente douce, loin, un beau jour bien trop loin de Camp Bòban pour ne plus pouvoir s'accorder cet espoir, l'unique qui m'arrachait un sourire, d'y revenir enfin. Retrouver Aoi, Silamphre et Alme. Combien d'années ?

π « Où est Arval, palsambleu ? » Personne ne répond à Golgoth. Il se retourne pour chercher Firost du regard. « Il croit que je peux caler une trace dans ce foutoir de roches ? Sans gonfalon ! Juste au groin ! Il cavale où encore ? » Il ne réalise pas tout de suite. Alors il cherche Erg pour lui dire de décoller et d'aller voir. Une lueur mate voile ses yeux. Il lève la tête au ciel. Il fouille l'aplat bleu pour y trouver les faucons. Souvent, ils volaient d'amour au-dessus d'Arval et ça nous permettait de le situer. Il ne fait aucun effort. Il ne veut pas en faire. Il n'a assimilé aucune de nos pertes. Les crocs, si : Barbak et Sveziest, il les a oubliés je crois. C'est à partir de Callirhoé et de Léarch qu'il est resté bloqué. Il aimait profondément cette Horde à vingt et un. Elle était son extension, il s'y sentait bien. Invincible. Moi aussi. Il a gardé cette habitude de parler sans se retourner, tout en contrant. Pas beaucoup. Pas souvent. Mais il avait toujours une phrase, une bourrade verbale pour Calli, pour Aoi. Quand il repérait un buisson, il brocardait Steppe. Une méduse en dérive, il éveillait Larco. À Talweg, il parlait sable au visage, épaisseur de grain. C'était de petites choses. Une circulation dans le Pack. Un zigzag affin. Et Talweg répondait, en criant parfois à cause du contrevent. Larco lançait « Dans la cage ! » quand la méduse se faisait trapper. Et puis il y avait Caracole qui l'interpellait sans cesse. Il aimait bien. Je ne comprends plus ce que nous sommes devenus. J'ai l'impression qu'ils vont tous revenir. Qu'ils sont partis devant, qu'ils nous attendent un peu plus loin. Je n'intègre pas. Pas assez, pas assez vite. J'attends le miracle. Lequel ? J'attends l'Extrême-Amont. Oroshi me dit qu'ils sont là : Arval, Léarch, Callirhoé, Talweg, Larco, Firost et Erg. Elle, les sent. Moi je ne sens rien de précis. Je crois aux vifs mais je sais aussi qu'aucun pont n'existe. Je veux dire : ils peuvent s'enkyster en nous comme Calli dans Oroshi, comme Larco à l'intérieur de Coriolis. Certes. Ils peuvent circuler autour de nous. Ils ont sans doute un impact local sur l'écoulement du vent. Mais ils ne peuvent plus se tenir debout devant nous. Ils ne peuvent plus rire ou plaisanter avec nous. C'est ça qui compte. Talweg n'est plus là pour nous indiquer les crevasses. Erg ne peut plus nous défendre à l'hélice. Larco ne pêchera plus aucun choucas et ne regardera plus Coriolis comme une princesse si précieuse. Et Arval, oui Golgoth, Arval ne pose plus aucun gonfalon.

)- *pas pouvoir poser gonfalon mais prépare chemin tout comme*)- *éclaireur reste*)- *montre contrevents à golgoth*)- *galope en tête galope galope sous le névé bon rotor*)- *pénétrante facile en sud-est repère*)- *juste suivre à main gauche éboulis*)- *cairn à faire*)- *trace d'izard petites crottes longer crottes*)- *retraverser sous pin à crochet tête de tapir bon thermique alors*)- *grimper droit face pente direct sur collet*)- *basculer sur ubac trace oblique oblique tombante*)- *viser ligne de talweg toujours meilleur abri vallon*)- *suivez la lueur suivez...*

) J'ai quarante-deux ans et rien ne me fera faire demi-tour après trente et un ans de contre mais à plus d'un moment, je me suis dis que nous sommes en train d'effondrer le mythe des Hordes. Avec nous va être prouvé une fois pour toutes qu'il est impossible pour un être humain d'atteindre le bout de la Terre. En tout cas à pied. Un jour prochain, les Fréoles construiront des éolicoptères stables sous crivetz, ils fileront là-haut comme des flèches et ils iront au bout, eux, ils sauront — ils sauront avant nous. Encore dix ans de recherche éolienne, au pire, et ils seront prêts. Nous, nous allons nous éteindre quelque part dans le plan de l'horizon, plus haut n'est-ce pas, peut-être à quinze ou à trente ans de contre en amont de Krafla, sans que quiconque le sache évidemment jamais. Et viendra ce matin où l'un de nous n'aura plus les muscles pour se lever, plus les genoux assez solides pour redresser la carcasse, un jour où même Golgoth ne fera plus un pas sans trembloter — tandis que nous aurons été jugés perdus par l'aval, depuis longtemps déjà, comme la 31e Horde dont on n'a jamais retrouvé *un* corps et qui a été, un peu hâtivement (mais je ne m'en rends compte qu'aujourd'hui) portée disparue sous une avalanche, peu avant Gardabær, sur la foi de vêtements retrouvés.

Chaque fois que nous le pouvons, nous laissons des cairns et un vaste « Ω 9 » tracé avec des pierres sur les crêtes dénudées afin de marquer notre passage pour une horde future ou pour un Oblique qui saurait piloter une aile dans Norska ou y faire voler un autogyre, on peut toujours imaginer un miracle. Nous balisons aussi, je crois, parce que Pietro et moi envisageons encore parfois de revenir en arrière, de renoncer, non par faiblesse : par réalisme. La tour d'Ær parlait d'une distance infinie, il faudra bien revenir raconter ce qu'est l'Extrême-Amont s'il ne mérite pas d'autre honneur que de retourner vers les hommes annoncer sa vérité déscspérante.

Je ne sais plus ce que je dis.

Nous balisons parce que nous avons peur, nous balisons parce que nous nous *sentons* seuls, nous balisons parce que personne n'a jamais foulé les

pentes de ces montagnes-là avant nous et que nous le sentons à chaque col. Et que nous n'en tirons plus la moindre once de fierté, seulement cette sensation d'abandon dans le blanc grandissant, cette sensation de perdition.

◊ *quitte à finir broyé ouais que ce soit là dans la tranchée d'Urle maintenant les vertèbres à la retrempe dans la lave froide la carcasse brute contre le granit je sens plus mon épaule suis qu'un rabot debout qui racle l'ailier qui retient le Pack qui bloque le recul jusqu'à plus d'os jusqu'à plus ça a été du métal liquide filant puis ça a durci cognée faciale trop vite « Léarch crante l'aile » qu'il gueule le Goth « bloque » j'ai jeté l'épaule en opposition parce qu'on glissait des appuis la carcasse intégrale mise à racler la paroi je le jure ça a craqué du haut la clavique j'ai tenu hein ça a plus reculé j'ai tenu hein quitte à finir broyer ouais que ce soit là*

Ω Chais plus trop. Je pensais quoi avant Norska, avant qu'on se goinfre de neige ? Je pensais qu'on taillerait la croûte au bout — pas à vingt-trois, faut pas charrier les sacs ! Mais à un paxon quoi ! Je nous voyais là-haut, bord à bord avec le macaque et Firost, plus que dalle de terreau devant nous, à avancer les pieds dans le bleu. Ça faisait drôle, on levait le pif sur des statues noires de barbus colossaux, rien que leurs talons étaient plus hauts que nos casques, et ils nous félicitaient avec des voix de rocaille, motif qu'ils avaient jamais vu des charnus arriver jusque-là, les premiers du genre en peau, on était ! Des mecs qu'on croyait rincés depuis des lustres, les Bòban et les Brakauer, les Gardabær, le premier Golgoth, tous les vrais héros de la Horde, hé ben ils étaient là à nous attendre parce qu'on venait les libérer eux autres ! Je leur tendais la pogne, je les touchais et ils étaient à nouveau vivants et ils braillaient du merci, ils en avaient chié à tisser leur pelote dans le vide ! Après c'était quoi, hein Gogol, c'était quoi ? Ben après je crois que venaient des gonzesses faramineuses, de la salope en robe d'eau qu'attendaient que ça et on y entrait dedans comme par chez nous, par des trous pas trop connus, elles en avaient partout dans le nombril et dans les seins, on éjaculait de la fonte, des gerbes à pas croire, du vrai jus de vie si bien que des mômes se formaient en boule d'or dans leur bide, une heure après c'était pondu, beaux comme tout, éluchés, hurifs, des mordants qu'avaient pas peur ! Pis nous, on aurait continué à les secouer pour le plaisir, les jouisseuses à trouyaux, derrière les gosses à naître par grappes, tandis que la gnole pas loin coulait des fontaines, on allait se baquer dans des ruisseaux de vinasse puis on sortait à poil pour se laver la tronche dans des bassins à vent…

Ça, c'était avant Krafla… Maintenant, dès que le rafalant enfle un peu, ça sonne chétif dans la traîne, ça fait plus masse, y a plus de Pack… Ça nous file autour en fafiautant — quand on dépale pas à force 8… Je perds la gniaque par moments. J'ai plus envie de monter ce putain de col pour en trouver quinze mille autres derrière dans l'enfilade. Avant, je tractais une Horde, j'étais le Traceur d'un Pack qu'avait de la tenue — et même de la gueule. Avant, on savait qu'il y aurait un village d'abricots tantôt, qu'on pouvait toujours croiser une bande d'écumeurs avec leur vélichar à breloque, un Oblique paumé, quelqu'un comme nous, sur deux pattes. Un gars qui matait le blason tatoué à l'épaule en écarquillant le pruneau, qui pigeait illico qui on était. Ça treuillait le moral. Je donne le change aux autres, heinc. Je fais comme si. Je gueule pour faire croire que j'y crois. C'est mon taf du moment. On va pas se mettre à pisser de la larme et à s'asseoir sur le capot d'une crête en attendant que l'Extrême-Amort vienne nous taper sur l'épaule. Faut aller le chercher à la tripaille, l'autre, y doit plus être trop loin le bougrasseau. Y a juste à remuer la queue et à galoper droit devant ! Galoper pour ceux qui sont plus derrière à packer, au moins pour eux hein, qui berdancent dans leur pelote de souffle à espérer qui sait quoi…

X Au bout d'un mois, nous n'étions toujours pas sortis de Norska et l'hypothèse de ma mère se révélait indubitablement fausse : Krafla n'était la proue d'aucun navire, la terre continuait. Je n'étais pas abattue pour autant puisque j'avais ces claires-voies, ces scènes qui me venaient dans les moments de fatigue, de plus en plus fréquentes et de plus en plus nettes. « Plus tu t'approcheras du vif, plus tu verras » m'avait dit ma mère et il fallait croire que j'avais franchi des paliers.

Dans ce qui restait de notre horde, l'ambiance oscillait entre la dépression post-traumatique et la torpeur mécanisée. Sov ressassait nos souvenirs, il ne cessait de parler de Caracole, de Callirhoé, de Talweg et de Larco, il racontait à Coriolis les combats d'Erg qu'elle n'avait pas connus, l'enfance vagabonde d'Arval, comment j'avais aidé Aoi à se qualifier pour la Strace. Ils se faisaient mal et ils se faisaient du bien. Sov avait besoin d'alimenter ce lien, cette épaisseur tissée, par-delà leur mort charnelle, comme si ce peuplement intérieur d'amitié, de temps forts et de hauts faits, il avait décidé une fois pour toutes d'en être la mémoire en acte. Il s'attachait chaque jour un peu plus à moi et un peu plus à Coriolis, incapable de choisir réellement entre nous, soit que ma retenue naturelle le frustrât, soit que Coriolis l'attirât plus qu'il ne le reconnaissait. Je ne forçais rien, tant de toutes les maturités d'un homme, celle qui touchait à ses sentiments était

chez lui la moins déployée. À beaucoup d'égards, Sov était resté l'enfant que j'avais croisé à Aberlaas à sept ans : il ne concevait les rapports humains que dans la fusion. Le distinguo pour moi très clair entre l'amitié et l'amour, il n'en formait qu'une idée théorique que ses actes et son cœur ignoraient. Il était « dans l'amour » comme disait de lui Caracole, un amour protéiforme et polyphonique, sans réaliser parfois qu'en croyant toujours donner, il était *de fait* en demande, une demande inétanchable d'échange, de complicité et d'affection qui l'usait et nous usait — consciente pour autant de l'importance que cette force, car c'était une force, aurait dans le futur pour la *ressurvie* de toute la Horde. L'enjeu face à Sov était d'attiser son intelligence pour faire mûrir l'enfant.

≈ c'est l'heure où les têtes sont pleines de vent le cœur ne bat plus que pour le pas qui suit il est lavé de tout rêve de tout amour il n'en veut à personne n'espère ni n'attend rien il bat pour le sang le sang pour les muscles les muscles pour le pas et le pas pour le pas qui suit qui suivra les jambes charrient de la braise dans la pente les huit silhouettes ondoient la nuque courbée le front posé contre le feu du vent comme pour s'y appuyer y trouver une assise ou un repos

X Pietro, de son côté, déclinait. Dans ce désert de neige, à huit, il avait perdu à ses yeux l'essentiel de son utilité qui était la tempérance des tensions, l'organisation concrète et la diplomatie de la horde. De son statut de prince, il conservait le port altier et un certain soin hygiénique et vestimentaire, mais personne ne pouvait rien contre l'évidence qu'ici-bas, dans ces montagnes vides, il devenait un prince en errance. Golgoth restait notre traceur : privé d'éclaireur, son rôle demeurait vital ; Sov avait la ressource de son carnet de contre à écrire, que je sollicitais le plus souvent possible, moitié par nécessité, moitié parce qu'il adorait me faire plaisir ; de l'autoursier dépendait notre alimentation et cette responsabilité le mobilisait — elle enrayait un peu, en tout cas, la morosité qui l'accablait ; Coriolis grandissait à vue d'œil, elle avait pris en deux mois plus d'aplomb qu'en vingt-huit ans et elle sortait enfin de sa post-adolescence narcissique, par ailleurs bien entretenue par le désir centripète des mâles autour d'elle ; Horst et Karst enfin n'en finissaient plus de se régaler de leurs retrouvailles et leur autarcie, d'abord gênante, se rouvrait graduellement. Bref, seul Pietro n'avait pas de raison objective de sortir de la tristesse que tous ces morts faisaient peser.

Tous ces morts ? C'était là que mon rôle s'avérait crucial. Je pouvais bien stigmatiser la maussaderie ambiante. La force d'y échapper moi-même,

d'où la tirais-je, sinon de ma compréhension du vif ? Sans elle, je me serais tenue comme tout le monde, aux franges du désespoir. Avec, plusieurs fois par jour, ces dialogues qui me traversaient, qui s'imposaient par séquences courtes et complètes, comme s'ils descendaient du futur jusqu'à moi, ou que j'en coupais la trajectoire errante :

— *Vous savez, la neuvi`me forme s'annonce de tr`s loin et tr`s longtemps à l'avance. Elle est pr'sente en nous d`s la naissance, au même titre que la huiti`me. Simplement, elle appartient à une dimension inactuelle du temps, qui est l'à-venir. Cette dimension coexiste dans notre chair avec le pr'sent cr'ateur qui nous fait vivre et inventer chaque instant de notre existence. Ce pr'sent est la huiti`me. Arrive toujours un moment où la neuvi`me s'expulse et s'autonomise. Elle s'incarne dans une enveloppe ext'rieure, le plus souvent un chrone. Et elle revient de l'avenir vers nous, pour nous affronter.*

— *Ça veut dire quoi ton charabia d'a'roconne ? Que nous allons nous coltiner la mort ici, sur ce bout d'alpage merdique ? La mort qui tue, en costume qui fait peur, avec sa grande faux et ses dents de lait ? T'es en train de me dire que j'ai contr' toute ma putain de vie pour venir tâter de la serpe, ici, en Extrême-Amont ? Elles sont où les salopes qui sucent en robe d'eau ? Y sont où Gardabær et Bòban ?*

— *Ils sont en toi Golgoth et nulle part ailleurs. Je veux juste dire que chacun de nous va affronter ici sa mort. Mais qu'il est possible de vaincre sa mort. Toujours possible ! Rien n'est jou' !*

— T'as bouff' trop de bouses ma grande, tu devrais d'glutir un peu et te poser…

Il est évident que depuis Aberlaas, j'ai vécu enfermée dans une cage de serments. J'ai juré, ça oui, j'ai juré devant mon premier aéromaître, devant le deuxième, devant tous les autres ; j'ai juré devant chaque ærudit ; j'ai juré de conserver chaque acquis et chaque arcane et de ne les transmettre, lorsque je me sentirais prête, qu'à un seul et unique disciple. Longtemps ce dogme m'a paru excessif et prétentieux puisque je n'en avais pas compris l'enjeu. Il a fallu cette rencontre avec Ne Jerkka dans la tour d'Ær.

Pour moi, le jour est venu de transmettre. Cette nuit ou jamais. J'ai trop attendu, trop respecté mes maîtres. La bonne élève. Je me souviens de cette pique cruelle de Ne Jerkka : « Tu as sans doute été une excellente disciple, Oroshi Melicerte : sobre, avide d'apprendre, intelligente. Mais les meilleurs disciples sont ceux qui trahissent. Toi, tu n'as encore trahi rien ni personne. Tu apprends encore des livres, c'est dire. »

Krafla m'a fait découvrir la septième forme : j'ai désormais une connaissance moins lacunaire des neuf formes, même si, de la huitième et de la

neuvième, je garde sans doute encore une approche trop abstraite et insuffisamment expérimentale. C'est une première raison : l'équilibre de mon savoir. Vient ensuite la seconde : les vifs de la horde en suspension autour de nous qu'il est hors de question d'abandonner. Il faut les sauver comme j'ai sauvé Callirhoé, comme Golgoth a sauvé son frère, comme Horst a sauvé Karst et l'a réinventé, comme Coriolis a sauvé, sans le savoir, Larco. Encore « sauver » est-il un terme impropre. « Abriter » convient mieux : personne n'est sauf et cet abri ne suffira bientôt plus puisque nos corps vont tous y passer.

Je les regarde déplier leur duvet et vider le traîneau. Le sac de vingt kilos rempli des vœux des abrités et des racleurs pour l'Extrême-Amont tombe et s'ouvre sur le sol. Même au pire de Norska, nous ne l'avons pas abandonné. Coriolis ramasse par poignées les plaquettes gravées sans pouvoir s'empêcher d'en lire une, puis elle revient s'occuper du feu ; le bois est mouillé et il fume, ajoutant au brouillard humide qui nous enveloppe. L'alpage où nous bivouaquons, étonnamment giboyeux, verdoie d'un printemps encore neuf. Tourse dépèce le lièvre variable que Schist a levé. Golgoth est fier d'avoir touché une martre d'un jet. Il l'épiaute à grands coups hachés, très sûrs. Pietro répare les roues du traîneau, aidé par Sov tandis que les frère Dubka s'enfoncent dans la brume et capturent en douceur des lapins qu'ils n'ont pas le courage d'étouffer. Ils font semblant d'être maladroits pour les laisser filer. Je les regarde et je lis dans leurs gestes, dans le sourire qu'ils me renvoient qu'ils ne savent ni ne sentent rien de ce qui les attend.

J'aimerais leur dire qu'il est encore temps de se retourner et de fuir à toute volée vers l'aval. Qu'il n'y a rien à voir plus haut, rien à vivre que cette rencontre avec l'ombre sauvage projetée de leur envers. Je les regarde et je sais que je ne pourrai pas les aider, pas plus qu'ils ne pourront m'aider. Chaque quête est si strictement intime, elle est souvent invisible à soi-même, chaque rencontre avec la neuvième sera, je le sais, unique. Insoupçonnable dans son ampleur et dans sa difficulté. Je les regarde et j'ai peine à respirer, j'ai envie de les prendre dans mes bras, envie de les serrer contre moi, qu'aucun d'eux ne soit seul au moment où ça viendra. Pourtant je recule, je me mets à distance. J'anticipe trop bien que je ne pourrai rien. Ce que je peux, ce que je peux seulement, à mon minuscule niveau, c'est aménager les conditions les plus propices à la survie de nos vifs. Ce que je peux, c'est apprendre à Sov, enfin, ce que je sais. Je lui demande de venir d'un signe. Il lâche sa roue et abandonne Pietro :

— Sov, j'aimerais bien qu'on dorme ensemble cette nuit, si possible à l'écart…

— Voilà une jolie nouvelle... Une envie d'enfanter qui te revient? lance-t-il, conscient aussitôt de sa maladresse.

— Je souhaite surtout te parler, Sov.

Il s'assombrit perceptiblement.

— Et plus si affinités?

— Plus de toute façon, petit tamour, tu le devines bien...

Bon. Si Caracole a raison, si cet « Antéchrone » dont il a coupé la vision au pilier Brakauer surgit bien dans le futur, seule la Horde au complet pourra l'arrêter. Le problème est que hors de la Horde, l'intégrité de nos vifs ne pourra être garantie. Te et Ne Jerkka sont sur le déclin. Les rares ærudits probes sont trop dispersés sur l'axe Bellini pour pouvoir agir collectivement. Personne au sein du Conseil de l'Hordre n'a intérêt à récupérer nos vifs, hormis pour alimenter leur programme d'autochrones, ce qu'il faut justement rendre impossible. Les vents linéaires et l'entropie finiront par nous dissoudre — si ce n'est pas l'inchronisation de force. Un seul homme peut trouver en lui la capacité de nous sauver, de garder vivante et active la part la plus noble de nous-mêmes. Et cet homme, qu'il le sache ou non, qu'il le comprenne ou pas, c'est Sov Sevcenko Strochnis. Voilà.

) J'adorais quand elle me proposait de dormir à l'écart. Qu'Oroshi s'offre un peu, fût-ce une nuit de temps à autre, j'en étais bouleversé et heureux à chaque fois et j'en goûtais la chance, je la savourais pour sa rareté puisque j'en attendais l'échéance parfois un mois entier et soudain, large, elle ouvrait la porte de son corps, et elle l'ouvrait si pleinement alors qu'il me paraissait fou qu'elle ait attendu si longtemps pour recommencer et je me réveillais le matin comme complété et prolongé par la chaleur de sa peau, plus entier que jamais, à espérer que ça dure encore un peu et j'en profitais, à presque compter les secondes, allongé dans son dos, mon bras sous sa nuque, mes narines dans ses cheveux, sachant qu'elle allait se lever dans une minute, se lever dès que Golgoth lancerait un « Debout, les mourmours! ». Elle se décalait alors rapidement, sans se retourner, elle glissait sur un rail invisible sans toucher à mon bras et elle était debout d'un dépli, déjà coupé du flux, déjà dénoué de mon écheveau de caresses et projetée d'un seul acte de volition dans ses interpolations aérologiques. Aussitôt levée, plus un centimètre carré de sa peau n'était disponible à autre chose qu'à la perception hypertrophiée du vent dans laquelle, outre son esprit, la totalité de sa sensualité vibratoire et thermique, tactile, auditive, visuelle et olfactive était engagée, à l'exclusion de tout autre partage, de toute autre envie. Faire l'amour lui plaisait, nos moments la laissaient ravie je crois,

plus qu'elle ne le montrait, mais l'aéromaîtrise, portée au niveau où elle évoluait, ne tolérait pas — en tout cas pas longtemps, de se *défiler* de la trame vibratoire et mélodique qu'il lui fallait sans cesse éprouver dans la triple dimension de sa hauteur, de sa profondeur et de son épaisseur afin d'en interpréter les trains d'ondes, si bien qu'à moins d'appauvrir son art et d'accepter de déchoir, elle ne pouvait s'offrir une vie d'amante que son amplitude sensuelle lui aurait pourtant rendue exaltante et jouissive. Elle le savait, elle composait avec et elle avançait.

Deux cent soixante-dix jours donc après Krafla, à la dérive sur un long plateau herbu, deux cent soixante-dix jours après la disparation d'Arval et de Caracole, de Larco et d'Erg, à une altitude que Talweg n'était plus là pour approximer, à une distance d'Aberlaas qu'on ne pouvait plus chiffrer qu'en années de déroute, Oroshi Melicerte me demanda donc de bien vouloir m'asseoir dans un coin de prairie. Autour d'un feu fumant, loin des six autres hordiers dont le bivouac, couvé dans un nid de brouillard, n'offrait pas la scintillance d'une tache, elle me parla. Sans m'en rendre compte, je m'étais mis à scruter le visage habité d'Oroshi et je m'aperçus que ses joues s'étaient légèrement arrondies. Subitement, ça me vint : elle était enceinte ! Enceinte, c'était ça ! J'allais me jeter dans ses bras quand elle commença par m'entretenir de sa fonction d'aéromaître et de la transmission des arcanes, avec un sérieux tel et une concentration si marquée dans le choix des termes que j'oubliai ma première intuition et l'écoutai.

— Sov, j'ai décidé de t'adouber. Acceptes-tu de devenir mon disciple ?

Le choc me sortit de ma contemplation. Plus que la confiance témoignée, plus que le prestige dont elle m'honorait, j'étais ému par le fait d'être l'élu, son élu, et je ne pouvais m'empêcher d'y entrevoir une preuve d'amour. Je répondis oui sans même réfléchir ni hésiter, puis :

— Pourquoi tu n'as pas choisi Pietro ? Il mérite la charge autant que moi.

— Parce qu'il est trop centré sur l'enjeu de la noblesse. Il manque de sensibilité au vif. C'est un homme que j'estime énormément pour son incroyable probité. Mais cette probité l'empêche de voir au-delà des exigences éthiques. Pour moi, l'éthique se déduit d'un rapport au vif, et non l'inverse.

— Il y a d'autres raisons j'imagine…

X Je ne réponds pas. Je ne sais plus par où commencer. Ce que j'ai à lui apprendre, en si peu de temps, est si profus… Pourquoi avoir attendu toutes ces années ? J'ai eu mille fois le temps et l'occasion ! Il a fallu que tu recules Oroshi Melicerte, recule encore, que tu attendes ce soir, le dernier moment.

Deux mois après Krafla, pour être honnête, j'avais arrêté d'espérer que nous atteindrions quoi que ce soit. À quoi bon, je me suis dit ? Puis il y a eu ce premier signe : cette houle de très grande longueur d'onde. La houle s'est précisée, affirmée dans le grave, de jour en jour ; un indice, un début de preuve, une preuve ? Pas jusqu'à croire que nous étions si près. J'ai mal interprété les traînes tourbillonnaires, je les ai crues bien plus lointaines qu'elles n'étaient, parce que les chrones se dissipent si vite là-haut. Sov prend pied dans mon silence et d'une certaine façon, il me libère :

— Avant que tu commences, Oroshi, je voudrais mettre à plat une question qui te paraîtra sans doute d'une puérilité crasse, mais voilà. Ça fait trente ans que j'entends parler du *vif*. On m'en a donné cent cinquante définitions, j'ai lu à la tour d'Ær et dans les pharéoles tout ce qu'il était possible d'en lire… Bien. Mais malgré, ou à cause de ça, je suis paumé, je n'arrive pas à m'en forger un concept clair, à vraiment circonscrire ce que j'ai appris. J'en sais trop ou pas assez. Alors voilà ma question, stupide : qu'est-ce que le vif ? Qu'est-ce que c'est, au fond ?

— Ta question est la bienvenue, tu sais. En fait, c'est même la question idéale pour commencer. Eh bien… À quel niveau souhaites-tu que je réponde ? À un niveau concret, physique, énergétique ? À un niveau spirituel ? Tu veux que je te dise ce que *peut* le vif ou ce qu'il *est* ? Qu'est-ce que tu préfères ?

— Commence par le concret.

) Oroshi se recala péniblement en s'adossant à la butte. Son mouvement fatigué était vraiment celui d'une femme enceinte. Il me fit penser à Aoi, dix ans auparavant… Pourtant, elle n'avait pas de ventre visible.

— Le vif se présente tel que tu l'as vu dans le chrone véramorphe : c'est une sorte de pelote, de pelote de vent pur, grosse comme un grand poing à peu près. La pelote peut avoir une infinité de formes : les plus simples ressemblent à une roue sans rayons, comme un cercle tracé à la volée ; ou encore à des huit allongés. La plupart ont toutefois une topologie complexe, ce qu'on appelle un *nœud*. Le nœud est le trajet que fait le vent dans l'espace pour revenir à son point de départ. Ce trajet est nécessairement bouclé sur lui-même comme tu le sais, puisque c'est la boucle qui assure la compacité du vif.

— Est-ce qu'on peut trancher le nœud, ou le délier ?

— En théorie, oui. Dans les faits, le vent circule à l'intérieur du nœud à une vitesse absolue. Tu te souviens de ce que je vous ai dit à Krafla pour le diavant ?

— Oui.

— Cette vitesse absolue n'est pas une boutade ou une exagération. Elle a des conséquences très précises. Elle signifie d'abord que le vent est coprésent à tous les points de son trajet *en même temps.* En vitesse relative, seraitelle extraordinairement élevée, le vent sera toujours dans *telle* zone à *tel* moment. Là, il est présent *sur l'ensemble du nœud* tout le temps, d'accord ?

— Je sais.

— Le vif ne *tient* par conséquent que par cette vitesse. Il en tire sa consistance. Sitôt qu'il ralentit, il donne prise au vent linéaire et peut être dissous. Il se dé-lie. L'originalité du vif, si tu veux, c'est qu'il rend compossibles le mouvement et une certaine stabilité de l'identité. Comprend bien qu'aucune circulation de vent atmosphérique, qu'aucun souffle linéaire ne résiste à l'entropie. Le vif si — grâce à son nœud. Le nœud a donc une importance cruciale, d'abord pour éviter la dispersion, mais surtout parce que de la forme de la boucle dépendent les caractéristiques vibratoires du vif. Contrairement à ce qu'affirment certains ærudits, les vifs ne se distinguent pas par leur vitesse, qui est toujours absolue, ni par leur matière puisqu'il ne comporte que du vent pur. Ils se distinguent uniquement par leur topologie : forme générale, épaisseur du flux et développement de la trajectoire dans l'espace. Chaque pelote est unique. Chacune vibre et fait vibrer l'air à sa façon. Elle produit un front d'ondes, d'une amplitude et d'une fréquence qui lui est propre. Chacune a donc son timbre. Un bon aéromaître peut reconnaître un vif de très loin, juste à sa résonance, surtout en milieu transparent. La difficulté, bien sûr, est que les ondes du vif arrivent presque toujours amorties, déformées, réfléchies et réfractées. Il faut une longue expérience pour repérer un vif à grande distance. Par contre, à moins de cent mètres, c'est un jeu d'enfants quand on a l'habitude.

— Là par exemple, tu perçois combien de vifs ?

— Oh là, beaucoup Sov… Beaucoup trop ! Avec Callirhoé en moi, ma perception s'est affinée et élargie. Je suis constamment à l'écoute, aux aguets. Ça m'épuise. En même temps, j'aime ça, cette acuité. J'ai l'impression d'être tissée à même le vivant. Même en plein brouillard, cet aprèsmidi, je suivais la trajectoire des lièvres.

— Tu crois que les animaux ont cette capacité ?

— Oui, et en même temps, on dirait qu'ils sont inconscients de leur propre rayonnement vital ! Un renard rouge, qui prend tant de précautions d'approche, eh bien il dégage une telle intensité vibratoire qu'il est très facile à déjouer… Seuls les très grands comme Te ou Ne Jerkka arrivent à

étouffer leur présence s'ils le souhaitent. Erg n'y est jamais parvenu. Erg, on le percevait à des kilomètres ! D'après Alicorne, une ærudite que j'ai rencontrée à Chawondasee, nous avons été suivis à la trace pendant toute la traversée de la flaque de Lapsane ! De toute façon, la horde à vingt-trois, c'était un phare à vifs pour tous les poursuiveurs de la bande de Contre ! !

— Tu m'as répondu sur le plan physique, Oroshi, maintenant je voudrais que…

— Je ne t'ai pas répondu sur le plan physique, pas vraiment. Je n'ai parlé que des manifestations extérieures du vif, de son impact.

— C'est vrai. Continue.

— J'aurais d'ailleurs dû commencer par là : par l'origine, la constitution d'un vif. Mais déjà commencent les interprétations…

— Peu importe. Les vifs viennent d'où ? Comment ils se forment ? J'ai tout entendu à ce propos…

— Il y a deux lignes, deux origines et beaucoup confondent. Une origine endogène, c'est celle des plantes et des animaux où le vif se forme par procréation. Et il y a l'origine exogène, la plus impressionnante où il surgit du vent même, d'une façon très modeste et très aléatoire, la plupart du temps en bordure de chrone, en début ou en fin de furvent, dans les traînées de sillage. Toujours là où ça va vite, très très vite, et dans des zones d'intenses turbulences. Ma conviction est que le vif est une force pure, directement tirée du chaos. Il surgit *du* et *par* le chaos ; et d'une certaine façon, il surgit *face* et *contre* le chaos, pour en affronter la dislocation explosive. Le vif est vraisemblablement la première force *consistante* et automotrice. L'apparition du vif ne fait qu'une avec celle de la vie organisée, à la fois parce que la vie ne peut surgir du chaos qu'en apportant en quelque sorte une plus-value de consistance à un ensemble dilapidé de forces et de matériaux ; et à la fois parce que l'énergie nécessaire à cette consistance, l'énergie qui va opérer les densifications, les articulations et assurer le lien, l'énergie qui va tout aussi bien enfler des vides, des fentes, truffer la matière, intercaler les forces, aménager les intervalles qui aèrent et donc cohèrent le vivant, cette énergie ne peut venir que d'une force terrible, aussi ténue soit-elle, qui est le vif. Le vif *sort* proprement du chaos, au double sens qu'il en est issu et qu'il s'en détache. Il affronte de fait les forces d'un magma brut indompté dont il s'extrait et qu'il réorganise.

— Comment ?

— Par le rythme. La riposte du vif au chaos, c'est le rythme.

— Et une certaine clôture. Le vif se protège en fermant son nœud de vent sur lui-même, il s'enkyste non ?

— C'est vrai, mais paradoxalement, c'est moins sa clôture que sa vitesse qui le protège.

— Sa vitesse tendue au sein d'un parcours clos…

— Tu n'as raison que partiellement Sov, parce que ta vision est influencée par la forme que prend le vif lorsqu'il est orphelin de tout corps d'attache. Si tu prends ton propre vif, par exemple, ou le mien, ou celui de n'importe quel être vivant né par enfantement, ce vif est lié, il n'est pas clos. Il garde cette structure de nœud compact, mais ce nœud « donne de la corde » si tu veux à tous tes organes, à ton sang, à ta lymphe, il alimente et il reçoit. Ses souffles sont embouchés sur tes propres circulations d'air, il respire en toi et te fait respirer.

— J'avais compris ça. Et ce n'est qu'à la mort qu'il reprend sa capacité d'autonomie, qu'il ferme ses connexions, pour pouvoir se réincarner ailleurs. Il se détache de son corps d'attache, un peu comme une âme en fait.

La figure d'Oroshi marqua alors le plus net agacement. Une fraction de seconde, j'eus l'impression qu'elle regrettait déjà de m'avoir choisi pour disciple. Puis elle se recala, se força à sourire, me secoua par l'épaule et reprit :

— Oublie cette analogie avec l'âme, Sov, même si elle est tentante. Le vif n'a rien d'une âme. Il n'est pas éternel : il est tout autant menacé que n'importe quelle forme vivante. Il ne rejoint aucun paradis, fut-il l'Extrême-Amont ou le palais d'Éole. Et surtout il ne porte pas en lui l'esprit de la personne qui l'abritait.

— Comment ça ?

— Il porte sa puissance vitale si tu préfères. Ou très exactement, ce qui était le plus profondément, le plus intensément vivant dans la personne qui est morte, et en symbiose de laquelle il vivait. Car le vif des mammifères est un symbiote, un symbiote créé par son hôte même.

— J'ai lu et entendu que tout homme qui meurt libère un vif qui lui survit. Mais certains ærudits écrivent le contraire : que peu de vifs survivent… Qu'est-ce qui…

— Peu de vifs survivent à leur corps d'attache. Très peu même.

— C'est dû au corps lui-même ou à la façon dont il meurt ?

— C'est dû à la puissance de vie qui habite le corps. C'est la conséquence directe d'une discipline de mouvement, d'une agilité intérieure, qui peut être physique ou cérébrale, mais aussi bien sensitive, émotionnelle. La plupart des vifs d'humains sont trop abrités dans des corps et dans des esprits « coagulés » — pour parler comme Caracole. Ils se développent en boucles, dans des nœuds ronds, sans élasticité et sans mobilité autre que

réactive. Ils savent s'adapter bien sûr, un minimum, ils éprouvent des sentiments sans aucun doute, au travers d'écoulements continus, pâteux. Ils pensent les pensées sédentaires accessibles partout, mais c'est bien tout. Sortis du corps, ces vifs-là manquent de vitesse et de densité, ils se délient très facilement à la première bourrasque. Rien ne survit d'eux. Et c'est bien comme ça.

— C'est une forme de justice immanente. Seuls les grands vivants laissent une trace récupérable et se prolongent…

— Disons qu'être et rester vivant n'est possible qu'à condition de donner corps à la vie, qui est mouvement et création, création perpétuelle, par saut, par éclat. Caracole le savait mieux que quiconque : le vif *agit* une force de métamorphose primitive, une sorte de capacité élémentaire à changer, à se décaler, à se renouveler sans cesse, inhérente. Cette capacité — et là est le point fondamental, Sov — n'a rien à voir avec une simple faculté d'adaptation, une souplesse face aux conditions extérieures et qui lui permettrait de se reconfigurer. Le vif a cette faculté de base, à l'évidence. Mais tout homme, toute plante et toute pierre l'a ! Ce qui fait sa spécificité, c'est qu'il est apte à s'autodifférencier. Il ne cesse de différer de ce qu'il est, en soi, par une fougue intime excentrique. S'il y a une énigme propre au vif, c'est celle-là, ce bond instinctif hors de soi. Comment une force peut-elle se survivre ? Puisque tout ce qui est vivant est appelé à se dégrader et à mourir, puisque l'entropie travaille tout corps organisé, comment croire qu'une pelote de souffle pas plus grosse qu'un poing y parvienne ?

— Elle y parvient parce qu'elle utilise justement l'entropie pour se réinventer. Pour moi, le vif tire profit des métamorphoses produites par la dégradation. Il ne cherche pas à se maintenir tel qu'il est, à répéter son essence : il se survit en mutant.

— Oui. D'où aussi le caractère ambigu du vif vis-à-vis de son corps d'attache. En se déployant à l'intérieur des hommes, le vif trouve un pôle d'incarnation et il se stabilise. Mais il se piège en même temps dans la masse de chair qu'il suscite.

— Qu'il suscite ?

— Oui, parce que le vif engendre, il est créateur d'organes dans la genèse de l'embryon. Il assure le développement de l'enfant. Il est là dès le début. À la maturité, le mouvement se fige et les circulations s'épaississent. Le vivant en nous se clôt sur une enveloppe de fourrure ou de peau ; il tourne sur lui-même. Il perd le lien avec le chaos mobile qui le menaçait mais qui l'alimentait aussi. Surtout ! Il se répète et entretient sa forme, au lieu de se *transformer* et de se rythmer, sans relâche.

X Sov s'approcha de moi et ouvrit sa bouche dans mon cou pour m'embrasser. Je lui caressai ses cheveux en bataille qui sentaient la fumée, décollai sa tête doucement et le regardai dans les yeux. Il dégageait une sorte de gaîté amoureuse qui me plaisait tellement. J'avais perdu tant d'années…

— Je voudrais être sûre que tu comprennes, Sov. Je ne prends pas le temps de t'expliquer tout ça ce soir par hasard.

— Évidemment.

— Voilà. Je veux être claire. La responsabilité que tu vas devoir assumer dans le futur est énorme. Elle est presque… presque inhumaine. Je t'ai pris à part pour te préparer à affronter l'Extrême-Amont. Voire au-delà…

— Au-delà ? Il n'y a pas d'au-delà ! Il n'y a pas d'Extrême-Amont non plus, tu le sais pertinemment depuis la tour d'Ær !

— Pour toi si, j'espère.

Il réagit aussi mal que prévu :

— Encore cette foutue prédiction de Caracole ! Je ne sais pas où flotte son vif à celui-là mais si je le croise, je le bouffe tout cru, crois-moi ! Tu vois le testament qu'il m'a laissé ? Lui il s'est survécu pour sûr ! Ses bouffonneries continuent de porter ! Même chez toi ! Sacré trouba ! À ta santé !

— Sov, écoute-moi s'il te plaît. Mûris ! Tu dois…

— Mûris ? Mûris ? !

— Fais-le pour moi, même si tu n'y crois pas.

— D'accord, vas-y. Qu'est-ce qu'il faut que je comprenne ? Que vous allez tous y passer, sous mes yeux ? Que je vais avoir une quinzaine de vifs orphelins qui flotteront devant moi dans l'espace et que je vais devoir les préserver de mes petites mains ? Qu'en deux ans d'apprentissage avec toi, le disciple Sov, partant de rien, va pouvoir devenir aéromaître, collecteur de vifs, sauveteur de la Horde ? Et quoi d'autre ? Que je vais devoir tous vous héberger ? Quand le seul vif de Golgoth suffirait à me déchirer de part en part ? !

— C'est à peu près ça Sov, sauf…

— Sauf que quoi ?

— Sauf que tu n'auras pas deux ans devant toi…

— Que j'aurai cinq, huit ou dix ans ? Peu importe ! Ça ne suffira pas !

— Sov…

— Quoi ?

— Il faut que tu sois prêt demain.

) Je m'étais levé, j'avais jeté de rage tout ce qu'il restait de bois dans le feu et je m'étais rassis puis relevé pour lancer mon boo, droit vers l'amont.

Sans arrêt, en boucle. Il revenait mal et je faillis le perdre, j'essayais de décompresser :

— Explique-toi maintenant ! Mais va doucement ! Ça fait trop de choses à la fois !

— Comprendre intellectuellement ce qu'est le vif n'est évidemment qu'un aspect de ce qu'il te faut acquérir. Rien ne remplacera l'expérience qu'il te manque et l'intuition encore embryonnaire qu'il te faudra développer très rapidement. Mais la connaissance est la seule des dimensions du vif que je peux t'enseigner en une nuit. Je t'abreuve de concepts parce que ces concepts t'aideront à mieux lire les phénomènes et à mieux éprouver ; parce que savoir ce que peut un vif t'épargnera des contresens fatals.

— Là, je suis d'accord.

— Alors je continue mon exposé ?

— Continue.

— Il y a une énigme propre au vif…

— Parmi mille !

— … qui touche à sa « psychologie ».

— Allons bon… Je croyais que le vif n'était qu'une force pure et aveugle !

— Je vais être brève : personne ne sait si les vifs ont une conscience, ni même simplement s'ils sont capables d'intentions. Il est probable que non. Pourtant, ils parviennent souvent à trouver le corps d'attache qui leur sera propice, comme Larco avec Coriolis. Pourquoi ? Sans doute par une sorte de rémanence vibratoire, une affinité de rythme, qu'il retrouve dans le corps de celui qu'il aime. Attirer un vif se joue donc à des niveaux inconscients et physiques.

— Donc je n'aurais rien de spécial à faire pour vous récupérer ? Ça paraît un peu idyllique… Comment je vais entrer en relation avec vous ?

— À quinze vifs, il faudra plus qu'une affinité !

— Tu ne m'aides pas, Oroshi ! Est-ce qu'on peut communiquer avec un vif, oui ou merde ? Est-ce qu'on peut échanger, lui faire comprendre quelque chose, est-ce que le vif s'exprime, est-ce qu'il envoie des signes interprétables ?

— Je n'en sais rien. Il me semble que oui, à travers…

— À travers quoi ?

— À travers ce rythme dont je te parle. Si je prends Callirhoé par exemple, elle se manifeste selon trois grands rythmes : un rythme langoureux, en feuille morte, nostalgique, presque triste. Un rythme brûlant et soutenu, tempétueux. Et un rythme plus doux, chaleureux, très présent et réconfortant, comme en ce moment même.

— Tu penses qu'il existe un lien avec ce qu'elle était, vivante ? Pour moi, Callirhoé avait ces trois phases-là. Elle passait par ces trois états…

— Oui.

— Donc il y aurait bien une continuité entre la personnalité d'un mort et le vif qui lui survit ? Tu as dit le contraire tout à l'heure !

— Parce qu'on ne peut pas parler de personnalité ou d'esprit… Le rythme vital survit, oui, le rythme qui lui était propre. D'Arval, je sens le sautillement, comme un crépitement sur une cymbale ; et Talweg sonne grave, en tambour calme, rassurant.

— Je sens parfois Talweg près de moi, je ne sais pas comment le remercier…

— J'arrive au point crucial, Sov. C'est là qu'il faut que tu mémorises absolument…

— Vas-y !

— Le fait que je t'ai choisi pour disciple tient à plusieurs raisons : il y a c'est vrai la prédiction de Caracole sur ta survie. Elle a des fondements et une certaine probabilité. Il y a ce sens inné du lien que tu as, que le véramorphe a révélé et qui nous fait espérer que tu puisses agréger les vifs autour de toi.

— Qui nous ?

— … Il y a qu'à ma façon un peu distanciée, je t'aime, j'aime ta générosité et ta tendresse, j'aime ton amour du vivant, des animaux et des gens ; j'aime cette recherche de sens qui nous hante tous les deux, cette soif de savoir qu'on partage si bien ; et j'aime cet enfant que tu es, cet enfant dont tu as gardé, par je ne sais quel miracle, la fraîcheur intacte au cœur même de ta maturité. Mais le plus important n'est pas là…

— Dommage…

— Le plus important, ce sont tes talents de scribe.

— Je n'ai pas de talents ! Scribe est une fonction, j'étais doué pour l'assurer, je l'assure, c'est tout.

— Sov, sais-tu qu'à l'origine des hordes, les fonctions de scribe et d'aéromaître étaient intimement couplées ?

— Oui, vaguement… J'ai lu ça dans un carnet de contre.

— À l'origine, le scribe avait une tout autre fonction qu'aujourd'hui ; on ne l'appelait pas « scribe » d'ailleurs, on l'appelait le « glyphier ». Tu as déjà entendu ce terme, n'est-ce pas ?

— Le glyphier était chargé de noter les vents et il s'en tenait là. Ensuite la fonction de scribe s'est élargie, au fil des générations…

— Élargie ? Le glyphier avait des pouvoirs bien plus étendus que ceux

d'aucun scribe, Sov ! Et il n'était pas là pour noter les vents ; il ne notait rien, en tout cas par écrit ! Le glyphier était une fonction orale, éminemment orale, qui ne consistait pas à relater sur un carnet ce que la horde faisait, mais à créer et à proférer des glyphes, à les repérer aussi, dans le lit du vent ! Il était le maître des blocs-souffles ! Il parlait aux vifs ! Tu comprends ça ?

— D'abord, il n'existe aucune preuve de l'efficacité des glyphes...

— Et la tour Fontaine dans la flaque de Lapsane ?

— Laisse-moi parler ! Ensuite la plupart des glyphes sont inscrits sur les parois des chrones, ils ne flottent pas dans l'espace au hasard...

— Tu plaisantes j'espère ?

— J'ai repéré des glyphes deux ou trois fois en lisière de rotor, sous des crêtes... Mais ce ne sont que des traits de vent, Oroshi. Des tracés très éphémères ! Ils n'ont qu'une dimension esthétique. Ils s'esquissent et *ffuit*, ils disparaissent...

— Parce que ce sont des rejets du vif, une forme d'expiration qu'il lâche en se déplaçant ! Ça ne ressemble à rien, sauf que ces bouts de souffles, cette calligraphie brouillonne est le seul moyen d'accès que nous ayons à lui. Un, parce que le glyphe a le mérite de se voir ; deux, surtout parce qu'il s'entend. Et qu'il se prononce ! En tout cas, les glyphiers savaient le prononcer...

— En admettant que tu aies raison, tu te rends compte de ce que tu me demandes ? Tu me demandes de retrouver un savoir très ancien, complètement perdu ! Mon métier de scribe m'a appris à noter les vents, à repérer des cadences dans l'écoulement, pas à lire et à prononcer les glyphes qui ne sont que des lambeaux d'air, des déchets tourbillonnaires ! Et encore moins à en proférer, comme un Te Jerkka ! Je n'ai aucune pratique du nèphesh, je ne sais pas sculpter un bloc-souffle, ou crier un ki, ou expulser un vortex ! Ma gorge me sert à parler, et encore...

X Pendant quinze secondes, une boule se bloqua dans ma glotte. J'étais démunie face à ses appréhensions et à ses esquives. Il fallait qu'il sorte radicalement de cette dévalorisation de soi, de cette conduite de confort et d'échec. Qu'il arrête de fuir et qu'il affronte, qu'il ait la trempe...

— Ça va, je sais ce que tu penses : que je ne suis pas à la hauteur de ma fonction de scribe. Il est possible qu'à l'origine, l'écriture était orale, que la voix dominait l'écrit qui n'en était qu'une transcription secondaire, juste bonne à assurer un stockage des mots et qu'elle avait une tout autre dimension que cette espèce de pâle reportage que sont devenus les carnets de contre. Mais c'est ce qu'on m'a appris, Oroshi !

— Je vois. Mais ce n'est en rien une excuse. À toi de dépasser ta fonction et tes acquis !

— Abrège et continue !

— Je veux simplement que tu saches qu'il existe une communication possible avec les vifs ! Au moins en théorie ! Ce pont, il passe par les glyphes. Sov…

— Oui ?

— Tu comprends l'enjeu ?

— Je ne crois pas que tu mesures ce que tu me demandes d'assumer. Tu me demandes de porter la Horde ! Tu me noies sous une avalanche d'arcanes et tu me dis : c'est simple, lis les glyphes, inventes-en, parle en blocs-souffles, deviens un Te Jerkka, récupère nos vifs, cajole-les et bonne chance !

— Tu ne t'es jamais demandé pourquoi Caracole était troubadour ? Pourquoi, parmi le spectre si large des métiers humains, il avait choisi troubadour ?

— Si. Parce que c'était la meilleure couverture possible pour une créature aussi singulière que lui, parce qu'il pouvait y multiplier les frasques et les métamorphoses sans attirer l'attention.

— Pour toi, Caracole c'était quoi ?

— Mon meilleur ami.

— Je sais, mais qu'est-ce qu'il était, lui ?

— Lui ? !

— Quelle race si tu préfères…

— Je pense qu'il a croisé un psychrone très jeune, qu'il en a retiré des pouvoirs extra-humains, mais je ne sais pas… Je n'ai jamais voulu creuser, tu sais, je me le suis interdit très vite. C'était une question de respect pour ce qu'il était, d'amour aussi. Pour moi, il était de souche humaine, mais… modifiée. Pas pour toi ?

— Je pensais vraiment que tu avais compris…

) Oroshi se leva pour s'étirer et faire quelques pas. Des rides de soucis barraient son front et plissaient ses joues. Elle prenait sur elle, je le sentais, pour ne pas reporter sur moi, plutôt qu'en sachets, le sac entier d'angoisses qu'elle soulevait encore à bout de bras et qu'elle savait devoir de toute façon me transmettre, ouvert et percé. J'avais mon idée sur Caracole, forcément, mais quelque chose me retenait d'en dire plus long et j'attendais une confirmation, qui vint :

— Caracole était un autochrone. Peut-être parmi les plus anciens que les ærudits aient jamais recensés. Il leur faisait peur d'ailleurs…

— Quel âge avait-il ?

— On m'a dit qu'il avait connu le premier Golgoth, donc au moins deux cent cinquante ans. Mais ça ne voulait rien dire pour lui, sa durée interne était différente.

— Quand as-tu compris qu'il était un autochrone ?

— Quand Te Jerkka a neutralisé le Corroyeur. Après le combat, si tu te souviens, il s'est approché de la masse pétrifiée… Et là, je ne sais pas pourquoi, j'ai remarqué qu'il était très ému et j'ai eu un déclic. Et toi, tu…

— Moi j'ai compris lors du furvent, quand il est monté sur la butte juste avant la première vague. Personne d'humain, même le plus courageux des fous, n'aurait pu avoir l'idée de faire ça. Même Golgoth ! Rien en lui n'avait peur, rien, il était dans son élément, il jubilait !

— C'est vrai. Ça a été vrai à la porte d'Urle aussi, à la tour Fontaine…

— Je ne l'ai vu qu'une seule fois avoir peur : lors de la joute à Alticcio.

— Il faut que tu saches que Caracole faisait partie à l'origine de la section la plus expérimentale de la Poursuite. Il avait été récupéré en pleine dissolution par un aéromaître d'Aberlaas qui l'avait aidé à se stabiliser et à s'humaniser. Pour payer sa dette, Caracole devait épouser la Poursuite et il avait pour mission de s'intégrer à la Horde, avec pour objectif de la fourvoyer ou de la détruire. Il a réussi la première partie de sa mission. Mais il a vite bifurqué et trahi ses commanditaires.

— Il a tout bonnement oublié !

— Longtemps, la Poursuite n'a pas voulu l'intercepter. Elle ne pouvait plus de toute façon le retirer du circuit, ni approcher la Horde, à cause d'Erg. Et Caracole le savait, qu'il ne risquait rien tant qu'il resterait avec nous. Mais à Alticcio, ils étaient en position de le coaguler ; je veux dire qu'il y avait vraiment un risque.

— C'est ça que je n'ai jamais compris. Quel risque ? Comment veux-tu coaguler quelqu'un comme lui ?

— Ils auraient utilisé une chambre de compression à vérin. Ils l'auraient comprimé puis dilaté puis recomprimé puis redilaté, des centaines de fois, jusqu'à le durcir et briser toute élasticité en lui. Ça aurait pris des mois mais ils y seraient parvenus, crois-moi. Ce que je voulais te dire sur Caracole, c'est qu'il est devenu troubadour *par les glyphes*, par l'évolution la plus naturelle qui soit : des glyphes vers la voix articulée. C'est sa voix qui a créé sa gorge et sa bouche, sa voix qui a appelé un larynx et des poumons. La fonction a créé l'organe.

— Il s'est humanisé à partir et à travers la voix *seule* ? Tu crois ça, toi ?

— Il y a certainement eu des centaines de processus conjoints à l'œuvre

mais la voix a été décisive, oui. Je le pense. Elle se trouve à la sécance des deux univers, c'était son seul pont analogique vers l'humain.

— Mais comment il se maintenait sous forme humaine, blaast dek ? Ça paraît à peine croyable s'il était un autochrone, un autochrone pur ! Il avait forcément une part humaine en lui, dès l'origine !

— Pas nécessairement. Il a capté cette part, il l'a réinventée à partir de séquences vibratoires, d'affinités rythmiques, encore une fois. Et puis il y a eu ce maillot d'arlequin qui l'a aussi beaucoup aidé à se maintenir…

— Comment ça ?

— Son maillot est tissé en vif. Chaque bout d'étoffe est un fragment du vif de toutes les personnes qu'il a croisées et qui lui ont offert un éclat, un éclat vivant de ce qu'elles étaient. Ce maillot jouait pour lui le rôle d'une peau humaine. Je devrais dire d'une peau humanisante, qui l'humanisait en permanence, grâce à cette enveloppe de vifs.

C'est pour ça qu'il avait absolument tenu à me léguer ce maillot… Je ressentais toujours une émotion viscérale à l'enfiler, je m'y sentais bien. J'imaginais que c'était lié à la force du souvenir… Je me sentis si stupide devant Oroshi qui insistait :

— C'est un maillot extraordinaire. Il est indéchirable et imperméable, il peut arrêter un carreau d'arbalète, absorber les coups… Il fonctionne à la façon d'un champ de force local.

— Et il respire, il est si agréable à porter, si fluide au toucher… Tu sais, Oroshi, je vais t'avouer : je n'aurais jamais deviné… Tu vois à quel point j'ai à apprendre. C'est une honte, je ne ressens rien… Il est inadmissible que je ne m'en sois pas rendu compte, non ?

Oroshi souleva son ventre à deux mains et grimaça. Des gaz la taraudaient depuis le début de la soirée. Elle ne me répondit pas mais son regard en disait suffisamment sur son désarroi.

— Tu n'as jamais développé d'écoute du vif parce que tu n'en avais pas besoin. L'acuité te viendra avec l'urgence et le danger. Ce maillot est très stable, il se mêle à ton propre vif, il est presque transparent en terme d'énergie pour toi. Ne t'inquiète pas.

— Tu m'as dit que je devais être prêt demain. Qu'est-ce qui se passe demain ?

— Demain, la Horde va se disloquer.

— Sur un accident ? Un champ de chrones ? Quoi ? Explique ! Pietro t'a dit qu'il voulait renoncer pour retourner à Camp Bòban, c'est ça ?

Je n'osais pas lancer ce qui me taraudait depuis le début. Je vis qu'elle hésitait alors je me jetai à l'eau :

— Tu es enceinte et tu veux t'arrêter quelques mois. Et tu penses que Golgoth ne voudra pas, donc que ça va couper la Horde en deux. Parce que je vais rester avec toi. Parce que Pietro et Coriolis, et peut-être l'autoursier, voudront aussi rester avec nous, c'est ça ?

— Non.

— Tu n'es pas enceinte ?

— Je suis enceinte, Sov. Mais je n'aurai pas à m'arrêter jusqu'à l'Extrême-Amont. Je n'aurai pas besoin…

— Tu as mal au ventre depuis une semaine, ça se voit ! Tu n'es pas bien, il faudra que tu t'arrêtes ! Prends vraiment le temps de faire et d'élever cet enfant !

— Tu ne comprends pas Sov…

Soudain, Oroshi éclata en sanglots et s'affaissa dans mes bras. Elle releva ses yeux noirs dans les miens, y cherchant, avec une peur visible, je ne sais quelle lueur d'intuition subite et alors je compris, je compris quelque chose qui me perça le ventre de part en part et faillit me la faire lâcher dans le feu.

— Cet enfant est de moi, hein ? Il est de moi ?

Dans un sursaut de maîtrise dont elle avait le secret, Oroshi se redressa, effaça d'une manche ses larmes et me fixa. Sa bouche était encore déformée par l'émotion mais elle parvint à inspirer longuement puis à expirer et :

— Il est de toi, Sov, enfin de nous… Mais pas seulement…

— Qu'est-ce que ça veut dire ? Tu te fous de moi ? Il est de moi ou il est pas de moi ?

X Il hurlait, il me secouait, j'avais le dos qui léchait les flammes, une déception panique l'aveuglait, il ne sentait ni n'écoutait plus rien et je ne savais plus comment m'en sortir, comment l'annoncer :

— Il est de toi et de… Il est de nous trois… à la fois…

Je pris une nouvelle inspiration, une poumonnée pleine d'humidité et de fumée et je déposai enfin dans l'espace sonore un cube structuré de sens et de sons :

— Je suis enceinte de Caracole et de toi. J'attends un enfant hybride de vous deux et je ne sais pas s'il va pouvoir naître. C'est un pari.

— Un pari ?!

— J'ai voulu aller au bout de ma quête. Comprendre de l'intérieur ce qu'est le vent…

Sov m'avait lâchée sans même s'en rendre compte et j'étais tombée au bord du feu, le coude blessé par un brandon. En moins d'une trentaine de secondes, son visage traversa un champ d'émotions si heurtées que je restai

bouche bée à le regarder, sans savoir s'il allait me jeter vive dans les flammes, m'embrasser ou m'insulter, fuir ou rire, me frapper. Finalement, ses yeux revinrent se poser sur moi, il me releva d'une main et il me dit, d'une voix de fond de gorge :

— Tu as pensé à moi ?

— Bien sûr.

— Tu sais que je rêvais de cet enfant.

— Eh bien, il arrive…

— Quand as-tu fait l'amour avec Caracole ?

— On n'a pas vraiment fait l'amour, c'était différent…

Caracole m'avait pénétrée par mes deux orifices, par les narines et par la bouche, par les tympans, partout à la fois, par la surface même de ma peau, comme un vent frais et chaud, à petits et vastes coups, et je n'avais jamais joui aussi violemment de ma vie, mais je ne pouvais pas le lui dire. Il n'en demanda d'ailleurs pas plus.

— Comment tu peux savoir qu'il est de nous deux à la fois ? Pourquoi ne serait-il pas que de lui ? Tu n'as pas de ventre, tu restes plate comme une planche. Ton gosse n'est pas humain !

— *Notre* gosse, Sov…

— Réponds-moi !! Comment tu le sais ?

— Le bébé vibre en moi sur les mêmes fréquences que ton vif, il n'y a pas de doute possible. En même temps, il grandit sans prendre de place, c'est vrai. Je suis enceinte depuis plus de onze mois et la gestation n'en finit pas. J'ai un peu peur maintenant…

Je n'osais plus continuer. Sov avait des frissons et il reculait, il reculait…

— Tu es complètement folle, Oroshi, au moins aussi dingue que Golgoth. Mais je t'admire. Tu n'as pas changé d'un pouce depuis l'âge de dix ans. Tu es allée au bout de ta curiosité terrifiante, toujours, toujours apprendre. Tu me fascines vraiment. Tu me glaces aussi. Moi je rêvais de choses simples pour nous, de choses banales à pleurer. Mais voilà, tu as décidé à notre place…

— Je suis désolée. Je n'ai pas trouvé le courage de te l'annoncer avant… Tu sais, c'est Caracole qui a eu cette idée ; moi je pensais surtout à nous deux, Sov ! C'était juste que… Juste qu'il y avait une opportunité unique. J'ai beaucoup parlé de toi à ma mère à Camp Bòban ; elle nous imaginait très bien ensemble, elle se voyait déjà grand-mère, avec un beau bébé… Je rêvais de ça aussi !

— J'espère juste qu'il naîtra, qu'il sera viable et qu'il aura au moins un visage et un corps, même s'il a des pieds en bourrasque et des cheveux de crivetz…

Je ne parvins pas à répondre. Sa déception était si massive qu'elle l'affaissait de l'intérieur.

— On va se coucher maintenant ? Tu m'as étalé. On reparlera de tout ça demain…

— Ça non, ce n'est pas possible, c'est même strictement impossible.

— Eh bien on en reparlera dans quelques jours, en marchant !

— *Barnak* Sov… La marche est terminée. Le contre est terminé ! Nous sommes en Extrême-Amont. Nous sommes arrivés.

XIX.
La neuvième forme

— Debout ! Debout les morts !
— Sov ! Oroshi !
— Ils sont où ces branleurs ? Putain d'idée d'aller défourailler hors du camp !

π J'ai été le premier à donner l'alerte. À cause de la lumière subite, extraordinaire. En plein brouillard et en pleine nuit. Golgoth a bondi hors de son sac de couchage. Il doit avoir son boo de chasse en main. Je ne le vois pas. Je ne distingue personne. Horst et Karst maugréent quelque chose, l'autoursier siffle Schist, Coriolis ne paraît pas bouger. Je la cherche à tâtons du pied. En vain. Elle est comme les autres : noyée dans le noir. Des yeux, je suis le trajet des chrones minuscules. Ils dérivent de l'amont par centaines. La plupart ne dépassent pas la taille d'une bille d'or ou d'un œuf. Ils traversent le brouillard en lucioles. On dirait des étoiles tombées d'un ciel trop bas. Ceux qui m'ont frôlé sont des cocons luminescents jaune orangé. Ils scintillent de l'intérieur. Je n'ai pas réalisé tout de suite ce qui me donnait des frissons d'angoisse. Ce n'est pas leur nombre, même si la giboulée continue de lumière est spectaculaire. C'est que les cocons ne diffusent aucune clarté ! Pas le moindre halo. Ils n'éclairent rien. Au contraire : ils piègent la lumière en eux. Ils s'en nourrissent. Les nids s'attirent d'ailleurs à l'évidence les uns les autres. Ils forment des grappes, s'entr'absorbent. Sans bruit. Je cherche Oroshi dans la nuit. Entre les cocons, l'obscurité règne — Absolue. J'évite avec soin le moindre contact. Je ne vois pas même mes propres mains. Oroshi ne répond pas aux appels. Ni Sov. Leur feu a dû être happé.
— Là-bas, regardez !

Ω Une tortue d'éblouie, ou tout comme, un vrai mastard qu'on dirait taillé dans un steak de soleil tellement il brille, sort cahin-caha de l'amont. Tout autour, des ballots de flammes giclent en cloques de la masse, ça bouillonne de lampions, ça part en couilles et en morceaux, ça me brûle les lucarnons à force d'écarquiller dessus. La tortue géante gingeole vers nous, elle s'empiffre de notre lumière à plus se voir le bout de la bite et les jumeaux qui braillent pas loin, Corio qui couine, le Tourse qui cherche son piaf, Oroshi à perpète dans la lande en train de se faire tâter les grelots par l'as de la plume et du plumard — y a plus que Pietro pour tenir la route, sauf qu'il est comme moi, le princier, il beugle paumé dans le fion de la nuit, au milieu du feu d'artifice, à se demander d'où vient le vent, et qui régale !

) Oroshi, qui s'est réveillée avant moi, me tient par la main et me guide à travers la lande, sans cesser de me parler et de s'efforcer de me faire éprouver les vifs, infimes et massifs, qui la peuplent : « Fie-toi aux souffles, la surface d'écoute court sur la totalité de ta peau. Les ondes, elles, se sentent dans les os et la masse musculaire. Le son cette nuit ne te servira à rien, oublie-le. » Bien qu'elle n'ouvre pas les yeux et marche vite, elle évite sans mal les balles et les boules de feu qui traversent l'espace, tandis que moi, sur son conseil, j'appelle les autres, en vain, en panne d'écho, mais crie tout de même et rappelle, sans portée, d'une voix courte et étouffée comme par une épaisseur de neige. Plus nous avançons, plus l'impression de calfeutrage discret des sons se renforce, ma voix sort de ma gorge enveloppée dans un chiffon et retombe murmure devant moi, en clapotant dans l'ouate, à peine.

— La lumière ne diffuse pas, les sons non plus. Tout le système d'ondes se polarise autour des chrones. Tu perçois ça, Sov ?

— Un gosse le percevrait !

— Ne te sous-estime pas, tu as des qualités d'écoute très supérieure à ce que ton conscient imagine. Qu'est-ce que tu sens encore ? Plus profond, plus enfoui…

Je ne voulais pas dire une énormité mais il me semblait que l'odeur de fumée et d'humidité elle-même se perdait et que le froissement de nos pas dans l'herbe se décalait vers la droite, aspiré par quelque chose, outre que — mais tout montait à la fois sans ordre comme si je contrais à la croisée de vents contradictoires — de temps à autre, des fragments de voix éclataient comme des bulles près de nous, suffisamment longs pour y reconnaître le timbre de Golgoth, trop brefs toutefois pour en saisir le sens.

— J'entends des bouts de sons, entrecoupés, et puis…

— Il y a un sonochrone qui dérive à soixante mètres sur notre droite. Il séquence et encapsule tout ce qui vibre sur un kilomètre carré alentour, il est en train de monter très vite en puissance en aspirant les trains d'ondes acoustiques. Il est probable que tu ne t'entendes même plus crier dans une à deux minutes. Tu ne me verras toujours pas non plus, donc ne lâche pas ma main. Si jamais tu sens que les odeurs disparaissent, c'est que le toucher va suivre derrière, préviens-moi, je suis enrhumée.

— Les odeurs disparaissent, Oroshi…

— Alors concentre-toi sur les vifs, ce seront nos phares jusqu'au lever du soleil. Tout ça est un excellent exercice pour toi, au fond…

— Qu'est-ce qui se passe, je peux savoir ?

— Il se passe qu'un chrone noir a dû exploser contre la falaise et qu'il a dilapidé ses compacteurs. Nous sommes dans un champ miné de chrones d'absorption : l'un avale le son, l'autre la lumière, l'autre les odeurs… Effet secondaire classique avec le chronox. Rien de dramatique puisque les compacteurs sont en phase déclinante et qu'ils vont se disperser en quelques heures. Ça sera juste un moment difficile à passer sur le plan psychologique…

— À cause du silence ?

— Oui, à cause de la clôture sensorielle presque totale, elle pousse parfois au pire. Il faut absolument prévenir Coriolis et les autres, je dois les rassurer.

π Nous avons fini par nous retrouver, tous les six. Il était moins une. J'entends des voix, je ne suis pas le seul. Coriolis tremble et pleure parce qu'elle entend Larco qui l'appelle. Golgoth se brise les cordes vocales à hurler. Afin qu'Oroshi nous repère ? En partie. Parce qu'il entend son frère aussi et il lui parle. Il essaie de le couvrir. Ça faisait des années que nous n'avions pas subi une pareille montée de chrones. Je me sens anesthésié. Coupé des autres. Je serre Coriolis contre moi, je prends l'épaule de Golgoth. Il nous donne des bourrades pour nous rassurer mais je ne sens presque rien. Le silence s'élargit. Je parle mais qui me répond ? Ou bien après. Par bribes. Moins d'œufs de lumière. Les volumes grossissent. Golgoth appelle ça des tortues. Demi-sphères aplaties plutôt, je dirais. Les suis pour rester éveillé. Qui crie encore ? Callirhoé ? J'entends des syllabes mâchées par mon père. Elles jaillissent d'un seul coup, très fortes. Puis le coton se redépose dans mes oreilles. Mon cerveau se bouche.

) Facile à affirmer après coup ? Il me semble que sans l'aide d'Oroshi, j'aurais quand même été capable de retrouver les autres, d'instinct. Lorsque

nous les avons atteints, le sonochrone vibrait, invisible, à trente mètres de l'endroit où ils s'étaient rassemblés. Plus aucune parole ne portait, elle nous était volée dans la glotte avant même d'éclore, j'ai tapé dans mes mains, tapé, tapé et jeté un cri, sifflé de rage, aphone. Plus que par le toucher et l'odeur, neutralisés, la sensation viscérale d'impuissance me prenait par le son. Elle me rappelait ces crises d'étouffement, enfant, à Aberlaas, lorsqu'en pleine nuit, le dortoir des traceurs pénétrait en silence dans nos chambres et nous bloquait dans nos duvets fermés, en plein sommeil, jusqu'à ce qu'on suffoque et je me réveillais en panique, je respirais à fond pour me détendre, il y avait eu un enfant mort déjà et le rite n'avait pas cessé… Tout près, le sonochrone émettait une pulsation de gong très profond — mais sans prolongement, mat et sec, qui lui échappait du ventre de captation et qu'il ravalait, d'une goulée, avec la cadence d'un poumon enflé d'air qui lâche, et reprend, incompressible, son rot.

Ω La nuit s'annonçait pas que marrante avec mon frelu qui jactait derrière la cloison du pavillon en me gueulant d'avancer, de tracer droit groin à terre, que j'étais « au bout du bout », « plus que cent pas » il goulait, « cent putain de pas et on sera les premiers », « t'y es », « t'y es », il répétait en nœud et moi je savais plus trop justement, où j'étais ! — vu que le chrone-tambour, à droite, il grimpait méchamment en cadence, qu'il cognait plus sourd à mesure, plus bâtard aussi, il se détraquait du tempo. Illico, je remorquai ma hordille en les choppant par la pogne, se calter de là, au plus loin qu'on pouvait, en faisant gaffe aux œufs à la coque. Alors le tambour, un mec devait bastonner au marteau dessus, parce que ça devint sauvage. Des voix claquaient à qui veut, hic à hac, au-dessus et devant, des barrissements de gorceaux dans le gaz, du roc broyé pétant aux esgourdes — des kystes de son pur à chaque coup, bien brusques, parfois à se caquer dessus de trouille, parfois sonnant dans le paisible, un serval qui ronronne, rien, une bourrasque, des touffes d'herbe remuées — mais toujours net dans la tête, impec. Puis sur une embardée, le chrone se déglingua carrément dans la lande ! Et là, ça dura un gros bout de temps, jusqu'à l'aube, avant qu'il ait fini de balancer tout le stock en vrac de ses briques de bruit, qu'il vide les boîtes à cris et à rafales, tout un tas de voix qu'on connaissait pas, qu'avaient d'ailleurs plutôt un accent de l'aval, un sale accent mollasse et traînant d'abrités et de tire-au-vent. Avec au milieu de ce tintamarre, lui s'invitant au passage, le frangin qui gagatait : « T'es au bout Gogol, au bout ! » et il avait foutrement raison : j'étais au bout du rouleau.

X D'une certaine façon, il valait mieux, je veux dire que les premiers chrones que nous rencontrions fussent des sonochrones et des lumens : ils obnubilaient assez la perception pour masquer… la cohorte des autres. Ce qui déboulait de l'amont n'avait aucune commune mesure avec les tranquilles proliférations d'après-furvent : autant comparer une coulée de neige à une avalanche. Ici, c'était l'antichambre du chaos. Psychrones, cychrones et chrotales dévalaient sans discontinuer et saturaient la trame aéroplastique, dans un empiétement cannibale que je découvrais effarée, tant il dépassait mes facultés familières de lecture. Les chrones, je les avais toujours vus évoluer à libre champ, suffisamment isolés en tout cas pour qu'ils puissent déployer leurs effets sans rencontrer de contraintes. Ici, du peu que j'en comprenais, ils butaient dès l'éclosion sur d'autres chrones. Les forces de métamorphose opéraient dans l'urgence de la survie, par pillage et phagocytage, en captation brutale. Il n'y avait qu'à observer comment le sonochrone purgeait les lumens qui passaient près de lui !

Je surveillais Coriolis, plus que tous les autres, parce qu'elle était à cran, ou pour mieux dire : à vif. Un phénomène qui m'échappait, qui ne relevait pas des compacteurs, tendait à faire sortir les vifs de leur corps d'attache, comme si une force impérieuse les attirait à l'extérieur. Callirhoé en moi circulait près du pharynx et remontait par moments en gorge et j'étais obligée de la tenir ; Golgoth avait son frère à fleur d'oreille ; et chez Coriolis, Larco se tenait à la lisière de la bouche, sans encore oser le grand dehors. J'avais un mal fou à conjurer le bruit blanc produit par les trains d'ondes des lumens et du sonochrone et je n'accédais que par brèves fenêtres à la rythmique de ces vifs, pour en scruter les impulsions.

π Le lever du soleil fut une libération. Jusqu'à l'aube, la clarté montante du ciel fut invisible au niveau du sol. Les cocons devaient aspirer la moindre lueur sur l'herbe et dans l'air. Mais quand le soleil sortit, il se passa un phénomène peu oubliable. Au premier rayon franc, les myriades de cocons se mirent à scintiller comme des lingots d'or liquide. Pendant quelques secondes, la nuit resta intacte. Les cocons enflèrent de volume et éclatèrent dans l'espace noir en flaques de soleil. Une floraison magnifique de lumière, un bref instant. Puis le soleil se haussa de toute l'ampleur de son disque sur l'horizon. Et là je vis les cocons reculer, implacablement, vers l'amont où l'astre se levait. Leur dimension et leur fragile pouvoir nocturne apparurent enfin dérisoires. Ils avaient retrouvé leur matrice. Ils filaient en traits de foudre. En un frisson, l'intuition s'imposa : ils migraient. Ils migraient, ravalés par le soleil. Ce chrone. Le plus puissant de tous.

— Ça y est, je vous vois ! Youhou !

— Et on s'entend parler ! *Barnak* ! Enfin !

— Puteborgne, bien cru que j'allais plus m'en tirer ! Je captais le grand que dalle, j'étais aveugle, sourd comme mon pote, et carpé !

— Ça a été la même chose pour tout le monde…

— Qu'est-ce qui s'est passé, Oroshi ? Tu as compris quelque chose ?

Oroshi nous écoute à peine. Elle a les yeux rivés sur Coriolis qui bave. Son regard bleu est vide. Elle semble épuisée par l'épreuve.

— Coriolis, ça va ?

— J'entends sa voix.

— Quelle voix ? demande Oroshi. Celle de Larco ?

— Ma voix ! *Ma* voix ! hurle-t-elle.

— Qu'est-ce qu'elle te dit, cette voix ?

X Je ne compris pas tout de suite. Ni ce qu'elle avait dit, ni pourquoi elle le disait. Le vif de Larco flottait devant elle, détaché, son nœud avait pris de l'ampleur, il frétillait. Celui de Coriolis, j'en sentais à peine la vibration. Transfert vital ? Très lentement, elle se leva. Le vif de Larco la précédait vers l'amont, à moins qu'il ne la guidât ? Plutôt que de l'arrêter, nous nous mîmes à l'accompagner. Elle disait vouloir s'aérer, nous en avions tous l'envie aussi, après cette nuit dans le coton noir, l'envie et le besoin. Elle marchait avec nonchalance, ses mèches laissées libres sur son visage, sans un geste pour les écarter, elle se dirigeait droit devant elle vers le soleil, nous à ses côtés, escorte ou écrin. Aucune de mes visions des derniers mois ne m'avait imagé cela. Mais c'est pourtant ainsi, de la façon la plus simple et la plus badine qui soit, qu'en une centaine de pas, nous atteignîmes l'Extrême-Amont.

J'aurais voulu enregistrer les mines de Horst et de Karst, leur bonhomie ébahie, la trogne bougonne de Golgoth à cet instant-là, comment l'autoursier ouvrit le poing pour libérer son oiseau, comment Pietro se rembrunit sur les derniers mètres ; j'aurais voulu entendre ce que Larco murmurait à Coriolis. Mais je ne me souviendrai que du visage de Sov, de sa silhouette se penchant vers la mer roulante de nuages, du plissement de ses yeux quand il fixa le soleil suspendu dans le vide devant nous. Des sept, suite à ma révélation, il fut le seul à pouvoir prendre, sur le champ et dans toute son extension, la mesure de ce qui se tenait devant lui. Sa première réaction physique fut de tomber à genou au bord de la terre coupée. Il tendit la main au-dessus du précipice, comme s'il pût y avoir une vitre ou un pont d'air pour le soutenir un mètre de plus vers l'amont, mais il n'y avait

qu'une falaise, et le vide. Il prit une poignée de terre au creux de ses deux mains et la renifla longuement. Il était en suspension. Impossible à lire. Il dit :

— C'est ça, le légendaire Extrême-Amont ?

— En quelque sorte, oui…

— Et le bloc dans la tour Ær ? La phrase, tu te souviens ? Elle disait…

— Le bloc avait raison, aussi. Il n'y a pas d'Extrême-Amont, Sov.

Il se jeta alors dans mes bras. Je ne pouvais rien dire de plus.

) J'ouvris les yeux par-dessus l'épaule d'Oroshi, par-delà le plateau tranché net — un coup de hache — et je ne pouvais pas me résoudre à l'accepter. Du fond de mon être, quelque chose continuait à avancer sur la lande, à s'arc-bouter contre la coulée matinale des brouillards ascendants pour y tracer vent debout, choon ou pas, avec la grêle râpeuse aux pommettes, les yeux à la cherche guettant la prochaine colline, le corps en manque d'espace déjà, qui se projetait au loin sur ce relief en bouloches blanches, parmi cette terre neigeuse de nuages sans consistance de sol, où le talon ne pourrait jamais résonner et les crampons mordre, cette mer crémeuse pour rêveur abrité qui signait donc le bout du chemin ?

Pendant quelques minutes, je ne sus que pleurer, sans que je puisse m'avouer, face à face avec moi, si ces larmes coulaient de l'orgueil démesuré de notre conquête, jamais égalée par aucune horde, si elles pissaient de cette fierté insolente, et monstrueuse, et gamine, qui me montait des tripes et envahissait tout — ou si c'était ma conscience, une maturité seconde, plus récente et plus sûre, qui face au gâchis, au dérisoire désormais manifeste de notre quête, effondrait une par une toutes les statues héroïques par-devers moi édifiées, pour ne laisser devant que cette mer blanchâtre et ce bleu métallique, qui pouvait aussi bien être celui du ciel archi-connu que la teinte d'un cosmos neuf. Et pour couronner ce néant, il restait un soleil qui ne réchauffait plus rien et qui éclairait quoi ? Un mystère.

— Quelle chiasse ! C'est la grande foire à l'esbroufe depuis hier !

— On se croirait à l'entrée du cirque de Gardabær ! T'as vu l'à-pic ?

— J'ai pas vu, non ! C'est caffi de nuages !

— Ça peut pas être tellement profond. Norska est loin maintenant, hein ?

— Il nous reste combien de cordes ?

— Deux de cinquante mètres, je crois.

— On est bien barrés avec ça…

— Comment on va passer ça, Ka ? !

— En rappel, Ho ! Rappel, relais, pause sur la vire, rappel, jusqu'à ce qu'on touche…

— On n'a plus un piton, Karst, nib de nib !

— Je crois que nous allons devoir longer la falaise. Il existe forcément un passage, une pente raide ou un éboulis plus loin. Il ne faut pas s'énerver. La nuit a été difficile, reposons-nous.

— Toi repose-toi, ouais, Piètre-eau ! Moi, ce genre de muraille, ça me porte sur le jonc !

J'eus cette envie de m'asseoir et d'attendre : quelque chose devait arriver, quelque chose *allait* arriver, surgir du ciel, venir à nous et me parler. J'observais le trajet des nuages, la façon dont le vent venait ourler la falaise et se disperser aval dans notre dos ; j'essayais de me figurer que nous étions à la proue d'un navire de terre brute, en train de progresser à travers le cosmos, de filer, princiers, vers le soleil et… Quelque chose ne collait pas : je ne me sentais pas en mouvement, la forme de la falaise me paraissait bien trop plate pour être une étrave, je regardais l'autour voler et revenir au poing et il n'était ni distancé ni décalé comme ces bancs de méduses par exemple que nous laissions sur place avec le *Physalis* des Fréoles. Oroshi ne disait plus rien tandis qu'elle me dévisageait, elle me serrait avec beaucoup d'amour contre elle, elle pleurait aussi, mais pour de tout autres raisons j'imagine et je n'osais plus rien lui demander, j'avais peur de savoir ce qu'elle savait. À côté de moi, Golgoth s'énervait devant un Pietro tendu, les jumeaux avaient repéré un renard rouge et ils l'apprivoisaient avec des bouts de viande. Et Coriolis ? Je ne sais pas, elle se taisait, de même l'autoursier, comme s'ils saisissaient d'instinct, eux deux au moins un peu, l'énormité d'un instant que nous avions espéré, toute notre vie, affronter.

L'Extrême-Amont, diantre… Comme pour tous les événements que j'avais anticipés des années durant — la tour d'Ær par exemple, retrouver mon père, la mort de Caracole — je n'arrivais pas à aller aussi vite que le surgissement. L'impact précédait le son, la déflagration du sens ne me dévastait pas encore. Cramponnée à ma mémoire, ma raison refusait de se laisser recouvrir par la vérité crue du fait. Les images de l'océan de vent de Coriolis restaient premières, elles insistaient. Le mur d'eau d'Aoi, transparent, où l'on voyait nos enfants courir vers nous à travers le temps, la digue de feu liquide de Callirhoé d'où émergeaient la chair flammée de tous les animaux et la braise des arbres, le jardin de Steppe, où les coquelicots avaient la taille d'un homme, même l'orchestre de Silamphre, avec ses harpes éoliennes en fil de foudre, ils restaient plus forts que cette falaise banale et que ce belvédère donnant sur… le rien. Eux auraient justifié nos vies de

contre, mais pas ça : pas cette lande, pas cette marée grise qui l'obstruait vague après vague, pas cette herbe à pâturage de gorce. Pitié...

Mais moi, moi, est-ce que j'avais imaginé autre chose que *ça*? Le pire était que non — le pire était que cet Extrême-Amont était au fond, dans sa fadeur crasse, le mien. Il était à ma mesure, à mille lieux de toute Caracolade ou du plus minuscule des miracles.

X C'est le moment — ou pas du tout ; je n'ai aucun choix de toute façon :

— Les gars, vous pouvez venir vous asseoir si ça ne vous dérange pas? J'ai une annonce plutôt importante à vous faire !

Mon appel tombe à plat. Golgoth et Pietro continuent à s'accrocher. Sov se lève pour s'intercaler, tandis que l'autoursier ramène les jumeaux qui tirent un renard apeuré par une longe. Coriolis redresse la tête, elle a pris cinq ans cette nuit.

— Qu'est-ce qui nous veut encore, l'aérotrou? Tu bivouaques à Aberlaas quand ça tourne marron et tu nous ponds du colloque derrière? Fallait être là au camp !

— J'étais là, je te signale...

— Une plombe après le déluge !

— Si tu veux. Je n'ai pas le temps de discuter (...). Voilà, asseyez-vous tous. Je vais vous annoncer quelque chose qui, pour certains ici, autant vous prévenir, va être impossible à croire. Et surtout impossible à accepter. Je n'ai d'ailleurs aucune preuve pour justifier ce que j'avance, aucune preuve tangible j'entends.

— Accouche !

— Voilà. Nous venons d'atteindre ce matin le bout de la Terre. Nous sommes en Extrême-Amont.

) D'un bond, Horst et Karst étaient debout, et dans des hurlements de joie d'une spontanéité bouleversante, ils se jetèrent dans les bras l'un de l'autre en se donnant des coups de tête dans le creux de l'épaule, ils avaient arrachés le renard du sol, ils l'embrassaient à pleine fourrure, leurs poings étaient levés en signe de victoire et ils nous regardaient sans comprendre notre sobriété :

— On y est ! On a réussi les gars !!! On est les premiers du monde ! Hé Golgoth !!! La 34 — AU BOUT ! La 34 — AU BOUT ! La 34 — AU BOUT !

... et la secousse nous prit à revers parce que c'était notre cri de départ à Aberlaas, nous avions onze ans, le cri d'encouragement porté par les gosses

qui nous escortaient en traversant les favéoles dans l'interminable banlieue de poussière, un vieux cri oublié, un vieux cri tué par des années de contre, par notre maturité usée, par la désespérance. Eux le sortaient du ventre, eux le sortaient du cœur. « La 34 — AU BOUT ! » Dans notre cercle, personne d'autre ne réagissait et les jumeaux renoncèrent à venir nous embrasser, déçus, ça se comprenait, mais sans jugement jamais, ni question, ils étaient déjà à fourrager dans le traîneau et seul Pietro, qui se leva très vite pour les aider, avait eu le même réflexe. Tous trois, ils sortirent du traîneau le sac de vœux pour l'Extrême-Amont, accumulés sur toute la bande de Contre auprès des abrités comme des Fréoles, l'ouvrirent et le vidèrent sur l'herbe. Dans l'aube pâle, les languettes d'or gravées rissolaient. Pietro en prit une et la lut :

« Je voudrais que ma fée m'aime » disait le vœu. Il le prit entre ses lèvres, l'embrassa et le jeta dans le vide devant lui, entre deux bourrasques. Un bref instant, il parut espérer quelque chose, une lueur, un écho mais la languette virevolta dans l'air et disparut dans une touffe de brouillard. Horst, un peu décontenancé, avait déjà saisi une autre languette et très excité, il lut :

« Je voudrais que les Tourangeaux habitent en bas et nous en haut dans leurs tours. »

— Ah ça, c'est un vœu de racleur, héhé !

— On en a pour un bout de temps mais il faudra tous les lire, hein, Ka ?

— Ben oui, Ho, on les a pas portés pour rien ! Les gens, ils comptaient sur nous ! Et tous les vœux, ils vont être exaucés, alors faut qu'on soit sympa !

À son tour, Coriolis se leva pour participer au rite improvisé, bientôt suivie par l'autoursier, si bien qu'ils furent cinq, alignés devant le précipice, à respecter trente ans de parole donnée à des inconnus et à rendre grâce à leurs rêves. Oroshi les regardait, aussi surprise que moi, elle souriait de la beauté de la scène, elle se disait peut-être qu'ils avaient précisément besoin de ces mots, de cette litanie touchante de vœux, pour oublier les leurs et s'abstenir encore de réaliser, d'affronter en eux-mêmes la révélation. Moi je pensais à un homme et à un gosse, je pensais à Fitz Bergkamp, le scribe de la 33e Horde mort noyé dans Lapsane, je pensais surtout à son fils, à mon ami Antón poussé de la tour par un maître de l'Hordre pour une erreur de notation sur une turbule. À dix ans, j'avais fait serment de lui réserver un de mes trois vœux si j'atteignais un jour l'Extrême-Amont. Je pensais à ça. Et je ne savais au juste quoi formuler

pour lui, qu'espérer — si, ça : atteindre dans l'avenir un niveau d'aéromaîtrise tel que je puisse aller, où qu'il se trouve, chercher son vif et le ramener lui, à travers sa pelote de vent, ici, pour qu'il contemple ce qu'il méritait autant que moi de découvrir. Ça me faisait un vœu, un.

X Golgoth n'a pas bougé encore, pas dit un mot. Ni vanne ni brocard. Il se lève finalement, va droit au traîneau, en sort une corde lovée qu'il met sur son épaule droite et il part en direction d'un arbre de plein vent, fiché là-bas à quelques pas de la falaise. Il n'est pas difficile de deviner ce qu'il va faire : tenter un premier rappel, pour voir, chercher une vire pour un relais. Il est évident qu'il ne m'a pas crue. Son vif reste lourd, intense, compact de rage. Ce n'est pas sa tête, c'est son instinct qui parle. Et son instinct a raison : je mens. Je mens parce qu'il n'y a pas d'autres moyens de les préparer à la neuvième.

— Qu'est-ce tu fais, Goth ? Tu viens pas faire les vœux avec nous ? lance Horst.

π Il part seul. Il fait un nœud de huit autour du tronc. Il enfile son harnais. Il fixe le descendeur, recule au bord du vide. D'un saut, il a disparu. Ce ne serait pas Golgoth, j'irais surveiller. Mais c'est Golgoth. Il ne supporte pas d'être materné. « Protégez-nous des écumeurs et du furvent. » Je prononce mon cinquantième vœu et fais une pause. Oroshi et Sov sont restés à l'écart. Ils vont bien ensemble finalement. Leur histoire a pris du poids. Leur complicité saute aux yeux depuis Krafla. Je suis heureux pour eux. J'aurais aimé réussir cela avec Coriolis. Mais « quelque chose ne passe pas », dit-elle. « Tu manques de fantaisie. » Je n'aurai pas d'enfant, ça devient évident de mois en mois. J'aurais eu la fierté d'avoir tenu ma ligne jusqu'au bout. Quel bout ? Le bout du monde ? Je me sens comme Golgoth au fond. J'ai besoin d'être sûr. Au moins pour revenir la tête haute vers mes parents. J'ignore comment Oroshi est parvenue à sa conclusion. Je ne veux pas de fausse joie. D'estimations. Il va falloir vérifier qu'il n'existe aucun passage. Rien en amont de cette ligne. Nous portons la responsabilité de huit siècles de contre. Il n'y a pas de « fantaisie » à avoir ici. Toute la bande de Contre, d'Alticcio à Aberlaas, est suspendue à notre découverte. Oui ou non ?! Est-ce que quelqu'un en a encore conscience ? L'aval ne sait encore rien. Aucun poursuiveur n'aurait pu nous suivre dans Norska. Aucun Fréole ne passera jamais ces chaînes de montagnes en éolicoptère, quoi qu'en dise Sov. Nous sommes les détenteurs d'un savoir unique dans l'histoire. Nous avons donc un devoir de rigueur absolue :

— Ce que je vous propose est simple. Si ce plateau est bien le bout de la Terre, nous aurons une mission : retourner à Camp Bòban pour l'annoncer. Puis en informer le Conseil de l'Hordre à Aberlaas.

— Oublie ces croque-morts de l'Hordre ! (lance l'autoursier). Si on a réellement atteint l'Extrême-Amont, mon objectif devient simple : retrouver Alme, Aoi et Silamphre ! La 35e Horde n'aura qu'à s'enfiler Lapsane et la porte d'Urle, et le pilier Brakauer et Krafla en prime ! Les Hordes sont finies ! Vous comprenez où on est ? Elles s'achèvent avec nous ! Et si c'est ce carré d'alpage que je suis venu chercher toute ma vie, et bien ça ne valait pas la peine !

— Ça valait la peine, de toute façon, coupe Oroshi. Tu dis n'importe quoi !

— Bien sûr que ça valait la peine ! (je me braque). Notre grandeur, notre probité, elles se sont construites par le contre, dans ce combat ! Le combat valait par lui-même, indépendamment du but. Le but était dans le chemin ! Nous avons de quoi être fiers de nous. Personnellement, je ne regrette rien !

— Moi non plus. Enfin… Je regrette Caracole, je regrette Arval, je regrette Steppe et Callirhoé, je les regrette tous. Aucun savoir ne valait qu'ils meurent.

— Ils ne sont pas morts, Sov ! (s'énerve Oroshi). Ils sont là avec nous ! Ils sont encore à sauver ! Tu ne comprends rien ou quoi ?

— Fous-moi la paix caber ! Je parle de chair et de regard, pas de vif ! Tu le vois Arval, là ? Il est où Steppe ? Il cueille de l'herbe ? Toi, tu ne raisonnes qu'en termes de nœuds !

— Ce que je propose donc (j'enchaîne avant que ça dégénère) est de prospecter la ligne de falaise vers le nord et vers le sud, aussi loin que nous pourrons. Nous nous diviserons en deux groupes. Si nous trouvons un passage pour descendre, la preuve sera faite qu'Oroshi s'est trompée. En outre, si le matelas de nuages se dissipe, nous verrons très vite s'il y a quelque chose dessous ou bien si nous sommes à la proue de la Terre…

— Les nuages ne se dissiperont jamais Pietro ! Ils se forment par le frottement de l'atmosphère sur la proue ! Et il n'y a pas de passage ! Vous intégrez ?

— Permets-nous de vérifier, Oroshi. Nous avons besoin de certitudes et Golgoth doute. Regarde où il est !

— Oui. Il faudrait d'ailleurs le surveiller. Il y a beaucoup de chrones qui circulent…

— Les autres, êtes-vous d'accord avec ma proposition ?

— J'ai besoin d'être sûr aussi. Et je préfère marcher que de tourner en rond sur ce plateau !

— Et toi, Coriolis ?

— Je suis comme Tourse. Je veux voir. Même si je sais qu'Oroshi a raison.

— Les jumeaux ?

— On suit ! Mais nous, on aime bien ce pays, hein Ka ?

— C'est giboyeux comme pas croyable ! Y a même des chevents !

— Sov ?

— Je vais rester ici avec Oroshi. D'après nos calculs, nous sommes exactement dans le prolongement de l'axe Bellini. Nous vous servirons de points fixes. Combien de temps pensez-vous prospecter ?

— Disons deux semaines pour une première reconnaissance : une pour l'aller et une pour le retour. Nous progresserons le plus rapidement possible. Avec un vent latéral, ce sera facile. Si ça ne suffit pas, nous repartirons pour deux mois, jusqu'à obtenir une preuve formelle, dans un sens ou dans l'autre. Nous ne pouvons pas nous permettre de revenir vers l'aval sans une certitude absolue.

— Évidemment, ne serait-ce que par respect pour les ærudits (confirme Sov).

— Oui, si quelqu'un est encore vivant pour pouvoir revenir...

L'aéromaîtresse a lâché son crivetz. Un chrone bleu nuit passe à quatre mètres de nous. Il vient de la falaise. Oroshi guette les réactions. Elle renoue ses cheveux et replante une babéole en bois dans le chignon. Elle s'empare à nouveau de la parole :

— Si vous décidez de partir, je dois vous faire une seconde révélation. Capitale.

— Tout est capital dans ta bouche ! Vas-y...

— Vous avez vu ce qui s'est passé cette nuit ? Nous avons essuyé une marée de chrones. Ces chrones étaient les résidus d'un *chronox*, ce qui signifie « chrone-nuit » dans notre jargon, ou plus couramment « chrone noir ». Un chrone noir absorbe la totalité de la matière, lumière, vent et son, dans le périmètre où il émerge. Il la compacte dans l'équivalent d'une bille, par attraction gravitationnelle croissante. Ça dure quelques heures, ça forme des trous béants dans le sol, vous en croiserez sûrement. Les cratères formés sont parfaitement sphériques. Vous les reconnaîtrez. Si vous vous trouvez près du chrone noir au moment où il se forme, vous serez avalés, corps et âme, vif compris. Si vous êtes proches au moment où il explose, vous serez criblés de matière, déchirés en lambeaux.

— Comment on peut les anticiper ?

— En étant attentif à l'écoulement du vent. Si le lit change subitement d'angle, courez à l'opposé, exactement comme pour le siphon dans Lapsane.

— Tu es sûr que tu ne veux pas venir avec nous, Oroshi ?

— Le chrone noir n'est qu'un chrone parmi les centaines que vous allez couper, Coriolis. La plupart sont inoffensifs pour les humains. Mais parmi eux, vous rencontrerez vraisemblablement des psychrones. La neuvième forme du vent se formera à travers l'un de ces psychrones. Pas le même pour chacun de vous. Et alors, il vous faudra l'affronter, il sera impossible d'y échapper. Voilà ce que je devais vous dire. Vous filez vers votre destin.

— Nous allons affronter quoi ? Qu'est-ce que tu racontes ?

— Je ne sais pas ce que vous affronterez. Vous seuls le saurez. Je ne le sais même pas pour moi. Les ærudits affirment que la neuvième forme est l'envers de la quête. Sa doublure intime. Elle est ce que vous avez fui, et conjuré, à force d'énergie et de combats, votre vie durant. Ceux qui vulgarisent les arcanes disent de la neuvième qu'elle est la *mort-vive*. Ça reste une approximation. La neuvième est la mortalité active en chacun, à chaque âge de l'existence. Je ne parle pas ici de la déchéance de nos corps ou de l'entropie qui nous dégrade, non : plus simplement d'une forme puissante de la fatigue. Tout au long de votre vie, cette fatigue s'est manifestée sous une myriade de petites mines : un découragement passager par exemple, une perte de confiance, un banal besoin de confort affectif ou de stabilité sentimentale, un appel au repos, récurrent... Elle a parfois pris le masque d'une paresse de pensée, d'un manque de curiosité, elle a pu se traduire par un refus de l'inconnu ou la peur de changer, le fait de privilégier une habitude, vouloir être tranquille d'avance, je ne sais pas... Quels autres visages encore ? Disons les facilités innombrables de l'humain qui n'est pas à la hauteur de ce qu'il peut. Tout ce qui fait le quotidien d'un abrité en fait ! En terme aérologique, j'appelle ça l'*essoufflement*. Les abrités sont avant toute autre critique des *essoufflés*. Retenez juste que cette fatigue polymorphe, la neuvième forme a le pouvoir de l'agréger et de l'*excarner*, c'est-à-dire de la sortir de vous et de lui donner... un corps. Ce corps pourra aussi bien être une scène ou un événement qu'un homme, un sentiment douloureux à l'extrême, un... Ça dépendra de chacun, encore une fois. Ce qui est sûr, c'est que la neuvième va vous apporter la figure de votre mort, sur ce plateau. Votre bloc d'ombre.

— Et... on a une chance d'en réchapper ?

— C'est avant tout une question de vitalité intrinsèque. La neuvième touche au vif, à votre nœud de vie. Vous y survivrez si vous surmontez ce qu'elle cumule d'épuisé en vous.

— Et si on reste ici, avec toi et Sov ? Tu pourras nous aider...

— Non, je ne pourrai pas. Sinon, tu penses bien... Je ne pourrai même

pas m'aider moi-même, Coriolis. Donc partez si vous avez besoin de preuves. Longez cette falaise. Et…

— Et quoi ?

— Rien… Bonne chance. Je… Je vous aime.

L'effet des mots d'Oroshi se lisait à la peur intense qui nous défigurait. Golgoth venait de revenir. Il n'avait plus de corde. « Bousillée par un chrone. Chuis remonté en varappe, cru y passer » marmonna-t-il. Je l'informai de nos débats. Il hocha la tête. Il adhérait.

— J'ai proposé deux groupes. Le groupe nord avec Coriolis, l'autoursier et moi. Le groupe sud avec les jumeaux et toi. Ça te va ?

— Et Sov et Oroshi ? Ils se branlent ?

— Ils restent là. Ils serviront de point fixe.

— Le rocher aussi, où j'ai posé mon cul, il peut servir de point fixe !

) Tergiverser n'avait jamais été dans nos habitudes et, la sieste passée, indispensable après cette nuit harassante, les préparatifs furent pliés dans la demi-heure. Bien que je gardasse un soupçon de honte à rester là, sous les sarcasmes de Golgoth, à limiter ma prise de risque, je m'en tins à la stratégie d'Oroshi : je n'avais aucune envie de mourir pour vérifier si une falaise était infinie ou pas, j'avais besoin d'apprendre, et d'apprendre vite. Ces deux semaines avec elle, au milieu des champs de chrones, ne pourraient que m'être profitables. Je partis saluer Coriolis, sentir une dernière fois sa peau, en l'abreuvant de conseils, sous la mine amusée d'Oroshi, qui respecta notre moment et ne s'approcha qu'à la fin pour lui dire :

— Ne saute pas dans le vide ! Sous aucun prétexte, quel que soit ce que tu y verras ! Garde-toi du précipice, tout le temps tout le temps. D'accord ?

— D'accord, aéromaîtresse. J'y penserai sans arrêt.

— Qu'est-ce que te disait ta voix ce matin ? Tu te souviens ?

— Oh oui… Oui… Elle me disait que Larco va venir. Et que cette fois-ci, il *faudra* l'aimer. Ça sonnait comme une menace, atroce. Je n'ai jamais été amoureuse de Larco, je n'ai jamais pu, je l'aimais bien, comme un copain.

— Écoute-moi bien Coriolis…

— Je t'écoute (elle avait les larmes qui lui brouillaient les yeux, peur et émotion mêlées).

— Larco va venir. Il viendra de toi. Il viendra de la lande ou du précipice, peu importe. Dès qu'il approche, tu sors ton boo et tu le tues. Tu m'as comprise ? Il sera aussi vivant que moi, aussi vrai. Il te parlera comme je te parle maintenant, yeux dans les yeux. Il voudra t'embrasser, se jeter

dans tes bras. Tue-le ! Tue-le immédiatement d'un jet et si tu le rates, tue-le de tes mains, égorge-le ! Tu m'as comprise ?

— Ni remords, ni pitié. Le tuer.

— Exactement.

À Pietro, je donnais mon boo de chasse, je n'avais pas de crainte forte pour lui, je le savais lucide, au même titre que l'autoursier. Dans l'autre groupe, Golgoth m'ignora et j'aidais les jumeaux à charger du gibier dans leur sac quand Oroshi me prit à part et me chuchota :

— Fais-leur de vrais adieux, ils ne reviendront pas.

— Tu veux dire qu'ils vont… mourir ?

— Non. Ils ne vont pas revenir, c'est tout.

— Pourquoi ?

— Parce qu'ils vont oublier leur mission.

— Ils vont survivre à la neuvième forme ?

— Ils ont *déjà* rencontré leur neuvième forme, Sov, par le Saint-Vent ! Rien ne peut plus les effrayer à ce niveau ! Horst a survécu à la séparation avec son frère !

) Pendant un quart d'heure, Oroshi s'isola en tête-à-tête avec les deux frères, elle les embrassa sur la joue et sur le front, elle leur prit les mains, elle plaisanta avec eux. De nous tous, avec leur petit nez rond et leur tignasse rousse en friche, ils semblaient de loin les plus insouciants et les plus sainement joyeux. L'éblouissement d'être arrivés en Extrême-Amont, il brillait sur leur visage, avec ce mélange de fierté, de plénitude et d'envie de partager. À les regarder partir, j'enviais leur fraîcheur intacte de gosse face à l'épreuve, la façon dont la gravité glissait sur leurs colossales épaules. Ils allaient « oublier » la mission ?!

π Les quatre premiers jours furent d'une monotonie… Le plateau ondulait à perte de vue vers le nord. À peine trois ou quatre bosses par jour pour rythmer la marche. La ligne de falaise faisait bien quelques anses. Quelques pointes où nous avancions jusqu'au bout. De ces petits caps, nous inspections la paroi des anses avec un peu de recul. Talweg aurait été plus avisé pour la définir. Ça paraissait être un granit très dur. Lisse souvent. Très peu de failles ou de fentes. Aucun décrochement sur les deux cents mètres que la vue pouvait embrasser avant la couverture nuageuse. Aucune vire, donc, où se poser. À trois, nous marchions très vite. Nous courions même sur certaines portions. Lumens la nuit, lesquels, Oroshi nous avait rassurés, n'étaient pas dangereux. Des bruits de déflagrations parfois. Un choon

poussif sinon, en journée. Avec des bancs de brouillard, matin et soir. Sur le trajet, j'avais compté six trous hémisphériques de type chronox.

Nous restions vigilants sur les chrones. Coriolis éprouvait des phobies étranges. À certains moments, elle disait rajeunir. À d'autres, elle traversait des « taches de frousse ». Tourse laissait voler Schist aussi souvent que possible. Il n'était pas au mieux non plus. Psychologiquement. Il revoyait beaucoup le fauconnier. Il était rétroprojeté au pilier Brakauer, avec son autour. Sur le pont verglacé. Il revivait beaucoup cette scène. Il ne s'en débarrassait pas, avouait-il. Pas plus que du moment où Darbon avait laissé tomber de son manteau ses deux faucons étranglés. Il se sentait responsable de la mort de Darbon.

Le cinquième jour s'annonça bien. Schist avait capturé deux levreaux que nous cuisîmes au petit déjeuner. Le brouillard se dissipa plus tôt que d'habitude. Et après une heure de marche, Tourse découvrit dans un cratère de chronox le départ d'une galerie. Elle était orientée est, donc vers la falaise. Elle s'enfonçait sous le plateau avec un angle intéressant qui laissait envisager un débouché à flanc de paroi. Nous étions ravis. La galerie se présentait de façon rassurante. Suffisamment haute, elle accusait une pente de 30° environ, dans un tube de roche. Une seule chose m'inquiétait :

— Il y a un appel d'air, non ?

— Oui, léger. Ça chuinte un peu, on dirait.

— Le vent doit s'engouffrer dans la galerie. Ça confirmerait que ça débouche sur le vide.

— Sauf que le vent devrait sortir vers nous, vue l'orientation. Et non être aspiré…

— Il doit y avoir des coudes ou une salle. Il faut aller voir.

Sans plus attendre, nous descendîmes. Tourse en premier avec le flambeau, Coriolis derrière. Je fermais la marche. Après deux cents mètres environ, nous atteignîmes un puits vertical. Trente mètres plus bas, il donnait sur une salle éclairée de l'est par la lumière du jour.

— Superbe ! Ça donne bien sur la falaise !

Trente mètres, c'était cinq mètres de plus que notre corde. Ça impliquait de désescalader sur la fin. L'autoursier était agile, il n'hésita pas. Perché sur l'épaule, son autour jeta plusieurs « yek ! » apeurés lorsqu'il entama la descente. Coriolis et moi le retenions par la corde. Vers le bas, le puits s'évasait en cône. Des bruits spectaculaires de rafales résonnaient par moments dans le conduit. Et il y avait toujours cet appel d'air. Assez incompréhensible.

— Ça va, Tourse ? Tu vois quelque chose ?

— Le sol est criblé de trous. Ça fait comme une grille percée à travers le rocher.

— Le chronox a peut-être explosé une première fois là avant de remonter…

— Je sais pas… Je sais pas…

J'aurais dû le remonter là. Au timbre de sa voix. En un instant, il venait de basculer dans la peur. À l'oreille, je le sus.

— Qu'est-ce qu'il y a ? Un problème, Tourse ? réagit aussitôt Coriolis.

L'autour s'était mis à voler. Je me penchai. Tourse avait dépassé la longueur de la corde. Le brin libéré flottait au-dessus de lui. Il se maintenait en opposition pied-main contre les parois du puits. Un rugissement de vent envahit alors toute la cavité. Sous la force subite d'aspiration, je faillis basculer dans le puits.

— Hé Tourse !

La luminosité devint très forte dans la salle, trente mètres plus bas. Je pus discerner la grille dont il m'avait parlé. À travers les trous, on apercevait une luminescence, une chose, je ne sais pas. La silhouette nette de Schist, ailes écartées, était collée contre la grille. Il émettait des cris brefs. Il se débattait. Incapable de s'arracher au souffle. Je m'arrimai à une stalactite en corde double et désescalada de dix mètres. Le rugissement prenait des proportions oppressantes. Un courant violent m'avalait vers le bas. L'autoursier tenait encore, terrorisé par ce qu'il voyait, il sifflait son oiseau, trille sur trille. Schist ne réagissait plus que par soubresauts.

— Remonte ! Laisse-le !

— Je ne peux pas le laisser ! Il va y passer !

— Remonte ! Tu vas te faire aspirer ! Viens jusqu'à moi ! Agrippe mon pied ! Viens !

— Il va crever !

— C'est toi qui vas crever ! Remonte !!!

Glissa-t-il ou se laissa-t-il tomber ? Il chuta de deux mètres sur la grille. Juste à gauche de Schist.

— Darbon ! sursauta-t-il alors dans un cri glaçant. Darbon !! Laisse-le !

Pendant une minute, je le vis à genoux. Il essayait en vain d'arracher son autour à la grille d'aspiration où un vent vertical venu de nulle part le plaquait. Lui-même oscillait du tronc sous le flux. Il fut plié plusieurs fois contre la bouche, se libérant, à chacune, avec encore moins de facilité. Puis la force de plaquage devint insoutenable. Ma corde me sciait les reins sous la tension. Je crus qu'elle allait rompre. En bas, l'autoursier s'effondra une nouvelle fois ventre à terre. Sur son oiseau. Il ne se relevait pas. Je l'appelais dans le rugissement.

∧ Vole, vole Schist, vole encore pour moi mon esclame... Vole à travers ma fatigue, par la grille de mes côtes — déplie dans le granit tes ailes de la falaise et fuit — coupe droit dans l'épaisseur du ciel et reviens-nous — reviens au poing me dire ce qu'il y a de l'autre côté du bleu, sur l'autre face du vent vieux que je suis devenu...

` ` ` , · , · ˇ ^ ^ , ^

Bats des bras encore et encore bats-les donc pour moi · · · Je ne t'étoufferai pas sache-le je suis juste venu sur toi pour te nicher dans mes bras et te protéger des gerfauts des sacres- eux qui ne savent plus voler juste monter aux nues et en tomber-pauvre-pierre se hausser par carrières et degrés et puis fondre eux les rapaces hiérarchiques les très-religieux du ciel ˇ ˇ ˇ Toi tu fileras toujours droit à fleur de terre petit voilier saillant ' mon branchier de bas-vol, tu fileras parallèle toujours à nos pas — puisque tu as su garder le feu du vol horizontal — – - car tu sais mieux le vent ' Schist ^ mieux que tous que le vent n'est qu'un mur à trous de rafales ` ` ta seule proie par l'esprit , ^ ` ta trouvaille à nous ^ ^ l'ouverture où je passe ` , · où je crée et éduque ta race ...

Vole donc ,' ^ vole mon autour ,' vole encore à travers mes bras ^ à travers ma foi — ,' les faucons sont les rois' mais les princes volent au pas à travers les taillis et le fouillis de nos quêtes de soi · · ·

π Je ne sais pas combien de temps je suis resté. Accroché en bout de corde, à mi-puits. À le regarder. Il n'a rapidement plus bougé. Mais il a continué à respirer, j'en suis sûr. Très longtemps. Quand le courant s'est arrêté, j'ai dédoublé la corde et je suis descendu. Coriolis m'a supplié de fuir. Peu importe. J'ai pris Tourse par l'épaule droite et je l'ai retourné. Tous ses vêtements avaient été aspirés. Nu, il gisait. Il avait encore l'autour dans ses bras, contre sa cage thoracique. Croyez-moi si vous pouvez, mais l'oiseau était vivant. Il a déplié ses ailes, il m'a regardé de son œil orange. J'étais ébahi. Il s'est ébroué. Puis il s'est envolé d'un froissement d'ailes vers la bouche qui ouvrait sur la falaise. Voilà.

Ω Une question de jours, je leur ai balancé, aux joufflus. « Gardez la gniaque, on va se la dégotter cette pentasse bien raide, la dévaler et ça sera reparti vers l'amont ! Osh-Osh, elle débloque depuis que Sov la trombine, l'écoutez plus, fermez le pavillon et tracez sud », que j'ai dit. Ils ont rigolé, ils

se marrent toujours ces deux mioches, y a pas plus lurons qu'eux ! Ce matin, je les réveille, j'étais de vigie et quoi ? De l'aval débarque une petite harde de chevents ! J'en avais jamais vu ailleurs qu'en enclos et ça faisait vieux de ça ! Rien à voir avec les canassons d'abrités qui te remorquent du soc de charrue. Les chevents, ils sont plus fins du corps d'abord, la crinière se balade longue derrière l'encolure parce qu'ils se broutent entre eux les graines qui se prennent dedans. Et surtout le museau allongé, une lame on dirait, ça leur jette un air de bête noble, c'est beau — avec la robe en argent, lustrée. Donc je secoue les frérots, je sais qu'ils adorent ça, les chevents, et les voilà que ni une ni trois, sans même s'enfiler une botte, à la sauvage, ils les coursent et la harde qui calte au galop, les Dubka qui calment le jeu, approchent en douce, les chevents reculent encore, une longueur, ils croient y être mais non, les autres retrottent, comme ça jusqu'à perpète-l'horizon ! À midi, j'avais déjà fait un bout de chemin, rogueux et j'entends une cavalcade, c'était mes deux bouillus, à cru chacun sur un chevent, qu'en traînaient même un troisième, libre celui-là, pour ma pomme. J'ai amadoué la chose et basta, plein sud, à dada sur mon ch'vent, à triple vitesse de marche, j'en revenais pas !

Puis bon. Ça a pas duré. À la sieste, ils m'ont jeté un « On va aller en chercher d'autres, des chevents, dors donc, t'as fait le guet moitié de nuit ! On te rapportera du gibier aussi bien ». Ils sont jamais revenus. Vrai de vrai. J'ai attendu jusqu'à la nuit. Ils avaient pu se paumer. J'ai passé la nuit. J'ai attendu encore une matinée pleine. J'avais la chialeuse dedans, en muselière, un mauvais brouillard au sang. Puis j'ai laissé un gonfalon disant que je retoquais nord pour rejoindre le camp, que ça faisait neuf jours déjà qu'on avait quitté. Je sais pas où ils ont pu passer. Un chrone a dû les croquer. Mauvaise pioche.

— Vise-moi celui-là Horst ! T'as vu sa crinière ?

— On dirait une flamme de feu, Ka !

— J'ai jamais vu un troupeau de chevents pareil !

— Et là-bas, y a des gorces par flopées !

— Où ça, Ho ?

— Au bord de la rivière tiens ! Et un hélicerf !

— Ça te dirait pas qu'on campe par ici ?

— Drôlement que ça me dirait ! On n'a qu'à rester plusieurs jours, même que ! Qu'est-ce t'en redis ?

— J'en redis que je suis dans le oui ! De toute façon, on a tout notre temps, Ho ! Qu'est-ce qu'on aurait d'autre à faire, hein ?

— Je sais pas Karst, j'avais dans l'idée qu'il fallait qu'on fasse quelque chose mais j'ai oublié.

— La nuit j'oublie aussi, je cueille des lumières et ça me lave le souci !

— Moi aussi j'en cueille, on en a cueilli ensemble des tas cette nuit, tu te souviens ?

— Hey, si tu le dis ! Je me sens bien comme jamais, pas toi ?

— Moi c'est tout comme toi... mais mieux !

— T'es rigolo comme un troubadour quand tu t'y mets !

— Tu te souviens de ce troubadour justement, un gars trop marrant qui... Tu t'en souviens ?

— Peut-être ! Viens voir, y a des myrtilles !

) Les quatorze jours prévus s'étaient écoulés sans qu'aucun des deux groupes ne pointe encore à l'horizon. Dans le laps, le ventre d'Oroshi s'était arrondi de façon accélérée — phénomène qu'elle attribuait en partie à la présence des chrones, en partie au fait qu'elle acceptait chaque jour un peu mieux l'idée d'un accouchement qu'elle redoutait. M'enseigner le cœur des arcanes la soulageait d'une pression en lui laissant entrevoir qu'elle pourrait passer la main, en tout cas affronter l'épreuve sans craindre d'y engloutir les conquêtes spirituelles d'une vie avant qu'elles ne soient transmises. Bien que quinze jours ne puissent suffire évidemment pour que je rattrape un retard insurmontable, la cadence et la compacité avec laquelle Oroshi m'apprenait faisait déjà émerger l'architecture conceptuelle, qui était ce que j'assimilais le plus vite et le mieux.

Par choix, elle avait renoncé à la mécanique des fluides pour se concentrer sur le fonctionnement des chrones, les potentialités du vif et ce qu'elle appelait le *Tissu* — c'est-à-dire la nappe aéroplastique qui tisse les êtres, qui les coud ensemble dans l'étoffe des vents, tissu que toutes les formes vivantes brodent, déchirent, surpiquent ou prolongent, en permanence. À chaque acquis, elle associait une initiation au repérage des vifs, par quelques exercices simples, une autre à la perception des ruptures de trame, aux inflexions aérologiques, à l'anticipation des métamorphoses... Ces exercices se révélaient passionnants, même si je manquais de finesse, hautement, sauf dans l'auditif — et surtout je manquais d'ampleur dans la mobilisation de mes sens : très faible en thermique, à peine meilleur sur les trains d'ondes, ma proprioception musculaire demeurait trop grossière pour capter un champ vibratoire émis à vingt mètres... Bref, j'avais « des marges de progression » selon l'euphémisme d'Oroshi, mais j'avais en moi une envie neuve et le potentiel.

Sur ces exercices, les capacités d'Oroshi (qu'elle nous avait si bien dissimulées, par nécessité, trente ans durant !) touchaient à certains moments,

pour mes yeux profanes, à la magie pure. La vérité est qu'elle ne vivait pas dans le même monde que Pietro, Golgoth ou moi : nous nous prenions les pieds dans le tapis du vent, alors qu'elle, elle vivait dans le tissu — elle y participait par tout son corps et de toute son âme. Dans l'exercice dit de *lexture* (il existait tout un vocabulaire crypté, ardu à intégrer) elle se mettait debout dans la lande, un bandeau sur les yeux et elle devait décrire ce qui se passait autour d'elle, visible ou invisible. Les mouvements des renards et des lièvres, les cercles des oiseaux de proie, une flaque qui s'évapore, une branche qui casse, le passage d'un chrone au loin, le rythme des rafales sur la falaise et la forme des turbulences associées, les menaces à venir et les beautés en cours, la chute d'une feuille ou de mon boomerang dans l'herbe, mes sentiments intérieurs, elle décrivait tout — « l'essentiel de ce qu'il faut sentir » corrigeait-elle, hormis que son « essentiel » couvrait un tel spectre d'événements infimes et grandioses, dans les trois règnes, que j'en demeurais cloué d'admiration.

Ω À la louche, j'avais tracé près de cinq cents bornes nord-nord avant de pivoter sur mes quilles et de retourner au galop voir si Sov et Oroshi pondaient du petiot. Mon petit chevent tenait le coup, pas trop farouche le bougrasseau, j'attachais sa longe à un arbre quand j'avais le cul en braise ou l'envie de caler trois-quatre appuis au vent, dès que ça rafalait un peu costaud. Histoire de garder la hainge quoi. Avec lui, je couvris de la lande comme jamais et du coup, j'en profitais pour aller fouiner à pouf, au ras de la falaise. Eh ben autant dire, cette falaise, elle était d'équerre et lissarde à pleurer, verticale dans ses meilleurs moments, en dévers plus souvent qu'à son tour ! Vague sur vague, bam, bam, le vent venait cogner dessus. Ça gerbait des rouleaux de nuages en crête et du rotor en pagaille, *dak* — mais dans la paroi ça sonnait pire, ça turbulait en vrille tout du long. J'avais testé un rappel et bien cru y laisser mon sac de miches, en plus de la corde, boulotté par un chrone puisque ça dégorgeait de chrones — ben oui, tant qu'à faire ! Bref : décheniller par le précipice, fallait juste oublier...

Deux jours avant de ratteindre le camp, j'ai bornoyé comme ça un promontoire, qu'on avait loupé à l'aller, cause le brouillard. La falaise te faisait un cap, pas large à l'entame, à peine de quoi passer deux gars, un ponton en roc glissant, qui devait faire dans les trois cents mètres de long et qui finissait sur un petit plateau tout mignard, un îlot d'herbe, perché. À dire vrai, si on était bien en Extrême-Amont, ce qui commençait à faire un peu de chemin dans ma tronche, cet îlot était le coin de terre le plus en amont du monde, la proue ultime, ça faisait pas un pli. Je suis donc allé au bout

du bout, histoire de dire, et de prendre le rafalant dans la face. Je suis resté à regarder l'horizon droit devant. J'étais bien. Sauf que… Vingt mètres en dessous, j'avais pas capté que partait une seconde pointe, en décroché, un poil plus en amont, une étrave quoi et au bout… Au bout… Au bout il…

— Qu'est-ce qui s'est passé, Pietro ?

— Ça devait être la fin de la nuit, Coriolis était de guet. Je dormais. Je ne sais pas ce qui m'a réveillé : les cris de Schist, ou les ordres qu'elle lui lançait. Je me suis redressé assis. L'aube pointait mais la lumière était encore faible. Coriolis se tenait là-bas, dans le contre-jour, au bord de la falaise. Elle regardait quelque chose qui bougeait devant elle, au-dessus de sa tête et Schist aussi, il criait d'excitation. Je suis sorti du duvet et j'ai avancé vers eux. Ce qui bougeait, je reconnus vite à la forme que c'était une cage en osier. Elle était retenue par un câble qui raclait et qui flottait au niveau de la ligne de crête. J'ai tout de suite hurlé qu'il s'agissait d'une hallucination, qu'il ne fallait pas y toucher ! La cage avait l'air tellement vraie pourtant, je vous jure !

— On te croit sur parole…

— Sous la cage pendait un rouleau de bois, peint en blanc. C'est ça que Coriolis demandait à Schist d'attraper. L'oiseau a semblé comprendre et il a dagué sur la cage. C'était très délicat, elle oscillait beaucoup à cause des rafales, mais l'autour a empiété le rouleau d'une passe et il l'a rapporté à Coriolis. Je l'ai vue ouvrir le tube. Je l'avais presque rejointe à ce moment-là. Elle est restée pétrifiée sur place. Puis elle m'a demandé de reculer. J'ai hésité. J'ai eu tort… Car elle a pris dix pas d'élan et elle a sauté dans le vide, en visant la cage ! Dans mon hallucination, je l'ai vue agripper l'osier et enrouler ses pieds autour du câble… Sous le poids, la cage a perdu de l'altitude et…

— Elle a disparu ? Tout a disparu ?

— Oui…

— C'est dérisoire… Quelle mort stupide…

— Je ne sais pas ce qu'elle a lu ou vu sur le rouleau. Il a été balayé par le vent ou il n'a jamais existé, je ne sais pas… Mais la cage, ça venait de Larco à l'évidence. Comme Tourse qui a cru voir Darbon.

— Tourse a réussi à sauvegarder son vif, à travers Schist. Il est anormal que Coriolis…

— Continue…

— Je pense que Schist possède la faculté de récupérer un vif. Si Coriolis était morte, il aurait fondu sur sa pelote. Ou celle de Larco, qu'elle abritait…

— Va au bout... Tu penses qu'elle est vivante ?

— Je pense que parfois, la neuvième forme vient à nous dans le réel. Regardez pour Horst : il a vécu en direct la mort de son frère. Ou Larco : il s'est retrouvé face aux muages qu'il avait fantasmés toute sa vie. Coriolis — pour le peu que je savais d'elle — recherchait l'inconnu. Elle a quitté son village pour nous suivre, elle a tout plaqué du jour au lendemain sans savoir où ça la mènerait. Pour ce frisson de l'inconnu. C'est ça aussi qu'elle aimait chez Caracole, son mystère, il était chaque matin l'inconnu d'un soir. Donc elle a suivi le câble. Elle a obéi à sa propre logique...

— Le psychrone lui a offert un dernier fil vers l'inconnu...

— Il n'y a peut-être pas eu de psychrone, justement.

— Tu sous-entends que la cage était réelle ?!

— Je ne sous-entends rien. Je m'interroge.

X Assis en tailleur, affaissé sur lui-même, Golgoth ne nous écoutait pas. Il était revenu trois jours avant Pietro, au pas, sur un cheval de vent fourbu, le visage dévasté. Dès que nous l'avions aperçu, Sov et moi, nous nous étions précipités vers lui, conscients qu'il n'était plus dans son état normal et pire, qu'il se tenait à la lisière du suicide. Nous l'avions déshabillé et lavé, il n'avait pas été capable de répondre à une seule de nos questions ; sa barbe lui mangeait les joues, des crevasses cernaient ses yeux, la morve avait séché plusieurs jours sur ses lèvres et sur son menton. Il était dans un état de choc absolu. Il nous fallut plusieurs heures pour nous en rendre compte parce que nous étions en plein désarroi, mais Golgoth gardait son poing droit serré — convulsivement — serré jusqu'à la crampe. C'était la seule portion de son corps qu'il habitait encore. Son double vif respirait dedans. À Sov, j'avais demandé d'essayer de lui ouvrir le poing mais ça s'avéra impossible. À la première tentative, Golgoth eut une réaction, sa seule, il sortit ses crocs... Sov eut l'instinct de lâcher, il sauva sa main.

— Nous ne savons même pas si les jumeaux sont en vie, bifurqua Pietro, voyant que j'avais reporté mon attention sur Golgoth.

— Ils le sont, j'en suis convaincue. Ce n'est pas leur disparition, de toute façon, qui aurait pu mettre Golgoth dans cet état. Il aurait pu les regarder agoniser à ses pieds et s'en sortir. Mentalement, il est suffisamment fort pour ça. Tu as bien surmonté la mort de l'autoursier...

— Surmonté ? Je n'ai rien surmonté Oroshi... Je ne supporterai pas une mort de plus. Je le sais. Je ne supporterai plus jamais de regarder mourir un homme sans bouger. J'ai préféré sauver ma peau. Quand j'ai vu l'autoursier se faire aspirer vivant, j'ai cru que c'était ma neuvième qui commençait.

J'ai tenu bon, grâce à ça, grâce à toi. Je me suis dit : « Voilà l'épreuve, regarde-le mourir. » Mais je n'arrive plus à me supporter… D'avoir fait ça…

— Souviens-toi de ce qu'a dit ma mère. Elle a vu Alk Serbel se faire dépiauter vif pendant des heures à Krafla. Alk était son amant. Des années après, quand elle en reparle, elle dit que l'héroïsme, c'était…

— L'héroïsme, c'était d'accepter la honte de survivre, je n'ai pas oublié. Alors je ne suis peut-être pas un héros. Je suis juste…

— Tu es et tu restes notre prince, Pietro. Sans toi, la horde n'aurait jamais été ce qu'elle a été.

— Quand je rêvais de l'Extrême-Amont, je rêvais de retrouver mon visage exact, debout devant moi. Mon visage tel que le vent et ma vie l'ont sculpté. Avec ses rictus, ses rides véridiques et sa beauté d'âme, s'il m'en reste une. À présent, j'ai peur… Je n'ai plus de face…

π Oroshi ne répondit pas. J'étais au bord de l'implosion. Voir Golgoth comme ça… Lui qui n'avait pas fléchi. Pas une fois, jamais ! Ni au siphon de Lapsane, ni devant le Corroyeur, ni en haut du pilier Brakauer lorsqu'il avait lancé Larco sur la passerelle verglacée. Pas plus après sa chute terrible dans l'aiguille d'Antón. Debout, en prise, il s'était toujours relevé ! Et Krafla, quand il nous avait arrachés à la crête d'un coup de reins pour nous jeter dans la pente ? Ce courage ! Pour moi, pour nous tous, Golgoth… Rien ne pouvait abattre Golgoth. Strictement rien. Il était la dernière chose au monde que j'aurais cru voir s'écrouler. Le ciel pouvait tomber avant, se fracasser comme une vitre. Mais pas Golgoth. Le toiser en tas à mes pieds, puant l'urine, les yeux vides, c'était voir la Horde qui mourrait. Qui partait lentement avec lui et le souvenir de ce que nous avions été.

— Il a beaucoup maigri…

— Il n'a rien mangé depuis cinq jours. Il n'avale plus. Sov lui écarte les lèvres de force à chaque repas. Il lui enfourne du gibier coupé en morceaux, des bouillies. Il ne recrache même pas. Ça lui coule de la bouche. Il n'a même plus le réflexe de déglutir. C'est… C'est atroce à regarder.

— Il ne parle pas ? Il crie ?

— Il pleure, parfois.

— Il *pleure* ?

) La 34e Horde du Contrevent s'achevait avec nous dans la pisse. Peut-être qu'en aval, sous les cascades de Camp Bòban, Alme Capys, Aoi Nan et Silamphre riaient et s'émouvaient encore ensemble en pensant à nous ;

peut-être que les jumeaux Dubka chevauchaient des chevents quelque part dans une lande absoute des limites, à des centaines de kilomètres d'oubli au nord ; peut-être que Coriolis glissait vers le cosmos sur un câble de providence, avec Larco encagé en elle et qu'en Schist, il restait quelque chose de la générosité de l'autoursier, de sa quête d'un dressage qui ne fut pas qu'une suite d'ordres et de sanctions. Peut-être. Oroshi nous avait parlé de la neuvième forme mais je ne la rencontrais nulle part, d'une épreuve intime à la limite du soutenable, alors que moi, ce que j'affrontais ici et maintenant était déjà pire : c'était l'effondrement d'une armature collective de foi pure, de vaillance et d'amour qui s'était appelée « la Horde » et qui avait eu à sa tête ce Traceur — ce *Tracteur* disait de lui Talweg — tellement unique dans l'histoire, ce bloc de plomb-de-vie — Golgoth, le neuvième Golgoth, l'ultime de sa lignée abasourdissante. Son secret, j'avais l'intuition qu'il l'étranglait au creux de son poing et qu'il l'emporterait avec lui, au bout de sa grève de la fin.

— Tu vas continuer à le masser ?

— J'essaie de le maintenir en prise avec l'extérieur.

— J'ai réussi à faire glisser un peu d'eau dans sa gorge. Au moins, il va arrêter de se déshydrater.

— Son vif est en train de bouger, annonça Oroshi qui lui caressait le bras. J'arrive à l'attirer vers l'épaule, il va peut-être relâcher son poing…

π Ça faisait deux jours que nous nous occupions de lui. Exclusivement. Et quelque chose, enfin, se passait…

— Ça y est, il commence à migrer, les doigts se relâchent…

Ni Sov ni Oroshi ni moi n'eurent le cran de lui ouvrir la main. Elle était posée sur sa cuisse, paume vers le haut. Nous attendîmes que les cinq doigts se déplient d'eux-mêmes. Il y avait bien quelque chose. Froissé au creux. Un bout de tissu bleu. Une bandelette, un fanon délavé par le soleil et par la pluie. Sov le déroula avec précaution. Il paraissait vierge de toute inscription. Il le retourna. Derrière, il y avait, encré en noir, encore lisible, ces deux signes : « Ω 6 »

— Où il a pu trouver ça ?

— Quelque part sur le retour.

— Si le sixième Golgoth est arrivé là, il aurait laissé un drapeau, des tumulus !

— Ce n'est pas forcément le sixième Golgoth qui a laissé ça. Ça peut être n'importe qui de la 31e Horde. Quelqu'un qui a survécu en tout cas… J'ai bien tracé des « Ω 9 » ici…

— Donc nous ne sommes pas les premiers à avoir atteint l'Extrême-Amont ?

— Nous ne sommes pas les premiers, non. C'est la preuve que non.

X Sur ces mots, en un réflexe non concerté, nous nous tournons tous les trois en même temps vers Golgoth. Ses yeux viennent de s'allumer. Il redresse sa colonne vertébrale à la verticale et renifle l'air autour de lui. Un soleil vibratoire éclate aussitôt du plexus, sous la superposition de ses deux vifs. L'impact énergétique me percute de plein fouet, je recule, il est en train d'exploser — d'émotion et de rage. Il se lève, nous sommes déjà à cinq mètres de lui mais sa voix rauque nous pénètre avec la virulence du nephèsh qu'il expulse :

— DONNEZ-MOI DE LA TERRE… DONNEZ-MOI DE LA TERRE À CONTRER !

Que je ne crus pas ça possible est sans importance. Puisque ça *eut* lieu : le double vif de Golgoth et de son frère fusionnèrent. Dans la trame, sous le rayonnement incident, une demi-douzaine de chrones sortirent de leur trajectoire. Le tissu local se déchira sur une bonne centaine de mètres sous la percée du flux intensif. Il n'y eut pas de rencontre avec un psychrone, je peux l'affirmer de parole d'aéromaître, pas de déclencheur autre que sa propre hargne endogène. Golgoth venait d'entrer de lui-même dans sa neuvième forme, je veux dire qu'il la suscita de ses propres nerfs, dans ses os, de ses muscles seuls, par sa propre moelle et la lave de son sang, il l'excarna tout entière de lui pour la poser dans l'espace, en vis-à-vis. Bugne à bugne. Alors il avança droit vers la falaise, oui. Il ne chercha pas à *essayer*, à tester la consistance compactée de l'air sous sa semelle — il savait, il sut qu'il pouvait — il avança — au cran — sans marquer la moindre rupture à l'endroit où la Terre était sectionnée et basculait dans le ciel. Il fit un pas dans le vide, inimaginable — un pas fou. La ligne de falaise n'avait pas bougé. Elle ne se décala pas d'un mètre vers l'amont, pas de miracle de ce type, ça non.

C'est Golgoth — c'est Golgoth seul qui créa le sol sous ses pas.

Il fit une seconde enjambée, puis une troisième, et c'était comme si la force de se soutenir contre la gravité sourdait à travers la longueur de sa cuisse, par son mollet, de ses bottes ferrées de vif. Et de fait : elle en sourdait. Sov, comme moi, comme Pietro, était hébété, il chancelait. Il me jeta un appel du regard, une demande de bouée rationnelle qui voulait dire « explique-moi, dis-moi que nous sommes en train de décrocher » et je n'eus pas la présence d'esprit de répondre, le moment me dépassait, j'avais…

— Il va se dissoudre… finis-je par lâcher.

— Quoi ?
— Il pourra pas tenir, il pourra pas… Il carbonise son vif…

π Golgoth avançait sur un pont d'air. À chaque nouveau pas, il aurait dû tomber. Mais il ne tombait pas. Il était à quinze mètres en amont de la falaise maintenant. Chaque fois que sa botte se leva et retomba, un bruit de vitre, de fer sur une vitre, se réverbéra jusqu'à nous. Il contrait. Il contrait face au ciel. Il contrait pour lui-même. Je pense qu'il partit ainsi chercher à sa façon le sixième Golgoth. Pour le dépasser d'une toise. Je pense surtout qu'il s'offrit ce luxe extrême d'une dernière Trace qu'il ne voulait plus devoir à quiconque.
— Diamant de contre ! En étai ! En étai derrière ! Chaîné-compact !
— Traceur ! hurla Pietro, la voix éraillée par l'émotion.
— Ouais, prince ? Qu'est-ce ça dit dans le Pack ? Ça suit ? Je sens du flotté dans la traîne ! Compact les gars ! Sec ! Goinfrez les trous !
— J'arrive, je ramène le Pack, lui cria Pietro.
— N'y va pas ! Reste où tu es ! Tu peux pas le suivre ! Pietro, par pitié ! Personne peut ! implora Oroshi.
— En étai ! Calez les appuis ! Ça breloque trop au rafalant, merde !

) Avant que j'aie pu le plaquer au sol, Pietro avait atteint la rampe jetée par Golgoth sur le vide. Il ne le fit pas par folie — il le fit, j'en reste persuadé, parce qu'il savait ne plus avoir la force de supporter une mort de plus en spectateur, parce que Golgoth l'appelait, parce que la grandeur même de sa vie tenait dans ces quelques mots de contre qui nous tramaient et qui, prononcés ainsi par le Goth, résonnaient dans nos vertèbres jusqu'à l'enfance. Il ne ramena pas le Pack à notre traceur ; il ne mangea pas l'espace qui s'agrandissait ; il apporta juste, quelques secondes suspendues, la confiance en un combat dont la valeur ne pouvait plus être cherchée hors de nous, par la quête révélée dérisoire qui lui avait pourtant donné depuis huit siècles son alibi. Il emporta avec lui cette noblesse de trempe qui lui venait de l'autodiscipline — comme nous tous, et d'une probité foncière, altruiste au tréfonds, dont Coriolis, en le rejetant, n'avait su soupçonner le panache.

Vaincre la neuvième forme pour Pietro aurait consisté à surmonter une troisième fois sa honte de rester en vie quand Golgoth risquait si lumineusement la sienne ; elle impliquait une vilenie et une lâcheté que la construction longue de son être était inapte à couvrir, encore moins à incarner. Il ne voulut pas accepter cette corruption finale — et devant ce choix, il n'y a pas à discuter, juste à saluer. Et se taire.

X Ce chemin n'avait pas été tracé pour qu'un hordier l'emprunte à sa suite. Ce pont n'avait de consistance que pour et par Golgoth. La chute de Pietro fut instantanée. Je ne sais pas quel ultime trait prit ce visage dont il avait rêvé voir la vérité au bout de sa quête. Son vif, lui, ne bougea pas et la masse de chair lui passa à travers sans l'embarquer. J'étais prête pour l'accueillir. Pietro aussi s'était préparé depuis longtemps. L'assimilation se fit naturellement. Sauf pour le bébé, qui réagit très mal à l'intrus, en turbulant et en me vrillant le ventre. J'avais mal, j'avais envie de m'allonger, mais je me redressai. Puisque là-bas, Golgoth continuait à avancer…

Ω *Vingt toises à peine Gogol, la traceuse est devant, galope ! sors-toi les tripes, va lui chopper les roustons, tu peux la hourder frérot, les crocs dans les roues, à la mâchoire, yak ! tu mets les molaires à même l'essieu et tu serres ta putain de gueule de louveteau sur la fonte jusqu'à que tu sentes tes gencives qui pissent la limaille, attaque ! allonge ta foulée de nabot — dix toises encore, à coup de chailles je te dis ! croque dans la roue ! t'es qu'un frein à disque, je veux voir gicler l'étincelle de ta gorge, mords dedans, mords la galette d'acier ! oï ! oï ! tu la rattrapes…* — Claque un peu ton bec mon Golgotheau, t'as rien vécu t'as juste de la gueule, le premier furvent t'étais raclé devant papa-maman, alors laisse-moi faire, tu me dois tout, je vais lui grémir les vertèbres, à la Traceuse, et te la basculer latéral, d'un coup de reins comme t'en as jamais vu frangin, à se déboîter le tronc, chuis le meilleur, ancre ça, le premier du monde — *y a Golgoth 6 qu'a roté dans cette lande avant toi, t'as percuté ou pas ?* — Je suis devant lui maintenant, mesure les toises de la falaise, calcule au cordeau ! — *pas encore, t'y es pas encore frérot, faut faire la Trace ensemble, mets tout ce que t'as, foudre-toi !* — La traceuse file à toute berzingue, si je la croche pas maintenant, elle va couper la ligne — *et ils recommenceront à zéro la formation sans toi, y aura un autre Traceur de désigné, alors tu seras plus rien, rien de toute ta vie, t'auras plus qu'à te saigner* — j'ai la trouille, mon cœur cale, j'y arrive plus, j'ai du plomb fondu dans les cuisses frérot, je pue la crampe frérot, la crampe monte frérot… — *tiens le coup, souple, je vais descendre te souffler dans les fibres, tu vas plus rien sentir, tu vas voler, tu voles, regarde !* —

— Comment il arrive à faire ça ? Comment c'est possible ?

— Il… Il est en train d'utiliser son propre vif pour construire le pont… Il prend la matière à sa source…

) La voix de Golgoth a cessé de retentir, d'en appeler à Pietro ou au Pack. À l'extrémité de sa trace de terre bleue, il se tient en suspension — à

peine un arc lancé du plateau, inachevé — en attente de la force d'un autre pas. Déséquilibré, son casque enfoncé, le pont tissé de fluences oscille, il scintille d'éclats sous l'impact ascendant des bourrasques, Golgoth hurle à nouveau, un flot de latérite sort de ses genoux et ruisselle devant lui, il abat sa botte gauche sur la surface filante, soulève la droite, hésite de façon imperceptible, l'abat. Il lève la tête devant lui, paraît alors fixer une forme fascinante et…

— Reviens ! Tu peux encore revenir !

Insensiblement et ligne après ligne, par le trapèze de fonte bordé des quatre roues pleines, par la pyramide évidée et soudée au châssis, par les pales enfin de l'éolienne de trois mètres d'envergure boulonnée au sommet, l'armature d'une traceuse se dissocia du mur azuré, à deux encablures en avant de Golgoth. Tandis que j'assimilais le mirage, j'entendis le véhicule distinctement grincer, prenant un mètre de plus sur le Goth. L'apparition, encore approximative et chancelante, gainée de flou, se précisa alors avec une exactitude solide. Des grains de rouille piquetèrent les hélices. Le montant droit, cintré par une chute, se déforma sans équivoque. L'acier du trapèze brilla sur les zones que le sable avait dû décaper. — Se précisa jusqu'à la clarté intacte des sons qui croassaient de cette traceuse métallique hors d'âge, lourde comme on en forgeait trente ans auparavant, à l'époque… Oui, à l'époque où Golgoth affronta la Strace qui le consacra.

En moins d'une minute, à la manière d'un scribe surdoué qui aurait, sur une ultime phrase, joué la totalité de sa puissance de prose dans l'espoir d'extirper de son imaginaire un fragment de vie — brut et insécable — plus consistant que toute scène vivable ou vécue, Golgoth brûla devant nous la coque de chair, de viscères et de rêves qu'il avait si prodigieusement habitée quarante-cinq ans durant pour en exhiber, dans la rigueur du réel, le kyste de sa quête — ou pour mieux dire : son noyau. Il n'avança pas simplement sur une terre que lui seul avait la faculté de s'inventer. Il ne dépassa pas seulement, à plusieurs arpents près, le point le plus en amont du monde humain. Cela, il le fit, sachez-le ! Il ne se contenta pas de montrer que la seule trace qui vaille est celle qu'on se crée, à la pointe extrême de ce qu'on peut. Non : il utilisa la matière de son corps pour affirmer le passage, pour assurer la poursuite. Tout le temps que sa torche de chair brûla, sa silhouette de feu fut en marche sur le pont — et la Traceuse continua à contrer. Arriva un moment où il ne resta à Golgoth plus assez de muscles et d'épaisseur de viande pour alimenter la combustion, plus assez de substance intestine pour nourrir la vision du noyau, de sorte que son corps se répandit à

l'horizontale dans le prolongement du pont d'air, en une fine nappe de flammes oxygénées au vif —

Devant lui, la Traceuse persistait, elle remontait le vent sans fléchir, *adagio*, sur un rythme de plus en plus profond et de plus en plus serein, il me sembla. La rouille bientôt s'effaça, la ligne polie des montants devint floue, les roues en acier cabossé et le châssis se brouillèrent, jusqu'à ce qu'il ne reste à regarder que la rotation rassurante de l'éolienne qui tranchait l'air bleu, qui s'engourdissait doucement et dont les pales finirent elles aussi par se dissoudre. Mais le bruit — le bruit lui demeura encore longtemps après la dissipation de la quête, je parle du bruit de froufrou des quatre pales qui hachaient les rafales au ralenti. Pour moi, les pales n'ont jamais cessé de tourner : c'est juste que la Traceuse est désormais infiniment trop loin pour qu'un tympan humain puisse encore les percevoir. Et pourtant, elles tournent…

— Sov, viens vite, Sov ! J'ai des contractions ! Je vais accoucher !

— Tu n'as pas essayé de récupérer le vif de Golgoth, hein ? Tu n'as pas fait ça ?

— Je n'ai pas eu le choix. Je ne pouvais pas le laisser errer dans le vent linéaire !

— Tu as déjà encaissé Callirhoé et Pietro ! Tu attends un enfant, ton organisme ne va pas tenir, tu prends trop de risques !

— C'est trop tard de toute façon, ils sont là !

— Son frère aussi ?

— Non, son frère s'est consumé pour nourrir la vision. La Traceuse, c'était lui.

— Comment tu te sens ?

— J'ai le ventre qui tourbillonne. J'ai l'impression d'abriter une rafale. Le bébé a très mal réagi aux vifs étrangers. Il ne supporte que Callirhoé. Je crois qu'il veut sortir.

— Il va sortir ! Je vais t'aider à accoucher. Mais par pitié, ne meurs pas, je t'interdis de mourir !

Fort heureusement, ce fut une fausse alerte. Oroshi n'accoucha que deux jours plus tard, selon un déroulement qui resta aussi proche que possible de la biologie humaine, si ce n'est qu'à la fin, le bébé s'éjecta tout seul de l'orifice en chuintant et que bon…

X Je crois qu'on peut dire que nous eûmes deux semaines de bonheur béat. Nous en oubliâmes les morts, la Horde détruite, l'Extrême-Amont — tout ! Le bébé nous arracha à nous-mêmes, il nous jeta dans l'éblouissement.

Un éblouissement continu, renouvelé. Il ne ressemblait à rien d'imaginable, il ne pesait rien, il n'était ni bien formé ni difforme, il n'avait de toute façon pas de forme, pas de figure stable j'entends. Il était pourtant d'une beauté extraordinaire, avec sa boule souple de vent clair qui parfois s'humanisait, prenait un visage et une peau, croisait en passant le pli d'un sourire. De l'autochrone, il avait manifestement l'architecture de souffle et le potentiel de métamorphose, qu'il utilisait à plein. Mais de l'humain, il avait aussi l'empathie et l'amour puisqu'il restait toujours près de nous et il jouait, à sa manière, avec une intelligence qui me faisait fondre, qui me rendait si fière. Il cherchait parfois, très souvent en fait, plus que ne le voyait Sov, à prendre une apparence de bébé, à se faire des petits bras mignons et des jambes, une tête de poupon, avec maladresse c'est sûr, mais il essayait, il sentait que ça nous rendait heureux. Comme son premier père, Caracole, il s'humanisa d'abord par la voix, par glossolalie et gazouillis sifflants, jusqu'à ce qu'il se forme des lèvres et qu'il apprenne à téter. Le jour où je lui donnai la première fois le sein, nous rayonnions d'enthousiasme et de joie — « on va y arriver répétait Sov, tout ému, il s'apprivoise le chaton, il va petit à petit s'approcher de l'humain, tu avais raison, ce gosse est une merveille du vivant. »

) Trois jours plus tard, Oroshi était morte. Le chaton, le barf, la tourboule, le rafalou, Éolo, Carasov, Orosovsca, Barouf — nous avions décidé de ne pas lui imposer de nom fixe, qu'il était trop changeant pour recevoir l'infamie d'une seule identité, trop mobile et multiple pour ça — l'avait vidé de sa vie. Il se développait très vite. Il avait besoin de matière à assimiler, de cellules humaines. Oroshi se sentit bien partir, elle ne fit rien pour arrêter les tétées, elle se prépara juste à compacter son vif pour me le transmettre dans les plus propices conditions, et elle choisit le moment. Ce fut par une nuit d'amour en pleine lande où elle s'offrit au plus profond, où elle me donna tout, son plaisir à cri, l'espoir qu'elle mettait en moi et ce vif qui m'habite aujourd'hui, qui me grandit tellement. Son vif m'a ouvert d'un coup à sa perception ramifiée du tissu, à cette liberté pour moi si neuve d'affecter et d'être affecté, de prendre et de donner prise à des forces inhumaines, des flux de couleurs et de sons, des vents traversants, des forces de germination que je capte, dont je me sers, plus proche désormais de la pluie et de la braise, d'un ruisseau qui me coule à travers ou de l'herbe qui me pousse et que j'arrose.

Le lendemain, je l'embrassai sur la bouche et la laissai couchée en plein vent, offerte aux rapaces, ainsi qu'elle l'avait voulu.

. . . , . x . , . . ˘

D'Oroshi, je ne garde pas un souvenir, je garde une présence intime et quotidienne, une exigence que je sens pulser en permanence en moi, cette quête chercheuse d'un sens qu'elle réactive sans cesse dans mes fibres et dont elle contrecarre, dès qu'elle l'éprouve chez moi, la fatigue. Bien sûr, je ne peux plus lui parler et entendre le hautbois de sa voix, je n'ai plus sous les yeux son port altier et ses amandes noires qui me dévisagent, ses cheveux de jais noués en vortex, avec ses babéoles manufacturées au petit matin, qu'elle fichait dans sa coiffe — « mes alliées » disait-elle. De nuits d'amour, je n'aurais plus le bref miracle, trop espacé, si précieux à ma propre énergie pourtant. Je sens juste qu'elle est là, en moi. Et ça m'aide à tenir.

Pourquoi suis-je parti plein nord, le long de la ligne de falaise ? J'avais d'abord l'espoir, même ténu, de retrouver les jumeaux et puisque j'avais promis à Pietro de parcourir la totalité de la ligne jusqu'aux franges glacées de la bande de Contre, afin d'infirmer ou de confirmer l'hypothèse que la Terre s'arrêtait là, j'ai dû choisir un côté — ce fut celui-là.

‘ ; … ‘ . . ^ ; … ˇ

Notre fils, ma fille, notre chose me suit erratiquement, je m'en occupe — c'est mon autre serment — je n'ai pas eu le courage de le chasser après ce qu'il avait fait. Je sais qu'Oroshi n'aurait pas supporté que je le chasse. Il n'a pas fait ça par cruauté. C'est un autochrone, il cherche sa voie, des modes de stabilisation pour son énergie, les façons d'assurer sa consistance. Il déviffe beaucoup d'animaux le long de ma trace, il dessèche trop d'arbrisseaux, je le sais ; il a déjà assimilé Callirhoé, il me tuera peut-être sans le vouloir. Avec lui, avec les vifs de Golgoth et Pietro en errance proche, avec Schist qui m'épaule, j'ai ma petite horde, ma petite escorte chaotique et turbulente, dont j'apprends aussi à apprivoiser les humeurs et à les anticiper, un peu.

Je me souviens de cette dernière nuit avec Oroshi où elle m'a reparlé de la neuvième forme. Elle m'a avoué qu'elle aurait dû y passer lors de l'accouchement, qu'elle en avait eu la hantise : d'être déchirée de part en part par son fils de vent. Longtemps, elle a cru que ce serait sa neuvième forme, l'envers implacable de ses recherches aérologiques. Ça l'a été, mais autrement. Je lui ai demandé alors ce que serait ma neuvième forme, si je la rencontrais un jour… Et quand. Elle m'a souri comme à un môme, en me caressant la tête et :

— Tu la rencontres déjà… La tienne est endurante, petit sovageon, elle durera, elle ne te lâchera pas comme ça…

— Qu'est-ce que c'est, accouche…

— C'est déjà fait ! plaisanta-t-elle. Souris un peu… Quelle est ta quête, qu'est-ce qui te donne envie de vivre ?

— Vous. Ce qui nous unit… nous unissait. Notre force collective, notre tissage. Cet amour qu'il y avait entre nous, sauvegarder ça, le maintenir, je ne sais pas…

— Tu viens de décrire la huitième forme en toi. Et c'est le lien. Ta neuvième s'en déduit, elle en est l'ombre. Tu ne devines pas ?

— Non.

— Ta neuvième, c'est la solitude, Sov.

Les mots ont adhéré à mes parois. Je n'ai pas su en racler la poisse. J'ai dit :

— Comment je vais survivre à ça, garder le goût de continuer après ta mort…

— Grâce à ta capacité de peuplement. Tu vas nous faire revivre, tous, par ta seule puissance de scribe. Tu acquerras le nephèsh, les blocs-souffles, tu créeras des glyphes, le pont nécessaire pour nos vifs, par ta voix.

— C'est impossible. Arrête ! Je ne sais même pas de quoi tu parles ! Tu me surestimes…

— Caracole t'aidera, ne t'en fais pas… Barouf aussi. Et moi surtout, je t'aiderai !

¿' · · · - O¿ ~ ,' x ·

Mais personne ne m'aida, ce n'est pas vrai. Les pas que je fis après avoir laissé Oroshi aux rapaces, ma déambulation hagarde, écrasée de tristesse, au bord du plateau vide, et saturé de chrones, vide et saturé sans cesse, vide, sur plus de trois mille kilomètres de marche, jusqu'à l'étendue de glace crevassée, cisaillée de crivetz, qui marque de manière si caractéristique la limite de la bande de Contre, ces pas, je ne les ai dus qu'à moi. Ma neuvième forme ne se présenta pas d'un seul tenant, par une épreuve spectaculaire qui aurait résumé mon combat ou qui en aurait compacté l'évidence. Elle s'intersticia juste, par fragments froids, partout, entre mon amour, entre, et ceux que j'aimais. Partout où ma chaleur m'échappait vers eux, à chaque minuscule pensée qui m'y ressoudait, à eux, à chaque, leur absence coupait au ras l'étoffe. La neuvième, hein. Bien sûr demeuraient noués ces écharpes multiples, les souvenirs, mais c'était comme s'il fallait désormais

que le passé puisse luire aussi chamarré, aussi intense que ce présent où ils n'étaient plus là. Et ça, je n'y étais pas préparé, à ramener à force d'exactitude et de concentration, de l'arrière-plan d'instants révolus, une *présence* suffisamment solide pour hanter la viduité de ce plateau extrudé d'un Golgoth. Je manquais de mémoire — plus encore de l'habitude d'une mémoire qui fut prégnante, à cran et à croc, apte à extravaser dans ma gorge, pour salive, le sang des moments vécus ensemble.

Ma première semaine de solitude fut un vide cru. Ramasser le bois. Revenir. Faire le feu seul. Chasser sans Firost, sans Golgoth. Sans Tourse pour lancer Schist au poing. Je ne savais pas le lancer, pas l'appeler au taquet, pas lui faire empiéter le moindre lièvre. Je ne savais même pas quelle plante cueillir et cuire, je priais vers Aoi, je cherchais comment Steppe, ce que Coriolis avait retenu, elle qui les avait remplacés, si bien finalement. Si bien. Tout me paraissait maintenant herculéen. Manger. Manger seul. Parler aux buis. Trouver où dormir. Éviter les chrones, les zones à lumens la nuit, le piège des sonochrones, anticiper seul.

Les vifs avaient beau battre leur tambour d'échos, tout autour et en moi, faire pièce au néant, soutenir : le vif poignant d'Oroshi, gabelé d'ondes, varié, rythmique, le vif hyperdense-expansif de Golgoth, celui régulier et rassurant de Pietro, j'avais beau en accueillir, par vagues, la puissance, ça ne changea rien, pas encore, pas suffisamment pour éviter le suicide que je frôlais aussi souvent que le bord de la falaise.

Au neuvième jour, je fus pris dans une violente bordée de psychrones et je fus incapable de les éviter tous. Je ne sais pas ce qui se passa hormis qu'à la fin de ma traversée, choc sur choc, je repris conscience debout face au précipice, à un pas de basculer. Il n'y avait plus rien ni personne en moi, aucun son ni onde, une coque vide enfilée sur une vertèbre, moins que ça, la chute devant, coulante et facile, juste relâcher la colonne, coulisser de l'échine, s'affaisser un peu, partir enfin. Rejoindre le matelas des nuages… Rejoindre Oroshi…

Je penchai le cou vers la plage blanche, m'approchai encore, qu'il n'y ait plus d'esquive possible à ma chute, Schist craillait autour je crois me souvenir, il y avait entre ma vie et le saut aucune préférence plus d'hésitation j'étais au-delà à somnambuler sur la tranche de l'amont juste bien certain aux tréfonds de l'inanité de la farce désormais, la farce immense des Hordes… En volutes défilaient les mensonges sages du Conseil de l'Hordre, doctement martelés à Aberlaas, la fumisterie des Hordes moutonnantes de petits gorceaux comme moi formés à y croire fort-fort nek, fort-fort les gars, l'orgueil dérisoire rétrospectif de traverser une flaque, de

couper dans des lacs glacés et des montagnes, d'escalader cent mille fois sa hauteur de tronc pour retomber là sur l'alpage, magnifique quête, bravo, et tous ces vents affrontés sous cette multitude d'angles et de formations, parles-en Sov, les neuf foutues formes laborieusement conquises et recollectées, notre contre balbutié jour après jour en goutte ! en diamant ! en spinifex ! litanique et crétin, tout ça pour arriver où, à quel misérable miracle, tout ça pour toucher des ongles le bout de la grande table, le plateau d'herbe à brouter et comprendre que ? Comprendre que le vent, bien sûr bien sûr, n'a pas d'origine, vient de rien, du ciel, de devant, vient hein, il vient et dévale et délave est-ouest, et nous l'élite formée à se cogner le front dedans, les bêtes de somme chargées au mythe lourdingue, avec aux flancs nos sacs de normes mastoques, les remorqueurs de traîneaux à roues de bois, les racleurs de sable aux crampons émoussés, nous autres les fiers-fiers-fiers, tous morts pour connaître le fin mot d'une quête qu'une flopée d'ærudits connaît depuis des lustres, rigolez dans les pharéoles, rigole bien, Ne Jerkka dans ta tour d'Ær, souris avec nous… Sov part à son tour maintenant… Sov part…

‘ ((( ))))))

— *La neuvième forme tue à coup sûr le chameau. Elle blesse à mort le lion. Mais l'enfant que tu sauras peut-être devenir pourrait lui survivre. Ces trois métamorphoses peuvent être les étapes d'une vie, d'un amour, d'une quête… Penses-y quand tu seras sur le bord du monde, en Extrême-Amont. Penses-y quand ils seront tous morts et que tu resteras debout, seul sur l'alpage avec le ciel nu devant toi. Pense à moi ce jour-là et rappelle-toi de ce moment que nous vivons ici même, rappelle-toi de cette phrase que je prononce à haute voix, de chaque mot qui la compose. Tu m'écoutes, Sov ?*

— Oui.

Ce qui me sauva du suicide, ce fut ce souvenir précis. Ce timbre léger, tintant, surgi dans l'engourdissement de ma mémoire, la déchirant par couches, ces quelques phrases fantasques de Caracole dans la tour d'Ær, prédiction parmi d'autres, ce cri jeté jusqu'à moi de là-bas, de tant d'années, le câble. Il est des phrases qui parlent longtemps après, très soudainement.

Ce qui me sauva ensuite, au fil des jours monologués, avec le recul, avec les semaines, ce fut le vif d'Oroshi, son moteur bruissant et mon amour équivoque, méfiant autant que charnel, pour cette boule de vent clair, couleur de soleil d'aube, qui m'accompagnait et qui, d'une façon ou d'une autre, que je l'accepte telle quelle ou pas, était attachée à moi et au vif de sa

mère : Barouf ! Ce qui me sauva, ce fut l'image de mon père guettant dans le futur l'entrée du défilé de Norska, y croyant encore, je veux dire à mon retour, c'était de me figurer sa joie quand je rentrerai, même avec cette nouvelle cruelle d'un monde fini et sans le moindre miracle à sa source. Ma douceur se blottit beaucoup autour du visage pur d'Aoi, dans le rire tranquille des jumeaux que j'imaginais sur leurs chevents et dans cet espoir que Coriolis écartait encore quelque part les mèches châtaines de sa bouche de nymphe.

Je ne m'en sortis pas en les oubliant. Je ne vainquis pas ma solitude en m'égorecentrant pour aller puiser d'un noyau hypothétique, qui me fût propre, l'envie *personnelle* de continuer à exister. Mon corps ne surmonta pas la neuvième forme en se tranchant, au pli de mes poignets, la myriade de mains qui caressaient, qui serraient encore ces rameaux d'autres poussées dans la Horde, et les nuques, les épaules, les ventres et les visages, ce fut profondément le contraire : je m'en sortis à la force du nœud, à la corde à mémoire, par la fureur interne d'une restitution perpétuelle de tout ce qui restait vivant d'eux en moi et que j'avais su conserver dans la plénitude de leur déroulé. À mes yeux, cette parcelle encore liquide, qui ne cristallisait pas, cette part capable de se survivre dans ma conscience, de défiler intacte et d'habiter ses bribes, méritait le nom de vif puisqu'elle ne libérait que le plus vivant de mes relations à chaque hordier, ça et rien d'autre (bien qu'une poussière de scènes légères l'accompagnât souvent). Ces réminiscences, c'était comme des nappes d'amour piégées dans l'épaisseur de mon corps souvenant. Des nappes d'où sourçaient le charme de gestes frêles, de chuchotements, de feux menus, de demi-sourires francs qui faisaient que Callirhoé se détachait de toute femme connue, qu'Oroshi dressait encore matin après matin cette silhouette d'intelligence altière ou que Pietro, si touchant dans sa probité inquiète, ne ressemblait à aucun autre prince.

Je m'en sortis parce que je compris, du cœur de mon effondrement, que toute la Horde n'était encore debout sur la lande que par ma faculté active à la faire vivre. La solitude n'existe pas. Nul n'a jamais été seul pour naître. La solitude est cette ombre que projette la fatigue du lien chez qui ne parvient plus à avancer peuplé de ceux qu'il a aimés, qu'importe ce qui lui a été rendu. Alors j'ai avancé peuplé, avec ma horde aux boyaux, les vifs à un pas et une certitude : l'écroulement de toutes les structures qui m'avaient porté jusqu'ici — la recherche de l'origine du vent, les neuf formes, l'Extrême-Amont, les valeurs et les codes de ma Horde — ne m'enlevait pas, ne pourrait jamais m'arracher, pas même par leur mort, ce qui ne dépendait, authentiquement, que de moi : l'amour enfantin qui me nouait à eux.

Après deux mois et trois mille kilomètres de marche, je tournai le dos, aussitôt atteinte, à la frontière nord de la bande de Contre. Au-delà, le lichen n'accrochait plus au miroir du sol et aucun animal n'y risquait la patte. Au-delà régnait le furvent polaire — et je connaissais pas un Oblique, fût-il de la Flibuste, qui s'y fut aventuré plus d'une journée ni qui ait cherché à savoir, sauf à une table de taverne, ce qu'il pouvait y avoir au bout — aucun intérêt. Maintenant, de cette limite nord, j'avais en toute logique environ quatre mois de marche pour atteindre la limite sud. Je pourrais alors, mon serment à Pietro honoré, avaler plein ouest, en contournant Krafla, jusqu'à Camp Bòban et en priant les dieux du froid de me laisser repasser Norska sans décramponner au premier couloir, avec le peu de matériel qu'il me restait.

Le hasard est ainsi maître que je n'eus pas à réaffronter Norska, pas même à marcher jusqu'à l'Extrême-Sud. Car le jour où je retrouvai le paysage familier de notre premier camp, lequel marquait mon point zéro, à un kilomètre environ de l'endroit où Golgoth s'était immolé dans sa quête, je vis surgir du précipice un objet inimaginable —

C'était un bouquet. Un bouquet de parachutes rouges, hémisphériques, disposés en ombelle. À perdre haleine, je courus vers la falaise. Je ne vis pas tout de suite le câble qui retenait l'ensemble, duquel se ramifiait la volée de filins aboutissant aux corolles. Sur douze, trois parachutes étaient en torche mais le reste tenait bon, suffisamment pour tendre le câble principal et faire du bouquet un authentique cerf-volant d'altitude, conçu par un aérologue de très haut niveau en prévision de conditions extrêmes.

Ça, ce fut ma première réaction parce qu'en m'approchant du précipice, je constatai que la toile qui constituait les parachutes n'était pas en tissu, pas plus que les câbles n'étaient en acier fileté, à la façon des Fréoles. Les parachutes étaient un amas de méduses pourpres et le câble l'unique tentacule qui pendait des bulbes… Non — non, j'avais eu peur — ce n'était pas ça non plus, bien qu'en un sens, ce fut plus déstabilisant encore : l'ensemble était purement végétal. Il s'agissait en fait d'une sorte d'ombellifère géante dont le câble formait la tige et les parachutes des calices inversés qui contenaient, déployés à l'intérieur, un velours de pétale en couche, dont la résistance à l'abrasion et aux éclats défiait ma botanique.

Pendant plus de deux heures, je me tins fasciné au bord du gouffre, à regarder cette écoufle fantastique absorber l'humidité du brouillard et refleurir, en cycle, ses coupoles déchirées ou fanées. J'avais sous les yeux un cerf-volant parfait dont la race qui l'avait inventé et qui l'utilisait ainsi ne

pouvait qu'être extra-humaine et supérieure à la nôtre. En un éclair me parcourut l'intuition d'un monde prospérant au pied de la falaise. Je n'imaginai même pas de sol réel mais je vis — dans une percée — un univers suspendu dans les airs, une flore immense et flottante, poussant en grappes sur un terreau riche de nuages, se pollinisant sans insectes, par le vent. La cage qu'avait vue Coriolis avait bien existé. Et la phrase déroutante : « Là-bas, la terre est bleue comme une orange », lue à la tour d'Ær, libéra enfin son jus : dessous proliférait un cosmos végétal — en quelque sorte le fameux jardin des Origines de Steppe, à ceci qu'il puisait dans un humus de rafales fertiles, qui était la vraie source du Vivant. Cet univers nous expédiait un signe, il lançait une bouteille dans l'océan du Haut, avec l'espoir que quelque chose répondît. J'allais répondre, oui, j'allais assurer la jonction !

Ébranlé par mon enthousiasme, j'enfilai mon harnais et mes gants, sanglai mon sac à dos, fixai les deux mousquetons qui me restaient de Norska, une longe sur ma hanche et mon descendeur à la poitrine au cas où la tige s'affinerait plus bas. J'attendis que le vent se stabilise un peu, je parvins même à anticiper l'accalmie (je progressais) et le moment où une salve suffisamment soutenue ramènerait le cerf-volant au ras de la falaise pour — après une hésitation — sauter !

Une forte odeur de fleur m'accueillit au moment où j'agrippai la tige axiale. Le contact était rugueux et ferme, proche d'une branche. Je commençai aussitôt à me laisser glisser, freiné dans ma chute par les ascendances qui remontaient la paroi.

Je fis ainsi (je ne sais pas) je dirais deux cents mètres. Barouf filait le long du câble à deux longueurs devant moi et sa présence était plus que revigorante puisqu'il assurait une sorte de bouclier aérodynamique contre les bourrasques les plus sévères et délibérément ou non (je voulais croire que oui), il me protégeait.

À l'entrée du matelas de cumulus, la luminosité déclina et je sentis au froid subit qui traversa mes gants que la texture de la tige avait changé : j'empoignais à présent un câble, un câble d'acier et mon enthousiaste primitif se rétracta. Et si la corolle là-haut n'était qu'une bouture ? La résultante d'un chrone végétal ? Je glissai encore deux mètres et je tombai sur un anneau rouillé autour duquel avait été mousquetonné un cylindre inoxydable. Je me mousquetonnai moi-même sur l'anneau, bénissant ce moment de repos tant j'avais les paumes raclées malgré mes gants de cuir et les bras déjà durcis, moitié de tension nerveuse, moitié à cause de l'effort. Le couvercle du cylindre, cabossé, fut un cauchemar à ouvrir. J'étais dévoré

par l'inquiétude et la curiosité. À l'intérieur, je découvris une tablette en cuivre que je sortis avec soin, la serrant de toute ma poigne pour ne pas qu'elle m'échappe des mains. Sur le cuivre, il y avait trois gravures : la première représentait un oiseau, ailes écartées ; la seconde un nuage ou alors une méduse ; la troisième le soleil, ou la lune, ou un ballon. Le tout était naïf et inconsistant. Humain quand même, au moins ? J'étais incapable de le certifier : infra-humain plutôt, arriéré et débile ! Est-ce que ça représentait un message ou une menace ? Je n'en avais pas la moindre idée. Je repensai à mon père à Camp Bòban, à la petite Aoi là-bas. Est-ce que je pouvais encore remonter, encore revenir ? Est-ce que je le devais, qu'aurait fait Oroshi à ma place ? — mais la question ne se déplia pas car elle avait une réponse — immédiate : elle aurait foncé vers le bas, elle me le disait par son exaltation pulsatile dans ma nuque. Finalement, entre mes deux envies, ma volonté se fia à la plus viscérale : je poursuivis ma descente vers le chaos.

Il y eut d'autres anneaux, vides ceux-là, certains brisés par la rouille, sur bien une centaine de mètres, puis plus rien qu'un câble lisse trop épais pour que j'y fixe mon descendeur.

À moins mille mètres au cœur de la couche de nuage, les conditions aérologiques se dégradèrent de façon tragique. Du câble, je compris vite qu'il était le cordon ombilical qui me reliait encore à la huitième forme — un fil de vie auquel j'eus la présence d'esprit d'accrocher mon mousqueton ventral afin de n'être pas arraché et projeté contre la falaise par les déferlantes. Lors d'un répit, je parvins à sortir du sac mon casque de furvent et je le verrouillai en intégral. À maintes reprises, je dus plonger tête en avant pour continuer à me hisser vers le bas tant les thermiques me soulevaient. Très vite, il n'y eut plus de répit. Plus rien qu'une descente vertigineuse dans le ventre des cumulus sous la furie croissante des rafales qui faisait osciller le câble et générait des ondes en S tuantes parce qu'elles vibraient dans mes poignets et les muscles de mes bras et tintaient contre les os de la malléole et du genou.

Je ne sais pas combien d'heures je tins ainsi, jusqu'à ma première crampe au triceps qui me fit lâcher. Je me souviens m'être excorié aux tibias dans le réflexe panique de freiner ma chute. Je me souviens aussi qu'à une certaine altitude les courants latéraux sont devenus si violents que mon corps fusait à l'horizontale comme sur une tringle — tenu uniquement par le harnais, le mousqueton ventral raclant sur un rail d'étincelles — pour finir par remonter sous la poussée, des dizaines et des dizaines de mètres, avant de rechuter aussi vite vers le bas, sous le ressac

de ce que je ressentais comme une énorme vague de vent, une monstrueuse déferlante.

Je me souviens surtout que j'ai demandé pardon à Oroshi quand j'ai su que j'allais mourir. Je me souviens que Barouf n'a jamais cessé de rester à quelques mètres de moi, sans que je comprenne comment il pouvait n'être pas fracassé contre la falaise ou lancé en l'air ou écrasé en bas — s'il existait un « bas » parce que je chutais déjà depuis une somme d'heures incalculable, démesurée.

Que j'aie perdu connaissance par étouffement ou par épuisement, parce qu'un objet charrié dans le flux m'a fendu le casque ou pour effacer la douleur atroce de mes plaies injectées d'éclats, n'a pas vraiment d'importance. Il est possible que mon mousqueton ait fini par céder à l'abrasion, lui ou le harnais. Il est probable que j'ai dégringolé dans le vide à travers les rouleaux massifs de vent qui percutent la falaise, que j'ai été freiné par des ascendances et même amorti vers la fin par l'épaisseur invraisemblable des couches d'air qui circule à la base de...

— Dégagez-moi ce cadavre ! Il va me boucher les grilles du rotobroyeur !

— Il est peut-être encore vivant ! Martia, tu vas voir ?

— Vous perdez du temps les gars !

— Il est tatoué ! Il a une carte dans le dos !

— Ouais, et son fils, c'est le dixième Golgoth ! Vire-moi ce tas de pus de la grève ! Ils annoncent force 11 dans quatre minutes, t'as entendu le pharéole ?

— Merde !

— Quoi Miki ?

— Il est vivant !

— Tu nous fais chier ! Il parle ton vivant ?

— Hé gars... L'airpaille ! Comment tu t'appelles, gars ?

— (...) Sov... Sov... Sevcenko... Strochnis...

— Qu'est-ce que t'es venu foutre dans la zone de mort ? Tu voulais en finir ou quoi ? T'es venu racler de la limaille ?

— Où... je... suis ?

— Où t'es ? Hé les gars, il me demande où il est ? !

— Moulin à queue ! Il est barré celui-là !

— Sors-le de la zone, Miki, ça va déferler dans deux minutes !

— On peut dire qu'il a son étoile celui-là ! Moins une, hein !

— Il est charclé de bas en haut, une vraie boucherie !

— Où... je suis ?

— T'es dans le trou du cul du monde mon pote ! Au pire endroit que tu connaîtras jamais dans ta petite vie de racle-merde ! T'es dans la zone de mort de la Déferlante !

— Où… ça ?!

— Banlieue ouest d'Aberlaas, Extrême-Aval, falaise des Confins ! Ça te va pour le topo ? Tu viens de naître ou quoi ?

Vous n'êtes pas obligé de lire ça…

« Hantez, hantez, faites comme chez vous, restez »

DES VISAGES, DES FIGURES
Bertrand Cantat

Un lieu très commun voudrait qu'un tel roman, issu de trois années pleines, d'écriture et de gniaque, isolé dans le Cap Corse, s'écrive seul.

Il s'écrit seul.

À cette nuance, massive, qu'il s'agit, comme le note Deleuze, d'une solitude extraordinairement peuplée. Peuplée d'une famille éclatée, de gens épars, d'amis, d'amantes, peuplée de leur vif — cette part la plus vivante et la plus tranchée, la moins duplicable, d'eux. Celle qui me laisse intranquille et joyeux lorsque j'y pense.

C'est à ce peuplement que je voudrais ici rendre grâce.

Et qu'importe, lecteur, si ces noms ne te disent rien, rien ne t'oblige, tu peux fermer le livre maintenant. Tu peux continuer, hey, touriste !
Tu peux. Viens, entre, c'est sympa, tu verras :

À toi frérot d'abord, du tout début, je voudrais te dire merci pour ta foi dans l'épopée, la pertinence de tes apports au récit, ton affection toujours affleurante, tempétueuse parfois, palpable profondément, qui me nourrit même quand je ne parais pas, ou mal, y répondre.

À toi ma sœur, ces mots pour ta lecture si fine et ardente, ta passion pour ce livre, et l'enveloppe d'amour que les enfants et toi vous jetez du Sud-Ouest, sur mes épaules, quand j'ai froid.

À mon père et à ma mère ensuite — mon père ce Golgoth, pour l'énergie vibrante et entière, la chaleur que tu me laisses au sang — ma mère pour ta présence positive et couvante de lionne, vous deux pour la force intérieure et l'autonomie que je vous dois. Votre gosse vous dit merci.

À toi Claire, deux phrases, entre nous, pour te dire que l'intensité de notre lien, ta fidélité, m'ont beaucoup aidé dans ma solitude corse, tout au long de ces trois années. Ton intelligence, ton intranquillité et ton courage me maintiennent dans l'exigence continue de me battre, comme toi, sœur d'arme.

Si m'ont peuplé pour ce livre beaucoup d'amis, certains d'entre eux bivouaquent carrément dans la Horde tant je leur ai pris, par segments et parfois par longues barres, pour armer (comme on arme un béton) mes personnages. Qu'ils trouvent un hommage, le plus évident peut-être, dans cette captation :

Steppe Phorehys doit presque tout à Stephen, salut gros, à ta force germinale à la fois charnelle et architecturée. Silamphre est l'écho sensible et souple de Christian, Callirhoé de la fragilité brûlante de Dom, perdue de vue mais toujours là, Coriolis prend certains traits d'une lointaine Maryvonne, et Aoi la douceur artiste et mobile d'Emmanuelle.

Si Oroshi est un métissage complexe d'influences féminines, elle doit sa grandeur, sa quête têtue du sens et ce couplage si particulier de rigueur et de sensitivité à Anne et à Claire, d'une façon d'ailleurs très dissemblable.

Pietro tire sa noblesse et sa sobriété d'Olivier et de Hubert, ces deux marbres.

Caracole a pris d'Aymeric ses frasques anciennes, son attention aiguë à l'événement et ses bifurcations pour les métisser à la soif de rencontres et aux bouquets d'art quotidien d'un Cappizzano, ce don Toucouleur !

Erg Machaon réfère sans cesse à Léo pour sa probité, l'importance ancrée en lui de la notion de responsabilité et son goût pour le martial art.

Et Golgoth, me direz-vous ? Et Sov ? Golgoth, sa rage ne vient que de moi. Sov m'est proche bien que sa silhouette doive depuis l'origine du roman à mon pote Bobàn, ce Croate qui m'est si cher, cet incroyable tuilage de poésie, d'affect nu et d'obstination virile.

Encore voudrais-je saluer, à la volée, pour leur chaleur et l'énergie qu'ils me donnent, tous mes amis du Vercors : Marianne en tête, Steph, Bruno et Tiphaine, Didier, Tof le Ouf, Cathy, Julien, Christian, Cécile la Rousse, Raph, Armeeellle, et bien d'autres qui résistent à la citation…

Dans ma vie monacale à Nonza, je te remercie, David, pour les bouffées d'air et de rire que tu m'as si souvent apportées ; et toi, Gérard, pour ton caractère unique trempé dans la pierre, et toi Hélène pour ce sourire dont tu sais éclairer tes passages.

Et les chats, tu n'en parles pas ? Si bien sûr, Pace salute à vous les ours à pattes, mes chatons bondissants, Maman-Chat et Golgoth-Chat, Cador par ci, Ajola et Ajolo par là et la foultitude d'autres : plus d'une fois, la seule poche de douceur de mes journées, ce fut vous !

De Paris, par-dessus la Méditerranée, j'ai souvent senti la lecture enthousiaste de Miki le Secret et le respect discret de Martial le Sage, la générosité pleine de Natacha et cet humour, qui est respiration de l'esprit, de Seb le Grec. D'Australie montait la chaleur d'Estelle, de Nanterre la bienveillance si précieuse de Bernard, le rire de Pierre ou de Virginie l'écoute. De Lyon me sont parvenus parfois les échos de Jean-Chris, de Poitiers les lueurs préraphaélites de Laurence à qui je dois les premiers dessins du livre. De Metz enfin, par courriel et face-à-face, de Metz par un poète, Vincent Wahl, j'ai reçu la plus utile des leçons de style, et pour moi la plus inapplicable : la sobriété qui suggère. Merci Vincent — mais laisse-moi le temps d'apprendre…

Le roman achevé, les grands prolongateurs de mon univers ont été mon frère et Sophie, par le site internet, Arno, par la mise en son et en musique, et Boris par l'illustration — les trois avec un engagement qui a dépassé de loin ce que j'anticipais. Je ne sais même plus si je méritais ce cadeau. Merci à vous quatre, pour cette retrempe créatrice, qui ne doit plus qu'à vous la beauté de ses lames.

Je ne peux clore ces révérences sans la plus respectueuse et la plus ironique de toutes, j'entends celle que je dois, hautement, à Mathias, le petit coach brun, l'éditeur à burnes, mon Guy Roux des surfaces de recorrections, mon découvreur aussi. Mathias donc, le généreux, le fonceur, l'artisan-tisseur qui ne fait rien sans tous, je te donne ici, à ma façon, le merci immense que tu mérites : pour avoir cru au livre, en moi, au projet, à nous deux. Que La Volte qui naît soit à ton image — vivante et « humaine, trop humaine »…

Jacques Chambon devait à l'origine m'éditer chez Flammarion, avant qu'une mort subite ne le fauche. J'ai déjeuné quatre ou cinq fois avec lui, il adorait ce roman et l'avait soutenu avec un enthousiasme que je trouve rétrospectivement magnifique.

Je garde de lui un souvenir intense et heureux et je voulais aussi le saluer ici, à fleur de vif.

Voilà, c'est interminable et litanique, comme tous les remerciements, mais ce n'est pas tout à fait fini…

Le statut de ceux qui nous ont faits souffrir, disons « celle », est presque indécidable dans l'accomplissement d'une œuvre. J'ai cru en une fée qui ne m'a été d'aucun littéraire secours et à laquelle je dois si peu de miracles qu'il est délicat pour moi d'oser un merci. Il est probable que La Horde *eût été un livre plus enlevé et riant, sans cette souffrance, qui fut son plomb involontaire. Merci quand même, hors toute hainge, Fanette, pour le festin de miettes. Et pour la complicité, qui fut magique.*

Alain Damasio, le 30 août 2004

Bibliographie d'Alain Damasio à La Volte

La Horde du Contrevent, roman avec la bande originale du livre d'Arno Alyvan, 2004
Grand Prix de l'Imaginaire 2006

La Zone du Dehors, roman, 2007
Prix européen Utopiales 2007

Sam va mieux,
nouvelle dans *Le Jardin schizologique : nouvelles apparues dans le miroir*, 2010

Aucun souvenir assez solide, recueil de nouvelles, 2012

Le Chamois des Alpes bondit
nouvelle dans *Faites demi-tour dès que possible : territoires de l'imaginaire*, 2014

Clameurs : portraits voltés, entretiens réunis par Richard Comballot, 2014

La Zone du Dedans : réflexions sur une société sans air
dans *Le Dehors de toute chose*, monologue architecturé par Benjamin Mayet, 2016

Serf-made-man ? Ou la créativité discutable de Nolan Peskine
nouvelle dans *Au bal des actifs, demain le travail*, 2017
Grand Prix de l'Imaginaire 2018

Entrer dans la couleur
Bande originale des *Furtifs*, musique de Yan Péchin, coproduction Jarring Effects, 2019

Les Furtifs, roman avec la bande originale du livre par Alain Damasio et Yan Péchin, 2019
Élu Meilleur livre de l'année 2019 par le magazine Lire
Prix Lucioles de l'Imaginaire 2019
Prix Libr'à Nous de l'Imaginaire 2020
Grand Prix de l'Imaginaire 2020

Bibliographie d'Alain Damasio chez d'autres éditeurs

La Zone du Dehors (1999) première édition – CyLibris

Définitivement (2007) nouvelle dans *Appel d'air*, collectif – Éditions ActuSF

Disparitions (2007) nouvelle dans *Appel d'air*, collectif – Éditions ActuSF

El Levir (2008) nouvelle graphique,
visuel et conception graphique de Philippe Aureille – Organic Éditions

Fragments hackés d'un futur qui résiste (2015)
pièce sonore de Floriane Pochon et Tony Regnauld – Phaune Radio
Grand Prix de la fiction radiophonique de la SGDL 2015

Étranger, ici on aime les étrangers (2016),
nouvelle dans *Décamper : de Lampedusa à Calais*, collectif – La Découverte

Mondiale™ (2017) Illustrations de Beb-deum – Les Impressions nouvelles

La Horde du Contrevent, tome 1, Le cosmos est mon campement (2017)
scénario et dessin d'Éric Henninot – Delcourt

Hyphe...? (2018) nouvelle dans *Éloge des mauvaises herbes : ce que nous devons à la ZAD*,
collectif – Les Liens qui libèrent

Éditions de poche

La Horde du Contrevent (2007) « Folio SF » – Gallimard
La Zone du Dehors (2009) « Folio SF » – Gallimard
Aucun souvenir assez solide (2014) « Folio SF » – Gallimard
So phare away et autres nouvelles (2015) « Folio 2 € » – Gallimard

Autres ouvrages parus aux éditions La Volte

Collectif

Aux limites du son (2006)
Nouvelles autour des vertus de l'inaudible
avec la bande originale du livre (collectif)

Ceux qui nous veulent du bien (2010)
17 mauvaises nouvelles d'un futur bien géré

Le Jardin schizologique (2010)
Vous sur une rive, nous sur l'autre,
nous resterons des étrangers

Faites demi-tour dès que possible (2014)
Les territoires français de l'imaginaire en 14 nouvelles

Au bal des actifs (2017)
Demain le travail

Sauve qui peut (2020)
Demain la santé

Yvan Améry

Âme sœur (2005)
Premier roman d'Ivan Jablonka
avec la bande originale du livre par Toog

Jacques Barbéri

L'Homme qui parlait aux araignées (2008)
Intégrale raisonnée des nouvelles (1)

Le Landau du rat (2011)
Intégrale raisonnée des nouvelles (2)

Le cycle **Narcose**, trois romans déjantés de la Cité-sphère
Narcose (2008)
avec la bande originale du livre, direction J. Barbéri et L. Pernice
La Mémoire du crime (2009)
Le Tueur venu du Centaure (2010)

Le diptyque des Portes,
l'éternel combat des Araignées et des Mouches
Le Crépuscule des chimères (2013)
Cosmos Factory (2013)

Mondocane (2016)
Roman post-apocalyptique
avec la bande originale du livre de Palo Alto et Klimperei

L'Enfer des masques (2018)
Thriller entre possibles scientifiques et monstruosités de l'amour

Stéphane Beauverger

Le triptyque *Chromozone*, un univers furieux et pessimiste
Chromozone (2005)
Les Noctivores (2005)
La Cité nymphale (2006)
avec la bande originale du livre par Hint

Le Déchronologue (2009)
Grand Prix de l'Imaginaire 2010, Prix européen Utopiales 2009

Sabrina Calvo

Elliot du Néant (2012)
Mallarmé en moufles, l'Islande et la kermesse de l'école

Sous la colline (2015)
Rififi au Corbu, le mystère de la Cité radieuse de Marseille

Toxoplasma (2017)
Grand Prix de l'Imaginaire 2018, Prix Rosny aîné 2018

Melmoth furieux (2021)
Une bande d'enfants part en croisade pour mettre le feu à Eurodisney

Vittorio Catani

Le Cinquième Principe (2017)
Le grand roman italien qui met en scène
le paradis du capitalisme

Richard Comballot

Clameurs — Portraits voltés (2014)
Entretiens avec Alain Damasio, Stéphane Beauverger, Jacques Barbéri,
Emmanuel Jouanne, Philippe Curval, Sabrina Calvo, Léo Henry
Grand Prix de l'Imaginaire 2015

Philippe Curval

L'Homme qui s'arrêta (2009)
Journaux ultimes (nouvelles)

Juste à temps (2013)
La baie de Somme à l'épreuve des marées du temps

Akiloë ou le souffle de la forêt (2015)
En Guyane, l'itinéraire d'un Indien wayana
confronté à la civilisation occidentale

L'Europe après la pluie (2016)
Cette chère humanité (prix Apollo)
Le dormeur s'éveillera-t-il?
En souvenir du futur

Les Nuits de l'aviateur (2016)
Roman d'apprentissage aux accents autobiographiques

On est bien seul dans l'univers (2017)
Les meilleures nouvelles réunies par Richard Comballot

Black bottom (2018)
De Paris à Venise, l'art terroriste à l'œuvre

Les Nouveaux Mystères de la chambre noire (2019)
Un livre d'art de décollages surréalistes et science-fictifs

Le Paquebot immobile (2020)
De l'utopie à la sotie, il n'y a qu'un pas – que beau.

Idem's (2021)
Les enquêtes rocambolesques d'une drôle d'agence.

Alexander Dickow

Le Premier souper (2021)
Un premier roman qui vous dévore

Valerio Evangelisti
Le cycle romanesque de Nicolas Eymerich, l'inquisiteur pourfendant sans relâche hérésies et phénomènes étranges
Nicolas Eymerich, inquisiteur (2011)
Le Mystère de l'inquisiteur Eymerich (2012)
Le Corps et le Sang d'Eymerich (2012)
Cherudek (2013)
Picatrix (2014)
Mater Terribilis (2013)
Les Chaînes d'Eymerich (2011)
La Lumière d'Orion (2014)
Le Château d'Eymerich (2012)
L'Évangile selon Eymerich (2015)
Eymerich ressuscité (2018)
Le Fantôme d'Eymerich (2021)

Adorée Floupette
Les Affaires du Club de la rue de Rome, janvier – août 1891 (2020)
Quatre enquêtes horrifiques dans le Paris fin de siècle.

Karen Joy Fowler
Comme ce monde est joli (2021)
17 nouvelles au croisement des genres,
choisies avec soin et traduites par luvan et Léo Henry

Angélica Gorodischer
Kalpa Impérial (2017)
L'empire le plus vaste qui ait jamais existé
Trafalgar (2019)
Double café, cigarette et hyper-espace

Léo Henry
Rouge gueule de bois (2011)
Les derniers jours de Fredric Brown
Le Diable est au piano (2013)
Nouvelles réunies par Richard Comballot
Hildegarde (2018)
Les mondes de Hildegarde de Bingen

Stephen Graham Jones
Galeux (2020)
C'est ainsi que nous vivons, si on peut appeler ça une vie

Emmanuel Jouanne
Nuage (2016)
Petite planète sans intérêt, s'y attarder serait ridicule.

Emmanuel Jouanne et Jacques Barbéri
Mémoires de sable (2015)
Le stathouder Arec a-t-il effacé Anjelina Séléné ?

luvan
Susto (2018)
Au pied de l'Erebus, une société au bord de l'éruption
Agrapha (2020)
Car tout ne peut être dit ici [agrapha]

Doris Lessing

Le cycle *Canopus dans Argo : Archives*

- **Shikasta**, Planète colonisée n° 5 (2016)
- **Les Mariages entre les Zones Trois, Quatre et Cinq** (2017)
- **Les Expériences siriennes** (2018)
- **L'Invention du Représentant de la Planète 8** (2019)
- **Les Agents sentimentaux de l'Empire volyen** (2020)

Momus

Le Livre des blagues (2009)
Roman freaks

Jeff Noon

Pollen (2006)
Le Vurt nous envahit

Vurt (2006)
Traduction de l'anglais d'un roman culte

NymphoRmation (2008)
Dom dom domino !

Pixel Juice (2008)
Nouvelles imbriquées, tout un art !

Descendre en marche (2012)
Road novel à travers l'Angleterre malade

Intrabasses (2014)
Si la musique était une drogue, jusqu'où vous emporterait-elle ?

Alice Automatique (2017)
Une suite à *Alice au pays des merveilles*

Un homme d'ombres (2021)
Une enquête de John Nyquist

Laurent Rivelaygue

Poisson-chien (2007)
Couché dans ton bocal, Albert Fish !

Karin Tidbeck

Amatka (2018)
La peur du changement et la plus insensée des révolutions

Will Wiles

Way Inn (2018)
BIENVENUE M. DOUBLE

Dans la collection *Eutopia*

Philippe Curval

Un souvenir de Loti (2018)
Quoi de plus beau que de finir ses jours sur Nopal ?

Li-Cam

Résolution (2019)
Le Monde selon Wen

Stéphane Beauverger

Collisions par temps calme (2021)
Pourquoi vouloir quitter un monde idéal ?

MIXTE
Papier issu de sources responsables
FSC® C022829

Achevé d'imprimer en décembre 2021
sur les presses de la Nouvelle Imprimerie Laballery
58500 Clamecy
Dépôt légal : novembre 2015
Numéro d'impression : 111781

Imprimé en France

La Nouvelle Imprimerie Laballery est titulaire de la marque Imprim'Vert®